ALPHA FOR SALE

NED UND EZER

von

LETA BLAKE

Eine Original-Veröffentlichung von Leta Blake Books.

Original-Titel: Bully for Sale

„ Alpha for Sale – Ned und Ezer“

Geschrieben von Leta Blake.

Ins Deutsche übertragen von Betti Gefecht
Cover-Design: Dar Albert
Formatierung: BB eBooks

Erste print Ausgabe: 2025
ISBN: 979-8-88841-082-0

Weitere Bücher von
Leta Blake in deutscher Sprache

Smoky Mountain Dreams
Stay Lucky
Auch in diesem Leben
Das Herz findet immer einen Weg
North' Stange

Mr. Christmas-Serie
Mr. Frosty Pants
Mr. Naughty List

In der Hitze der Liebe
Langsame Hitze
Alpha-Hitze
Langsame Geburt
Bittere Hitze

Heat For Sale (Deutsche Ausgaben)
Heat for Sale: Adrien und Heath
Alpha for Sale: Ned und Ezer

Training Season
Training Season
Training Complex

Zusammen mit Indra Vaughn
Vespertine: Der Priester und der Rockstar
Cowboy Sucht Ehemann

Zusammen mit Alice Griffiths
Überraschend … verheiratet!
Überraschend … verliebt!
Endlose Flitterwochen

Weitere Bücher in englischer Sprache von Leta Blake

Any Given Lifetime
The River Leith
Smoky Mountain Dreams
The Difference Between
My Skin Begs You Please
Stay Lucky
Omega Mine: Search for a Soulmate
Bring on Forever
Angel Undone
Punching the V-Card
Raise Up, Heart
North's Pole
My December Daddy

Mr. Christmas Series
Mr. Frosty Pants
Mr. Naughty List
Mr. Jingle Bells

The Training Season Series
Training Season
Training Complex

Heat of Love Series
Slow Heat
Alpha Heat
Slow Birth
Bitter Heat
White Heat
Winter's Truth
Winter's Heart

Heat for Sale Series
Heat for Sale
Bully for Sale

'90s Coming of Age Series
Pictures of You
You Are Not Me
Only You

Zusammen mit Indra Vaughn
Vespertine
Cowboy Seeks Husband

Zusammen mit Alice Griffiths
The Wake Up Married serial
Will & Patrick's Endless Honeymoon

Gay Fairy Tales
Flight
Levity

Hörbücher
Leta Blake at Audible
audible.com/author/Leta-Blake/B008R3NH4S

Erfahren Sie mehr über den Autor online
Leta Blake
letablake.com

Gay Romance Newsletter (englisch)

Letas Newsletter (Englisch) bringt Infos über die neuesten Veröffentlichungen, Angebote und besondere Deals, zukünftige Schreib-Vorhaben und mehr aus der Welt schwuler Liebesromane. Komm noch heute auf Letas Mailing-Liste.

Leta Blake on Patreon (englisch)

Werde Teil von Leta Blakes Patreon-Community, um zu helfen, die Kosten ihrer Indie-Veröffentlichungen zu stemmen. Dabei erhältst du Zugang zu exklusivem Inhalt wie gelöschten Szenen, Extras und Interviews.

www.patreon.com/letablake

Danksagungen

Mein Dank geht an folgende Personen:

Brian & Cecily

Meine Eltern

Die wundervollen Mitglieder meiner Patreon-Seite, die mich inspirieren und unterstützen, ganz besonders Susan Buttons.

Amy, Stacey und Emily, meine Beta-Leserinnen, die stets genau die richtigen Fragen stellen.

Stacey fürs Proofen des englischen Original-Manuskripts.

Betti für die Übersetzung und Veronika fürs Proofing der deutschen Ausgabe.

Sue Laybourn für die Edits im Entwurf und der Endphase des englischen Originals.

Daphne du Maurier für die Inspiration, ein zufälliges Set von Gifs, das mir die Idee für Ned gab.

Und ganz besonders bedanke ich mich bei all meinen Lesern, die das Blut, den Schweiß und die Tränen beim Schreiben immer wert sind!

Für meine Omegaverse-Fans, von ganzem Herzen.

Wichtige Warnung zum Inhalt dieses Buches: In diesem Roman werden Themen behandelt, die möglicherweise für manche Leser*Innen wie Trigger wirken können, wie z.B. soziales Mobbing, Manipulation durch Familienmitglieder, Missbrauch, schwierige Geburt, Vergewaltigung und familiäre Zwänge, die zu sexuellen Übergriffen führen (nicht zwischen den Hauptfiguren), Kopulation mit Knoten, männliche Schwangerschaft, Omegaversum.

TEIL 1

Erworben und verkauft

In einer Welt, wo Omegas als Bürger zweiter Klasse behandelt werden, und in der ihre kostbaren Hitzen eine Ware sind, die verkauft wird, gibt es für sie keinen Schutz, abgesehen von der Frage nach ihrem Einverständnis, auf die sie kaum anders als mit einem schüchternen Ja antworten können. Das Gesetz verlangt die Zustimmung des Omegas, wird aber nur sehr selten angewendet. Omegas in Geldnot können ihre Hitzen an den Meistbietenden versteigern. Aber reiche Männer missbrauchen die Hitzen und Fortpflanzungsfähigkeit ihrer eigenen Omega-Söhnen, die von ihren Omegas geboren wurden, zu einem vollkommen anderen Zweck. Sie dienen dazu, Allianzen zwischen mächtigen Familien zu schmieden.

Sollte die Fortpflanzung als Bestandteil des Hitze-Vertrages verhandelt und ein Baby empfangen werden, muss der Omega auf jeden Fall bis zum Ende der Schwangerschaft mit seinem neuen Alpha zusammenleben – fünf Monate – um ständigen Zugang zu der die Schwangerschaft stabilisierenden Verbindung zu haben, die nur sein Alpha bieten kann.

Die doppelt wirkenden Triebe von Hitze und Schwangerschaft schmieden diese Männer für kurze Zeit zusammen. Aber während alle Verträge mit dem Austausch von Geldbeträgen wirksam werden, enden nicht alle mit Liebe.

Kapitel 1

EZER NAGTE AN seiner Unterlippe und benutzte eifrig sein Radiergummi. Die Gleichung war nicht einfach zu lösen, aber er wusste, dass er es schaffen würde, wenn er nur hartnäckig blieb. Die steinerne Bank unter seinem knochigen Hintern und der harte Tisch unter seinen spitzen Ellenbogen sorgten dafür, dass ihm alles wehtat, aber es gab keinen anderen Ort für ihn, um darauf zu warten, dass sein Papa von der Arbeit nach Hause kam. Er hatte keinen Wohnungsschlüssel, und er wohnte auch nicht dort, obwohl er zu Besuch kam, wann immer er sich davonschleichen konnte.

Die letzten Tage des Winters waren in einen matschigen Frühling übergegangen, und Schlammpfützen glänzten dunkel ringsum in dem eingezäunten Bereich neben der Wohnung seines Papas. Ein paar Ratten spielten auf einer übrig gebliebenen Schneekruste neben dem Regenrohr an der Seite des Hofs, und verschiedene Kleidungsstücke lagen verstreut umher, als hätte sie jemand aus einem der höher gelegenen Fenster geworfen.

Die Lebensumstände von Ezers Papa waren nicht gerade ideal und auch nicht schön anzusehen, daher hatte er sein Mathematikheft herausgeholt und angefangen, mit Gleichungen herumzuspielen, um sich von all dem abzulenken.

Die Scheidung von Ezers Alphavater und seinem Papa – die liebevolle Bezeichnung für ein Omega-Elternteil – war ungewöhnlich und ungerecht gewesen. Sie hatte einen Skandal hervorgerufen, der zum Thema von Getuschel unter den höhergestellten Bürgen von Wellport geworden war. Selbst in der feineren Gesellschaft, wo Omegas weniger Rechte zugestanden wurden als Alphas, hatte man selten davon gehört, dass sich jemand derart rachsüchtig verhielt wie George Fersee, um einen nicht länger erwünschten Omega loszuwerden.

Ezer lebte ein Luxusleben in der Villa seines Vaters am anderen Ende der Stadt, wo er alle möglichen Extravaganzen genoss und meistens, ohne überhaupt darum bitten zu müssen. Aber sein Papa lebte hier von billigem Essen, und er trug alte, fadenscheinige Sachen aus dem Second-Hand-Laden. Es war Papa nicht erlaubt worden, irgendetwas von Wert zu behalten, als er ging, nicht einmal seine etwas besseren Kleidungsstücke. Ezers Vater hatte alle Sachen verbrannt, nachdem Papa gegangen war. Und nun arbeitete Papa hart dafür, einfach etwas zu essen zu haben. Ezer brachte oft einen Korb mit Lebensmitteln mit, wenn er zu Besuch kam, und er trug bei der Gelegenheit stets seine ältesten Jeans und Sweatshirts. Er konnte sich einfach nicht dazu bringen, seine maßgeschneiderten Hosen und teuren Kaschmirsweater zur Schau zu stellen, weil er wusste, wie schwer es sein Papa hatte.

Ezers Alpha-Vater konnte es sich mühelos leisten, eine schönere Wohnung für Papa zu bezahlen, ganz zu schweigen von jeder Menge Lebensmitteln und hübschen Sachen zum Anziehen. Und die meisten Alphas machten das auch, wenn sie sich einen neuen Omega nahmen, nachdem sie von dem vorherigen geschieden wurden. Aber George Fersee war nicht gerade dafür bekannt, das Richtige zu tun oder über den Dingen zu stehen. Er war ein Mann, der einen Groll hegte, und er hegte einen Riesengroll gegen Amos Elson, Ezers Papa, weil er ihm nie einen Alpha-Erben geboren hatte. Stattdessen hatte Papa einen Omega nach dem anderen zur Welt gebracht – insgesamt vier an der Zahl – und Ezer war der jüngste von ihnen. Sein kleiner Bruder Rodan, das fünfte Kind war der Tropfen gewesen, der das Fass zum Überlaufen gebracht hatte. *Er* war als Beta auf die Welt gekommen.

Und so, nach einer entsetzlichen und traumatisierenden Szene, bei der alle Brüder laut geweint hatten und die Wände buchstäblich mit Blut beschmiert waren, nachdem Papa sich zunächst geweigert hatte, sein Zuhause zu verlassen, hatte es geheißen: Hinaus mit Papa, und herein mit einem sehr jungen Omega namens Pete.

Es machte ihn immer noch ganz krank, wenn er daran zurückdachte, wie sich alles im Einzelnen zugetragen hatte.

Ezer schüttelte die Erinnerungen ab, als genau in diesem Moment ein älterer Omega mit grauem Haar durch den Hof lief, der einen Laib Brot unter dem Arm trug und sich misstrauisch umschaute. Er starrte Ezer finster an, so als würde er ihn herausfordern, ihm das Brot zu klauen. Dann betrat er das Gebäude – er besaß einen Schlüssel. Aber er sah ein letztes Mal über die Schulter zu der Stelle, wo Ezer an dem Betontisch saß.

Ezer fragte den Mann nicht, ob er ihm ins Gebäude folgen dürfte. Das Wetter war unangenehm und feucht, aber es regnete nicht, und er wollte den Mann nicht noch mehr erschrecken, als er schon war, indem er im Haus herumlungerte. Roughs Neck war eine Gegend, die dafür bekannt war, dass sich hier Schläger-typen herumtrieben und oft auf der Lauer lagen, um den nächstbesten Fußgänger zu berauben. Ezer wusste, dass er mager war, obwohl er im Haus sein Vaters jede Menge zu essen bekam, und seine scharf hervortretenden Wangenknochen verliehen ihm ein hungriges Aussehen, das ihn in den Augen vieler Bewohner des Hauses, wo auch sein Papa eine Wohnung hatte, verdächtig erscheinen ließ.

Ezer wandte sich wieder seiner Gleichung zu, blieb aber im-mer wieder an der gleichen Stelle stecken. Erneut kam das Radiergummi zum Einsatz, und er radierte die inkorrekten Zahlen weg. Er musste noch einmal an Pete denken. Ezer wünschte, er könnte auch *ihn* einfach wegradieren, und alles wäre wieder so wie früher.

Aber er wusste, das würde nie der Fall sein. Und er sollte Pete das nicht übelnehmen. Pete war eigentlich wirklich nett und außerdem bereits schwanger. Und Pete schien Ezers Vater sehr glücklich zu machen. Wenn George über Pete sprach, dann glühte er regelrecht und benahm sich wie ein verliebter Narr, der seinem Omega während der Schwangerschaft jeden Wunsch von den Augen ablas. Für Pete bestand das Leben aus Zärtlichkeiten und Umarmungen und ständigen Liebesschwüren, die George dem jungen Omega ins Ohr flüsterte.

Aber für Ezer war es demütigend zu sehen. Nicht nur, weil er der Sohn von seines Vaters vorherigem Omega war, sondern wegen der miserablen Umstände, in denen sein Papa jetzt lebte. Er fragte sich, ob Pete überhaupt wusste, wie Amos dieser Tage behandelt wurde. Und falls ja, wie konnte er dann George vertrauen, dass er nicht genauso von ihm missbraucht werden würde? Oder stellte Pete sich vor, so lange sicher zu sein, wie er den gewünschten Alpha-Erben lieferte? Ezer wusste es nicht. Er hatte nie gefragt. Er brachte es nicht über sich.

Nach allem, was Papa für Ezers Vater getan hatte, nachdem er fünf Geburten durchgemacht hatte, und nach den Versprechen, die George ihm gegeben hatte? Es war verstörend zu sehen, dass sein Vater diese Zuneigung einfach abschalten konnte, wenn es ihm passte, und sie jemand anderem geben. Und Pete durch die Villa scharwenzeln zu sehen, nackt, sexuell befriedigt und mit seinem großen Babybauch, machte alles nur noch schlimmer.

Und falls man den Erklärungen seines Vaters glauben konnte, dann war der Grund für alles nur, dass Papa keinen „anständigen" Erben geliefert hatte. Obwohl es wissenschaftlich erwiesen war, dass das Geschlecht eines Nachkommen durch das Sperma des Alphas bestimmt wurde, trotz Papas Tränen und trotz seines Flehens und das von Ezer und seinen Brüdern, hielt George fest an seiner Erklärung. Aber Ezer hegte den Verdacht, dass sein Vater eine Werbeanzeige für Petes erste Hitze entdeckt hatte und so sehr von Lust überwältigt gewesen war, dass er seinen Lebenspartner und seine Familie dafür opferte, diese urwüchsige Lust zu befriedigen.

„Ach!" Ezer betrachtete das zerrissene Papier. Seine Gedanken an Pete und seinen Vater hatten ihn verärgert, und er hatte seinen Radiergummi zu hart aufgesetzt. Das Papier hatte nachgegeben, und nun klaffte dort ein Loch, durch das Ezer den schwarzen Umschlag der Mappe sehen konnte, die er als Unterlage benutzt hatte.

Das Knirschen des Maschendraht-Tors erregte seine Aufmerksamkeit. Ezer hob den Kopf, um zu sehen, ob sein Papa es schon nach Hause geschafft hatte.

„Na, schau an, wer da ist!"

Ezers Kiefer zuckte rhythmisch, während er den Eindringling anstarrte. Er fragte sich, was Braden Tenmeter überhaupt auf dieser Seite der Stadt zu suchen hatte. Aber das würde er natürlich nicht fragen. Er würde überhaupt nichts zu diesem Arschloch sagen, und auch nicht zu seinen beiden Spießgesellen, Ned Clearwater und Finch Maddox, die ihm überall hin folgten.

„Der hässlichste Schwanzlutscher unserer Klasse", rief Braden Tenmeter und schwang sich mit einem fiesen Grinsen auf den Maschendrahtzaun. Solange er hinter der Barriere blieb, war Ezer in Sicherheit. Er richtete seinen Blick wieder auf sein Papier und versuchte, unbeeindruckt auszusehen. Ezer starrte die Gleichung an, und zum allerersten Mal ergab nicht einmal Mathematik für ihn einen Sinn.

Braden schnaubte höhnisch. „Seht ihn euch an, wie er versucht, so zu tun, als hätte er keine Angst. Ha! Sein Kinn zittert." Braden lachte. „Was für eine Memme. Wirst du gleich weinen, Schwanzlutscher?"

„Ich würde auch weinen, wenn ich hier leben müsste." Das war Finch, der sich auch zu Wort meldete.

Ned, der größte Feigling unter Bradens Gefolgschaft, murmelte: „Lasst uns gehen. Hier ist es doch scheiße. Wieso hast du uns überhaupt hierher gebracht?"

„Du weißt genau, wieso", sagte Braden. „Um Brights Pulver zu kaufen."

„Und um uns dürre Omega-Schwanzlutscher wie den hier zu krallen", sagte Finch und schnalzte mit der Zunge.

Ezer zwang sich, nicht aufzusehen, sie einfach zu ignorieren, aber natürlich wollte sein Körper ihm nicht gehorchen. Er starrte seine drei Klassenkameraden hinter dem Zaun an. Braden lehnte sich an das Tor, ließ es aufschwingen und wieder zuknallen. Sein goldenes Haar glänzte in der Sonne, und seine muskulösen Arme spannten sich unter der engen Jeansjacke an. Er war nicht so groß wie Ezer, aber er war bedeutend stärker. Und Ezer hatte schon oft genug Prügel von ihm bezogen.

Ned, der neben Braden stand, war einen ganzen Kopf größer und so muskulös wie ein ausgewachsener Alpha. Sein dunkelblondes Haar war etwas dunkler als Bradens, und sein durchaus attraktives Schlägergesicht zeigte ein kräftiges Kiefer, schwere Augenbrauen und geradezu lächerlich schöne, braungrüne Augen, umrahmt von dichten, wie Fächer geformten, dunklen Wimpern. Als Ezer ihn anstarrte, begann Ned an seiner Unterlippe zu nagen – ein unsicheres, nervöses Signal, das bedeutete, dass Gefahr im Verzug war. Ezer kannte sie alle viel zu gut von den langen Tagen der Folter, die sie ihm angetan hatten, wenn sie Schule hatten. Er hatte gehofft, zumindest über die Frühjahrsferien ihren Schikanen entkommen zu können.

„Also, wie lebt es sich denn so im Slum, Schwanzlutscher?", fragte Braden. „Knuspern nachts die Ratten an deinem winzigen Schwanz, sodass du nicht schlafen kannst?"

„Er ist ein Omega. Er braucht sowieso keinen Schwanz", spottete Finch Maddox und wischte sich mit dem Hemdsärmel die ständig tropfende Nase. „Ich weiß nicht, warum Omegas überhaupt einen haben."

Finch war von außen genauso hässlich wie von innen. Kurz gewachsen, klapprig und immer mies drauf. Braden und Ned würden sich wohl freiwillig nie mit ihm abgeben, aber seine Familie war stinkreich. Seinem Vater gehörte das rechte Ufer des Flusses, und niemand wollte bei Mr. Maddox in Ungnade fallen. Er war dafür bekannt, es im Verhandlungsraum auszutragen, wenn sein Sohn irgendeinen Groll hegte. Dann machte er es für ganze Familien schwer, einfach nur, weil Finch ein mieses Stück war.

„Er lebt doch gar nicht hier", sagte Ned.

„Stimmt", sagte Finch, und irgendwie klang selbst das bei ihm schmutzig. „Ezer ist nur zu *Besuch*. Sein *Omega-Elternteil* lebt hier."

„Ah, ist das so?" Braden kletterte auf das Tor, setzte sich rittlings darauf und benutzte es wie eine Schaukel. Ezer ballte die Fäuste und wartete.

Finch hatte erneut was zu sagen. Er trat näher an den Zaun heran. „Mehr hat sein Vater nicht für seinen Omega übrig gehabt, nachdem er ihn an Arsch und Kragen aus dem Haus geworfen hat. Was soll man *davon* halten?" Sein Tonfall ließ kaum Zweifel an *seiner* Meinung.

„Muss wohl Abschaum sein", sagte Braden und stupste Ned scharf an. „Richtig, Ned?"

„Ja, klar", stimmte Ned zu. Er wirkte auffällig blass. Es ärgerte Ezer immer maßlos, dass Ned immer bei allem Ja und Amen sagte. Nie war er Manns genug, sich gegen Braden und Finch aufzulehnen. Es war beinahe schlimmer zu wissen, dass Ned irgendwie ein Gewissen hatte, sich aber genug darüber hinwegsetzte, um bei den Schikanen seiner „Freunde" mitzumachen.

„Nur ruinierte Omegas werden wie Abschaum behandelt", sagte Finch, um Salz in die Wunde zu reiben.

Wie immer ging Braden noch einen Schritt weiter. „Bist du ebenfalls Abschaum, Schwanzlutscher? Hat dein Vater beschlossen, dass dein hässlicher Hintern es nicht wert ist? Hat er dich hierher geschickt, damit du stattdessen bei deinem Papa wohnst? Hm? Bist auch du nichts weiter als ein gammeliges, gebrauchtes Loch?"

„Halt die Klappe!", sagte Ezer, bevor er sich bremsen konnte.

Es war ihm gleich, was sie über ihn sagten, aber sein Papa hatte nichts falsch gemacht. Es war der verdammte, selbstsüchtige Stolz seines Vaters und dessen Lust nach Pete, die seinen Papa in diese Lage gebracht hatten.

„Er kann sprechen!", sagte Braden, dann sprang er vom Tor herunter und bewegte sich innerhalb des Zauns. Ned und Finch folgten ihm auf dem Fuße. Er neigte den Kopf zur Seite und musterte Ezer. „Was meint ihr, Jungs – kann er noch mehr mit seinem Mund machen? Kann er vielleicht, ich weiß nicht, saugen?"

Ned verzog das Gesicht. Finch schnaubte ein Lachen. „Er ist nur ein Omega", sagte Ned. „Du kannst..." Er gestikulierte hilflos mit den Händen, „ihm nichts tun!"

„Oh, es besteht ein Unterschied zwischen ‚du sollst nicht' und ‚du kannst nicht', Ned. Das weißt du doch inzwischen." Braden leckte sich die Lippen. Seine Augen leuchteten. „Also, ich sollte vielleicht nicht. Aber ja, ich kann!"

Ned packte Bradens Arm. „Sein Vater ist George Fersee. *Dein* Vater wird dir nicht dafür danken, dass du dir solche Feinde machst."

„Sei jetzt nicht so ein Weichei", sagte Finch und versetzte Ned einen Schlag an den Hinterkopf.

Braden stimmte zu. „Würde George Fersee auch nur einen Scheiß um diesen dürren Omega-Arsch geben, seinen *sogenannten* Sohn, dann würde unser Schwanzlutscher-Kumpel nicht hier vor diesem rattenverseuchten Wohnhaus sitzen, oder? Er würde in der Villa seines Vaters in Cliffside leben, mit seinen Brüdern am Pool abhängen, Mimosas trinken und auf das Vergnügen seiner ersten Hitze als unberührter Omega warten. Stattdessen ist er hier und bettelt geradezu um unsere Aufmerksamkeit." Er stupste Finch an. „Stimmt's?"

„Wie eine Schlampe", fügte Finch hinzu und hob eine grausame Augenbraue. „Stimmt's, Schwanzlutscher? Du bist eine Schlampe."

Es war leider eine Tatsache, dass Ezer nicht sicher sein konnte, was sein Vater für seine erste Hitze geplant hatte. Vor einem Monat hatte ein Gutachter erstmal eine Risiko-Beurteilung bezüglich Ezers Hitzen vorgenommen, und das Ergebnis war beunruhigend. Er war eigentlich zu schmächtig und zu eng gebaut, um ein Kind auszutragen, aber hormonell war für sein Alter alles bestens. Was bedeutete, dass er bereit war, aber noch nicht volljährig. Es war seines Vaters Recht zu entscheiden, ob er Ezers erste Hitze triggern wollte. Und es war seines Vaters Recht, den Alpha auszusuchen, mit dem Ezer seine erste Hitze zubringen würde.

Ezer hatte wiederum das Recht, sich zu weigern. Aber nur wenige junge Omegas verweigerten ihren Vätern den Gehorsam, wenn es um ihre Hitzen und die Partnerwahl ging.

Seine älteren Brüder waren bis jetzt nicht getriggert worden. Ihr Vater wartete auf die richtigen Partner für sie, sodass Ezer glauben konnte, dass es ihm ebenfalls erlaubt sein würde, noch zu warten, bis er bedeutend älter war. Aber es bestand auch immer das Risiko einer unerwarteten, sogenannten „Überraschungshitze," wenn die Hormone ein bestimmtes Level erreicht hatten. Medikamente zur Unterdrückung der Hitze mochten versagen, und dann konnte der Omega auch sehr früh schon „erblühen". Ezer bezweifelte, dass sein Vater seine erste Hitze schon im Vorfeld würde, aber natürlich konnte er das tun.

Seine Beurteilung hatte gezeigt, dass, auch wenn eine Schwangerschaft bei seiner derzeitigen Größe gefährlich werden konnte, er ansonsten eine Hitze haben konnte, wann immer seine Familie bereit war. Ezer selbst war nicht bereit.

„Er hat nicht widersprochen", sagte Braden.

„Sieht ganz so aus, als wäre unser Schwanzlutscher scharf auf einen Schwanz." Finch grinste.

„Ja. Er sitzt hier draußen rum und wartet darauf, einen dicken Alphaschwanz zu bekommen", murmelte Braden und griff sich zwischen die Beine, um seine Äußerung zu illustrieren, dann stapfte er auf Ezer zu.

Ezer ballte die Fäuste ein wenig fester. Er umklammerte seinen Bleistift, um ihn gegebenenfalls als Waffe verwenden zu können.

„Braden", mischte Ned sich erneut ein. Er nagte an seiner Unterlippe und verschränkte die Arme vor der Brust. „Komm, lass uns gehen. Er macht ja nichts Falsches."

Braden verdrehte die Augen. „Hör auf, den Scheiß-Helden zu spielen. Einen Omega wie ihn brauchst du nicht zu hofieren und zu umwerben. Schnallst du das nicht? Er ist ein Nichts!"

„Er ist George Fersees Sohn!"

„Er ist Fersees Abfall", widersprach Braden. „Wenn du ihn willst, Ned, solltest du ihn einfach *nehmen*." Er stürzte sich nach vorn, und Ezer wich zurück, wobei er von der Bank fiel. Sein Rücken klatschte heftig auf den schlammigen Boden. Der Aufprall trieb ihm die Luft aus der Lunge. Einen Moment lang konnte Ezer nicht atmen. In seinem Versuch, Braden auszuweichen, schwang Ezer seinen Bleistift vor sich. Ezer hoffte, Braden wehtun zu können, bevor Braden ihm Schmerz zufügen konnte. Aber dann war auch noch Finch da, stark und flink, riss ihm den Bleistift aus der Faust und steckte ihn sich hinters Ohr wie eine Zigarette.

Braden lachte, während er drohend über Ezer thronte, dann packte er Ezers Beine. Ned stand einfach daneben, und Finch hielt Ezer an der Taille fest. „Zieh ihm die Hose aus!", grunzte Finch, als Braden einen Faustschlag in Ezer Magengrube landete. „Ich will sehen, wie aufgebraucht sein Loch ist!"

Ezer versuchte verzweifelt, sich zu wehren. Bittere Galle stieg in seiner Kehle auf, er hatte das Gefühl, sich gleich übergeben zu müssen. Aber Finch war kräftiger, als er aussah, und als er erst einmal Ezers Hände gepackt hatte, war es unmöglich, sich aus seinem Griff zu befreien. Braden machte Ezers Hose auf und befahl Ned, sich auf Ezers Schultern zu stellen, um ihn am Boden zu halten. Während Ezer sich gegen die Hände auf ihm wehrte, murmelte Ned einen Protest, tat aber nichts. Dann aber gab Ned auf. Sein Fuß landete auf Ezers rechter Schulter – hart genug, um ihn bewegungslos zu machen. Schwarze Punkte tanzten vor Ezers Augen, das Atmen tat ihm in der Brust weh, aber er sträubte sich gegen Finch, während Braden an seiner Hose zerrte.

„Geh runter von mir!", schrie Ezer und versuchte zu treten, aber Braden setzte sich rittlings auf ihn und hielt ihn am Boden. Und dann waren sein Unterleib und seine Oberschenkel plötzlich der kalten Luft ausgesetzt, und Finchs Gelächter schwappte über ihn hinweg wie eine eisige Welle.

„Das könnt ihr nicht machen", sagte Ned atemlos. Er hob seinen gestiefelten Fuß gerade so hoch, dass Ezer genug Platz hatte, um seinen Oberkörper zu heben.

Braden stieß Ezer sofort wieder zu Boden. „Ned, verdammte Scheiße! Halt's Maul! Pack ihn!"

Neds Stiefel schwebte über Ezers Brust, ohne ihn jedoch wirklich zu berühren. Ezer wehrte sich. Braden begann seine eigene Hose aufzumachen. Seine heftige Erektion war bereits durch den Stoff sichtbar.

„Fasst ihn nicht an!" Papas tiefe Stimme donnerte über den Hof. In der plötzlichen Stille, die folgte, war nur ein metallisches Klicken zu hören.

Finch rannte davon, und Ned tat dasselbe.

Braden jedoch nahm sich die Zeit, Ezer einen Tritt in die Rippen zu verpassen und zu drohen: „Ich bin noch nicht fertig mit dir, Schwanzlutscher. Mach dich bereit für den Tag, wenn die Schule wieder anfängt!“

Alle drei Arschlöcher drängten sich zum Tor hinaus und ließen Ezer auf dem Boden liegend zurück, benommen und zitternd, während sein Papa eine Schusswaffe auf die flüchtenden Schläger richtete.

„DANN WILLST DU mir also nicht sagen, wer diese Jungs waren oder worum es überhaupt ging?“ Papa zog seinen dünnen, braunen Pullover aus und setzte einen Kessel Wasser auf. Sein blondes Haar wurde jetzt an den Schläfen grau, und seine blauen Augen zeigten kleine Fältchen an den Seiten.

Er musterte Ezer mit erschöpfter Traurigkeit, während er darauf wartete, dass das Wasser kochte. Er setzte noch einmal nach: „Hast du mir gar nichts dazu zu sagen?“

Die Küche war so sauber, wie Papa es eben hinbekam, aber nichts konnte den schmierigen Knust in den Fliesenfugen auf dem Boden und an der Wand entfernen. Es war schon schlimm genug, dass Papa nach einem verwöhnten Leben plötzlich arbeiten gehen musste, um klar zu kommen. Aber zu sehen, dass er so viel arbeitete, um sich so wenig leisten zu können – es brach Ezer das Herz.

Aber Ezer hielt den Mund. Nachdem er geduscht hatte, um sich den Schlamm und den Dreck abzuwaschen, und nachdem er all seine blauen Flecken katalogisiert hatte, fühlte er sich schon wieder etwas menschlicher, aber er wollte dennoch nicht seinen Papa mit der Wahrheit über seine Situation belasten. Was konnte sein Papa schon tun? Es war auch niemand zu Amos Rettung gekommen, als er rausgeschmissen worden war. Keine Freunde von Status, keine Verwandten. Niemand hatte sich für ihn stark gemacht und seine Hilfe angeboten. Was sollte es also bringen,

Amos zu erzählen, dass sein Sohn von den feinsten Alphas seiner Schule schikaniert wurde, wenn Amos gleichzeitig immer schon von deren Eltern gedemütigt wurde?

Er rubbelte ein Handtuch über sein nasses Haar, dann warf er das Handtuch über die Lehne eines der schäbigen Küchenstühle. Ezer zuckte mit den Schultern und fragte: „Wie war es heute auf der Arbeit, Papa? Du siehst müde aus."

Ja, Amos Elson, von der berühmten Elson-Familie, nach denen die Elson-Straße benannt war, verbrachte nun seine Tage am Fließband und trennte recyclebaren Abfall von nicht-recyclebarem. Als Ezer noch klein gewesen war, war sein Papa so hübsch gewesen, mit blonden Locken, blauen Augen und gebräunter Haut, da er während seiner Schwangerschaften so viel am Pool gesessen und sich entspannt hatte. Und er hatte immer einen starken und geraden Rücken gehabt, sowie muskulöse Arme, mit denen er Ezer hoch in die Luft heben konnte, während der vor Vergnügen jauchzte. Nun war Amos grau von Kopf bis Fuß, nicht nur in seinen Haaren. Und er hatte die gekrümmte Haltung eines Mannes, der den ganzen Tag, jeden Tag im Abfall wühlte.

Abfall.

Er konnte immer noch Bradens Stimme in seinem Kopf hören. Oh, die Vorfahren seines Papas mussten sich in ihren Gräbern umdrehen. Und wofür das alles? Für den schwangeren Pete.

„Sohn, wenn du glaubst, ich vergesse, dass ich mit meiner Waffe auf drei Jungs zielen musste, die dich angegriffen haben, dann irrst du dich. Rede mit mir!"

Ezer verzog das Gesicht. „Kannst du es nicht einfach gut sein lassen? Was soll es denn bringen, darüber zu reden?"

„Ich kriege es ja sowieso heraus", sagte Papa und regelte die Herdplatte unter dem Kessel etwas herunter. Er massierte sich die

Schläfen, dann fügte er mit entsetzter, leiser Stimme hinzu: „Sie wollten dich vergewaltigen."

Ezer unterdrückte ein Schaudern, wild entschlossen, sich seine Furcht nicht anmerken zu lassen. „So weit wäre es nicht gegangen."

Oh ja, das wäre es, und wenn sein Papa nicht rechtzeitig gekommen wäre... Er schluckte, unfähig zu verhindern, dass das Schaudern seinen ganzen Körper erfasste.

Papa verdrehte die Augen. „Wir wissen beide, dass du bei drei gegen einen hoffnungslos unterlegen warst. Das ist keine Schande. Eine Schande ist jedoch ihr Verhalten." Er setzte sich gegenüber von Ezer an den Tisch. Die zerkratzte, hölzerne Tischplatte fühlte sich an wie eine unüberbrückbare Weite zwischen ihnen, aber dann griff Papa nach Ezers Hand.

„Ich weiß. Und es geht mir gut." Die blauen Flecken auf seinem Rücken und seinen Schultern sangen ein anderes Lied, aber er würde nicht zugeben, dass er verletzt war, auch wenn er sich schon an die Hand seines Papas klammerte wie ein Baby.

Papa musterte ihn. „Sie sind auf deiner Schule."

Ezer nickte.

„Schikanieren sie dich dort auch?"

Ezer schluckte heftig und wünschte, er wäre besser im Lügen.

„Dein Vater weiß davon." Eine Feststellung, keine Frage.

„Er sagt, ich soll aufhören, so seltsam zu sein."

Papa knirschte in einem Rhythmus mit den Zähnen, an den sich Ezer gut aus den Tagen kurz vor der Scheidung erinnerte, als sein Vater eine Verkündung machte, die Papa überhaupt nicht gefiel, die er aber herunterschluckte wie bittere Medizin.

„In der Villa hätten sie dich aber nicht belästigt", sagte Papa und verengte die Augen. „Außerdem hätten die Wachen sie gar nicht erst auf das Grundstück gelassen."

Vielleicht, vielleicht auch nicht. Angesichts dessen, wer diese

Jungs waren, könnte sein Vater auch unbegrenzte Einladungen auf feinstem Büttenpapier an sie schicken, damit sie auf das Grundstück kommen und sich einen der vier Omega-Brüder zu ihrem Vergnügen aussuchen konnten. Aber das konnte er natürlich seinem Papa nicht so sagen. „Papa, das spielt keine Rolle. Ich will dich sehen. Ich will herkommen und dich besuchen, wann immer ich kann."

Papa seufzte. Er stand auf, um Wasser aus dem jetzt pfeifenden Kessel über den billigen Instantkaffee zu gießen. Er rührte die beiden Becher um und brachte sie zum Tisch. Einen Becher hielt er mit dem Henkel voraus Ezer hin und erduldete die Hitze in seiner Handfläche.

„Ich freue mich, wenn du kommst, mein Sohn, wirklich! Aber es ist hier nicht sicher. Diese Wohnung, diese Gegend, das ist alles nichts für jemanden wie dich."

„Jemanden wie mich? Was ist mit jemandem wie dir?" Ezer regte sich auf und konnte sich nicht beherrschen. „Niemand sollte in diesen Wohnungen leben müssen, Papa!"

Mit dem Künstler und seinen Ölgemälden und brennbaren Schmiertüchern im ersten Stock, dem Büchersammler im zweiten, dem armen Schneider mit seinen billigen Stoffen und den „Chemikern" auf dem Dachboden, die ganze Wagenladungen von Brights Pulver herstellten, war das Gebäude eine ständige Feuergefahr.

Und dabei waren noch nicht der Schimmelpilz, die Ratten, und die stets verstopften Abflüsse berücksichtigt.

„Ja, ich weiß. Aber manche von uns haben keine Wahl. Mehr können wir uns nicht leisten."

Ezer fummelte am Henkel seines Kaffeebechers herum, dann versuchte er, weitere Diskussionen zu umgehen, indem er einen Schluck Kaffee nahm. Er verbrannte sich die Kehle beim Schlucken, aber es löste den eisigen Kloß, der ihm die Kehle eng gemacht hatte in den Momenten, als er gedacht hatte, Braden würde es schaffen, ihm die Hose ganz herunterzuziehen und zu tun, was er sonst noch geplant hatte.

„Warum hat dich niemand beschützt, Papa? Kein Cousin, kein Freund…“ Darüber hatte Ezer in der Vergangenheit schon so oft nachgedacht, sich aber nicht getraut zu fragen. In seiner Vorstellung war sein Papa, der verfolgte Unschuldige, und sein Vater war der rücksichtslose Bastard. Die bloße Möglichkeit, dass die Antwort auf seine Frage anderes enthüllen könnte, war zu schrecklich. Aber jetzt, als er an die scharfe Stimme seines Papas dachte, die verhindert hatte, dass ihm noch mehr angetan wurde und ihn vor Bradens, Neds und Finchs Angriff gerettet hatte, konnte er nicht anders, als sich zu fragen, wieso niemand Amos genug geliebt hatte, um dasselbe für ihn zu tun, als George ihn so schäbig benutzt hatte.

„Ich hatte zu viele Brücken verbrannt“, sagte Papa.

„Wie das?“ Ezer hatte seinen Vater nie anders gekannt als entgegenkommend und freundlich, sowie stark und gut.

„Das ist schwer zu erklären. Für einen Omega gibt es eine bestimmten Art, wie er in der Gesellschaft zu sein hat.“ Er runzelte die Stirn. „Ich war… nicht so. Obwohl ich es versucht habe.“

„Was für eine Art?“

„Omegas sind fröhlich, schwanger, lüstern und unterstützen ihre Alphas in allem. Nie stellen sie ihre eigenen Bedürfnisse über die ihrer Familie, und schon gar nicht über die ihrer Alphas.“

„Du hast Vater doch unterstützt.“

„Das habe ich. Aber ich hab es ihm übel genommen.“

Ezer versuchte, diese Aussage in Übereinstimmung zu bringen mit seiner Erinnerung an seinen fröhlichen, lachenden, verwöhnten Papa. „Aber du warst doch glücklich? Mit uns?“

„Du und deine Brüder, ihr habt mir so viel Freude gemacht.“

Papa lächelte. „ Aber dein Vater und ich, hinter verschlossenen Türen haben wir uns oft gestritten, vor allem darüber, wie ihr aufgewachsen seid, dass dringend ein Alpha-Erbe her musste, auch wenn es etliche Cousins gab, unter denen man wählen konnte. Und natürlich konnte ich es nicht ertragen, wie dein Vater Geschäfte machte."

Ezer ertrug es ebenfalls nicht. „Er benutzte die Art, wie er dich behandelte, um seinen Geschäftspartnern zu beweisen, dass sie ihn besser nicht herausfordern sollten. Dass er bereit war, alles zu tun, um zu bekommen, was er wollte."

„Ich weiß. Und so ist er auch. Auch aus diesem Grund ist es nicht gut, dass du hier bist, Ezer. Er verachtet mich so sehr – da solltest du dich nicht in meiner Nähe aufhalten. Das ist nicht sicher!"

„Ich werde dich nicht verlassen, Papa."

„Das solltest du aber,", sagte er. Der Dampf aus seiner Tasse umwölkte regelrecht sein Gesicht. „Deine Brüder besuchen mich nie, und sie haben keinen Zweifel an den Gründen dafür gelassen. Ich vermisse sie schrecklich, aber ich verstehe es. Nein, mehr noch, ich heiße es gut!"

Ezer hatte einen Kloß in der Kehle. Er hatte nicht vor, den egoistischen Standpunkt seiner Brüder zu würdigen, indem er mit seinem selbstlosen Papa darüber sprach. Seine Brüder waren Arschlöcher, genau wie sein Vater. Und mehr gab es dazu nicht zu sagen.

„Sie denken an ihre Zukunft. Die eigene Reputation ist wichtig", sagte Papa, als müsste er es Ezer erklären. „Sich von mir zu distanzieren, ist eine gute Methode, um vor der Willkür deines Vaters geschützt zu sein. Und vor dieser Sorte von jungen Männern wie heute auch." Papa hob eine Augenbraue. „Und wichtiger noch, um für sie anziehend zu bleiben."

Ezer blinzelte. „Was meinst du damit?"

„Ich weiß, du würdest mir genauer erzählen, was da draußen los war, wenn sie keine einflussreichen Jungs wären. Das bedeutet, dass ihre Väter mächtige Männer sind, und das wiederum bedeutet…" Papa zuckte die Achseln. „Es bedeutet, dass sie für Hitze-Verträge und Eheschließungen in Frage kommen – besonders in den Augen deines Vaters. Ihre Aufmerksamkeit in negativer Weise zu erregen, wie du es getan hast, gefährdet deine Chancen, die Chancen deiner Brüder, und die geschäftlichen Ziele deines Vaters."

Ezer schnaubte. „Ich habe hier nur auf meinen Papa gewartet und mir dabei mit ein paar Matheaufgaben die Zeit vertrieben. Inwiefern ist das eine negative Art, ihre Aufmerksamkeit zu erregen? Ich habe sie nicht darum gebeten, über den Zaun zu klettern und mich zu belästigen."

„Nein, natürlich nicht. Aber du musst zugeben, du spielst nicht solche Spielchen wie die anderen Omegas, und das bringt Alphas auf die Palme, besonders die einflussreichen."

„Du meinst wohl, die privilegierten,"

„Ja, vielleicht."

Es entstand ein langes Schweigen. Ezer schlürfte seinen Kaffee, während sein Herz wehtat und sich in seinem Inneren ein entschlossener Widerstand gegen die Worte seines Papas regte.

Dann ergriff sein Papa erneut das Wort. „Deine Brüder blicken weiter voraus als du."

„Tun sie das?" Ezer hatte nicht vor, das Spielzeug irgendeines Alphas zu sein. Falls es das war, wonach seine Brüder strebten, dann konnten sie so weit vorausblicken, wie sie wollten. In seinen Augen waren sie eher zurückgeblieben.

„Ja. Und deine Brüder wollen sichergehen, dass sie irgendwann eine gute Partie machen. Und da dein Vater sich einen neuen Omega genommen hat, der ihm hoffentlich den gewünschten Alpha-Erben schenken wird, ist es für euch Jungs noch wichtiger geworden, gute Ehen mit Partnern zu schließen, die über ein beträchtliches Vermögen verfügen, um weiterhin den Lebensstil pflegen zu können, den ihr gewohnt seid."

Ezer schniefte und hob das Kinn. „Das ist mir alles egal. Sie haben andere Prioritäten als ich."

„Offensichtlich." Papa stand auf und rückte den Second-Hand-Quilt zurecht, der zum Trocknen an einer Wäscheleine über dem Ofen hing. Vom Waschen waren die Farben schon etwas ausgeblichen. Dann setzte er sich wieder mit ernster Miene. „Und wie sieht dein eigener Plan für die Zukunft aus, Ezer? Was willst du erreichen anstelle einer guten Partie?"

„Ich will meine Hitzen an den Meistbietenden versteigern. Das sollte genug bringen, um die Schule zu bezahlen." Er erwähnte nicht, dass er den Großteil des Erlöses dafür verwenden wollten, seinem Papa zu einem besseren Leben zu verhelfen.

Sein Papa hätte sich dann nur beleidigt geweigert, die Hilfe anzunehmen, und das wollte Ezer auf keinen Fall. Wenn er erst das Geld hatte, dann würde er schon einen Weg finden, seinen Papa dazu zu bringen, es anzunehmen.

„Und was dann?"

„Ich kann gut rechnen. Im Lesen werde ich nie besonders gut sein. Ich bekomme inzwischen nur noch mündliche Prüfungen von meinen Lehrern." Das hatte sein Papa noch für ihn durchgesetzt, als die Familie noch zusammen gewesen war. „Und solange ich in der Klasse achtgebe, lerne ich schnell. Ich könnte Professor werden und unterrichten."

Papa musterte ihn für einen langen Augenblick. Dann flüsterte er: „Du bist sehr klug. Das habe ich auch stets deinem Vater gesagt."

Aber Vater hatte Papa nie geglaubt. Auch jetzt noch nicht. Wenn das Lesen nicht so ein Problem wäre, vielleicht würde Vater Ezer dann nicht so verachten, aber im Moment war er der ungeliebte Sohn – wegen seiner Leseschwäche und wegen seiner Treue zu seinem Papa.

„Ich werde in der Mathematik eine eigene Berufslaufbahn einschlagen. Ich brauche keinen Alpha oder Ehemann. Ich will auch gar keine Kinder."

Papa neigte den Kopf zur Seite. „Wirklich nicht?"

Doch. Ezer wollte Kinder.

Babys waren wundervolle, kleine Dinger, und Ezer liebte ihren Duft. Kinder waren lustig und süß. Er wünschte sich eine eigene, glückliche Familie. Trotz aller gegenteiligen Erfahrungen, glaubte irgendein Teil in seinem Inneren immer noch daran, dass es möglich war, so etwas zu haben.

Was er jedoch nicht wollte, war, sich einem Alpha unterwerfen zu müssen, der, je nach dem vorab geschlossenem Vertrag, die rechtliche Vormundschaft über seine Kinder hatte, sowie das automatische Recht auf Ezers gesamten Besitz, selbst dann, sollte die Ehe ohne Ezers Verschulden enden – wie zum Beispiel, falls er zu viele Omegas zur Welt brachte, oder falls sein Alpha Affären hatte.

Ezer würde lieber kinderlos bleiben, als in eine Zukunft zu blicken, in der er finanziell, in emotionaler und körperlicher Hinsicht von der Gnade eines Alphas abhängig war.

Und nach dem, was sein Vater Papa angetan hatte, wusste Ezer sowieso nicht, wie er jemals wieder irgendeinem Alpha trauen sollte.

„Du bist wütend", sagte Papa und streichelte Ezers Wange. Seine Fingerspitzen waren kalt. Und seine Augen waren traurig. „Ich verstehe das. Aber dein Leben muss nicht so sein wie meines, Ezer. Du könntest einen guten Alpha bekommen, der zu dir passt. Einen, den du gern hast. Der *dich* gern hat. Und du könntest dir mit ihm ein Leben aufbauen, wie es dir gefällt."

Ezer hob das Kinn, als er sich an Bradens kräftige Hände auf seinem Körper erinnerte, an Neds Stiefel auf seiner Schulter und an Finchs dreckige Lache. Er erinnerte sich an seine lähmende Angst und daran, wie hilflos er sich gefühlt hatte.

„Ich habe vor, mir ein Leben aufzubauen, wie es mir gefällt, Papa. Aber allein.“

„Ich nehme an, davon lässt du dich nun nicht mehr abbringen. Aber du weißt schon, dass dein Vater andere Pläne für dich hat? Und durch deine Besuche bei mir zementierst du diese nur noch weiter! Ich liebe dich, Ezer, aber zu deinem eigenen Besten solltest du morgen früh nach Hause gehen und dann nie wieder herkommen.“

Dann stand Papa auf und verließ die Küche. Seine halb getrunkene Tasse blieb, immer noch dampfend, zurück. Und der schwere, nasse Quilt tropfte zischend auf den heißen Herd.

Kapitel 2

Sechs Monate zuvor

„OH. VERZEIHUNG.“

Ned zog eine Grimasse und drehte sich zu der leisen Stimme um, welche die unnötige Entschuldigung geäußert hatte. Schließlich war doch Ned derjenige gewesen, der den kleinen Omega fast umgerannt hätte. Und – verdammt! – noch nie war Ned einem Omega begegnet, der so zart und zerbrechlich aussah wie dieser. Wenn überhaupt, dann sollte er derjenige sein, der sich entschuldigte!

Aber die Worte blieben ihm im Hals stecken, als er den Jungen anschaute. Der hatte die wunderschönsten Augen, die Ned je gesehen hatte. So klar wie der Himmel und groß genug, um in ihnen zu versinken. Neds Herz begann auf seltsame Weise zu schlagen, und seine Finger kribbelten.

Die Klingel ertönte, und der bereits hektische Schulhof verfiel in ein wildes Durcheinander. Der Omega, den Ned zuvor noch nie gesehen hatte, verzog das Gesicht. Er schien sich für den Strom der Körper zu wappnen, und seine großen Augen weiteten sich noch mehr.

Die Doubleton Akademie war Neds dritte Schule in genauso vielen Jahren. In seiner Vergangenheit hatte es ein paar Skandale gegeben, die meisten davon jedoch nicht halb so schlimm, wie es sich anhörte. Zu seinem Glück war Neds Onkel der einflussreiche und wohlhabende Heath Clearwater, und der war stets bereit, gewissermaßen hinter Ned aufzuräumen. Jedoch Neds jüngste Schandtat hatte dazu geführt, dass er zusammen mit sechs anderen Alphas von Peays Elite ausgeschlossen wurde. Zwei dieser anderen Alphas waren ihm nach Doubleton gefolgt. Und jetzt, als Ned bewundernd den kleinen Omega anstarrte, den er fast umgerannt hatte, tauchten diese Alphas wie aus dem Nichts an Neds Seite auf.

„Los komm!", sagte Braden und boxte Ned in die Schulter. „Der Unterricht fängt gleich an."

Finch spuckte auf den Boden. Ansonsten stand er einfach da und war so widerlich wie immer. Alles an ihm, von seinem Geruch bis zu seinem Grinsen, drehte Ned den Magen um. Er wünschte Bradens und Finchs Väter hätten sie auf eine andere Schule geschickt, nachdem sie von der Peays Elite geflogen waren. Stattdessen hatten die Männer sich an Onkel Heaths Rockzipfel gehängt und in Doubleton denselben Deal für ihre von Skandalen geschüttelten Sprösslinge verlangt.

Faule Arschlöcher.

„Ned, komm jetzt!", sagte Braden, trat gegen Neds Stiefel und nickte zu den Reihen von flachem Gebäuden aus rotem Backstein hinüber, wo sie ihr letztes Schuljahr zubrachten. „Hat schon geklingelt. Es gibt Omegas zu verführen und Lehrer zu terrorisieren. Wir dürfen keine Zeit verlieren."

Finch lachte, und es war so widerlich wie immer.

Der kleine Omega stand immer noch neben Ned und blickte mit neugierig gerunzelten Brauen von einem zum anderen. Dann sah er hinunter auf ein Papier, das er in seiner zitternden Hand hielt. Neds Herz schlug schneller. Am liebsten hätte er sich den Omega unter den Arm geklemmt und ihn sicher durch den Tag begleitet. Er wollte ihn füttern, für ihn sorgen, und ihn in den Schatten hinter der Schule küssen. Ihm war ganz schwindelig von dem plötzlichen Impuls.

„Ich weiß nicht genau, wo ich hin muss", sagte der Omega. Er hob sein Kinn und sah Ned selbstbewusst in die Augen. „Ich bin neu hier."

„Wir sind auch neu hier", sagte Ned, griff aber dennoch nach dem Papier, denn er beschloss, den Omega tatsächlich zu begleiten, wohin auch immer er gehen musste. Braden und Finch zerrten ihn weg, bevor seine Finger das Papier berühren konnten.

„Komm schon!", höhnte Finch. „Der hier wird als unbrauchbare Schlampe enden. Sieh ihn dir nur an! Der könnte niemals ein Baby von anständiger Größe gebären, und wenn sein Leben davon abhinge. Verschwende deine Zeit nicht mit ihm."

Ned riss seinen Arm weg und wandte sich wieder dem Omega zu, dessen Augen nun hart und eisig blickten. Die Worte blieben Ned im Hals stecken, aber als er dann doch anfing zu sprechen, ertönte die zweite Schulglocke. Das Durcheinander auf dem Schulhof verwandelte sich in ein hektisches Gewühl, als sich ganze Gruppen von Alphas, Betas und Omegas plötzlich beeilten, um nicht zu spät zum Unterricht zu kommen. Sie drängten sich zwischen Ned und den seltsamen Omega mit den himmelblauen Augen und dem zarten Körperbau. Da war etwas Besonderes an ihm gewesen. Ned wusste nicht, was genau es gewesen war, aber er konnte für den Rest des Tages nicht mehr aufhören, an ihn zu denken.

ES WAR DER vierte Schultag, ein wunderbarer Tag in Wellport, als Ned erneut Gelegenheit bekam, mit dem Omega zu sprechen.

Der strahlend blaue Himmel hing voller, bauschiger, weißer Wölkchen, die über sie hinweg trieben. Es war das Ende des Sommers, und es war warm in der Stadt, aber eine sanfte Brise von der Meeresküste her verhinderte, dass es zu stickig oder zu schwül wurde, trotz der ständig wachsenden Zahl der Bewohner, Autos, Busse, Boote und Züge, die alle ihren Abraum hinterließen.

Die Doubleton Akademie war am Rande eines Tals gelegen, und die Aussicht aus den Fenstern der Klassenzimmer war fast genauso gut wie die aus Neds Zimmer zuhause, allerdings nicht ganz so umwerfend wie die Aussicht aus dem Zimmer, das er im vergangenen Sommer im Haus seines Onkels bewohnt hatte.

Über den Sommer, den er bei seinem Onkel verbracht hatte, hatte er auch dessen Omega Adrien und den gemeinsamen Sohn Michael kennengelernt. Das hatte Ned verändert. Er hatte plötzlich angefangen, sein ehrgeiziges Leben mit seinem Vater zu hinterfragen. Die „Wahrheiten", die er früher als selbstverständlich hingenommen hatte – wie etwa: *Alles, was du wirklich haben willst, ist jeden Preis dafür wert* – ergaben plötzlich keinen Sinn mehr, und nach seiner Rückkehr brauchte er erstmal ein paar Tage, um mit dieser Erkenntnis fertigzuwerden. Selbst jetzt, mitten im Unterricht, fühlte er sich hin- und hergerissen zwischen dem Jungen, der er nach den Erwartungen seines Vaters sein sollte, und dem Mann, zu dem er in der Zukunft werden wollte.

Zum Beispiel saß er wie immer zwischen Braden und Finch, aber er *wollte* dort nicht sein. Er wollte auf der anderen Seite des Raums neben dem neuen, kleinen, stillen Omega sitzen, der den ganzen Tag lang an mathematischen Gleichungen arbeitete, selbst im Literaturunterricht, in der Mittagspause, und auch sonst überall. Nachdem er ihn tagelang beobachtet hatte, hegte Ned keinen Zweifel daran, dass er im Geiste sogar während des Sportunterrichts Mathematik-Aufgaben löste.

Da war etwas Unwiderstehliches an der Art und Weise des jungen Mannes. Er war ein stiller Typ, ja, aber Ned sah ab und zu herrlichen Eigensinn in seinem Gesicht aufflackern. Unter der

Oberfläche dieses Jungen brodelte noch mehr. Und Ned wollte unbedingt wissen, was es da noch zu entdecken gab.

„Hör auf, ihn anzustarren!", sagte Braden und trat Ned unter dem Tisch gegen das Schienbein.

„Was?", fragte Ned in einem Versuch, es zu leugnen.

„Wenn du ihn ficken willst, kann das sicherlich arrangiert werden." Finch sagte immer alles direkt und unverhohlen.

„Ich… was?" Ned blinzelte ein paarmal verstört. „Sowas mache ich nicht mehr. Ich dachte, wir wären uns einig darüber, dass keiner von uns so etwas nochmal macht."

Braden lachte. „Ein Alpha, der keine Omegas mehr ficken will? Oh, bitte! Wir wissen doch beide, dass es nur eine Frage der Zeit ist, bis wir wieder unseren Spaß haben werden, so wie früher. Es gibt hier jede Menge Omegas, die sich für uns nackig machen werden, wenn wir sie nur ein bisschen überreden."

Ned schüttelte den Kopf. Diesen Weg hatte er schon zu oft eingeschlagen, und er war es leid. Vor seinem Sommer bei Adrian und Onkel Heath, hatte er keine Ahnung gehabt, was ein Alpha und ein Omega wahrhaftig füreinander sein konnten, was sie aneinander haben konnten. Er hatte geglaubt, Omegas würden nur zum Vergnügen der Alphas existieren. Auch wenn er schon gewusst hatte, als er alt genug war, dass er sich gewissermaßen auf eine Beziehung einlassen musste, anstatt nur einmal mit dem Omega ins Bett zu springen, um irgendeinen Erben hervorzubringen. Er hatte angenommen, dass ein Vertrag dazu geschlossen wurde – nicht mehr und nicht weniger.

Aber zwischen Adrien und Onkel Heath war es nicht so. Sie liebten einander. Sie waren glücklich. Sie hatten zusammen eine Familie gegründet, und sie respektierten einander. Von außen sah ihr Leben wie ein Märchen aus.

Ned hatte zuvor noch nie so viel Lachen, Liebe, Zärtlichkeit und gegenseitige Bewunderung in einer Familie erlebt wie in der von Heath und Adrien. Nun sehnte auch er sich nach einem solchen Leben, einem wunderschönen Leben zusammen mit einem Omega wie Adrien – klug, liebevoll und süß. Ein Mann, der ein guter, hingebungsvoller Papa für seine Kinder sein würde.

Neds Blick wanderte erneut zu dem neuen Jungen. Würde *er* wie Adrien sein? Oder mehr so wie die Omegas, die sein Vater benutzte? Berechnend und Zynisch?

Die strahlend blauen Augen fanden Neds Blick. Plötzlich konnte Ned kaum noch atmen.

„Was zum Henker ist los mit dir?", stieß Braden hervor.

„Nach der Schule geben wir ihm etwas Brights Pulver, dann wird es schon wieder", sagte Finch.

Ned zuckte die Achseln. Er nahm auch kein Brights Pulver mehr. Adrien hatte ihm erzählt, wie sein Omega-Elternteil, ein Mann namens Nathan, ein Fan des Zeugs gewesen war. Aber es hatte seinem Herzen Schaden zugefügt, und schließlich war er viel zu früh gestorben. Ned wollte lange leben. Er wollte ein starker, erfolgreicher Alpha werden und seine Kinder aufwachsen sehen, er wollte Enkel haben und auch die aufwachsen sehen, vielleicht sogar erleben, dass diese Enkelkinder bekamen. Braden und Finch würden Neds Träume lächerlich und dumm finden, aber Heath hatte sie als reif bezeichnet, und er hatte stolz ausgesehen.

„Für unser erstes Projekt werden wir die Klassen in Gruppen aufteilen. Bitte wechselt dementsprechend die Plätze."

Ned konnte sein Glück kaum fassen, als er mit dem neuen Omega zusammen in einer Gruppe landete.

Ezer.

Ezer Fersee hatte der Lehrer ihn gerufen. Was bedeutete, er war einer der vier Omega-Söhne von George Fersee. Neds Herz tat vor Freude einen Sprung. Fersee gehörte derselben Gesell-schaftsschicht an. Was wiederum bedeutete, dass, was immer er bei jeder Begegnung mit Ezer auch fühlte, nicht völlig hoffnungslos war.

Dennoch brachte er es nicht über sich, mit Ezer zu sprechen, und Ezer redete ebenfalls nicht. Sie saßen zusammen in derselben Vierergruppe und arbeiteten schweigend an ihrem Projekt. Ned konnte nicht umhin zu bemerken, dass Ezer nie Notizen macht. Er trug seine Gedanken mit selbstsicherer, ruhiger Stimme vor, und die anderen in der Gruppe brachten sie zu Papier.

Einmal ließ Ezer seinen abgekauten Bleistift auf den Boden fallen, und Ned bückte sich, um ihn aufzuheben. Als er den Kopf hob, begegnete er unvorbereitet dem wunderschönen Blick von Ezers himmelblauen, großen Augen, und sein Herz schlug so heftig, dass ihm schwindelig wurde und er sich ganz benommen und dumm vorkam. Er war zu benommen, um etwas zu sagen, als er Ezer den Bleistift in seine schlanken Finger drückte.

Ned war sich sicher, dass alle um ihn herum wussten, welche Wirkung Ezer auf ihn hatte, und das war ihm peinlich. Ned versuchte, sich in seinem Schulbuch zu vergraben, und tat so, als wäre er plötzlich ganz versunken in ihr Projekt. In Wirklichkeit aber brauchte er einfach nur etwas Zeit, um herauszufinden, warum sein Puls so raste, und warum er sich immer noch benommen fühlte, obwohl er tief einatmete. Entwickelte er etwa so etwas wie Asthma?

„Du musst dich von ihm fernhalten", sagte Braden beim Mittagessen höhnisch, als er bemerkte, in welche Richtung Neds Blick wieder einmal ging. Sie saßen zusammen mit einem rothaarigen Alpha namens Riley, der ebenfalls neu auf der Schule war. Braden hatte sich vor ein paar Tagen mit ihm angefreundet. Und Rileys Vater lieferte Waren für das Geschäft von Finchs Vater.

„Hm?" Ned riss den Blick weg von dem Tisch, wo Ezer etwas Suppe löffelte und an einem Sandwich knabberte. „Fernhalten von wem?“

„Von dem Schwanzlutscher da“, sagte Braden und benutzte das schäbigste Schimpfwort überhaupt. Eines, das Omegas galt, die der untersten Unterklasse angehörten und keine gute Abstammung vorweisen konnten, eigentlich sogar richtigen Prostituierten.

„Er ist George Fersees Sohn“, sagte Ned und blinzelte verwirrt. „So darfst du ihn nicht nennen.“

„Ich darf das sehr wohl“, sagte Braden grinsend. „Und du würdest das ebenfalls tun, wenn du es wüsstest.“

„Wenn ich was wüsste?“

„Alles was ich weiß.“

„Und was genau weißt du?“

Braden zuckte mit den Schultern. „Genug.“

An dieser Stelle mischte sich Riley ein, der nicht aufhörte, sein Sandwich zu essen. Dass er mit vollem Mund sprach, bewies seine schlechten Tischmanieren, Oberklasse hin oder her. „Er ist von der St. Hauers Akademie hierher versetzt worden.“

Ned blinzelte. St. Hauers war eine Schule für Omegas mit ernsten Lernschwierigkeiten – Braden und Finch hatten hässlichere Worte dafür.

„Es ist echt traurig. Ich bin mit ihm zusammen auf der Vorschule gewesen, und er war eigentlich wirklich klug. Aber als er sieben Jahre alt wurde und wir in den Kindergarten kamen, schaffte er es nicht, richtig lesen zu lernen.“ Riley schüttelte den Kopf. „Wie ich höre, kann er immer noch nicht lesen oder schreiben. Er macht all seine Prüfungen mündlich.“

Bradens Mund verzog sich zu einem hässlichen Grinsen. „Ah. Siehst du? Dann ist er dumm *und* dazu der Sohn eines Schwanzlutschers. Das macht ihn selbst automatisch auch zum Schwanzlutscher. Wie ich gesagt habe.“

Riley runzelte die Stirn. „Das würde ich jetzt nicht sagen.“

„Tja, ich schon."

Riley zuckte die Achseln. Aber etwas daran, wie seine Miene sich veränderte, sagte Ned, dass Riley in Zukunft wohl nicht mehr mit ihnen zusammensitzen würde. Wenn er schlau war…

Braden fuhr fort: „Außerdem, wir wissen alles über ihn und seinen Papa."

„Wirklich?", sagte Finch und deutete mit hochgezogenen Brauen auf Ned. „*Er* weiß eindeutig nichts davon!"

„Das muss er auch gar nicht. Hör zu, Ned, halt dich einfach fern von ihm", kommandierte Braden, als wäre er der Boss. „Du bist zu gut, um dir an ihm deinen Pimmel schmutzig zu machen."

Ned knirschte mit den Zähnen. Er wollte sich an niemandem den „Pimmel schmutzig machen". Das war es nicht, was er von Ezer wollte.

Riley fing Neds Blick auf. „Er sieht sowieso nicht besonders gut aus." Neds Interesse und die gemeinen Warnungen der anderen Alphas schienen ihn zu verwirren. Er zählte an seinen Fingern ab: „Nicht gerade der Schlaueste, nicht besonders gutaussehend. Sicher, er kommt aus einer reichen Familie, aber das heißt lediglich, dass er nicht als Jungfrau sterben wird." Riley schien es schwerzufallen, diese Dinge zugeben zu müssen. „Ich habe gehört, wie manche von den gierigen Schmierlappen über ihn geredet haben, und wieviel er wohl wert wäre." Er nickte zu einem Tisch, wo Alphas aus der Mittelklasse saßen. „Die haben irgendwas mit ihm vor."

Natürlich hatten sie das. Sie würden mit Freuden einen unintelligenten und weniger attraktiven Omega als Partner nehmen, wenn ihnen das zu Geld und Ansehen verhalf. Und George Fersee besaß beides.

Ned war immun gegen solche Verlockungen. Sein Vater hatte bereits vor langer Zeit sein gesamtes Erbe durchgebracht; jetzt bat er Ned ständig um Zugang zu dem Vermögen, das Heath für Ned und dessen Zukunft beiseite gelegt hatte.

Einen Omega aus der Fersee-Familie zu ehelichen, würde die Geldsorgen seines Vaters sofort beenden. Aber Ned hatte nicht vor zu heiraten, bevor er nicht längst seinen Uniabschluss gemacht hatte und es sich leisten konnte, die Hitze eines Omegas von guter Qualität zu kaufen. Eines Omegas, der hoffentlich dieselben Augen wie Ezer Fersee hatte.

Allerdings hatte er den Verdacht, dass niemand sonst solche Augen wie Ezer hatte.

Als sie an diesem Nachmittag zu Fuß das Schulgelände verließen und zur U-Bahn-Station gingen, um nach Hause zu fahren, entdeckte Ned Ezer, der allein unter einem Baum saß und in einem seiner Notizbücher kritzelte. Ned bekam schwitzige Hände, als er sich etwas zurückfallen ließ, sodass er sich von Braden und Finch löste. Er hoffte, dass es den beiden nicht auffiel. Mit klopfendem Herzen und einem Kribbeln im Bauch ging er allein auf Ezer zu. Er hatte ernsthaft Angst, sich vielleicht vor lauter Aufregung übergeben zu müssen.

Ezer hob ruckartig das Kinn, als Ned neben ihm stehen blieb. Er blinzelte in die Sonne, während er versuchte, von dem staubigen Boden aus, wo er saß, zu Ned aufzublicken.

Sein Notizbuch war voller mathematischer Gleichungen. Ned ging neben Ezer in die Hocke und deutete auf die Seite. „Das kapierst du alles?"

Ezer blinzelte neugierig zu ihm hinauf. „Ja."

Na toll! *Das* waren die ersten Worte, die er zu Ezer gesagt hatte. Ach, Mann. Und das Schlimmste? Sie waren ein Beweis seiner eigenen Dummheit.

„Ah."

„Was haben wir denn da, Ned?"

Ned stellten sich die Nackenhaare auf, als er Bradens schmierige Stimme hinter sich hörte. „Willst du den kleinen Schwanzlutscher zu unserer Party an diesem Wochenende einladen?"

Ezers Gesichtsausdruck fiel in sich zusammen, und er biss sich auf die Zähne. Dann begann er, seine Sachen zusammenzupacken. Aber Finch hob ein Bein und setzte die Sohle seines Stiefels auf Ezers schmale Schulter. Mit einem Tritt schob er ihn zurück an den Baumstamm.

„Hey!", schrie Ned und stellte sich schützend vor Ezer. Aber Braden, der größer, kräftiger und brutaler war, schubste ihn einfach zur Seite, um sich selbst vor Ezer hinzuhocken. „Du bist zwar hässlich, aber nach ein paar Drinks würden wir dich trotzdem ficken", sagte er. Er fuhr mit einem Finger über Ezers Wange, dann hob er Ezers Kinn an. „Bei mir zuhause. Ich bin sicher, du weißt, wo das ist. Samstagabend. Du kannst dich bei den Dutzend anderen einreihen."

„Nein", sagte Ned und schob Braden aus dem Weg. Er hatte seinem Onkel versprochen, nicht mehr irgendwelche Orgien zu feiern und kein Brights Pulver mehr zu nehmen. Ned hatte vor, diese Versprechen einzuhalten.

„Doch", sagte Braden. „Werd jetzt bloß nicht prüde, Ned. Du hast mehr Omegas gefickt, als du an deinen Fingern und Zehen zählen kannst. Tu jetzt nicht so lieb, nur um deinen Schwanz in diesen Blödmann von der St. Hauers Schule zu stecken. Das hast du nicht nötig. Du bist etwas Besseres. Besser als *er*."

Ezer packte Finchs Stiefel und schaffte es irgendwie, ihn wegzustoßen. Zitternd stand er auf. Seine Augen funkelten vor Zorn „Lasst mich in Ruhe. Von euch würde ich nicht mal dann einen ficken, wenn ihr mir eine Pistole an den Kopf hieltet. Lieber würde ich sterben. Alpha-Abschaum seid ihr. Ihr alle!"

„Schön. Ganz, wie du willst, Schwanzlutscher", sagte Braden. „Eben warst du noch so was Ähnliches wie fickbar, jetzt kommst du auf meine super-spezielle Liste." Ezer erstarrte. „Von mir aus. Und weißt du was? Es wird dir keinen Spaß machen!"

„Er wird zu seinem Vater rennen", sagte Ned mit klopfendem Herzen. Am liebsten hätte er dem Ganzen ein Ende gemacht. Aber wie?

„Nein, ganz sicher nicht", sagte Braden so sicher, dass Ned erschauerte. „Stimmt's?"

Ezer starrte ihn an.

„Denn rein zufällig arbeitet mein Vater gerade an einem Deal mit George Fersee. Er investiert Millionen in Fersees nächstes Bauprojekt. Es wäre doch schrecklich mitanzusehen, was Mr. Fersee täte, wenn der Deal platzen würde, nur weil sein Sohn so ein Holzkopf ist, der beschlossen hat, mich zu verärgern."

Ned knirschte mit den Zähnen.

„Außerdem, falls Fersee denkt, dass sein wertlosester Omega-Sohn nicht hier zurechtkommt, dann schickt er ihn einfach wieder irgendwohin, wo er ganz sicher ist", fuhr Braden fort. Es machte Ned ganz verrückt, wie viel Braden redete, während er seine Opfer folterte. Er war wie einer der psychopathischen Schurken in Filmen. Die sabbelten auch immerzu, als hätten sie alle Zeit der Welt, um die Leute vollzuquatschen, bevor sie ihnen die Kehlen durchschnitten. „Und dieses dumme Stück Scheiße hier will nicht zurück nach St. Hauers gehen, ist doch so, oder, Schwanzlutscher?"

Ezers Augen füllten sich mit Tränen. Ned wünschte, er hätte Braden und Finch niemals getroffen.

„Japp", sagte Finch. „Das ist jetzt übrigens dein Name: Schwanzlutscher."

Ezers Unterlippe zitterte, aber er schob das Kinn vor und sagte nichts.

Braden schnurrte schmalzig: „Der perfekte Name für so einen dürren Omega, oder? Er muss doch bestimmt recht eng sein.

Aber keine Bange. Die Einladung zur Party steht noch... da kannst du ein paar Alpha-Freunde gewinnen." Er grinste.

„Es gibt keinen besseren Weg, sich bei einem Alpha lieb Kind zu machen, als deine Arschbacken für ihn zu spreizen. Vielleicht kann er dich dann sogar so gut leiden, dass er dich in der Schule unter seine Fittiche nimmt." Braden sah Ned von der Seite an. „Dieser hier ist eindeutig scharf darauf."

Ezer grollte.

Braden stand auf und packte Neds Arm. „Komm jetzt."

Ned riss sich los und wandte sich wieder Ezer zu.

Aber Ezers wunderschöne Augen waren jetzt nicht mehr so wunderschön. Sie waren voller Hass und Wut. Er spuckte verächtlich aus und traf Neds Schuluniform mit einem dicken Tropfen aus Spucke und Rotz, der an dem schweren Stoff herunterlief.

„Das hast du jetzt nicht in echt gemacht!", knurrte Finch drohend, und dann stürzte er sich auch schon auf Ezer.

„Bleib mir gefälligst vom Hals!", stieß Ezer hervor.

Ned starrte auf die Spucke an seiner Jacke, und es überkam ihn ein seltsames Gefühl von Hilflosigkeit, das ihn erstarren ließ. Als er den Kopf hob, sah er gerade noch, wie Finchs Faust Ezer in die Magengrube traf. Keine sichtbaren Blutergüsse. Finchs üblicher Stil. Ned machte einen Schritt nach vorn, um Finch wegzuzerren, der sich am Boden auf Ezer gestürzt hatte. Aber in diesem Moment kam der Rektor aus dem Hauptgebäude und schrie: „Was ist denn hier los?"

Braden packte kräftig zu und zog Ned weg von dem am Boden liegenden, um Atem ringenden Ezer. „Komm jetzt endlich, oder soll dein Onkel Heath schon wieder eine neue Schule für uns suchen müssen?"

Ned war ganz aufgebracht und durcheinander, als er sich von Finch und Braden in Richtung der U-Bahn-Station ziehen ließ.

Sie sprangen über die Ticket-Barrieren und in die erstbeste Bahn, um möglichst schnell dem Rektor zu entkommen, der hinter ihnen her war.

„Er hat seine Brille nicht auf gehabt", sagte Finch. Lachend. „Jeder weiß doch, das Rektor Wendel ohne seine Brille praktisch blind ist."

Ned wusste das *nicht*. Sie waren erst seit wenigen Wochen in Doubleton. Woher hatten Braden und Finch solche Informationen? Das war schon immer so gewesen, an jeder Schule, auf der sie zusammen gewesen waren, und Ned wünschte, er könnte endgültig von ihnen weg kommen.

Während die Bahn durch die Tunnel ruckelte, überkam Ned große Scham. Bradens und Finchs geradezu stolzerfülltes Gelächter über das, was sie zu Ezer gesagt und ihm angetan hatten, machte ihn krank. Er schwor sich, ihnen die Freundschaft zu kündigen. Statt dessen würde er in der Mittagspause mit Ezer zusammensitzen. Oder er würde ganz allein sitzen. Das würde ihn zu einem Ausgestoßenen machen, aber auf keinen Fall konnte er ihren Mist weiterhin ertragen.

Vielleicht würde er sie sogar der Schulleitung melden. Sich als Held erweisen. Dann würde Ezer ihn mögen, oder? Und selbst, wenn nicht – vielleicht würde Ned sich dann wenigstens selbst mögen.

Das musste doch auch etwas zählen.

Kapitel 3

Gegenwart

VOR SECHS MONATEN hatte Ned sich geschworen, die Freundschaft mit Braden zu beenden und Ezers Beschützer zu werden, aber so war es nicht gekommen. Neds Gründe dafür waren zum Schämen und ließen sich mit einem einzigen Satz zusammenfassen: Ned war ein sehr schlechter Mensch und ein Feigling.

Der Tag nach dem Zwischenfall am vierten Schultag hatte Neds Vater, Lidell, eindeutig klar gemacht, dass – weil sein Bruder Heath den Geldhahn zugedreht hatte – ihr finanzieller Status in der Zukunft in den Händen von Bradens und Finchs Vätern lag, und in den Verträgen, die sie mit Lidells Firma schließen würden.

Er hatte Ned dafür gelobt, dass er die beiden Jungs bei Laune gehalten hatte.

Und jetzt, am Morgen nach dem schandbaren Ereignis auf dem Hof des heruntergekommenen Wohnhauses, wo Ezers Papa lebte, lag Ned faul am Swimmingpool seines Vaters in der Wintersonne. Aber er versank in Selbstverachtung. Er kaute auf seiner Unterlippe und warf sich unruhig auf seiner Liege von einer Seite auf die andere. Er hätte Braden ins Gesicht treten sollen So, wie er es gewollt hatte. Und er hätte es getan. Wirklich. Er war nur einfach nicht schnell genug gewesen.

Wie so oft war er vor Angst wie gelähmt gewesen.

Warum eigentlich? Er war größer als Braden und viel größer als Finch. In einem Kampf könnte er sie beide locker besiegen. Ja, natürlich wären ihre Väter dann sauer und würden seinen Vater das spüren lassen. Na und? Wen kümmerte es schon, dass sein Vater theoretisch alles verlieren konnte, wenn er sie sich zu Feinden machte?

Aber wem wollte er etwas vormachen? *Ihn* kümmerte es!

Aber was Braden und Finch gestern mit Ezer gemacht hatten, war *mehr* als die übliche Schikane gewesen, die sie Ezer für gewöhnlich in der Schule entgegenbrachten – mal eine gemeine Bemerkung hier, mal ein Arschtritt da. Noch nie zuvor hatten sie Anstalten gemacht, ihn zu *vergewaltigen*.

Braden hatte immer wieder erklärt, dass Ezer viel zu verklemmt war, und dass man ihm mal richtig klar machen müsste, dass Omegas wie er sich glücklich schätzen dürften, wenn sie überhaupt von einem Alpha seiner Gesellschaftsschicht bemerkt wurden. Aber Ned wusste nicht, was sich gestern geändert hatte, oder warum Braden beschlossen hatte, bei Ezer sexuell übergriffig zu werden.

Ezer hatte nichts getan, um das zu verdienen. *Niemand* verdiente so etwas…

Und erneut: Wem wollte er etwas vormachen? Natürlich wusste er, was gestern anders gewesen war. Und das war nicht Ezer. Es waren Braden und Finch. Sie hatten erneut Brights Pulver genommen. Jedes Mal, wenn sie davon high waren, wurden sie besonders grausam. Und Ezer war der Pechvogel gewesen, der als Omega ihre Aufmerksamkeit erregt hatte. Schlimmer noch, er war der Omega, der ihnen in der Vergangenheit immer wieder verweigert hatte, was Braden und Finch mehr brauchten, mehr begehrten als Brights Pulver: angsterfüllten Respekt.

Es war grotesk. Das alles.

Aber Neds Anteil daran – einfach daneben zu stehen und nichts zu tun, das irgendwie von Nutzen war – beim Gedanken daran wurde Ned schlecht.

Feigling.

„Ned, geht es dir gut?" Neds Kammerdiener von Kindheit an, erschien neben seiner Liege und stand Ned in der Sonne. Earl bezog sein Gehalt von Onkel Heath, und er war verheiratet mit Heaths eigenem Kindheits-Kammerdiener Simon. Earl hatte schon länger in der Familie gedient, als Ned auf der Welt war. „Es ist zu kalt, um zu schwimmen, mein lieber Junge. Oder nimmst du nur ein Sonnenbad?"

Ned grummelte. Gern hätte er seinem alten Freund sein Herz ausgeschüttet, aber er schämte sich zu sehr. Er hatte Earl gegenüber früher manchmal seine Sünden gebeichtet, unter Auslassung der absolut schlimmsten Details, und Earl hatte stets dafür gesorgt, dass es ihm besser ging. Aber Ned wusste, Earl würde sich Sorgen machen, wenn er von Neds Ausflug nach Roughs Neck und den Erwerb von Brights Pulver hörte, und noch mehr würde er sich sorgen, wenn er von dem Vorfall mit George Fersees Sohn erfuhr.

Und er wäre enttäuscht.

Ned würde es nicht ertragen, wenn Earl von ihm enttäuscht wäre.

Earl tätschelte sein Bein. „Rück mal rüber. Lass mich deine Stirn fühlen."

„Ich bin nicht krank", sagte Ned, rückte aber dennoch herüber. Er genoss die Fürsorge, trotz seines Protests. „Ich bin wütend."

Earls knochige Finger waren kühl und trocken auf seiner verschwitzten Stirn. Die Sonne schien warm, trotz des kalten Winterwetters. Das Leben in Wellport galt als angenehm bei jenen, die im Norden und in weniger warmen Gegenden des

Landes lebten. Ein Tag wie heute, mild und kühl genug, um im Schatten einen Pullover zu tragen, war das Schlimmste, was der Winter hier zu bieten hatte. Keinen Schnee, kein Eis. Ned erinnerte sich an so kalte Tage aus der Zeit, als er und sein Vater Lidell weiter weg von seinem Onkel Heath gelebt hatten. Aber näher ans Meer zu ziehen, hatte sich als gut erwiesen. Wenn er hier saß und von seines Vaters hoher Veranda herunter blinzelte, konnte er in der Ferne die Wellen an den Klippen brechen sehen.

„Wütend worüber?", fragte Earl. Er strich Ned das Haar aus der Stirn und lächelte ihn an. Earl war gertenschlank, mit grauen Haaren. Als junger Mann hatte er einst bestimmt gut ausgesehen, aber die Zeit hatte ihren Tribut gefordert. Und er wirkte auch trauriger jetzt, seit Onkel Heath an den Stadtrand gezogen war und Simon mitgenommen hatte. Simon hatte sich geweigert, seine „Schützlinge" (Heaths und Adriens gemeinsamen Sohn Michael, und ein weiteres Baby, das unterwegs war) im Stich zu lassen. Und jetzt sahen er und Earl einander nur noch an den Wochenenden. Das war nicht einfach. Ned hatte darüber nachgedacht, Earl wegzuschicken, damit er mit Simon zusammenleben konnte und glücklicher war. Ned war ja kein Baby mehr und würde auch ohne persönlichen Kammerdiener zurechtkommen. Aber dann würde er in Situationen wie jetzt kommen und… Nein, er brauchte Earl an seiner Seite.

„Raus damit!", sagte Earl in jenem sanften Beinahe-Befehlston, der bei Ned noch nie seine Wirkung verfehlt hatte.

Und dann brachen alle Dämme, ohne Rücksicht auf Earls vornehme Empfindsamkeiten. „Scheiß auf Braden Tenmeter! Und scheiß auf Finch Maddox! Und scheiß auch auf ihre Väter!"

Earls Brauen zuckten, aber er tadelte Ned nicht für seine Ausdrucksweise. „Wirklich jetzt?"

„Ja, scheiß auf sie alle. Wenn ich mich nicht wegen Vaters Geschäftsbeziehungen mit diesen Arschlöchern gut stellen müsste –"

Earl schnalzte missbilligend mit der Zunge. „Sowieso… Junge Männer wie du sollten sich mit sowas gar nicht befassen müssen, meiner Meinung nach."

„Tja, nun, wenn ich ihnen nicht um Vaters willen in ihre hässlichen Ärsche kriechen müsste, würde ich mich gar nicht mit ihnen abgeben." Eine Wolke schob sich vor die Sonne, und Ned schauderte auf seiner Liege.

„Gewiss nicht." Earl zog seine Jacke aus und breitete sie über Neds Schultern und Brust. Die verbliebene Körperwärme von Earl gab Ned ein Gefühl der Sicherheit. Er zog die Jacke enger um sich und schnupperte auch daran. Sie duftete nach Zigarren und sauren Drops. Oh, Earl. Er liebte ihn so sehr. Was sollte er nur machen, falls Earls sich tatsächlich entschloss, zu Onkel Heath zu gehen und mit dem neuen Baby zu helfen, wenn es da war?

„Na los, Ned. Sag mir alles."

„Finch und Braden, sie sind… sie sind solche… Schweine!", sagte Ned. Er wünschte, er hätte kräftigere Worte in seinem Repertoire, war sich jedoch nicht sicher, dass solche Worte überhaupt existierten. Aber falls es sie gab, dann trafen sie ganz bestimmt auf Braden und Finch zu. „Ich hasse sie."

„Und du hast sie lange gehasst. Sie haben dich in alle möglichen Sorten von Ärger mit hineingezogen. Wie diese Orgie letztes Jahr."

Ned errötete. Er hasste es, dass irgendjemand davon wusste, geschweige denn Earl. Er war ein so dummer, notgeiler *Idiot* gewesen. Hatte auf einer Sex-Party, die Bradens älterer Alpha-Bruder geschmissen hatte, eine Reihe von Omegas gefickt, sich benommen wie irgendeine Art von König und sich auch so gefühlt.

Er hatte schon zuvor Omegas gefickt, aber die Party war

besonders übel gewesen. Die Tenmeters hatten wunderschöne Omegas von den örtlichen Unis handverlesen. Er selbst war mit Brights Pulver vollgepumpt gewesen, völlig high. Noch nie hatte er sich so unbesiegbar gefühlt, und den anderen Alphas auf der Party war es genauso ergangen.

Er und Braden waren noch Tage später in der Schule herumgelaufen wie die Kings. Leider stellte sich später heraus, dass in jener Nacht im Keller desselben Hauses auf derselben Party einige verstörende Ereignisse stattgefunden hatten, zu denen die betroffenen Omegas nicht ihr Einverständnis gegeben hatten. Einer der Alphas, der mit ihnen zusammen den Schulabschluss machen sollte, war nun im Gefängnis. Bradens großer Bruder war mit einer Verwarnung davongekommen, aber bei dieser Entscheidung war Schmiergeld im Spiel gewesen, wie Ned wusste.

Am Ende hatte er einfach nur Glück gehabt. Onkel Heath hatte seinen Einfluss geltend gemacht und dafür gesorgt, dass alles davon aus seiner Akte gelöscht wurde. Er hatte ganz kurz davor gestanden, von sämtlichen Unis für immer ausgeschlossen zu werden, sowie auch von anständigen Eheschließungen. Und das alles nur wegen ein paar Stunden high sein von Brights Pulver und sich zu benehmen, als könnte er jedes süße Loch auf der ganzen Welt ficken. Wie blöde war das?

„Heath wäre es auch lieb, wenn du dich nicht mehr mit den beiden abgeben würdest. Das weiß ich von Simon."

„Ja, ich weiß. Aber der Preis dafür ist hoch." Er warf Earl einen bedeutungsvollen Blick zu. Sie beide kannten die Lage seines Vaters. Niemand konnte in diesem Haus leben und nichts davon mitbekommen haben. Sie würden schon nach einem Monat total auf dem Trockenen sitzen ohne die Tenmeters und die Maddoxes.

„Das tut es wohl. Also, was haben sie dieses Mal angestellt?", fragte Earl. Er schlug die Beine übereinander und verschränkte die Hände auf dem Schoß.

Ned wand sich unbehaglich unter Earls Jacke und mied den Blick seines alten Kammerdieners.

Earl brummte, dann sagte er: „Oh, ich verstehe. Was immer es war – du hast dabei mitgemacht, und jetzt schämst du dich."

Ned nickte vehement. „Ja. Und es ist furchtbar. Ich hasse es. Ich hasse *mich selbst* dafür." Er sank zurück auf die Liege, mit all den elendigen Gefühlen eines Alpha-Idioten, der sich daran beteiligt hatte, den Omega festzuhalten und beinahe zu vergewaltigen, in den er so hoffnungslos verliebt war.

„Hmm, nun, Scham ist ein Gefühl, das nicht einfach auszuhalten ist."

Ned verzog das Gesicht. Er wünschte, er hätte die Eier, Earl zu fragen, was er von Scham wusste, damit er sich nicht so allein fühlte in seinem schlechter-Mensch-sein. Aber er fürchtete, ganz gleich, was Earl ihm auch sagen mochte, es würde sowieso nichts an dem Schmerz über das, was er getan hatte, ändern. Und das sollte es wohl auch nicht.

Earl streichelte Ned übers Haar und strich ihm eine Locke aus der Stirn. „Kannst du irgendwie wieder gut machen, was du getan hast? Besteht diese Möglichkeit?"

Ned wand sich erneut unbehaglich. Ihm wurde zugleich heiß und kalt, und sein Puls raste, als er sich vorstellte, zu diesem Wohngebäude zurückzukehren, Ezer erneut an jenem Tisch zu finden und sich bei ihm zu entschuldigen. Vielleicht mit einem Strauß Blumen. Und einer Erklärung seiner Absichten ihm gegenüber. Verbunden mit dem Versprechen auf ein besseres Leben. Ihn zu heiraten.

Ach, was war er doch für ein Idiot.

„Nein, nicht wirklich", schnaubte er. „Und ich weiß auch nicht, wie ich dem ein Ende machen soll, denn es geht auch um Braden und Finch, und wenn ich nicht bei ihnen mitmache..."

Er breitete die Hände aus. „Ich hasse, dass ich mich die ganze Zeit bei ihnen lieb Kind machen muss."

„Was ist das Schlimmste, das passieren würde, wenn du auf Abstand zu diesen Jungen gehen würdest?"

Ned schnaubte. „Das weißt du doch."

Earl nickte. „Ich weiß, was *du* denkst, was passieren würde, und ich weiß, was *dein Vater* fürchtet, was passieren würde, aber bist du diesen Jungen wirklich so wichtig? Vielleicht würde es ihnen reichen, dich nur ein bisschen zu schikanieren, und dich damit davonkommen zu lassen. Es wäre der Verlust des sozialen Status für dich, sicher, aber mit Heaths Geld hättest du noch immer Schutz. Dein Vater hätte weniger Glück, aber..."

„Heath wird bald selbst zwei Erben haben. Ich bin zufrieden mit dem, was er für mich in den Trust eingezahlt hat. Aber wir wissen beide, wenn mein Vater das Geld in die Finger bekommt – und wenn er nicht über die Einkünfte verfügen kann, welche die Verträge mit sowohl Tenmeter als auch Maddox ihm bringen würden – dann würde er... Meine Konten wären im Handumdrehen leergeräumt."

„Du musst zu deinem Vater Nein sagen, Ned."

„Wie soll er dann leben?"

„Zornig."

„Wie sollen *wir* dann leben?"

„Sparsam."

Ned seufzte.

Lidell war kein herzloser Mann, aber er konnte nicht mit Geld umgehen. Er litt unter seinen falschen Entscheidungen, und obendrein mangelte es ihm an Glück. Und man konnte ihn nicht gerade als sympathischen Zeitgenossen bezeichnen. Es war erstaunlich, dass er die Verträge mit Tenmeter und Maddox überhaupt so lange hatte halten können.

Ned fand es nicht zu selbstbezogen zu denken, dass sein Vater die Dauerhaftigkeit jener Verträge nicht zuletzt Neds „Freundschaft" mit Braden zu verdanken hatte. Und der Verbindung, die dadurch in Bradens Familie zu ihm bestand. Jedes Mal, wenn Ned bei Braden zuhause war, konnte Ned sich vor Bradens kleinem Bruder Ashden, einem Omega, kaum retten. Der Junge machte kein Hehl aus seiner Verliebtheit in Ned, aber Ned hatte sich nie auf irgendetwas mit ihm eingelassen. Jeder wusste, dass Ashden völlig versessen auf Ned war. Mr. Song, Bradens und Ashdens Omega-Papa hatte sogar Bemerkungen darüber fallen lassen, dass Ashden einen umfangreichen Trust mitbringen würde, und die Bezahlung eines hohen Preises für seine erste Hitze somit unnötig wäre. Er wäre also nicht nur jemand, den Ned sich leisten könnte zu heiraten, sondern sogar jemand, der noch Geld mit in die Ehe bringen würde.

Ned erinnerte sich, wie Mr. Song ihm ins Ohr geflüstert hatte: „Wir mögen dich, Ned. Du bist für Braden ein so guter Freund."

Und wenn Braden ein guter Freund zu sein bedeutete, ihm seine furchtbaren Vorhaben nicht auszureden, also ihn Brights Pulver schnupfen zu lassen und ihn auf dummen Highschool-Orgien ungehindert neben sich Omegas ficken zu lassen – ja, dann war Ned wohl für Braden ein guter Freund. Und falls es bedeutete, Braden dabei zu helfen, ein besserer Mensch zu werden, dann hatte Ned darin jedenfalls vollkommen versagt.

Aber Mr. Song und Mr. Tenmeter schienen den Unterschied nicht zu kennen. Sie wedelten mit dem Schlüssel zum Königreich – in Form von Ashden – vor Neds Gesicht herum, lächelten und ließen allerlei Bemerkungen darüber fallen, was sie sonst noch für Neds Vater oder für Ned selbst tun könnten.

Natürlich war Ashden echt hübsch, aber Ned war an einer engeren Verbindung zur Tenmeter-Familie wirklich nicht interessiert. Die Vorstellung, mit einem von ihnen Nachwuchs zu zeugen, fand Ned entsetzlich. Was, wenn sein Sohn sich als ein zweiter kleiner Braden entpuppte? Das würde er nicht ertragen. Aber Braden betrachtete Ned sowieso schon als seinen Schwager, einfach nur wegen Ashdens Interesse an Ned, und verriet ihm, dass auch sein Vater Ned bereits mehr oder weniger als seinen zukünftigen Schwiegersohn sah.

Neds Vater brauchte diese Verträge, und die Tenmeters drehten jedes Mal durch, wenn sie nicht ihren Willen bekamen. Also saß Ned in der Falle und musste Bradens Freund bleiben. Und Braden, das wusste Ned, saß genauso in der Falle, was Finch betraf. Ihre Väter gehörten zu den einflussreichsten in Wellport.

Wenn Ned doch nur alles seinem Onkel Heath beichten könnte. Er war klüger und mächtiger als sonst jemand von ihnen und könnte Ned helfen, dieses Chaos zu entwirren. Aber Onkel Heath war immer noch sauer über Lidells finanziellen Unsinn und andere hässliche Familienangelegenheiten, und er weigerte sich, Neds Vater noch weiter zu helfen. Heath und Ned hatten ihre Differenzen beigelegt, als Ned den Sommer bei seinem Onkel verbracht hatte, aber nur unter der Bedingung, dass Ned nie wieder für seinen Vater um Geld bitten würde.

Und das hatte Ned auch nicht getan.

Stattdessen hatte er sich total verhaspelt und war in ein paar ziemliche düstere Machenschaften hineingeraten. Selbst nach dem Sommer bei Heath war er noch immer mit den finsteren Gestalten zusammen gewesen. Er hatte nichts ganz so Schlimmes getan wie das, weswegen er der Schule verwiesen worden war, aber doch schlimm genug, um zu wissen, dass er nicht gut genug war, um dem Ganzen ein Ende zu machen.

Ned hoffte, sein Onkel würde nicht einmal die Hälfte davon herausfinden. Er wollte nie wieder das Wohlwollen seines Onkels verlieren, so wie durch sein furchtbares Verhalten nach der Geburt von Michael, Heaths Alpha-Sohn. Sein Vater Lidell hatte sich wie ein Arschloch aufgeführt, und Ned war ein ängstlicher, privilegierter kleiner Hosenscheißer gewesen. Das sah er nun ein. Schon lustig, wie sehr man manchmal rückblickend die Dinge bereute.

Und sollte Heath von den letzten Brights Pulver-Ausflügen erfahren, oder von den Sexpartys, die er noch immer besuchte – obwohl er sich nie beteiligte – alle anderen waren so betrunken oder high und so damit beschäftigt, Omegas flachzulegen, dass es niemandem auffiel, wenn Ned sich einfach in eine dunkle Ecke verkroch und ein Buch las. Und jetzt noch der Übergriff auf George Fersees Sohn? Tja, Ned hegte keinen Zweifel daran, dass sein Onkel von ihm erneut entsetzt und enttäuscht wäre.

Er steckte mächtig in der Klemme, und er wusste nicht, wie er sich daraus befreien konnte.

Aber auf eine gewisse und bedeutsame Weise hatte Lidell recht: Ohne den gesamten Wohlstand der Clearwater-Familie im Rücken würde Ned andere Verbindungen knüpfen müssen, um in der Welt weiterzukommen. Zum Beispiel einen wohlhabenden Omega zum Heiraten finden – wie Ashden Tenmeter oder Roald, den älteren Bruder von Finch.

Oder wie Ezer.

Falls er den Jungen dazu bringen könnte, ihm auch nur einen Blick zu gönnen, ohne dass Hass in diesen schönen Augen stand!

Ned stöhnte, und Earl, der geduldig an seiner Seite blieb, während Ned vor sich hinbrütete, seufzte. „Und?"

„Ich kann Braden und Finch nicht ausstehen. Ich musste daneben stehen und mitansehen, wie sie irgendeinen kleinen Omega schikanierten, den sie ficken wollten." Nicht „irgendeinen" Omega. Ezer. „Aber dieser Omega will nichts von ihnen wissen." Damit kam Ned der Wahrheit so nahe, wie er konnte.

„Von welcher Art von Schikane reden wir hier?"

„Sie geben ihm Schimpfnamen, schubsen ihn herum, versuchen, ihm Angst zu machen.“

„Und sie glauben, ihn auf diese Weise dazu zu bringen, dass er ihnen seinen Hintern hinhält?“

„Nein. Ich weiß nicht. Ich glaube, es macht ihnen Spaß, ihm Angst zu machen. Ich glaube, sie sind einfach schlechte Menschen, Earl.“

„Das hört sich auf jeden Fall danach an. Aber das ist ja nichts Neues. Das wusstest du schon.“

„Ich weiß…“ Ned drehte sich auf seiner Liege herum und hielt dabei Earls Jacke ganz fest. Er wünschte, er könnte sich irgendwie aus der Geschichte hinaus winden in eine andere Wirklichkeit, in der nichts davon je geschehen wäre und er sich keine Sorgen um den zukünftigen Lebensunterhalt seines Vaters machen müsste, und auch nicht um Ezers Sicherheit. „Ich wünschte, es gäbe mehr Gesetze zum Schutz von Omegas.“

„Ich bin sicher, mithilfe einer Zeugenaussage von dir würde er von der Polizei ernst genommen, falls er Strafanzeige gegen sie erheben müsste oder wollte.“ Das leichte Zögern in Earls Stimme ließ Ned stutzen. Er fragte im Grunde, ohne die Frage direkt zu stellen, ob der fragliche Omega vergewaltigt worden war, und ob Ned etwas von einem echten Verbrechen wusste.

„Nein, nein, so ist es nicht.“ *Noch* nicht.

Earl musterte ihn. Er schien zu der Überzeugung zu kommen, dass Ned die Wahrheit sagte, und stand zufrieden auf. „Also, was hast du jetzt vor, deswegen zu tun? Den ganzen Tag hier schmollen?“

Ned schnaubte ärgerlich, aber er musste zugeben, dass Earl ihm lediglich einen Spiegel vorhielt. Es würde Ned nicht viel bringen, zu versuchen, sich die Scham aus der Haut zu sonnen. Außerdem lag er jetzt unter Earls Jacke. Nicht einmal die Sonne konnte ihn so von seinen Schandtaten reinwaschen. „Hast du eine bessere Idee für mich?“

„Eine oder zwei hätte ich schon." Earl streckte Ned eine Hand hin, um ihm aufzuhelfen. „Angefangen mit etwas Fitness-training. Das hebt die Stimmung. Und danach können wir mit den Sonderaufgaben anfangen, die deine Lehrer dir aufgetragen haben."

„Aber kein Mathe!"

„Auf jeden Fall Mathe!"

Ned stöhnte, aber er folgte Earl in das große, gemietete Haus seines Vaters, das auf einem Hügel über der Meeresküste gebaut war, und hinunter ins Parterre, wo sich der Gewichte-Raum befand.

Kapitel 4

NACH DEM TRAINING, gefolgt von ein paar quälenden Mathe-Gleichungen mit Earl, verließ Ned das Haus. Er sehnte sich nach frischer Luft und danach, den Ärger abzuschütteln, der ihn stets überkam, wenn er sich in Mathematik versuchte.

Wieso verstand er Zahlen nicht auf die gleiche Weise wie Worte? Irgendwann ergaben sie einfach nur noch einen Haufen Chaos in seinem Kopf.

Als es Abend wurde, ließ Ned sich von seinen Füßen wieder an den Ort des Verbrechens tragen. Oder vielmehr trugen sie ihn zur U-Bahn, dann zu einem Bus, und schließlich zum Wohngebäude, wo Ezers Omega-Papa lebte. Man musste schon einige Mühe auf sich nehmen, um nach Roughs Neck zu gelangen, und Neds Unterbewusstsein scheute davor nicht zurück. Denn jetzt war er hier, vor dem knirschendem Hoftor aus Maschendraht und starrte den Betontisch an, wo gestern Ezer gesessen und ausgesehen hatte wie ein mageres Kätzchen mit schönen Augen.

Ach. Wieso hatte er nicht einen Weg gefunden, Braden und Finch einfach von hier wegzulotsen? Es war, als würde Ned, sobald er Ezer sah, keinen klaren Gedanken mehr fassen können, geschweige denn eine Idee bekommen, wie er Braden und Finch weglocken könnte. Es war ja nicht so, als wollte er diese Monster nicht so weit wie möglich von Ezer weglocken. Aber seine Fähigkeit, einen Plan dazu zu schmieden, oder überhaupt irgendetwas zu vollbringen, löste sich in Luft auf, wann immer er Ezer nahe war. Er hatte sich letzte Woche wie ein kompletter Trottel aufgeführt, als Mr. Gregson sie zusammen in eine Mathematik-Arbeitsgruppe eingeteilt hatte. Er war unfähig gewesen, auch nur die einfachste Antwort beizusteuern. Jetzt hielt Ezer ihn nicht nur für ein totales Arschloch, sondern auch noch für einen Idioten.

„Suchst du etwas Bestimmtes?", fragte eine tiefe, irgendwie vertraute Stimme hinter Ned. Es schwang so etwas wie eine Drohung darin, und Ned war überrascht, als er sich umdrehte, und Amos Elson zielte nicht wieder mit seiner Pistole auf ihn. Stattdessen hatte er die Arme voll mit Lebensmitteln, aber der Hass brannte in seinen Augen wie Feuer.

„Willst du Brights Pulver kaufen? Oder bist du wieder gekommen, um meinen Sohn zu foltern?"

Neds Gesicht entflammte, und er trat zur Seite, um den Mann durch das Tor gehen zu lassen.

Amos nahm das Angebot nicht an. „Wie lautet dein Name?", fragte er stattdessen.

Ned räusperte sich, schabte mit seinem Zeh über den Beton und murmelte dann ein unintelligentes „Äh, also, ähm…"

„Das bezweifle ich."

„Bitte, Sir. Ich wollte nicht, dass das passiert." Amos schnaubte, sodass Ned es mit einer anderen Taktik versuchte. „Wirklich, Mr. Elson, Sir. Ich habe versucht, sie aufzuhalten."

„Ja, klar hast du das."

„Ich schwöre. Ich… ich mag Ezer sehr." Neds Kehle war wie ausgetrocknet, als er die Worte sagte, und er hatte beinahe einen Knoten in der Zunge. „Ich wollte nicht… ich meine, ich wollte etwas tun, aber…"

Amos starrte ihn finster an.

„Bitte, Sir, ich bin hier, um mich zu entschuldigen." Das

stimmte, wurde ihm plötzlich klar. Aus diesem Grund war er hierher gekommen, auch wenn er das bis eben noch nicht gewusst hatte. „Ich will ihm sagen, dass es mir leid tut."

„Würdest du dich auch nur im Geringsten für meinen Sohn interessieren, dann wüsstest du, dass er nicht hier lebt."

Richtig. *Richtig.*

Natürlich wusste Ned das, aber er hatte es vergessen. Er hatte nur an das denken können, was hier im Hof bei Amos' Wohnung vorgefallen war, und er hatte gedacht, wenn er herkäme, würde er Ezer vielleicht, nur ganz vielleicht wieder an demselben Tisch antreffen, und sie könnten noch einmal ganz von vorn anfangen.

„Bei Ihnen. Ich meine, ich wollte mich bei Ihnen entschuldigen." Das war gelogen, aber in diesem Augenblick stimmte es genug. Jetzt, da Ned hier mit Amos stand, tat es ihm auch leid, was er mit dessen Sohn gemacht hatte, und er fand, dass er sich dafür entschuldigen sollte. „Und ich werde es in der Zukunft besser machen, das schwöre ich."

„Ich habe das Gefühl, dass das ein Versprechen ist, das du sehr oft machen musst."

Ned errötete.

Amos musterte ihn nachdenklich. Er neigte den Kopf ein wenig zur Seite und sagte: „Du bist Lidell Clearwaters Sohn, nicht wahr? Obwohl du mehr Ähnlichkeit mit Sandrino hast. Er und ich, wir waren einst Freunde."

„Oh." Ned kannte außer Earl nicht viele Männer, die seinen Papa gekannt hatten. Er war nach einer versteigerten Hitze geboren worden – ein allzu gewöhnlicher Vorgang – aber sein Vater hatte sich im Laufe der Schwangerschaft in Neds Omega-Elternteil verliebt, ähnlich wie es Heath mit Adrien ergangen war. Aber Sandrino war kurz nach Neds Geburt gestorben. Ned hätte nur allzu gern Fragen über den Mann gestellt, der ihn geboren hatte, aber er wusste, jetzt war weder der Ort noch die Zeit dazu.

„Mein Papa ist schon vor langer Zeit gestorben, als ich noch ein Baby war."

„Ja, das ist wahr." Amos beobachtete ihn aus verengten Augen, dann seufzte er. „Na, dann komm rein."

Amos drückte einige seiner Einkäufe Ned in die Arme. „Komm mit rauf. Wir können uns bei einer Tasse Tee weiter unterhalten und vielleicht so manches klarstellen."

Ned war geradezu schockiert von der Einladung, aber mehr noch von dem Zustand im Inneren des Gebäudes. In Anbetracht dessen, wie gruselig es von außen aussah, sollte das schon etwas heißen. Dennoch war Amos' eigentliche Wohnung so ordentlich, wie es nur ging. Die Wasserschäden und die offensichtlichen Beweise für Termitenbefall, sowie Ratten und Mäuse wurden verschleiert durch Amos' Bemühungen, aus der Wohnung so etwas wie ein Zuhause zu machen.

Ned entdeckte das schwarze Notizbuch Ezers, in dem er am Vortag Gleichungen gelöst hatte. Er fragte sich, ob Ezer es wohl unabsichtlich hier vergessen hatte. Einen Moment lang stellte er sich vor, es sich auf dem Weg hinaus zu schnappen, um es Ezer zurückzubringen, wenn die Schule nach den Ferien wieder begann. Er stellte sich vor, wie Ezers Gesicht dankbar aufleuchten würde…

Er war ein solcher Blödian. Ezer hasste ihn.

Ned sah zu, wie Amos die Lebensmittel wegräumte. Dann ließ er sich von Amos zu einem abgesessenem Sofa bringen. Einige der Sprungfedern waren durch den fadenscheinigen Bezug zu sehen. Entweder war es ein Second-Hand-Kauf, oder es stammte vom Sperrmüll. Er schämte sich ein wenig stellvertretend für Amos. Der Mann war ein bewunderter Omega der Gesellschaft gewesen, bevor George Fersee sich so brutal von ihm hatte scheiden lassen.

„Also, Sandrinos Sohn", sagte Amos und nahm auf dem alten

Sessel gegenüber des Sofas, wo Ned saß, Platz. „Warum erzählst du mir nicht, was gestern eigentlich hier passiert ist?"

„Braden und Finch–"

„Die Söhne von Tenmeter und Maddox?"

„Ja."

„Weiter."

„Also, sie nehmen viel Brights Pulver. Sie benutzen es, um…" Er nagte an der Innenseite seiner Lippe, dann zwang er sich, nicht länger zu zögern und auch den Rest auszuspucken. „Na ja, um Spaß zu haben, denke ich. Ich stehe nicht darauf. Es macht mich nur zappelig." Und dumm. Und auch geil. Aber das würde er natürlich nicht sagen.

„Mmhmm."

„Und Braden und Finch macht es richtig gemein. Und um ehrlich zu sein, Sir, sind sie auch ohne das schon gemein genug."

Amos hob einen Finger, „Halte den Gedanken fest." Er stand auf und ging zurück in die Küche. Das Geräusch fließenden Wassers war zu hören, dann das Klappern von Metall auf Metall. Anschließend kehrte Amos zurück und setzte sich wieder. „Bitte fahr fort."

„Ezer ist also, in der Schule ist er…" Wie sollte er sich ausdrücken? Er benagte erneut seine Unterlippe. „Er hat Schwierigkeiten auf der Doubleton. In sozialer Hinsicht, meine ich. Und auch beim Lernen, glaube ich."

Amos zuckte die Achseln, als wären das keine Neuigkeiten für ihn. „Ezer ist eigenartig, ich weiß."

„Nein! Ezer ist wundervoll." Ned blinzelte verwirrt über seinen eigenen Gefühlsausbruch. Er hatte nicht vorgehabt, so etwas zu sagen. Ihm wurde ganz heiß. Er wusste nicht, wie er erklären sollte, welche Gefühle Ezer in ihm auslöste, einfach nur, indem er existierte. Verdammt, wahrscheinlich wirkte er sowieso schon wie ein Stalker, weil er hier aufgekreuzt war. Wie ein gewalttätiger

Stalker sogar nach den gestrigen Ereignissen.

„Wundervoll, hm? Es ist eine seltsame Art, diese Meinung zum Ausdruck zu bringen, indem du ihn festhältst und mit dem Stiefel auf die Schulter trittst, während die anderen–" Ein Funken Zorn verzerrte erneut Amos' Gesicht.

„Ja, ich weiß, wie das aussah. Aber ich wollte das nicht!"

Amos verdrehte die Augen. „Ich werde dir mal ein Geheimnis verraten, Sandrinos Sohn."

„Ned."

Amos hob eine seiner dünnen Brauen. „Also gut. Lass mich dir ein Geheimnis verraten, *Ned*. Alles, was du tust oder nicht tust. Jedes kleinste Ding. Du hast dich dafür *entschieden*, es zu tun. Außer wenn jemand dir eine Waffe an den Kopf gehalten hat." Er schmunzelte. Die Erinnerung an die Pistole war in ihrer beider Köpfe noch frisch. „Du allein bist für deine Entscheidungen verantwortlich."

„Meine Entscheidungen, das mag sein. Aber nicht die Konsequenzen."

Amos beugte sich nach vorn. Der Zorn in seinen Augen verwandelte sich in Neugier.

„Es ist keine Pistole, die sie mir an den Kopf setzen, Sir, aber ich habe wahnsinnig viel zu verlieren, wenn ich mich mit Braden und Finch nicht gut stelle."

Das Wasser kochte in der Küche. „Was denn? Deine Beliebtheit? Deinen sozialen Status? Eine reiche Heirat mit einem der Omegas aus diesen Familien?"

Ned hatte plötzliches ein beklemmendes Gefühl in der Brust.

„Ich kenne ja auch deinen Vater, Ned, und ich weiß, dass es finanziell schlecht läuft bei ihm. Das war schon immer ein Problem, und es wird wohl auch immer eins sein. Er konnte es sich ja schon kaum leisten, Sandrinos Hitze zu kaufen. Ich sagte deinem Papa damals schon, dass Lidell Clearwater kein Heath war, aber Sandrino war so von ihm eingenommen, und seine Hitze kam, und so…"

Amos seufzte.

„Mein Vater hat immer Geldschwierigkeiten", räumte Ned ein. „Er weiß einfach nicht, wann es genug ist."

Ned wusste nicht, ob sein Vater an einer Art ungesundem Optimismus litt, oder ob es reine Gier war. Er wusste nur, wenn sein Vater gerade Geld hatte, dann gab er es aus, als erwartete er einen neuen Schwall Bares am nächsten Tag. Und wenn er gerade knapp dran war, tja, dann gab er es genauso aus.

Er beschloss, offen und ehrlich mit Amos über die Situation zu reden. Was hatte er zu verlieren? Amos war ohnehin nicht in der Position, irgendwelche Gerüchte über die Clearwaters zu verbreiten. Wer würde den Worten eines verstoßenen Omegas schon Glauben schenken? Mit wem sollte ein verstoßener Omega überhaupt reden? Er hatte keine Freunde, so wie er lebte. „Wissen Sie, dass mein Onkel kürzlich zusammen mit seinem neuen Omega einen Alpha-Sohn bekommen hat?"

Amos' Augen blickten nachdenklich. „Ich nehme an, du meinst damit Heath? Ich erinnere mich nicht, dass Sandrino einen Alpha-Bruder gehabt hätte. Oder überhaupt einen Bruder."

„Ja, ich meine meinen Onkel Heath Clearwater."

„Ah ja. Ich hörte so etwas, bevor meine sogenannten Freunde aufgehört haben, mit mir zu sprechen." Amos schmunzelte. „Ich hörte etwas von einem Skandal, aber ich erfuhr nie irgendwelche Einzelheiten. Ich fürchte, in meinem neuen Job gibt es nicht gerade viel Tratsch. Man hört im Müll alle möglichen Geschichten, aber nicht diese Sorte, fürchte ich."

Der Wasserkessel in der Küche fing an zu pfeifen, und Amos verließ wieder den Raum und tauchte kurze Zeit später mit zwei dampfenden Bechern wieder auf. Er reichte Ned einen davon, und Ned fragte sich, ob er etwas davon trinken sollte. Aber Amos würde ihn ja wohl nicht vergiften, oder? Dafür, dass er Ezer festgehalten hatte? Nein, irgendwas musste der Mann zwar getan haben, um George Fersee dazu zu treiben, ihn so grausam zu behandeln, aber er würde nicht den Neffen von Heath Clearwater ermorden.

„Es ist gut. Siehst du?" Amos nahm einen genussvollen Schluck aus seinem Becher, dann stellte er ihn auf den abgestoßenen Couchtisch, ohne wenigstens einen Untersetzer.

Ned kostete seinen Tee; er hatte eine angenehm, hölzerne Note. Ein guter Tee. Er fragte sich, wie Amos sich so einen leisten konnte. Und dann fragte er sich, ob Ezer ihn vielleicht als Geschenk mitgebracht hatte.

„Also, erzähl mir mehr", sagte Amos. „Ich habe den ganzen Tratsch verpasst. Und ich finde, du schuldest mir was nach dem Vorfall gestern. Erzähl mir von Heath."

„Er schloss einen Vertrag über eine fruchtbare Hitze mit einem Omega von der Universität, der noch nicht ganz volljährig war."

„Überraschend. Ich dachte, er hätte den Omegas abgeschworen nach… na ja, nach gewissen Ereignissen."

„Das hatte er. Wissen Sie, ich sollte sein Erbe sein. Aber etwas an diesem Omega machte ihn für meinen Onkel unwiderstehlich." Ned lächelte selbstironisch. „Er kaufte eine Schwangerschaft. Sie hatten zusammen einen Alpha. Das war's mit meinem Erbe."

„Ah."

„Onkel Heath verliebte sich in den Omega und heiratete ihn." Die skandalösen Teile der Geschichte ließ Ned aus, denn obwohl er zu jener Zeit ziemlich sauer über all das gewesen war und die Neuigkeiten in seinem Zorn jedem erzählt hatte, der es wissen wollte oder auch nicht, sah er heute keinen Sinn mehr darin, den Familiennamen noch weiter zu beschmutzen.

Er glaubte auch nicht, dass er bei Amos punkten konnte, indem er schlecht von einem anderen Omega sprach. Die Männer dieses besonderen Geschlechts neigten dazu, zusammenzuhalten, auch wenn niemand auf der Doubleton bis jetzt Anstalten gemacht hatte, sich mit Ezer anzufreunden. Außerdem, nachdem er den Sommer im Haus seines Onkels verbracht hatte, konnte er nicht mehr schlecht von dem Paar denken. „Ich glaube, Onkel Heath ist sehr glücklich mit Adrien."

„Das ist Liebe. Passiert sogar den stärksten Alphas", sagte Amos und strich sich das blonde, langsam ergrauende Haar aus der Stirn. „Wir Omegas sind nun mal verführerisch, weißt du. Alphas liegen uns zu Füßen. Besonders, wenn wir gerade in Hitze sind."

Ned fragte sich zum ersten Mal, was Amos jetzt machte, um mit seinen Hitzen fertig zu werden, Oder hatte er vielleicht keine mehr? Jeder Omega hatte fünf bis acht Hitzen in seinem Leben, und es war möglich, das Amos schon mit allen durch war. Vielleicht war das auch der wirkliche Grund dafür, dass er verstoßen worden war. Manche Alphas kamen mit einem unfruchtbaren Omega nicht zurecht.

Aber trotzdem, Amos hatte George Fersee fünf Söhne geboren. Der Mann verdiente etwas Besseres als das hier, auch wenn es keine Alpha-Söhne waren. Es musste doch mehr geben als diese schäbige Behandlung!

„Schockverliebtheit bei Hitze. Die gibt es wirklich."

Ned wand sich unbehaglich. „Ja." Er war noch nie mit einem Omega in Hitze zusammen gewesen, obwohl er zugelassen hatte, dass das Gerücht herumging, er hätte es getan, mehr als einmal. Braden und Finch hatten damit angefangen. Sie meinten, es würde sie anziehender machen, vor allem in der Schule, wenn es so klang, als wären sie besonders erfahren. Dumm. „Das habe ich auch gehört. Über die Liebe, meine ich."

„Gehört? Du schienst doch meinen Sohn recht vehement als ‚wundervoll‘ zu beschreiben.“ Amos schmunzelte. „Die Waffen eines Omegas.“

Ned neigte den Kopf zur Seite. „Glauben Sie wirklich an so etwas?“

Er hatte stets gedacht, dass die magischen Waffen eines Omegas, die von Alphas so gern zitiert wurden, um ihre mangelnde Selbstbeherrschung, was den Sex zur Fortpflanzung anging, zu rechtfertigen, nur Märchen waren. Aber wenn Amos daran glaubte, und er war ja ein Omega, dann war vielleicht doch etwas Wahres daran.

Amos musste über Neds Frage lächeln. Er hatte ebenmäßige, strahlend weiße Zähne. „Ich glaube einfach, Alphas sind eben Männer, und Omegas sind ihre ganz spezielle Schwäche. Natürlich ist das nicht bei jedem Alpha und jedem Omega so. Aber allein die Tatsache, dass du jetzt hier bist und mit mir redest – dem Papa des Omegas, der dir so sehr im Kopf herumspukt – ist ein Zeichen, dass Ezer deine Schwäche ist, habe ich recht?“

„Wie Sie schon sagten, bin ich selbst meine Schwäche“, konterte Ned, der nicht gewillt war, Ezer mit irgendeiner Art von Stigma zu belasten, und das schloss auch die Idee ein, dass er Ned in irgendeiner Form schwach machte oder seine Omega-Waffen einsetzte. „Ich bin derjenige, der für seine schlechten Entscheidungen verantwortlich ist, und ich sollte unter ihren Konsequenzen leiden. Ezer ist stärker, als ich es je sein könnte.“

„Das ist er wirklich, weißt du?“, sagte Amos. „Stärker, als sein Vater oder ich es je wahrhaben wollten, glaube ich.“

„Ich wünschte, ich könnte–“ Ned sprach die alberne Bemerkung nicht aus.

Amos hob die dünnen Brauen und beugte sich vor. „Was?“

„Ich wünschte, ich hätte seine Stärke. Dann würde ich Braden und Finch in ihre Ärsche treten und mir keine Gedanken über die Folgen machen.“

„Ich hoffe, du meintest seine emotionale Stärke. Den körperlich ist mein Ezer eher ein Bündel Hühnerknochen, das von Gummibändern zusammengehalten wird.“

„Ja, ich meinte natürlich seine innere Kraft.“ Ned zögerte. Aber Amos‘ Bemerkung bezog sich auf ein ganz anderes Problem, über das Ned schon oft nachgedacht hatte. „Warum isst er nichts?“, fragte Ned neugierig und wünschte sofort, er hätte seine Zunge verschluckt. Es ging ihn ja gar nichts an.

„Das ist seine Art, die Kontrolle über etwas zu haben“, antwortete Amos. „Woher weißt du davon?“

„In der Schule. Die Mittagspause. Ich beobachte ihn.“

„Du meine Güte. So weit ist es schon bei dir…“

„Ich versuche, es so zu machen, dass die anderen nicht merken, dass ich ihn beobachte. Er ist…“ Ned wusste nicht genau, wie er ausdrücken sollte, was er als Nächstes sagen wollte, um Amos nicht zu kränken. Allerdings hatte Amos bereits selbst gesagt, sein Sohn wäre seltsam.

„Ezer ist unter unseren Mitschülern nicht gut angesehen“, sagte Ned. Jetzt, da er mit jemandem redete, der Ezer kannte, schien er seine Gedanken nicht länger für sich behalten können. „Um ganz ehrlich zu sein, verstehe ich nicht, wie er überhaupt in unsere Schule gekommen ist, Sir. Ich weiß, dass er davor auf der St. Hauers war, aber warum ist er nicht immer noch dort? Ist es, weil er Mathematikaufgaben lösen kann, die niemand sonst in der Klasse begreift?“

„Er ist hochintelligent, und das nicht nur in der Mathematik“, sagte Amos. „Aber er zieht es vor, seine Prüfungen mündlich abzulegen. Schriftliche Examen sind nicht gut für ihn.“

Ned biss sich auf die Unterlippe und überlegte. „Sozial betrachtet hat er sich noch kein bisschen in der Schule integriert. Omegas gehen ihm aus dem Weg. Ich weiß nicht, warum. Ich dachte immer, Omegas würden auf jeden Fall zusammenhalten."

„Das tun wir auch. Wenn es uns hilft. Was halten die Alphas an der Schule von ihm?"

„Nicht viel."

„Na, da hast du's! Omegas wollen mit anderen Omegas, die bei Alphas nichts gelten, auch nichts zu tun haben."

„Er flirtet nicht mit uns. Er will nicht einmal von uns bemerkt werden. Er ignoriert uns."

„Dann schlagt ihr ihn zusammen, du und deine Freunde, um seine Aufmerksamkeit zu gewinnen?"

„Nein! Na ja, ich meine, ich war da, und– Bitte, Mr. Elson, erinnern Sie mich nicht an das, was ich getan habe."

„Schön, aber nur, weil ich glaube, dein eigenes Gewissen macht das schon von selbst ganz gut."

Ned nickte. „Die anderen – besonders Braden und Finch – sie finden, Ezer zeigt keinen Respekt vor ihrem Status als Alphas. Gleich am ersten Schultag boten sie ihm – wie sie es nannten – eine ‚Chance', aber er wies sie ab." An dieser Stelle schwieg er, aus Angst, genauer zu bezeichnen, welche ‚Chance' sie ihm geboten hatten, denn er hatte noch mehr Angst um Ezer gehabt und auch um sich selbst. Denn wer wusste, was Ned tun würde, falls Braden und Finch sich Ezer noch einmal vornehmen würden.

„Glaubst du, sie wollen ihn dominieren, weil er sich nicht unterwürfig verhält, obwohl er das den Regeln nach tun müsste?"

„Mir gefällt, dass er das nicht tut."

„Ah, ja, es weckt deinen Jagdinstinkt", sagte Amos schmunzelnd. „Bei einigen aber weckt es eher das Bedürfnis, jemanden zu bestrafen. Bei anderen wiederum das Bedürfnis, Beute zu machen und diese zu beschützen."

„Ich will, dass sie ihn nie wieder fangen", flüsterte Ned und ballte seine Fäuste. „Ich hätte Braden ins Gesicht getreten, wenn er seine eigene Hose heruntergezogen hätte. Ich schwöre, das hätte ich getan.“

„Mm-hmm.“ Amos sagte nichts weiter dazu.

„Was soll ich tun?“, fragte Ned, nachdem er mehrere Schlucke von seinem heißen, würzigen Tee genommen hatte.

„Jetzt sind erst einmal die langen Frühjahrsferien, oder nicht?“

„Ja.“

„Ich vergesse jetzt manchmal, welchen Tag wir haben“, sagte Amos seufzend. Er streckte sich ein wenig, und sein Rückgrat knackte. „Bis die Schule wieder anfängt, werden die Dinge sich geändert haben.“

„Wie das?“

„Das wird sich in den kommenden Wochen zeigen.“

„Sie wollen ihn doch nicht von der Schule nehmen, oder?“ Ned würde es nicht ertragen, wenn Ezer fort wäre. Er musste in der Lage sein, diese schönen Augen sehen zu können, und wissen, dass der Omega, dem sie gehörten, in Sicherheit war. „Ich verspreche, ich werde sie nie wieder in seine Nähe lassen.“

„Nun, ich habe keinerlei Kontrolle mehr über seine Schulbildung. Die obliegt allein seinem Vater. Aber nach dem, was ich glaube, wie sich das Ganze weiter entwickeln wird, werde ich dich wohl an dein Versprechen binden. Lass sie nicht mehr in seine Nähe, hörst du? Nicht diese beiden Jungen, noch irgendwelche anderen Alphas. Ist das klar? Keinen einzigen von ihnen.“

„Ich verspreche es.“

„Gut.“

Ned war ganz entnervt von dem seltsam berechnenden Lächeln auf Amos‘ Gesicht, aber sie tranken weiter zusammen Tee und unterhielten sich über oberflächliche Dinge, und dann ließ Amos Ned durch die Hintertür hinaus auf die verrottete Treppe, damit er nach Haus und zurück in den vornehmen Teil der Stadt gehen konnte.

Kapitel 5

„ICH HABE HEUTE von Amos gehört", sagte Vater mit knirschenden Zähnen und blickte finster den ganzen Tisch entlang. Er trug noch immer seinen Anzug von dem vorherigen Geschäftstermin am Nachmittag, und er wirkte so imposant und düster wie immer.

Pete fühlte sich nicht gut. Die Schwangerschaft machte ihm an diesem Tag zu schaffen, und er ließ das Abendessen ausfallen. Zweifellos war das der Grund dafür, dass Vater den Namen Papas überhaupt erwähnte. Er nahm sonst immer große Rücksicht auf Petes immer noch schwelende Eifersucht auf seinen Vorgänger-Omega, um ihn zu erwähnen.

„Wer ist Amos?" Der achtjährige Rodan sah neugierig, aber ahnungslos drein. Er hob seine dunklen Augenbrauen über den schokoladenbraunen Augen, sodass sie beinahe unter seinem schwarzen Lockenkopf verschwanden. Seine unschuldige Frage brach Ezer das Herz. Hatte der Kleine Papa tatsächlich vergessen? Er war erst seit einem Jahr fort.

„Amos ist Papa" antwortete Yissan. Dessen hübsches, markant geschnittenes Gesicht blieb ausdruckslos, als würde es sich weigern, irgendeine Emotion zu zeigen. Ezer hatte geglaubt, dass Yissan als der älteste von ihnen, Papas Fortgang schwerer gefallen wäre als sogar ihm selbst, aber vielleicht war Yissan auch nur zu stur, um sich etwas anmerken zu lassen. Zumindest tat er nicht so, als hätte er ihn ebenfalls vergessen.

„Dann sagt doch Papa!", sagte Rodan achselzuckend und haute in seinen Brokkoli rein.

Florentine und Shan aßen weiter, wechselten aber besorgte Blicke. Die beiden mittleren Omega-Zwillinge, mit ihren langen, dunklen Haaren und den funkelnden, schwarzen Augen, glichen sich wie ein Ei dem anderen, und beide hatten laut geweint, als Papa gegangen war. Aber jetzt redeten sie überhaupt nicht mehr von ihm.

„Nein", sagte Vater zu Rodan mit dem kalten Tonfall in seiner Stimme, bei dem Ezer jedes Mal Gänsehaut bekam. Aber der kleine Rodan schien die versteckte Drohung gar nicht zu bemerken, wie immer bei solch eher subtilen Interaktionen. „Wir bezeichnen diesen Omega in diesem Haus nicht anders als bei seinem Namen, Amos. Pete wird nach der Geburt der Papa hier sein."

Shan und Florentine wechselten erneut einen Blick, aber niemand erhob Widerspruch oder fing Streit an. Auch Ezer biss sich auf die Zunge, um den Befehl seines Vaters nicht als unfair und respektlos gegenüber Papa zu bezeichnen. Er wusste, das hätte bei seinem Vater keinen Sinn.

Vaters dunkle Augen richteten sich kurz auf ihn, als wüsste er, was Ezer sagen wollte. Beinahe, als wollte er ihn herausfordern, es zu sagen.

Ezer hielt den Mund und stocherte in dem Essen auf seinem Teller.

Als Ezer beschloss, dass es sicher wäre, einen Happen zu essen, ergriff sein Vater erneut das Wort. „Amos sagte, Ezer hätte ihn besucht."

Ezer erstarrte, die Gabel, die sich auf halbem Wege zwischen seinem Teller und seinem Mund befand, begann in seiner Hand zu zittern. Wie hatte Papa ihn so hintergehen können? Er ließ seine Gabel fallen. Seine Hand fummelte mit der Serviette in seinem Schoß herum, und er schüttelte den Kopf. Das Leugnen war seine erste Reaktion, und die falsche.

„Lüg mich nicht an, Ezer."

„Ich war nur–" Er starrte seinen Vater an; sein Herzschlag galoppierte. „Ich war nur dort, weil ich ihn vermisse."

„Du musst es in deinen Kopf bekommen, Ezer, dass Amos nicht mehr Teil unseres Lebens ist."

„Warum?", brach es aus Ezer hervor. „Du hast ihn rausgeschmissen, aber du hast uns nie einen guten Grund dafür genannt!"

Yissan sah aus, als wollte er sich Ezers Protest anschließen, aber er hielt sich zurück. Er war der hübscheste von allen, aber er trug eine Narbe unter einem Auge von dem einzigen Mal, als er George widersprochen hatte. Die scharfe Kante von Vaters Ring hatte ihn verletzt, als er sich nicht rechtzeitig vor der Ohrfeige geduckt hatte.

Die vier älteren Brüder waren alle Omegas und deutlich kleiner als ihr Vater, aber manchmal fragte Ezer sich, wieso sie sich nicht alle zusammentaten, um Widerstand zu leisten. Ihm zu zeigen, was sie von ihm hielten. Aber all seine Brüder wollten Vaters Geld, um gute Partien an Land zu ziehen, daher würde es für sie nicht viel Sinn machen, enterbt zu werden, nur weil sie ihren Standpunkt deutlich machen sollten.

Für Ezer jedoch machte es durchaus Sinn.

„Ich schulde euch keine Rechtfertigung oder Erklärung", sagte sein Vater. „Euer Omega-Elternteil gehört nicht mehr zu unserem Leben, und ich habe die gesetzliche Vormundschaft für euch alle, bis ihr heiratet oder einen langfristigen Vertrag mit einem Alpha schließt. Es gibt jetzt keinen Platz mehr für ihn in unserem Leben."

„Ich würde in der Tat ebenfalls gern wissen, warum das so gekommen ist", sagte Yissan, was Ezer bis ins Mark schockierte.

„War es wegen Pete?"

Vater verengte die Augen so schnell, dass Yissan vom Tisch aufstand und den Stuhl zurückschob, bereit wegzurennen. „Euer Omega-Elternteil hat nicht hierher gepasst. Ende der Diskussion." Dann wandte er sich wieder zornig Ezer zu. „Was dich angeht, Nervensäge, du wirst ihn nie wieder aufsuchen. Wenn du ihn so sehr vermisst, dann stell dich lieber gut mit Pete."

„Man kann Omegas nicht einfach austauschen!", rief Ezer aus. Er gestikulierte zu seinen älteren Brüdern. „*Wir* sind nicht austauschbar!"

Yissan sah jetzt ängstlich aus, und er zischte eine geflüsterte Warnung. Aber Shan und Flo hoben trotzig die Köpfe, und zum ersten Mal hielten sie den Blick ihres Vaters mit einer Andeutung düsteren Widerstands, den Ezer ihnen gar nicht zugetraut hatte.

„Natürlich seid ihr das nicht", sagte Vater mit scharfer Stimme. „ Es ist eindeutig so, dass manche von euch ein wenig besser sind als andere." Sein Blick landete erneut auf Ezer, und sein Ausdruck war grimmig. „Und jetzt Schluss mit der Fragerei. Amos will dich nicht da sehen. Das hat er selbst gesagt."

„Das würde er niemals sagen." Ezer wurde die Kehle eng. *Würde er?*

„Tja, das hat er aber. Er sagt, dass es nicht sicher für dich ist, in Roughs Neck zu sein."

„Dann ist es für ihn auch nicht sicher!"

„Amos hat sein Bett gemacht, und jetzt muss er auch darin liegen. Du hingegen, so nichtsnutzig du auch sein magst, bist mein Sohn, und ich werde nicht zulassen, dass du das Einzige ruinierst, das du von Wert besitzt. Er hat mir von den Jungs erzählt, die dich angegriffen haben. Ich nehme an, das ist der Grund, warum du hier die ganze Zeit so herumgekrochen bist? Ich werde einen der Diener damit beauftragen, sich deine Blutergüsse genau anzusehen. Du hättest mir von dem Vorfall erzählen müssen."

Also hatte Papa ihn *tatsächlich* hintergangen. Ezers Herz zog sich schmerzhaft zusammen. Wie hatte er ihm das antun können? Wann würde Ezer seinen Papa jetzt wiedersehen?

„Es geht mir gut. Papa macht mal wieder viel Wirbel um nichts."

„*Amos* hat sehr deutlich gemacht, dass er die Sache nicht übertrieben dargestellt hat. Es wird sich als sehr großes Problem herausstellen, wenn diese Alphas beim nächsten Mal Erfolg haben sollten. Und Amos glaubt, dass es ein nächstes Mal geben wird, auch wenn ich nicht ganz verstehe, *warum*.", sagte sein Vater. „Du bist hässlich Ezer. Wie lange noch, bis du es in deinen Schädel kriegst, dass du sehr wenig hast, das Alphas anziehen kann? Du bist mager, dürr, nur mit anständigen Augen, die man empfehlen könnte. Und lass uns nicht einmal darüber diskutieren, wie blöd du bist."

„Ich bin nicht blöd", grollte Ezer und ballte erneut die Fäuste.

Shan und Flo wanden sich unbehaglich. Sie sahen aus, als wollten sie Ezer verteidigen, aber Yissan brachte sie mit einem scharfen Blick zum Schweigen.

Der kleine Rodan murmelte: „Ezer ist blöd?" Eine Frage, keine Feststellung. Das war wenigstens etwas.

„Du bist jedenfalls nicht gerade klug, so viel steht fest. Du kannst ja nicht mal lesen."

Ezer zuckte zurück. „Du weißt, warum!"

„Aus welchem Grund auch immer, mit all deinen Defiziten und Defekten, ist deine Jungfräulichkeit das einzige, womit ich anständige Verträge für deine Hitzen bekommen kann, von einer Heirat ganz zu schweigen."

„Ich will gar keine–"

„Mir ist *egal*, was du willst." Vater warf seine Serviette auf den Tisch und starrte Ezer so finster an, dass es Ezer verwunderte, dass er nicht von seines Vaters Verachtung geradezu aufgespießt wurde. „Du bist mir ein echter Dorn im Auge, Ezer. Denk nicht, ich würde nicht erwägen, wie ich dich am besten loswerde."

Ezer blinzelte, während er versuchte, die Bedeutung dieser Drohung zu erfassen. Yissan fing seinen Blick auf und schüttelte den Kopf.

Rodan beobachtete alles mit großen Augen und lutschte an seinem Daumen – etwas, das er schon lange nicht mehr gemacht hatte. Er nahm den Daumen erst aus dem Mund, als Yissan hinüber griff, um ihm einen Klaps aufs Handgelenk zu geben und ihn warnend anschaute. Aber Rodan aß nicht weiter. Seine Aufmerksamkeit wanderte zwischen Ezer und seinem Vater hin und her.

Flo und Shan ihrerseits sahen aus, als wäre ihnen übel, aber irgendwie schafften sie es, ihr Besteck wieder in die Hand zu nehmen und die Mahlzeit fortzusetzen. Ezer, der beschloss, da ihm jetzt zusätzlich zu seinen blauen Flecken an Armen, Beinen und Brustkorb auch noch das Herz wehtat, dass er für einen Tag genug Prügel bezogen hatte, sagte nichts mehr, aber nahm auch keinen Bissen mehr von seinem Abendessen.

Sein Vater mochte ja sein Leben kontrollieren, aber er konnte ihn nicht zwingen zu essen.

IN DIESER NACHT kamen Shan und Flo zu Ezer in sein Zimmer. Wie immer, schon seit sie noch klein gewesen waren, hielten sich die zwei an den Händen. „Du musst vorsichtig sein", sagte Flo, als er die Tür hinter sich schloss. Dann ließ er sich aufs Bett plumpsen, wobei er den Platz einnahm, wo Ezer gelegen hatte. Shan setzte sich daneben. In seinen schwarzen Augen stand Furcht.

„Wieso? Was wisst ihr?", fragte Ezer.

Seine beiden mittleren Brüder waren hübsche Jungen, aber die Beziehung der Zwillinge zueinander war ihnen so wichtig, dass Ezer nicht sicher war, ob eine Heirat für sie überhaupt in Frage käme. Hitzen konnten versteigert werden, genau wie erweiterte Verträge, welche die Zeugung von Nachkommen einschlossen, aber eine Heirat würde voraussetzen, dass sie die obsessive Bindung zueinander aufgaben, sodass ein Alpha jeweils die Herrschaft über ihre Herzen hätte. Ezer konnte sich das nicht vorstellen.

„Shan hat gehört, wie Vater am Telefon mit Papa gesprochen hat."

„Wirklich?"

„Ja", sagte Shan und rang die Hänge in seinem Schoß. „Wir waren in der Bibliothek, in der Ecke, wo ich gern lese–"

„Ich hab geschlafen, darum habe ich selbst das Gespräch verpasst", sagte Flo. Natürlich waren sie zusammen gewesen. Sie waren immer zusammen.

„Und Vater kam herein und setzte sich an seinen Schreibtisch. Ich dachte mir, solange ich keinen Lärm machte, würde ich ihn nicht stören. Da habe ich einfach weitergelesen in meiner Ecke. Dann klingelte das Telefon, und Vater nahm sofort ab. Als mir klar wurde, dass der Anrufer Papa war..." Shan schluckte schwer, und er bekam feuchte Augen. „Ich vermisse ihn!"

„Wir vermissen ihn alle", sagte Flo und zog Shan tröstend an seine Brust. „Er ist unser Papa. Natürlich vermissen wir ihn."

„Sogar Yissan?", fragte Shan.

„Besonders Yissan", sagte Flo. „Sie sind oft aneinander geraten, aber das macht es nur noch schlimmer, oder? Er hasst es, dass Papa ging, während sie noch einen ungelösten Streit miteinander hatten."

„Worüber haben sie denn gestritten?", fragte Ezer. „Ich habe da nie durchgeblickt.“

„Das ist eine Geschichte für ein anderes Mal“, sagte Flo in dieser herrschsüchtigen Art, die er immer benutzte, wenn er Ezer so richtig spüren lassen wollte, dass er vier Jahre älter war. „Shan, sag ihm, was du mitangehört hast.“

„Ich konnte natürlich nur hören, was Vater gesagt hat, aber er hat viele von Papas Bemerkungen wiederholt, so wie er das macht, wenn er sauer ist. So habe ich auch ein bisschen mitgekriegt, was Papa gesagt hat.“

„Dann raus damit!“ Ezer saß auf der vordersten Kante seines Schreibtischstuhls. Schweiß bildete sich an seinen Schläfen. Normalerweise vermieden beide Brüder es für ein paar Tage, nachdem er mit Vater aneinander geraten war, mit Ezer gesehen zu werden. Aber wenn Shan etwas so Wichtiges gehört hatte, dass Flo darauf bestand, in Ezers Zimmer zu kommen, dann mussten es schon sehr schlechte Nachrichten sein.

„Papa erzählte ihm, dass du von Schlägern angegriffen wurdest, aber dass diese Schläger aus den angesehensten Familien der Stadt stammten. Er sagte, einer der jungen Männer wäre geradezu besessen von dir und würde sicher versuchen, na ja, den Angriff zu vervollständigen.“

„Was?“ Ezer konnte sich nicht vorstellen, dass Braden etwas anderes in ihm sah als ein einfaches Opfer für seine Schikanen. Für Finch galt dasselbe. Und Ned war sowieso nur ein Mitläufer.

„Wie gesagt, ich konnte mir das alles nur aus Vaters Antworten zusammenreimen, sodass mir die subtilen Details fehlen mögen, aber im Großen und Ganzen war es das. Und Vater sagte noch, du würdest ihn wahnsinnig machen, weil du gegenüber Pete so respektlos bist.“

„Ich war noch nie respektlos zu Pete!“

„Du musst zugeben, dass du ihn meistens ignorierst.“

„Warum sollte ich ihn nicht ignorieren? Er ist schließlich

nicht mein Papa. Außerdem ignoriere ich ihn nicht, wenn er mich anspricht."

„Vater will aber, dass wir Pete richtig *mögen*!"

„Um Himmels willen, ich mag ihn ja", sagte Ezer. Es gefällt mir nur nicht, dass er an Papas Stelle getreten ist."

„Mir geht's genauso", sagte Flo und verzog das Gesicht. „Aber aus irgendeinem Grund denkt Vater, du wärest gegen Pete, und das nimmt er dir übel."

„Er ist bloß sauer, weil ich ihn nicht vergessen lasse, was er Papa angetan hat."

„Es stimmt, dass du Papas Augen hast", sagte Shan. „Sonst hast du eher nichts von ihm, aber auf jeden Fall die Augen."

„Und Augen sind alles, und *deine* Augen ganz besonders. Jedes Mal, wenn er sie ansieht, muss er an Papa denken. Wie könnte er nicht?", stimmte Flo zu.

Ezer war in Versuchung, zum Spiegel zu gehen. Würde er sehen, was seine Brüder sahen? Er wusste, dass er weder mit seinem Vater noch mit seinem Papa Ähnlichkeit hatte. Stattdessen war er offensichtlich das Ergebnis irgendeiner wilden Mischung von rezessiven Genen. Aber dass seine Augen so sehr wie die seines Papas waren, hatte er nie bemerkt. Natürlich schaute er auch nicht andauernd in den Spiegel, da ihm nicht besonders gefiel, was er darin sah. Vielleicht stimmte das mit seinen Augen.

„Ich glaube, er hat vor, dich in irgendeiner Weise zu bestrafen, weil er findet, dass du zu viel Ärger machst und ihm zu oft den Gehorsam verweigerst. Er sagte, du würdest zu viele unnötige Risiken eingehen, und dass es dir ganz recht geschieht, wenn du dann von Alphas schikaniert wirst."

Ezer knirschte mit den Zähnen. „Mich bestrafen? Wie denn?"

„Vielleicht, indem er deine Hitze schon jetzt verkauft? Er sagte etwas davon, dass er nicht riskieren will, dass du, ähm, beschmutzt wirst, und er dann den Preis für deine erste Hitze herabsetzen muss, was wiederum den Ruf der Familie beschädigen würde."

„Was für ein Unsinn!", murmelte Flo, der Shan beruhigend den Rücken streichelte. „Jungfräulichkeit ist so eine lächerliche Doppelmoral. Alphas werden ermutigt, sexuelle Erfahrungen zu sammeln, und Omegas verlieren an Wert, wenn sie das Gleiche tun."

„Moment", sagte Ezer und ließ Flos Gedanken über die Rechte von Omegas ins Leere laufen. „Er sagte, dass er meine Hitze will? Das kann er nicht ohne mein Einverständnis! So lautet das Gesetz. Und ich werde mein Einverständnis nicht geben."

Shan nickte. Aber er schaute düster und besorgt drein. „Ich weiß, aber du kennst ja Vater. Er ist nicht wie andere Alphas, die ihren Omega-Söhnen die Wahl lassen, mit wem sie ihre erste Hitze erleben wollen, oder es ihnen sogar überlassen, ihre Hitzen zu verkaufen. Er will alles kontrollieren, und irgendwie gelingt ihm das auch immer. Bitte sei vorsichtig, Ezer. Er wird einen Weg finden. Du kennst ihn. Also stell dich mit ihm gut, sei besonders nett zu Pete, und hör auf, dich so seltsam aufzuführen."

„Demnächst sagst du mir noch, dass ich lesen lernen soll."

„Nein. Weil die Ärzte sagen, dass das für dich unmöglich ist."

„Wie viele andere Dinge auch. Außer nett zu Pete zu sein. Ich bin immer nett zu Pete."

Shan und Flo wechselten einen skeptischen Blick, aber sie stritten nicht weiter mit Ezer. Sie erhoben sich gemeinsam vom Bett, ließen das Laken und die Decken zerknüllt zurück und gingen zur Tür. „Du kennst jetzt die Lage", sagte Flo. „Du darfst weder Vater noch Papa oder sonst wem sagen, woher du diese Informationen hast, sonst schlitze ich dir im Schlaf die Kehle auf."

„Immer diese Drohungen", sagte Ezer und verdrehte die Augen. „Das kenne ich schon, seit ich Laufen gelernt habe."

„Dieses Mal meine ich es ernst. Ich werde nicht zulassen, dass Shan wegen dir Ärger bekommt."

Dann verließen die Zwillinge das Zimmer. Sie schlossen die Tür hinter sich, und zurück blieb nur ein Hauch von ihrem Parfum – Lavendel und Bergamotte – und ein unangenehmes Gefühl in Ezers Magengrube.

Kapitel 6

„GEORGE FERSEE HAT mir ein Angebot unterbreitet, das ich nur ungern ablehnen würde", sagte Neds Vater Lidell beim Abendessen, zwei Tage, nachdem Ned Amos Elson der Einladung in dessen Wohnung gefolgt war.

In den Tagen dazwischen hatte Ned eine unerklärliche, ruhelose Sehnsucht befallen, dorthin zurückzukehren. Als würde er Ezer vielleicht näherkommen können, indem er nochmals mit Amos reden würde. Vielleicht würde er Ezer dort auch begegnen. Aber als Amos hinter Ned die Tür geschlossen hatte, hatte er ihm deutlich zu verstehen gegeben, dass er nie wieder zurückkehren sollte.

„Hmm", sagte Ned, ohne seinem Vater eine wirkliche Antwort zu geben. Er hatte keine Lust über das zu reden, was auch immer es sein mochte, das Lidells Augen so aufleuchten ließ. Und schon gar nicht beim Essen, und während sie Gesellschaft hatten.

Ein Omega, den sein Vater zuletzt engagiert hatte – ein junger Mann mit braunen Augen und weißblonden Haaren – saß am anderen Ende des Tisches beim Essen. Den Namen hatte Ned bereits wieder vergessen – Henry? Hopper? Der Mann war ein Langweiler und würde wahrscheinlich nicht länger da sein als wenige Tage, nachdem–Harry? Nein, *Hunters* Hitze letzte Woche zu Ende gegangen war. Eine Fortpflanzung war von Neds Vater wie üblich nicht verhandelt worden.

Es waren also mal wieder nur ums Vergnügen willen Intimitäten gewechselt worden, und wenn Lidell genug von Hunter gehabt hatte, würde er weggeschickt – mit genug Geld, um die nächste Etappe seines Lebens zu finanzieren. Und auch, wie Ned annahm, um möglichen Herzschmerz wegen der Trennung zu lindern, obwohl Ned sich nicht vorstellen konnte, dass irgendein Omega sich in seinen Vater verlieben würde. Lidell war kein sanfter Mann, kein Romantiker oder auch nur im Geringsten an Liebe interessiert. Manchmal fragte Ned sich, wie es seinem Omega-Papa, dem wundervollen Sandrino, gelungen sein mochte, Lidell dazu zu bringen, sich in ihn zu verlieben. So weit Ned bisher gesehen hatte, war Lidells Herz stets verschlossen geblieben.

Wie auch immer, Hunter würde in Kürze fort sein, und sein Vater würde für ein Jahr oder so wieder gesättigt sein, bis er wieder den Drang verspürte, seine fleischlichen Bedürfnisse erneut an einem Omega zu befriedigen. Wenn es so weit war, würde er einige Wochen lang die Auktionsblätter studieren und dann seine Wahl treffen.

Es war ein verkommener Kreislauf, den Ned nur allzu gut kannte, und den er verachtete. Nachdem er gesehen hatte, wie glücklich sein Onkel mit Adrien war, und nachdem er in der Vergangenheit wegen flüchtiger Vergnügungen Ärger gehabt hatte, wollte Ned keine kurzfristigen Bindungen mehr eingehen, nur um sich körperlich zu befriedigen. Er wünschte sich einen einzigen Omega fürs Leben – so wie sein Onkel Heath es gemacht hatte.

Um fair zu sein, wahrscheinlich hatte auch Lidell das einst gewollt. Earl sagte, dass Lidell nach Sandrinos Tod sein ganzes Leben umgekrempelt und sich nur noch auf Macht und Geld konzentriert hatte. Er hatte Liebe und Bindungen gemieden, um sich selbst davor zu schützen, je wieder einen solchen Verlust zu erleiden.

Aber selbst Ned wusste, dass das kurzsichtig war.

Ned interessierte sich nicht für Macht. Er hatte sogar gesehen, wie seines Vaters Verlangen danach einen Keil zwischen ihn und Heath getrieben hatte. Und ja, Geld war gut zu haben, aber sein Vater war nie zufrieden und wollte immer nur noch mehr.

Lidell Clearwaters gelegentlichen, betrunkenen Predigten zufolge bewahrten Beziehungen mit einem zuvor festgelegten Ende und einer ebenfalls festgelegten Summe Geldes als Anreiz beide Parteien vor den Komplikationen, die mit Emotionen einhergingen. Ned hingegen fand das alles nur traurig und leer. Er wollte sich nicht mit kurzen Übereinkünften dieser Art zufriedengeben, von denen nichts übrigblieb als eine nette Erinnerung und vielleicht ein oder zwei Fotos.

„Ich habe George Fersee heute Nachmittag im Club getroffen, und wir haben uns im Garten ernsthaft und unter vier Augen unterhalten. Willst du gar nicht wissen, was er anzubieten hatte?", fragte Lidell noch einmal.

Ezer Fersees blaue Augen blitzten so plötzlich und heftig in Ned Erinnerung auf, als wäre er von ihnen besessen. Er bekam rote Wangen, als er an das dachte, was er erst wenige Stunden zuvor allein in seinem Zimmer getan hatte. Er hatte sich selbst befriedigt und dabei an Ezers schönes Gesicht und seine großen Augen gedacht. Und als er seinen Orgasmus gehabt hatte, hatte er sich vorgestellt, dass Ezers Gesicht von Neds Sperma bedeckt war. Aber kaum dass die Ekstase vorbei gewesen war, hatte er sich auch schon wieder geschämt. Er hatte sich sauber gemacht und bedauert, dass er nicht auch das Chaos mit Ezer einfach saubermachen konnte. Aber es ließ sich nicht einfach ausradieren, dass er nur Tage zuvor seinen Stiefel auf Ezers Schulter gestellt und mitgeholfen hatte, den Jungen zu demütigen, wenn auch nur wenige Sekunden lang.

„George Fersee ist ein wohlhabender, mächtiger Mann. Das

hier könnte unsere Chance sein." Lidell räusperte sich. Neds offensichtlicher Mangel an Interesse ärgerte ihn.

Ned seufzte, dann biss er an. „Was hatte Mr. Fersee dir den angeboten, Vater?"

„Einen Fortpflanzungsvertrag."

„Was?" Ned neigte angewidert und verwirrt den Kopf. „Mr. Fersee ist ein Alpha!"

„Ja, er ist ein Alpha. Mit vier Omega-Söhnen und dem dringenden Bedürfnis, ein paar davon loszuwerden, angefangen mit der Nervensäge."

Ned Finger begannen nervös zu kribbeln. „Die Nervensäge?"

Sein Vater nickte. „Wie es scheint, ist einer seiner Omega-Söhne zu hochmütig und hat vergessen, wo sein Platz in der Welt ist. Mr. Fersee hat vor, dessen erste Hitze schon vorab zu versteigern, zusammen mit einem Fortpflanzungsvertrag. Er will dem Jungen einen Braten in die Röhre schieben, damit er zahm wird." Lidell lächelte schleimig und fügte hinzu: „Nichts bringt einen Omega so zur Ruhe wie eine Schwangerschaft."

Am anderen Ende des Tisches gab Hunter ein verächtliches Hüsteln von sich.

Ned benagte seine Unterlippe. „Um welchen Sohn geht es?"

„Ich glaube, du kennst ihn." Lidell lächelte, als wüsste er irgendwie, dass es für Ned eine Bedeutung hatte. „Er ist in deiner Klasse in der Schule. Der Name ist Ezer?"

Ned drehte sich der Magen um. Er sah Ezers schmächtige Gestalt vor seinem inneren Auge, zusammen mit der Erinnerung an sein furchtsames Gesicht, als Braden ihn festgehalten hatte, und wie er sich so verzweifelt gewehrt hatte. Ned dachte an Ezers eigensinnig gehobenes Kinn, seinen unbeugsamen Stolz selbst während des Angriffs. Ned hoffte, seine Stimme blieb stabil, als er fragte: „Mr. Fersee wird ihn versteigern?"

„Das war sein ursprünglicher Plan", sagte Lidell und hob

einen Finger, um anzuzeigen, Ned möge auf die Pointe warten. „Aber er ließ durchblicken, dass er daran interessiert wäre, uns zu einem gewissen Preis den Jungen *dauerhaft* zu überlassen – und mit uns meint er dich.“

„Mich?“

„Ja. Du denkst doch wohl nicht, ich selbst würde mir einen neunzehnjährigen Omega nehmen und ein Kind mit ihm zeugen?“, schnaubte Lidell. „Natürlich reden wir hier von dir.“

In Neds Kopf drehte sich alles. Die Worte ergaben keinen Sinn. „Ich verstehe nicht.“

„Natürlich kostet das etwas.“

Das ergab noch weniger Sinn. „Falls Mr. Fersee Geld will, haben wir doch gar nichts zu bieten.“ Ohne die Unterstützung seines Onkels würden sie sich im Moment gar keine Hitze leisten können, und auf keinen Fall würde Onkel Heath dieses Arrangement gutheißen. Ned und Ezer waren noch nicht einmal auf der Uni. Ned schüttelte den Kopf. Es musste sich um ein Missverständnis handeln. „Außerdem ist Ezer zu jung.“

„George kümmert das Geld nicht im Geringsten, Sohn. Er will, dass sein Kind aufhört, ihm Schande zu machen. Der Junge ist volljährig, so weit ich weiß. Achtzehn ist das Mindestalter.“

„Das gilt für *gewöhnliche* Alphas und Omegas, nicht für Menschen unserer Gesellschaftsschicht.“ Ned hoffte, wenn er an den Snobismus seines Vaters appellierte, würde er zu ihm durchdringen. „Oder in dem seltenen Fall, dass ein Omega aus medizinischen Gründen zu früh in Hitze kommt.“

Neds Herz raste. Er wusste nicht, was er tun würde, sollte George Fersee Ezer versteigern. Er hatte nicht das Geld, um ihn zu kaufen, und die Vorstellung, dass irgendein anderer Alpha Ezer bekam, machte ihn ganz krank. Erst in diesem Augenblick wurde ihm klar, dass er immer geplant hatte, immer gehofft, immer *geglaubt* hatte, er würde einen Weg finden, Ezer für sich zu beanspruchen.

„Es ist auch für Situationen, in denen junge Männer unser Gesellschaftsschicht, wie du es nennst, sich nicht benehmen können, und ihre Väter müssen einen Weg finden, dass sie ruhiger werden und in Sicherheit sind.“

„Und das ist bei Ezer der Fall?“ Neds Ohren klingelten.

„Ja. Um genau zu sein, hat George uns den Jungen zusammen mit einer Geldsumme als Pauschalbetrag plus einem jährlichen Stipendium angeboten. Das mehr als ein Ausgleich ist für das, was wir von meinem geliebten Arschloch von Bruder verloren haben. Gott segne seinen kleinen Sohn“, sagte Lidell.

Ned erinnerte seinen Vater nicht daran, dass die einzige Person, die Heath enterbt hatte, Lidell selbst war, und Ned immer noch eine ordentliche Summe erben würde, noch erinnerte er ihn daran, dass Heath immer noch für Neds Schulbildung bezahlte und ihm ein gutes Einkommen versprochen hatte, wenn oder falls er heiratete oder Kinder zeugte. Diese Wahrheiten würden bei seinem Vater nur das Fass zum Überlaufen bringen.

„Fersee ist bereit, eine Menge zu zahlen, um seinen Sohn ruhigzustellen, und es spricht nichts dagegen, wieso nicht wir diejenigen sein sollten, die dieses Geld bekommen. Es ist ganz einfach. Solange wir es schaffen, den Jungen in seine Schranken zu verweisen – und ich habe keinen Zweifel, dass du das kannst – gewinnen wir. Außerdem...“ Sein Vater sah plötzlich gerissen aus. „Es geht das Gerücht, du hättest Interesse an ihm?“

Ned ignorierte die Frage. Stattdessen stellte der die Allerwichtigste: „Was hält Ezer von all dem?“

Sein Vater winkte ab. „Ezers Meinung ist nicht wichtig. Es scheint, als hätte Mr. Fersee sich das Ganze lange und gut überlegt, aber in jüngster Zeit ist es wohl dringend geworden. George Fersee hat Grund zu glauben, dass sein Sohn die falsche Art von Aufmerksamkeit durch die Alphas an seiner Schule erregt, und er hätte gern, dass Ezers Hitze passiert und er schwanger wird und von der Schule genommen wird, bevor das neue Schuljahr beginnt. Er glaubt, dass das alle Probleme mit diesem Jungen beilegen wird."

„Aber Ezer muss sein Einverständnis geben."

„Ja, und ich bin sicher, das wird er. Sein Vater hat die Vormundschaft, bis er vertraglich an einen Alpha gebunden ist oder bis sein Vater stirbt. Also was soll seine Meinung schon bedeuten?"

„Falls er das aber nicht will, dann–"

Lidell lachte. „Oh, wenn seine Hitze beginnt, dann wird er es wollen."

Ned wand sich unbehaglich.

„Das Einverständnis ist im Voraus erforderlich", sagte Hunter am anderen Ende des Tisches. Ned zuckte zusammen. Er hatte ganz vergessen, dass der junge Mann noch da war, so wie er mit Informationen und Gefühlen bombardiert worden war. Hunter strich sich eine blonde Locke aus den Augen. „Und rechtlich gesehen muss ein Vertrag unterzeichnet werden."

„Ich bin sicher, dieser Junge, Ezer, wird den Sinn darin erkennen, oder er wird dazu gebracht werden", sagte Lidell und machte eine wegwerfende Geste mit seiner Gabel.

Hunter zuckte die Achseln. „Vielleicht. Aber es gibt Gesetze zu unserem Schutz. Nicht viele, aber ein paar. Und eins davon ist das Einverständnis des Omegas, bevor die Hitze beginnt. Es sei denn, du würdest Ned gern wegen Vergewaltigung im Gefängnis sehen?"

„Ich sagte doch bereits, ich bin sicher, Ezer wird dazu gebracht werden, den Sinn darin zu erkennen."

„Ich bin nicht sicher, dass *ich* den Sinn darin erkenne", fuhr Hunter fort und forderte sein Glück heraus. „Dieser Omega ist noch nicht einmal neunzehn Jahre alt. Zumindest nehme ich das an, da er in Neds Klasse ist, und Ned ist erst achtzehn.“

„Ned ist letzten Monat neunzehn geworden, und ich habe dich nicht nach deiner Meinung gefragt.“

Hunter runzelte die Stirn. Er legte seine Gabel hin und verschränkte die Arme vor der Brust.

„Ich denke, du wirst dich morgen auf den Weg machen“, sagte Lidell.

„Das denke ich auch“, stimmte Hunter ebenso frostig zu.

„Wieso hat er *uns* das Angebot gemacht?“, fragte Ned. Er schüttelte die Frage nach dem Einverständnis ab, genauso wie die ungewollte Einmischung des Fremden, der mit am Tisch saß. Es war ohnehin eine sinnlose Diskussion. Er würde Ezer ohne dessen Einverständnis nicht nehmen, ganz egal, was ihre Väter planten.

Aber was, wenn Ezer sein Einverständnis gab?

Das Blut sammelte sich in Neds Schwanz. Diese Augen, so wunderschön und voller Gefühl blitzten in seinen Gedanken auf. Dennoch, sie waren beide erst neunzehn und nicht einmal auf der Universität. Sie waren viel zu jung.

Ned räusperte sich und versuchte, scharf nachzudenken. „Es muss andere, ältere Männer geben, die Mr. Fersee Ezer abnehmen wollen.“ Auch wenn sich bei dem Gedanken Ned der Magen umdrehte. Ned legte seine Gabel weg. Er konnte keinen weiteren Bissen mehr zu sich nehmen.

„Kein Zweifel. Aber während meiner Unterhaltung mit ihm kamen wir überein, dass du und Ezer gut zusammenpasst.“

Ned hüstelte. In seinen Fantasien war es so, ja. Aber das fand nur in seinem Kopf statt. Der echte Ezer konnte ihn nicht ausstehen und hielt ihn für einen Schläger.

„Es scheint, du gehörtest mit zu der Gruppe junger Alphas, die ihn sich kürzlich zur Brust genommen haben.“ Lidell warf Ned einen scharfen Blick zu. „Es scheint aber auch, als wärest du einen Schritt weiter gegangen. *Du* hast dich in einem Anfall von

Scham bei seinem Omega-Elternteil entschuldigt."

Ned schluckte heftig, und ihm wurde ganz heiß, sodass seine Wangen, seine Brust und sogar seine Schenkel vor Demütigung brannten. „Ich… ich habe nicht–"

„Hör auf! Ich will keine Entschuldigungen oder Rechtfertigungen hören. An dieser Stelle, so unüberlegt und ungehobelt dein Verhalten auch gewesen sein mag, wird es sich möglicherweise als Segen für dich erweisen." Er warf mit hochgezogener Braue einen Blick zu Hunter, als würde er überlegen, ob er den Rest in seiner Anwesenheit sagen sollte oder nicht. „Wie es scheint, hast du Amos gestanden – wie soll ich sagen? Starke Gefühle für diesen Jungen, Ezer, zu hegen."

Also hatte Amos ihn nicht nur hintergangen, sondern sein Vater hatte schon am Anfang dieser Unterhaltung gewusst, dass Ned ganz genau wusste, wer Ezer Fersee war, und sogar, dass er Gefühle für ihn hatte.

Lidell schmunzelte. „Stell dir nur meine Überraschung vor. Ich verbringe den Tag mit George Fersee, und wir sprechen über deine amourösen Absichten. Er erzählt mir von deinem Bekenntnis gegenüber seinem verstoßenen Omega. Und dann erzählt er mir von den Eigenheiten seines Sohnes – also wirklich, Ned? Der Junge wiegt kaum mehr als eine ertrunkene Ratte, und er kann nicht lesen? Musst du denn unbedingt auf Schmächtige und Dumme stehen?"

„Vater! Ich–"

„Wirklich, es ist mir egal. Es spielt auch kaum eine Rolle angesichts der fraglichen Summen, um die es hier geht." Lidell nippte an seinem Wein, dann fuhr er fort, als würden sie über das Normalste der Welt reden: „Im Verlauf des Gesprächs wurde deutlich, dass George sich Sorgen machte, ob ein so junger Alpha wie du mit seinem Sohn umgehen könnte. Aber ich erwähnte ihm gegenüber deinen neu erwachten Wunsch, dich ein Leben lang zu binden und Nachkommen zu zeugen. Ich weiß, du glaubst, dass du diese Idee von Heath übernommen hast, aber natürlich hast du sie von deinem Omega-Elternteil geerbt. Oh, süßer Sandrino! Er war ein Romantiker. Verträumt. Immer redete er davon, eine große Familie zu haben." Lidell verlor sich in den Erinnerungen, so wie immer, wenn er auf Neds Omega-Elternteil zu sprechen kam, für immer ein Engel in Lidells Augen.

Hunter hüstelte in seine Serviette und brach den Bann.

Lidell warf ihm einen schmutzigen Blick zu. „Fersee gefiel das an dir. Außerdem gefiel ihm, dass du seinen Sohn zu mögen scheinst, obwohl du versucht hast, übergriffig zu werden." Lidell schnalzte missbilligend mit der Zunge, um Ned zu tadeln. „Das sieht dir gar nicht ähnlich, aber ich muss zugeben, es scheint so gewesen zu sein. Insofern musste ich George zustimmen, dass es besser wäre dich auf legalem Weg in das Leben dieses Jungen zu bringen."

„Ich bin nicht übergriffig gew–"

Lidell ließ Ned gar nicht zu Wort kommen. „Ich bekomme den Eindruck, dass George das Glück seines Sohnes am Herzen liegt – zumindest ein bisschen. Er wünscht sich einen hingebungsvollen Alpha, der Ezer in die Hand nimmt. Ich versicherte ihm, dass du das bist. Wenn du schon so versessen auf den Jungen bist, dass du versuchst, sexuell übergriffig zu werden, dann–"

„Ich sagte doch, dass ich das nicht getan habe!"

„–bist du bereits verzaubert, und das ist schon eine halbe Hitze-Schwärmerei. Und damit, mein Junge, bist du schon so gut wie verliebt. Wie auch immer, George sagte, er würde Ezer gern los sein, bevor die Frühjahrsferien zu Ende sind. Er will nicht, dass er in die Schule zurückkehrt, und er ist mehr als bereit, uns dafür zu bezahlen, es jetzt zu tun, während ihr beide noch gesetzlich an uns gebunden sein, als zu riskieren, noch länger zu warten.“

Ned war zu schockiert, um das Angebot – oder war es eine Übereinkunft? – zu begreifen, das Ezers Vater mit seinem ausgeheckt hatte. Stattdessen stellte er eine weitere Frage: „Was tut Ezer denn, was seinem Vater solche Schande bereitet?“

„Das weiß ich nicht, und es interessiert mich auch nicht.“

„Was, wenn er uns Schande bereitet?“

Lidell schnaubte. „Er kann uns ja wohl kaum mehr Schande bereiten, als mein eigener Bruder es getan hat, oder? Sich mit einem so skandalösen Liebhaber einzulassen. Und dann in dem Alter ein erstes Kind zu haben. Nein, glaub mir. Dies wird ein Leichtes sein, verglichen mit Heath. Omegas wollen in die Hand genommen werden, und wenn er erst schwanger ist, wird er so unterwürfig sein wie ein getretener Hundewelpe.“

Hunter schniefte missbilligend, sagte aber kein Wort. Lidell warf ihm noch einen hässlichen Blick zu. „Hunter mag mit meinen Worten nicht übereinstimmen aber er wird ihnen auch nicht widersprechen. Ein schwangerer Omega ist ein willfähriger Omega.“

„Jedenfalls bis zur Wochenbett-Depression“, sagte Hunter. „Dann werden wir ein bisschen sprunghaft. Unvorhersehbar.“

„Weißt du das aus Erfahrung?“

„Ich wurde bei meiner ersten Hitze schwanger.“

„Und hast dein Baby im Stich gelassen?“ Lidell schüttelte den Kopf. „Überrascht mich nicht.“

„Ich hatte meine Gründe.“

„Wir alle haben unsere Gründe“, gab Lidell zurück und winkte ihn ab wie eine lästige Stechmücke. „Wochenbett-Depressionen sind oft schwierig, ja, aber wir werden uns um ihn kümmern.“

Ned schluckte schwer. Er wollte nicht, dass sein Vater sich um irgendwas mit Ezer kümmerte, niemals. „Ich verstehe von all dem nichts, Vater. Können wir nicht einfach einen Vertrag schließen für später, wenn wir älter sind? Nach dem Studium?"

Viele Omegas seiner Altersgruppe hatten bereits Verträge über ihre ersten Hitzen abgeschlossen, gewöhnlich zu einem hohen Preis, und gewöhnlich mit einem der Freunde ihres Vaters, oder mit einem Geschäftspartner oder deren Söhnen. Es wäre unüblich, dass zwei Gleichaltrige eine Absichtserklärung für die Zukunft unterzeichneten, aber nicht unmöglich. Es war schon vorgekommen, oft aus Liebe. Aber Ned wusste, dass Ezer ihn nicht liebte.

„Nein. Sein Vater schickt ihn nicht auf die Universität. Der Junge ist ein Idiot, Sohn. Ich habe keine Ahnung, was du in ihm siehst. Er konnte nur von der St. Hauers transferieren, weil sein Omega-Elternteil noch ein paar Fäden für ihn gezogen hatte, bevor er verstoßen wurde. George hat mir versichert, dass ein Studium für diesen Ezer reine Geldverschwendung wäre, und ich kann nur aus tiefstem Herzen zustimmen. So wird es für euch beide viel besser sein. Ezer wird den Vertrag über seine Hitze und die Fortpflanzung unterzeichnen, und du wirst das ebenfalls tun. Er wird glücklich und schwanger sein, und du wirst einen Jungen haben, der all deine Hingabe und Liebe annimmt. Oder willst du ihn nicht? Hat sich sein Omega-Elternteil geirrt?"

„Ich will ihn", gab Ned zu. Es machte ihn krank, sich Ezer mit irgendeinem anderen Alpha vorzustellen, aber es passierte alles so schnell, und sie waren doch noch so jung! Es war falsch. „Er ist jetzt schon sein Monaten meine erste Wahl, aber…"

„Aber was?"

Er griff nach jetzt Strohhalmen – irgendetwas, um Zeit zu gewinnen, bis sie älter und fähiger waren. Er sagte: „Braden und Finch hassen ihn."

„Wie kommst du denn *darauf*?"

„Sie schikanieren ihn, schubsen ihn herum. Deshalb habe ich

mich in der Schule noch nicht weiter an ihn herangemacht. Du sagtest, ich soll mich mit den beiden gut stellen, und das habe ich gemacht."

„Dann hast du umso mehr guten Grund, dich in Zukunft von den Tenmeter- und Maddox-Jungs fernzuhalten. Ich weiß, sie sind dir zuwider. Nach dieser Heirat wird das keine Rolle mehr spielen. Fersee wir uns mehr Geld geben, als wir auszugeben wissen. Das ist alles, was wir wollten, seit Heath uns den Rücken gekehrt hat."

Ned nagte an seiner Unterlippe, „Kann sein, aber ich glaube, Ezer hasst mich."

„Ich bin sicher, er ist ein bisschen eingeschüchtert", sagte Lidell. Sein Blick zuckte kurz zu Hunter. „So wie du dich ihm gegenüber nach Aussage seines Vaters verhalten hast. Aber du wirst ihm beweisen, dass du ein starker, guter Alpha bist. Du wirst ihn beschützen. Mit dir an seiner Seite wird er nie wieder belästigt oder schikaniert werden, egal, wie hässlich und knochig er ist."

„Er ist nicht hässlich!"

Lidell kicherte. „Oh, ich sehe, George hat nicht übertrieben. Du bist verrückt nach dem Jungen."

„Er ist einfach noch im Wachstum. Vielleicht ist es jetzt noch nicht einmal sicher für ihn zu… du weißt schon… jetzt schon zu gebären."

„George hat mir versichert, dass der Junge bei seiner letzten ärztlichen Untersuchung alle Standards erfüllt hat. Er wurde als potenziell gebärtauglich eingestuft, sobald er neunzehn war."

Das überraschte Ned, weil Ezer so zierlich gebaut war. Seine Hüften waren enger als alle, die Ned je bei einem Mann gesehen hatte. „Ich weiß nicht recht, Vater."

„Du musst auch gar nichts recht wissen. Die Verträge werden unterzeichnet. Und wenn du dann das Einverständnis des Jungen mit eigenen Augen siehst, werde sich deine Zweifel in Nichts auflösen." Lidell lächelte. „Bald wirst du ein echter Alpha sein, Sohn. Du wirst deiner ersten Hitze dienen. Das lässt sich mit nichts vergleichen. Die erste Hitze vergisst man nie."

Hunter murmelte erstmals an diesem Abend so etwas wie eine Zustimmung, dann erhob er sich vom Tisch. „Wenn ihr mich entschuldigen wollt, dann gehe ich jetzt meine Sachen packen. Ich habe meine Zeit hier genossen, aber das heutige Abendessen war sehr interessant und hat mir gezeigt, dass es hier für mich enden muss. Ich weiß zu schätzen, dass du dich um mich gekümmert hast, Lidell. Und danke dir auch für das Geld, das auf meinem Konto eingegangen ist." Er wandte sich an Ned. „Ich habe mich sehr gefreut, dich kennenzulernen, und ich möchte dir Glück wünschen. Wenn du diesen Jungen wirklich gern hast und annehmen willst, dann wappne dich. Die zart gebauten sind die stürmischsten." Dann ging er davon wie selbst von einer stürmischen Brise getragen, mit wehender Robe.

Lidell blickte ihm ohne einen Ausdruck von Ärger hinterher. Es war auch nicht direkt Wehmut, die sich auf seinem Gesicht spiegelte, aber es war bittersüß. Dann schaute er Ned an. „Der Vertrag wird nächste Woche aufgesetzt sein. Dann wirst du ihn unterzeichnen." Er wischte sich den Mund mit seiner Serviette ab, dann stand er auf. „Ich denke, ich werde Hunter beim Packen helfen."

Ned beendete sein Abendessen allein. Er nahm sich dazu viel Zeit und schwankte zwischen Momenten von Panik und solchen von einer seltsamen, verdorbenen Lust hin und her. Am Ende beschloss er, dass er Ezer nicht vertraglich an sich binden und auch keinen Nachwuchs mit ihm zeugen sollte. Sie waren noch zu jung für sowas, und es war nicht richtig, so etwas von einem von ihnen zu verlangen.

Aber falls Ezer es wollte...

Nein. Es war absurd. Sie waren zu jung, um Eltern zu werden.

Ende der Geschichte.

Kapitel 7

„N EIN.“

Ezers Vater lehnte sich in seinem Schreibtischstuhl zurück und schmunzelte. „Oh, ich glaube, schon.“

Ezer war in das Büro seines Vaters gerufen worden, um sich „ein wenig zu unterhalten“. Seine Brüder, selbst der kleine Rodan, hatten ihnen wie erstarrt hinterhergeschaut. Sie alle hatten gewusst, dass eine „kleine Unterhaltung“ mit Vater nach dem Abendessen nichts Gutes bedeuten konnte.

Ezers Herz pochte. Blaue und grüne Pünktchen tanzten in seinen Augen. Er konnte kaum einen Atemzug nehmen. Er hatte das Gefühl, jeden Moment ohnmächtig umzukippen. Wenigstens war der Teppich unter dem großen Sessel gegenüber dem Schreibtisch seines Vaters weich, sodass er keine blauen Flecken haben würde, falls er das Bewusstsein verlor. Er hoffte jedoch, sich nicht in die Hose zu pissen.

Irgendwie schaffte er es, bei Bewusstsein zu bleiben, und er keuchte: „Ich bin erst neunzehn. Außerdem würde Papa dem niemals zustimmen.“

„*Papa* hat hier nichts mehr zu sagen.“ Wie es seinem Vater gelang, den Kosenamen so spöttisch klingen zu lassen, wusste Ezer nicht, aber das Wort „Papa“ klang bei ihm nach unzähligen Lagen von Hass und Verachtung.

Er ballte die Fäuste und kämpfte seine Panik nieder. Ezer hob trotzig das Kinn. „Aber *ich* habe in dieser Sache etwas zu sagen.

Dem Gesetz nach muss ich damit einverstanden sein."

Es war eines der wenigen Gesetze, die dem Schutz von Omegas dienten. Und es war die beste Verteidigung, die ein Omega gegen ungewollte Eheschließungen und Verkuppelung aufbringen konnte. Bevor eine Hitze mit jemandem geteilt werden konnte, musste ein Vertrag geschlossen werden, und zur Fortpflanzung bedurfte es eines Extra-Vertrages. Es stimmte zwar, dass manche Alphas warteten, bis die Hitze bereits eingesetzt hatte, um eine Unterschrift des Omegas zu erzwingen, wenn er sich nicht mehr wehren konnte, aber zumindest gab es einen Vertrag. Ohne Vertrag konnte der Alpha wegen Vergewaltigung strafrechtlich verfolgt werden. Eines der seltenen Vorkommnisse, in denen das Recht des Omegas mehr wog als die Lust des Alphas.

George nickte. „So lautet das Gesetz, ja. Und du *wirst* dein Einverständnis geben."

„Warum? Weil du mich dazu zwingen wirst?", konterte Ezer. „Das ist kein Einverständnis, und das weißt du auch."

Georges braune Augen funkelten. „Ich werde dich nicht zwingen. Ich werde dich dazu reizen."

Ezer höhnte: „Geld spielt keine Rolle für mich."

„Doch, tut es. Nur nicht so, wie du denkst. Sieh hier." George drehte seinen Computerbildschirm herum, sodass Ezer die auf dem Monitor aufgerufenen Fotos von vier verschiedenen Wohnungen betrachten konnte.

Eine davon befand sich in einem hübschen Wohnkomplex, einem Ort, den Ezer kannte. Nahe einem See, wo Papa im Sommer gern mit dem Rad fuhr. Das zweite Foto zeigte ein gemütliches Zuhause im Herzen des Clearwood-Parks neben dem See, nicht weit entfernt von einigen der feinsten Wohnvierteln. Das dritte Foto zeigte ein Strandhaus. Und das vierte ein Ferienhaus in den Bergen. Ezer erkannte all diese Orte als frühere

Besitztümer seines Papas von vor seiner Heirat, bei der alles automatisch auf George übergegangen war. Nichts davon war bei der Scheidung zurück auf Papa übertragen worden.

An Ezers Schläfen bildete sich Schweiß. Ihm wurde ein wenig übel. „Was soll das bedeuten?"

George warf einen Blick auf die Fotos. „Denkst du, Amos fühlt sich dort wohl, wo er jetzt ist? In dem heruntergekommenen Viertel, wo du ihn immer noch besuchst?"

Ezer starrte seinen Vater regungslos und stumm an.

„Er hat diese Wohnung am See einst geliebt. Dort lebte er, bevor wir uns kennenlernten." George vergrößerte die Fotos von besagter Wohnung und zeigte Ezer einen Raum nach dem anderen. Das Mobiliar war komplett nach Papas Geschmack und war immer noch so geblieben wie vor der Zeit, als alles zum Teufel gegangen war.

„Glaubst du, er würde vielleicht gern wieder hier leben?"

Ezer schluckte bittere Galle herunter. Das Herz klopfte ihm bis zum Halse. „Wieso tust du das?"

„Weil ich will, dass du heiratest, Ezer. Weil ich dich nicht mehr am Hals haben will. Und hier bietet sich eine gute Gelegenheit für dich."

Ezer knirschte mit den Zähnen, während er versuchte, Worte zu finden, um das eisige Entsetzen über seinen Verdacht auszudrücken. „Du willst mich damit bestrafen."

„Nun, ja", sagte George, ohne zu zögern. „Und ich will natürlich auch Amos bestrafen."

„Wie das?"

„Es ist sehr subtil und etwas, das du nicht verstehen würdest."

Er schmunzelte. „Dazu hast du nicht genug Grips."

„Ich bin nicht dumm!"

„Das behauptet ihr beide, du und Amos. Aber ich bin auch nicht dumm, was dein verdammter Papa auch immer denken mag.“

Ezer starrte George an.

„Die Wohnung, in der Amos im letzten Jahr gelebt hat, ist ekelerregend. Willst du, dass er dort bleiben muss, Ezer?“

„Nein, aber Papa würde auch nicht wollen, dass ich mich verkaufe, damit er bessere Lebensumstände bekommt.“

„Du kennst ihn nicht so gut, wie du glaubst.“ Georges Lippen zuckten. „Er ist sehr eigennützig.“ Sein Tonfall verwandelte sich in so etwas wie Mitleid, als er fortfuhr: „Allerdings hat er sich immer eine gute Partie für dich gewünscht. Amos will, dass du Kinder hast. Schließlich bist du sein Lieblingssohn.“

Die Worte ließen Ezer frösteln. „Er liebt uns alle gleichermaßen.“

„Nein, das tut er nicht.“ Auch das sagte sein Vater immer noch in diesem gruselig-mitleidigen Tonfall. „Er liebt dich am meisten und will, dass du ein sicheres Leben mit einem Alpha führst, der sich trotz deiner Defizite gut um dich kümmert.“

„Papa denkt nicht, dass ich überhaupt Defizite habe.“

„Du machst dir selbst etwas vor. Natürlich denkt er, dass du Defizite hast. Weil du welche hast! Deine Situation wird nicht besser dadurch, dass du dich selbst belügst, Ezer.“

„Ich will nicht schon mit neunzehn einen lebenslangen Vertrag unterzeichnen.“

„Ich fürchte, das ist keine Option für dich.“

Ezer atmete geräuschvoll aus. „Spuck schon aus. Was genau willst du von mir?“ Er konnte regelrecht fühlen, wie sich die Falle seines Vaters um seine Fußgelenke schloss und ihn festhielt, und er wusste, dass er daran zerbrechen würde.

George lehnte sich zurück, legte seine Fingerspitzen unter dem Kinn aneinander und schaute nachdenklich drein. „Für jedes Kind, das du gebierst, werde ich Amos einen Teil seines Besitzes zurückgeben. Für jedes Jahr, das du dem Alpha, den ich für dich ausgesucht habe, zu seiner Zufriedenheit dienst, werde ich Amos eine Unterhaltszahlung bewilligen, die mehr als die jährlichen Ausgaben deckt, die er hatte, als er noch mein Omega war." Er zeigte Ezer eine Zahl, die ihm den Atem raubte.

So viele Nullen. Ein so viel besseres Leben für Papa. Kein Wohnen mehr in diesem heruntergekommenen Höllenloch. Nie wieder der Versuch, aus Würstchen und Kartoffelchips so etwas wie eine anständige Mahlzeit zusammenzustellen.

„Warum?"

„Du machst mir nur Schande. Läufst herum, als wärst du kein Fersee, siehst aus wie eine halb verhungerte Ratte, lässt dich von anderen schikanieren und herumschubsen, und du bist einfach…" Er wedelte mit den Händen. „…nur seltsam. Nicht normal. Du existierst lediglich als Beweis für… für die Defizite deines Omega-Elternteils. Aber dies hier wird all diese Probleme auf einen Schlag lösen. Du wirst dich unterwerfen, wie es sich für einen Omega gehört. Du wirst deinen Körper benutzen, um für einen Alpha Erben zu produzieren. Für einen Mann, der es verdient. Du wirst dich beruhigen und ein zufriedener, schwangerer Omega sein. Und ich werde nichts mehr mit dir zu tun haben."

„Und das ist es dir wert? So viel Geld, nur um mich los zu sein?" Wieso hasste sein Vater ihn so sehr? Er war nicht gehorsam, und er war nicht, was George als Sohn gewollt hatte, in keinster Weise, aber er war kein schlechter Mensch. Nicht so einer wie diese furchtbaren Alphas, die ihn angegriffen hatten.

„Dich los zu sein ist mehr wert, als du dir vorstellen kannst", sagte George durch zusammengebissene Zähne. Dann aber, als würde er sich bewusst entspannen, ließ er die Schultern kreisen und zeigte ein kleines Lächeln. „Und als Bonus werde ich einen von euch vier Omegas frühzeitig unter die Haube gebracht haben. Die anderen drei werde ich sowieso bedeutend einfacher loswerden – sie sind alle hübsch, charmant, intelligent und meine."

„Dann verstößt du mich also?"

George schnaubte ein Lachen. „Ich werde mehr Geld ausgeben, um dich gut unterzubringen, Ezer, als ich je für einen von ihnen aufbringen werden muss. Sie alle werden mir Geld einbringen, durch Hitze- und Heirats-Verträge. Du hingegen kommst nur irgendwo unter, weil ich dafür bezahle!"

Ezers Mund klappte zu. Tränen brannten in seinen Augen.

„Niemand will dich. Ich hatte Glück, einen jungen Alpha aus einer gleichgestellten Familie zu finden, die dringend genug Geld brauchte, dich für eine entsprechende Summe als Omega für ihn zu erwägen. Aber ich verspreche, er ist ein guter, junger Mann von guter Qualität und mit starken Prioritäten. Er will mit einem hingebungsvollen Omega eine Familie gründen, und er hat die richtigen Verbindungen durch seine Herkunft, auch wenn es ihm an dem Geld fehlt, um eine gute Partie zu sein. Außerdem wurde mir versichert, dass er dich im Zaum halten kann, selbst während einer schlimmen Wochenbett-Depression, falls nötig. Wenn du wüsstest, wie viel Mühe es mich gekostet hat, dich unterzubringen. Mühe, die ich für deine Brüder nie aufbringen müssen werde. Du kannst mir nicht vorwerfen, ich würde mich zu wenig um dich kümmern. Wenn überhaupt, dann kümmere ich mich zu viel um dich."

„Zu viel? Du hast mich ja noch nicht einmal je gemocht!"

„Es gibt verschiedene Arten, sich zu kümmern, Sohn. Vielleicht will ich dich nicht in meinem Haus haben, und vielleicht mag ich dich und deine Kinder nicht in meinem Leben haben wollen, aber ich will auch nicht, dass du leiden musst. Ich will, dass du mit deinem neuen Leben zufrieden bist. Schwangere Omegas sind zufriedene Omegas."

„Zufrieden in dem Gefängnis, in das du mich schickst?"

„Amos hat das Haus am Strand immer sehr gemocht. Eine Hitze und eine Geburt deinerseits, und er kann die Wohnung haben, eine zweite Geburt, und er kann den Winter am See verbringen, und den Sommer am Strand. Er könnte aufhören, an diesem Müll-Fließband zu arbeiten und wieder zu seinem leichten Leben zurückkehren. Vielleicht könnte er sogar irgendeinem hilflosen, verwitweten Alpha begegnen und ihn verzaubern, so wie er es mit mir gemacht hat. Es liegt an dir, Ezer. Wenn du das bevorzugst, können die Ratten weiterhin in der Nacht an seinen Haaren nagen."

Ezer knirschte mit den Zähnen. „Das ist Erpressung. Wenn ich es nicht mache, dann lässt du Papa einfach leiden. Und was wird aus mir, wenn ich nicht zustimme?"

George zuckte die Achseln. „Wie ich bereits sagte, es ist nur ein Anreiz. Es gibt kein Gesetz dagegen."

Ezer drehte sich der Magen um. „Wer ist es? An wen hast du mich verkauft?"

Sein Vater zuckte mit den Schultern. „Es ist noch nichts in Stein gemauert. Zuerst musst du den Vertrag unterschreiben. Mein Anwalt hat ihn heute aufgesetzt." Er schob das Papier zu Ezer hinüber, mehrere Seiten, die einen Entwurf der Übereinkunft zwischen ihm und dem Alpha – wer es auch immer sein mochte, den sein Vater ausgesucht hatte – enthielten und sein Einverständnis voraussetzten, während seiner Hitze genommen und geschwängert zu werden. Jeder Omega musste irgendwann einen solchen Vertrag unterzeichnen, ob es nun ein frei verhandelter über lediglich eine Hitze war, oder eine vollumfängliche, von der Universität gesponserte Auktion über eine Schwangerschaft war, oder ein Familienarrangement wie dieses über eine lebenslange Verbindung. Ezers Augen schimmerten; in ihnen standen wütende Tränen, sodass er das Papier noch weniger lesen konnte. Die Buchstaben verschwammen und bewegten sich vor seinen Augen – etwas, das Zahlen niemals taten, egal wie traurig oder wütend er war. Selbst, als er die Augen verengte und mehrmals blinzelte, konnte er kein einziges Wort ausmachen.

„Unterschreibe!", befahl George. „Was spielt es schon für eine Rolle, wer deine Hitze gekauft hat? Es ist ein junger Mann mit einem guten Namen, und sein Vater sagt, er wird gute Nachkommen zeugen. Außerdem ist er einer von der romantischen Sorte und legt Wert auf Treue. Mehr kannst du nicht verlangen."

Er könnte verlangen, geliebt zu werden, oder etwa nicht? Aber sein Vater liebte ihn nicht, also wieso sollte sein Vater dann glauben, dass er das verdiente? Ezer wurde die Kehle eng, seine Augen brannten. Erneut versuchte er, den Vertrag zu entziffern, aber es hatte keinen Sinn.

„Ich brauche keine Treue, ich will sie nicht einmal", stieß Ezer hervor. Er wischte sich mit dem Handrücken die Tränen aus dem Gesicht.

„Oh, aber ich schon!", sagte George. Ezer hatte Gänsehaut im Nacken. „Ich will, dass du ein Baby nach dem anderen kriegst, bis du so von den ganzen Schwangerschafts- und Still-Hormonen benebelt bist, dass du nicht mehr geradeaus gucken kannst. Bis ich dich für immer los bin. Kapiert?"

„Warum?"

„Wenn du so schlau bist, dann überleg mal."

Ezer rieb sich übers Gesicht und presste die Lippen zusammen. Er hörte die Stimmen seiner Brüder im Flur. Er hörte Lachen und ein langes Kreischen von Rodan. „Du willst mich nicht in eurem Leben haben."

„Genau. Und das passiert nicht, wenn der Junge dich nur einmal ficken will und dann damit fertig ist. Aber sein Vater hat mir versichert, dass es nicht so ist. Dieser Junge ist ein echter Romantiker. Er will dich wehrlos und schwanger haben, high von Alpha-Samen und Hormonen. Und das ist für uns alle am besten so. Ein großzügiger Ausgang für dich und für deinen Papa. Sei nicht dumm, Ezer."

Ezer dachte an Pete, nackt und glücklich, mit seinem Schwangerschaftsbauch, total entspannt, wie er durch die Villa lief. Ein Mann in einem herrlichen Traum. Ezer schauderte. Wenn es das war, was die Schwangerschaft mit einem Mann machte… Moment – war sein Papa auch so gewesen? Er erinnerte sich kaum daran, wie es vor Rodans Geburt gewesen war, aber er wusste noch, dass sein Papa nackt umher gelaufen war, lachend und entspannt. Ja. Er war ebenfalls nackt und glücklich gewesen, genau wie Pete.

„Leck mich am Arsch. Ich bin nicht wie Pete!"

„Nein, wirklich. Das bist du nicht", schnappte George. „Und ich schätze, deine Wochenbettdepressionen werden für jeden um dich herum die Hölle sein, aber dieser Junge hat den Ruf, alles Nötige zu tun, um damit fertigzuwerden. Ich denke, er wird mit dir klarkommen." Er hielt Ezer einen Stift hin. „Unterzeichne!"

„Nein!"

„Doch!"

„Das mache ich nicht."

„Dann geh jetzt deine Sachen packen. Mach dich auf in die Wohnung deines geliebten Papas. Und komm nicht wieder her, außer du bist gewillt, deine Unterschrift unter diesen Vertrag zu setzen."

Ezer starrte ihn an. Das konnte er doch nicht ernst meinen. „Kannst du mir nicht mal Zeit zum Nachdenken geben? Das ist Nötigung!"

„Unterschreibe!"

„Nein." Ezer erhob sich mit zitternden Beinen aus dem Sessel, verließ das Büro seines Vaters und ging durch das große Zimmer, in dem seine Brüder sich gerade um die Controller eines Videospiels einen Ringkampf lieferten.

Rodan hob trotzig seine quietschende Stimme. „Ich bin jetzt dran!" Aber Shan und Flo lachten nur. Yissan tanzte und sang den Titelsong des Spiels laut mit. Keiner von ihnen bemerkte Ezer.

Die Diener gingen im Flur mit gesenkten Köpfen an ihm vorbei. Ihre Wangen waren gerötet, und sie schienen besonders hastig dahinzuhuschen, und Ezer hatte den Verdacht, dass sie mehr über die Sache wussten als Ezer selbst.

Ezer hatte kaum die Tür zu seinem Zimmer geöffnet, als einer der Männer seines Vaters auftauchte. „Ich soll dir beim Packen helfen und darauf achten, dass du nichts von Wert mitnimmst. Laptop, Smartphone und teure Kleidung bleiben hier."

Ezer starrte den Mann an, während er versuchte zu verstehen, was geschah. Er nahm seine Büchertasche, leerte all seine Schulsachen aus und fing an, drei Jeans und eine Handvoll beliebiger T-Shirts hineinzustopfen. Dann zog er seinen Hoodie über und warf sich die Tasche über die Schulter.

„Hier entlang", sagte der Mann. Sein Gesicht war wie versteinert und zeigte nicht die geringste Reaktion. Ezer wollte fragen, ob er verstand, was hier geschah. Ob er wusste, warum. Aber er konnte nicht begreifen, was los war. Er wurde aus seinem Zuhause verbannt. Das war es, wie Papa sich gefühlt haben musste, als Vater verkündet hatte, dass er gehen musste. Das war genauso aus heiterem Himmel geschehen. Er hatte sich gewehrt. Es hatte Gewalt gegeben. Blut.

Ezer straffte seine Schultern. Er würde sich nicht wehren, nicht kämpfen. Er wusste, er konnte nicht gewinnen.

Er wurde hinaus und zu einem Wagen gebracht und auf den Rücksitz verfrachtet. Keine Gelegenheit, sich von seinen Brüdern zu verabschieden. Teilweise, weil er nicht glaubte, es wäre für immer, und teilweise, weil er nicht ihre Gesichter sehen wollte. Er hätte nicht damit umgehen können, wenn sie geweint hätten. Und wenn sie nicht geweint hätten… nun ja, damit hätte er auch nicht umgehen können.

Eine Stunde später, nachdem sie durch den Verkehr in Wellport bis nach Roughs Neck gefahren waren, hielt der Wagen vor dem Gebäudekomplex, wo Amos seine Wohnung hatte. Ezer klopfte an die Tür, und sie schwang sofort auf.

Amos sah ihn lange an, seufzte und bedeutete ihm, hereinzukommen.

Kapitel 8

I N DEM VERSUCH, sich von den irren Plänen seines Vaters abzulenken, hatte Ned zugestimmt, mit Braden und Finch nach Roughs Neck zu fahren, um eine neue Quelle für Brights Pulver zu finden.

Ihre bisherige Quelle war aufgeflogen, nachdem sie zuletzt dort gewesen waren. Und dann war die komplette Operation dichtgemacht worden.

Der neue Lieferant, den Finch durch einen Tipp von irgendwem im Haus seines Vaters aufgetan hatte – einem Beta-Diener, den Finch bestochen hatte – wohnte im selben Gebäude wie Amos. Und auch wenn es unangenehm war, an den Ort jenes Verbrechens zurückzukehren, so erwartete Ned jedoch nicht, Amos oder sogar Ezer dort zu begegnen.

Und bis jetzt war das auch nicht der Fall gewesen.

Ned stand da in der Wohnung des Lieferanten, mit vor der Brust verschränkten Armen, und hoffte, dass nichts in die Luft fliegen würde, bevor er das Gebäude verlassen hatte. Bunsenbrenner waren hoch aufgedreht, Chemikalien und korrosive Flüssigkeiten überall verschüttet, und dazu rannten Neds Ansicht nach hier viel zu viele Katzen herum.

Der Lieferant, ein schnurrbärtiger Kerl namens Guffin, saß an einem Tisch mit mehreren Haufen Pulver, während sein Kumpel, der hoffentlich Chemiker war, mit den blubbernden Töpfen, Pfannen und Glasröhren arbeitete. Eine Katze saß auf seiner

Schulter, und zwei weitere hockten am Ende des langen Tisches.

Eine andere Katze glitt an Neds Fußgelenken entlang, wo er dicht an der Tür stand, erpicht darauf, möglichst bald gehen zu können. Er hinterfragte ernsthaft seine Lebensentscheidungen. Er hätte zuhause bleiben und zusammen mit Earl im Gewichte-Raum seine Nervosität wegtrainieren sollen. Dann hätte er dem alten Mann sein Herz ausschütten können, von dessen Weisheit profitieren und diesen Mist hier komplett vermeiden können.

Aber das hatte er nicht.

Denn falls es eine Sache gab, die er im letzten Jahr über sich selbst gelernt hatte, dann, dass er unfähig war, sich *nicht* in Schwierigkeiten zu bringen. Einfach nur, dass er Ezer mochte, hatte sie beide in eine unmögliche Situation gebracht, und er hatte nichts anderes getan, als zu versuchen, sich nicht anmerken zu lassen, welche Gefühle Ezers Augen in ihm hervorriefen. Er war sogar so weit gegangen, sich zu benehmen, als wäre er ihm gleichgültig, in der Hoffnung, dass Braden und Finch mit ihren Schikanen aufhören würden. Aber das hatte nicht funktioniert.

Der Lieferant hielt zwei Beutel mit dem Pulver hoch. Ned graute es vor dem Moment, wenn Braden und Finch ihre erste Dosis von dem Mist nehmen würden. Die Quelle machte keinen guten Eindruck. Er würde das Zeug auf keinen Fall die Nase hochziehen. Nicht dass sie noch versuchten , ihn dazu zu bringen, es zu nehmen. Er hatte sie davon überzeugt, dass der Grund, warum er damit aufgehört hatte, war, dass er ein schwächeres Herz als durchschnittlich hatte. Das hatte der Arzt bei seinem letzten Hitze-Bereitschafts-Test festgestellt, als sie seine körperli-che Gesundheit und seine Fähigkeit, einen Omega durch seine Hitze zu begleiten, eingeschätzt hatten. Er hatte zehn von zehn möglichen Punkten erreicht, was bedeutete, dass sein Vater genau das tun konnte, was er jetzt tat: Versuchen, Hitzen für ihn zu arrangieren, entweder zum Üben oder schon direkt zur Fortpflanzung.

Ned hatte diese medizinische Prüfung benutzt, um Braden und Finch anzulügen und ihnen zu sagen, dass er sich zwar gern auch was reingezogen hätte, aber nicht sein Leben dafür riskieren würde oder sein Herz schädigen. Das wäre es ihm nicht wert. Selbst Finch stimmte ihm zu, dass high zu sein es nicht wert war, dafür zu sterben oder Hitze-Sex aufzugeben. Obwohl Ned angesichts dessen, wie verkommen diese Wohnung und diese Lieferanten waren, nicht sicher war, ob sie ihm wirklich glaubten. Denn dies konnte kein gutes Pulver sein. Niemals.

Braden stand am anderen Ende des allzu feuergefährlichen Raumes vor dem Fenster und schaute hinunter auf den Hof, während er darauf wartete, dass das Pulver abgepackt wurde. Finch lungerte am Tisch des Dealers herum und sah zu, wie die Päckchen entsprechend ihres Geldwertes befüllt wurden. Sie kauften auch etwas für den Hausdiener, als Bezahlung für die Information.

Als Finch da so herumstand und am ganzen Körper zuckte, konnte Ned Finchs Gier nach dem Stoff praktisch riechen. Er fragte sich, wie oft Finch sich die Droge reinpfiff. Es schien, als würde er in letzter Zeit öfter high sein.

„Hey, wer hätte das gedacht? Da ist unser liebster Schwanzlutscher!", sagte plötzlich Braden, der seine Nase ans Fensterglas drückte und nach unten schaute. „Besucht mal wieder seine Schlampe von Papa."

Ned erstarrte. Ezer war hier? Er wollte nicht, dass Ezer auch nur in die Nähe dieser Arschlöcher kam, niemals, aber ganz besonders nicht jetzt, da er keine Ahnung hatte, was in Zukunft zwischen ihnen sein würde. Die Anspannung im Zimmer wuchs, Finchs Interesse regte sich, und er trat ebenfalls ans Fenster, um hinunter zu schauen.

„Unser Schwanzlutscher hat einen anständig aussehenden

Mund", murmelte er. „Und wir wissen ja, dass er ihn eifrig aufmachen würde, wenn er erstmal auf den Knien ist. Er braucht nur jemanden, der ihn da unten hinbringt."

„Und dieser jemand willst du sein?", fragte Braden und lachte.

„Ich brauche nur fünf Minuten allein mit ihm."

„Nein!", sagte Ned. Er war selbst schockiert davon, dass er sich nicht zurückhalten konnte.

Ezer war nicht mit ihnen im selben Raum, er war in diesem Moment nicht in Gefahr, und wenn sie endlich ihr Pulver hatten, würde Ezer längst in Sicherheit sein, in der Wohnung seines Papas, und dennoch – der bloße Gedanke, Finch könnte fünf Minuten allein mit Ezer haben, drehte Ned den Magen um und ließ seinen Puls in die Höhe schnellen.

„Nein?", fragte Finch und wirbelte zu Ned herum. „Was ist das nur mit dir und dem mageren Schwanzlutscher? Willst du seinen kleinen Arsch für dich selbst oder was?"

Braden zog seine linke Augenbraue hoch, und sein Blick wurde berechnend. Er ließ seine Arme sinken, und ein träges, bedrohliches Grinsen breitete sich auf seinem Gesicht aus. „Ich bin ziemlich sicher, Ned hier steht auf Abschaum. Das liegt in der Familie, habe ich gehört."

„Halt's Maul!", murmelte Ned. Er ignorierte die Beleidigung seiner Familie. Er war nicht einmal sicher, ob Braden von seines Vaters Gefallen an Hitze-Auktionen sprach, oder von Heaths Skandal mit dem Sohn seines Geliebten, oder vielleicht sogar von seinem eigenen, toten Omega-Elternteil. „Wieso hackst du andauernd auf Ezer herum? So wichtig ist er nun auch wieder nicht. Er ist noch nicht einmal Scheiße unter deinem Schuh. Also was soll das?"

„Interessant, wie du dich um 180 Grad drehen kannst", sagte Braden. „Wo ist dein üblicher Spruch geblieben? ‚Er ist George

Fersees Sohn, Braden, du kannst ihm das nicht antun!' Was denn nun? Ist er wichtig oder ist er unwichtig? Ich habe eine Exklusivmeldung für dich, Ned. Er ist kein Fersee, das steht fest, und darum ist er Abschaum, und *darum* können wir mit ihm tun, was immer wir wollen. Kapierst du das nicht?"

Ned schüttelte den Kopf.

Finch knurrte ein Lachen. „Das hat er noch nicht mitgekriegt. In seinem Haus leben ja keine geschwätzigen Omegas, erinnerst du dich?"

„Tss, tss, das ist ja eine Schande. Sollen wir ihn erleuchten?"

„Nö, soll er es doch selbst herausfinden."

Ned knirschte mit den Zähnen und versuchte, ruhig zu bleiben. Er wollte gerade Fragen stellen, da hielt Guffin eine Papiertüte mit den Pulvertütchen darin hoch. „Nicht alles auf einmal nehmen, Jungs. Oder... von mir aus, nehmt alles auf einmal. Ich habe einen frischen Haufen da, der übermorgen verkaufsfertig sein wird." Er grinste und steckte das Geld weg. „Dann könnt ihr gern wiederkommen."

Finch konnte nicht einmal abwarten, bis sie aus dem Haus waren, bevor er sich über seine Pulvertüte hermachte. Er öffnete sie noch im Treppenhaus und verschüttete dabei etwas auf der Vorderseite seines Pullovers, als er das weiße Zeug tief durch die Nase schniefte. Er summte, dann prustete er durch die Lippen und verdrehte die Augen. „Scheiße, ja! Suchen wir uns ein heißes Loch zum Teilen."

„Teilen?", sagte Braden lachend. „Auf keinen Fall. Ich will doch nicht deine ausgeleierten Gebrauchtlöcher!"

Ned trödelte hinter ihnen im Treppenhaus. Er kam an Amos' Wohnungstür vorbei und war in Versuchung, sein Ohr daran zu drücken, um Ezers Stimme zu hören. Dann hörte er unten die rostigen Türangeln quietschen, als Braden und Finch aus dem Haus traten. Ned verharrte noch ein wenig auf Amos' schäbiger

Türmatte. Er hob seine Hand an den Türklopfer, dann wartete er, was sein Herz ihm sagen würde, was er tun sollte.

Ein weiteres Türquietschen ertönte im Treppenhaus.

„Ned!", rief Bradens Stimme. „Schaff deinen liebeskranken Arsch hier runter, Wir nehmen uns einen Wagen nach Show City. Da kriegen wir jede Menge Spaß für unser Geld."

Ned graute vor diesen Jungs. Ihm graute vor ihren Stimmen, ihrem Lachen, ihrer Vorstellung von Spaß. Viel lieber hätte er an Amos' Tür geklopft und sich auf eine Tasse Tee einladen lassen. Gern hätte er da in Amos' schmutzigem, aber warmen Wohnzimmer gesessen. Ezer in die Augen geschaut und irgendwie sowas wie einen Fortschritt mit ihm gemacht, um seine Vergebung zu finden.

„Ned!" Dieses Mal war es Finch. „Komm schon!"

Ned trödelte noch, aber irgendwann erreichte er das untere Ende der Treppe, mit neuer Entschlossenheit. „Fahrt ohne mich!", rief er. „Ich fühle mich nicht so gut."

„Hat dich eine der Ratten gebissen?", fragte Braden und stieß ihn manisch in die Rippen. Auch er hatte mittlerweile das Pulver genommen. „Brauchst du 'ne Tollwut-Impfung?"

„Ja", sagte Ned, stürzte sich knurrend und mit einer Grimasse vorwärts und mimte den Infizierten.

Braden lachte. „Alles klar, Alter. Hauptsache, du gehst nicht zurück in das Wohngebäude. Da würde nichts Gutes dabei herauskommen. Halte dich von diesem Omega fern, es sei denn, du willst ihn gebrauchen. Dann nur zu!"

Sowohl Braden als auch Finch kicherten, als sie in das gemietete Auto stiegen, das sie zu den Omega- und Beta-Prostituierten von Show City bringen sollte. Ned ging in Richtung der Bushaltestelle, von wo er zur U-Bahn-Station und dann nach Hause kommen würde. Aber stattdessen umrundete er am Ende den Häuserblock. Dann stand er erneut an dem Maschendrahtzaun und blickte hinauf zum vierten Stock des Gebäudes, wo das Licht brannte und er wusste, dass es Amos' Wohnung war.

Er fragte sich, was Ezer dort machte, und ob es ihm gut ging.

Die Lampen flackerten, es gab einen Knall, und dann fiel im ganzen Gebäude der Strom aus. In verschiedenen Fenstern leuchteten Kerzen, und Ned eilte den Häuserblock zurück, als er sah, dass Leute aus dem Hauseingang strömten. Er wollte nicht von Amos dabei erwischt werden, hier zu stehen wie ein Stalker. Er kam noch bis zur Bushaltestelle, dann hörte er einen erschütternden Knall.

Mit klopfendem Herzen kehrte Ned um und sah, dass das Gebäude hoch in Flammen stand. „Ezer! Mr. Elson!", schrie er und versuchte sich durch Mieter zu kämpfen, die aus dem brennenden Gebäude rannten. Er versuchte verzweifelt, hinein zu gelangen.

Aber vergeblich. Fast hatte er den Eingang erreicht, da wurde er von hinten gepackt und von einem großen, starken Polizisten zurück gerissen. „Weg von dem Gebäude, Junge! Geh uns aus dem Weg!"

„Keuchend und elendig stand Ned in der schmutzigen, stinkenden Menge von Hausbewohnern und beobachtete wie in Trance das Eintreffen des Feuerwehrtrucks, und wie die Schläuche begannen, Wasser in das wütende Feuer zu pumpen.

Grauer Nebel hüllte Ned ein, als er die Worte der Polizisten und Feuerwehrleute in der Nähe mitbekam. Falls noch Leute im Gebäude waren, so gab es keine Hoffnung mehr für sie.

Nicht die geringste.

Kapitel 9

EZER SAß AUF dem Sofa seines Papas, leer und wie betäubt, eine heiße Tasse Tee in den Händen, die ihn fast verbrannte, aber zu erschüttert, um sie abzustellen.

„Rede mit mir, Ezer!", sagte Papa.

„Du hast mich hintergangen", sagte Ezer. „Du hast Vater gesagt, dass ich hier war, um dich zu sehen."

Papa seufzte und wischte sich mit der Hand übers Gesicht. „Ich weiß, dass du es so siehst, Ezer, aber ich versuche, dir zu helfen."

„Er hat beschlossen, dass ich nicht mehr zur Schule gehen soll. Er will *jetzt* meine Hitze verkaufen. Ich soll gebären! Heiraten!"

Papa sah nicht einmal überrascht aus. Ezer drehte sich der Magen um.

„Ezer, hör mir zu. Ich versuche, dich zu beschützen."

Ezer wurde überall eiskalt. Die Wirklichkeit schien sich zu verbiegen und zu verzerren, als ihm so etwas wie Klarheit dämmerte. „Du hast das mit ihm zusammen geplant!"

„Ich plane nichts zusammen mit deinem Vater", sagte Amos. „Das würde er gar nicht erlauben. Nicht mehr. Aber ich habe den Samen für gewisse Ideen in seinem Kopf ausgesät, wohl wissend, wie diese Saat aufgehen würde, weil ich *ihn* kenne."

Ezer schüttelte den Kopf. „Nein, das würdest du nicht tun."

Amos legte seine Hand auf Ezers Knie und schaute ihn mitfühlend an. „Aber ich habe es getan."

„Wieso solltest du wollen, dass ich jetzt meine Hitze verkaufe? Jetzt schon schwanger werde und heirate? Warum? Du bist ein Omega. Du weißt was das alles *bedeutet*."

„Es bedeutet, dass du in Sicherheit sein wirst." Amos nahm seine Hand weg und seufzte. „Der fragliche Junge ist in dich verliebt."

„Was? Wer? Wie? Nein, antworte nicht auf diese Fragen. Es ist mir egal. Du kannst mich zu nichts zwingen, das ich nicht will. Dem Gesetz nach ist mein Einverständnis notwendig."

Papa stellte seine Teetasse hin und beugte sich nach vorn. „Ezer, hör mir gut zu. Es sind in deines Vaters Herzen Kräfte am Werk, die du nicht einmal annähernd verstehen kannst. Dann sind da auch noch die Risiken, die mit einer Versteigerung deiner ersten Hitze einhergehen – sie sind so viel größer als dieser Plan. Niemand kann wissen, wer deine Hitze kaufen würde. Und zu welchem Zweck?"

„Ich glaube, der Zweck ist ziemlich offensichtlich, aber zumindest hätte ich dann mein eigenes Geld. Vater bezahlt dafür, dass er mich jemandem in die Hand geben kann und mich los wird! Ich werde keinen Cent besitzen. Gar nichts!"

„Du bist naiv! Eine Versteigerung ist voller Risiken. Die Bietenden werden natürlich überprüft aber sobald du erst mit einem Alpha allein im Hitze-Haus bist, kannst du dich nicht darauf verlassen, dass er freundlich und nett zu dir ist. Und sobald du der Fortpflanzung mit ihm zugestimmt hast, gibt es auch keine Garantie, dass er deinen Kindern ein guter Vater sein wird. Zum Beispiel könnte er sie mitten in der Nacht aus dem Haus werfen und sie zu ihrem Omega-Elternteil in die Slums schicken, außer sie stimmen einer frühzeitigen Hitze mit einem Mann zu, den der Vater ausgesucht hat!"

Ezer schüttelte den Kopf. „Du willst, dass ich das tue?"

„Ich will dich in einer guten Situation wissen, mit einem Alpha, der sich nicht so behandeln wird, wie dein Vater mich behandelt hat. Ich will, dass du glücklich wirst, Ezer. Du bist mein Baby, mein teurer Sohn, mein Lieblingskind.“

„Warum? Ich bin nicht annähernd so hübsch wie Shan, nicht so klug wie Flo, oder so charmant wie Yissan , oder so niedlich wie Rodan.“

Papas Blick wurde weich. „Ist er noch so niedlich? Das habe ich sehr gehofft.“

Ezer biss die Zähne zusammen und sagte nichts.

„Ezer, hast du nicht bemerkt, dass du anders bist?“

„Dumm, meinst du?“

Papa blinzelte und rieb sich mit zwei Fingern die Nasenwurzel. „Omegas haben in ihrem Leben zwischen fünf und acht Hitzen. Das ist eine begrenzte Anzahl Gelegenheiten zur Reproduktion, um Kinder zu haben mit dem Alpha, den sie lieben.“

Ezer stellte seinen Tee zur Seite und stand auf. „Ich weiß, wie Babys gemacht werden, Papa.“

„Setz dich“, befahl Amos. „Und hör mir zu.“

Ezer nahm wieder Platz. Sein Magen drehte sich um, und er hatte das schreckliche Gefühl, dass er, was immer auch sein Papa zu sagen hatte, er wirklich nicht wissen wollte.

„Als ich ein junger Mann war, gab es in meiner Heimatstadt einen Alpha, den ich sehr mochte. Er sah gut aus, und liebenswürdig. Eher klein, nicht viel größer als ich. Mein Vater weigerte sich, mich eine Beziehung mit diesem Alpha überhaupt erwägen zu lassen – keine Hitze, keine Fortpflanzung, und definitiv keine Heirat. Er wurde nicht als gutes Risiko angesehen. Er konnte nicht lesen, und er war nicht wohlhabend. Er konnte mir keine Zukunft bieten…“

Ezer hatte das Gefühl, als ob kalte Finger seinen Nacken

packen würden.

„Ich habe ihn jedoch nie vergessen. Nicht während der ersten vier Hitzen mit deinem Vater. Zwei davon blieben fruchtlos, aus den anderen zwei sind deine älteren Brüder hervorgegangen. Als ich spürte, dass meine fünfte Hitze nahte und mir Sorgen machte, es würde meine letzte sein, tat ich etwas sehr Dummes."

„Hör auf." Ezer stand erneut auf. „Ich will davon nichts wissen."

„Bei den ersten Anzeichen der Hitze verließ ich Wellport. Ich ging zurück in meine Heimatstadt und suchte nach Finn. Er war noch immer dort. Mit einem gütigen Omega verheiratet, Vater von drei gemeinsamen Kindern – zwei Betas und einem Alpha. Er hatte Mühe, sie alle satt zu kriegen. Als ich sah, wie die Familie lebte, verstand ich, warum mein Vater gesagt hatte, Finn und ich würden zusammen niemals glücklich werden." Amos zog eine Grimasse. „Aber in den Anfängen der Hitze und mit der Sehnsucht nach Finn, die ich nie losgeworden war, spielte das für mich keine Rolle mehr. Und Finn fühlte genauso. Auch er wollte mich immer noch, aber wir waren uns einig, dass nie mehr zwischen uns sein konnte als diese eine Hitze, und dass sein Omega und George nie etwas davon erfahren durften."

„Papa!"

„Also benutzte ich das Taschengeld von deinem Vater, um mit Finn zusammen in eine Hitze-Hütte im Wald zu gehen, die ich bereits für die betreffende Zeit gemietet hatte."

Ezer wurde übel. Das Zimmer schien sich um ihn zu drehen. Es schien kein Sauerstoff mehr da zu sein.

Amos' Miene flehte um Verständnis. „Ich wollte nur eine einzige Hitze mit ihm. Wenn du dich je verliebst, wirst du verstehen, wie es für mich war. Liebe ist nicht rational. Sie kümmert sich nicht um richtig und falsch, oder darum, ob der Alpha eine gute Partie ist, oder ob du bereits verheiratet bist."

„Nein!" Ezer konnte es nicht glauben.

Eines Tages wirst du es verstehen. Es war die beste Hitze meines Lebens – die einzige Hitze, für die ich selbst den Partner gewählt hatte." Amos errötete. Er bekam glasige Augen, als er sich erinnerte. Er räusperte sich und fuhr fort:

„Dein Vater, also, George, glaubte mir, als ich ihm sagte, dass ich während meiner jährlichen Solo-Ferienreise eine unerwartete Hitze bekommen hatte. Er glaubte mir, als ich sagte, es wäre so heftig und plötzlich über mich gekommen, dass ich ihn nicht mehr hatte kontaktieren können und dass ich die Identität des Alphas, der es angenommen hatte, mir durch meine Hitze zu helfen, nicht kannte." Amos schluckte heftig. „George hatte keinen Grund, mir nicht zu glauben, ich war stets ein treuer, hingebungsvoller Omega gewesen, bis zu jenem Ereignis."

Ezer schüttelte den Kopf. Sein ganzes Leben spielte sich vor seinem inneren Auge ab.

„Aber Finn wurde neugierig, Er hatte den Verdacht, dass aus der Hitze eine Schwangerschaft hervorgegangen war. Er wusste, wie das ablief, von den Erfahrungen seines eigenen Omegas, und er erkannte die Anzeichen. Vor ein paar Jahren kam er einmal nach Wellport und suchte nach Antworten. Er wollte dich sehen."

Ezer starrte seinen Papa an. Eine Erinnerung kam hoch. Mehrere Wochen, bevor Amos aus dem Haus geworfen worden war, war er mit Ezer an den Strand gefahren, wo sie einen schmächtigen, aber gutaussehenden Alpha getroffen hatten, den Amos Mr. Swinton genannt hatte – ein alter Freund aus seiner Heimatstadt. Sie hatten zusammen Eis gegessen, nur sie drei, und Mr. Swinton hatte Ezer lauter nervige und langweilige Fragen gestellt, über die Schule und seine Hobbys. Nachdem Ezer sein Hörnchen vertilgt hatte, hatte Papa ihn allein nach Hause geschickt und gesagt, er hätte noch Verschiedenes zu erledigen.

„Finn fand dich wundervoll", sagte Amos. In seiner Stimme schwangen Tränen mit.

„Nein", sagte Euer erneut, um wiederum sein verkorkstes Leben zu leugnen.

Amos wandte den Blick ab. Es war, als würde ein Schleier der Scham über seine Gesichtszüge fallen. „Nachdem du und ich uns mit ihm am Strand getroffen hatten, sagte er mir, er könne für zwei Nächte in Wellport bleiben. Die Versuchung war zu groß. Ich verbrachte beide Nächte mit ihm."

Ezer erinnerte sich auch daran. Es hatte ihn verwirrt, dass Amos „Freunde besuchen" gegangen war und den kleinen Rodan in der Obhut der Diener und seiner älteren Brüder gelassen hatte. Normalerweise, wenn Papa verreiste, hatte er ihnen bedeutend mehr Zeit gegeben, um sich darauf vorzubereiten. Auch Vater war verwirrt gewesen.

„Es war leichtsinnig." Amos schloss die Augen und schüttelte den Kopf. „Ich wollte nicht unsere Leben zerstören. Aber ich steckte schon zu tief drin. Finn gab mir das Gefühl..." Er schluckte erneut, dann öffnete er die Augen und starrte an die Zimmerdecke. „Es war so gut, aber wir wussten, es konnte nicht so weitergehen. Sein Omega brauchte ihn, und ich gehörte deinem Vater. Zwischen uns konnte nie mehr sein als diese eine Hitze und ein paar Nächte. Das wussten wir." Ein kleines Lächeln verzerrte seinen Mund. „Ich möchte fast sagen, das machte für uns alles nur noch schärfer und intensiver."

Ezer schauderte.

Amos schüttelte die Erinnerungen ab und fuhr sich mit der Hand durch das graublonde Haar. Dann überkreuzte er die Beine und sah Ezer erneut an. „Jedenfalls, irgendwann kam dein Vater uns auf die Schliche. Na ja, nicht George selbst, sondern ein Mann, den er beauftragt hatte. Es gab Beweisfotos und alles. Und dann bemerkte dein Vater die Ähnlichkeit zwischen Finn und dem Sohn, den er aus Mitleid zu mir als seinen eigenen aufzog.“

„Dann hasst er mich also wegen *dir*?“

Papa seufzte. „Ezer, wenn er dich ansieht, wird er jedes Mal an das erinnert, was ich ihm angetan habe. Er will dich nicht mehr in seinem Haus haben, weil es seinen Stolz zu sehr verletzt, diese konstante Erinnerung an meinen Betrug um sich zu haben. Er wollte deine Hitze schon sofort nach deinem achtzehnten Geburtstag versteigern, aber das konnte ich ihm ausreden. Dann wollte er dich aus dem Haus schicken, damit du bei mir wohnst, aber ich wies ihn darauf hin, dass, falls er das tat, ein jeder glauben würde, er wäre gehörnt worden, und er wusste, dass ich damit recht hatte. Die meisten Leute glauben jetzt schon, dass er ein herzloser Arsch ist.“

„Und dieser Finn hat dich nicht bei sich aufgenommen, nachdem Vater dich rausgeschmissen hat?“

„Finn ist arm, und sein Omega liebt ihn.“ Amos schüttelte den Kopf. „Ich wollte sein Leben nicht auch noch ruinieren.“

„Dann also nur meines. Ich hasse dich dafür.“

„Ich weiß, du kannst jetzt nicht anders, aber Ezer—“

Die Explosion ließ das Zimmer wackeln. Die Teetassen tanzten, dann fielen sie vom Tisch auf den Boden und zerbrachen. Gleichzeitig drang eine Stichflamme unter der Tür hindurch und setzte den Teppich in Brand. Amos sprang auf, packte Ezer bei der Hand und zog ihn ins Schlafzimmer.

„Papa, wir müssen hier raus!“, sagte Ezer und zog ihn in die entgegengesetzte Richtung, hin zur Vordertür.

„Hier entlang Ezer. Hier entlang.“

Draußen vor dem Schlafzimmerfenster gab es eine klapprige Feuertreppe aus Holz. Amos hatte Schwierigkeiten, das Fenster zu öffnen, und hinter ihnen sammelte sich stickiger Rauch von dem brennenden Teppich. Ein Blick in das andere Zimmer zeigte, dass das Sofa jetzt auch in Flammen stand, ebenso wie die trocknende

Wäsche, die über den Möbeln hing.

„Hilf mir", sagte Amos, und Ezer beugte sich neben ihm herab und packte am Fenster mit an. Beide stöhnten erleichtert, als es endlich nachgab. Sie kletterten auf die Feuertreppe, während von den drei höher gelegenen Stockwerken glühende Asche herabregnete. Mehrere andere Mieter versuchten, hinunterzuklettern, aber zwei Etagen über ihnen hatte ein Absatz der Treppe Feuer gefangen, und das Beta-Paar war gefangen.

Ezer wollte helfen, aber es gab weder einen Weg noch genug Zeit. Papa zog ihn davon, und das alte Holz knirschte unter ihren Schuhsohlen. „Wir können ihn jetzt nicht helfen. Wir müssen dich nach unten schaffen."

Hustend stolperten die beiden den ganzen Weg die äußerst wackelige Feuertreppe hinunter. Sie hielten sich, so gut es ging, fest und hofften, dass die Stufen nicht zerbrachen. Ezers Herz raste. Er fühlte einige heiße Flocken Glut und Asche auf seiner Haut. Am Ende der Treppe sprangen sie in den Hof hinter Papas Wohnung, dann flohen sie vor der Feuersbrunst und folgten den anderen, die davongekommen waren. Sobald sie in Sicherheit waren, auf einem leeren Parkplatz weit weg vom Feuer, zog Amos Ezer in seine Arme und hielt ihm die Ohren zu, damit er nicht die Schreie der eingeschlossenen Bewohner hören musste.

Die Sirenen der Feuerwehrwagen erfüllten die Luft, und sie sanken beide als Häufchen Elend zu Boden, als sich ein Schwall Wasser aus den Löschschläuchen über dem brennenden Haus erhob und dann das Feuer niederzwang.

Zu spät, um noch irgendetwas Gutes zu vollbringen, und viel zu spät, um den Verlust von Leben zu verhindern.

Ezer stand zitternd da und starrte die zerstörten Überreste von seines Vaters verbliebenem Status an.

Wohin sollten sie jetzt gehen?

Ihnen beiden war nichts geblieben. Absolut nichts.

Kapitel 10

NED RANNTE UM die Rückseite des Gebäudes herum, sein Herz schlug ihm bis zum Hals. Und dann sah er Amos und Ezer, die sich aneinander festklammerten, ein gutes Stück von dem immer noch brennenden Gebäude entfernt. Er kam schlitternd zum Halt. Ratten huschten durch das verkokelte Gras, als würden sie sich in ganzen Horden Wettrennen liefern. Und Katzen verließen eilig die Kellerräume.

Ned warf einen Blick hinauf zum Fenster der Wohnung des Brights Pulver-Dealers. Er hatte keinen Zweifel, dass die Explosion dort stattgefunden hatte. Und er war auch überzeugt, dass kein lebendes Wesen es lebendig aus dieser Wohnung geschafft haben konnte. Der Feuerball war gigantisch gewesen, und das ganze Haus hatte gewackelt.

Die Leute draußen weinten und starrten schockiert das ehemalige Wohngebäude an, während sie auf ihren Absätzen schaukelten. Ned suchte sich einen Weg durch die Menge, um näher zu Ezer und Amos zu gelangen. Er war überwältigt von Erleichterung. „Ezer! Mr. Elson!"

Ezer und Amos drehten sich zu ihm um, und beide sahen ihn erstaunt und verwirrt an.

„Geht es dir gut?", fragte Ned, ergriff Ezer und zog ihn in seine Arme. Ezer wehrte sich gegen ihn, bis Ned ihn endlich losließ. „Euch ist nichts passiert", murmelte Ned erleichtert „Es geht euch beiden gut."

„Was machst du hier?", fragte Ezer und blinzelte. Von der Hitze des Feuers bildete sich Schweiß an seinen Schläfen. Das unausgesprochene *Warum fasst du mich an?* hing in der Luft.

„Ich war nur..." Ned fehlten die Worte. Es gab keinen guten Grund für ihn, hier zu sein. Keinen Grund, warum er sich kümmerte.

„Hast du Brights Pulver gekauft oder was?", fragte Ezer. „Von den Idioten, die sich selbst in die Luft gejagt haben? Und nicht nur sich selbst, sondern die Hälfte der Menschen in diesem Gebäude?"

„Nein", sagte Ned. Und es war die Wahrheit. „Ich kam gerade vorbei, und ich..." Er schüttelte den Kopf, als er Amos' Blick auffing. „Geht es ihnen gut, Mr. Elson?"

Amos nickte und starrte ihn staunend an. Er musterte Ned von oben bis unten. „Uns ist nichts passiert." Dann warf er einen Blick auf die verkohlten Überreste seines Zuhauses und stieß ein bitteres Lachen aus. „Obwohl ich nicht weiß, wohin wir jetzt gehen sollen, oder was wir tun sollen."

„Wird Mr. Fersee euch nicht bei ihm bleiben lassen, oder zumindest in einem seiner Häuser anderswo, bis sich eine Lösung gefunden hat?", fragte Ned.

Amos schüttelte den Kopf. „Nein."

„Oh." Ned dachte fieberhaft nach. „Ich kann Ezer nach Hause zu seinem Vater bringen, und Sie könnten bei mir und meinem Vater wohnen, bis uns etwas Besseres einfällt. Wir haben reichlich Platz, und–"

„Mein Vater hat mich ebenfalls vor die Tür gesetzt", sagte Ezer und starrte Ned finster an. „Und wieso bist du auf einmal so nett? *Wieso* bist du *hier*?"

„Ich war nur–"

„Er hat versucht, mich anzugreifen", sagte Ezer zu Amos. „Er hat versucht, mich zu vergewaltigen."

„Nein. So war es nicht, Ezer, das schwöre ich. Ich wollte mich auch für das alles bei dir entschuldigen, aber–"

Die Feuersirenen begannen erneut zu schrillen, als ein weiterer Truck zur Hilfe eintraf. Auch die Sirenen von Polizei und Krankenwagen beendeten die Diskussion, und Ned wusste nicht, was er tun konnte, um Ezer und Amos behilflich zu sein. Er stand einfach neben ihnen und beobachtete mit ihnen zusammen, wie das Feuer das komplette Gebäude vernichtete, trotz der Bemühungen der Feuerwehr. Dann riss schließlich Amos die Kontrolle an sich.

„Ned, Ezer und ich würden es sehr zu schätzen wissen, wenn du uns helfen könntest, einen Wagen zu organisieren, der uns zu einem Hotel bringt. Es muss auch kein besonders hübsches sein. Wir brauchen nur einen Platz für die Nacht, wo wir uns sicher fühlen können. Wenn du so freundlich wärst, das für uns zu bezahlen, dann werde ich einen Weg finden, es dir zu vergelten."

Ned beharrte: „Aber wir haben so viel Platz in unserem Haus. Ihr beide wärt dort absolut sicher. Und könntet euch dort so lange erholen wie nötig." Sein Blick schwenkte zu Ezer und er fügte hinzu: „Ich kümmere mich um euch beide. Ich will das!"

Ezer verengte die Augen.

Amos schüttelte erneut den Kopf. „Nett von dir, uns das anzubieten, aber das ist jetzt viel zu viel. Einfach nur ein Hotel, bitte."

Ned schaute von Ezers zweifelnder Miene zu Amos' erschöpfter, schmerzvoller, dann nahm er sein Handy und bestellte einen Wagen. Er fand auch ein Hotel in der Nähe, gerade außerhalb der Slums, in einem Stadtteil, wo Ezer und Amos auch nach Einbruch der Dunkelheit ohne Angst durch die Straßen gehen konnten, falls nötig.

Als der Wagen da war, hielt Ned die Tür auf, damit die beiden einsteigen konnten. Am liebsten wäre er mit eingestiegen, aber Ezers eindeutige Abscheu vor ihm, sowie Amos' feste Hand auf seiner Brust, die ihn zurückstieß, bevor er ebenfalls auf den Rücksitz klettern konnte, verhinderten, dass Ned sich weiter in ihren schwierigen Abend einmischte.

Ned hatte die Sache ohnehin schon gründlich vermasselt, als er Ezer angefasst und berührt hatte. Dadurch, dass er überhaupt hier war. Aber er konnte nicht anders, als früh darüber sein, dass er hier gewesen war.

Als der Wagen losfuhr, wurde Ned von einem Polizisten am Kragen gepackt und herumgedreht. „Was hat ein reicher Alphabengel wie du hier verloren? Auf der Suche nach Brights Pulver, hm?"

„Nein!" Ned faselte die erstbeste Ausrede und war erleichtert, als der Polizist ihn mit einer bloßen Warnung davonkommen ließ, er solle zurück in den „richtigen" Teil der Stadt gehen. „In Roughs Neck herumzuhängen wird dich ruinieren, Kleiner. Kapiert? Ein kurzes High vom Pulver oder ein billiges Omega-Loch ist es doch nicht wert. Wenn du so notgeil bist, dann solltest du lieber die Preise in Show-Town bezahlen. Billig ist nicht immer besser."

Ned trottete zum dritten Mal zur Bushaltestelle, verschwitzt und vollgepumpt mit Adrenalin. Als er zuhause ankam, hatte er acht Textnachrichten von Braden und Finch verpasst, zusammen mit unanständigen Fotos von ihnen, wie sie mit Omega-Huren spielten. Zwei Nachrichten waren von Amos Elson, der ihm für das Hotel dankte und ihm versicherte, dass Ezer in Sicherheit war.

Ned wünschte, er hätte jemanden, mit dem er reden konnte, aber Earl war längst im Bett.

Ned betrat das Zimmer, in dem er geschlafen hatte, seit er ein kleiner Junge gewesen war, und ließ sich auf die Matratze fallen, ohne auch nur vorher zu duschen. Er starrte aus dem Fenster auf die Stadt darunter und fühlte sich aufgekratzt und beengt. Dieses Zimmer war längst zu klein geworden für ihn. Er brauchte mehr.

Er brauchte Ezer.

Ned stellte sich vor, wie Ezer in diesem Hotelbett wach liegen und über alles Mögliche nachdenken mochte. Hatte er Angst? Machte er sich Sorgen? Dachte er dabei vielleicht auch ab und zu an Ned?

„WAS ZUM TEUFEL hatte Ned Clearwater da zu suchen gehabt?“, fragte Ezer im Dunkeln.

Das Hotel war ordentlich. Zwei Betten, ein Fernseher mit sämtlichen Streaming-Diensten, und eine Dusche mit endlos warmem Wasser. Das gefiel Papa eindeutig am besten. Ned hatte nicht geknausert, als er sie hierher geschickt hatte. Aber er war auch so reich, dass es für ihn nur ein Tropfen auf dem heißen Stein gewesen war.

Ohne sein Handy hatte Ezer weder seine Brüder noch seinen Vater benachrichtigen können. Ha – seinen Vater! Er wusste nicht einmal, ob er sie über das Desaster in Kenntnis setzen *wollte*. In seinem Kopf wirbelten die Gedanken, und er war verstört und traumatisiert davon, erlebt zu haben, wie vor seinen Augen Menschen in dem Feuer starben.

Er war am Leben.

Er war obdachlos.

Er war ohne jeden Penny.

Und er war kein Fersee.

Und heute morgen war er aufgewacht, und das Einzige, worüber er sich Gedanken gemacht hatte, war gewesen, ob er es wohl schaffen würde, die Mathe-Aufgaben zu lösen, die er sich aus Spaß zusammengestellt hatte. Und jetzt...

„Ich weiß nicht, warum er dort war, aber es spielt keine Rolle. Gott sei Dank war er dort", murmelte Amos. Das Rascheln der Bettwäsche war aus dem anderen Bett zu hören. Sie hatten gleich bei ihrer Ankunft die Klimaanlage hochgedreht. Sie waren regelrecht überhitzt gewesen, aber jetzt, da sie in Sicherheit waren, war es Ezer kalt bis auf die Knochen. „Er hat uns geholfen, den Wagen zu bekommen, und auch das Hotelzimmer."

„Er war da, um Brights Pulver zu kaufen; ich weiß es einfach. All diese Alphas nehmen es."

„Kann sein. Oder vielleicht war er gekommen, um dich um Verzeihung zu bitten, wie er sagte."

Ezer schnaubte. „Wieso sollte er überhaupt denken, dass ich in Roughs Neck bin?"

„Du *warst* dort."

„Ja, aber woher sollte er das wissen?"

„Ezer. Es ist spät. Schlaf jetzt. Das kann alles bis morgen warten. Dass muss es sogar. Im Moment gibt es nichts, was wir an der Situation ändern können."

Die Nacht schleppte sich dahin, mit dem Rauschen des Autoverkehrs draußen auf der Straße und dem Geplapper von Leuten, die durch die Korridore des Hotels gingen. Ezer schlief nicht für auch nur eine Minute. Er rief sich die letzten neunzehn Jahre seines Daseins zurück und versuchte, sie aus einem neuen Blickwinkel zu betrachten.

Plötzlich fügten sich so viele Puzzleteile zusammen: warum sein Vater ihn nie so geliebt hatte wie seine anderen Söhne, wieso er sich gleichzeitig gegen ihn gewendet hatte, als Papa aus dem Haus geworfen wurde, wieso er immer Papas Liebling gewesen war, obwohl er nach normalen Maßstäben dürr und unansehnlich war, und vor allem, wieso Papa so entschieden und gewaltsam verstoßen worden war.

„Warum hast du Finn so sehr geliebt?", fragte er, als gerade die Sonne aufging.

Papa drehte sich im Schlaf um, aber Ezer erhielt lediglich ein leises Schnarchen als Antwort.

Warum hatte sein Papa alles aufs Spiel gesetzt für ein bisschen Zusammensein mit Finn Swinton? War Liebe wirklich so stark? Und war es Liebe oder Lust? Oder die Kombination von beidem?

Er wusste es nicht. Er selbst hatte noch nie etwas dergleichen für irgendjemanden empfunden. Nicht einmal einen Schwarm hatte er jemals gehabt, also was wusste er schon über Liebe?

Der gestrige Tag hatte gezeigt, dass Ezer sehr wenig über sein eigenes Leben wusste. Er hatte sich in allem geirrt. Angefangen damit, wer sein Vater war, und dem, was sein Papa sich für seine Zukunft wünschte, bis dahin, wie sich sein Blut und seine Familie zusammensetzte. Er wusste plötzlich gar nichts mehr. Also irrte er sich vielleicht auch darüber, warum Ned wirklich in Roughs Neck gewesen war.

Aber nein.

Brights Pulver war die einzige Antwort. Ned war ein abstoßender Alpha-Schlägertyp, der sich das Zeug durch die Nase zog und Omegas benutzte. Das wusste doch jeder.

Und dennoch konnte Ezer sich nicht helfen – er empfand so etwas wir aufrichtige Dankbarkeit für die Freundlichkeit, die Ned ihnen gestern Abend gezeigt hatte. Auch wenn er sicher war, dass Ned ihn niemals vor Erleichterung umarmt oder seine großzügigen Angebote gemacht hätte, wären seine erbärmlichen Alpha-Freunde Finch und Braden bei ihm gewesen. Ezer war seltsam gerührt von Neds Menschlichkeit, die er gezeigt hatte.

Und seltsamer noch, Ezer konnte immer noch fühlen, wo Ned ihn berührt hatte, als hätten die Flammen in dem Wohngebäude Neds Hände erhitzt, sodass sie Ezer durch seine Kleidung hindurch verbrannt hatten.

Was das anging… er und Amos hatten nichts mehr anzuziehen. Nur das verrauchte, zerstörte Zeug, was sie am Leibe trugen. Was sollten sie jetzt tun? Wohin sollten sie gehen?

Ezer warf sich auf die Seite und starrte aus dem Fenster. Entscheidungen mussten getroffen werden, und zwar schnell. Es gab keinen Weg darum herum.

In der ersten Morgendämmerung stand er auf, wusch sich im Bad das Gesicht, zog die verrußten Sachen vom Vortag an und verließ das Zimmer, ohne seinen Papa zu wecken. Er ließ eine Nachricht zurück, damit Amos sich keine unnötigen Sorgen machte. Er schrieb, dass er sich um einen Ort kümmern würde, wo sie beide hingehen konnten und wo sie ein Dach über dem Kopf haben würden.

Dann machte er sich auf, um dieses Versprechen einzulösen.

Kapitel 11

"SETZEN SIE ES einfach auf meine Rechnung. Ja, ich bin sicher", sagte Ned ins Telefon, während er hinaus auf den Ozean starrte und die Wellen beobachtete, die gegen den Strand schlugen. Er ging am Geländer des Pools auf und ab, als der Hotelangestellte seine nächste Frage formulierte. „Ganz genau, und alles, was sie von den Kiosken, dem Geschenkeladen, dem Restaurant oder vom Zimmerservice bestellen, ebenfalls. Uneingeschränkt. Danke."

Earl verließ das Haus in seiner normalen Dienerkleidung, aber er sah etwas unordentlicher aus als gewöhnlich. Er eilte zu Ned und bedeutete ihm, seinen Anruf zu beenden.

„Was ist los?", fragte Ned und beendete die Verbindung zu dem Hotel, wo er gestern Abend stolz gewesen war, Ezer und Amos unterbringen zu können.

„Dein Onkel ist in der Stadt und will sich mit dir zum Mittagessen treffen."

„Onkel Heath?"

Earl nickte heftig.

Ned verstand die freudige Aufregung seines Dieners. „Ich bin überrascht, dass er Adrien zuhause gelassen hat. Erwarten sie nicht schon bald ihr neues Baby? Wird Adrien ihn nicht in dieser Zeit brauchen?"

„Simon sagt, es gab ein wichtiges Meeting hier in Wellport, dem Heath unbedingt beiwohnen musste. Obwohl, ja, Adrien sehnt sich bereits nach ihm. Es soll aber nur dieser eine Tag sein, an dem sie getrennt sind. Wird schon alles gut gehen.“

„Aber in dieser Phase der Schwangerschaft, ist das auszuhalten?“

Ned hatte als Alpha viele Dinge gelernt in den Schulkursen über Sexualität und Fortpflanzung, aber eins der wichtigsten Dinge war das Bedürfnis des Omegas nach ihren Alphas während aller Phasen der Schwangerschaft, aber besonders im Endstadium. Die Alpha-Pheromone im Samen des Alphas halfen dabei, die Ängste der Omegas zu lindern, entspannten ihre Körper und halfen sogar, den Schoß weicher zu machen, sodass die Geburt leichter vonstatten ging.

„Ich bin sicher, dass Heath mit der Intensität ihrer Wiedervereinigung umgehen kann. Er ist ein kräftiger, gestandener Mann, aber da er es so sehr hasst, von Adrien getrennt zu sein, und jetzt, da Adrien so hochschwanger ist, erwarte ich nicht, dass er besonders gute Laune hat, wenn ihr euch trefft. Aber er will dich auf jeden Fall sehen.“

Ned nickte und folgte Earl ins Haus. Er zog einen Anzug mit Krawatte an, denn Heath wollte sich mit ihm zu Mittag im Estrange treffen, einem feinen Restaurant am Park.

Als Ned dort ankam, wegen des Verkehrs und eines unaufmerksamen Fahrers, der ihre Abzweigung verpasst hatte, ein wenig später, als ihm lieb war, nippte Heath bereits ungeduldig am Champagner.

Ned musste zugeben, sein Onkel war ein ungewöhnlich gutaussehender Mann, mit einem dunklen Bart, glühenden Augen und einem entschlossen hervorgereckten, markanten Kiefer. Heaths Ehemann, Adrien, war ganz das Gegenteil. Er war zur Zeit natürlich zuhause, wo ein schwangerer Omega auch hin gehörte. Er war ein hübsches, liebreizendes Ding mit einer sanften Natur. Zu schade, dass er nicht hier war, um bei dem, was immer es auch sein mochte, das Heaths Ärger erregte, die Wogen zu glätten. Aber schwangere Omegas wurden niemals in der Öffentlichkeit gesehen.

Es gab auch körperliche Gründe dafür – wie etwa die Empfindlichkeit ihrer Haut während der Schwangerschaft und die daher rührende Neigung, lieber nackt herumzulaufen, weil das leichter zu ertragen war. Aber es gab auch kulturelle Gründe. Alphas fanden es nicht gut, ihre schwangeren, nackten und oft auch sexuell leicht erregbaren Omegas in der Nähe anderer Alphas zu sehen. Es war sicherlich animalisch, aber niemand versuchte jemals, den Instinkt eines Alphas in dieser Sache zu bekämpfen, selbst dann nicht, wenn sie es durchaus könnten oder vielleicht sogar sollten.

„Hallo, Sir", sagte Ned und nahm gegenüber von Heath Platz, als sein Onkel mit seinem Champagnerglas darauf deutete. „Wie geht es Adrien? Ich habe letzte Woche mit ihm übers Videotelefon geredet. Er sagt, dass er sich gesund fühlt, und dass das Baby gut wächst."

Heath musste bei der bloßen Erwähnung seines geliebten Omegas lächeln, was exakt der Grund war, warum Ned das Thema gleich zu Anfang aufgebracht hatte. Heath konnte ein harscher Mann sein, aber was Adrien anging, war er so weich wie eine Wolke. „Es geht ihm bestens, ja, und das Baby wird bald kommen. Der kleine Michael fordert Adrien ganz schön, aber ansonsten ist der Junge ein kleiner Engel; wir haben also wirklich keinen Grund zur Klage."

Ah, Michael. Das Alphababy, das Ned sein Erbe genommen hatte. Gut, dass der Kleine so drollig und charmant war, sonst hätte Ned ihn vielleicht gehasst.

Heath fuhr fort: „Leider kann ein Mann gewisse Geschäfte nicht warten lassen, und ich muss dieses besondere Problem lösen, bevor ich zu Adrien zurückkehren kann." Seine Augen blickten düster drein. „Und es bleibt mir nicht viel Zeit. Er wird mich brauchen."

„Das wird er", stimmte Ned zu. „Aber was ist so dringend, dass du den ganzen Weg bis nach Wellport herkommst, wenn er sich in einem so heiklen Zustand befindet?"

Heaths Miene verdüsterte sich stark, und Ned dachte, dass er das Wort *heikel* vielleicht besser nicht hätte benutzen sollen. Heath schüttelte die Stimmung ab. „Mein Geschäftspartner Felix versucht gerade, für sich selbst einen Vertrag und eine Fortpflanzung zu arrangieren, und es läuft nicht gut", sagte Heath, und seine Brauen sanken bedrohlich. „Er bat mich, ihm bei den Verhandlungen zu helfen."

„Was ist denn das Problem?"

„Der Omega-Vater hat sich vorrangig…" Heath schnalzte mit der Zunge und verdrehte die Augen. „Hat sich vorrangig darauf versteift, seinen ältesten Omega als Ersten unter die Haube zu bringen, weshalb er will, dass Felix einem sehr unorthodoxen Arrangement zustimmt." Er schüttelte den Kopf. „Wenn Väter zu viele Omegas gezeugt haben… pfft. Immer versuchen sie, heutzutage im ‚besten Interesse' ihrer Söhne zu handeln, dabei sollten sie sie einfach zwingen–"

„Sich hinzulegen und an Babys zu denken, während wir Alphas mit ihnen machen, was wir wollen? Das klingt mir doch ein wenig zu barbarisch." Heath lachte. „Adrien würde mich wahrscheinlich mit Blicken töten, wenn ich so etwas auch nur andeuten würde."

Blicke, ja, das wäre so ziemlich das Einzige, was Adrien tun würde. Er war in jeder Hinsicht milde und sanftmütig. Ned konnte sich nicht vorstellen, mit einem solchen Omega lange zusammen zu sein. Er würde das Interesse verlieren. Er zog es vor, wenn ein Mann auch ein wenig Biss hatte.

So wie ein gewisser Junge mit himmelblauen Augen, den er

gestern Abend heldenhaft davor bewahrt hatte, auf der Straße schlafen zu müssen. Ned warf einen Blick auf sein Telefon in der Hoffnung, eine dankbare Textnachricht oder wenigstens eine Anerkennung von Ezer (oder auch nur erneut von Amos) erhalten zu haben, aber da war nichts.

„Was zu diesem gemeinsamen Mittagessen geführt hat. Ich wollte dich sehen, wo ich schon mal in der Stadt bin." Heath hob die dichten Brauen. „Ich habe Gerüchte gehört."

„Über mich?"

Heath nickte und lehnte sich zurück. Er verschränkte die Arme vor der Brust. „Raus damit!"

„Heraus womit?" In letzter Zeit hatte Ned nichts angestellt, das ihm Ärger einbringen konnte, trotz der Gesellschaft, in der er stets zu sehen war.

„Spiel nicht das Unschuldslamm bei mir. Ich höre, dass du dich noch immer mit Maddoxs und Tenmeters Söhnen herumtreibst, und ich habe es aus sicherer Quelle, dass diese beiden Brights Pulver nehmen, Prostituierte ficken und sich generell bei den Omegas an der Schule schlecht benehmen."

„Das stimmt, aber ich habe mich nicht an diesen Dingen beteiligt, Onkel. Ich schwöre es."

Heath verengte die Augen und nippte nachdenklich an seinem Wein. „Du hast Glück. Ich glaube dir. Aber auch die bloße Nähe zu Sünden und kriminellen Aktivitäten hinterlässt keinen guten Eindruck, Ned. Es sieht dann so aus, als würdest du all das zumindest gutheißen, und das fällt dann auch auf mich schlecht zurück, weil dein Verhalten so wirkt, als wärst du ohne jeden Sinn für Moral erzogen worden."

Ned räusperte sich. Er wusste nicht, was er dazu sagen sollte.

„Das scheint ein wenig unfair mir gegenüber zu sein, findest du nicht?" Schließlich habe ich dich ja nicht aufgezogen, Nein, das war mein Idiot von einem Bruder, und zweifellos ist er auch derjenige, der hinter der andauernden ‚Freundschaft' mit diesen verwöhnten Gören steckt. Hab' ich recht?"

Ned fummelte im Schoss an seiner Serviette und wünschte, der Kellner würde endlich mir ihrem Essen kommen oder zumindest wiederkehren, damit er sich ein neues Wasser bestellen konnte. Sein Mund war wie ausgetrocknet.

„Rede mit mir, Ned. Warum gibst du dich immer noch mit diesen Bastarden ab?"

Ned stöhnte. „Wenn sie doch nur wirklich und buchstäblich Bastarde wären, dann müsste ich mich überhaupt nicht mit ihnen befassen."

„Ach? Dann versucht Lidell also irgendwie, Geld von ihren Vätern abzustauben? Wie soll das laufen?"

„Er hat Verträge mit Bradens und Finchs Vätern, und die sind alles, was uns über Wasser hält."

„Und das Geld, das ich für dich in einen Trust eingezahlt habe, ist das schon weg?"

„Nein, das ist immer noch da. Das habe ich ihm nicht gegeben. Er hat danach gefragt, aber…" Ned errötete.

Es war beschämend gewesen, als sein Vater ihn um Hilfe angefleht hatte, und es hatte Ned Angst gemacht, ihn abzuweisen, aber Ned wusste, hätte er nachgegeben, dann wären sie jetzt mittellos.

„Vater fand einen anderen Weg, seine Börse zu füllen, bevor er mich klein kriegte und ich ihm das Geld gegeben hätte."

Zum Glück. Denn irgendwann hätte er sonst nachgegeben. Schließlich hatte er nicht tatenlos zuschauen wollen, wie sein Vater Haus und Hof verlor, und er selbst wollte es auch nicht verlieren.

Allerdings hätte er zumindest vorher mit Heath gesprochen, bevor er seinem Vater irgendetwas gegeben hätte. Heath hätte Lidell zwar nicht mehr Geld gegeben, aber Ned hätte einen guten

Rat von ihm bekommen.

Aber am Ende waren die Verträge mit der Maddox und der Tenmeter Familie zustande gekommen, und nichts dergleichen hatte sich als notwendig erwiesen.

„Hmm." Heath runzelte die Stirn. „Bist du verpflichtet, mit diesen Idioten befreundet zu sein, damit die Verträge stehen?" „Das ist es, genau. Niemand kann Finch überhaupt leiden, und Braden ist schrecklich. Aber sein Omega-Bruder Ashden steht auf mich. Und bis vor Kurzem wollte Vater, dass ich ihn hofiere." Ned errötete erneut und blickte hinunter auf seine im Schoß verknoteten Hände.

Heath erkannte die Wahrheit. „Aber du hast kein Interesse an dem Omega-Bruder?"

„Ashden sieht gut aus und hat ein liebes Gemüt, vor allem, wenn man bedenkt, aus welcher Familie er stammt, aber nein, ich will ihn nicht. Und trotzdem, Onkel Heath, muss ich mit ihm schön tun. Falls Ashden und Braden sauer werden und ihren Vätern sagen, dass sie die Verbindung zu meinem Vater abbrechen sollen, dann wird das unser finanzieller Ruin sein. Wieder einmal."

„Lidell tut seine Eier immer in verrottete Körbe."

„In ein paar Jahren habe ich meinen Abschluss", sagte Ned in der Hoffnung, Heath zu beruhigen. „Und wenn ich meine berufliche Karriere starte, dann unter deiner Führung. Ich verspreche, ich werde nicht die gleichen Fehler machen wie er."

„Nein. Das wirst du nicht", sagte Heath. „Dafür werde ich sorgen. Ich werde dich unter meine Fittiche nehmen und dich lehren, was du wissen musst. Und ich habe Freunde, die dir auch helfen können. Aber Lidell muss aus all dem herausgehalten werden. Wenn es um Geld geht, kann man ihm nicht trauen."

„Ich weiß."

„Ich der Zwischenzeit will ich, dass du die Freundschaft mit diesen Jungs aufgibst, und falls es zum Schlimmsten kommt, dann sagst du mir Bescheid. Ich bringe das dann in Ordnung. Im Moment musst du nur retten, was von deinem angeschlagenen Ruf übrig ist, denn ich werde dich in der Zukunft nicht für mich arbeiten lassen, falls jeder dich für einen Schläger und für einen Junkie hält."

„Ich verstehe, Onkel." Ned war eine Last von den Schultern genommen. Er konnte Braden und Finch links liegen lassen. Sein Onkel hatte das gesagt. Er konnte frei sein. „Danke." Neds Telefon gab einen Ton von sich. Er warf einen Blick darauf, mit hoffnungsvollem Herzen.

Nochmals Danke für deine Hilfe mit dem Zimmer für die Nacht. Ich verspreche, ich werde dir die Freundlichkeit vergelten.

Aber der Name, der an die Nachricht angehängt war, war nicht der, den Ned sich erhofft hatte. Da stand *Amos Elson*.

Nicht Ezer. Wieso hatte Ezer sich nicht gemeldet? Wieso hatte Amos nicht darauf beharrt?

„Ah, da kommt es. Ich war so frei, für dich mitzubestellen, als ich auf dich gewartet habe", sagte Heath, als der Kellner aufkreuzte und die Gerichte auf den Tisch stellte. Ned bekam auch ein Wasser. Auch ein Glas moussierenden Weines wurde auf den Tisch gestellt. „Danke, Dreyden", sagte Heath zu dem Kellner neben seinem Ellenbogen. „Das sieht köstlich aus."

„Ja, danke sehr", sagte auch Ned, dem beim Anblick der Auberginen-Caponata, die Heath für ihn bestellt hatte, das Wasser im Mund zusammenlief. Eigentlich hatte er keinen Hunger gehabt, aber die Aussicht darauf, mit seinen Arschloch-„Freunden" fertig zu sein, zusammen mit dem herrlichen Essen, das nun vor ihm stand, hatte seinen Appetit geweckt.

Sie vertilgten ihr Essen in kameradschaftlichem Schweigen, und als sie fertig waren, übermittelten beide dem Koch ihre Komplimente. Über einem wolkenzarten Schokoladen- und

Himbeer-Dessert sagte Heath: „Du hast vorhin eine Textnachricht bekommen, und dein Gesicht ging ganz schön auf Reisen. Worum ging es da?"

„Auf Reisen?"

Heath schmunzelte, dann verzerrte er sein eigenes Gesicht zu einem Ausdruck hoffnungsvoller Erregung, die in eine übertriebene Miene der Verzweiflung überging. „Also? Erzähl mal!"

„Tja, also, das ist eine seltsame Geschichte. Ein bisschen lang. Wahrscheinlich reicht die Zeit dafür gar nicht."

Heath betrachtete seinen vollen Teller, dann warf er einen Blick auf seine Armbanduhr. „Sie reicht. Erzähl's mir."

Ned wusste nicht, wo er anfangen sollte. Mit seinem Schwarm oder seiner Verbindung zu Ezers Quälgeistern. Er wusste nicht, was für ihn im Augenblick das Wichtigste zu sagen war, deshalb fasste er stattdessen zusammen: „Ich war gestern Abend in Roughs Neck, als das Wohngebäude explodierte."

Heath zog die Augenbrauen hoch. „Entschuldige mal? Was hattest du in Roughs Neck verloren? Warst du mit diesem Idioten zusammen?"

„Ich war dort, weil ein Omega… na ja, *der* Omega, den ich mag, ist manchmal dort." Er wurde rot. Und Heaths Lippen verzogen sich amüsiert.

„Du? Der Junge, der im letzten Jahr bei einer Orgie erwischt wurde, sitzt jetzt hier vor mir und wird rot bei der Erwähnung eines bestimmten Omegas? Er muss ja etwas ganz Besonderes sein."

„Das ist er. Er ist kompliziert und unnachgiebig und–" Ned schluckte heftig. „Wunderschön."

„Aus einer guten Familie?"

„Ja."

„Was hat er dann in Roughs Neck verloren? In den Nachrichten hieß es, das Wohngebäude sei aufgrund eines Brights Pulver-

Labors im Inneren in die Luft geflogen. War er dort, um diesen Mist zu kaufen?"

„Nein, nein! Er wohnt dort."

Heath neigte den Kopf zur Seite. „In diesem Wohngebäude?"

Ned redete hastig weiter. „Sein Papa wohnt darin. Ezer war dort, um seinen Papa zu besuchen, ähm, ich meine, und…" Ned räusperte sich.

Heath neigte den Kopf. „Moment mal. Ist er einer von Amos Elsons Söhnen?"

„Ja, Sir."

„George Fersee war schrecklich zu dem Mann, aber er gehört noch immer zur Gesellschaft." Heath überlegte. „Ja, einer seiner Söhne wäre eine gute Option für dich. Ist der Junge seinem Papa treu ergeben?"

„Ja, und ich war in Roughs Neck, weil ich hoffte, ihm dort zu begegnen." Das stimmte nicht, aber irgendwie wurde es immer mehr zur Wahrheit. Ned würde vor seinem Onkel nicht zugeben, dass er zusammen mit Braden und Finch dort gewesen war, um Brights Pulver zu kaufen. Auf keinen Fall.

„Ich verstehe." Heath winkte ab. „Du wolltest den Omega sehen, den du magst. Daran ist nichts Neues unter der Sonne. Also, was ist dann passiert?"

„Ich konnte gerade noch bis zur Wohnung seines Papas kommen. Aber bevor ich hineingehen konnte, flog das Gebäude in die Luft." Ned schluckte heftig, als er sich an den ohrenbetäubenden Knall erinnerte, und wie der Boden unter seinen Füßen gewackelt hatte. „Ich hatte solche Angst, Onkel Heath." Ned nahm einen Schluck Wasser und versuchte, seine Stimme wieder unter Kontrolle zu kriegen. Sie klang inzwischen ganz quiekig und gequetscht. „Aber ich rannte auf das Gebäude zu in der Hoffnung, ich weiß nicht, irgendwie helfen zu können, ihm oder irgendwem sonst, aber die Polizei hat mich nicht hineingelassen, und–"

„Zum Glück, verflucht noch mal!" Heath fuhr sich mit der Hand durchs Haar.

„Also bin ich hinten herum gelaufen, um einen anderen Eingang zu suchen, und da habe ich sie gefunden."

„Deinen Omega und seinen Papa?"

„Ja. Na ja, er ist nicht mein Omega, aber ja, ich fand sie da hinterm Haus. Sie standen beide unter Schock."

„Kann ich mir vorstellen."

„Ja." Ned seufzte schwer. „Aufgrund komplizierter Zusammenhänge, die ich nicht einmal richtig verstehe, hatte keiner von beiden einen Platz oder konnte irgendwo hin, und auch überhaupt kein Geld."

„George Fersee ist ein grausamer Mann", sagte Heath mit finsterer Miene.

„Ich habe ihnen dann ein Hotelzimmer besorgt. Ich bezahlte für die Autofahrt und rief das Hotel an, damit alle Kosten auf meine Rechnung gehen, und heute morgen rief ich noch einmal dort an, um dafür zu sorgen, dass sie so lange dort bleiben können, wie es nötig ist. Daher hatte ich gehofft, dass Ezer mich vielleicht kontaktieren würde, um mir zu danken."

Heath nahm einen Happen von seinem Dessert. „Aber das hat er nicht?"

Ned schüttelte den Kopf. „Nein."

„Wie ungehobelt."

„Ich glaube, es liegt daran, dass er mich hasst?"

„Er hasst dich?" Heath verengte erneut die Augen. „Warum?"

„Na ja, Braden und Finch…" Neds Telefon klingelte erneut. Hastig nahm er es heraus und schaute sich die Textnachricht an. Diese war von seinem Vater, um ihm zu sagen, dass er am heutigen Abend ausgehen und erst spät heimkommen würde, sodass Ned nicht auf ihn zu warten brauchte. Das bedeutete, dass

Lidell höchstwahrscheinlich beschlossen hatte, ins Casino zu gehen, um zu spielen, was auch noch ein paar andere schlechte Dinge bedeutete.

Ned drehte sich der Magen um.

Und: Immer noch kein Lebenszeichen von Ezer.

„Also Braden und Finch, diese Gauner", sagte Heath, damit Ned die Geschichte weitererzählte. „Was haben sie ihm angetan?"

„Sie haben ihn unablässig schikaniert. Ganz schlimm." Ned schluckte. Er wollte nicht zugeben, dass sie Ezer damit gedroht hatten, ihn zu vergewaltigen. Dafür schämte er sich immer noch zu sehr.

„Aha." Heath nahm einen Schluck Wein. „Und du hast sie nicht davon abgehalten."

Es klang wie eine Feststellung, nicht wie eine Frage. Er kannte Ned einfach zu gut und wusste, dass Ned ein Feigling war. Ach… Darüber hätte Ned sich eigentlich noch schlimmer fühlen müssen, aber er fühlte sich bereits so schlecht über alles, dass ihm lediglich erneut übel wurde. Er legte seine Gabel zur Seite.

Ned nickte. „Ich hab' sie nicht davon abgehalten."

„Also hasst dich dieser Junge dafür. Das ist verständlich." Dann sah er Ned scharf an. „Oder hast du dabei sogar mitgemacht?"

„Ich war da. Ich hab' sie nicht aufgehalten. Aus Ezer Sicht war ich wohl daran beteiligt."

Heath schüttelte frustriert den Kopf. Nach einem langen, demütigenden Moment des Schweigens fragte er: „Und dieser Junge ist es für dich? Du willst ihn?"

Ned schluckte erneut heftig. „Ja. Aber erst einmal will ich nur, dass er mich mag."

Heath zog die Luft zwischen den Zähnen ein. Dann sah er nachdenklich zur Decke hinauf, bevor er auf seine Uhr schaute. „Du hast recht. Das ist ein komplizierteres Problem, als ich erwartet hätte, und wir haben jetzt nicht genug Zeit, um uns damit zu befassen. Was wissen wir bis jetzt? Fersee hasst seinen Ex-Omega. Das ist verrückt und kompliziert, aber Ezer lebt bei seinem Papa, was mir sagt, dass George Fersee auch ihn vor die Tür gesetzt hat.“

Ned nickt. Das war sehr wahrscheinlich.

„Falls Fersee ihn verstoßen hat, kommt er für die meisten Alphas als Heiratskandidat nicht mehr in Frage, weil dabei kein Geld für sie herausspringen würde, oder für dich. Für dich würde alles so sein, wie es jetzt gerade ist.“

Ned wurde die Kehle eng, als er sich an das Gespräch mit seinem Vater erinnerte, das er erst vor wenigen Tagen mit ihm geführt hatte. Er sollte Heath jetzt davon erzählen, ihn darüber informieren, dass ihm ein Haufen Geld angeboten wurde, weil George Fersee Ezer einfach loswerden wollte, und zwar sofort, jetzt oder nie.

„Aber du hast ja mich.“ Heath hob bedeutungsvoll die Augenbrauen. „Ich habe immer versprochen, dass es dir im Leben an nichts fehlen würde, solange du nur darauf achtest, dass dein Vater nichts von meinem Geld in die Hände bekommt, und du dich aus irgendwelchen Schwierigkeiten heraushältst.“

„Das habe ich gemacht, Sir. Seit du mir letztes Jahr geholfen hast, habe ich alle beide Forderungen eingehalten.“

Heath schnaubte. „Du hast vielleicht darauf geachtet, dass Lidell deinen Treuhandfond nicht verspielt, aber ich bin mir sicher, dass du zusammen mit Maddox und Tenmeter jede Menge Brights Pulver geschnupft hast.“

„Ich schwöre, ich nehme kein Brights Pulver, Sir. Das verspreche ich hoch und heilig. Auf das Grab meines Papas.“

Heath seufzte. „Du bist noch so jung.“

„Sir?“

Heath fuhr sich erneut mit der Hand über den Kopf, dann

lehnte er sich zurück. „Du nennst mich nur dann Sir, wenn du Angst vor mir hast. Hast du gerade Angst vor mir?“

„Ja, Sir.“

„Gut. Denn dieses Mal will ich unbedingt, dass du tust, was ich dir sage, Ned. Halte dich aus Ärger raus. Halte dich fern von dem Maddox- und dem Tenmeter-Jungen. Und lass dich nicht von deinem Vater für einen seiner verrückten Pläne missbrauchen.“

„Ja, Sir.“

Erneut seufzte Heath. „Er hätte niemals von dir verlangen dürfen, dass du dich mit solch unmoralischen und verdorbenen Leuten einlässt, nur um seine Verträge zu sichern. Wenn man einen frischen Apfel in eine Schale mit faulen Äpfeln legt, dann fängt der frische ganz schnell an, ebenfalls faul zu werden. Verstehst du, was ich dir sagen will?“

„Ich bin nicht geworden wie sie.“

Heath schnaubte. „Sie haben dich genug zu ihresgleichen gemacht.“

Ned schaute erneut hinunter auf seine Hände.

„Ich glaube dir, dass du versuchst, sauber zu bleiben. Und ich glaube außerdem, dass du in diesen Omega verliebt bist, und so seltsam es auch ist, ich unterstütze diese Verbindung, auch wenn George Fersee ein stinkendes Stück Scheiße ist, das in dieser Stadt an zu vielen Schuhen klebt.“

„Wirklich?“

„Ja, weil ich sein Omega-Elternteil mag, und weil ich sehen kann, dass du für diesen Jungen ein besserer Mensch werden willst.“

„Das will ich.“

„Wenn du mit diesem Jungen irgendwie ins Reine kommen kannst, dann tu es. Wenn die Zeit gekommen ist, dass jemand sich um seine erste Hitze kümmern muss, und um die Fortpflanzung, selbst wenn Fersee ihn verstoßen hat, dann werde ich dich bei allem unterstützen. *Falls* du es nicht vermasselst..." Heath zeigte mit einem Finger auf Ned und sagte in einem beängstigend ruhigem Ton: „Also vermassele es nicht, Ned."

„Das werde ich nicht, Sir. Versprochen."

Heath schien skeptisch zu sein, aber dann gab seine Armbanduhr einen Alarmton von sich. Er tippte aufs Display und schickte eine Nachricht. „Ich werde mich ein wenig verspäten. Warte nicht mit dem Tee." Er richtete seine Aufmerksamkeit wieder auf Ned. „Ich muss jetzt gehen. Wiederhole für mich, was ich dir gesagt habe."

„Braden und Finch links liegen lassen. Alles tun, was nötig ist, damit Ezer mir vergibt. Mich aus Vaters verrückten Plänen heraushalten."

„Und?"

Ned durchforstete seine Erinnerung, fand aber nichts Weiteres. Er schüttelte den Kopf.

„Und vertrau auf mich."

„Ja. Ich vertraue auf dich, Onkel."

Heath lächelte. Etwas, das jetzt öfter vorkam als früher, bevor er Adrien getroffen hatte, aber es war trotzdem ein ungewohnter Ausdruck auf seinem Gesicht. „Ich habe keine Zeit, mich darum zu kümmern. Erst muss Adrien die Geburt hinter sich haben. Aber danach kehre ich nach Wellport zurück und sehe, was ich tun kann, um dir den Weg mit diesem Fersee-Jungen zu ebnen. In Ordnung?"

Ned wurde es leichter ums Herz. „Das würdest du für mich tun?"

„Wenn du tust, was ich dir gesagt habe, ja."

„Das werde ich. Ich danke dir, Onkel. Danke."

„Aber in der Zwischenzeit würde ich gern sehen, dass du einen Schritt tust, um mehr zu einem Mann zu werden. Es ist an der Zeit, die kindischen Albernheiten bleiben zu lassen. Es ist an der Zeit, dass du selbst entscheidest, was richtig und falsch ist."

Heath erhob sich und winkte dem Kellner, damit er die Rechnung fürs Essen seinem Kredit hinzufügte. „Bleib du ruhig noch und genieße, was immer du willst. Noch ein anderes Dessert, ein bisschen Wein, was immer du magst. Es war schön, dich zu sehen, Ned." Er tätschelte Neds Kopf. Auch etwas, das er früher nie getan hatte. „Halt die Ohren steif, Junge. Wir werden eine wunderbare Zukunft für dich gestalten. Ohne Zweifel."

Nachdem er fort war, tat Ned, was Heath vorgeschlagen hatte, und bestellte sich noch ein Dessert und dazu einen schönen Wein. Er checkte sein Smartphone, während er ein Schokoladenkonfekt naschte, und scrollte durch die sozialen Medien auf der Suche nach Postings über die Explosion.

Er hatte keine weiteren Nachrichten von Amos, geschweige denn von Ezer erhalten.

Irgendwie verdarb ihm seine Enttäuschung darüber den Genuss an seiner Nachspeise.

Kapitel 12

„SCHON WIEDER ZURÜCK?", sagte George und lehnte sich zurück in den großen, ledernen Schreibtischsessel in seinem häuslichen Arbeitszimmer. Seine Augen waren geschlossen, als könnte er nicht einmal so viel Mühe aufbringen, Ezer anzusehen, der im Türrahmen stand.

Ezer ließ sich in den Sitz plumpsen, der seinem Vater gegenüberstand. Nein, der George gegenüber stand. Denn Ezer war entschlossen, fortan nur noch so von ihm zu denken, jetzt, da er die Wahrheit kannte – Ezer war ohne Einladung hier. Er verbarg das Gesicht in den Händen.

An einem normalen Tag, das wusste Ezer, hätte sein Vater schon vor Stunden das Haus verlassen, um zu seinem Büro in der Stadt zu fahren, aber da Pete hochschwanger war, blieb er dieser Tage zu Hause, damit sein Omega sich nicht ängstigte, sondern froh und zufrieden war.

Und tatsächlich saß Pete derzeit nackt auf Georges Knie, mit schläfrigem Gesichtsausdruck, den Kopf an Georges Schulter gelehnt. Wahrscheinlich hatten die beiden es gerade noch auf dem Schreibtisch miteinander getrieben.

„Ich wusste, dass du nach einer Nacht in Amos' Drecksloch von Wohnung zur Besinnung kommen würdest", murmelte George mit geschlossenen Augen.

Ezer zögerte. Was er zu sagen hatte, war nicht für Petes Ohren bestimmt.

Pete schien wacher zu werden, als er Ezers zerzausten Zustand bemerkte. Er blinzelte besorgt und beugte sich vor, um George etwas ins Ohr zu flüstern:

George öffnete schlagartig seine Augen und musterte Ezer von oben bis unten, das ungekämmte Haar, die stinkende Kleidung, das unrasierte Gesicht. George runzelte die Stirn. Er schob Pete von seinem Schoß und beugte sich entsetzt nach vorn. War seine Sorge um Ezer real? Oder täuschte er sie um Petes wegen vor? Ezer wusste es nicht, aber George klang aufrichtig verstört, als er fragte: „Was ist los? Was ist passiert?"

Pete, mit seinem Babybauch zog sich in aller Ruhe einen Hausmantel über und kam um den Schreibtisch herum, um seine Hände auf Ezers Schultern zu legen. Es war eine gütige Berührung. Ezer schüttelte sie nicht ab. Wie sich herausgestellt hatte, war nicht Pete daran schuld, dass George Ezer hasste oder dass er Ezers Papa hinausgeworfen hatte. Die ganze Zeit über hatte er den hübschen, jungen Omega verantwortlich gemacht für etwas, mit dem Pete nicht das Geringste zu tun hatte.

„Es gab eine Explosion", stieß Ezer hervor. Seine Kehle war eng, und er wusste nicht, ob es daher kam, dass er am Abend zuvor zu viel Rauch eingeatmet hatte, oder davon, dass er fast weinen musste. „Papas Wohnung. Alles und auch jeder, der in dem Gebäude war. Weg. Alles ist weg."

Pete keuchte. Er drückte Ezers Schultern, dann umschlang er ihn von hinten mit seinen Armen und wiegte ihn leicht von einer Seite zur anderen. Das war Ezer ein bisschen zu viel des Guten. Er löste sich aus Petes Umarmung und fuhr sich mit den Händen durchs Haar.

„Und Amos?", fragte George. Hätte Ezer es nicht besser gewusst, hätte er gedacht, dass George Angst hatte um den Mann, den er so herzlos verstoßen hatte. Vielleicht bewahrte er trotz allem noch immer ein wenig Zuneigung für ihn in seinem

Herzen. Wie auch immer, jedenfalls wollte George nicht, dass Papa tot war.

Pete streichelte Ezer übers Haar und gab tröstende Laute von sich, und Ezer wünschte, er könnte es dankbar annehmen. Er widerstand mühsam dem Drang, Petes Hände wegzustoßen.

„Er lebt", war alles, was Ezer über Amos preisgab. „Er ist in Sicherheit."

George fing Petes Blick auf und nickte mit dem Kinn zur Tür. Pete schien zu zögern, dann aber beugte er sich hinab, um Ezer einen Kuss auf die Wange zu geben, und flüsterte: „Alles wird gut werden, Liebes", bevor er das Zimmer verließ.

Ezer hob die Hand, um das klebrige Gefühl wegzuwischen, das Petes weiche Lippen auf seiner Wange hinterlassen hatten.

„Erzähl mir davon", sagte George. Seine Stimme klang rau und gepresst. „Alles."

Ezer ließ den Kopf hängen und überlegte, wo er anfangen sollte. Er atmete immer noch gequält und keuchend, und er bemühte sich stark, das unter Kontrolle zu bekommen.

Als Ezer sich selbst davon überzeugt hatte, durch die Erzählung zu kommen, ohne dabei in Tränen auszubrechen, hob er den Kopf und erklärte, was er von der Wohnung wusste: dass ein Labor für die Herstellung von Brights Pulver in die Luft geflogen war. Dass es dort keine Sprinkleranlage gegeben hatte, dafür aber jede Menge brennbares Zeug, das überall herumgelegen hatte. Dass das ganze Gebäude sehr schlecht instand gehalten worden war. Das reinste Feuerwerk. Er erzählte jedoch nichts von der Hilfe, die er und Amos von Ned bekommen hatten. Das war irgendwie immer noch alles zu schräg, und Ezer hatte den Kopf voll mit anderen Dingen.

„Und wo ist Amos jetzt?", fragte George.

„Wie ich bereits sagte, er ist in Sicherheit. Ich treffe mich um zehn mit ihm."

Ezer ballte seine Hände zu Fäusten. „Ich bin nur gekommen, um diesen Vertrag zu unterschreiben. Wie du es wolltest."

George starrte ihn an. In seinem Kiefer zuckte nervös ein Muskel.

„Vater, ich–" Ezer schluckte, und seine Augen füllten sich gegen seinen Willen mit Tränen. Seine Stimme kam rau und kraftlos heraus. „Papa besitzt jetzt nichts mehr. Ich weiß, dass er dich verletzt hat, aber… er besitzt nicht mehr das *Geringste.*"

George antwortete flüsternd: „Er hat *dich.* Und du bist alles, was er je wirklich gewollt hat. Er wollte dich so sehr, dass er dafür alles ruinierte."

Ezer wischt sich mit den Handflächen die Augen. „Ich liebe ihn. Er ist mein Papa, und ich weiß, ein Teil von dir muss ihn ebenfalls noch lieben."

Dagegen sträubte George sich. „Pete ist jetzt mein Omega."

„Ich weiß. Und er ist ein guter Mensch. Ich mag ihn, wirklich."

George schnaubte, sagte aber nichts.

„Ich weiß auch, dass Papa einen Fehler begangen hat, und dieser Fehler hat zu meiner Existenz geführt. Und ich verstehe auch, dass du mich nicht… dass du mich gar nicht…" Ezer schüttelte den Kopf. Erneut liefen ihm Tränen übers Gesicht.

„Was kann ich nicht?"

„Du kannst mich nicht lieben. Weil du ja die Wahrheit kennst."

George lehnte sich zurück und atmete geräuschvoll aus. „Dann hat er es dir also gesagt."

„Ja."

Er schnaubte, und sein Mund verzog sich zu einer hässlichen Art Schmunzeln. „Und trotzdem hältst du noch zu ihm?"

„Wie würde es denn aussehen, sollte ich zu *dir* halten, Vater? Du willst mich einfach nur loswerden. Ich verstehe das, und ich verstehe auch, warum das so ist." Ezer warf die Arme in die Luft. „Ich bin gekommen, um den Vertrag zu unterzeichnen. Dann brauchst du mich nie wieder zu sehen. Ein für alle Mal. Ich bitte dich dafür nur um zwei Dinge: Erstens, du hältst dein Versprechen und gibst Papa, was er braucht, um ein neues Leben anzufangen. Und zweitens, sorge dafür, dass ich keine Zeit habe, meine Entscheidung zu bereuen. Lass uns die Sache so bald wie möglich erledigen."

George starrte Ezer weiterhin an, als wäre er ein Irrer. Der Klang der Wanduhr über dem dunklen Kamin erfüllte das Zimmer – tick-tack, tick-tack. Ezer holte tief Luft; er konnte nicht einmal den Duft seines Vaters Rasierwassers riechen. Der Geruch des Qualms verklebte ihm seit gestern Abend immer noch die Nasenlöcher.

Georges Miene wurde weicher, als er an seinem Schreibtisch eine Schublade öffnete und ihr die Papiere entnahm. Er schob sie zusammen mit einem Schreibstift zu Ezer über den Tisch. „Ich habe die Stellen, wo du unterschreiben musst, mit farbigen Klebern markiert."

Wie immer verschwammen die Worte vor Ezers Augen. Sie ergaben einfach keinen Sinn für ihn, aber er entdeckte die Markierungen und begann, seinen Namen zu schreiben, so wie man es ihn gelehrt hatte. Aber dann zögerte er. „Moment, ich verlange noch eine dritte Sache. Ich weiß, dass Papa die Wohnung am See nicht zurückbekommen wird, bevor ich nicht ein Kind geboren habe–" Er blinzelte, verletzt und fassungslos über seine eigenen Worte, deren Bedeutung ihn für einen Moment schockiert schweigen ließen. Gott helfe ihm.

Ezer beruhigte sein wild pochendes Herz. „Aber bitte füge einen Satz hinzu, der ihm erlaubt, bereits ab heute Abend in der Wohnung am See zu wohnen. Er kann nirgends hingehen, Vater. Er besitzt nicht mehr das Geringste."

George zog die Papiere über den Tisch und schrieb ein paar Zeilen. „Hier, bitte. Ich habe auch eine monatliche Unterhaltszahlung für ihn hinzugefügt, mit sofortiger Wirkung."

„Danke." Ezer musste sich erneut Tränen aus dem Gesicht wischen.

George zuckte die Achseln. „Ezer, du musst verstehen, dass ich nicht versuche, dir wehzutun. Ich empfinde Zuneigung zu dir, Sohn, und ich denke einfach, dass dieses Leben gut für dich sein wird. Du wirst dabei glücklich sein. Das weiß ich."

Ezer schauderte.

„Willst du wissen, was in dem Vertrag steht? Wer der Alpha ist?", fragte George, nachdem Ezer an all den markierten Stellen und den neu hinzugefügten Zeilen unterschrieben hatte. „Ich kann es dir vorlesen."

„Welchen Unterschied würde das machen?", sagte Ezer. „Ich habe bereits unterschrieben. Ich gehöre offiziell ihm. Es ist jetzt zu spät für einen Rückzieher."

George nickte und zog die Papiere zurück über den Tisch. „Dann ist es jetzt erledigt.

PAPA SAß AUF der Bank auf der anderen Straßenseite des verbrannten Wohnhauses und starrte hinauf zu den qualmenden Überresten seiner Wohnung. Seine Schultern zuckten, und als Ezer ihn von hinten fest in die Arme nahm, standen Tränen in Papas Augen.

„Ich weiß nicht, was ich tun soll", sagte Papa mit bebender Stimme. „Das Drecksloch war alles, was ich hatte."

Ezer musste schlucken. „Vater sagte, er wird dir helfen."

Papa wischte mit dem Handrücken die Tränen weg. „Ist es das, wohin du gegangen bist? Zu George?

„Ja.“

Papa schnaubte. „Und wo ist der Haken, Ezer? Wieso sollte er das tun? Er hat mir sehr klar gemacht, dass ihm egal ist, was aus mir wird.“

„So ist es nicht“, sagte Ezer mit erstickter Stimme, als er sich daran erinnerte, wie Georges Gesicht ausgesehen hatte, als er einen Moment lang glauben musste, Amos wäre tot. „Es ist ihm nicht egal. Und er gibt dir die Wohnung am See zurück. Das hat er gesagt. Und er hat mir den Schlüsselcode genannt, sodass ich ihn an dich weitergeben kann.“ Ezer nahm das Papier aus seiner Tasche und gab es seinem Papa. „Zusammen mit etwas Bargeld.“

„Warum?“, fragte Papa. Er nahm den Code und das Geld misstrauisch entgegen und versuchte zu begreifen, was er in den Händen hielt.

„Weil es ihm leid tut. Dass er so grausam war. Sein Stolz war verletzt, und er hatte Unrecht , dich so zu behandeln.“ Ezer wünschte, dass das alles wäre, aber sein Papa würde sowieso schon bald eins uns eins zusammenzählen.

Papa verengte die Augen. „Das kann nicht alles sein. Ich kenne ihn, Ezer.“

Ezer starrte weiterhin das immer noch qualmende Gebäude an und sah zu, wie der Wind dunkle Asche hochwirbelte, in den makellos blauen Himmel. Er schauderte. „Wegen dem, was er mit dir gemacht hat, haben andere Alphas der Gesellschaft ihm die kalte Schulter gezeigt. Sie sagen, so ein Verhalten sei ungehörig. Sie haben ihn ausgeschlossen–“

„Gesellschaftlich oder geschäftlich?

„Beides“, antwortete Ezer. Es war gelogen, und auch wieder nicht. Es dachten zwar einige Alphas abfällig über Georges Behandlung von Amos, aber die meisten hatten es als Zeichen dafür aufgefasst, dass George sich nicht erweichen ließ und keine Scham kannte, sodass sie nicht ihre Business-Deals mit ihm riskieren würden, indem sie auf bessere Bedingungen drängten. „Er muss sich mit dir versöhnen, um sein Gesicht zu wahren."

Papa musterte Ezer noch immer skeptisch, dann richtete er seine Aufmerksamkeit wieder auf das qualmende Gebäude. „Niemand, den ich da drin kannte, wurde gestern Abend getötet oder verletzt", sagte er. „Abgesehen von den Ratten."

„Glück gehabt, würde ich sagen."

„Ich mochte die Ratten eigentlich recht gern."

„Papa!"

„George hat wirklich gesagt, dass ich die Wohnung am See haben kann?" In diesem Moment klang Papa unheimlich jung, wie ein hoffnungsvolles Kind.

Ezer nickte.

„Wann?"

„Heute Abend."

„Ah." Papa schnaubte ein Lachen. „Ich verstehe. Du hast im Austausch dafür, dass ich die Wohnung am See bekomme, die Papiere unterschrieben. Du hast zugestimmt, Kinder zu bekommen."

„Und zu heiraten. Falls der Alpha das will." Das nahm Ezer jedenfalls an. Immerhin hatte er den Vertrag ja nicht in allen Einzelheiten gelesen. Das konnte er gar nicht. Der Gedanke, eine Babyproduktionsmaschine für irgendeinen ihm unbekannten Alpha zu werden, machte Ezer am ganzen Körper Gänsehaut. Aber er würde alles für seinen Papa tun.

„Oh, Ez", murmelte Papa. „So sehr ich auch denke, dass es das Richtige für dich ist – ich weiß, dass du das nicht willst. Ich weiß gar nicht, was ich sagen soll."

„Sag einfach danke."

„Das kommt mir falsch vor angesichts deines ursprünglichen Widerstands gegen diesen Plan."

Ezer zuckte die Achseln. Er konnte nicht anders, als innerlich zustimmen. „Falls es dich tröstet, ich glaube, du könntest mit diesem Jungen glücklich werden."

„Ja, sagtest du bereits. Und Vater auch."

Ezer fragte sich nicht, wer dieser Junge wohl sein mochte. Er hatte zu viel Angst, um es wirklich wissen zu wollen. Die Entscheidung war gefallen. Er würde lernen müssen, damit zu leben. Aber für den Moment schien Ignoranz eher ein Segen zu sein.

„Dann muss ich George wohl für seine Großzügigkeit danken", sagte Amos. „Zum ersten Mal, seit George mich gezwungen hat zu gehen, hatte ich gestern Abend Angst, Ezer. Diese Wohnung hier war nicht viel, aber sie war alles, was ich hatte. Das und dich."

„Ist schon gut, Papa", sagte Ezer und nahm Amos in die Arme.

Er hatte noch immer viele Fragen über seinen biologischen Vater Finn, und warum Amos so viel für so wenig riskiert hatte. Aber er hielt sich zurück. Was spielte das jetzt noch für eine Rolle?

Ezer war schon so gut wie verheiratet und er würde Kinder gebären. Sein ganzes Leben, wie er es bis dahin gekannt hatte, war vorbei. Er konzentrierte sich stattdessen darauf, seinen Papa zu trösten. „Du wirst in Sicherheit sein, das kann ich dir versprechen."

Amos schauderte in seinen Armen und drückte ihn fester an sich. Seine Wange war nass von Tränen, als er sie an Ezers Gesicht drückte.

Ja, dachte Ezer, *ich würde alles tun. Und mit jedem.*
Für Papa.

Kapitel 13

„LIDELL WARTET AUF dich", sagte Earl, als Ned von seinem Essen mit Heath zurückkehrte. „In seinem Arbeitszimmer. Beeil dich."

Ned verdrehte die Augen. Wenn sein Vater auf ihn wartete, dann konnte es nur darum gehen, irgendwo mehr Geld für sich herauszuschinden, und Heath hatte ihn ja bereits gewarnt, sich keinesfalls darin verwickeln zu lassen. Und das würde er auch nicht tun. Auf keinen Fall konnte sein Vater ihn jetzt noch dazu bringen, sich mit Braden oder Finch abzugeben, oder ihn davon überzeugen, sich für seine Verträge mit irgendeinem anderen Arschloch anzufreunden.

Ned war gerade angenehm satt und zufrieden, nach seinem Extra-Dessert und dem Wein, aber er war auch entschlossen. Nichts, was Lidell sagte oder tat, konnte ihm etwas anhaben oder in seinem Entschluss wanken lassen. Er hatte Heath im Rücken, der ihm seine Hilfe zugesichert hatte. Und das würde er für nichts aufs Spiel setzen.

„Das ist es, Ned! Worauf wir gewartet haben!", rief Lidell und wedelte mit einem Glas Bourbon umher. Sein Gesicht war bereits vom Alkohol gerötet. „Unterzeichne hier!" Sein Finger landete auf einem Stück Papier auf seinem Schreibtisch. „Mehr musst du nicht tun, und zack, sind wir ein Leben lang abgesichert."

„Wovon zum Teufel redest du?" Ned hielt sich in seiner Ausdrucksweise nicht zurück. Nicht heute. Nicht, wenn er Heaths

Erlaubnis hatte zu tun, was er wollte, und frei war. „Unterschreiben wofür?“

„Für deinen reichen Omega“, sagte Lidell grinsend. „Er hat bereits unterschrieben, und nach Fersees Aussage ist er ganz scharf darauf.“

Ned blinzelte und versuchte zu begreifen, wovon sein Vater da faselte. Er hatte selbst eine ganze Flasche Wein gehabt, ja, aber war er so blau, dass er bewusstlos geworden war und träumte? Er musste etwas Wichtiges missverstanden haben.

Ezer hatte ihm nicht einmal eine Textnachricht geschrieben, um nach gestern Abend wenigstens kurz Danke zu sagen. Auf keinen Fall würde Ezer sich mit einem Vertrag über eine Hitze mit Fortpflanzung einverstanden erklären. Oder?

Ned durchquerte das Zimmer, schnappte sich die Papiere vom Schreibtisch seines Vaters und las den kompletten Vertrag von vorn bis hinten durch. Bei jedem wichtigen Paragrafen sah er sie – Ezers krakelige Unterschrift. Er erkannte sie wieder von den verschiedenen Gruppenprojekten, aus der Schule, an denen sie gemeinsam gearbeitet hatten.

„Was zum Henker?“

„George hatte mir schon gesagt, dass wir uns keine Sorgen machen müssten, und dass Ezer bereit wäre. Beziehungsweise, dass er Ezer nur davon überzeugen müsste. Und wie es aussieht, ist der Junge überzeugt. Kannst du es fassen, wie viel Glück wir haben? Mit seinem Einkommen plus den Verträgen mit Maddox und Tenmeter werden wir endlich in der Lage sein, einen Neuanfang zu wagen und unser finanzielles Pech hinter uns zu lassen. Jetzt weht ein anderer Wind! Und ohne die Hilfe von meinem Arschloch von Bruder, mit der er uns klein halten kann.“

„Aber…“ Ned wurde schwindelig. Ezer hatte unterschrieben. Und wenn auch er jetzt seine Unterschrift leistete, dann würden sie…

Während einer Hitze…

Und es würde wundervoll sein, daran hatte er keinen Zweifel, aber auch…

Sie könnten ein Baby machen.

Ein Baby.

Er wäre dann ein Vater.

Und er war doch erst neunzehn!

„Vater", sagte er und schluckte schwer. „Ich bin nicht sicher, dass ich das richtig verstehe. Du willst wirklich, dass ich Ezer Fersee schwängere? Sind wir denn nicht viel zu jung für Kinder?"

Lidell winkte ab. „Oh, du machst dir viel zu viele Gedanken. Du wirst das Kind ja nicht aufziehen müssen. Lies den Vertrag. Du wirst jede Menge Geld haben, und du kannst ein Kindermädchen engagieren, so jemanden, wie Earl es für dich gewesen ist. Ich musste nie irgendetwas aufgeben oder etwas Besonderes tun, um dein Vater zu sein. Am Ende ist das nichts. Na gut, ein bisschen Schmerzen für den Omega, aber wenn er bei guter Gesundheit ist und die Geburt überlebt–" Lidell verlor dabei ein wenig Farbe im Gesicht – das einzige Zeichen, dass sich bei ihm überhaupt ein Gewissen regte, so weit Ned das beurteilen konnte. „Also, wenn er die Geburten überlebt, dann bekommst du sogar noch mehr Geld. Du musst dir überhaupt keine Sorgen machen. Überlass das Aufziehen der Kinder dem Omega und der Horde von wie vielen Kindermädchen du auch immer anheuerst. Das macht Omegas glücklich, weißt du? Babys aufzuziehen. Dafür leben sie!" Er schnaubte ein Lachen. „*Um genau zu sein*, leben sie für ihre Hitzen und für die sexuellen Aufmerksamkeiten ihres Alphas, welche für den Verlauf einer gesunden Schwangerschaft wichtig ist. *Das* ist es, was sie antreibt. Du wirst schon sehen. Dieser Ezer ist ja vielleicht in der Schule ein Teufel. Aber wenn er erst dein Kind in seinem Bauch hat, dann wird er der reinste Engel sein."

Ned kratzte sich den verschwitzten Kopf. Er wollte gar nicht, dass Ezer ein „Engel" wurde – und er fand auch nicht, dass er in der Schule ein Teufel war. Wenn einer von ihnen ein Teufel war, dann ja wohl eher Ned. Aber was, wenn Ezer durch die Schwangerschaft friedlich und sanft wurde, so wie es letzten Endes zahlreichen Omegas erging? Ned konnte sich nicht vorstellen, dass ihm das gefallen würde.

Er mochte es, wenn Ezer die Krallen ausfuhr wie Kätzchen und sich wehrte und auf die Augen und die Weichteile zielte. Er mochte, wie Ezer die Welt um sich herum herausforderte, wenn sie ihn nicht anständig behandelte. Er wollte lediglich, dass Ezer Ned erlaubte, am seiner Seite zu stehen, wenn er es tat. Ned wollte helfen, Ezer vor den Widrigkeiten des Lebens zu beschützen.

Er schnaubte. Als hätte er das bis hierhin so gut gemacht.

Er war der Schlimmste gewesen.

Und Vater zu sein, also…

Ned hatte sich nie ausgemalt, die Sorte Mann zu werden, der die Sorge für die Kinder komplett seinem Omega und einem Kindermädchen überließ. Sicher, so war er selbst aufgezogen worden, aber Lidell war auch kein bewundernswerter Mann, oder ein Vorbild für Ned. Ned wollte mehr so sein wie sein Onkel Heath – der, wie Ned im letzten Sommer hatte sehen können, seinen Sohn anbetete, mit ihm spielte und sich um ihn kümmerte.

„Unterschreibe!", sagte Lidell, holte einen Stift aus seiner Schreibtischschublade und drückte ihn Ned in die Hand.

„Ich… ich muss noch darüber nachdenken."

„Du kannst doch nicht ernsthaft in Erwägung ziehen, dieses Angebot abzulehnen. Das ist die Chance deines Lebens! Reiche Männer bezahlen für gewöhnlich nicht dafür, ihre Omega-Söhne loszuwerden – besonders dann nicht, wenn es auch noch ein

Omega ist, auf den du stehst." Lidell neigte den Kopf zur Seite. „Oder bist du den Jungen etwa schon leid?"

„Nein! Ich habe nur nicht damit gerechnet, dass er mich tatsächlich nehmen würde", sagte Ned.

Es hatte nicht das geringste Anzeichen in den kurzen Interaktionen nach der Explosion gegeben, dass Ezer Ned mochte, oder dass er sich auch nur im Entferntesten gefreut hätte, ihn zu sehen. Warum sollte Ezer sich nun an Ned binden wollen? Und das nicht nur für die Dauer eines Lächelns oder aus Freundschaft, sondern für eine Hitze, für Nachkommen, eine Heirat höchstwahrscheinlich? Es war schwer zu begreifen.

Ned räusperte sich. „Ich finde, ich sollte all das zuerst mit Onkel Heath besprechen."

„Was? Wieso?", knurrte Lidell. „Er hat mit uns gar nichts zu tun, und auch nichts mit deinen romantischen Neigungen. Das hier ist eine brillante Chance für dich, für *uns*! So eine wird sich dir nie wieder bieten. Und wenn du diese Gelegenheit nicht am Schopf ergreifst, nun ja, ich sage es dir nicht gern, aber *irgendwer* wird es tun. Fersee hat nicht vor, sich von diesem Jungen weiter auf der Nase herumtanzen zu lassen. Du rettest diesen Omega vor gar nichts, wenn du nicht unterschreibst. Nur dass du es weißt. Alles, was du tust, ist, das Geld auszuschlagen und diesen Jungen irgendeinem anderen Alpha überlassen. Und wer weiß, was *dieser* Alpha dann mit ihm machen wird..."

Ned drehte sich der Kopf. Die Vorstellung von Ezer mit irgendwem anderes war unerträglich. Außerdem verlangte der Vertrag die Produktion von Nachwuchs, das konnte man nicht missverstehen. George Fersee wollte, dass Ezer so bald wie möglich schwanger wurde. Er wollte das so dringend, dass es für jedes Baby eine Bonuszahlung geben würde. Surreal.

Der Gedanke, dass Ezer mit dem Kind eines anderen Alphas schwanger sein würde, war schwindelerregend.

Ned holte tief Luft, dann sagte er: „Ich glaube einfach nicht, dass Onkel Heath–"

„Heath besitzt dich nicht!"

„Vater, ich rufe ihn jetzt an." Ned holte sein Telefon aus seiner Jackentasche und drückte eine Kurzwahltaste. Es klingelte, dann schaltete sich die Voicemail ein. „Onkel Heath, bitte, wenn es dir möglich ist, ruf mich so bald als möglich zurück. Ich habe ein dringendes Problem, wobei ich deine Hilfe brauche. Danke."

„Lächerlich", sagte Lidell und verdrehte die Augen. „Ich sage dir doch, dass–"

Die Tür zum Arbeitszimmer öffnete sich, und Earl, der ein wenig gestresst und ängstlich wirkte, kam herein. Atemlos sagte er: „Ich habe gerade mit Simon gesprochen. Adrien hat frühzeitige Wehen bekommen. Das sind keine guten Nachrichten für den Kleinen. Er kommt viel zu früh…" Er schnalzte mit der Zunge. „Und bevor ihr fragt, ja, Heath weiß Bescheid. Ich habe gehört, dass er sein Geschäftsmeeting eiligst verlassen hat."

„Heath war hier? In Wellport? Geschäftlich?", fragte Lidell, der die Nerven hatte, verletzt darüber zu sein, dass er das nicht gewusst hatte.

Earl nickte. „Ja, und jetzt ist er wieder weg. Natürlich. Ich habe noch nie gehört, dass Simon so ängstlich klang", sagte er und rang die Hände. „Wir sind seit drei Jahrzehnten verheiratet, und…" Er schüttelte den grauen Kopf. „Ich finde, ich sollte zu ihm gehen."

„Du wirst *hier* gebraucht, um Ned vorzubereiten, auf seine erste–"

„Nein!", unterbrach Ned. „Gehe zu Simon. Hilf ihm, wenn du kannst."

„Danke. Ich denke, der kleine, süße Michael könnte mich brauchen. Er hängt stets am Rockzipfel seines Vaters, und ich mache mir Sorgen, dass…" Tränen stiegen Earl in die Augen.

„Nun ja, Simon wird mit Heath alle Hände voll zu tun haben, falls bei der Geburt irgendwas schief läuft."

„Oh, ich bin sicher, Heath wird ein großes Drama daraus machen, so wie immer", sagte Lidell und verdrehte die Augen. „Er wird es so einrichten, dass es nur um ihn geht, da bin ich sicher. Das tut er immer." Er wandte sich wieder dem gefürchteten Papierstapel zu und begann, ihn erneut durchzulesen. „Na dann, mach dich von mir aus auf den Weg. Ned kann sich auch ohne dich vorbereiten."

„Vorbereiten?" Earl legte verwirrt den Kopf zu Seite.

„Mach dir keine Sorgen um mich. Geh schon", sagte Ned und ging zur Tür. Dort legte er den Arm um Earls Schultern und schob ihn weg von dem Vertrag, der auf Lidells Schreibtisch lag, immer noch ohne Neds Unterschrift. „Lass uns wissen, wie die Lage ist. Ob es Adrien gut geht, und ob das Baby…"

Natürlich, natürlich", sagte Earl und schaute argwöhnisch über die Schulter zurück zu Lidell. „Lass dich von ihm nicht in irgendwelche Pläne einwickeln", flüsterte Earl, als Ned ihn losließ und langsam die Tür schloss. „Was auch immer du tust, halt dich von den Plänen deines Vaters fern."

Ned küsste Earls knitterige Wange. „Sorge dich nicht um mich. Mir passiert nichts. Jetzt sind nur Adrien und Heath wichtig."

Earl umarmte ihn, dann eilte er davon.

Ned kehrte in das Arbeitszimmer seines Vaters zurück. Er stand mit dem Rücken zur Tür und musterte einen Moment lang seinen Vater nachdenklich. Dann nahm er sein Telefon und verfasste eine Antwort auf Amos' Dankesnachricht:

Ich bin sicher, Sie wissen, was Mr. Fersee und mein Vater zusammen planen. Ezer hat die Dokumente unterzeichnet. Ich weiß nicht, was ich tun soll. Will er das wirklich? Ich würde ihn gern fragen. Kann ich bitte seine Telefonnummer haben?

Die Textnachricht wurde sofort als gelesen markiert aber Amos ließ sich viel Zeit damit, seine Antwort zu tippen. Als sie dann endlich eintraf, bekam Ned weiche Knie. Er wischte sich mit dem Handrücken über seine Oberlippe.

Ezer hat sein Telefon nicht bei sich, und selbst wenn er es dabei hätte, würde er dir nicht zurückschreiben. Unterschreibe den Vertrag. George wird Ezer als Nächstes Finch Maddox anbieten, falls er bei dir keinen Erfolg hat. Und du weißt , dieses Arschloch würde nicht zögern.

Ned schrieb zurück: *Finch? Wieso?*

Weil es einfach ist. Also entscheide dich, Ned. Es heißt entweder du oder Finch. Tu das Richtige!

Ned wünschte, er könnte warten, bis Heath seine Krise hinter sich hatte, damit er mit seinem Onkel über alles reden konnte. Aber der Vertrag sah vor, dass Ezer innerhalb einer Woche in Hitze sein und geschwängert werden musste. Angesichts der Krise in Heaths Zuhause mit seinem Omega und dem neuen Baby, war es sehr unwahrscheinlich, dass Ned jetzt oder irgendwann in den kommenden Tagen mit ihm reden können würde, um seinen Rat von seinem Onkel einzuholen.

Ned musste auf sein eigenes Herz und seinen eigenen Verstand hören, seinem gesunden Instinkt folgen. Und im Großen und Ganzen, bäumte der sich dagegen auf. Sein Instinkt sagte ihm, dass es sich um eine sehr schlechte Idee handelte.

Aber als er Amos' Antwort zusammen mit den Worten seines Vaters erwog, bekam er das Gefühl, moralisch verpflichtet zu sein, die Dokumente zu unterschreiben – dass es zum Besten aller wäre.

Er konnte nicht zulassen, dass ein anderer Alpha – ganz besonders nicht Scheiß-Finch Maddox – Ezer in die Finger bekam.

Er stakste steifbeinig hinüber zum Schreibtisch, nahm den Stift und unterschrieb mit seinem Namen. Bittere Galle kam ihm hoch, und sein Magen drehte sich mehrmals um. Aber jetzt war es getan. Es war legal. Und er war vergeben.

In einer Woche würde er mit Ezer allein sein, dessen Hitze bedienen und – wenn alles nach Plan verlief – vier Monate danach Vater werden.

Er sah seinem eigenen Vater in die Augen und zuckte beim Anblick der freudigen Genugtuung in dessen Miene zusammen. Das war nie ein guter Ausdruck bei Lidell und hatte in der Vergangenheit immer nur Desaster angekündigt. Aber dann schaute Ned sich nochmals die Nachricht von Amos an, und seine Entschlossenheit wuchs. Er hatte das Richtige getan. Ja, das hatte er.

Bitte lass mich das Richtige getan haben!

Stunden später, nachdem er beim Abendessen unentwegt seinem Vater zugehört hatte, welche verschiedenen Pläne er bereits machte, wo genau Ned die Hitze bedienen sollte und auf welche Weise die Diener angewiesen werden müssten, das Nest herzurichten, ging Ned mit wirbelnden Gedanken zu Bett.

Er nahm sein Telefon mit, um nochmals Amos' Nachricht zu lesen.

„Was habe ich getan?", murmelte Ned vor sich hin, während er sich im Bett ruhelos von einer Seite auf die andere warf. Er fand keinen Schlaf, wie sehr er es auch versuchte. Er kratzte sich am Kopf, dann nahm er einen langsamen, tiefen Atemzug. Laut sprach er in die Dunkelheit hinein: „Ich habe das Richtige getan."

Gott, er hoffte wirklich, dass das stimmte.

TEIL 2

Hitze

Kapitel 14

NED STAND VOR dem kleinen Haus, das ganz am Rand von seines Vaters Strandgrundstück stand, weit weg von der nächsten Stadt und ziemlich isoliert. Es gab nur eine einzige Straße, die zurück in die Zivilisation führte. Dünen reichten bis ganz zum Zaun hinauf, und ein schmaler Trampelpfad führte zum Strand. Hier war Ned bereits entlang gegangen, und hatte einen primitiven Impuls in seinem Inneren befriedigt, als er sah, dass die kleine Meeresbucht zu beiden Seiten von hohen Klippen geschützt war.

Hitze-Häuser standen immer irgendwo außerhalb. Ned dachte nicht gern darüber nach, warum das so war. Zum Teil war es sicherlich so, dass der Omega in einer Zeit großer Verwundbarkeit geschützt werden sollte, und der Alpha in einer Zeit großer Ablenkung. Aber das waren längst nicht die einzigen Implikationen der Isolation, und Ned wusste das. Zustimmung war ein legales Erfordernis, aber wenn sie erst einmal erteilt wurde, dann konnte sie nicht während der Hitze wieder zurückgenommen werden. Er wusste nicht, wie er das finden sollte und der Teil von ihm, der von einem glücklichen, freudvoll zustimmenden Omega träumte, wollte das lieber nicht so genau hinterfragen.

Lidell stand vorn am Gartentor und ließ Ned die Zeit, das Haus als sein eigenes zu betrachten. Das Angebot, das Haus in den Bergen zu nehmen, wo er selbst gezeugt worden war, hatte Ned abgelehnt, genau wie die Wohnung im Haupthaus, in der sein Vater die gekauften Hitzen bediente und das jetzt als Nest vorbereitet wurde, für den Fall, dass es gebraucht wurde.

Aber dieses kleine, Ein-Zimmer-Haus am Meer hatte einst seinem Omega-Großvater väterlicherseits gehört. Onkel Heath hatte es Lidell vor Jahren als Friedensangebot überlassen nach einem ihrer zahlreichen Auseinandersetzungen. Aber es hatte lange leer gestanden, bis Lidell in der vergangenen Woche endlich Diener dorthin geschickt hatte, um das Haus für Ned und Ezer vorzubereiten.

Beim Gedanken an Heath wurde es Ned ganz flau im Magen. Heaths Omega Adrien hatte ein kränkliches Frühchen zur Welt gebracht – einen Beta – und sie waren beide am Boden zerstört gewesen über die Nachricht, dass es wahrscheinlich nicht überleben würde. Es bestand noch eine Chance, aber sie war äußerst dünn. Und während Lidell und Ned die Neuigkeiten in Textnachrichten von Earl erfahren hatten, hatten sie kein Wort von Heath darüber gehört.

Weil gerade so viel in Heaths Zuhause passierte, hatten sie Earl frei gegeben, damit er dort bleiben und helfen konnte, indem er sich um den kleinen Michael kümmerte. Und sie hatten ihn auch nicht mit der Entscheidung belastet, die in seiner Abwesenheit getroffen worden war, dass Ned zusammen mit Ezer eine Hitze verbringen und ihn schwängern würde. Lidell schien Earl nichts sagen zu wollen, damit Heath nichts davon erfuhr. „Wir wollen ihn in dieser schwierigen Zeit ja nicht stören."

Aber Ned wünschte selbstsüchtig, sie hätten das getan.

Selbst jetzt noch fragte er sich, was sein Onkel darüber zu sagen hätte, dass er den Vertrag mit Ezer unterzeichnet hatte. Er hatte das Gefühl, Heath würde es nicht gutheißen, aber er wusste auch, dass Heath Ezers Wohl für das von Ned opfern würde, ohne zu zögern. Und das war etwas, wozu Ned nicht bereit war.

Deshalb wartete er jetzt auch darauf, dass Ezer zu ihm kam,

dass er aus freiem Willen am Hitze-Haus auftauchte, um eine der größten Intimitäten des Lebens mit Ned zu teilen,

Ned erschauerte vor Erwartung. Er konnte nicht fassen, dass Ezer-mit-den-blauen-Augen zugestimmt hatte, sein Omega zu sein. Es stimmte, dass er nicht viel über Ezer wusste. Nicht wirklich. Aber was er wusste, war, dass Ezer Neds Körper stets voller Erwartung zum Singen gebracht hatte, wenn er in der Nähe gewesen war. Und dass Neds Herz sich stets nach einer emotionalen Verbindung zum ihm gesehnt hatte. Sie hatten kaum je miteinander gesprochen und auch seit dem kurzen Gespräch vor dem brennenden Gebäude kein Wort mehr gewechselt. Aber er hatte Ezer in den letzten Monaten oft und genau genug beobachtet, um zu erkennen, dass Ezers Zustimmung zu den Punkten dieses Vertrages gegen alles ging, was Ned über Ezers Persönlichkeit wusste.

Und dieses Wissen war es, was seinen Frieden störte, als er in nervöser Erwartung aus dem Hitze-Haus trat. Zum Teil empfand er freudige Erregung bei dem Gedanken, dass Ezer sich so sehr entgegen seinem sonstigen Charakter verhielt, wegen ihm, *für* ihn. Aber tief in seinem Inneren hegte er den starken Verdacht, dass Ezer seine ganz eigenen Gründe dafür gehabt hatte, den Vertrag zu akzeptieren, die denen Lidells ähnlicher waren als Neds eigenen. Trotzdem, was auch immer Ezers Motivation gewesen sein mochte, Ned empfand ein atemloses, steigendes, wildes Gefühl von Ehre, dass er derjenige war, den Ezer gewählt hatte, um das hier mit ihm zu tun.

Obwohl Ned wünschte, sie hätten noch einmal miteinander telefonieren können, bevor sie sich jetzt persönlich gegenüber stehen würden. Es wäre eine Erleichterung gewesen, Ezer selbst sagen zu hören, dass er sich aus eigenem, freien Willen so entschieden hatte. Und dann hätte Ned sich auch erst einmal für alles entschuldigen können, was zwischen ihnen vorgefallen war.

Zumindest aber würden sie jetzt ein paar Tage allein in der Strandhütte haben, um sich gegenseitig besser kennenzulernen und reinen Tisch zu machen.

Ned wollte *alles* erklären. Bevor er Hand an Ezer legte, wollte er ihm die Wahrheit über Braden und Finch erzählen. Ned wollte mehr als alles andere, dass sie mit Verständnis füreinander im Herzen in diese Hitze gingen.

Wenn sie zusammen Kinder haben würden, wäre das ein wichtiger Punkt, um erst einmal anzufangen.

Nachdem er eine Weile entlang des Strandgrases hin- und hergewandert war, kehrte er zurück zum Haus. Sein Herz hämmerte, und sein Puls raste. In der Ferne wirbelte eine Staubwolke hoch und kündigte die Ankunft eines Autos an. Neds wurde vor Nervosität ganz flau im Magen. Was sollte er als Erstes zu Ezer sagen? Er räusperte sich und übte:

„Hi", sagte er laut. „*Hi*", versuchte er es noch einmal, etwas fester dieses Mal. Er runzelte die Stirn. Er versuchte es ein drittes Mal mit der Absicht, mehr wie ein erwachsener Alpha zu klingen. „Hi."

„Sie sind hier!", rief sein Vater.

Ned hatte das Gefühl sich erbrechen zu müssen, aber er wischte die schwitzigen Hände an den Hosenbeinen seiner Jeans ab und ging dem schwarzen, viertürigen Sedan, der in die Auffahrt einbog, entgegen.

Es war so weit.

NOCH NIE HATTE Ezer so etwas gefühlt wie dieses vibrierende Brennen unter seiner Haut, das ihm in sämtliche Muskeln fuhr, ihn ruhelos machte und ihn in nasser, durchweichter Unterwäsche in seiner Jeans hin- und herrutschen ließ. Seine Nippel taten weh, sein Schwanz war halb hart, und er hasste es, dass er mittlerweile vor seinem Arschloch von „Vater" den Kampf verlor, bei Verstand zu bleiben.

„Es wäre freundlicher gewesen, mit dem Triggern der Hitze zu warten", meldete Pete sich zu Wort. Es war ein äußerst seltenes Ereignis, dass er einmal nicht den Standpunkt seines Alphas vertrat. Er saß Ezer und seinem Vater in der Limo gegenüber, immer noch hochschwanger, mit geradezu lächerlich dickem Babybauch, in seinen weichsten Hausmantel gehüllt. Normalerweise würde er in diesem Stadium der Schwangerschaft überhaupt nicht mehr das Haus verlassen, aber George hatte vor, Pete in die Berghütte mitzunehmen, um dort das Baby zur Welt zu bringen.

Ein Arzt würde sie dorthin begleiten, um jederzeit für Pete und das neue Baby zur Verfügung zu stehen.

Jüngste Studien hatten gezeigt, dass eine ruhige und stressfreie Umgebung für die Geburt und die erste Zeit danach helfen konnte, die Wochenbettdepression zu lindern. Pete war gewillt, alles zu tun, was George an diesem Punkt vorschlug, sodass seine Nicht-Übereinstimmung mit ihm, Ezer unfreundlicherweise den unvermeidlichen Wellen der Hitze schon jetzt auszusetzen, noch bevor er seinen Alpha überhaupt getroffen hatte – wer immer es auch war, der eine absurde Menge Geld dafür bekam, George von Ezer zu befreien – besonders bemerkenswert war.

Allerdings nicht bemerkenswert genug, um Ezer von dem glühend heißen Verlangen abzulenken, das ihn schwer atmen ließ und dazu brachte, sich in seinem Sitz zu winden. Er verdrehte gequält die Augen. George zog ein Taschentuch aus seiner Jacke und hielt es sich vor die Nase. „Es ist freundlich für ihn, wenn er schon jetzt willig und bereit ist", sagte George, wie um seinen Omega zu belehren. „Er ist nicht wie du, Pete. Er ist dickköpfig. So ist es hilfreich, und am Ende, wenn er erst schwanger ist, wird er froh darüber sein.“

Pete wirkte skeptisch.

Ezer selbst war wütend darüber, so außer Kontrolle zu sein, so verwundbar und vollkommen der Hitze ausgeliefert – und schon bald würde er der Gnade eines jungen Mannes ausgeliefert sein, den seine Eltern für ihn ausgesucht hatten. Obwohl er selbst darum gebeten hatte, dass seine Hitze im Vorhinein getriggert wurde – erwies sich die Erfahrung der Hitze dennoch erschreckend außerhalb dessen, wozu er zugestimmt hatte. Er hatte nicht gewusst, worum er gebeten hatte. Wie hätte er es auch wissen können? Hitze war etwas Unbegreifliches, bis sie über dich kam.

In jenem Moment hatte er nur gewusst, dass er keine Möglichkeit haben wollte, doch noch einen Rückzieher zu machen, aus Angst, nicht den Mut aufzubringen, es durchzuziehen, falls er nicht schon vor dem Zusammentreffen verrückt danach war, den Knoten des Alphas zu spüren. Aber er hatte sich geirrt. Dass er bereits im Griff der Hitze war, änderte nichts daran, dass er furchtbare Angst hatte, immer noch wütend war, und vollkommen hilflos. Und geiler, als er es je für möglich gehalten hätte.

Ezer stöhnte, als eine neue, glühende Woge über ihn hinweg schwappte.

George hüstelte und klopfte gegen die Trennscheibe zwischen ihnen und dem Beta-Fahrer der Limousine. „Wie lange noch?“

„Wir sind praktisch schon da, Sir.“

Ezers Arschloch lief über von schlüpfrigem Schlick, und seine Nippel kribbelten. Er wollte aus diesem Auto heraus, weg von seinem Vater und von Pete, bevor er noch wahnsinnig wurde. Das Verlangen in ihm wurde so unerträglich, dass er beinahe die Autotür aufgerissen hätte und herausgesprungen wäre, um irgendwohin zu rennen, bis er irgendeinen Alpha fand, der ihm seinen Knoten gegeben hätte. Aber als er nach dem Türöffner griff, hielt die Limo an, und sein Vater stieg selbst aus dem

Wagen. Ezer schaute aus dem Fenster. Schweiß sammelte sich in seinen Achseln und seinem Schoß. Sein Arschloch war nass und bebte.

Dünen. Wellen. Eine blasse Sonne.

Ezer erschauerte und schaukelte vor und zurück in dem Versuch, seinen Hintern an dem weichen Leder der Sitze zu reiben. Seine Kleidung erschien ihm zu grob, und er wollte sie loswerden, aber er war noch genug bei Sinnen, um sie anzubehalten.

Die Tür neben ihm wurde aufgerissen. Ein Mann duckte sich ins Auto, zog sich aber sofort wieder hustend zurück. „Er ist in voller Hitze", schimpfte er. „Was in Gottes Namen haben Sie sich dabei gedacht, ihn so beginnen zu lassen?"

„Beruhigen Sie sich, Lidell", sagte George. „Er selbst wollte es so haben. Außerdem wird er ihrem Sohn in diesem Zustand keine Schwierigkeiten machen. Ich weiß schon, was ich tue."

„Schwierigkeiten? Für meinen Sohn? Er sieht doch so aus, als würde er triefend nass kaum 50 Kilo auf die Waage bringen. Mein Sohn besteht praktisch aus Muskeln. Er hätte so oder so keine Schwierigkeiten mit Ihrem Jungen."

„Nun, auf diese Weise besteht erst gar keine Frage, richtig? Er wird um einen Knoten betteln, anstatt davonzulaufen."

Lidell – der Name klang vertraut, aber Ezer wusste nicht, wohin er ihn stecken sollte – schnaubte. Aber duckte sich erneut in den Wagen und zog Ezer heraus. Mit einer Sanftheit, die Georges Männer hatten vermissen lassen, als sie ihn hineingeschoben hatten. „Na komm jetzt. Bringen wir dich ins Haus."

Ezer erschauderte in dem festen Griff eines Alphas. Dies musste der Mann sein, mit dem sein Vater ihn vertraglich verbunden hatte. Ein bisschen älter, als ihm lieb war, aber das spielte jetzt keine Rolle mehr. Er konnte gerade noch verhindern, dass er willenlos in Lidells Arme sank und sich an ihm rieb wie eine läufige Katze. Denn er *war* ja läufig. Seine allererste Hitze.

Und verdammt, es war überwältigend. Im Augenblick wäre ihm jeder Alpha recht. Er musste gefüllt und gefickt werden, mit einem Alphaknoten. Kein Wunder, dass Katzen so ein Theater machten. Am liebsten hätte er ebenfalls den Kopf zurückgeworfen und vor quälender Lust laut geheult.

Stattdessen aber fiel er auf seine Knie und begann, an Lidells Hosenstall herumzukratzen.

„Eine Schande!", fauchte Lidell George an. „Sie hätten ihm etwas Zeit hier mit meinem Sohn geben sollen, um sich an die Situation zu gewöhnen." Er nahm Ezers Hände in seine eigenen, sodass die Versuche, an seinen Schwanz zu gelangen, ein Ende nahmen.

Ezer stöhnte. „Bitte", flüsterte er. „Hilf mir. Ich brauche es. *Brauche* es! Bitte."

Lidell streichelte Ezer beruhigend über den Kopf. „Natürlich tust du das, Liebes. Und du wirst es auch bekommen. Komm her, Sohn!"

Ezer hob nicht einmal den Kopf, als ein Paar muskulöser Beine, in eine Jeans gehüllt, die sich vorn geradezu obszön ausbeulte, in Sicht kam. Gierig stürzte er sich auf die Lenden dieses neuen Alphas und rieb sein Gesicht an der Erektion. Verzweifelt wackelte er mit seinem Hinterteil. Er wollte sich die Sachen vom Leib reißen und dann gefickt werden – wie immer sich das auch anfühlen mochte.

Ezer erschauerte. Seine Haut war zu empfindlich, sein Herz hämmerte. Pete gab einen unüberhörbaren Laut der Ablehnung von sich.

„Mir gefällt das nicht, George", sagte Pete mit leiser Stimme. „Ich werde im Auto warten. Aber, nur damit du es weißt, ich bin mit alldem hier überhaupt nicht einverstanden."

Hände griffen in Ezers Haar und hielten seinen Kopf fest. Er atmete den köstlichen Duft eines reifen, triefenden Schwanzes ein. Es war ihm egal, wem er gehörte – es war ein Alpha-Schwanz unter dem Jeansstoff, und er war hart für ihn. Ezer leckte an dem Hosenstall. Er brauchte diesen Schwanz in seinem Körper, und zwar möglichst schnell.

„Das Geld ist überwiesen", sagte George. „Wenn Ihr Sohn dafür sorgen kann, dass Ezer nicht länger eine Nervensäge ist, für die ich mich schämen muss, und wenn er ihm möglichst bald einen Braten in die Röhre schiebt, dann werden Sie finanziell ausgesorgt haben. Die Geldsummen, die Sie und Ihr Sohn und jedes Kind, das geboren wird, erhalten, werden es mehr als wert sein, sich mit Ezer und seinen Problemen herumzuärgern. Sie werden sich nie wieder an Ihren arroganten Bruder Heath um Hilfe wenden müssen. Aber falls Ihr Sohn *nicht* mit Ezer fertig wird und Ezer sein unangemessenes Benehmen und seine Ambitionen erneut aufnimmt, dann werde ich nicht nur den Geldhahn zudrehen, sondern Sie auch auf Schadenersatz verklagen. Haben wir uns verstanden?"

„Es steht ja alles in dem Vertrag", sagte Lidell unbeeindruckt.

Ezer leckte an der Ausbeulung vor ihm und kostete die streng riechende Substanz, welche die Jeans des Alphas durchtränkte. Er schauderte, als ihm klar wurde, dass es Vorsperma war. Alles für ihn. Wundervoll. Er wagte es, aufzublicken. Aber die Lust, die bleiche Sonne, und eine erneute Woge der Hitze, die über ihm zusammenschlug, machte seine Sicht verschwommen. Der Junge, der sein Haar in einem festen Griff hielt, hatte goldblondes Haar, war sehr muskulös und groß. Das war alles, was er erkennen konnte, während er von den Krämpfen der unbefriedigten Hitze geschüttelt wurde.

„Ja, das *steht* im Vertrag", stimmte George zu, dann sagte er: „Ich habe bereits mehr gesehen, als mir lieb ist. Lass uns weiterfahren."

Ezer schloss die Augen und widmete sich weiterhin dem

wundervollen Geschmack, den er durch den schweren Stoff der Jeans saugte. Er hörte Schritte und das Zuschlagen der Autotüren, gefolgt vom Rumpeln der Motoren. Dann war da nur noch der schwere Atem über ihm und das entfernte Rauschen der Wellen. Er wimmerte, machte seine eigene Hose auf und schob sie hinunter.

Die Augen fest geschlossen, drehte Ezer sich um und bot sich an, den Hintern hoch hinausgestreckt, das Gesicht im Staub. Er griff mit beiden Händen hinter sich, um seine Arschbacken zu spreizen und sein nasses Loch zu präsentieren.

„Fick mich", flehte er. „Bitte fick mich."

Kapitel 15

NEDS EIER POCHTEN und er fühlte sich ganz benommen von
einer Lust, wie er sie nicht für möglich gehalten hatte. Er
konnte sich kaum vorstellen, wie schlimm es erst Ezer im Griff
der Hitze ergehen musste, die noch bedeutend intensiver war als
sein eigenes Verlangen. Er konnte Ezer nicht hier draußen im
Gras seinen Knoten geben, ganz gleich, wie sehr er es auch wollte.
Er wusste nicht, wie lange es dauern würde. Er hatte das noch nie
zuvor gemacht, aber von dem, was er gehört hatte, konnte es ein
paar Minuten dauern, und in anderen Fällen bis zu einer Stunde.

Ned unterdrückte die Wut, die er auf George Fersee empfand, weil er Ezer in diesem Zustand hergebracht hatte. Er wollte
niemals so werden wie dieser Mann. In seiner Vorstellung kam
Ezer freiwillig zu ihm, und dann hätten sie mehrere Tage
wachsender Intimität, und Ezer würde ihm vergeben. Er würde
Ezers Vertrauen gewinnen, und sie würden Zuneigung füreinander entdecken, während sie ganz allmählich die ersten Hormone
einbrachten, um die Hitze zu triggern, gefolgt von der wundervollen Vereinigung ihrer Körper und Seelen, während sie
versuchten, zusammen ein Baby zu machen.

Stattdessen war Ezer bereits so derartig weggetreten, dass er
wahrscheinlich nicht einmal mehr mitbekam, mit wem er
eigentlich zusammen war, oder was es bedeutete, von Ned gefickt
zu werden. Hätte Ned nicht einen unterschriebenen Vertrag im
Strandhaus, könnte er sich nicht einmal Ezers Einverständnisses

sicher sein. In der Hitze wurde jeder Omega zur Schlampe – ihr Verlangen wurde so groß, dass ihnen jeder Alpha recht war. Das hatte sich ja mehr als deutlich gezeigt, als Ezer versucht hatte, an den Schwanz von Neds eigenem Vater zu kommen. Er erschauerte bei der Erinnerung daran.

„Bitte", bettelte Ezer erneut. Sein nasses Arschloch zog sich rhythmisch zusammen. „Fick mich." Er erbebte und zitterte. Sein schmaler Körper verkrampfte sich vor unbefriedigter, hitzegetriebener Lust. Schlick lief einladend an seinen drahtigen Schenkeln herab.

Ned stöhnte. Sein Ständer zuckte, und Vorsperma lief heraus. Ned biss sich auf die Unterlippe und zwang sich weiterzumachen. Er zog Ezer die Hose aus und ließ sie im Staub und Sand liegen. Dann hob er Ezer in seine Arme. Ned dachte: *Ich muss ihm mehr zu Essen geben, damit er etwas zunimmt.* Ezer war eindeutig zu mager, um eine gesunde Schwangerschaft durchzustehen.

Ezer ließ sich nach vorn fallen und versuchte, Ned am Hals einen Knutschfleck zu machen.

Abgelenkt trug Ned Ezer zum Hitze-Haus. Er ging steifbeinig, was seinem heftigen Ständer geschuldet war. Das Dröhnen in Neds Ohren übertönte die Ozeanwellen, und er hätte beinahe vor Erleichterung geschluchzt, als die bleiche Sonne, die von den Dünen reflektierte, dem dunklen, kühlen Inneren des Hauses wich. Hier konnte er Ezer haben. Hier würde es sicher sein.

„Oh bitte. Bitte…" flehte Ezer an dem nassen, kribbelnden Fleck, den er an Neds Hals hinterlassen hatte. „Hilf mir bitte, ich sterbe. Ich *brauche* es. Bitte."

Wenn Ezer ihn brauchte, dann würde er ihn bekommen.

Nichts an dieser Situation entsprach Neds Idealvorstellung, aber der Duft von Ezers Schlick füllte seine Nasenlöcher, und Ezer wand sich lüstern und halbnackt in Neds Armen, darum bettelnd, gefüllt zu werden, und Neds Pflicht als Alpha war sonnenklar. Er deponierte Ezer in dem riesigen Bett, das das Ein-Zimmer-Häuschen dominierte. Was zuvor albern und höchstens etwas bedrohlich ausgesehen hatte – ein privates, isoliertes Haus, das nur zum Ficken da war – erschien ihm plötzlich ausgesprochen sinnvoll.

Nichts sollte sich zwischen ihn und Ezer stellen. Nichts und niemand.

Ezer auszuziehen war ganz leicht. Ned hob das weiche Shirt hoch und zog es Ezer über den Kopf. Was jedoch seine eigene Kleidung anging, da war Ezer mehr hinderlich als nützlich. Er schob Neds Jeans herunter und umschloss Neds Schwanz in feuchter Wärme. Er lutschte so gierig, dass Ned den Kopf zurückwarf und ganz weiche Knie bekam. Er packte mit beiden Fäusten Ezers Haar. Ned fickte in seinen Mund und spürte, wie Ezer würgte. Als er seinen Schwanz herauszog, musste er Ezer davon abhalten, ihm sogleich den nächsten Blowjob zu geben, damit er einen Moment hatte, um seine Jeans, sein T-Shirt und seine Socken auszuziehen.

Als sie beide nackt waren, verlor Ned die Kontrolle über die Situation. Ezers hübscher Schwanz tropfte alles voll, und seine blasse Haut rötete sich von seiner schmalen Brust aufwärts bis zu seinem Hals und an seinen Wangen. Ezers Augen waren geschlossen, und er wankte auf seinen Knien, benommen und ganz verloren vor Verlangen. Als er aufstand, dann nur, um sogleich bäuchlings aufs Bett zu fallen, wo er sein rosafarbenes, haarloses Arschloch präsentierte, das um Neds Schwanz zu betteln schien.

Ned ließ ihn nicht noch einmal warten. Er kletterte hinter Ezer aufs Bett und streichelte mit beiden Händen über den schlanken Rücken, der sich mit jedem Atemzug hob und senkte. Er stellte fest, dass Ezers schmale Hüften und sein kleiner, fester Hintern perfekt in Neds Handflächen passten, und ohne jedes

Zögern versenkte er sich tief in Ezers feuchtem Arschloch. Ein Grollen löste sich aus Neds Kehle, als die feurige Enge von Ezers Körper ihn umfing und dann krampfte.

Es war schon so lange her, dass er in einem Omega gewesen war, und noch nie hatte er einen Omega in Hitze gehabt. Ned warf den Kopf zurück und schwelgte in dem Gefühl. Es war reine Wonne, einfach wundervoll.

Und dann war es auch noch *Ezer…*

Ned erbebte am ganzen Körper, als er versuchte, ganz ruhig in Ezer zu bleiben. Ezer fühlte sich unter ihm so zerbrechlich wie ein Vögelchen an, aber sein Inneres war so heiß, so unglaublich und wundervoll heiß. Ned brachte seine Hüften in einen anderen Winkel, und dann stieß er einmal zu, hart und fest, und probierte das Gefühl aus.

„Oh, Gott! Ja! Danke!", rief Ezer. Sperma spritzte aus seinem Schwanz auf die Matratze, und sein Loch zog sich um Neds Ständer zusammen. „Danke, Sir. Danke."

Ned wurde bewusst, dass er bis jetzt noch kein einziges Wort zu Ezer gesagt hatte. Das bereute er fast so sehr wie die Tatsache, dass Ezers wildes Verlangen ihn um das Vergnügen eines ersten, unschuldigen Kusses gebracht hatte.

Ned packte Ezers Hüften und hielt ihn fest. Verdammt, es war einfach grandios. Seine Eier zogen sich fest zusammen, und sein eigener Orgasmus drohte ihn zu früh zu überwältigen. Er musste jedoch stark bleiben. Er musste Ezer durch die schlimmste Phase seiner ersten Hitzewelle ficken, bevor er ihm seinen Knoten geben durfte. Ned beugte sich herab und küsste Ezers schaudernden Rücken. „Ganz ruhig, Ezer. Ich bin bei dir."

Ezer stöhnte, wand sich auf Neds Ständer und kam erneut.

Ned schaute erstaunt zu, wie Ezer sich in die Matratze krallte, während er wie wild Neds Schwanz ritt und eine Konvulsion nach der anderen seinen schmalen Körper schüttelte. Es war deutlich zu sehen, dass Schmerz und Vergnügen für Ezer dicht beieinander lagen. Schluchzen überlagerte seine Freudenschreie, und Tränen liefen ihm übers Gesicht. All diese Gefühle schienen sich so leicht triggern zu lassen.

Ned hatte in Kursen theoretisch alles über Hitzen gelernt, aber nichts hätte ihn auf eine im echten Leben vorbereiten können.

Neds Ständer fühlte sich wie etwas ganz Neues an, als wäre erweckt worden, indem er in Ezers Körper eingedrungen war. Sämtliche sexuellen Erfahrungen, die Ned in der Vergangenheit gemacht hatte, verblassten im Vergleich dazu. Er war wie besessen davon, wie Ezer von Schweiß und Schlick triefte, und wie das Sperma aus seinem Schwanz schoss, jedes Mal, wenn Ned etwas rauer zustieß. Er war wie besessen von den Schreien der Ekstase, die sich hilflos aus diesem roten Mund lösten, während Ezer Ned ritt, als hinge sein Leben davon ab.

Niemals hätte Ned sich die unkontrollierte Verzückung des Ganzen vorstellen können. Das hatte Ned einfach nicht gewusst. Jetzt wusste er es.

Und er konnte nie wieder darauf verzichten.

EZER WAR NICHTS weiter mehr als eine Hülle bloßgelegter Nerven und quittierte jeden Stoß des Ständers seines Alphas mit einem hilflosen Aufschrei der Verzückung. Er unterwarf sich, weil ihm keine Wahl blieb. Die Hitze machte ihn fertig, überwältigte ihn und zerschmetterte seine Willenskraft in tausend Stücke. Er war nur noch Fleisch. Er war reine Lust, so nah an Agonie, dass sie in Orgasmen explodierte, wieder und wieder.

In Momenten von fast geistiger Klarheit fühlte er sich Eins mit dem Universum. Die Identität des Jungen, der ihn fickte, war bedeutungslos. Ezer war ein Omega, der von einem Alpha gefickt wurde – von allen Alphas, vom kompletten Universum aller Alphas – und es war richtig. Es war gut. Und er fand es *großartig.*

Die Ankunft eines welterschütternden Orgasmus war wie eine außerkörperliche Erfahrung – er ging in die Luft wie gleißendes Feuerwerk, dann fiel er wieder herunter. Sein Höhepunkt wurde gefolgt von einem beeindruckenden Hüftstoß seines Alphas und dessen langgezogenem Schrei.

Ezer stöhnte, als der Knoten in ihm wuchs. Er war an Ort und Stelle festgehalten, und sein Arschloch wurde immer weiter ausgedehnt, während heiße Ladungen Sperma ihn füllten und seinen flachen Bauch ganz hart machten. Eine unbestimmte, summende Ruhe kam über ihn, zusammen mit der Erkenntnis, dass sein Alpha recht jung sein musste, um ihn derart mit Sperma gefüllt zu haben.

Wenn Alphas älter wurden, verringerte sich die Menge des Samens, und viele ältere Alphas verwendeten Plugs, damit der Samen drin blieb und ihre Omegas schwängerte.

Immer mehr Sperma spritzte in Ezer hinein, bis der innere Druck so stark wurde, dass er sich wand. Mit einem Aufschrei verkrampfte er sich auf dem harten Knoten, und die Bewegung löste einen weiteren Orgasmus aus, durch den er bis zum Ende hindurch keuchte. Jedes Zucken ließ ihm keine andere Wahl, als sich wieder dem rohen Vergnügen der Orgasmen zu unterwerfen, obwohl die Nachwellenhöhepunkte weniger intensiv waren. Jeder von ihnen fühlte sich mehr wie ein Segen als eine Feuertaufe an.

Als Ezer die erste Welle der Hitze hinter sich brachte und er wieder zu Sinnen kam, lag er schließlich auf seiner linken Seite, von hinten immer noch auf dem Knoten seines Alphas gehalten, und starrte aus dem breiten Fenster hinaus auf das funkelnde Meer. Er fühlte sich ausgelaugt und aller Energie beraubt.

Ezer fühlte sich wund, innen und außen, emotional und

körperlich verwundbar. Er konnte nirgends hin und sich verstecken. Seine Haut kribbelte. Sein Schwanz zuckte erschöpft. Ezer kam sich eingesaut vor, nass von einer Mischung aus Sperma und Schweiß, von den Kniekehlen aufwärts bis zu den Schulterblättern und über die Brust. Er war unendlich müde. Und falls er sich jetzt um den Knoten seines Alphas herum anspannte, würde er wahrscheinlich noch einmal kommen.

Die Versuchung war groß, aber er kämpfte dagegen an.

„Ganz ruhig jetzt. Ich bin immer noch bei dir", murmelte sein Alpha neben seinem Ohr.

Ezer erbebte, Lust pulsierte in seinen Lenden, und sein Schwanz drückte erneut eine kleine Ladung Sperma heraus. Wie konnten bloße Worte bei ihm einen Orgasmus auslösen? So eine Hitze war schrecklich. Und fantastisch. Er ließ sich für einen weiteren lustvollen Moment von der Sturzflut mitreißen.

„So ist es richtig", sagte sein Alpha. „Gib mir alles."

Ezer stöhnte und wand sich. Die Lust kribbelte ihn am ganzen Körper. Als er sich wieder beruhigte, wollte er seinem Alpha eigentlich sagen, er sollte die Klappe halten und kein einziges Wort mehr sagen. Aber bevor er diesen Befehl loswurde, kam ihm die Erkenntnis dazwischen, dass er immer noch keine Ahnung hatte, *wer* da eigentlich in ihm war.

Er wurde ganz still und reglos, festgehalten von jenem harten Knoten Fleisches und dem Bewusstsein, dass, sollte er sich bewegen oder drehen in dem Versuch, den Mann–Jungen–*Alpha–* zu sehen, er sich erneut in einem Orgasmus verlieren würde. Und nein, er *brauchte* dringend eine Pause.

Ein Körnchen zornigen Widerstandes regte sich in ihm gegen diese völlige Wehrlosigkeit. Dieser Mann könnte ihn in diesem Moment strangulieren, aufschlitzen, alles Mögliche antun, und Ezer wäre hilflos und nicht in der Lage, ihn aufzuhalten. Er steckte wie ein Hund auf dem Schwanz dieses Mannes fest, und seine überstimulierten Nerven lagen bloß.

Aber der Junge schien ihn lediglich beruhigen zu wollen. Er streichelte zärtlich Ezers Arme und seinen Rücken. Dabei summte er ihm ein leises Schlaflied ins Ohr. Er hätte sich nicht von seinem Vater in diese Situation drängen lassen sollen, ohne das Geringste darüber zu wissen, wer ihn zu solchen Höhenflügen mitnehmen würde. Kümmerte es seinen Vater überhaupt, wie das Ganze ausging? Falls dieser Mann ihn vernichtete, würde sein Vater dann mehr tun als nur missbilligend den Kopf zu schütteln und zu sagen: „Was ist schon der Verlust eines ungehorsamen Omega-Sohnes, wenn ich doch noch drei weiter habe, die gehorsam sind?"

Vielleicht bedeutete es ihm etwas. Vielleicht war es eine Art Liebe – eine kranke, verdrehte Liebe – die seinen Vater dazu getrieben hatte, Ezer in die Arme eines Jungen zu drängen, der allem Anschein nach exakt so ein Romantiker war, wie sein Vater es versprochen hatte.

„Ich werde für dich sorgen", flüsterte der Junge. „Ich werde immer für dich sorgen. Ganz ruhig jetzt, Ezer. Ganz ruhig."

Ezers Herzschlag verlangsamte sich durch das liebevolle Streicheln und die tröstenden Worte. Und die vertraute Melodie des Schlafliedes rief Erinnerungen wach an Kindheitszeiten und daran, in den Armen seines Papas zu kuscheln. Sein Arschloch lag gedehnt und eng um die Basis des großen Knotens, der sie beide fest miteinander verband. Normalerweise hätte ihm das Angst machen müssen, aber es fühlte sich richtig an. Befriedigend. Seine Eier pochten angenehm in Erinnerung an die lustvolle Besinnungslosigkeit, aus der er gerade erst wieder aufgetaucht war.

Der Alpha vergrub sein Gesicht in Ezers Nacken und stöhnte. Sein Schwanz pulsierte erneut in Ezer, und weitere Spritzer Samen landeten in Ezers Uterus. Ezer erschauerte zugleich mit der Lust des Alphas und seufzte erleichtert, als damit nicht sofort eine Reihe von gewaltigen Orgasmen bei ihm ausgelöst wurde.

Draußen vor dem Fenster rollten die Meereswellen heran und funkelten unter der blassen Sonne. Ezer ruhte in den muskulösen Armen des stillen Alpha-Jungen und wartete darauf, wieder zu klarem Verstand zu finden. Das würde doch passieren, richtig? Zwischen den Wellen der Hitze?

Und ja, als der Knoten in ihm weicher wurde und schließlich herausglitt, passierte es.

Mit einem flauen Gefühl im Magen setzte er ein zögerndes Lächeln auf und drehte sich um, um das Gesicht des Alphas zu sehen, dessen Samen ihn nun füllte und dessen Kind er vielleicht bald unter seinem Herzen tragen würde. Er erstarrte.

Vor seinem inneren Auge blitzten Erinnerungen auf: daran, brutal gestoßen und getreten zu werden, an Beleidigungen, an einen Stiefel, der für einen langen, quälenden Moment auf seiner Brust gestanden hatte.

Ned Clearwater starrte mit einer nervösen, aber hoffnungsvollen Miene auf ihn herab.

Ezer schlug eine Hand vor seinen Mund, um nicht zu schreien.

Kapitel 16

N ED RUNZELTE BESORGT die Stirn. „Ezer? Hab' ich dir weh getan? Ist alles in Ordnung?"

Ezer wurde übel. Mit der Hand vor dem Mund starrte er ihn fassungslos an. Nie hätte er gedacht…

Mein Gott. Nie hätte er auch nur für eine Sekunde gedacht…

„Ich hole dir etwas Wasser", sagte Ned. „Oder hast du Hunger? Ich habe Joghurt und frische Beeren. Oh, ich muss den herzhaften Eintopf aufsetzen. Ein altes Familienrezept. Das bekommen die Omegas in unserer Familie während ihrer Hitzen schon seit drei Generationen." Ned lächelte zögernd. „Ich dachte, ich würde mehr Zeit mit dir haben. Mir war nicht klar, dass du bei deiner Ankunft hier schon so…" Er verstummte und wirkte schüchtern. „Ich dachte, wir hätten zuerst ein paar Tage."

Ezer sagte kein Wort. Er starrte Ned nur finster an, als der aus dem Bett aufstand, sich einen flauschigen Hausmantel überwarf und ins Bad ging. Er kehrte mit einer Schüssel warmem Wasser und einem Handtuch zurück. Ezer saß staunend und wie versteinert da, während Ned sie beide säuberte und Schlick und Sperma fortwischte. Danach ging Ned in den Küchenbereich, holte ein Glas aus dem Schrank und füllte es mit Wasser. Er brachte es hinüber zum Bett, wobei sein großer Alpha-Schwanz aus der Öffnung des Bademantels herausguckte und bei jedem Schritt zwischen seinen Schenkeln hin- und herschwang. Seine entblößte Brust war noch gerötet von ihren vorherigen Aktivitäten. Ezers Arschloch sehnte sich danach, diesen Schwanz erneut in sich zu haben, aber sein Herz war ihm schwer angesichts seiner verzweifelten Lage.

Immer noch reglos starrte Ezer das Glas in Neds Hand an.

„Es ist alles gut jetzt, Ezer", wiederholte Ned und hielt ihm das Glas hin. „Deine erste Welle ist nun vorüber, aber wir müssen uns auf die nächste vorbereiten. Bitte trink das."

Ezer trank das Wasser, das ein Segen für seine ausgetrocknete Kehle war. Und er spürte es auch frisch und kühl in seinem Magen. Allerdings spülte es nicht den Schock fort, den er beim Anblick der warmen Augen eines seiner regelmäßigen Folterer empfand, der jetzt so liebevoll zu ihm sprach, als wäre er jemand Kostbares. Erlebte er gerade einen Alptraum? Oder sollte das ein schlechter Scherz sein? Eine Gruselgeschichte?

Dann dachte er an Neds Verhalten draußen vor Papas Wohnung. Und die Aussage seines Papas, dass der Alpha ihn mochte. Wieso hatte er nicht eins und eins zusammengezählt und war darauf gekommen, dass der Alpha ihn kannte? Das er nicht an irgendeinen Sohn eines der Geschäftspartner seines Vaters verscherbelt werden würde. Er hatte angenommen, George würde wollen, dass er weit weg ging. Er hatte angenommen, der Alpha würde das reiche Söhnchen eines Gleichgesinnten in Yeddana oder Billepsi City sein. Aber doch nicht Ned Clearwater.

Ned hob die Hand um Ezers Haar zu streicheln.

Ezer zuckte zurück. Jetzt, da die Welle vorüber war, wollte er nicht mehr angefasst werden. Wie lange blieb ihm noch, bis die nächste Welle kam? Wie lange noch, bis er wieder darum betteln würde, von ihm gefickt zu werden, diesem schrecklichen Alpha, der einfach daneben gestanden und zugelassen hatte, dass Braden und Finch ihn misshandelten, und der manchmal sogar dabei mitgemacht hatte?

Er teilte mit ihm seine Hitze, zeugte möglicherweise ein Kind mit diesem Feigling.

„Warum?", fragte Ezer. Seine Kehle war ganz rau von all den ekstatischen Lustschreien.

Ned legte verwirrt den Kopf zur Seite. „Warum was?"

„Warum tust du mir das an?"

War es vielleicht eine Form der Rache? Eine neue endlose Folter? War das alles nur ein schrecklicher Witz, damit Ned später mit seinen Freunden auf Ezers Kosten lachen konnte? Wenn er ihnen erzählte, wie der „Schwanzlutscher" darum gebettelt hatte, von ihm gefickt zu werden?

Neds Augen trübten sich und er hob erneut die Hand, aber Ezer schlug sie zur Seite. Ned neigte den Kopf und antwortete: „Weil du in Hitze bist und einen Alpha brauchst."

„Nein! Das weiß ich. Warum *wolltest* du das tun?" Ezer wünschte, er wäre nicht so erschöpft und schwach. Am liebsten hätte er Ned ins Gesicht getreten, ihn angespuckt, um dann zur Tür hinaus zu rennen, so schnell er konnte, aber er war kein Idiot. Er würde nicht weit kommen. Es gab einen Grund, warum Hitze-Häuser so isoliert lagen – mehrere Gründe – aber genau dieses Szenario gehörte definitiv dazu.

„Deswegen hatte ich gehofft, wir hätten noch ein paar Tage gehabt, bevor deine Hitze anfing, damit ich dir alles erklären konnte", sagte Ned und setzte sich auf die Bettkante.

Ezer rückte von ihm ab, sodass eine große Lücke zwischen ihnen blieb. „Ich war überrascht, dass du den Vertrag unterzeichnet hast. Das passte so gar nicht zu dir. Als unsere Väter sich dieses ganze – er wedelte mit der Hand durch den Raum und lächelte seltsam – „Ding hier ausgedacht hatten, war ich sicher, du würdest dich weigern. Es kam mir vor wie ein Traum. Eine Fantasie."

„Eine Fantasie?"

„Dass du mich auf diese Weise wollen könntest", sagte Ned.

„So wie ich dich wollte. Ich meine, mit dir zusammen zu sein, nicht notwendigerweise, deine Hitze bedienen und… ein Baby zu machen. Ich war mir nicht einmal sicher, dass wir das tun sollten, weißt du? Weil wir beide noch so jung sind." Er schluckte. „Und du hast mich gehasst."

„Ich *hasse* dich!", korrigierte Ezer. „Gegenwart."

Ned blinzelte und schüttelte den Kopf. „Nein, nein, nein. Du hast den Vertrag unterzeichnet. Du wolltest das hier."

Ezer war ein Dummkopf. Aber Ned klang ebenfalls wie einer. Entweder war er ein guter Schauspieler – und das war weniger der Fall – oder er war sogar noch ahnungsloser, was ihre jetzige Situation betraf, als er selbst.

„Wie kommst du auf die Idee, ich hätte das hier gewollt?", fragte Ezer mit unsicherer Stimme.

„Dein Vater hätte problemlos andere finden können, um seine Bedürfnisse zu erfüllen. Ich meine, deine Bedürfnisse. Jede Menge andere. Aber du hast für *mich* unterschrieben, also dachte ich, vielleicht…"

„Vielleicht was?"

„Ich dachte, *ich* würde deinen Bedürfnissen irgendwie gerecht werden. Dass du wusstest, was ich für dich empfinde, oder… dass du mich ebenfalls wolltest?"

Ezer verzog spöttisch das Gesicht. Über die Arroganz des Jungen konnte er nur staunen. Natürlich würde Ned Clearwater annehmen, dass ihn jeder Omega wollen würde – so gutausse-hend, stark und aus einer einflussreichen Familie stammend, wie er war. Arschlöcher wie er dachten immer, die Lust eines Omegas würde ihnen zustehen, und dass sie unvermeidbar das Objekt dieser Lust wären. „Ich hatte meine *eigenen* Gründe zu unter-zeichnen. Das hatte absolut nichts mit dir zu tun. Ich habe diesen Vertrag zwischen unseren Vätern nicht einmal gelesen, bevor ich ihn unterschrieben habe."

Ned blinzelte. „Was? Warum nicht? Das ist unverantwortlich."

„Ja. Sogar gefährlich, ich weiß." Das war Ezer jetzt nur allzu bewusst. Er hatte bereits Neds Knoten in sich gehabt, und der Samen dieses brutalen Menschen tropfte zur Zeit aus ihm heraus. Und er würde das noch öfter erdulden müssen.

Wieder.

Und wieder.

Und, *Scheiße*, wahrscheinlich würde er Neds Kind gebären. Was hatte er getan? Warum hatte Papa gewollt, dass er dem zustimmte? Wie konnte er nur gedacht haben, er würde mit diesem Schlägertyp glücklich werden?

„Dann verstehe ich das nicht. Wieso sind wir hier?", fragte Ned. Ezer hätte niemals gedacht, dass dieser Brutalo so klein und verzagt wirken konnte. Er schien in sich zusammengefallen zu sein.

„Mein Vater wollte mich loswerden." *Vater?*

Ezer schien nicht aufhören zu können, so von George zu denken. Auch nicht, seit er nun die Wahrheit kannte. Alte Gefühle waren schwer abzulegen.

„Ja", sagte Ned zustimmend, was zeigte, dass er zumindest das gewusst hatte.

„Mein Papa glaubte, du wärest eine gute Wahl für mich, und er ermutigte meinen Vater, diese Sache zwischen uns zu arrangieren." Ezer schnaubte. „Obwohl – wie er auf die Idee kam, du würdest gut zu mir passen, ist mir *absolut* schleierhaft." Ezer verengte die Augen. „Er hat gesehen, was ihr alle mit mir gemacht habt, und was ihr noch vorhattet zu machen."

„Ich hatte vor, Braden und Finch zu stoppen. Ich schwöre."

Ezer atmete langsam ein, um das flaue Gefühl im Magen zu beruhigen. Als er halbwegs sicher war, sich nicht übergeben zu müssen, drehte er sich auf die Seite und Ned den Rücken zu.

„Was auch immer. Das spielt jetzt keine Rolle mehr. Ich habe es für meinen Papa getan. Damit mein Vater ihm einen besseren Platz zum Leben gibt. Papa hatte nach dem Brand nichts, wo er hingehen konnte, und mein Vater wollte mich loswerden, also…"

Ned legte behutsam seine Hände auf Ezer, und Ezer entschied, dass es einfacher war, sich nicht zu wehren. Der Rest seiner Hitze würde nun von diesem Jungen bedient werden, ob es ihm gefiel oder nicht. Ned drehte Ezer herum und zwang ihn, ihm in die Augen zu schauen. „Willst du mir damit sagen, dein Vater hätte dich dazu *gedrängt*, diese Fortpflanzungsvereinbarung mit mir einzugehen?"

Ezer schnaubte. „Tu nicht so, als wüsstest du nicht ganz genau, wie alles gelaufen ist."

Aber es war klar, dass Ned wirklich nichts davon gewusst hatte. Oder zumindest, dass er es nicht verstanden hatte. Offenbar hatte Ned gehofft, bei dieser Hitze ginge es um etwas, das er sich aufgrund einer fehlgeleiteten Anziehung zu Ezer in seiner Vorstellung ausgemalt hatte. Gott helfe ihm. Sein Vater und sein Papa hatten recht, was Ned betraf – er war ein Romantiker. Er hegte *Gefühle* in dieser Sache.

Ned fuhr sich mit einer Hand durch sein goldblondes Haar. „Ich *wusste*, dass dein Vater dich loswerden und unter die Haube bringen wollte. Aber ich wusste *nicht*, dass er dich gezwungen hat, indem er die Sicherheit und das Wohlergehen deines Papas als Druckmittel gegen dich benutzt hat. Ich schwöre, ich wusste nicht, dass er dich so in der Falle hatte." Ned leckte sich die Lippen. „Ich dachte, du wolltest, dass *ich* deine Hitze bediene, und dass ich – dadurch, dass ich den Vertrag annehme – dich vor Schlimmerem bewahre, dich vor *jemand* Schlimmerem rette."

Ezer verzog das Gesicht. „So wie ich meinen Vater kenne, könntest du damit sogar recht haben."

Immerhin war Ned während der Hitze liebevoll mit ihm

umgegangen. Er hatte sich um Ezers körperliche Forderungen gekümmert, ihn während der Hitzewelle befriedigt, und jetzt war er immer noch zärtlich und rücksichtsvoll. Ezer fand in der Tat, dass er es weit schlimmer hätte treffen können.

Neds Augen füllten sich mit Tränen. „Ich weiß nicht, wie ich das in Ordnung bringen soll", flüsterte er. „Ich hätte nicht unterschreiben sollen. Ich hätte den Rat meines Onkels Heath abwarten sollen. Es tut mir so leid, Ezer. Ich weiß nicht, was ich tun soll."

Ezer blinzelte, als eine Träne sich löste und an Neds Wange herablief. Er legte Ned ungelenk eine Hand auf die Schulter. „Na ja, ich hätte besser wissen sollen, was in dem Vertrag stand", sagte Ezer. Neds Tränen und sein bebendes Kinn gingen Ezer unter die Haut. Ihm wurde ganz kribbelig mit dem Drang, Ned zu trösten. Dumm. Wirklich.

„Wieso wusstest du es nicht?", fragte Ned. „Wieso hast du den Vertrag nicht gelesen?"

Ezer hatte absolut nicht vor, Ned zu gestehen, dass er selbst an seinen besten Tagen nicht des Lesens mächtig war, ganz zu schweigen unter Stress. „Ich war sauer auf meine Eltern und auf die ganze Situation. Ich dachte, es würde irgendwie einfacher sein, wenn ich nicht wüsste, wem sie mich geben würden, wenn ich einfach ihren Willen akzeptieren und mich ihm unterwerfen würde. Verstehst du?"

Ned legte den Kopf schief und sah ihn aus immer noch tränenfeuchten Augen an. „Nein, ehrlich gesagt. Kannst du es mir erklären?"

Ezer schüttelte den Kopf, drehte sich um, nahm das Glas Wasser vom Nachtschrank, trank es aus und drückte das leere Glas Ned in die Hand. „Nicht jetzt. Ich habe Hunger."

„Oh ja", sagte Ned. Er sprang auf und wischte sich rasch mit einer Hand die Augen. In Nullkommanix nahm er die Rolle des fürsorglichen Alphas an. „Lass mich dir erstmal einen Joghurt bringen. Und dann fange ich mit dem Eintopf an. Tut mir leid. Ich dachte wirklich, ich würde genug Zeit haben, alles für dich vorzubereiten." Er schaute über die Schulter zurück, dann löffelte er cremigen, weißen Joghurt in ein Schälchen und fügte, ohne zu fragen, Honig hinzu. „Und ich dachte die ganze Zeit, du wüsstest, dass ich es war. Ich glaubte, dass du aus irgendeinem Grund, den ich nicht verstand, das hier wirklich wolltest."

Ezer nahm das Joghurtschälchen aus Neds Hand und aß davon, als wäre er am Verhungern. Und während er den cremigen Joghurt in sich hinein löffelte, murmelte Ned leise anerkennendes Lob, so als wäre Essen ein Sport, und Ezer würde für eine Medaille trainieren.

Als Ezer satt war, brachte Ned das Schälchen zur Spüle, wusch es aus, und fing dann an, Gemüse zu schnippeln. Dabei behielt er die ganze Zeit Ezer über der Schulter im Auge.

Ezer legte sich im Bett wieder zurück und wartete. Er fühlte bereits, wie sich die nächste Welle näherte. Es war wie ein Sturm in seinem Inneren. Und er spürte schon die Schwere und Intensität, wenn auch noch weit entfernt. Ein Teil von ihm wollte davor wegrennen, aber er wusste, dass er nicht aus seiner Haut konnte. Keine Chance. Es war erschreckend zu spüren, wie die Hitze immer näher kam, ohne die Möglichkeit, sie zu stoppen.

Ned, der davon nichts merkte, fuhr fort zu plappern: „Es gibt so Vieles, worüber wir reden müssen. Dinge, von denen mir wichtig ist, dass du sie verstehst. Aber zuerst muss ich diesen Eintopf aufsetzen. Die Wellen der Hitze werden stärker und schneller kommen als bisher. Da will ich nicht wieder so unvorbereitet sein."

„Aber du *bist* unvorbereitet", sagte Ezer brutal und sah, wie Ned betroffen das Gesicht verzog.

„Ja.“

„Genau wie ich.“

Das innere Zittern begann von Neuem, heiß und beängstigend. Ezer war nicht bereit. Er war für *nichts* von all dem bereit.

Ned sah ihn erneut an. „Konntest du mit einem Omega darüber reden, was auf dich zukommen würde?“

Pete hatte versucht, ihn anständig „aufzuklären“, und auch Amos, nachdem Pete so weit gegangen war, ihn anzurufen, um zu berichten, dass Ezer auf das Coaching nicht in gewünschter Weise reagiert hatte. Das hatte dann zu einem peinlichen Abendessen in einem sivianischen Restaurant in der Altstadt geführt. Sie hatten an einem privaten Tisch gesessen, wo niemand außer dem Beta-Kellner den schwangeren Pete sehen konnte. Sie waren zu dritt gewesen, Pete, Amos und Ezer. Die beiden älteren Omegas, Georges aktueller und sein Ex, waren nervös miteinander gewesen, aber sie waren auch fest entschlossen, Ezer verständlich zu machen, was er während der Hitze und danach erwarten musste.

Sie hatten viel zu viel gesagt für Ezers Geschmack. Beide hatten ihn gedrängt, alles einfach zu nehmen, wie es kam, und den Rest dem Alpha zu überlassen. Beide sagten, es wäre unmöglich, dagegen anzukämpfen, und würde ihn lediglich erschöpfen. Die Idee, einfach aufzugeben, kam Ezer feige vor, und doch hatte er am Ende genau das getan. Die beiden hatten recht behalten. Die Hitze war zu stark, um dagegen anzukämpfen. Sie blieb immer der Gewinner, ganz gleich, wie sehr er sich bemühte sie zu dominieren. Mitten in einer Welle hatte Ezer nicht einmal mehr den Wunsch, der Stärkere zu sein.

„Ja“, murmelte Ezer. „Es ist mir sehr bewusst, was ich aushalten werden muss.“

Er meinte damit nicht nur die Hitze, sondern auch Schwangerschaft und Geburt. Sein Papa und Pete hatten ihm alles rückhaltlos beschrieben. Obwohl Amos ein bisschen versucht hatte, die Qualen einer Geburt etwas sanfter darzustellen, da Pete das ja auch erst noch vor sich hatte, und Amos hatte seinem Nachfolger keine Angst machen wollen.

Ned legte das Messer beiseite und dreht sich zu Ezer um. Sein Morgenmantel klaffte auf, was sehr ablenkend war. „Es tut mir leid. Ich entschuldige mich für alles. Ich weiß, du wirst es nicht verstehen, aber wenn du mir eine Chance gibst, Ezer, dann werde ich es wieder gutmachen. Ich habe schon immer gedacht, dass du jemand Besonderes bist." Er drückte die Augen zusammen. „Bitte glaub mir, dass ich nicht so wie sie bin."

„Natürlich bist du das."

Ezer starrte Ned an. Widerstand rötete Neds Wangen. „Bin ich nicht!"

„Vor zwei Wochen hattest du deinen Stiefel auf meiner Brust."

„Ich wollte Braden ins Gesicht treten!", schrie Ned, warf das Messer zur Seite und schleuderte die Hände in die Luft.

Neds Temperamentsausbruch brachte Ezers Blut plötzlich zum Kochen, und sein Schwanz regte sich. Er reckte das Kinn vor und sagt; „Komisch nur, dass ich nicht gesehen habe, wie du es getan hast."

„Ich kam ja gar nicht dazu." Ned fuhr sich erneut mit einer Hand durchs Haar. Er atmete schneller, und auch sein Schwanz erhob sich.

Ezers Arschloch wurde feucht von Schlick. Ihm war ein wenig schwindelig. „Du hattest genügend Zeit dazu. Du warst einfach ein Feigling."

Ned starrte Ezer an. Seine Brust hob und senkte sich, dann schien er bemüht niederzuringen, was auch immer es war, das er fühlte, und er beruhigte sich.

Ohne noch etwas zu sagen, drehte er sich um und widmete

sich wieder dem Schneiden von Gemüse für den Eintopf. Er warf alles zusammen in den Topf auf dem Herd. Mit harschen Bewegungen, so als wäre er wütend, oder verletzt, oder erschrocken – Ezer wusste es nicht genau. Trotz seiner eigenen Erektion und seines schlüpfrig-feuchten Arschlochs versuchte Ezer, ihn zu ignorieren, und konzentrierte sich stattdessen auf die bevorstehende Welle, die sich unaufhaltsam näherte. Sie würde ihm den Atem rauben; er konnte das spüren.

Aber als das Fleisch und die letzten Zutaten hinzugefügt wurden, wandten sich Ezers Gedanken wieder Neds Bitten um Vergebung zu, und er stellte fest, dass ihm absolut *nicht* alles gleichgültig war. Zum Beispiel wollte er wissen, wieso Ned Braden *nicht* getreten hatte, obwohl er das doch angeblich vorgehabt hatte. Und er wollte wissen, wieso er Braden und Finch hatte gewähren lassen, so schreckliche Dinge über ihn zu sagen, und wieso er zugelassen hatte, dass sie ihn überhaupt schikaniert hatten. Besonders, falls dies hier – ein Paar zu werden, ein Kind miteinander zu zeugen – war, was Ned bereits damals wie heute gewollt hatte.

Der „Romantiker", den seine Eltern ihm versprochen hatten, konnte nicht derselbe Junge sein, den Ezer zuvor gekannt hatte. Und doch, in diesem Moment, schien romantische Liebe die offensichtlichere Interpretation von Neds Verhalten zu sein. Trotzdem…

Bevor Ezer den Mut zusammennehmen konnte, Antworten auf all seine Fragen zu verlangen, brach plötzlich und unaufhaltsam die nächste, glühend heiße Welle über ihn herein. Sein Schwanz wurde steinhart, und sein Arschloch lief über von Schlick.

„Oh, verdammt", flüsterte er. Das Brennen wuchs schneller und stärker als beim ersten Mal. „Oh, Hilfe, *hilf mir!*"

Die Hitze erwischte ihn, und noch einmal war er ihren

Flammen hilflos ausgeliefert. Ned kam zu ihm, und Ezer klammerte sich an seine starken Schultern, wider besseren Wissens. Er fühlte sich wie ein Mann, der bei lebendigem Leib verbrannte, gefangen im leckenden Feuer durch Lust und verzweifeltem Verlangen, bis er sich vollkommen unterwarf.

Und irgendwie war Ned seine unerwartete Erlösung.

Kapitel 17

NED FICKTE EZER in einem langsamen, gleichmäßigen Rhythmus zu unglaublichen überwältigenden Orgasmen, wieder und immer wieder. Er liebte es, zu sehen und zu fühlen, wie Ezers geschmeidiger, schlanker Körper seinen Ständer so leicht in sich aufnahm. Und all die Beweise seiner Lust: seinen mit Sperma bespritzten Bauch, die Ekstase in seinen Augen, und die verschwitzten Schenkel, die Neds Taille umklammerten. Ezer schrie lüstern auf, als Ned sich immer und immer wieder in sein schlüpfig-feuchtes Loch versenkte.

Die Hitzewelle war intensiv, und Ned war erschöpft und unsicher, ob es ihm gelingen würde, Ezer für den Rest der Woche immer wieder zu befriedigen. Seine Muskeln schmerzten bereits, dabei war es erst der zweite Tag.

Ezer für seinen Teil hatte nach jenem ersten Moment der Klarheit zwischen den Wellen aufgegeben, die Dinge zu hinterfragen. Jetzt, wenn er auf dem Höhepunkt der Welle ritt, schien Ezer begierig, jede kleine Gelegenheit zum Essen oder Schlafen zu ergreifen, wobei er nur wenig oder auch gar nichts zu Ned sagte. Er griff nur einfach nach ihm, wenn die nächsten Welle kam.

Er kämpfte nicht dagegen an, und Ned wünschte, er könnte Mut daraus schöpfen, wie Ezer sich der Erfahrung ergab. Aber er hatte den nagenden Verdacht, dass es nur Ezers Versuch war, das Ganze irgendwie zu überstehen: totale Kapitulation vor dem Unvermeidlichen, solange es dauerte. Anstelle der Unterwerfung vor Ned als seinem lebenslangen Alpha.

Aber wenn es ihm gelang, diese Sorgen beiseite zu legen, war er im Himmel. Das Gefühl von Ezer, der auf seinem Knoten zum Höhepunkt kam, war nun das Allerbeste in seinem Leben. Er spürte, dass Ezers Orgasmen direkt bevor der Knoten da war, am intensivsten waren, in den Phasen des aktiven Fickens, wenn Ezer Schlickdrüsen und seine geschwollene Prostata heftig massiert wurden. Aber Neds stärkste Höhepunkte waren, wenn Ezers von Orgasmen geschütteltes Arschloch sich um Neds Knoten zusammenzog. Und zwischen diesen himmlischen Augenblicken fickte er Ezer umso heftiger und härter, um den Höhepunkt zu verursachen, der seinen Knoten triggern würde.

Ezer stöhnte, wand sich heftig und kam. Er war in diesem Augenblick wunderschön, offen und verwundbar, und Ned fühlte sich wie der größte Glückspilz, weil er derjenige war, der ihn so sehen durfte. Es hatte ihm immer Spaß gemacht, irgendwelche Omegas zu befriedigen, die er in der Vergangenheit wahllos gefickt hatte, und von seinen Sexualpartnern viele Komplimente dafür bekommen, dass er sich im Bett so um ihre Bedürfnisse gekümmert hatte. Aber der Anblick Ezers, wenn nichts mehr da war außer seinem Begehren, war ein Sakrament, und Neds Knoten war ein Gebet. Ein heiliger Bund. Ein Versprechen, das Kind zu ehren und zu versorgen, das sie vielleicht machten, gemeinsam durch die Schwangerschaft zu gehen, die Geburt und das Leben des Kindes. Er wusste, nicht jeder Alpha betrachtete den Knoten auf diese Weise, aber er stellte fest, dass es bei ihm so war, und es berührte zutiefst seine Seele jedes Mal, wenn er Ezer mit seinem harten, geschwollenem Organ füllte.

Ezer verdrehte ekstatisch die Augen und erschauderte. Er atmete rasend schnell, als er sich verkrampfte und eine weitere Ladung Sperma auf seinen Bauch spritzte. Sex mit einem Omega in Hitze war eine versaute Angelegenheit – Schlick, Sperma und noch mehr Sperma überall. Das Bettlaken musste regelmäßig gewechselt werden. Nur gut, dass das Hitze-Haus gut mit allem Nötigen ausgerüstet war.

„So ist es richtig", ermutigte Ned. „Zeig mir alles. Ich will alles sehen."

Ezer wimmerte und klammerte sich heiß an Neds schweißnasse Haut, während die Welle ihren Höhepunkt nahm.

Als der nächste Knoten vorüber war und sich erneut Klarheit einstellte, verabreichte Ned Ezer und sich selbst jeweils ein Körperwäsche im Bett mit dem Schwamm, dann warf er sich seinen Hausmantel über und fütterte Ezer mit dem Eintopf, den er zubereitet hatte. Ezer aß gierig und beobachtete dabei Ned mit einem vorsichtigen Blick. Schließlich schob er die Schale von sich und ließ sich ins Kissen zurückfallen.

„Ich möchte nach draußen gehen", murmelte Ezer, während Ned die Schale auswusch und dann eine Portion für sich selbst füllte.

„Jetzt?", fragte Ned. „Die Hitze wird schon bald von Neuem losgehen."

„Nein", sagte Ezer. Er drehte sich auf den Bauch und stützte sich auf seine Ellenbogen. „Ich glaube, sie lässt nach. Ich spüre noch gar kein Prickeln. Bitte, ich würde so gern den Himmel sehen."

„Natürlich." Ned stellte seine Schale zur Seite und half Ezer, aus dem Bett aufzustehen. Ezers Beine fühlten sich wie Wackelpudding an und zitterten. Er hatte Mühe, sich den Morgenmantel anzuziehen, aber Ned half ihm auch dabei. Ezer lehnte sich an ihn, und er schien fast nichts zu wiegen, als Ned die Vordertür der Hütte öffnete und die frische Seeluft hereinließ, die den schweren, würzigen Geruch von Sex, Hitze und Eintopf fort wehte.

Die Vorderveranda war nur klein, aber es gab dort einen

Schaukelstuhl, zu dem Ned Ezer nun führte. Die Abdeckung hatte sich unter der Wärme der blassen Sonne aufgeheizt, ließ aber die kühle Meeresbrise durch. Ezer seufzte und ließ sich in den Schaukelstuhl sinken. Seine überhitzte Haut war immer noch gerötet von ihrem letzten Akt. Er öffnete die obersten Knöpfe seines Morgenmantels und entblößte die gerötete Haut. Ned seufzte beim Anblick der anziehend aufrecht stehenden Nippel.

Ned setzte sich zu Ezers Füßen und wagte es, seinen Kopf an Ezers Knie zu legen, während sie über die Dünen hinaus auf das bewegte Wasser schauten, und auf den hellblauen Himmel, der in der Ferne dem Horizont begegnete.

Finger fuhren in Neds Haar, sanft und ein wenig schüchtern, und Ned konnte sich beinahe nicht zurückhalten, sich an Ezer zu schmiegen und seine Nase an Ezers Schenkel zu reiben. Fast hätte er geweint. War dies Akzeptanz? Vergebung? Er wusste es nicht. Er hielt ganz still und ließ es geschehen.

„Du sagst mir immer wieder, dass du willst, dass ich alles verstehe."

„Das ist richtig. Ich will dir alles sagen."

„Dann, finde ich, solltest du jetzt damit anfangen", sagte Ezer, nachdem einige süße Momente vergangen waren. „Die Hitze wird zurückkehren, ich weiß. Wir haben nur eine kurze Erholungspause. Aber wir haben jetzt ein wenig Zeit, und ich will dich anhören."

„Worüber soll ich zuerst reden?", fragte Ned. Er wollte auf keinen Fall, dass Ezer erneut in Schweigen verfiel. „Ich werde dir alles sagen."

Ezer lachte leise. „Weißt du, was verrückt ist? Ich glaube dir das sogar." Er berührte erneut Neds Haar, aber dann zog er seine Hand weg, steckte sie unter seinen Arm und blickte hinaus aufs Meer. „Wann kamst du zu dem Schluss, mich zu mögen? War das am ersten Schultag, als du und deine Freunde mich schikaniert habt?"

„Nein." Ned schüttelte den Kopf, erleichtert, die Wahrheit gestehen zu können. Er hatte so lange damit gelebt, ganz allein. „Glaubst du an Liebe auf den ersten Blick?"

„Nein."

„Ich schon."

Ezer verdrehte die Augen. „Oh, nein, Ned. Versuch gar nicht erst, so zu tun, als ob…"

„Ich tue nicht so", sagte Ned inbrünstig. „Ich sah dich am ersten Schultag, und mein Herz…" Ned griff sich lächelnd an die Brust. „Und einfach so verliebte ich mich in dich."

Ezer runzelte die Stirn. „Das ist nicht, was ich von dir hören will. Zum einen glaube ich nicht an so etwas. Und zum anderen macht es den Rest höchstens noch schlimmer."

„Ich weiß. Es tut mir leid. Ich wusste nicht, was ich tun sollte, oder wie ich dich beschützen konnte."

„Du wusstest nicht, wie du mich beschützen konntest?!"

Ned nickte. „Vor Braden und Finch." Er stürzte sich darauf, seine Verbindung zu Braden und Finch zu erklären und zuzugeben, dass er sie verabscheute. Immer schon verabscheut hatte. „Ich hätte dich besser beschützen müssen", sagte er. „Ich hatte Angst, sie würden dich nur noch mehr verletzen, wenn sie wüssten, wie sehr ich dich mochte."

„Du bist ein zu großer Feigling, um deinem Vater zu sagen, dass er bessere Geschäfte machen soll, die nicht von der Meinung von Teenagerjungs abhängen?"

„Sieht ganz so aus."

Ezer seufzte. Seine Augen hatten dieselbe Farbe wie der Ozean, auf den er blickte, um Ned nicht ansehen zu müssen. „Okay, also, du bist ja vielleicht gut im Bett und auch liebevoll in einer ersten Hitze, was eine gute Sache ist, da ich nun vertraglich an dich gebunden bin. Aber ich bereue bereits, nach all dem gefragt zu haben. Du hast nichts als Ausreden parat.“

„Warte. Hör mich zu Ende an, bitte.“

„Nein“, sagte Ezer und richtete seine Aufmerksamkeit erneut aufs Meer. „Für den Augenblick, solange diese Hitze andauert, würde ich lieber so tun, als hätte es mein Leben davor nicht gegeben, als hätte *ich* nicht existiert. Das hier ist jetzt mein Leben, also sollte ich mich wohl daran gewöhnen.“

Ned biss sich auf die Unterlippe. Dieses Haus war nicht Ezers ganzes Leben. Das konnte nicht sein. Dies war nur ein Zwischenspiel, und das musste Ezer begreifen, damit sie zusammen weitermachen konnten, so wie Adrien und Heath es getan hatten, in vollem Bewusstsein des jeweils anderem, vielleicht sogar in gegenseitiger Liebe. Er wollte kein Kind in einem lieblosem Zuhause aufziehen.

Dann kam Ned eine Idee. Vielleicht längst überholt, aber es könnte helfen. Er wandte sich Ezer zu, zwischen dessen Füßen sitzend, und sagte: „Dann erzähl mir von dem Ezer, der du hier bist, zusammen mit mir in diesem Hitze-Haus.“

Ezer verengte die Augen und schaute ihn an, als würde er nach der verdeckten Klinge suchen, aber keine finden. „Ich glaube nicht, dass ich das kann. Es ist zu viel.“

Ned legte den Kopf auf eine Seite. „Kannst du es nicht versuchen?“

Ezer seufzte und streckte eine Hand aus, um erneut Neds Haar zu streicheln. „Dein Haar fühlt sich so weich an“, sagte er mit einem bitteren kleinen Lächeln. „Es gefällt dir sicher, dass ich nach allem und *trotz* allem nicht anders kann, als zärtliche Gefühle für dich zu haben. Verdammte Alpha-Pheromone ! Verdammte seminale Zusammensetzung! Machen mich ganz weich.“ Er schnaubte. „Das gefällt dir , oder?“

„Ezer, ich will, dass wir Freunde sind. Wir hätten von Anfang an Freunde sein sollen. Das ist alles meine Schuld.“

„Ja." Ezer stöhnte und wand sich ein wenig im Schaukelstuhl. „Scheiße. Die Hitze kehrt zurück."

Ned runzelte die Stirn. Er hatte nicht genug darüber erfahren, was Ezer sich wünschte oder was er fühlte, und er hatte sich selbst auch nicht ausreichend erklären können.

„Leck an meinen Nippeln", stieß Ezer mit gepresster Stimme hervor. Dabei packte er Neds Haar fest und zog ihn an seine Brust. „Beiß in sie hinein."

Neds Schwanz wurde umgehend wieder steif, und er gehorchte Ezers Befehlen, als wäre er selbst der Omega und Ezer der Alpha. Er biss und leckte, saugte und küsste.

Ezer wand sich und stöhnte. Er spreizte die Beine. „Fass mich an", forderte er. „Steck mir einen Finger rein und bring mich mit der Hand zum Orgasmus."

Ned zögerte nicht. Er fuhr mit der Hand an Ezers Bein hinauf und drückte drei Finger in sein schlüpfrig nasses Loch. Er massierte Ezers von der Hitze geschwollenen Drüsen und seine Prostata, bis Ezers Beine zitterten. Ned ließ seinen Kopf in Ezers Schoß fallen und saugte an seinem Ständer. Er leckte all die Flüssigkeit auf, die Ezer von sich gab. Und er liebte es, wie Ezer mit den Hüften pumpte, um tiefer ins Neds Mund zu gelangen, während sein Loch sich rhythmisch um Neds Finger zusammenzog.

„Zähne", sagte Ezer. „Vorsichtig."

Ned wimmerte eine Entschuldigung, dann legte er die Lippen um seine Zähne, sodass Ezers empfindsame Teile geschützt waren, während er ihm eifrig den Schwanz lutschte.

„Oh, Scheiße", sagte Ezer, dann bog er den Rücken durch und schrie auf, als ein Orgasmus sich durch seinen Körper pumpte und ihn dazu brachte, sich krampfhaft hin und her zu werfen. Eine Ladung Omega-Sperma füllte Neds Mund. Es war köstlich. Ned schluckte alles, dann leckte er sich die Lippen, um keinen Tropfen zu vergeuden.

„Ich brauche mehr", keuchte Ezer.

„Drinnen." Ned hob Ezer auf seine Arme. Es war leicht, weil Ezer viel zu dünn war, zu knochig, und dringend mehr essen musste. Ned trug ihn zurück zum Bett. Dort versenkte er seine pulsierende Erektion in Ezers heißem Loch und machte Liebe mit Ezer, bis der nur noch ein schluchzendes Häufchen Lust und Elend war. Ned hörte nicht auf, ihn zu ficken, bis jeder Quadratzentimeter ihrer Haut bedeckt war von Schlick, Sperma oder Tränen.

Schließlich, als Ned tief eindrang und ebenfalls kam, während sein Knoten in Ezers Innerem wuchs und pulsierte, flüsterte er: „Ich liebe das. Ich wünschte, du würdest das auch."

Ezer stöhnte: „Ja, ich liebe es. Ich kann nichts dafür, dass es sich so gut anfühlt."

Ned vergrub sein Gesicht an Ezers Hals und schnupperte seinen süßen Duft. „Wünscht du dir, es würde sich nicht so gut anfühlen?"

Ezer schlug mit dem Daumen Neds Rücken – ein wortlose, verärgerte Antwort.

„Hoffst du, dass es klappt?", keuchte Ned.

„Ein Baby?"

„Ja."

„Nein", sagte Ezer mit Bestimmtheit, und dann etwas sanfter: „Ich weiß nicht. Vielleicht."

Ned nahm Ezer noch fester in die Arme. „Ich hoffe, es klappt. Ich will dich mit dickem Bauch sehen, wenn du mein Kind in dir trägst, prall gefüllt mit meiner Zukunft. *Unserer* Zukunft!"

Ezer stöhnte und verdrehte die Augen. „Die Hitze muss wohl schon zurückgehen, denn ich weiß bereits, dass du nur Schmalz laberst. Du bist wirklich ein Romantiker, oder? Du weißt ja nicht mal, ob wir einander mögen können."

„Doch, das weiß ich. Und du weißt es auch. Wir können!"

„Ich weiß davon ganz sicher nichts!"

Ned rieb sein Gesicht an Ezer verschwitztem Hals. Er genoss, dass er Ezers Stimme in seinem ganzen Körper fühlen konnte, dass sie auf seinem Knoten vibrierte, wann immer er sprach. „Warum willst du dann ,vielleicht', dass es klappt?"

„Weil ich jetzt sonst nichts anderes mehr habe. Ich habe mein ganzes Leben verkauft für das hier mit dir. Außerdem hilft jedes Kind, das wir machen, meinem Papa noch mehr."

Ned strich Ezer das Haar aus dem Gesicht und küsste ihn auf die Stirn. „Das hast du schonmal gesagt. Dass du es für deinen Papa getan hast."

„Weil es meine Schuld ist, dass er so schlecht behandelt wurde."

„Das bezweifle ich."

„Lass uns darüber nicht jetzt reden. Ich bin immer noch…" Ezer wand sich und kam erneut. Seine Haut rötete sich, und ihm brach am ganzen Körper Schweiß aus. „Oh, Scheiße. Es ist einfach so unheimlich gut", sagte er verzweifelt, so als würde er gleich weinen.

„Du riechst köstlich, wenn du kommst", sagte Ned. „Ich würde mich am liebsten von Kopf bis Fuß mit deinem Duft bedecken."

„So soll es ja auch sein. Das ist nur natürlich" murmelte Ezer, aber er klang schon schläfrig. Er hatte wohl recht damit, dass die Hitze langsam aufhörte. Normalerweise hatten sie noch eine oder zwei weitere Wellen, bevor es eine wirkliche Pause gab. Ned empfand ein seltsames Gefühl von Verlust deswegen.

„Ezer?"

„Mmmm?"

„Ich glaube, ich liebe dich."

Ezer öffnete seine Augen nicht, sondern kniff sie fest zusammen. „Das ist ja absurd. Sag das nicht nochmal."

„Nie wieder?"

„Nie wieder."

Ned runzelte die Stirn, und Traurigkeit umwehte sein Herz. Aber er nickte zögerlich.

„Du bist einfach einverstanden damit?", sagte Ezer und öffnete blinzelnd ein Auge, um Ned einen finsteren Blick zuzuwerfen.

„Ich respektiere lediglich deine Wünsche."

Ezer schnaubte. „Ist das irgendein Trick? So eine Art allgemeiner *Beweis*, dass du… was? Ich zitiere: mich liebst, oder so etwas?"

Ned schmunzelte, bewegte seine Hüften und sah zu, wie Ezer erneut auf seinem Knoten zum Orgasmus kam.

Oh, so wunderschön, was für ein Genuss zu sehen, wie Ezers volle Lippen sich öffneten, und wie sich sein ganzer Körper verkrampfte und wieder entspannte in herrlicher Lust, ausgelöst von Ned, ausgelöst von der Art, wie er so tief in Ezer war, dass er dessen Herzschlag durch seinen Knoten fühlen konnte.

„Ist das so?", verlangte Ezer zu wissen, sobald er wieder halbwegs normal atmen konnte.

„Ich kann darüber nicht reden", antwortete Ned neckend und küsste Ezers Kinn. „Du hast mich darum gebeten, es nicht zu tun, also mache ich es auch nicht."

„Aaaach, du bist jetzt schon eine furchtbare Nervensäge. Wie soll ich es nur mit dir aushalten?", sagte Ezer. Dabei trat er Ned in den Hintern und trommelte mit den Fäusten auf seinen Rücken. Aber diese Bewegungen lösten bei beiden nur wieder neue Spasmen der Lust aus, und darüber musste Ezer lächeln.

„Ich wünsche mir fast, dass es niemals aufhört", sagte Ezer. Seine Augen wirkten benommen, als er über Neds Schultern an die Decke starrte. „Wenn die Hitze mich voll im Griff hat, dann kann ich vergessen."

„Was ist es, das du vergessen willst?"

Ezer schmunzelte. „Alles." Erneut fuhr er mit den Händen durch Neds Haar, strich es glatt. Und dann fuhr er mit den Händen hinunter zu seinem Hinterteil, ergriff seine Backen und drückte sie fest. „Das hier wird zu meiner ganzen Welt, und alles andere, all der Schmerz und die Verwirrung, gleitet einfach davon."

Ned küsste erneut Ezers Kinn und Ezers Kiefer. Er wollte Ezer diese Last abnehmen, für immer. „Du musst bei mir niemals Angst haben. Nie wieder."

„Das sagst du so. Aber was passiert, wenn Braden und Finch—"

Ned knurrte, „Ich werde sie töten, wenn sie dich auch nur ansehen. Ich werde sie dahinmetzeln."

„Wow. Krieg dich wieder ein", sagte Ezer lachend, und dann fluchte er leise, als auch das Lachen sich wiederum für sie beide in kleine Orgasmen auflöste. „Das ist ein bisschen übertrieben", sagte Ezer schwer atmend, als die Orgasmen vorüber waren. „Wir müssen nicht auch noch Mord unserer Liste von Problemen hinzufügen. Ich habe auch so schon reichlich davon in meinem Leben. Danke."

Neds Knoten ließ nach, und Ezer stöhnte, als Ned aus ihm herausrutschte. Aber Ned steckte ihm vier Finger hinein, und für einen Moment erwog er, es mit der ganzen Faust zu versuchen. Seine Hand würde gewiss leicht hineingehen, nachdem Ezer durch Neds Knoten so geweitet worden war. Aber Ned wusste, dass Ezer zwischen den einzelnen Wellen Ruhe brauchte, und keine neuen Experimente. Also massierte er Ezers von der Hitze geschwollene Prostata mit den Fingern, bis Ezer scharf ausatmete und ihm auf den Arm schlug. Dann zog Ned die Finger heraus und erhob sich ein wenig, um Ezer mit seinem Körper zu bedecken.

„Du bist zu schmächtig, um ein Kind zu tragen und dabei gesund zu bleiben", murmelte Ned. „Ich werde sicherstellen, dass du ab sofort besser isst. Im Nest im Haus meines Vaters wirst du das beste Essen haben. Dafür werde ich sorgen."

„Vielleicht", sagte Ezer unverbindlich. „Aber du kannst mich nicht zwingen zu essen."

„Nein, aber ich kann dich zum Essen verlocken."

Ezer runzelte die Stirn. „Wie das?"

Ned zuckte die Achseln. „Weiß ich noch nicht."

Das sorgte dafür, dass Ezer sich verspannte. Er schubste Ned gegen die Brust. „Geh bitte runter von mir. Ich kriege keine Luft."

Ned rollte sich zur Seite, und Ezer entzog sich ihm, sodass sie einander nicht länger berührten. „Habe ich etwas Falsches gesagt? Sag mir, was es war, damit ich mich entschuldigen und es zurücknehmen kann."

Ezer schnaubte ein kleines Lachen. „Würden Braden und Finch dich dabei sehen, wenn du so nett zu mir bist, was würde sie dann denken?"

„Sie *werden* sehen, dass ich so nett zu dir bin, und noch viel mehr. Ich bin jetzt dein Alpha. Ich muss dich und unser Kind vor so Arschlöchern wie sie beschützen, ganz gleich, was mein Vater denkt." Ned lächelte, als ihn bewusst wurde, dass sie durch dieses Arrangement ohnehin von der finanziellen Verpflichtung befreit waren, freundlich zu Braden und Finch zu sein zu müssen. Sie waren nicht länger angewiesen auf die Verträge seines Vaters oder dessen Zustimmung, nicht mit Fersees Geld im Rücken. Aber das wollte er Ezer nur ungern so direkt sagen, auch wenn er das Gefühl hatte, dass er das wissen sollte.

„Mein Vater ist sehr kontrollsüchtig", murmelte Ezer. „Und ich lasse mich nicht gern kontrollieren."

„Nein?"

„Nein, ich neige zu rebellischem Verhalten." Das klang in Neds Ohren wie eine Warnung, und vielleicht war es auch eine. „Ich sollte meinen Papa nicht besuchen, nachdem er rausgeschmissen worden war. Aber ich hab's gemacht. Vater wollte nicht, dass ich St. Hauers verließ. Aber ich hab's gemacht."

Ned stützte sich etwas bequemer auf seinen Ellenbogen, sodass er zu Ezer aufblicken und seinen nackten Anblick genießen konnte, als der nur dalag und die Brise von der offenen Tür über seine Haut streichen ließ. Ned beschloss, später alle Fenster zu öffnen, um des Haus durchzulüften und damit Ezer und er sich abkühlen konnten.

„Er wollte immer, dass ich zusammen mit meinen Brüdern trainiere, damit ich größer und stärker würde und ihm als Werkzeug dienen konnte. Er sieht uns nicht als Menschen – sondern als Werkzeuge. Wir sind ja nur Omegas, die er für seine eigenen Zwecke verkaufen kann. Also habe ich immer nur ganz wenig gegessen, um mager zu bleiben, und nutzlos."

Ned setzte sich auf. Er kreuzte die Beine und legte die Bettdecke über seinen Schwanz. „Omegas sind mehr als bloße Werkzeuge."

„Ja." Ezer warf Ned einen scharfen Seitenblick zu. „Finch und Braden denken, wir sind auch Schwanzlutscher."

„Tun sie nicht. Nicht wirklich."

„Oh, doch. Tun sie."

„Vielleicht. Aber sie haben Omega-Brüder. *Die* betrachten sie nicht in dieser Weise."

„Ja, nun… da sind sie wie mein Vater. Wahrscheinlich betrachten sie ihre Brüder ebenfalls als Werkzeuge."

„Wie das?"

„Mein Vater denkt, Omegas sind dazu da, sein Leben besser zu machen. Sein neuer Omega Pete tut das. Er ist lieb und eifrig. Mein Vater hat an ihm viel Vergnügen, in körperlicher Weise.

Pete ist gerade schwanger, darum sind sie oft zusammen und treiben es miteinander. Mein Vater genießt das. Und meine Brüder machen sein Leben ebenfalls besser, weil sie klug und hübsch sind und ihm gutes Geld für ihre Hitzen einbringen werden. Und im Falle einer Heirat ebenfalls. Ich hingegen mache sein Leben schlechter."

Ned schüttelte den Kopf. „Wie denn?"

„Ich bin der Grund, warum sein Leben kaputt gegangen ist. Ich bin der Grund für seine Bitterkeit." Ezer stand aus dem Bett auf. Seine magere Gestalt schimmerte im Licht der untergehenden Sonne von Schweiß. „Ich möchte duschen. Ich fühle mich schmierig."

Ned blinzelte. Er hatte geglaubt, dass schon bald eine neue Welle kommen würde, aber vielleicht war diese Hitze tatsächlich schön vorüber. Ezer schien von Sekunde zu Sekunde klarer zu werden. Und der Wunsch, sich zu waschen und aus dem Bett aufzustehen, waren zwei recht sichere Signale für das Ende einer Hitze. Oder so ähnlich hatte sein Vater ihm erzählt. Er wünschte wirklich, er wäre für dieses Ereignis besser vorbereitet gewesen. Zumindest schien Ezer nicht unzufrieden mit Neds Leistung zu sein.

„Lass mich dir helfen."

Ezer drehte sich zu ihm um. Seine blauen Augen brachten Neds Herz zum Schlagen.

„Ich komme allein zurecht."

„Du bist erschöpft. Was, wenn du hinfällst?"

„Sollte mir schwindelig werden, kann ich mich ja setzen. Ich möchte allein sein."

Ned nickte. Die Zurückweisung machte ihm die Kehle eng, aber er ließ Ezer ins Bad gehen und die Tür schließen. Er wartete im Bett, bis er das Wasser laufen hörte, dann stand er auf und betrachtete die versaute Bettwäsche und das schmutzige Geschirr in der Spüle.

Dann machte er sich daran, für seinen Omega aufzuräumen und alles sauberzumachen.

Kapitel 18

DAS STRANDHAUS WAR sauber, als Ezer schließlich aus der Dusche kam, nachdem er auch den letzten Tropfen heißen Wassers verbraucht hatte. Er hatte sich ein Handtuch um die Hüften gewickelt, und der Spiegel am anderen Ende des Zimmers zeigte, dass sein feuchtes Haar sich kringelte.

Ned war nirgends zu sehen.

Ezer empfand seltsamerweise so etwas wie Panik so ganz allein in dem kleinen Haus am Meer.

Er fand eine weiche Jogginghose und einen gemütlichen Hoodie – Ned musste die Sachen für ihn rausgelegt haben – und zog beides an. Die Sachen waren zu groß, da sie eigentlich Ned gehörten, und Ezer musste die Kordel der Jogginghose unheimlich eng zusammenziehen, damit die Hose nicht rutschte. Sie sah seltsam zusammengeknautscht aus, blieb aber zumindest oben. Der Hoodie war weich und frisch gewaschen. Als Ezer angezogen war, ging er hinaus auf die kleine Veranda.

Auch dort war Ned nicht.

Er war am Strand, ein ganzes Stück weit vom Haus entfernt. Ein Mann, vor dem Hintergrund der Meereswellen. Ezer konnte die Entfernung spüren, und die isolierte Lage des Hitze-Hauses. Er stopfte die Hände in die vordere Tasche des Hoodies und trat barfuß in den Sand, um zu Ned zu gehen. Er kam nur langsam voran durch die Dünen, aber als er das Wasser erreichte, kam Ned bereits zurück.

Als sie sich trafen, streckte Ned eine Hand aus. „Für dich." Er hielt ihm Platten aus Perlmutt, fast so groß wie Neds Handfläche, und zwei perfekt geformte, winzige Schneckenhäuser hin.

Ezer hob eine Augenbraue. Dieser Versuch, ihn zu hofieren, war lieb, aber Ezers Verstand hatte noch immer nicht entschieden, ob er gewillt war, ihn anzunehmen. Er war erst neunzehn; er hatte nie darüber nachgedacht, was es bedeutete, jemandes Omega zu sein. Er hatte nie auch nur mehr tun wollen, als seine Hitzen zu versteigern. Nie hatte er geplant, schwanger zu werden oder diese Art von Aufmerksamkeit von einem Alpha zu bekommen, geschweige denn von einem, mit dem er eine solch schwierige Vergangenheit erlebt hatte.

„Ich fand sie einfach hübsch. So wie dich."

„Gott, Ned, hör auf mit dem Süßholz raspeln!"

Neds schüchternes Lächeln erstarb, und die Muscheln fielen ihm aus der Hand. Sie landeten zu ihren Füßen im Sand, und keiner von ihnen bückte sich, um sie aufzuheben.

Ned starrte Ezer eine lange Zeit in die Augen, dann sagte er: „Ich glaube, ich sollte ans Abendessen denken. Ich habe keine Lust mehr auf Eintopf. Wir sollten wenigstens noch einen Tag lang hier warten, um sicher zu gehen, dass es wirklich vorbei ist." Dann marschierte er an Ezer vorbei zum Haus. Der Wind, das Meeresrauschen und der Sand dämpften seine Schritte.

„Warte", sagte Ezer. „Es tut mir leid."

Aber Ned kam nicht zurück. Ezer ging in die Knie und sammelte Neds kleines Geschenk vom Boden auf. Was war nur mit ihm los? Er benahm sich wie ein Arsch. Ned war während der Hitze so lieb und zärtlich gewesen, so gütig und großzügig. Er hatte ihm stets etwas zu trinken gebracht, hatte ihm Essen gekocht, und mit ihm Liebe gemacht, die seine wildesten Träume überstiegen hatte, aber Ezer konnte nicht mal ein paar Muscheln als Geschenk annehmen und ein Kompliment aushalten?

Er hielt die winzigen Schneckenhäuser behutsam in der Hand, und dann bewunderte er den schimmernden Glanz der Perlmuttscheiben. Er nahm alles mit zurück zum Haus, ging hinein und legte die kleinen Fundstücke in der Küche auf die Arbeitsplatte, gleich neben die Stelle, wo Ned dabei war, ziemlich große und großzügig belegte Sandwiches zuzubereiten.

Ned warf einen Blick auf die Muscheln, und dann auf Ezer. Ein kleiner Hoffnungsschimmer flackerte in seinem Gesicht auf, dann riss er sich zusammen und fragte: „Magst du Senf?"

„Ja."

„Ich auch. Den scharfen. Und du? Ich habe auch milderen Senf, wenn dir das lieber ist."

„Scharf ist gut."

Neds Trübsinn schien sich mit jedem zustimmenden Wort von Ezer mehr aufzuheitern, was Ezer für ein gutes Zeichen hielt. Er war ein Alpha, mit dem leicht umzugehen war. Aber genauso schien es auch Ezers Punkt zu bekräftigen, das Alphas nur dann Omegas mochten, wenn sie ihnen das Leben besser machten. Allerdings hatte Ezer auch keine Ahnung, wieso Neds Leben als Ganzes besser sein sollte, nur weil Ezer auch nur annähernd höflich war. Aber er nahm an, so schwer war das nicht. Und höflich zu sein, war nur fair. Also würde er damit weitermachen. Vorerst.

Nachdem sie sich mit ihren Sandwiches hingesetzt hatten, zupfte Ezer an seinem herum, bevor er sagte: „Ich schätze, wir sollten ein paar Dinge besprechen."

„Wie zum Beispiel?", fragte Ned und überließ Ezer die Führung.

„Wie etwa, was wir voneinander erwarten. Eine Hitze ist eine Hitze. Wir wissen beide, was dabei passiert. Aber jetzt ist sie vorbei… also, was erwartest du jetzt von mir?"

„Na ja, vieles hängt davon ab, ob du schwanger bist", sagte

Ned. „Hat jemand mit dir über diese Möglichkeit gesprochen?"

„Ich konnte mir das an Pete in den letzten Monaten aus nächster Nähe ansehen. Die wirkliche Frage ist, bist *du* darauf vorbereitet? Von dir wird in diesem Zusammenhang nämlich auch eine ganze Menge erwartet."

„Mein Vater sagte mir, dass ich nur dafür sorgen muss, dass du zufrieden bist." Ned biss herzhaft in sein Sandwich.

Ezer lachte. „Oh, Gott. Okay. Vielleicht solltest du dir ein Buch über die Vaterschaft besorgen." Auch er nahm einen Bissen von seinem Sandwich. Der Senf war lecker. So außer Kontrolle, wie er sich gerade fühlte, war er überrascht, dass er überhaupt essen mochte. Aber die Hitze und ihre Folgen ließen keinen Raum dafür, die Bedürfnisse seines Körpers zu ignorieren, und er aß mit großem Appetit. Ned schien das zu gefallen.

„Ein Buch über die Vaterschaft", wiederholte Ned.

„Ja, weil es dabei um mehr geht als nur darum, mich in den Monaten der Schwangerschaft möglichst oft zu ficken, und dann alles noch einmal zu machen, sobald sie es geschafft haben, eine weitere Hitze in mir zu triggern." Ezer hegte keinen Zweifel daran, dass sie genau das tun würden. Es ging um zu viel Geld bei jeder Schwangerschaft, um es nicht zu tun.

Ned stocherte in seinem Sandwich, zog Salatblätter heraus und verteilte sie auf seinem Teller. „Ich weiß, und ich will ein guter Vater sein. Natürlich bin ich bereit zu lernen und zu lesen. Ich will ein glückliches, liebevolles Zuhause, so wie mein Onkel Heath es mit seinem Omega und den Kindern hat."

Einen Augenblick lang verfinsterte sich seine Miene, aber dann schien er einen Gedanken abzuschütteln und fragte: „Was ist mit dir?"

„Mit mir?"

„Was für eine Art von Papa möchtest du sein?"

Ezer schluckte und zuckte die Achseln. Er entging der Antwort zunächst, indem er noch mehrere Bissen von seinem Sandwich kaute und verschlang. Die Wahrheit war, dass er darüber nicht nachgedacht hatte. Er hatte ja nie vorgehabt, ein Teenager-Papa zu sein. Als er es nicht länger hinauszögern konnte, gab er die einzig wahre Antwort: „Ich weiß es nicht. Ich möchte ein guter Papa sein. Nur weil das nicht so geplant war, heißt das nicht, dass ich mich nicht gut um mein Kind kümmern werde."

„Unser Kind."

Ezer ignorierte das. „Ich sollte mir wohl auch ein Buch besorgen." Gott, würde er wirklich Ned Clearwaters Sohn gebären? War er drauf und dran, ein Baby zu haben mit einem der Jungs, die–

Ned unterbrach Ezers Gedankenspirale mit einer Frage. Mit einer beängstigenden Frage. „Dann denkst du also auch, es hat geklappt? Ich bin nicht der Einzige von uns, der das glaubt?"

Ezers Herz wummerte. „Ich sehe nicht, warum es nicht geklappt haben sollte. Ich bin fruchtbar, und du hattest jede Menge Samen." Ezer atmete betont langsam aus und versuchte, nicht in Panik zu geraten. Er berührte seinen Bauch. Vermehrten sich dort sogar genau jetzt Zellen und bauten einen winzigen Menschen? Er fühlte sich klaustrophobisch. Es gab keine Möglichkeit zu entkommen, falls es so war. Noch etwas, dem er sich unterwerfen musste. Noch ein Experiment, das er ertragen musste.

„Wow." Ned sah hinab auf seinen Teller und pflückte den Rest seines Sandwiches auseinander. Er war ein wenig grün im Gesicht.

„Wow?" Ezers Puls raste.

„Ich weiß nicht. Das ist ganz schön viel auf einmal. Ein Vater zu sein, und dein Alpha. Ich dachte, ich wäre bereit dazu, aber was, wenn ich es nicht bin?"

Ezer starrte ihn an, dann fing er an zu lachen. „Du sagst das zu dem neunzehnjährigen Jungen, den du höchstwahrscheinlich geschwängert hast, der massiven hormonellen und körperlichem Veränderungen unterworfen sein wird, um dann den unerträglichen Schmerzen der Geburt ausgeliefert zu sein. Das ist dir doch klar, oder?"

„Ich weiß!", rief Ned aus. „Und ich muss für dich da sein, und das werde ich, aber–" Er sah zur Decke hinauf und verzog das Gesicht. „Was, wenn ich Angst habe?"

„Was, wenn *du* Angst hast? Du bist der Alpha. Ich bin der Omega. Du solltest dir Gedanken darüber machen, dass *ich* Angst habe!" Gott, er wusste ja bereits, dass Ned ein Feigling war, aber *das* war absurd. „Weil das nämlich so ist. Ich bin starr vor Angst!"

Ned schob seinen Teller weg. „Lass mich dich in den Arm nehmen."

„Nein."

„Es wird helfen."

„Wird es nicht."

Ned griff nach ihm, und Ezer ließ sich, ohne es zu wollen, in seine Arme sinken.

Verdammt, und es fühlte sich wirklich gut an. Ned roch so gut, so richtig, so tröstlich. Was zum Teufel? Ezers Körper verriet ihn auf jede nur mögliche Weise. Der Junge, der ihn schikaniert oder zumindest zugelassen hatte, dass Ezer schikaniert wurde, und jetzt – ob Ned sich dessen bewusst war oder nicht – mitgeholfen hatte, Ezer das Recht zur Selbstbestimmung wegzunehmen. Aber die Hormone der gerade zu Ende gegangenen Hitze, sowie wahrscheinlich auch Schwangerschaftshormone kreisten in Ezers Körper und sorgten dafür, dass nichts von alledem eine Rolle spielte. Alles, was Ezer wollte, war, sich überall an Ned zu reiben, bis der Alphaduft seine Haut erneut bedeckte und er sich beruhigen konnte. Als wäre Neds Nähe der alleinige Schlüssel zu

Ezers Seelenfrieden.

Heilige Scheiße. Ezer hasste es, ein Omega zu sein.

„Wir müssen das irgendwie hinkriegen", sagte Ned und rieb seine bärtige Wange an Ezers glatter Wange. „Aber hab keine Angst. Ich werde mich um dich kümmern, Ezer. Komme, was wolle. Ich verspreche dir, von jetzt an und für alle Zeiten werde ich für dich sorgen."

Tief in seinem Inneren, unter allem Abscheu und aller Wut, fühlte Ezer sich getröstet von dieser Versicherung, und auch das hasste er. Er *hasste*, wie sehr er wollte, das Ned die Wahrheit sagte.

Zur Hölle, er hasste *Ned*.

Und er brauchte ihn.

„Zieh dich aus", sagte Ezer mit fester Stimme.

Ned ließ sich nicht zweimal bitten. Er ließ Ezer los und zog sich aus. Er stand da, im Licht, das durch die Fenster hereinkam. Ein muskulöser Körper, mit kräftigen Schenkeln, einem Wascbrettbauch und überall schimmernd mit einer leichten Behaarung.

Und Ezers Körper reagierte sofort auf Neds Anblick. Sein Arschloch wurde feucht, und seine Nippel kribbelten an dem weichen Stoff des Hoodies. Ezer zog sich die eigenen Sachen vom Leib und drückte seinen Körper an Neds. Ihre harten Schwänze rieben sich aneinander, und Vorsperma verteilte sich auf ihren Bäuchen.

„Fass mich nicht an", befahl Ezer, als Ned seine Arschbacken packte und ihn eng an sich zog. Einen Moment lang schien Ned ein Problem damit zu haben, aber dann ließ er Ezer los und stand einfach nur da, während Ezer sich an ihm rieb, seinen Geruch in sich aufsaugte und auf seiner Haut verteilte und dann Neds Ständer in die Hand nahm, um Neds Vorsperma auf seinem eigenen Bauch zu verteilen, seinen Hüften und seinem Arsch.

Ezers Herz pochte, und sein Arschloch gab in heftigen Schüben Schlick von sich, aber er blieb hart. Als er sicher war, überall von Neds Duft bedeckt zu sein, trat er zurück und ließ sich aufs Bett fallen. „Das ist alles", sagte er, als Ned Anstalten machte, zu ihm ins Bett zu klettern. „Mehr als das gibt es nicht."

Ned stand zitternd neben dem Bett, nackt und erigiert. Das Licht strömte zum Fenster herein und erleuchtete jedes wunderschöne Detail seines Körpers. Ezer wartete darauf, dass Ned die Nerven verlor. Dass er sich in den Brutalo verwandelte, als den Ezer ihn kannte. Er lag angespannt auf der Matratze und erwartete, dass Ned sich jeden Moment auf ihn stürzen würde, seine Beine auseinander zwingen und gegen seinen Willen in Ezer eindringen würde…

Aber das tat Ned nicht. Er zog sich wieder an und sagte über seine Schulter hinweg: „Ich komme gleich zurück." Dann ging er zur Tür hinaus.

Und Ezer? Er war enttäuscht.

Sein Magen drehte sich um. Fast hätte er Ned hinterhergerufen. Dumm. Blöde. Er wollte keinen Sex. Wirklich nicht.

Aber er wollte verzweifelt Sex.

Ezer erhob sich und ging zum Fenster. Er sah zu, wie Ned zum Meer ging und auf das Wasser hinausblickte. Er wartete eine lange Zeit, bevor er zurück ins Bett kletterte. Allein. Es roch immer noch nach Ned. Ezer berührte einen getrockneten Fleck von Neds Vorsperma auf seiner Haut und rieb mit den Fingern daran. Er wollte noch mehr davon. Er wollte, dass Ned sein Sperma auf und *in* seinem Körper verspritzte, und in seinen Mund–

Ezers Schwanz, der an seinem Unterleib geruht hatte, versteifte sich und schwoll. Er wollte… er *wollte*… er wollte so viel.

Aber er würde nicht nachgeben. Nicht bevor Ned nicht ebenfalls gelitten hatte.

Während der Hitze war Unterwerfung der einzige Weg gewesen, und, falls Ned sich wieder in einen Brutalo zurückverwandeln sollte, würde es auch in Zukunft die einzige Option sein. Auf keinen Fall konnte Ezer sich körperlich gegen Ned und dessen Kraft wehren. Aber falls Ned ihn nicht zwingen würde, falls er es so haben wollte…

Dann würde Ned vielleicht lernen müssen, wie es war, derjenige zu sein, der keine Kontrolle mehr hatte.

Vielleicht konnten sie gemeinsam etwas über Unterwerfung lernen.

Kapitel 19

NED SAH EZER beim Schlafen zu. Normalerweise, sobald eine Hitze vorüber war, kehrte der Omega heim zu seine Familie oder zumindest zurück zu seinem Leben – Schule, Job – bis mit Sicherheit festgestellt werden konnte, ob eine Schwangerschaft eingetreten war oder nicht.

Aber da Ezers Vater nichts mit ihm zu tun haben wollte und glaubte, es sei besser, er wäre aus den Augen, aus dem Sinn, sollte Ned ihn sofort mitnehmen in sein und Lidells Zuhause.

Ned wusste, dass in seiner Abwesenheit ein Hitze-Nest für Ezer eingerichtet worden war, und er wusste, dass Ezer dort sicher und beschützt sein würde. Dennoch machte ihm der Gedanke zu schaffen, dass Ezer die Härten einer Schwangerschaft würde erdulden müssen – darin eingeschlossen die Schwankungen zwischen extremer Geilheit und den intensiven Instinkten des Nestbaus – während Lidell zugegen war und höchstwahrscheinlich jede Kleinigkeit Ezers Vater berichten würde.

Vorausgesetzt, die Hitze hatte ein Kind produziert...

Aber Ned war überzeugt davon, dass es so war. Anders konnte er sich nicht erklären, woher der heftige Beschützerinstinkt kam, der ihn beinahe überwältigte wie ein wilder Zorn, der im tiefsten Teil seines Herzens brannte, wenn er sich auch nur vorstellte, dass jemand, der nicht zur Familie gehörte, Ezer jetzt sehen oder gar berühren würde.

Auch konnte er sich nicht erklären, wieso Ezer, der Ned immer noch übelnahm, was in der Vergangenheit geschehen war, ihm dennoch nah sein wollte, ihn berührte, und sie beide in einen Zustand zitternden, beinahe schmerzhaften Verlangens versetzte, bevor er sich losriss und Ned sagte, er solle gehen, ohne ihm oder sich selbst einen Höhepunkt zu erlauben. Die reinste Folter.

Seit dem Ende der letzten Welle hatten sie keinen Sex mehr miteinander gehabt. Ezer hatte nicht gesagt, warum. Er hatte es nicht erklärt, aber Ned verstand es irgendwie. Es war die Art, wie Ezer wieder etwas Kontrolle zurückgewann. Und Ned war willens, ihm für den Moment diesen Raum zu geben. Aber er hatte keine Ahnung, wie lange Ezer das durchziehen konnte. Sein Körper verzehrte sich nach der Verbindung zu Ned, und Ned wiederum brannte darauf, Ezer mit seinem speziell zusammenge-setzten Samen zu füllen, der Ezer beruhigen und dabei helfen würde, sich dem rapiden Wachstum eines Babys anzupassen.

Vier Monate. Es war eine so kurze Zeit für einen Omega-Körper, mit den extremen Veränderungen umzugehen, die dazu gehörten, ein Kind zu tragen und auf die Welt zu bringen, und für alle anderen, sich auf ein neues Leben vorzubereiten. Ein Leben, das bis letzte Woche keiner von ihnen auch nur im Sinn gehabt hatte.

Wenn er darüber nachdachte, dreht sich Ned der Kopf.

Also, ja, er war sich sicher, dass Ezer schwanger war. Andern-falls würde Ezer es deutlich besser aushalten können, von Ned entfernt zu sein. Und er würde auch nicht den Drang verspüren, sich vor dem zu Bett gehen nackt auszuziehen und sich immer wieder an Ned zu drücken. Es war für sie beide eine Qual. Gleichzeitig war es köstlich. Ned lebte für den Befehl, sich auszuziehen. Ezer mochte zwar deutliche Signale senden, dass Sex im Augenblick nicht gewollt war, aber Ned wusste, es war nur eine Frage der Zeit, bis Ezer erneut Neds Schanz und sein Sperma brauchte, und Ned war gewillt, darauf zu warten.

Um genau zu sein, es *gefiel* ihm, darauf zu warten. Sehr sogar.

Er genoss es, erregt und frustriert zu sein. Es war aufregend.

Trotzdem wusste er, dass Ezer gegen seine Natur ankämpfte. Das Ganze war für Ezer schwerer als für ihn selbst, aber Ned würde Ezer nicht noch mehr von seiner Selbstbestimmung nehmen, indem er ihn drängte. Er würde Ezer in ihrem gemeinsamen Leben in keiner Weise und unter keinen Umständen irgendwie schikanieren. Er würde sich in Ezers Augen rehabilitieren, und das bedeutete, dass sich ihre Beziehung ganz nach Ezers Wünschen und Bedingungen weiter entwickeln würde, so weit ihre Natur es ihnen erlaubte.

Ned mochte ja in vielen Angelegenheiten ein Idiot sein, aber so viel wusste er zumindest schon mal.

Ezer seufzte im Schlaf und drehte sich Ned zu. Der Duft von Schlick erhob sich von seinem Körper, und Neds Schwanz wurde als Antwort darauf steif. Er war unglaublich geil, hielt sich aber zurück. Dass Ezer im Schlaf etwas Schlick produzierte wegen der Nähe des Alphas, der ihn geschwängert hatte, das war keine Erlaubnis. Es war einfach nur natürlich.

Ned hielt ganz still, bis er den Drang, Ezer anzufassen und zu ficken, unter Kontrolle hatte. Er beobachtete, wie gleichmäßig sich Ezers Brust hob und senkte. Als er sich an dem Anblick von Ezer in seinem Dornröschenschlaf satt gesehen hatte, rollte er sich auf den Rücken, weg von Ezers warmem Körper, und ließ die Brise aus dem offenen Fenster über seinen nackten Körper wehen.

Er dachte an die Zukunft, sowohl an die Nahe als auch an die weit Entfernte.

Ned wusste, dass er in einer Woche, spätestens zwei wieder in die Schule musste. Er würde Ezer bedienen, wann immer er konnte, aber als Alpha wurde von ihm verlangt, auch dann seine Verantwortungen weiterhin wahrzunehmen, falls sein Omega schwanger war. Und bis zum Abschluss war es seine Verantwortung, zur Schule zu gehen.

Ezer jedoch würde nicht mehr in die Schule gehen. Nie mehr.

Und das war, wie Ned fand, unfair. Er wusste, dass Ezer in manchen Fächern zu kämpfen hatte, dass er eine Lernschwäche hatte, aber er wusste auch von den verschiedenen Gruppenprojekten, die sie zusammen gemacht hatten, und weil er ihn heimlich dabei beobachtet hatte, wie er mathematische Probleme zum Spaß gelöst hatte, dass Ezer nicht nur klug war, sondern auch, dass er gern lernte.

Ned wusste, dass Lidell ihm sagen würde – und Ezers Vater würde ohne zu zögern zustimmen – Ezer sollte ab jetzt etwas über Kindererziehung lernen, und damit gut. Oder er könnte lernen, wie man für einen Alpha von Stand als Omega zu sein hatte, was bedeutete, wie man zum Beispiel Sitzpläne für Dinnerpartys machte, und bei welchen Omegas man sich einschleimen musste, um Neds zukünftige Ambitionen zu unterstützen. Das wäre der normale Weg, wenn sie älter wären und keine Teenager mehr, und wenn sie in ihrem Leben schon weiter wären, so wie die meisten Paare, wenn sie ein Kind in diese Welt brachten.

Aber für Teenager wie sie war das keine Option.

Ned hatte noch keine Karriere. Es gab keine Dinnerpartys. Und er wollte verdammt sein, sollte Lidell Ezer als Ersatz-Omega für seine eigene Karriere und seine Dinnerpartys missbrauchen. Nein, Ezer war jetzt sein Omega, und er würde ihn nicht mit seinem Vater teilen oder ihn herabwürdigen, indem er ihn als Mittel zum Zweck benutzte.

Ned runzelte die Stirn, als er daran dachte, wie er Ezer bei der Stange halten sollte, wenn das Baby erst da war. Er wusste, dass die Zeit der Schwangerschaft Ruhe erforderte, liebevolle Pflege, Entspannung und Sex, aber er konnte sich nicht vorstellen, dass Ezer auf lange Sicht damit zufrieden wäre, nur Papa zu sein. Nur ein Omega, der zuhause darauf wartete, dass das Leben seines Alphas begann.

Ezer würde ganz sicher mehr von ihm verlangen.

Ned zappelte unruhig und fragte sich, wie er dieses Problem lösen sollte.

Jetzt verstand er, wieso Ezers Vater für jede weitere Geburt Extra-Bezahlung versprochen hatte. Ezer unter Kontrolle zu haben, würde nicht leicht sein. Er war klug und nicht leicht zufrieden zu stellen. Es würde eine Menge Überlegung und Planung nötig sein.

Gut, dass Ned keinen einfachen Omega gewollt hatte.

Denn eines war so sicher wie die Hölle: Er hatte auch keinen von der Sorte bekommen.

TEIL 3

Nisten

Kapitel 20

„DAS IST ES?", fragte Ezer und drehte sich in dem weitläufigen Wohnbereich um sich selbst. Es gab drei bequeme Couches, die zusammen ein U bildeten. Ein ganze Fensterwand bot einen Ausblick aufs Meer und die Klippen. „Hier werde ich also in den nächsten vier Monaten leben? In diesem einzigen Zimmer?"

George hatte daheim für seinen Papa und später für Pete, einen zweistöckigen Nestbereich einbauen lassen. Und da er ausschließlich Omega- und Beta-Söhne hatte und es keinen Alpha im Haus gab, der die Omegas bedrohte oder auch nur zu sehen bekam, hatten Georges Omegas es genossen, sich frei überall im Haus bewegen zu können.

Im Vergleich dazu war dieses Nest winzig.

Earl, der Beta-Diener, der sich von Kindheit an um Ned gekümmert hatte, erstarrte bei Ezer harschem Tonfall. Beinahe hatte er Mitleid mit dem alten Mann. Es war ja durchaus auch ein schönes Zimmer, nach allen möglichen Standards ein wunderschönes Nest, aber als die Tage am Strand vorübergegangen waren, hatte Ezer sich mehr und mehr klaustrophobisch gefühlt, und es hatte ihn nervös gemacht, wenn er im Haus gewesen war.

Am Ende hatte er gefordert, dass Ned alle Türen und Fenster geöffnet hatte, wenn sie schlafen gingen. Und selbst dann noch kam er sich wie in der Falle vor. Und ihm war zu warm. Und er war so voll mit Neds ungewolltem Kind, dass er nicht atmen konnte.

Hier, in diesem Kellergewölbe an der Kante einer Klippe, befand er sich buchstäblich unter der Erde mit nur einem Blick auf die Außenwelt hinter Glas, um ihm zu zeigen, dass er nicht hier lebendig begraben war. Kein Balkon. Kein Garten. Und keine Fenster, die sich öffnen ließen, um frische Luft hereinzulassen.

„Es gibt noch eine Küche und ein Schlafzimmer, Sir", sagte Earl und deutete auf einen Flur, der noch tiefer in die Klippe hineinführte, in einen sogar noch erdrückenderen, fensterlosen Bereich.

Schweiß lief Ezer den Rücken hinunter. Er nahm einen tiefen Atemzug.

„Wo ist Ned?", fragte er noch einmal, obwohl er die Antwort bereits kannte. Es nervte ihn, dass er sich jetzt so viel besser fühlte, wenn Ned bei ihm war. Es machte ihn wütend zu wissen, dass es ihm recht sein würde, in diesem klaustrophobischen Albtraum von einem Untergrundnest gefangen zu sein, wenn er sich einfach ergeben und sich von Ned ficken lassen würde, oder ihm erlauben würde, in seinen Mund zu kommen, oder wenn er zumindest Neds Samen aus einem Glas trinken würde. Aber er weigerte sich, klein beizugeben. Er würde nicht noch einmal die Kontrolle verlieren. Und wenn er auch nur einen Zentimeter nachgab, dann würde genau das passieren. Er würde sich im Sex und in der Lust verlieren, und die Zufriedenheit, die alle schwangeren Omegas ergriff, würde sich einstellen. Er würde sich selbst verlieren. Er würde *Ezer* verlieren.

Er würde die glückliche, notgeile Schlampe sein, die sein Vater sich wünschte. Und auch wenn er wusste, dass es unvermeidlich war – er musste nachgeben – so war es notwendig, so lange wie nur irgendwie möglich Widerstand zu leisten und er selbst zu bleiben. Er wollte nicht vergessen, dass er Ned hasste, und seinen Vater, und das Schwangersein. Noch nicht.

Aber er wollte auch nicht leiden und krank werden, noch wollte er das Baby verlieren. Für das er – aus irgendeinem geisteskranken Grund – das starke Bedürfnis fühlte, es vor Schaden zu bewahren. Ungewollt, und doch gewollt. Das arme Kind würde genauso verwirrt aufwachsen, wie Ezer gewesen war, wenn er nicht aufpasste.

Gewesen war? Wohl besser: noch war. Ezer hatte noch nie in seinem Leben unter mehr Verwirrung gelitten als jetzt.

Noch ein Gefühl, das sich in Luft auflösen würde, wenn er nachgab und Ned bat, eine Ladung in seine Kehle zu schießen. Aber dazu war er noch nicht bereit. Deshalb hatte er sich darauf beschränkt, seinen nackten Körper an Neds zu reiben, bis sie beide schwer atmeten und feucht von Vorsperma waren, und dann beendete er stets das Ganze.

Er musste zugeben, dass etwas sehr Betörendes an Neds Gesichtsausdruck war, wenn Ezer ihn an diesem Punkt hängen ließ. Neds Ständer war aderig und pochte spürbar, sein Atem ging schwer, und seine Hoden waren fest an den Körper hochgezogen, seine Nippel hart und spitz.

Alles an ihm brauchte Ezer und verzehrte sich nach ihm.

Und alles wies Ezer zurück.

Die Macht, die darin lag, Ned all das zu versagen, war beinahe so erregend wie der eigentliche Sex, so vermutete er, sein würde.

„Ned ist bei seinem Vater", antwortete Earl, und es schien, als würde er sich wiederholen. „Ist alles in Ordnung mit Ihnen, Sir? Soll ich ihn für Sie holen?"

Ezer versuchte, einmal nicht versaute Gedanken zu haben und sich daran zu erinnern, über was Earl und er sich unterhalten hatten. Seltsamerweise dachte er an Ned, stellte sich vor, er würde vor ihm stehen, nackt und erregt. Und noch seltsamer, dass dieser Gedanke ihn sowohl zu beruhigen als auch zu verärgern schien. Alles auf einmal. Aber so war es. „Äh, was? Tut mir leid? Was hast du mich gefragt?" Erneut ließ Ezer den Blick über das Nest wandern und fühlte sich darin eingeschlossen. Selbst das Glas der Fensterwand schien auf seine Haut zu drücken und ihm Schmerzen zuzufügen.

„Sie fragten mich erneut, wo Ned ist, Sir, und ich sagte Ihnen, dass er bei seinem Vater ist. Soll ich ihn für Sie holen?"

„Nein, nein", sagte Ezer. Er rieb sich die Arme und rutschte verlegen in seiner Jeans hin und her. Er fühlte sich in seiner Kleidung unheimlich beengt. Er konnte fast nicht atmen. Am liebsten wäre er nackt am Strand herumgelaufen, barfuß im Sand. Er wollte, dass Ned ihn dort fing, ihn auf eine der Dünen warf und ihm seinen Schwanz–

„Verflucht!" Ezer jammerte und kniff die Augen zu.

„Sir, ich glaube, es ist an der Zeit, dass Sie diese Kleidung loswerden", sagte Earl. „Ich helfe Ihnen gern beim Ausziehen."

Ezer knirschte mit den Zähnen, ließ sich aber von Earl helfen, den Hoodie, sein T-Shirt und seine Jeans auszuziehen. Seine Unterwäsche war von Schlick und Vorsperma durchnässt, aber Earl sagte nichts, als er sie an Ezers Beinen herunter und dann von seinen Füßen zog.

Er blickte nicht auf, als er die Kleidungsstücke auf den Armen einsammelte und sagte: „Warten Sie hier, Sir. Ich glaube, ich weiß, was Sie brauchen."

Ezer wollte widersprechen, aber er war so nackt wie am Tag seiner Geburt, ihm tat alles weh, er war benommen, zornig, verängstigt, beengt, und so verdammt geil, er hätte heulen mögen. Aber von Beta-Dienern konnte ein schwangerer Omega keine Privatsphäre erwarten. Es wurde vorausgesetzt, dass er sich mit Earl sicher und wohl fühlte in seiner Nacktheit, mit seinem

Ständer, seinem feuchten Arschloch und seiner erhitzten Haut.

Aber daran war nichts wahr, und es machte alles sehr unbehaglich. Trotzdem konnte er bereits fühlen, dass es bald wahr sein *würde*. Noch ein Teil seiner selbst, der verloren gehen würde in dieser Erfahrung, die er nicht einmal gewollt hatte. Mit einem Alpha, den er verabscheute.

„Bitte", flüsterte er in den leeren Raum, „Hilf mir…"

Die Tür öffnete sich, und dieses Mal war es nicht Earl, der zurückkehrte. Es war der Mann, den er am allermeisten und am wenigsten sehen wollte.

Mann?

Nein, sie waren beide noch Jungen.

Das machte das Ganze nur noch grausamer, fand Ezer. Sie waren beide noch so jung. Dennoch, als Ned seine Arme um Ezer schlang, fühlte Ezer unendliche Erleichterung.

„Soll ich dir helfen?", schlug Ned vor.

Ezer wand sich in seinen Armen und versuchte, so viel von Neds Geruch aufzunehmen, dass er nicht mehr brauchen würde, aber er wusste, dass das sinnlos war. Tränen liefen ihm übers Gesicht, als er nickte.

„Ja. Bitte hilf mir."

NED STAND IM Arbeitszimmer seines Vaters und dachte noch immer an Earls Gesichtsausdruck, als er mit Ezer hier angekommen war. Die Enttäuschung, die Verärgerung, der Zorn. Er hatte noch nicht damit gerechnet, dass der alte Diener bereits aus dem Haus seines Onkels zurückgekehrt war. Und selbst wenn er diese Möglichkeit in Betracht gezogen hätte, hätte er angenommen, Lidell hätte alles erklärt, und dass Earl ihn verstehen würde.

Aber nein. Es war eindeutig, dass Earl nichts verstand.

Einen Moment lang hatte Ned gedacht, sein alter Kindheitsdiener würde Ned zusammenstauchen, wie er es früher getan hatte, wenn Ned ein unartiges Kind gewesen war, und würde ihn wegen seiner Entscheidung ausschimpfen. Aber er hatte Earl unterschätzt. Der Mann Ned einen vernichtenden Blick zugeworfen und dann Ezer begrüßt, mit der respektvollen, höflichen Distanz eines gut geschulten, erstklassigen Dieners.

Nach ein paar peinlichen Momenten hatte Earl vorgeschlagen, dass er mit Ezer nach unten gehen und ihm das Nest zeigen würde, welches hergerichtet worden war. Und er hatte Ned gesagt, dass sein Vater in dessen Arbeitszimmer auf ihn wartete, um über den Verlauf der Hitze ins Bild gesetzt zu werden. Lidell hatte genug Geistesgegenwart bewiesen, sie nicht am Eingang des Hauses zu begrüßen, so wie Earl es getan hatte. Ein Alpha würde nicht so ohne weiteres die Gegenwart eines anderen Alphas in der Nähe seines schwangeren Omegas tolerieren. Selbst dann nicht, wenn dieser Alpha sein eigener Vater war.

Immer noch verwirrt und verlegen fragte Ned sich, wann er Gelegenheit bekommen würde, Earl alles aus seiner Sicht zu erklären, während er dem Bericht seines Vaters zuhörte: Heaths Beta-Sohn hatte überlebt, war aber immer noch kränklich. Und Earl war sehr ungehalten gewesen, als er bei seiner Rückkehr herausfand, welches Arrangement Lidell ausgehandelt hatte. „Ich war schon in Versuchung, ihn zu feuern", sagte Lidell. „Aber dann dachte ich, du willst bestimmt, dass er dir mit deinem Omega und dem Baby hilft, falls eins unterwegs ist."

Ned wusste nicht, was er dazu sagen sollte, was nichts machte, weil sein Vater einfach weiterredete. „Wenn Heaths neues Baby nicht immer noch so krank wäre, würde Earl zweifellos mit Simon über alles reden. Der würde es dann Heath erzählen, und dann würde dein Onkel hier vor der Tür stehen, so überheblich wie immer, und Drohungen ausstoßen. Tja, jetzt kann er nichts mehr ändern, oder? Was getan ist, ist getan."

„Ja", stimmte Ned zu.

„Und was genau ist getan?", fragte Lidell. „ Merkst du schon was? Hat es geklappt?"

Ned nickte. „Ich denke schon."

Lidell stand auf und ging um den Schreibtisch herum, um Ned zu umarmen.

„Das bringt uns noch einen Haufen Geld ein, vorausgesetzt, bei der Geburt geht nichts schief."

War das Geld alles, was seinen Vater interessierte? Keine Freude darüber, dass er Großvater wurde? Keine Sorge um Ezers Gesundheit?

„Was die Geburt angeht," sagte Ned. „Ezer ist ziemlich schmächtig. Ich mache mir Sorgen, dass–"

„Unsinn. Es wird alles gut gehen. Wir werden den besten Arzt für ihn bereit stellen. Denk immer daran, Omegas sind dafür gebaut zu gebären. Es ist etwas Natürliches. Also mach dich nicht verrückt."

Ned starrte Lidell an. „Aber wie kannst du das sagen, nachdem mein eigener Omega-Papa–"

„Das war eine furchtbare Sache, aber alles in allem sehr ungewöhnlich." Lidell legte eine Hand auf sein Herz, hob den Blick an die Decke und sagte: „Gesegnet seist du, Sandrino." Dann wandte er seine Aufmerksamkeit erneut Ned zu. „Ich dachte mir, ich werde dich hier nur nervös machen, ein zweiter Alpha so dicht bei dem Nest deines Omegas. Ich denke daher, ich werde ein bisschen von dem Geld dazu verwenden, eine Zeitlang aufs Land zu fahren. Es macht dir doch nichts aus, wenn ich dich und deinen Omega hier mit Earl allein lassen?"

„Vater–"

„Sir." Earls Stimme durchschnitt den Raum. „Ned, ich glaube, dein Omega braucht dich."

Mehr war nicht nötig, um Ned von dem geldgierigen Blick seines Vaters zu befreien und dafür zu sorgen, dass er im Eiltempo zum Nest rannte, dass er bisher noch nicht einmal selbst hatte in Augenschein nehmen können. Er hoffte, dass es Ezer gefiel.

Earl trottete hinter Ned her und konnte kaum mithalten. „Sir, ich würde dich lebend gern für dieses Desaster tadeln, in das du und dieser Junge euch habt einwickeln lassen, aber ich nehme mal an, jetzt wäre dazu ein schlechter Zeitpunkt. Dein Omega ist kurz vor einer Panik. Ich denke, deine letzte Samengabe lässt nach."

Ned rannte schneller und ließ Earl und dessen Missbilligung oben an der Treppe zurück, die nach unten ins Kellergeschoss führte. „Ich kümmere mich darum."

Aber als Ezer erst vor ihm stand, nackt und am Rande der Hysterie, war Ned nicht mehr so sicher, dass er sich angemessen darum kümmern *konnte*. Ned wusste, was er tun *wollte* – alles, um seinen Omega zufrieden zu stellen, selbst wenn das bedeutete, ihm Raum zu geben und die Kontrolle zu überlassen. Aber er wusste auch, dass Ezer Neds Samen in seinem Körper *brauchte*, mehr als alles andere. Damit Ruhe und Frieden in seinen Körper und Geist einkehren konnte, was dabei half, dass sich die Schwangerschaft geschützt und sicher entwickeln konnte. Er wusste auch, dass Ezer nicht einmal eine Handvoll Weintrauben gegessen hatte, bevor sie heute Morgen aufgebrochen waren, und danach hatte er den ganzen Tag lang auch nichts mehr gegessen. Ezer brauchte nicht nur seinen Alpha – sein Blutzucker war zu niedrig, und angesichts seines aufgelösten Zustandes, die aufgerissenen Augen, das Zittern, war Ned klar, dass er Ezer jetzt auf keinen Fall überzeugen konnte, etwas zu essen, ohne ihn zuvor in einen Zustand der Zufriedenheit zu versetzen.

„Knie dich hin für mich", sagte Ned mit einer Bestimmtheit,

die nichts von seiner inneren Panik verriet. Er erkannte Ezers anfänglichen Widerstand an der Art, wie Ezer die Lippen zusammenpresste. Und er sah es in Ezers Augen. Aber als Ezer schließlich auf die Knie ging, löste sich Neds nervöse Anspannung. „Mund auf."

Ezers Wangen röteten sich, und er warf einen scharfen Blick nach oben in Neds Gesicht. Aber er öffnete den Mund, wenn auch mit einem Hauch von Trotz.

„Gut", sagte Ned ermutigend. „Bleib so."

Ezer knurrte, aber dann öffnete er erneut den Mund. Er streckte seine Zunge heraus und schloss die Augen. Er wartete. Ned wollte Ezers Augen sehen, wollte von ihnen angesehen werden, auch wenn sie vielleicht voller Panik, Wut und Furcht sein mochten.

„Sieh mich an", murmelte Ned.

Ezer schüttelte Kopf.

„Nein?"

Ezer streckte seine Zunge noch weiter heraus, dann zog er sie wieder hinein und sagte: „Tu es einfach. Bitte. Ich kann hier drin nicht atmen. Ich halte es nicht aus. Hilf mir einfach, verflucht. Komm in meinen Mund. Ich werde schlucken."

Als Ezer aufhörte zu reden und erneut den Mund öffnete, wollte Ned auf keinen Fall riskieren, sein Vertrauen zu verlieren, indem er mehr von Ezer nahm, als der ihm anbot. Also fasste er Ezer nicht an. Stattdessen holte er seinen Schwanz aus seiner Jeans, wichste einige Male, bis er vollkommen hart war, und dann holte er sich schnell und brutal einen runter. Er starrte den Puls an Ezer Kehle an, und Ezers Wimpern, die auf seinen erhitzten Wangen lagen, und wie das Licht vom Fenster in Ezers dunklen Locken schimmerte.

„Ah", stöhnte Ned auf und spritzte eine heftige Ladung ab. Es war sein erster Orgasmus seit dem Ende der Hitze. Er fuhr ihm durch Mark und Bein, als würde eine Bombe hochgehen.

Weißes Sperma landete auf Ezers roter Zunge. Ned schob seine Hüften nach vorn, sodass seine Eichel in Ezers weit geöffnetem Mund ragte, aber ansonsten fasste er Ezer nicht an. Er selbst blieb ganz still stehen. Er ejakulierte ein ums andere Mal, bis seine Knie zitterten. Er stöhnte, als Ezers Mund voll war, und Ezer gierig Neds Sperma herunterschluckte.

Nachdem er seinem Orgasmus noch ein letztes Pulsieren abgerungen hatte, begann Ned, sich zu entziehen, aber Ezer streckte die Zunge hervor und fuhr damit über Neds feuchte Eichel, um auch den letzten Tropfen zu ergattern und Ned sauberzulecken. Schweißperlen lösten sich von Neds Schläfen und liefen ihm über die Wangen. Seine Hände zitterten, als er seinen Schwanz wieder wegsteckte und dann zurücktrat und wartete.

Ezer blieb auf den Knien, die Augen geschlossen, die Hände auf seinen mageren Schenkeln abgelegt. Sein Ständer reckte sich hart und gerötet in die Höhe. Er sah schmerzhaft aus, und auch verloren über Ezers kleinen, strammen Eiern. Eine Träne lief ihm über die Wange, aber er sagte nichts und bewegte sich auch nicht.

Ned schwieg ebenfalls. In vielerlei Hinsicht war Ezer noch immer ein Fremder für ihn, aber inzwischen kannte er seine Körpersprache gut genug, um zu wissen, dass es in diesem Moment als eine Art Vergewaltigung betrachtet werden würde, ihn anzufassen.

Schließlich öffnete Ezer seine Augen, starrte Ned mit einem Blick an, der so voller Wut war, dass er Ned durch Mark und Bein ging, und nahm seinen eigenen Schwanz in die Hand. Er wichste sich nur zweimal kurz, dann schrie er seinen Orgasmus hinaus. Das Sperma traf Neds Jeans in dicken Spritzern von den Knien abwärts.

Als es vorbei war, stand Ezer auf, drückte sich erneut an Ned und klammerte sich an ihn. Es fühlte sich nicht wie Zuneigung an, sondern wie blanke Wut. Ned schlang seine Arme um ihn und versuchte, das alles irgendwie im Zaum zu halten, in der Hoffnung, den glühenden Zorn in etwas zu verwandeln, das weicher, sanfter und gesünder war.

„Besser?", fragte er, nachdem er Ezers nackten Körper einige Minuten lang an seinem bekleideten gehalten hatte.

Ezer nickte und entzog sich Neds Armen. Er blickte sich im Raum um und ließ die Schultern hängen.

„Was? Fehlt irgendetwas? Gefällt es dir nicht?"

„Nein", flüsterte Ezer. „Jetzt ist es in Ordnung."

Er klang niedergeschlagen, als er sich auf die am nächsten stehende Couch setzte, herrlich nackt und noch immer erhitzt von seinem Orgasmus. Sein Blick wanderte zur Fensterwand.

„Ja, es ist schon in Ordnung jetzt."

Aber Ezer hörte sich überhaupt nicht in Ordnung an.

Kapitel 21

„MEIN VATER LÄSST dich grüßen", sagte Ned und ging in den Küchenbereich des Nests, während Ezer einfach dasaß und ihn beobachtete. Er wirkte jetzt etwas ruhiger, hatte sich aber bereits über die Größe des Nests beklagt, dass das Schlafzimmer zu dunkel war und dass es im Küchenbereich keine Fenster gab, da es nur ein abgetrennter Bereich versteckt hinter dem Wohnzimmer war.

Ned hatte versucht, ihm zu versichern, dass jedes Zimmer des Nests reichlich gelüftet werden konnte, und zwar aufgrund eines komplizierten Ventilationssystems, das für einen konstanten Luftstrom sorgte, dabei weißes Rauschen produzierte und in allen Räumen eine leichte Brise wehen ließ.

Das erleichterte Ezer keineswegs. Ned fing an, sich Sorgen zu machen, dass das Nest im Haus seines Vaters einfach nicht für seinen Omega geeignet war.

„Lidell wird diesen Bereich hier unten nicht betreten. Und er hat vor, in Kürze in einen längeren Urlaub aufzubrechen, um uns Privatsphäre zu geben."

„Dann werde ich ihn nicht zu Gesicht kriegen?"

„Nicht, falls du nicht vorhast, in den nächsten paar Tagen das Nest zu verlassen und nach draußen an den Pool zu gehen, zum Schwimmen und Sonnenbaden. Ich habe gehört, dass es angenehm sein soll, im Wasser zu sein, während sich dein Körper verändert und das Baby wächst."

„Was ist mit den Dienern?", fragte Ezer.

„Wir haben sonst keine. Nur Earl."

Ezer ballte auf dem Schoß seine Hände zu Fäusten und murmelte: „Den Pool würde ich gern sehen. Ja."

„In dem Fall könnte mein Vater dir noch begegnen, bis es so weit ist, dass er die Stadt verlässt. Wenn dir das unangenehm ist, können wir ihn einfach jedes Mal warnen, wenn du–"

„Ist schon gut."

„Er ist ein Alpha", sagte Ned und bestätigte das Offensichtliche – zu Ezers eindeutigem Ärger. Der sich aber sofort wieder in dumpfe, entspannte Ruhe auflöste.

Der Samen tut seine Arbeit.

„Wird dich das stören?", fragte Ezer emotionslos. „Vertraust du ihm mit mir?"

Ned dachte eine Sekunde darüber nach, dann nickte er. „Man kann ihm kein Geld anvertrauen, damit kann er absolut nicht umgehen. Aber er hatte noch nie eine Schwäche für Omegas, und ich vertraue ihm in der Tat. Ja."

„Du kämst damit zurecht, dass er mich nackt sieht? Und schwanger?"

Ned runzelte die Stirn. Ezer klang so gefühllos und ein wenig stumpf. Das gefiel ihm nicht. Er wollte, dass Ezer ruhiger war, ja, aber nicht so.

Auch der Gedanke, dass sein Vater Ezer nackt und schwanger sehen würde, gefiel ihm nicht, jedoch glaubte er nicht, dass sein Vater das ausnutzen würde. Solange es Ezer nichts ausmachte, dass er möglicherweise am Pool gesehen wurde, dann konnte Ned damit zurechtkommen. Wahrscheinlich.

„Du kannst den Pool herzlich gern benutzen, wann immer du Lust hast", sagte Ned. „Du bist jetzt hier zuhause. Nach dem Abendessen zeige ich dir den Weg."

Ezer lächelte, aber nur ein bisschen. Es war, als wäre er aus

Glas: Fragil, zerbrechlich. Sein Magen knurrte.

Ned hatte das Essen fast fertig. Er musste nur noch die Beilage hinzufügen und – tadaa, fertig.

„Lass uns im Wohnzimmer essen", schlug er vor. „Da haben wir's bequemer."

Ezer nahm von Ned den Teller mit einem erleichterten halben Lächeln entgegen und folgte ihm in das größere Zimmer. Sie setzten sich auf das Sofa gegenüber der Wand mit dem großen Fernseher und anderen Bildschirmen. Ned bemerkte, dass Earl im Nest Lavendelduft verteilt hatte, um Ezers Nerven zu beruhigen. Zusammen mit der duftenden Pasta ergab das eine angenehme Mixtur, und alles in allem fand Ned, dass das Nest einen sehr heimeligen Vibe hatte.

„Es gibt hier Internetanschluss", sagte Ned und deutete mit seiner Gabel auf einen Bildschirm. „Falls du mit Freunden oder Familie Kontakt aufnehmen willst, kannst du das jederzeit. Du bist hier nicht allein."

„Ich habe nicht viele Freunde", sagte Ezer achselzuckend. „Aber vielleicht kontaktiere ich meine Brüder."

„Das solltest du", ermutigte ihn Ned.

Er wusste, dass manche Omegas während der Schwangerschaft zu glücklichen Einsiedlern wurden, aber er hatte das Gefühl, Ezer würde den Kontakt zu anderen Menschen brauchen, besonders wenn Ned wieder in die Schule ging. Earl schien auf Ezer keinen so wundervollen Eindruck gemacht zu haben, so wie Ezer jedes Mal bewusst vermied, Earl anzuschauen, wenn der hereinkam.

Ned sollte ihn danach fragen, um wenigstens eins der Probleme direkt anzusprechen.

„Willst du einen anderen Diener? Vielleicht jemanden aus deinem Elternhaus? Ich könnte mit deinem Vater über einen Transfer für die Dauer–"

„Kann Earl mich schon jetzt nicht mehr leiden?", fragte Ezer, nahm einen zu großen Bissen von seiner Pasta und runzelte die Stirn, als etwas von dem Öl auf seine Brust tropfte.

Ned bewunderte Ezers rosafarbene Nippel und unterdrückte den Drang, sich vorzubeugen und das Öl fortzulecken. Ihn erregte der plötzliche Gedanke, dass diese Nippel in naher Zukunft anschwellen würden. Ezers Brust würde Milch erzeugen, und sein Bauch würde wachsen, fest und rund, mit ihrem Kind darin–"

Es war so viel. Einfach zu viel.

Sie waren noch zu jung.

Ned musste damit aufhören, das zu denken, denn jung oder nicht, sie hatten es getan, und taten es noch und mussten es auch weiterhin tun. Ein Baby war unterwegs.

„Er hat nichts gesagt, weder so noch so", antwortete Ned. „Aber ich kann mir nicht vorstellen, dass er dich nicht mögen würde. Ich habe nur den Eindruck, dass *du ihn* nicht magst."

„Oh." Ezer schüttelte den Kopf. „Er ist okay. Er hat mich ja auch bereits nackt gesehen. Ich möchte nicht mit jemand anderem noch einmal ganz von vorn anfangen. Earl wird schon passen."

„Dann hast du also kein Problem mit ihm?"

„Ich habe ein Problem mit dem Ganzen hier!", sagte Ezer und gestikulierte durch den Raum, dann an seinem Körper herunter und zwischen ihnen beiden hin und her. „Ich bin nicht wie du. Ich kann nicht so tun, als wäre alles okay und ich wäre nicht traurig und hätte keine Angst." Er nahm noch eine Gabel voll und kaute den Bissen zornig. „Ich weiß, du willst, dass ich mich von dir dumm und dusselig ficken lasse, und ich habe keinen Zweifel, dass das in Kürze so sein wird. Aber jetzt *will* ich das noch nicht: Ich will ich selbst bleiben. Ich will wütend bleiben."

„Okay.", sagte Ned.

„Das ist alles? Einfach okay?"

„Ich werde nicht mit dir darüber streiten."

Ezer warf seine Gabel auf den Teller und starrte Ned finster an. „Was, wenn ich aber will, dass du mit mir darüber streitest?"

„Tja, dann wirst du enttäuscht sein."

Ezer stand auf und warf seinen Teller mit der Pasta auf den Boden. Die Nudeln rollten sich zu einem öligen Haufen zusammen, und der Teller schepperte. Ned beobachtete alles fassungslos und schwieg schockiert.

Aber Ezer war noch nicht fertig. Er ging hinüber zu Ned, packte dessen Abendbrot und warf auch das herunter. Dieses Mal erschraken beide, als die Pasta sich an der ganzen Wand verteilte und der Teller zerbrach.

„Tu was!", rief Ezer „Mach irgendwas! Aber tu nicht, als wäre das hier in Ordnung!"

Ned blinzelte, schaute erst die Pasta an der Wand an, dann Ezers wütenden Gesichtsausdruck. Er hatte keine Ahnung, was er sagen oder tun sollte. In seinem Kopf herrschte Stille, nur das Summen eines weißen Rauschens, bei dem er nicht denken konnte. Aber die Stille hielt nicht lange an.

Ezer nahm das Glas, aus dem er getrunken hatte, und warf auch das an die Wand, wo es zerschellte. Dann dasselbe mit Neds Glas.

Schließlich gab Ezer einen markerschütternden Schrei von sich und schien irgendwie ebenfalls zu zerbrechen.

Und dann wandte er sich Ned zu und versuchte, auch ihn zu zerbrechen.

„Hey!", sagte Ned und hob beide Hände. „Lass uns–"

„Halt die Klappe!", schrie Ezer und schob Neds Schultern

zurück in das Sofa. „Halt einfach die Klappe.“

Und das tat Ned. Ezer empfand für eine Sekunde so etwas wie einen Machtrausch, so wie in dem Hitze-Haus am Strand, als er Ned zum ersten Mal gezwungen hatte, zu warten. Als er ihn geil gemacht und dann stehen gelassen hatte. Schwindelig vor Zorn und sexuellem Verlangen griff Ezer nach den Knöpfen von Neds Jeans und riss sie auf. Er schlug auf Neds Oberschenkel, als Strafe dafür, dass er seine Hüften gehoben hatte, um es Ezer leichter zu machen, seine Unterwäsche halbwegs an den Schenkeln herunterzuziehen. Er wollte es gar nicht leicht haben.

Ezer war nicht überrascht zu sehen, dass Ned bereits einen Ständer hatte. Natürlich wollte er ficken. Natürlich!

„Wehr dich!“, forderte Ezer. „Schubs mich. Schlag mich.“

Ned starrte ihn an, reglos. Er atmete heftig, und seine Hände waren an seinen Seiten zu Fäusten geballt.

„Na komm“, flüsterte Ezer und schubste Ned fest gegen die Schultern und zurück ins Sofa. „Verdammt nochmal, *kämpfe* gegen mich.“

Neds Ständer pulsierte und verlor Vorsperma bei der groben Behandlung. Ezer war nicht überrascht davon. Aber er *war* wirklich wütend.

Er war immer noch unheimlich *wütend*.

Nachdem Ezer auf das Sofa geklettert war, hockte er sich hin, mit den Füßen zu beiden Seiten von Neds Hüften. Angesicht zu Angesicht, so nah, dass sie des jeweils anderen Atem spürten. Ezer nahm Neds harten Schwanz in die Hand.

„Willst du es?“, stieß er zwischen zusammengebissenen Zähnen hervor.

Ned blinzelte nur stumm.

„Ich weiß, dass du es willst. Du willst, dass ich mich von dir ficken lasse. Du willst mir deinen Schwanz reinstecken, stimmt's?“

Ned hob die Brauen, aber er schwieg weiter beharrlich.

„Tja, ich lasse dich aber nicht. Ich werde mich selbst ficken, verstanden? Ich werde mich *selbst* ficken."

Ned schluckte. Ezer konnte den Puls in Ned Kehle hämmern sehen. Ezers Schwanz pochte. Er war extrem hart geworden, nachdem er sich so über Neds Ständer in Position gebracht hatte.

„Kapierst du es nicht? Ich hasse dich!", sagte Ezer, dann ließ er sich langsam hinab. Er warf genussvoll den Kopf zurück, als er den perfekten, samtweichen Druck gegen sein Loch spürte, und dann stöhnte er, als Neds dicker, fetter Schwanz tief in ihm war, sich an seinen Schlickdrüsen rieb und seine Prostata massierte. Ned füllte Ezer auf so makellose Weise, wie man es sich nur vorstellen konnte. „Ich hasse dich so sehr, verdammt."

Ned hielt ganz still, während Ezer ihn ritt, ihn benutzte und sich auf seinem Ständer zum Orgasmus brachte. Er stieß nicht zu, er hielt Ezers Hüften nicht fest, aber er starrte in Ezers Gesicht, mit einer Intensität, die Ezer nicht verstand. Und Ned schien nicht dem Orgasmus nahe zu sein.

Ezer klammerte sich wimmernd an Neds kräftigen Hals, bewegte sich auf und ab, und rang seinem Körper unbefriedigende Höhepunkte ab. Es kam dem, was er brauchte, so nahe – aber es war nicht genug. Es war einfach nicht genug. „Bitte...", flüsterte er. „Ich brauche... ich brauche dich..."

Aber Ned weigerte sich. Er spielte weiterhin die Statue aus Fleisch und Blut.

„Ned", stöhnte Ezer. „Ich kann nicht... Ich kann einfach nicht" Er ritt Ned schneller, härter. Seine Schenkel brannten von der Anstrengung, sein Schwanz war schmerzhaft hart, und mit jedem Reiben über Neds Bauch wurde es schlimmer. Seine Nippel waren so hart und steif, dass es beinahe stach. „Hilf mir."

Ned murmelte: „Bettele darum."

Ezer schüttelte den Kopf. Seine Sturheit kehrte zurück.

„Nein. Nimm es dir einfach. Sei ein Brutalo."

Ned hielt still. Sein Schwanz war in Ezer, hart, steif, und rieb all die richtigen Stellen in Ezer, während der sich auf Ned wand.

„Schön", knurrte Ezer. „Komm in mir, Ned. Mach, dass *ich* komme. Fass mich an. Fick mich."

Ned grinste schmutzig. „Das war kein Betteln."

„Mach schon!", schrie Ezer, der inzwischen recht verzweifelt war. Und die allgegenwärtige Wut schien neu zu entflammen, sogar, wenn er es gar nicht wollte, sondern stattdessen in seine Lust entfliehen, so wie zuvor während seiner Hitze.

„Sieh nur, was für ein lieber, unterwürfiger Junge du bist", neckte Ned ihn. Dann packte er Ezers Hüften und brachte dessen wilden Ritt zum Stillstand. Er stand auf. Ezer schlang die Beine um Neds Taille, um weiterhin auf seinem Ständer zu bleiben, und hielt sich an seinem Hals fest. „Schauen wir mal, wie dir *das* gefällt."

Er ging mit Ezer zur nächsten Wand und drückte ihn dagegen. Dann packte er die Unterseiten von Ezers Schenkeln und demonstrierte seine überlegene Stärke, indem er Ezer einfach durch den Druck oben an der Wand hielt, mit seinem Ständer tief in ihm. Er hatte Ezers Beine so fest gepackt, dass es ein bisschen weh tat, aber Ezer wollte es auch nicht lieb und nett – also, es war perfekt!

„Gottverdammt!", sagte Ezer und krallte sich in Neds Schultern. „Fick mich!"

Das tat Ned. Und Ezer, in seiner verwundbaren, die Schwerkraft herausfordernden Lage, war ihm hilflos ausgeliefert. Sein Arsch wurde hart von Neds dickem, herrlichen Ständer bearbeitet, seine Hände klammerten sich an Neds kräftige Schultern, und sein Arschloch zog sich mit jedem von Neds Hüftstößen zusammen. Ned war geradezu lächerlich sexy – wie hatte ihm das bisher nur entgangen sein können? Und von ihm gefickt zu werden, war ein so gottverdammt gutes Gefühl, dass es nicht zu fassen war. Ezer wollte es hassen, er wollte sich an seinen Zorn klammern, aber er war beinahe sofort zu überwältigt von der schluderig-guten Schlick-Nässe, um das noch hinzukriegen.

Sein Arschloch war eine Quelle von Schlick. Und seine Beine zitterten in Neds Griff. Sein Körper wurde von einem Höhepunkt nach dem anderen geschüttelt, Sperma spritzte zwischen ihnen. Ezer war beinah so von Sinnen wie während der Hitze, aber er war nicht sicher, wie viel mehr davon er noch ertragen können würde. Anders als die Hitze, die ihm auf überirdische Weise endlos erschienen war, fühlte sich das hier an wie eine fortwährende Krise – er wollte, dass es endlich vorbeiging, und dann wollte er, dass alles wieder von vorn begann.

„So ist es richtig“, sagte Ned. „Das ist es, was du wolltest.“

Ezer hätte am liebsten geschrien, mit den Fäusten an Neds Brust geschlagen und es abgestritten. Stattdessen aber verursachten Neds Worte nur einen weiteren Orgasmus in ihm. Er schrie hilflos auf und erzitterte vor Lust.

„So ein guter Junge“, lobte Ned. „Scheiße, ich liebe dich zu ficken so sehr.“

Ezers Augen füllten sich mit Tränen, als diese Worte ihn mit ungewollter Zufriedenheit erfüllten. Nein, er *wollte* es keinesfalls, aber er *brauchte* es. Er liebte es, von Ned begehrt zu werden. Und dass er Ned ebenfalls begehrte, konnte er nicht leugnen.

„Na, siehst du“, sagte Ned mit rauer Stimme. „Es wird dir gleich viel besser gehen.“

Ezer klammerte sich an Neds Schultern, als Neds Hüftstöße schneller wurden, heftiger, bis sie in einem explosiven, schweißparfürmierten, stöhnenden Orgasmus endeten. Neds Körper erbebte, und seine Arme drohten einen Augenblick lang, Ezer fallen zu lassen, dann aber beugte er sich nach vorn, sodass er Ezer mit seinem gesamten Gewicht gegen die Wand drückte, und küsste Ezers Hals, seine Schlüsselbeine und seine Schultern, mied aber bewusst Ezers Mund und Ezers Nippel.

„Bitte mich", flüsterte Ned, als er damit fertig war, in Ezers Arsch zu kommen. „Bitte mich, dich zu küssen."

Ezer schüttelte den Kopf. Das würde er nicht tun. Niemals.

Aber schon nach wenigen Momenten spürte er die Wirkung von Neds Samen in sich, an der Art, wie seine Emotionen sich beruhigten, an der zärtlichen Zuneigung, die in sein Herz und seine Gedanken zu tröpfeln schien. Seine Biologie spielte ihm diesen Streich und zwang ihn zu sagen: „Küss mich." Es war einfach nicht fair.

Ned rieb seine Nase an Ezers Hals und in Ezers Haar. Und dann , so lieb und zart, als wäre es ihr erster Kuss – und in einem gewissen Sinn war er das auch, da die anderen während der unkontrollierbaren Hitze und eher zwanghaft stattgefunden hatten – drückte er seine Lippen auf Ezers. Ezer stöhnte unter Neds Zärtlichkeit, den sanften Lippen und der behutsamen Zunge, und er erwischte sich selbst dabei, nicht von Neds Mund ablassen zu können, als der Kuss endete.

„Aber, aber…", sagte Ned, stellte Ezer auf die Füße und hielt ihn aufrecht. Er spürte, dass etwas von dem kostbaren Samen aus ihm herauslief, und griff nach unten, um ihn wieder hineinzudrücken. Er brauchte ihn in sich… sonst würde er das hier schon zu bald erneut wollen.

Neds Blick folgte seinen hektischen Versuchen, den Samen wieder hochzudrücken. Er hob Ezer in seine Arme und trug ihn aus dem hellen Wohnbereich durch einen dunklen Flur in ein noch dunkleres Schlafzimmer.

Keine Fenster.

Nur die eine Tür.

Das Bett war weich und schmiegte sich glatt und kühl an Ezers Rücken.

„Sag mir", begann Ned und legte sich auf Ezer. „Sag mir, was du brauchst."

„Tu es noch einmal", sagte Ezer und verriet sich selbst mit seinen nächsten Worten. „Mach, dass es weg geht. Mach, dass ich weg bin. Mach, dass nur noch du in mir bist."

Und wie es schien, tat Ned ihm nur allzu gern den Gefallen.

NED VERLIEß EZER, der völlig erledigt eingeschlafen war, in dem dunklen Schlafzimmer. Es waren drei Male nötig gewesen, und jeder Fick war heftiger und länger gewesen als der davor, bis Ezer seiner Natur nachgab und ihnen beiden erlaubte, das Glücksgefühl zu genießen. Zuerst hatte er Neds Spermaladung geschluckt, dann hatte er sie erneut mit dem Arsch aufgenommen, und mit jedem Mal war Ezer entspannter geworden, ruhiger, intimer und empfänglicher.

Für Ned war es der beste Sex seines Lebens gewesen, mal abgesehen von der Hitze, aber er wusste, dass es immer noch nicht so gut war, wie es hätte sein können. Auch, wenn sein Alpha-Samen bei Ezer seine Wirkung tat, leistete Ezers Herz noch immer Widerstand. Es war keine echte Zuneigung da. Noch nicht.

Da stand immer noch zu viel zwischen ihnen. Falls es ihm gelang, Ezer lange genug im Zaum zu halten, würden sie demnächst ruhig und vernünftig über ihre Vergangenheit, Gegenwart und Zukunft reden. Er hoffte, Ezer jetzt genug Samen gegeben zu haben, damit sie zumindest nicht mehr über alles und jede Kleinigkeit streiten mussten.

Ned zog einen Hausmantel über und ging ins Wohnzimmer, wo Earl gerade dabei war, das kaputte Geschirr und verstreute Essen zu beseitigen, das vom Wutausbruch zurückgeblieben war.

„Wie ich sehe, fürchtet er sich", sagte Earl, als Ned sich neben ihm niederkniete und begann zu helfen.

Ned nickte. Er wollte seinem alten Kindheitsdiener sagen, dass er ebenfalls Angst hatte, aber er erinnerte sich an Ezers verächtliche Bemerkung, die er am Strand gemacht hatte: Ned war der Alpha. Von ihm wurde erwartet, dass er derjenige war, der Ezer half, seine Angst zu überwinden, anstatt sich seinen eigenen Ängsten hinzugeben.

„Was tust du, um ihm zu helfen?"

„Das Übliche."

Earl schnaubte. „Offensichtlich." Er deutete auf Neds Erscheinung und sagte: „Eine Dusche wäre wohl angebracht, bevor du irgendwo hingehst oder irgendwen triffst."

„Es ist ein Nest", sagte Ned abwehrend. „Was hast du erwartet?"

„Nichts weniger als das, und auch nicht mehr. Ich weiß nur nicht, ob dir klar ist, wie du im Moment aussiehst."

„Das ist das geringste meiner Probleme", sagte Ned und fuhr sich mit einer Hand durchs Haar. Er stand auf, mit den eingesammelten Scherben des Geschirrs in der Hand, und deponierte sie in dem Mülleimer, den Earl hereingeschleppt hatte.

„Was ist denn dein größtes Problem? Lass uns damit anfangen."

„Er hasst mich."

„Ah…" Earl riss die Augen auf. „Dann bist du also noch nicht dazu gekommen, ihm zu erklären, wie das zuvor mit Braden und Finch und deinem Vater war?"

Ned setzte sich aufs Sofa und rieb sich mit beiden Händen übers Haar. „Doch, ich hab
es ihm erklärt, aber das hat ihn nicht besonders beeindruckt."

Earl fegte die Pasta vom Boden auf und warf sie in den Mülleimer. „Dein Verhalten mit ihnen war auch nicht gerade beeindruckend. Ich verstehe seine Sichtweise."

„Das tue ich ebenfalls. Es ist nur so schwer, ihn dazu zu bewegen, es auch nur mit mir zu versuchen. Selbst während der Hitze. Entweder weigert er sich, mit mir zu reden, oder er will ficken. Oder er will nicht ficken und fängt an, mit Tellern und Essen zu werfen, und dann fickt er mich trotzdem." Ned deutete auf den beschmierten Fußboden.

Earl fing an, an dem Fleck an der Wand zu schrubben. Dabei schwieg er einfach und hörte zu. So wie Ned wünschte, Ezer möge zuhören.

„So wie gerade. Ich wollte eigentlich nur zu Abend essen und reden, aber du siehst ja, was stattdessen passiert ist. Also habe ich ihn gefickt, bis er fix und fertig war. Jetzt schläft er. Und ich weiß nicht, was ich sonst tun kann." Ned ließ die Schultern hängen.

„Dann sollte er jetzt ruhiger sein", sagte Earl, als könnte er persönlich für die Wirkung von Neds Samen auf Ezer bürgen. „Es wird jetzt alles besser sein."

„Er ist ein Kämpfer. Ich glaube, er kämpft gegen alles, wie das hier funktioniert. Er will zornig sein."

„Das verleiht ihm Macht."

Ned dachte daran, wie Ezer es augenscheinlich erregend fand, sich ihm zu verweigern und gewissermaßen Befehle zu äußern. Wie er so selbstbewusst gelächelt hatte, als er dafür gesorgt hatte, dass Ned vor Verlangen bebend vor ihm gestanden hatte, und dann Nein gesagt hatte. „Kann sein. Was ist die Lösung?"

Earl kam und setzte sich neben Ned auf Sofa. Er tätschelte ihm das Knie. „Geduld. Zeit. Du kannst nichts erzwingen, Ned. Er muss von allein dorthin kommen."

„Und es gibt keinen Weg, das alles zu überspringen und gleich zum Happy End überzugehen?

„Nein, Liebes. Es gibt nur das wahre Leben." Earl stand auf und macht sich erneut daran, das Zimmer zu putzen.

Neds Gedanken kreisten weiterhin um Ezers Verhalten, das eindeutig dazu dienen sollte, ihn zu provozieren, gewalttätig zu werden. Aber dann hatte Ezer sich genommen, was er brauchte, ohne Ned zu fragen, wie er es denn gern hätte oder dergleichen. Am Ende jedoch hatte er auch Neds Beteiligung gebraucht. Er selbst war nicht fähig gewesen, abzuspritzen oder überhaupt zu kommen, ohne Neds gierige Hände auf sich zu spüren.

Ned dachte weiter nach, während Earl den Rest saubermachte.

„Lass uns zunächst ein kleineres Problem lösen", sagte Earl. „Soll ich etwas Neues zu Essen bringen, Sir? Ich kann etwas von oben holen."

Ned nickte. Er war erschöpft, hungrig und musste sich einen Plan überlegen, bevor sein Omega aufwachte und wer weiß was für eine Laune jetzt wieder hatte.

Er musste auf alles vorbereitet sein.

Und das bedeutete, er musste etwas essen, um bei Kräften zu bleiben.

„Hol irgendwas von oben. Ich werd's essen."

Earl verschwand, um zu tun, was ihm gesagt worden war.

Als Ezer schließlich aus dem dunklen Schlafzimmer auftauchte, war Ned für ihn bereit. Und das sollte er auch besser sein, denn er hatte für zwei Männer gegessen.

Kapitel 22

„IST NOCH WAS zu essen übrig?", fragte Ezer. Er rang die Hände vor der Brust und hielt den Blick zu Boden gesenkt.

Als er aufgewacht war, hatte er sich entspannt und ausgeruht gefühlt, aber auch beschämt wegen seines Wutanfalls am Abend zuvor.

Es war ihm rundum peinlich, wie er sich benommen hatte: sein Tobsuchtsanfall, das Werfen des Geschirrs, aber auch, wie er dann Ned gefickt hatte. Peinlich. Zur Hölle, als wäre es nicht schon peinlich genug, sich so nach Ned zu verzehren. Nein, er musste ja unbedingt auch noch jede andere Form der Selbstbeherrschung verlieren.

„Natürlich", sagte Ned, der in seinem flauschigen, weißen Hausmantel dastand. „Warum machst du es dir hier nicht ein bisschen bequem, während ich dir etwas hole?"

Das machte Ezer, ausnahmsweise mal ohne Widerworte. Nicht, weil er keinen Widerspruch empfand, sonder weil die Scham wegen seines Verhaltens noch immer so frisch war. Er wartete mit knurrendem Magen auf dem Sofa darauf, dass Ned mit dem Essen zurückkam. Ihm war das Herz schwer. Die Aussicht aus dem Fenster war wunderschön. Grau, blau und braun – mit den Klippen, dem Meer und dem weiten Himmel. Alles zusammen ergab eine herrliche Farbpalette. Er genoss sie schweigsam.

Es lag ein Duft in der Luft des Nestes. Er wusste nicht, warum ihm das erst jetzt auffiel, aber so war es. Er atmete tief ein und aus in einem Versuch, den Duft zu bestimmen. Ah, ja. Lavendel. Der Duft hatte angeblich eine beruhigende Wirkung. Er erinnerte sich, dass sein Papa immer sein Kopfkissen damit eingesprüht hatte, um besser schlafen zu können.

Dieser Duft war nur ein weiterer Versuch, aus ihm etwas anderes zu machen, als er war, und seine Emotionen zu kontrollieren. Ezer hasste das.

„Hier, bitte sehr." Neds Stimme riss Ezer aus seinen Gedanken. Er drehte sich um und nahm den Teller entgegen, den Ned für ihn gebracht hatte. Hoch aufgetürmt darauf befand sich eine Portion irgendeines Auflaufs mit viel Käse. Ihm lief das Wasser im Mund zusammen.

„Das ist was anderes als das, was wir vorhin hatten."

Ned setzte sich neben ihn. Am liebsten hätte Ezer sich bei ihm angelehnt, den Duft an Neds Hals eingeatmet, zwischen seinen Beinen, und sich mit seinem Duft bedeckt. Er hielt sich zurück.

„Es kommt von oben. Das sind Reste des Abendessens, das mein Vater hatte."

„Oh." Ezer aß den Auflauf, dessen Geschmack auf seiner Zunge praktisch explodierte Es schmeckte ihm so sehr, als hätte er seit Tagen nichts gegessen. Er konnte sich kaum beherrschen und stopfte das Essen schneller und schneller in sich hinein, bis der Teller leer war.

Ned sah ihm dabei zu. Er saß mit ausgestreckten Armen an der Rückenlehne des Sofas und streichelte mit den Fingern Ezers Nacken. Das war ein so tolles Gefühl, dass es Ezer wie Schauer den Rücken hinauf und hinunter lief. Ned sagte nichts, bis Ezers Teller blankgeputzt war, dann bot er ihm eine zweite Portion an.

„Nein", sagte Ezer. „Ich bin jetzt satt."

In der Tat hatte er sich noch nie im Leben so satt gefühlt. Er war nicht sicher, was er davon halten sollte. Wahrscheinlich sollte er das auch hassen. Aber jetzt, in seinem benommenen Zustand nach dem Ficken, dem Schlafen und einem guten Essen, waren die Gründe, warum er wütend sein sollte, irgendwie verschwommen. Das Essen war geradezu lächerlich köstlich gewesen. Er konnte sich gar nicht erklären, warum es so viel besser schmeckte als jedes Essen, das er je gehabt hatte. Auch sein Hunger fühlte sich irgendwie anders an: er war wie ausgehungert, voller Gier, unkontrolliert. In der Vergangenheit hatte er stets die totale Kontrolle über seine Nahrungsaufnahme gehabt. Noch eine Veränderung, die er nicht gewollt hatte.

„Übrigens", sagte Ned, nahm Ezer den leeren Teller ab und stellte ihn auf dem kleinen Couchtisch ab. „Ich habe Earl angewiesen, unsere Küche hier unten mit all den Dingen zu bevorraten, die du am liebsten isst."

„Oh", sagte Ezer noch einmal.

„Du musst ihm also dabei helfen. Mach eine Liste mit deinem Lieblingsobst, deinen Lieblingsgerichten, Suppen, Gebäck, was immer du magst. Du musst tüchtig essen."

„Ja", stimmte Ezer zu. Er schaute an sich herab, an seiner Nacktheit. Wie hatte er sich nur so schnell daran gewöhnt? Er fuhr sich mit der Hand über seinen noch-flachen Bauch. Selbst jetzt schon konnte er eine seltsame Anspannung fühlen, beinahe als wäre er voll mit Neds Samen, ein leichter Druck von innen nach außen.

„Ich weiß, du bist wütend–"

Ezer warf Ned einen finsteren Blick zu; er konnte nicht anders. Wütend war eine Untertreibung. Aber als er in dem dunklen Raum aus dem Schlaf erwacht war, hatte er sich bewusst gemacht, dass er selbst sich alles so ausgesucht hatte. Ja, er hatte sich in die Enge treiben lassen, dennoch – letzten Endes war es *seine* Wahl gewesen. Er hätte viele Dinge anders machen können, und dann wäre alles anders ausgegangen.

Jetzt musste er einfach das Beste aus der Situation machen. So wie er das Beste aus seiner Hitze gemacht hatte. Die ganze Schwangerschaft lang Widerstand zu leisten und über jede Kleinigkeit mit Ned zu streiten, würde weder ihm noch dem Baby helfen. Er schnaubte. Das war höchstwahrscheinlich die Wirkung von Neds Samen, die ihm diese Gedanken eingab, aber deshalb waren sie nicht weniger wahr.

„Ich weiß, du bist wütend", fing Ned noch einmal an, nachdem er noch einen Moment lang geschwiegen hatte. „Aber wir müssen ruhig bleiben und über ein paar Dinge sprechen. Wir werden ein Kind haben. Wir sollten uns auf gewisse Weise verständigen."

Ezer nickte. Er zog die Knie an die Brust und stellte seine Füße auf dem Sofa ab, die Arme um seine Schienbeine geschlungen. Ihm war nicht kalt, aber er fühlte sich verwundbar, und sich selbst auf diese Weise festzuhalten, half ein wenig. Zumindest waren seine Genitalien ein bisschen bedeckt. Wieso litten Alphas nicht unter der Empfindsamkeit der Haut, die es den Omegas unerträglich machte, während der Schwangerschaft Kleidung zu tragen? Gott, oder wer auch immer sich dieses Spiel des Lebens ausgedacht hatte, war unfair. Definitiv ein Alpha.

Ned saß da, mit locker gespreizten Beinen, die Arme entspannt an seinen Seiten, und er schien überhaupt nichts von der Angst zu spüren, die Ezer erneut durch Mark und Bein ging. Ezer nahm einen tiefen Atemzug, um sich zu beruhigen, aber es war nutzlos. Ließ die Wirkung von Neds Samen bereits wieder nach? Er konnte nicht sehen, wie das möglich sein sollte. Die meisten Omegas konnten es Stunden um Stunden zwischendurch aushalten, wenn nötig. Auf diese Weise war es überhaupt möglich, dass ihre Alphas in den Monaten der Schwangerschaft zur Arbeit gehen konnten.

Aber vielleicht lag es daran, dass Ezer ja nicht so lange warten *musste*? Schließlich saß Ned ja direkt neben ihm, mit nichts an außer dem flauschigen Hausmantel und seinem herrlichen Schwanz *gleich darunter…*

Nein! Ezer musste jetzt Ruhe bewahren.

Ned wollte reden. Und er hatte recht. Sie mussten einige Dinge klären. Zum Beispiel war da die Tatsache, dass, auch wenn Ezer sich vielleicht fügen mochte und seine Rolle so spielen sollte, wie er sich laut Vertrag verpflichtet hatte, es zu tun, und auch, wenn er alles tun mochte, um das gemeinsame Elterndasein für das Baby vernünftig ans Laufen zu bringen, Ned nichts von alledem als Zuneigung zu ihm missverstehen durfte, oder auch nur als Freundschaft. Nichts dergleichen! Ezer würde Ned für den Rest seines Lebens zutiefst hassen. Ned musste wissen, dass er Ezers körperliche Lust niemals mit Zuneigung verwechseln durfte, oder Ezers Unterwerfung mit Liebe. Alles, was er tat, jeder einzelne Schritt, diente dazu, die Sicherheit und das Wohlergehen seines Papas zu sichern – und jetzt war es natürlich auch um des neuen Lebens willen, das sie zusammen gezeugt hatten. Nicht mehr, nicht weniger.

In Ezers Kopf drehte sich alles. Vor wenigen Wochen noch war sein Leben so ganz anders gewesen. Er war ein Bruder, ein Sohn und ein Schüler gewesen. Und jetzt und in der Zukunft würde er *das hier* sein… er berührte erneut seinen Bauch.

Ned, der Ezers Zustimmung voraussetzte, fuhr fort. „Ich glaube, um dieses Verständnis zu erreichen, ist es nötig, dass du mir verzeihst, was früher zwischen uns gewesen ist, und dass ich dich nicht laut und deutlich verteidigt habe oder mehr unternommen habe, um dich vor Finch und Braden zu beschützen."

Ezer biss die Zähne zusammen und sagte zunächst nichts dazu. Er hörte weiterhin zu, als Ned über seinen ehemaligen Status als Heath Clearwaters Erbe sprach, und über den Verlust dieses Erbes durch die unerwartete, späte Geburt von Heaths eigenem Sohn. Er erzählte Ezer von seinem Vater, Lidell, und dass dieser nicht mit Geld umgehen konnte. Er war offenbar nur gut darin, es zu verlieren. Ned erzählte von der finanziellen Notlage, in der sein Vater und damit auch er die meiste Zeit ihres Lebens gesteckt hatten – ständig schwankend zwischen Reichtum und Ruin – und wie sie deswegen in ständiger Angst und Unsicherheit gelebt hatten, kein Trost und keine Sicherheit.

Ned enthüllte auch alles über das Geld und die Verträge, die Lidell mit den Maddox- und Tenmeter-Familien geschlossen hatte, und dass Ned befohlen worden war, sich mit ihnen gut zu stellen, sodass er das Gefühl gehabt hatte, niemals nein sagen zu können.

Dann beichtete Ned, dass ihm mit den beiden Arschlöchern einfach alles über den Kopf gewachsen war, wie sie zusammen Brights Pulver geschnupft und wahllos Omegas gefickt hatten – wieso zog sich Ezers Magen vor Eifersucht zusammen, als er das hörte? – Ned erzählte, wie er jede Menge Ärger bekommen hatte wegen allem, wobei er sich einfach von Braden und Finch hatte mitreißen lassen, was so weit gegangen war, dass sein Onkel Heath am Ende einschreiten und ihn aus dem Jugendgefängnis holen musste.

„Und das war der Punkt, an dem ich mir schwor, nicht mehr so ein dämlicher Mitläufer zu sein", sagte er. Dann nagte er an seiner Unterlippe, bevor er reuevoll lächelte und sagte: „Wie sich herausstellte, habe ich mich selbst belogen. Weißt du ja."

„Feigling", stieß Ezer hervor. Wie hatte er nur mit einem so feigen Alpha verbunden werden können? *Das* war der Mann, der sich für den Rest ihres Lebens um ihn und den gemeinsamen Nachwuchs kümmern sollte? Was nutzte ihm ein Romantiker, der gleichzeitig so ein Weichei war?

Aber Ned war nicht gekränkt. Er nickte und warf Ezer einen

verzeihungsheischenden und beschämten Blick zu, bevor er hinzufügte: „Ich hätte mich von ihnen lossagen sollen. Ich hätte mehr tun sollen, um dich zu beschützen. Es tut mir leid."

„Sie waren drauf und dran, mich zu vergewaltigen!"

Neds Gesicht verzog sich zu einer wütenden Grimasse, aber er schüttelte den Kopf. „Nein. Ich hätte Braden ins Gesicht getreten. Ich hätte–"

„Du hättest *gar nichts* gemacht. Wäre mein Papa nicht mit einer Waffe aufgekreuzt…" Ezer hob eine Augenbraue. Er fragte sich, ob sie sich für alle Zeiten über diesen einen Punkt streiten würden, wahrscheinlich sogar noch, wenn sie alt und gebrechlich sein würden, mit erwachsenen Söhnen.

„Ich hätte nicht zugelassen, dass sie dir wehtun. Das habe ich dir ja schon im Hitzehaus erklärt – ich habe dich seit unserer allerersten Begegnung bereits geliebt. Ich habe nur versucht, herauszufinden, was ich tun soll."

„Herauszufinden, *was* denn *wie* zu tun? Wie man sagt: ‚Lasst uns, scheiße nochmal, *nicht* Ezer vergewaltigen, weil ich nämlich in ihn verliebt bin. Ihr seid alle nicht ganz dicht, und ich hoffe, dass ihr bei einen Bombenattentat draufgeht!'? Hast du versucht, *das* herauszufinden?"

„Ja, so ziemlich." Ned klang, als würde er ein Lachen unterdrücken, aber das Thema war alles andere als lustig, und Ezer hatte Lust, ihm ins Gesicht zu spucken. Er erinnerte sich noch lebhaft an die Panik, die ihn an jenem Tag erfasst hatte, an den schmerzhaften Griff der Hände auf ihm, das Gewicht von Neds Stiefel auf seiner Brust.

Hätte Ned Braden wirklich ins Gesicht getreten? Oder war das nur eine hübsche Geschichte für seinen schwangeren, notgeilen Omega, der ihm verzweifelt glauben wollte, damit sie damit weitermachen konnten zu ficken und Babys zu machen und ein gemeinsames Leben aufzubauen, ohne dass die Gefühle der Vergangenheit ihnen dabei im Weg waren?

Gott, die Situation war so absurd, so verfahren.

Ezer starrte aus dem Fenster auf die Brandung, die weiß an die braunen Klippen krachte. Wie war er nur hier gelandet, nackt und schon jetzt mit dem Gefühl, dass er eine erneute Dosis von dem brauchte, was Ned anzubieten hatte. Dabei war vor drei Wochen noch seine größte Sorge die mündliche Literatur-Prüfung in der Schule gewesen.

Literatur. Bio. Physik.

Unterricht, an dem er nie wieder teilnehmen würde.

Wieso war er überhaupt zur Schule gegangen? Omegas hatten nie berufliche Karrieren. Nicht, wenn sie aus wohlhabenden Familien stammten. Die einzigen Omegas, die arbeiten gingen, waren diejenigen, die arm genug waren, dass man ihnen erlaubte, ihre Hitzen zu versteigern, anstatt das im Privaten zwischen den Familien zu arrangieren. Sie konnten leben, wie auch immer es ihnen passte. Deshalb hätte Ezer eigentlich diesen Weg für sich gewählt, wenn man ihn gelassen hätte.

Das war der Grund, warum er…

Das spielte nun alles keine Rolle mehr. Ein anderer Weg lag nun vor ihm. Er musste es irgendwie schaffen, diesem Weg zu folgen, ohne ihn mit einem Sprung von der Klippe vorzeitig beenden zu wollen. Er wandte den Blick von der Aussicht aus dem Fenster ab und betrachtete stattdessen erneut Neds ärgerlich gutaussehendes Gesicht.

Ned redete immer noch. „Kurz, bevor diese Sache zwischen uns–" Er gestikulierte zwischen ihnen hin und her. „Wirklich, ganz kurz davor, nur wenige Tage, da habe ich mich zum Essen mit meinem Onkel getroffen."

„Heath Clearwater", sagte Ezer, um die Sache unmissverständlich klarzustellen.

„Ja, genau. Er sagte mir, dass er mich darin unterstützen

würde, Braden und Finch aus meinem Leben zu verbannen. Er sagte, er würde dafür sorgen, dass mir daraus kein finanzieller Nachteil erwachsen würde. Es ist also alles in Ordnung, siehst du?"

Ezer blinzelte. „Willst du damit sagen, dass du immer noch mit ihnen befreundet wärst, wenn Heath das wollen würde?"

„Nun, es gibt keinen Grund, auch nur darüber nachzudenken, weil er das eben *nicht* will. Und mit dem Geld von deinem Vater..."

Ezer schnaubte verächtlich. „Mit dem Geld von meinem Vater musst du diesen kleinen Scheißern nicht länger in den Arsch kriechen. Schon klar. Mit dem Geld meines Vaters und meinem Körper wurde für deinen Seelenfrieden bezahlt. Du bekommst die Belohnung, und ich zahle den Preis."

„Nein. Ich meine doch nur–"

„Du meinst nur, dass du diesen Schweinen immer noch in den Arsch kriechen würdest, falls du glaubtest, du müsstest es wegen des Geldes tun. Um so leben zu können", sagte Ezer und deutete im Nest umher, auf das Panoramafenster, die Aussicht, den Teil der Stadt, in dem sie wohnten. „Du würdest deinen Stolz opfern, und den Omega, der dir angeblich etwas bedeutet, deine–"

„Hör auf!", sagte Ned. „Bitte hör auf, alles, was ich sage, im denkbar schlimmsten Licht zu interpretieren."

„Wie soll ich es denn sonst interpretieren?"

„Was ich dir zu sagen versuche, ist, dass du jetzt sicher bist!", rief Ned aus. „Dass du zu mir gehörst, und ich habe mich von den beiden losgesagt. Ich bin fertig mit ihnen, und wir haben genug Geld und ein schönes Zuhause und die Unterstützung eines Mannes wie Heath Clearwater. Das versuche ich dir klarzumachen, und so solltest du es interpretieren."

„Ah." Ezer hasste es, dass er eine Erektion bekam, als Neds

Wangen sich bei seiner leidenschaftlichen Verteidigung röteten. Er hasste es, dass Schlick aus seinem Arsch lief, und dass sich seine Nippel zusammenzogen. Er hasste, dass er wusste, was als Nächstes kam.

„„Ah', was?", fragte Ned aufgebracht.

„Ich meine nur, dass *du* sicher bist, deshalb denkst du, ich wäre ebenfalls sicher."

„Du bist sicher. Du wärst bei Finch gelandet, wenn ich nicht unterschrieben hätte. Sie wollten dich Finch anbieten!", schrie Ned und stand auf. Seine Wangen wurden noch röter. „Scheiß-Finch!"

Ezer schluckte heftig. „Ist das wahr?"

Ned zog sein Handy aus der Tasche seines Hausmantels und drückte es Ezer in die Hand.

„Lies selbst."

Ezer starrte es an. Die Buchstaben tanzten vor seinen Augen. Er hatte keinen Schimmer, was da stand.

„Scheiß-Finch", sagte Ned noch einmal und fuhr sich mit der Hand durchs Haar. „Also ja. Im Vergleich dazu hast du's hier gut. Du bist sicher. Ich weiß, du liebst mich nicht, kannst mich wahrscheinlich noch nicht einmal leiden, aber... ich bin kein Scheiß-Finch!"

Ezer schaute noch ein paar Sekunden lang auf das Handydisplay und versuchte, sein Hirn dazu zu bringen, einen Sinn in dem Buchstabensalat zu finden. Keine Chance. Er gab es Ned zurück.

„Zufrieden jetzt?", fragte Ned. Seine Wangen waren noch immer erhitzt, aber er war schon wieder viel ruhiger. Er steckte sein Handy zurück in die Tasche und setzte sich wieder hin. „Du siehst also, dass ich das Richtige getan habe, oder?"

Ezer räusperte sich. „Ich sehe, dass wir beide unsere Gründe für dieses Arrangement hatten. Ob einer von uns dabei richtig oder falsch gehandelt hat" – er legte beide Hände auf seinen

Bauch – „das spielt jetzt auch keine Rolle mehr, stimmt's?"

„Dann vergibst du mir also?"

Ezer zuckte die Achseln. „Nein."

„Wieso nicht?" Ned klang verzweifelt.

„Weil du zugelassen hast, dass andere mich grauenvoll behandelt haben. Du hast zu ihnen gehört und mitgemacht. Und selbst die jetzige Situation ist beschissen und verfahren. Es ist nichts Schönes oder Richtiges oder Romantisches daran, hab' ich recht?"

„Dich zu Ficken ist etwas Schönes und Richtiges", sagte Ned beharrlich. „Da musst du mir doch wohl zustimmen. Es gefällt dir sehr."

Ezer drehte sich der Magen um, aber sein Schwanz wurde hart. Ja, es gefiel ihm. Und gleichzeitig hasste er es. Und er brauchte es. Und er *wollte* es. Und er verabscheute es. So wie alles an dieser Situation war nichts, was sie mit ihren Körpern machten, unbeschmutzt oder perfekt. Nichts von alledem war Ezers Idee gewesen.

Er hatte getan, was er hatte tun müssen, sicher, aber er war nicht so arrogant zu behaupten, was er getan hatte, wäre das Richtige.

Anders als Ned.

Der privilegierte, verwöhnte Brutalo Ned.

Neds Brust hob und senkte sich unter seinem unbeherrschten Atem, und Ezer sah, dass auch Neds Schwanz hart war und durch die vordere Öffnung des Hausmantels lugte. Ezer kroch über das Sofa zu ihm hinüber und fing an, ihm eifrig einen zu blasen.

Ned keuchte und warf den Kopf zurück.

Der Geschmack von Neds Vorsperma erblühte auf Ezers Zunge wie das Köstlichste, das er je geschmeckt hatte, besser als das Mahl, das er gehabt hatte, besser als alles. Und er benutzte seinen Mund und seine Hände, um mehr davon zu bekommen.

„Wir sollten eigentlich reden", keuchte Ned, aber seine Hän-

de waren in Ezers Haar vergraben, und er machte keine Anstalten, Ezers Kopf wegzuziehen. Falls überhaupt irgendwas, dann
hielt er ihn fest, sodass Ezer Neds Ständer noch tiefer in seinen
Mund nehmen musste. „Wir sollten das jetzt nicht tun. Wir
müssen einander erst richtig *verstehen*.“

Ezer hörte nicht auf, Ned einen zu blasen, um ihm zu sagen,
dass er ihn bereits perfekt verstand. Es war nur nicht dasselbe wie
ihm zu vergeben. Das tat er nämlich nicht. Um mit ihrem Leben
weiterzumachen und zusammen ein Baby aufzuziehen, war
Vergebung nicht notwendig. Es war besser, wenn Ezer Ned nicht
vergab, wenn er nicht vergaß, wer er gewesen war. Denn
Menschen änderten sich nicht so einfach, und Ned würde nur
allzu bald wieder zu seinem feigen Verhalten zurückkehren. Es
würde dann wieder an Ezer sein, Tapferkeit zu beweisen.

Es war gut, das nicht zu vergessen.

Ezer schluckte Neds Samen und wand sich unglücklich, aber
wehrlos, als er spürte, wie erneut diese unnatürlich anmutende
Ruhe über ihn kam.

Er ließ sich auf den Rücken fallen und leckte sich die Lippen,
um auch den letzten Tropfen von Neds Sperma zu bekommen.
Dann packte er Neds Haar und zog seinen Kopf hinunter, damit
er im Gegenzug an Ezers Schwanz lutschte. Er richtete sich auf
und fickte Neds Mund, um zum Orgasmus zu kommen. Ezer
schwor sich, niemals zu vergessen.

Niemals zu vergeben.

NED ERWACHTE MITTEN in der Nacht.

Es war stockfinster im Zimmer. Die Schwärze schien mit
noch mehr Schwärze gefüllt zu sein, so endlos kam ihm die
Dunkelheit vor. Aber im Zimmer war es warm, und es roch nach

Sex mit Ezer. Er kuschelte sich an Ezers Rücken, als großer Löffel. Nachdem er Ezer in einen Zustand der totalen Erschöpfung gefickt hatte, war er sofort eingeschlafen, sobald Ned gekommen war. Ned rieb seine Nase an Ezers Haar. Ezers Duft überschwemmte ihn mit einer Woge der Zufriedenheit. Wenn es doch nur so bliebe. Aber er wusste nur zu gut, dass das nicht passieren würde.

Ezers Vater hatte recht gehabt. Ezer war schwierig und stur und beängstigend. Ned verstand jetzt besser, warum George Fersee sich lieber nicht mit seinem rücksichtslos ehrlichen Omega-Sohn auseinandersetzen wollte.

Ned hingegen hatte Ezer ganz genau so gewollt, wie er war, *natürlich* hatte er das, aber es war ihm nicht klar gewesen, wie viel Kraft es kostete, einen Omega wie Ezer zu managen. Es war erschöpfend, sich mit jemandem zu streiten, der klüger war als man selbst. Jemandem, der weit zorniger war. Jemandem, der fest entschlossen war, Ned zu hassen. Er wünschte fast, er könnte einfach die *Ich-bin-der-Alpha-und-was-ich-sage-wird-gemacht-*Karte ziehen, aber das würde bei Ezer niemals funktionieren. Das würde er Ned nicht durchgehen lassen. Und Ned hatte es auch nicht wirklich in sich, so mit Ezer umzugehen. Er war kein Brutalo, ganz egal, was Ezer glaubte.

Diese Gedanken kreisten in Neds Kopf, bis sie plötzlich zum Stillstand kamen, als ihm bewusst wurde, was ihn geweckt hatte, denn das Gefühl begann von Neuem: Ezer drängte sich an ihn, sodass sein feuchtes und offenes Arschloch die Spitze von Neds Schwanz ritt. War Ezer wach? Wusste er, was er da tat? Oder suchte Ezers Körper Neds Nähe im Schlaf, weil er besser als Ezers rebellischer Verstand wusste, was Ezer wirklich brauchte?

„Ezer?", flüsterte er.

Ezer stöhnte und zuckte mit den Hüften, sodass Neds Schwanz beinahe in Ezer gewesen wäre.

„Willst du das?", fragte Ned. „Ich weiß, du brauchst es, aber willst du es?"

Ezer wimmerte und schob seine Hüften nach hinten und gegen Ned. Ned griff nach unten und hielt seinen Ständer fest. Er überließ es Ezer, sich selbst darauf zu positionieren. Das enge, warme, feuchte Gefühl an seiner Eichel, als Ned zustieß, raubte ihm den Atem. Ned liebte diesen Moment, wenn er seinen Schwanz zum ersten Mal reinsteckte. Es war stets einer der schönsten Momente beim Ficken. Die Vereinigung ihrer Körper. Wenn sie eins wurden.

Jetzt aber tat er gar nichts. Er ließ sich einfach von Ezer benutzen, ließ Ezers Arsch seinen harten Ständer in sich aufnehmen und hielt ganz still, als Ezer scheinbar wieder in tiefen Schlaf fiel, ihre Körper immer noch vereint. Eine Zeitlang war Ezers Körper ganz entspannt und reglos. Sein Atem verlangsamte sich und wurde gleichmäßig und ruhig. Abgesehen von dem leichten Pochen des Pulses um Neds Schwanz herum gab es nicht die kleinste Regung von Ezer, die Ned gezeigt hätte, dass er mehr wollte.

Ned hielt ganz still, während seine Nippel kribbelten. Er wünschte sich verzweifelt, er könnte mit den Hüften stoßen und Ezer ficken, bis er wiederum aufschrie. Er brannte darauf, all die Dinge zu tun, von denen er wusste, dass es Ezer gefiel, und auch ein paar, von denen er es nicht so genau wusste, die aber stets herrliche Lautäußerungen und heftige Orgasmen bei seinem Omega hervorriefen.

Aber Ned beherrschte sich.

Die Zeit verging im Schneckentempo – aber irgendwann fiel auch er in einen ruhelosen, von Geilheit geplagten Schlaf. Ein paar kurze Augenblicke oder lange Minuten später – das wusste er in seinem halb-bewussten Zustand nicht zu sagen – erwachte er erneut, weil Ezer sich an ihm rieb und dabei wimmerte und die

Bettwäsche packte.

In seiner kurzen Schlafphase hatte Ned einen Traum gehabt, in dem er Ezer auf einem Tisch mitten im Speisesaal ihrer Schule fickte, während Braden und Finch ihn anfeuerten. Es war ein verstörender Traum gewesen, aber gleichzeitig auch irgendwie geil, und er war kurz davor gewesen, im Traum zu kommen, als er wach geworden war.

Ezer bewegte sich lüstern auf Neds Schwanz. Ned stöhnte. Er erzitterte unter dem Gefühl der schlüpfrigen, feuchten Wärme an seinem Schwanz. Er warf einen Arm um Ezer und schnupperte, atmete den Duft von Ezers Schweiß ein. Plötzlich verspannte sich Ezer, stöhnte auf und begann dann, mit einem hohen Schrei, sich in Neds Armen mehrmals zu verkrampfen. Der Geruch von Ezers Sperma erfüllte das Zimmer.

„Oh, Scheiße", stieß Ned hervor, dessen Eier sich stramm zusammengezogen hatten. Er war selbst kurz davor. Ezer keuchte und stöhnte immer noch zitternd. Sein Duft wurde stärker in der Luft. Ned konnte sich nicht länger beherrschen. Er rollte Ezer auf den Bauch, schlang seine Arme um ihn und vergrub sein Gesicht in Ezers verschwitztem Haar. Er fickte ihn stöhnend und mit kurzen, scharfen letzten Stößen. Und als die Lust ins Unermessliche stieg, biss er in Ezers Schulter, sodass Ezer aufschrie. Ned versenkte seine Ladung tief in Ezers Körper. Sein eigener Körper pulsierte von Kopf bis Fuß vor Lust und himmlischer Glückseligkeit, die den Verstand überstieg. Als das Gefühl nachließ, löste er seinen Biss und leckte stattdessen zärtlich an Ezers Haut, wo er den Abdruck seiner Schneidezähne spürte.

„Scheiße", flüsterte er. „Tut mir leid."

Aber Ezer griff hinter sich, packte Neds Arsch und zog ihn an sich, um ihn tiefer in sich zu haben, dann erbebte er mit einem wilden Wimmern unter Ned. Es hatte ihm gefallen.

Neds Schwanz pumpte noch einmal Sperma in Ezers Körper.

Ned saugte an der Bissstelle auf Ezers Schulter, bis sein Herzschlag sich beruhigte. Erst dann rollte er sich von Ezer herunter und zog seinen Schwanz heraus.

Ezer keuchte in der Dunkelheit und rutschte im Bett so zur Seite, dass sie einander nicht länger berührten. „Fick mich nicht, wenn ich schlafe", sagte er nach einer fast qualvoll langen Zeit des Schweigens zwischen ihnen, die mit nichts anderem gefüllt gewesen war, als mit dem Klang ihres Atmens.

„Ich wurde wach, weil *du mich* gefickt hast", verteidigte sich Ned. Das war im Grunde die Wahrheit. Er hatte lediglich seinen Schwanz festgehalten, damit Ezer sich darauf schieben konnte. Ansonsten hatte er sich überhaupt nicht bewegt, außer dann ganz am Ende, als er alle Zurückhaltung aufgegeben hatte.

„Hmm", machte Ezer. Es klang nicht so, als würde er Ned der Lüge bezichtigen, aber auch nicht so, als würde er ihm glauben.

„Du hast deinen Arsch auf meinen Schwanz geschoben", fuhr Ned fort. „Ich dachte, du wolltest es."

Ezer seufzte und rutschte näher. Ned wünschte, er könnte in der Dunkelheit Ezers Augen sehen. Selbst dann, sollten sie ihn voller Hass oder Zorn anstarren. Ned liebte Ezers schöne Augen.

„Ich kann dich nicht hassen, wenn ich dein Sperma in mir habe", murmelte Ezer. „Ich will dich hassen, aber es wird mit jedem Mal schwieriger. Wusstest du, dass mein Körper dein Sperma in eine Art physiologische Droge verstoffwechselt? Sie macht, dass man das Gefühl bekommt, verliebt zu sein, um die Bindung zu fördern."

„Du hast das Gefühl, in mich verliebt zu sein?", fragte Ned. Es war geradezu peinlich, wie eifrig und hoffnungsvoll er klang.

„Nein. Aber im Moment hasse ich dich nicht, und was noch schlimmer ist, ich habe das Gefühl, ich könnte dich eines Tages sogar mögen."

„Und du denkst, das kommt nur von dem Sperma?"

„Ja." Ezer rückte näher und legte seinen Kopf auf Neds Schulter. Er streichelte mit den Fingerspitzen Neds Bauch und Brust, und liebkoste ihn überall. „Und im Dunkeln ist es auch einfacher. Ich kann dich nicht sehen, also kann ich mich einfach hingeben, mich einfach hier treiben lassen mit all deiner fleischlichen Wohltat."

„Fleischliche Wohltat?" Er klang ein bisschen wie high.

„Mh-hmm", murmelte Ezer. „Ich bin jetzt die Art von Omega, die mein Vater sich gewünscht hat", sagte Ezer schläfrig. „Schwanger, gut gefickt, befriedigt, aber bestimmt schon bald wieder geil. Ich bin beschäftigt und abgelenkt, und falle ihm nicht mehr zur Last."

„Ich bin froh", sagte Ned.

„Das habe ich mir schon gedacht."

„Ich meine nur, ich bin froh, dass du nicht länger unter seiner Fuchtel bist. Er wusste dich nicht zu schätzen oder dich so zu lieben, wie du es verdienst. Er hat nicht gesehen, wie besonders und toll du bist."

Ezer lachte. Der Klang war schöner als Windspiele an einem Sommertag. „Ah, ich verstehe. Gott, du bist mir ja wirklich verfallen. Das ist absurd, aber offenbar die Wahrheit."

„Ich war dir schon verfallen, als ich zum ersten Mal deine Augen gesehen habe. Sie sind so wunderschön."

„Ist das richtig, dass wir so viel Sex haben?", fragte Ezer und ignorierte das Kompliment. „Soll ich so geil *sein*? Warum kann ich nicht genug kriegen?"

Ned spürte Ezers steifen Schwanz an seiner Hüfte. Er hatte keine Ahnung, wie viel zu viel war. Man hatte ihm gesagt, dass schwangere Omegas es wahnsinnig oft brauchten. Und Ezer erfüllte diese Erwartungen. Er ging sogar darüber hinaus.

Gut, dass ich so jung bin, dachte Ned. Er brauchte nicht so lange Pausen wie ein älterer Mann.

„Setz dich auf mich drauf", sagte Ned und zog Ezer sanft in die entsprechende Position. Er lächelte in der Dunkelheit, als Ezers heißes Loch sich wieder um seinen Ständer schloss. „So ist es gut. Das machst du super. Alles wird gut, Ezer. Alles wird gut."

Das schien es zu sein, was Ezer hören musste, denn er ließ sich auf Neds Brust fallen und küsste Neds Schlüsselbeine und seine Brust, während er sich von Ned langsam ficken ließ. So ging es eine ganze Weile, und beide genossen, dass es so lange dauerte. Als Ned schließlich noch einmal kam, kribbelten seine Eier von der Heftigkeit seines Orgasmus.

Ezer stöhnte und fiel auf Ned liegend wieder in den Schlaf, mit reichlich Alphasperma von Ned in sich, und sein harter, kleiner Bauch drückte sich an Neds flachen Magen.

Man konnte in der Tat schon ein Bäuchlein sehen.

Toll.

Kapitel 23

Aᴍ Mᴏʀɢᴇɴ ᴇʀᴡᴀᴄʜᴛᴇ Ezer mit einem Gefühl von Frieden, dass er in seinem ganzen bisherigen Leben immer vermisst hatte. Er wusste, was das war. Genau gegen diese Sache sollte er sich wehren. Aber es hatte keinen Sinn, weil er Ned weiterhin ficken würde, und jeder Fick würde ihn nur noch mehr in eine Decke der Ruhe und Zufriedenheit wickeln, bis er sich der Qual der Geburt würde stellen müssen.

Würde er sich dem Sex verweigern, würde er leiden, würde das Baby leiden, und einer von ihnen oder sogar beide konnten sterben. So waren Omegas halt gemacht, und daran konnte man rein gar nichts tun. Für Ezer bestätigte das nur noch einmal mehr, dass Gott ein sadistischer Alpha war.

Er legte eine Hand auf seinen Bauch und betastete die harte Oberfläche, unter der das Baby in ihm wuchs. Er fuhr über die Haut und fragte sich, wer da drin sein mochte. Jemand Kluges und Witziges? Jemand Brutales und Arrogantes? Jemand Liebevolles und Stilles? Beta, Omega, Alpha? Das würde die Zeit zeigen.

Scheiße, er konnte immer noch nicht fassen, dass er ein Kind mit Ned Clearwater gemacht hatte. Oder dass freiwillig Ned Clearwaters Schwanz ritt.

Was er auch nicht fassen konnte, war, dass er noch kein Wort von seiner Familie gehört hatte. Keiner seiner Brüder hatte sich gemeldet. Nicht sein Papa, nicht sein Vater, nicht einmal Pete. Er war hier wahrhaftig ganz allein.

Er konnte nicht fassen, dass das jetzt sein Leben war.

„Willst du in den Pool gehen?", fragte Ned, während er Ezer dabei zusah, wie der seine dritte Portion Frühstück wegputzte. Es schien ihn zu freuen, dass Ezer so viele Eier und mehrere Scheiben Brot mit Marmelade gegessen hatte.

„Ich denke, das würde dir gefallen. Mein Vater hat das Haus verlassen. Wir können also schwimmen, ohne dass er dabei ist."

„Oh, ja, sicher", sagte Ezer. Er leckte den Teller ab, um keinen Tropfen Marmelade zu verschwenden. Sein Magen gurgelte, und er griff nach einem weiteren Streifen gebratenen Specks. „Das klingt nett."

„Der Pool sollte dir helfen, dich entspannter zu fühlen, wenn dein Bauch noch größer wird", sagte Ned.

„Hmm", antwortete Ezer, während er einen weiteren Löffelvoll Joghurt mampfte. Endlich, *endlich* war er annähernd satt. Er lehnte sich seufzend zurück. Er aß inzwischen an einem einzigen Tag mehr als früher in einer ganzen Woche. Trotzdem schien er nicht zuzunehmen, lediglich sein Taillenumfang wuchs. „Danke. Das Frühstück war toll."

Ned lächelte. „Das hat alles Earl gemacht. Er hat es oben zubereitet und dann hergebracht. Ich habe es lediglich für dich warmgehalten."

„Oh." Ezer wusste nicht, was er davon halten sollte.

Er war mit jeder Menge Beta-Dienern im Haus aufgewachsen, aber er hatte nie einen für sich ganz allein gehabt, seit er klein gewesen war. Nicht so wie Ned. Daher war er es nicht gewohnt, einen alten Mann um sich zu haben, der versuchte, ihm jedes Bedürfnis von den Augen abzulesen, seine Launen und Wünsche vorherzusagen und auch ohne Aufforderung zu erfüllen. Es war irgendwie invasiv und nervenaufreibend, auch wenn er wusste, dass Earl nur seine Pflicht erfüllte.

„Ich hole meine Badehose–“

„Wenn ich nackt da rauf gehen soll, dann tust du das auch", entgegnete Ezer entschieden.

Einen Moment lang sah Ned aus, als wollte er widersprechen, aber dann zuckte er die Achseln. „Na gut. Es gibt ja bei keinem von uns beiden irgendwas, das Earl nicht schon gesehen hätte."

„Genau."

Sobald Ned ihr Geschirr gespült und eingeräumt hatte, verließen sie das Nest und gingen nach oben ins Haupthaus und dann nach draußen an den Pool.

Ezer fand Lidell Clearwaters Haus nicht allzu beeindruckend. Immerhin war er als George Fersees Sohn aufgewachsen, sodass er an Luxus gewöhnt war. Aber es war für ihn auch kein Rückschritt. Der Einrichtungsstil hier unterschied sich stark von dem im Haus seines Vaters, der schwere, dunkle Hölzer mochte und einen eher altmodischen Geschmack hatte. Lidells Zuhause dagegen war modern und glatt, mit viel offenen Flächen und großzügigen Fenstern. Es gab drei Etagen, das Nest im Kellergeschoss eingeschlossen, und alles war in weiß und beige gehalten. Wo immer es sich machen ließ, war alles spiegelblank und glänzend. Ezer fand es nicht schlecht. Irgendwie war es tröstlich in seiner... Schmucklosigkeit – wenn man es nicht direkt als Kargheit bezeichnen wollte.

Die Wohnzimmereinrichtung bestand aus einem kuscheligen, weißen Sofa und einem Glastisch mit dazu passenden Sesseln und ein paar Buchregalen, die aus allen Nähten platzten. Ezer hatte natürlich keinen Schimmer, was in diesen Büchern stand. Die Schrift auf den Buchrücken tanzte wenig hilfreich umher, und Ezer nahm an, er würde es nie erfahren. Aber sein Papa hatte immer gesagt, dass gebildete Familien besser waren als reiche, wenn es ums Heiraten ging, und Ezer hoffte, er hatte damit recht.

Er und Ned waren aber nicht verheiratet, nur weil sie diesen

Vertrag unterzeichnet hatten. Nein, er schuldete Ned nur seinen Körper und seine Kinder, und zwar sein Leben lang, aber er hatte ihm nicht sein Herz versprochen, und darum ging es doch beim Heiraten, oder nicht?

Darauf würde er sich *niemals* einlassen.

Vom Wohnzimmer aus kam man durch eine Tür direkt auf die Terrasse mit dem Swimmingpool, und zum ersten Mal seit seiner Ankunft hier hatte Ezer das Gefühl, richtig atmen zu können. Er trat hinaus in den Sonnenschein – nackt, wie Gott ihn geschaffen hatte – und hob die Arme. Er hörte Ned überrascht die Luft zwischen die Zähne ziehen, bevor er selbst merkte, dass sich ein gigantisches Lächeln auf seinem Gesicht breit gemacht hatte. *Das erste*, dachte er. Das erste, das Ned je gesehen hatte.

„Kein Schmunzeln, keine bittere Grimasse", murmelte Ned. „Ein Lächeln. Ein echtes Lächeln. Und mehr war dazu nicht nötig? Wenn ich das gewusst hätte, dann hätte ich dich schon in dem Moment hier hochgebracht, als wir angekommen sind."

Ezer ignorierte ihn. Er wandte sein Gesicht der Sonne zu und atmete tief ein. Als er seine Augen wieder öffnete, schaute er sich an, wie die Sonne auf dem Wasser des Pools funkelte und sich in dessen hell-beigefarbenen Kacheln spiegelte. Der Pool war in eine braun gestrichene Terrasse aus Gießbeton eingelassen. Das Geländer war aus hellem Holz, und Ezer konnte die Klippen und das Meer darunter sehen.

Es war kein übertrieben heißer Tag, aber kühl war es auch nicht gerade. Für Ezer war es, als würde er nach viel zu langer Abstinenz endlich ein Stück Kuchen angeboten bekommen. In diesem Moment fühlte Ezer sich so zufrieden und entspannt wie schon seit Wochen nicht mehr. Seit lang bevor diese ganze Sache mit Ned angefangen hatte. Wahrscheinlich seit sein Papa aus dem Haus verbannt worden war.

„Bescheuerter Samen und ein bisschen Sonne", murmelte er vor sich hin. Er wusste, was das war. Nämlich das, was alle von ihm verlangten, aber das machte den Frieden, der seinen Körper durchflutete, nicht weniger echt.

„Ach, hier bist du, Sir!", ertönte Earls Stimme.

In einem erschrockenen Anfall von Scham sprang Ezer hastig in den Pool. Für einen Moment war es ihm entsetzlich peinlich, nackt dazustehen. Er schrie auf, als das Wasser über ihm zusammenschlug, dann schwamm er, um den Kopf über Wasser zu halten. Der Pool war tiefer, als er erwartet hatte.

„Oh!", rief Earl überrascht aus, als er sah, dass Ned nicht allein war. „Es tut mir leid. Ich dachte, außer dir wäre niemand hier draußen, Liebes." Er hielt Ned einen Bademantel hin, als hätte sein nackter Schützling nur versehentlich vergessen, sich etwas überzuziehen.

Ned winkte ab. „Wenn Ezer nackt hier draußen ist, dann bin ich es auch", sagte er und lachte schnaubend.

„Oh, so ist das also?" Earl lächelte. „Wenn Sie lieber nicht nackt wären, Sir", sagte er zu Ezer, „dann kann ich meinen Simon fragen, wo er den Hausmantel gefunden hat, den Heaths Adrien während seiner ersten Schwangerschaft so gern getragen hatte. Damals war er ziemlich schamhaft."

Ezer lächelte bemüht mit geschlossenen Lippen. Er wusste nicht recht, was er darauf antworten sollte. Er glaubte nicht, dass es ihm über kurz oder lang noch irgendwas ausmachen würde, vor Earl nackt zu sein. Er hatte noch nie Omegas gesehen, die es vorzogen, einen Hausmantel zu tragen. Sein Papa und Pete waren beide lieber nackt. Wenn Pete aus irgendwelchen Gründen einen Hausmantel anhatte, sagte er stets, der Stoff wäre zu beengend und zu kratzig, obwohl, als Ezer den Morgenrock einmal aus Neugier angefasst hatte, hatte er sich so weich wie eine Wolke angefühlt.

„Das ist kein echtes Lächeln“, sagte Ned, um Earl zu informieren. „Das ist nur vorgetäuscht. Vorhin habe ich ein echtes gesehen. Es war wunderschön.“

Ezer verdrehte die Augen.

Earl lachte. „Alphas werden bei ihren Omegas immer schwach“, sagte er.

Ezer fand, dass Ned schon vor ihrem Zusammensein ziemlich schwach gewesen war.

„Oder soll ich Heath fragen?“

„Wir wollen ihn im Augenblick lieber nicht behelligen“, sagte Ned mit nachdenklicher Miene. „Nicht während er solchen Kummer hat mit…“ Ned verstummte, da er Heaths Probleme nicht vor Ezer erwähnen wollte. Wahrscheinlich, weil er schwanger war und es als Pech bringend erachtet wurde, irgendwas über Omegas zu sagen, die im Kindbett gestorben waren, oder über Babys, die es nicht geschafft hatten, oder überhaupt irgendetwas Negatives in Gegenwart eines schwangeren Omegas zu sagen.

„Oh, dann hast du es noch nicht gehört? Simon rief heute Morgen an! Heaths Sohn wird leben!“ Earls Lächeln war weit und kam von Herzen. Er war glücklich, dass der Säugling überlebt hatte, und ganz generell freute sich auch Ezer über diese Nachricht.

Er schwamm weiterhin auf der Stelle und hielt seinen Körper unter der blauen Wasseroberfläche.

„Sie wollen ihn Laya nennen.“

„Ein Beta namens Laya“, sagte Ned sanft. „Das ist schön, dass alles so gut gegangen ist.“

„Ja, besser als gedacht.“

Ned biss sich auf die Unterlippe, und sein Blick wanderte von der Stelle im Pool, wo Ezer noch immer schwamm zu den Klippen und der Weite des Ozeans. Er verzog das Gesicht.

„Was ist mit dir?“, fragte Earl.

„Nichts!", antwortete Ned hastig, aber Ezer konnte sehen, dass Earl ihm nicht glaubte, und ehrlich gesagt, glaubte Ezer ihm ebenfalls nicht.

Earls Blick wechselte von Ned zu Ezer, und er sagte: „Oh, natürlich. Ja, nun, wir werden einfach abwarten müssen, was passiert, nicht wahr? Ich bin sicher, Heath wird es verstehen, und falls nicht, geben wir einfach deinem Vater die Schuld. Es ist das Richtige."

Ned schüttelte den Kopf. „Nein, es ist meine Schuld. Ich wollte es so."

Earl widersprach nicht. „Nun, es ist Zeit fürs Mittagessen. Ich werde mal nachsehen, was wir im Haus haben. Hätten Sie gern noch mehr von den Süßkartoffeln, Sir?", fragte er Ezer. „Mir ist aufgefallen, dass sie Ihnen gestern Abend sehr gut geschmeckt haben."

„Ja, bitte", sagte Ezer. Er war überrascht, dass er nach seinem gigantischen Frühstück schon wieder übers Essen nachdenken konnte.

„Dann sollen Sie welche bekommen."

Earl verließ den Poolbereich und betrat das Innere des Hauses durch die offene Wand zum Wohnzimmer. Er verschwand in den Tiefen des Hauses, wo sich die Küche befinden musste. Ezer konnte sich gut vorstellen, dass er das Haus bald in- und auswendig kennen würde, als wäre es sein eigenes. Und bald würde es ja auch sein eigenes sein, außer Ned entschied, dass sie woanders leben würden.

Aber jetzt war dies sein Zuhause.

Seltsam.

So unheimlich seltsam.

Ned sprang ins Wasser, sobald Earl fort war. Und er stieß einen schockierten Schrei aus. Er stieß sich vom Boden ab und schüttelte den Kopf wie ein Hund, als er hochkam. Das Wasser spritzte in alle Richtungen und traf auch Ezer ins Gesicht.

Ezer wischt sich die Augen und keuchte.

„Nicht doch“, sagte Ned. „Komm her, hier entlang.“ Er zog sanft an Ezers Ellenbogen, bis sie im flacheren Teil des Pools dümpelten und Ezer seine Füße auf den Boden stellen konnte. „Na, bitte. Siehst du? So ist es besser, oder?“

Ezer machte sich nicht die Mühe zu antworten, denn die Antwort war offensichtlich. Er duckte sich bis über die Schultern ins Wasser, sodass sein ganzer Körper unter Wasser war. Er bemerkte im hellen Sonnenlicht etwas Rotes auf seiner Schulter und stellte überrascht fest, dass es der Abdruck eines Bisses war. Dann erinnerte er sich an die Nacht zuvor. Daran, wie Ned ihn gefickt und dann gebissen hatte.

Es war…

Geil gewesen.

Er hatte es toll gefunden.

Und er war mächtig wütend gewesen, weil er es toll gefunden hatte.

Er seufzte. Das schien jetzt so ziemlich die Geschichte seine Lebens zu sein.

„Also, dein Onkel, von dem du mir so stolz erzählt hast, er hätte dir gestattet, Braden und Finch nicht mehr zu beachten?“

„Mh-hm“, machte Ned und verzog das Gesicht. „Was ist mit ihm?“

„Er weiß nicht von mir. Oder?“

„Nein.“ Ned erbleichte. Das fiel hier im Sonnenlicht und mit seinen vielen Sommersprossen besonders auf.

„Was wird er davon halten, wenn er es herausfindet?“

„Er wird es für eine schreckliche Idee halten.“

„Und wird er dich erneut aus seinem Erbe streichen?“

„Mit dem Geld von deinem Vater…“ Ned verstummte. Er wirkte peinlich berührt.

„Na los, sag schon."

„So oder so, es wird kein Problem geben. Mein Vater hat es so gewollt, weil wir auf diese Weise ein für alle Mal von Heath unabhängig werden."

„Das Geld, das George euch dafür gibt, dass du mir das Hirn rausfickst und mich ständig schwanger hältst, befreit dich von den Verpflichtungen gegenüber deinem Onkel. Ich verstehe. Du schlägst wirklich jede Menge Profit aus diesem Arrangement."

„Ich habe es getan, damit du nicht zu Finch–"

„Ja, ja. Schon klar. Damit Finch mich nicht bekommt."

Ned knirschte mit den Zähnen. „Hätte dir das besser gefallen? Hättest du gern gehabt, dass er die Dinge mit dir macht, die ich mache?"

Ezer verzog höhnisch das Gesicht. „Ich weiß es nicht. Ich wollte auch nicht, dass *du* es machst, und trotzdem scheint es mir ja irgendwie zu gefallen."

„Er würde nicht so sein wie ich. Er würde dir wehtun. Er würde..."

Ned wischte sich mit der Hand übers Gesicht. „Warum tust du das? Du verdrehst immer alles. Sodass es hässlich klingt. Einfach nur, um dich mit mir zu streiten."

„Es klingt hässlich, weil es hässlich *ist*", sagte Ezer. „Wir erleben hier keine große Romanze. Ich habe den Vertrag aus hässlichen Gründen unterschrieben. Du hast den Vertrag aus überwiegend hässlichen Gründen unterschrieben, und aus einem, den du irrtümlich für einen edlen gehalten hast."

„Irrtümlich? Wolltest du Finchs Körper auf deinem? Wolltest du Finchs Baby im Bauch haben?"

„Deins wollte ich auch nicht im Bauch haben!", schrie Ezer. Er richtete sich auf und schubste Ned von sich weg und an den Rand des Pools. Er bemerkte Neds Erektion, und hatte selbst auch eine. Was war nur los mit ihnen? Warum machte das

Streiten sie nur immer geil? Nur ein weiterer Beweis dafür, dass es sich nicht um Liebe handelte und auch nie welche werden würde.

„Aber jetzt ist es nun mal so, also mache ich das Beste draus! Und ich bin sicher, dass ich in Sachen Finch auch das Beste getan hätte."

„Nein! Weil ihm hätte das hier–" er gestikulierte zu Ezer. „Die ganzen Widerworte und die Streiterei gar nicht gefallen. Er hätte kurzen Prozess damit gemacht."

„Dann hättest du das vielleicht auch besser tun sollen!", schrie Ezer. „Na los! Mach doch! Mach kurzen Prozess mit mir!"

„Und was, wenn ich das machen würde?" Ned richtete sich vor Ezer zu voller Größe auf; seine Augen funkelten wütend. „Ist es das, was du willst?"

„Ja", sagte Ezer atemlos und bebend. Sein Schwanz war jetzt hart, seine Nippel kribbelten, und sein Herz hämmerte. Er wusste nicht einmal, was er sagte, oder was es überhaupt bedeuten sollte, „kurzen Prozess zu machen"! Aber er hatte den Verdacht, es würde sich wirklich verdammt gut anfühlen. Oder schrecklich. Oder beides. „Mach kurzen Prozess mit mir. Ich fordere dich heraus."

Ned küsste ihn. Der Kuss war weniger leidenschaftlich als vielmehr wutentbrannt, und Ezer teilte ebenso gut aus, wie er einsteckte. Er schmeckte Blut, ohne genau zu wissen, ob es seines war oder Neds, und es war ihm auch egal. Er stand in die Ecke des Pools gedrängt; der Beton zerkratzte ihm den Rücken und den Hintern, während Neds Küsse lutschend und beißend an Ezers Oberkörper hinab wanderten, dabei seine Nippel ausließen und direkt in Richtung Erektion zielten.

„Oh, verflucht", keuchte Ezer, als er spürte, wie es heiß und feucht an ihm lutschte, ihn ganz umfasste. Er warf den Kopf zurück und bog krampfhaft den Rücken durch. „Das ist es! Mach… kurzen Prozess!"

Ned war gut im Schwanz lutschen, das wurde Ezer klar. Gleichzeitig wurde ihm klar, dass er mehr davon wollte, und wann immer er es wollte. „Du wirst mir einen blasen, wann immer ich es will", sagte Ezer mit scharfer Stimme. „Und du wirst mir einen blasen, bis ich komme."

Ned stöhnte an Ezers Schwanz, dann gab er ihn mit einem feuchten Schlürfen frei. Er stand da im Wasser des Pools und starrte Ezer an, mit geschwollenen, roten Lippen und einem brutal harten Schwanz. Aber er fasste sich und trat mit erhobenen Händen zurück.

„Lass es dir von Finch besorgen, wenn du denkst, dass er darin so gut wäre."

Ezer stieß ein bellendes Lachen aus. „Gut darin? Er wäre ein Alptraum. Aber das bist du auch. Wenn auch auf andere Weise."

„Auf bessere Weise", beharrte Ned.

Ezers Schwanz pulsierte. Er war so begierig darauf, gefickt zu werden. Und er wollte an Neds Schwanz lutschen, bis er den Mund voller Sperma hatte. Er wollte sich beruhigen und ein wenig von dem Frieden genießen, den Neds Samen spendete. „Na gut. Auf bessere Weise."

„Dann habe ich also das Richtige getan", beharrte Ned.

Ezer fand, dass keiner von ihnen das Richtige getan hatte. Wahrscheinlich existierte nicht einmal so etwas wie „das Richtige" in ihrer Welt mit all den Komplikationen, aber er starrte Neds eigensinniges Kinn an, dann nickte er. „Schön. Du hast das Richtige getan."

Schließlich knickte Ned ein. Er packte Ezer um die Taille und zog ihn mit sich tiefer in den Pool. Sie küssten sich wild und leidenschaftlich – bissen in Lippen, Hälse, Nippel, und rieben sich aneinander, bis beide dem Orgasmus so nahe waren, dass sie es kaum noch aushielten.

„Verdammt", stöhnte Ned. Er hievte sich aus dem Wasser,

dann griff er nach Ezer, um auch ihn herauszuziehen.

Er führte ihn zu einer schweren, hölzernen Sonnenliege am Pool und beugte Ezer darüber, sodass er sich an der Rückenlehne festhalten konnte. Ezer atmete schwer und bettelte um Neds Schwanz. Ned benutzte seine Finger, um Ezer zu öffnen und bereit zu machen.

„Bitte", schnurrte Ezer. Er war selbst schockiert darüber, wie verzweifelte er klang. „Bitte fick mich."

„Sag mir, dass ich das Richtige getan habe."

„Du hast das Richtige getan", sagte Ezer. Er hätte Ned auch gesagt, dass der Himmel rot war und die Erde pink, wenn ihm das Neds Ständer und einen sofortigen Fick eingebracht hätte. „Du hast das Richtige getan. Du hast mich gerettet."

Ned stöhnte und stieß mit seinem Ständer gegen Ezers feuchtes Loch. Es war bereits etwas geweitet und gelöst von Neds Fingern und Neds Samen, sowie von Ezers eigenen Schwangerschaftshormonen. Sie hatten noch immer keinen Test gemacht, aber es war klar. Sie konnten es spüren, an den Veränderungen, die Ezers Körper bereits erfahren hatte, und daran, wie er sich verhielt.

Es gab keinen Zweifel.

„Verdammt", sagte Ned und drang mit einer einzigen, fließenden Bewegung tief in Ezer ein. „Du fühlst dich so gut an."

Ezer wollte jedoch keine Komplimente. Er wollte wieder ordentlich genommen werden, also wackelte er mit dem Hinterteil und stöhnte vor Lust, als Ned ihn nagelte. Es war zu schnell wieder vorbei, und als die Orgasmen kamen, waren sie weniger intensiv als die, die er an diesem Morgen gehabt hatte.

„Wir brauchen eine Pause", sagte Ned, als sie fertig waren und zusammen auf einer Chaiselongue lagen, Ezers Rücken an eine der hölzernen Armlehnen gedrückt, den Kopf auf Neds Brust abgelegt. „Wir müssen wenigstens lang genug mit dem

Ficken Pause machen, bis sich mein Samen richtig regeneriert hat."

Ezer nickte schläfrig. Er war wieder befriedigt, auch wenn er nicht wusste, wie lange es dieses Mal anhalten würde. Er liebte Neds Geruch und rieb sein Gesicht nah an Neds Achselhöhle, um so viel von seinem Aroma aufzusaugen wie möglich. Er fühlte sich gut. Genau so sollte sich ein schwangerer Omega fühlen.

Vielleicht mussten sie ja nicht unbedingt über irgendetwas Wichtiges reden, dann könnten sie für eine längere Zeit in diesem Zustand von Ruhe und Zufriedenheit verweilen. Es schien nie etwas Gutes dabei herauszukommen, wenn sie miteinander kommunizierten; sie stritten immer nur. Und wenn sie sich stritten, dann fickten sie. Dann konnten sie schließlich auch gleich zum Ficken übergehen und das Streiten auslassen, fertig!

Ned streichelte Ezers Rücken. Die Sonne schien auf sie hinab und wärmte sie, sodass sie miteinander schwitzten.

Ich werde nicht mehr mit ihm streiten, war Ezers letzter Gedanke, bevor er einschlief. *Ich lasse ihn denken, dass er mich für sich gewonnen hat.*

Dieser Entschluss hielt genau so lange an, bis er wieder erwachte.

Kapitel 24

NED WURDE MIT dem Gefühl wach, beobachtet zu werden. Er wollte Ezer nicht stören, der seine Ruhe brauchte, da schließlich ein Baby in ihm wuchs, aber das Gefühl verflüchtigte sich nicht, und der Alphainstinkt, seinen Omega zu beschützen, war stärker als der Drang, ihn nicht zu stören.

Ezer schlief tief und fest, und als Ned unter ihm herausrutschte und ihn dann zurück auf die Liege bettete, schnaufte Ezer und drehte sein Gesicht in die andere Richtung.

Ned entdeckte einen Bademantel auf der anderen Liege, was ihm sagte, dass Earl zwischendurch zurückgekehrt sein und sie schlafend vorgefunden haben musste. Dann hatte er wohl den Bademantel für Ned hingelegt für den Fall, dass der es sich anders überlegte, und war wieder gegangen. Dennoch – Ned fühlte sich beobachtet. Er suchte mit den Augen das Haus und alle Fenster ab, fand dort aber nichts. Erst, als er den Blick auf den geschlossenen Pfad richtete, der vom Garten herführte, erkannte er den Eindringling. Sein Herz schlug schneller.

Nachdem er sich vergewissert hatte, dass Ezer immer noch fest schlief, ging er zum Gartentor. Er erreichte es gerade in dem Moment, als es aufschwang und Braden seinen Kopf hindurch steckte, ein selbstzufriedenes Grinsen im Gesicht. „Was geht ab, kleiner Neddy, hm? Wir haben dich in der Schule vermisst."

Ned schob ihn gleich wieder zum Tor hinaus und in den Vorgarten. Er sah sich nach Finch um, konnte ihn aber nirgends entdecken. Braden war allein gekommen. „Was willst du hier?"

„Du warst verschwunden. Keine Erklärung. Keine Antworten auf Nachrichten. Da wurde ich neugierig." Er grinste erneut. „War das ein Omega-Arsch, was ich da am Pool gesehen habe?"

„Du musst jetzt gehen, Braden."

Ein finsterer Ausdruck senkte sich über Bradens Gesicht. „Denkst du, du könntest mir sagen, was ich zu tun und zu lassen habe?"

„Ich denke, das hier ist mein Grund und Boden, und du kannst dich ganz schnell von hier verpissen."

„Was zum Henker? Ich mache mir Sorgen um dich, und du benimmst dich, als wären wir nicht mal Freunde?"

Ned holte tief Luft. Dies war der Moment. „Das sind wir nicht."

„Entschuldige mal?"

„Ich sagte, wir sind keine Freunde, Braden. Sag Finch das Gleiche. Und ich will, dass ihr beide mich Scheiße nochmal in Ruhe lasst, alles klar? Ich will kein Wort mehr mit euch reden, weder hier noch in der Schule oder sonst wo."

Braden trat einen Schritt vor, aber als Ned eine Kampfhaltung einnahm – das linke Bein nach hinten gestellt, die Fäuste erhoben – trat Braden zurück und hob beschwichtigend die Hände. Immerhin war der Idiot schlau genug, um zu wissen, dass er Ned in einem Kampf Mann gegen Mann nicht besiegen konnte. „Woah, woah. So behandelt man doch kein Problem unter Freunden. Sag mir einfach, was ich gemacht hab', wie viel Zaster es braucht, das zu richten und ich tu's nie wieder. Keine Bange."

„Kein Geld der Welt reicht, um jemanden wieder in Ordnung zu bringen, der einen solchen Schaden hat wie du", sagte Ned.

„Ach, ja?" Braden hob eine Augenbraue. „Was, wenn ich

beschließe, meinem Papa von dieser Unterhaltung zu erzählen?"

„Mach nur."

„Und wenn er keine Geschäfte mit dem Vater eines beschissenen, unverschämten kleinen Alphas machen will, der nicht weiß, wo sein Platz ist?"

„‚Unverschämt'? Ich bin unverschämt zu dir?"

„Hört sich jedenfalls verdammt danach an."

Ned schnaubte laut. „Schön. Dann hätte dein Vater fortan den Ruf, aus kleinlichen Beweggründen Verträge zu brechen, und meinem Vater und mir wird es dennoch bestens gehen."

„Bestens? Ihr braucht die–"

„Brauchten. Vergangenheitsform. Wir brauchen sie nicht länger."

Braden versteifte seine Schultern, und sein Blick heftete sich erneut aufs Gartentor. „Aha, ich verstehe. Du hast da drin einen reichen Omega. Jemanden, der dir als Ausgleich für irgendwas einen Haufen Geld versprochen hat. Was will er dafür von dir?" Braden runzelte die Stirn. „Ich kann mir allen Ernstes nichts vorstellen, was ein wohlhabender Omega von *dir* wollen könnte? Aber es muss schon was Gutes sein."

„Hau ab, Braden", sagte Ned. „Ich habe mich schon viel zu lange mit dir abgegeben. Mach dich endlich vom Acker!"

Braden legte den Kopf schief. „Weißt du, wer such in der Schule gefehlt hat?" Sein Grinsen wurde gemeiner. „Finch und ich dachten, er wäre vielleicht bei dieser Explosion umgekommen, oder er wäre in die Schule für Dumme zurückgekehrt, aber jetzt... Jetzt kommt mir gerade ein ganz anderer Verdacht."

Als Braden so locker-flockig die Explosion erwähnte, bei der mehrere Menschen ihr Leben verloren hatten und auch Ezer in großer Gefahr gewesen war, sah Ned rot. Erneut hob er die Fäuste und sagte: „Verpiss dich jetzt von meinem Grund und Boden, bevor ich dir die Fresse poliere!"

„Komm raus, Schwanzlutscher!", rief Braden. Er hüpfte zur Seite und hob sein Kinn, damit seine Stimme weiter trug. „Komm raus und gib meinem Schwanz einen schönen, feuchten Kuss!"

Ned packte Braden am Kragen und schüttelte ihn. Dabei löste sich der Bindegürtel von Neds Bademantel, der nun offen klaffte. Das führte dazu, dass Ned sich verwundbar fühlte und ganz ohne Zweifel auch lächerlich aussah, aber Braden war dennoch – und mit gutem Grund – eingeschüchtert von Neds schierer Kraft und Größe. Braden verzog höhnisch den Mund, aber Ned konnte die Angst in seinen Augen sehen.

Braden riss sich mit einem Ruck los und trat zurück. „Schön, schön. Ich gehe. Aber einen von George Fersees Schwanzlutscher-Bastarden zu ficken, wird dir nicht so viel einbringen, wie du glaubst. Ist dir aufgefallen, dass ich das Wort „Bastard" benutzt habe, ja?"

Er schüttelte Neds Griff vollends ab. „Tja, ich wette, das wusstest du noch gar nicht, hm? Er ist nicht Fersees Kind. Also, was immer der Schwanzlutscher dir auch versprochen hat dafür, dass du… was? Ihn beschützt? Vor mir und Finch? Er kann es gar nicht liefern."

In Neds Kopf drehte sich alles. Falls, was Braden über Ezer sagte, die Wahrheit war, dann erklärte das so Einiges. Zum Beispiel, warum Fersee Ezer aus dem Haus haben wollte, warum er Amos so schäbig behandelt hatte, warum er Ned und seinem Vater Geld dafür bezahlt hatte, um Ezer loszuwerden… warum er einen Dreck darauf zu geben schien, was jetzt mit Ezer passierte. Fersee hatte nicht ein einziges Mal während der Hitze nach Ezer geschaut, und auch noch nicht seit der Rückkehr nach Wellport, so weit Ned wusste.

„Ah, siehst du? Ich bin doch schlauer, als du denkst. Ich habe dich durchschaut."

„Du hast nicht das Geringste durchschaut", sagte Ned spöttisch. Obwohl Braden natürlich recht hatte. Er hatte durchaus ein Skelett im Schrank gefunden. Nur nicht das, von dem er meinte, es enthüllt zu haben. „Verschwinde von hier, bevor ich dir was aufs Maul haue und dein Papa dann noch eine teure Gesichts-OP bezahlen muss, um das wieder hinzubekommen."

„Fick dich, Ned. Ich sage dir: Was immer er dir versprochen hat – er kann es dir nicht geben. Und hier stehst du und spuckst dem Menschen ins Gesicht, der dir immer am meisten zur Seite gestanden hat."

Ned schubste Braden und stieß ihn zurück. „Geh! Hau endlich ab, und komm nie wieder zurück!"

Braden zeigte ihm den Stinkefinger. „Mein Vater *wird* hiervon erfahren. Und es *wird* Konsequenzen geben."

Ned spuckte vor ihm aus. Er hätte Braden ins Gesicht gespuckt, wenn er gekonnt hätte, aber Braden war in diesem Moment schon zu weit weg. Er konnte nur noch zusehen, wie Braden wieder über den Gartenzaun kletterte und dann die Auffahrt hinunter lief. Zweifellos wartete am Ende sein Fahrer auf ihn.

Wieso hatte Braden sich in den Garten geschlichen? Warum war er nicht wie ein normaler Mensch an die Haustür gekommen, um zu klingeln. Warum hatte er Ned und Ezer heimlich ausspioniert? Und wie lange war er schon dagewesen? Was hatte er gesehen?

Ned würde später Earl fragen, was der darüber wusste. Alles, was er im Augenblick wusste, war: Er hatte Kopfschmerzen, ihm war vom Magen her übel, und sein Kiefer tat ihm weh, weil er so mit den Zähnen geknirscht hatte. Außerdem wusste er nun, dass Ezer von seiner eigenen Familie verstoßen worden war. Genau so, wie er es behauptet hatte. Und dank Bradens gehässiger Bemerkungen wusste er nun auch, warum. Er wünschte, Ezer hätte ihm selbst die ganze Wahrheit gesagt.

Aber Ezer vertraute ihm nicht. So viel stand fest. Natürlich hatte er Ned nichts gesagt. Er versuchte, sich vor einer vermeintlichen Gefahr zu schützen. Aber wie sollte es mit ihnen beiden nun weitergehen? Wie sollten sie zusammen ein Kind aufziehen?

Sie mussten miteinander reden. Und sie mussten einfach mal nicht streiten. Und nicht ficken.

Ned musste einen Weg finden, das zu tun, denn ihr zukünftiges Glück hing davon ab.

EZER ERWACHTE ALLEIN. Die Sonne blendete ihn. Sein Haut fühlte sich am ganzen Körper empfindlich an, vielleicht wie ein beginnender Sonnenbrand. Also stand er auf, streckte sich und ging dann, um einen Platz im Schatten zu finden. Falls er dabei auch nach Ned Ausschau hielt, so wollte er sich diesen Umstand nicht so recht selbst eingestehen.

Aber natürlich suchte er bereits wieder nach Ned. Er wollte wissen, wohin sein Alpha gegangen war und ihn dabei so allein und verwundbar zurückgelassen hatte. Ezer nahm an, dass Ned dabei war, Essen für sie beide zu besorgen, oder dass er Earl bei irgendetwas half. Oder vielleicht war er gerufen worden, weil jemand für ihn angerufen hatte, vielleicht ein Freund oder sein Vater oder dieser Onkel – Heath – der ihm eine Standpauke hielt, weil er in seinem Alter schon einen Omega geschwängert hatte.

Aber als Ezer sich in der Sonne streckte, hörte er Stimmen.

Allzu vertraut. Ihm wurde übel.

Ihm drehte sich der Magen um, und für eine Sekunde war er sicher, sich übergeben zu müssen.

„Schwanzlutscher, komm raus und gib meinem Schwanz

einen dicken, feuchten Kuss!"

Bradens Stimme durchschnitt die Luft, dann folgte Neds Stimme – tiefer und undeutlich. Ezers Herz hämmerte. Er wäre am liebsten geflohen, aber er wusste nicht, wohin. Zurück ins Nest? Dort konnten sie ihn zu leicht in die Enge treiben.

Die Auffahrt hinunter? Wohin sollte er dann laufen? Er war splitternackt.

Scheiße.

Und er hatte angefangen, an Ned zu glauben, ihm zu vertrauen.

„Sir", kam Earls Stimme von hinten und erschreckte Ezer.

Er wäre beinahe in Tränen ausgebrochen, aber stattdessen griff er sich an die Brust und schnappte nach Luft. Ihm wurde schwindelig.

Earl bekam einen entsetzten Gesichtsausdruck. Er nahm Ezers Arm und führte ihn durchs Wohnzimmer und zu dem kuscheligen Sofa.

„Nun beruhigen Sie sich erstmal. Was ist geschehen? Geht es Ihnen gut? Sind Sie Asthmatiker, Sir? Haben Sie ein Inhaliergerät?" Er schien selbst einer Panik nahe zu sein.

Ezer bekam einfach nicht genug Luft, um zu antworten. Er griff sich einfach krampfhaft an die Brust, schüttelte den Kopf und versuchte einzuatmen.

„Ezer!", rief Ned.

Hätte Ezer es nicht besser gewusst, dann hätte er meinen können, dass Ned sich besorgt anhörte, aber er wusste es besser. Ned hatte mit Braden geredet, sie hatten ihn Schwanzlutscher gerufen, und sie hatten vorgehabt, ihn… hatten vorgehabt…

In Ezers Kopf drehte sich alles. Plötzlich klappte er auf dem Sofa zusammen. Er atmete viel zu schnell und viel zu flach. Sein Puls raste.

„Sir! Er ist hier drin. Ich weiß nicht, was mit ihm nicht

stimmt. Sir, besitzt er ein Inhaliergerät? Soll ich einen Krankenwagen rufen?"

Ned eilte an Ezers Seite und ging neben ihm auf die Knie. Aber Ezer entzog sich Neds suchenden Händen. Er keuchte zu sehr, um ordentlich zu sprechen, aber er schaffte es, die Worte „Weg von mir!" auszustoßen.

„Was ist los?", fragte Ned. Dann verdüsterte sich seine Miene, und in seine Augen trat ein wütendes Funkeln. „War es Finch? Ist er an den Pool gekommen?" Er drehte sich um und suchte den Bereich mit den Augen ab. „Hat er dich angefasst?"

Ezer schloss die Augen und nahm hastige, tiefe Atemzüge. Er war entsetzt. Finch war ebenfalls hier gewesen? Sie alle drei…?

Beinahe wäre er ohnmächtig geworden.

„Hier, Sir", sagte Earl durch den Nebel der Panik. „Das ist ein altes Mittel, aber ich weiß nicht, was ich sonst tun soll."

Ned versuchte, Ezer dabei zu helfen, sich aufzurichten, aber Ezer wehrte sich gegen ihn; er wollte nicht von ihm angefasst werden. „Bitte, Baby, bitte atme einfach in diese Papiertüte. Einfach atmen."

Ezer riss Ned die Tüte aus der Hand und stülpte sie sich über den Mund. Er erinnerte sich plötzlich daran, in alten Fernsehfilmen gesehen zu haben, dass das angeblich irgendwie half. Während er schnaufend ein- und ausatmete, bekam er allmählich das Gefühl, wieder ordentlich Luft holen zu können.

„Na bitte", sagte Ned. Er streichelte Ezers Haar und sein Gesicht. Neds Miene war noch immer voller Sorge. „Was ist passiert? Sag's mir. War es Finch. Ich bringe ihn um, wenn er dich angefasst hat. Wenn er nur daran gedacht hat, dich anzufassen."

Neds Stimme klang so wild, dass Ezer schon dachte, gleich würde er aufstehen und Finch suchen gehen – wo immer der sein mochte – und ihn umbringen. Was echt schräg war, da Ned doch zusammen mit Braden vorgehabt hatte, ihn zu… ihn zu…

Oder nicht?

Ezer wusste nicht, was Ned zu Braden gesagt hatte. Er hatte in Wirklichkeit keine Ahnung, was passiert war. Er hatte einfach irgendwas angenommen, und das Entsetzen hatte ihn an der Kehle gepackt und ihn gewürgt wie ein vertrauter, grausamer, viel zu enger Pullover.

„Braden", sagte Ezer, nachdem er die Papiertüte weggenommen hatte, um sprechen zu können. „Du hast mit Braden gesprochen."

Neds Augen funkelten erneut voller Wut. „Ich war drauf und dran, ihn k.o. zu schlagen, aber ja, ich habe wohl auch mit ihm geredet. Ist es das ? Du hast uns reden gehört? Und er hat dir Angst gemacht?" Neds Stimme klang so tief und ernst, und seine Augen funkelten so wütend, dass Ezer sich gut vorstellen konnte, wie Ned entweder Ezer auseinandernehmen würde, weil er Angst hatte, oder Braden, weil er Ezer Angst gemacht hatte. Die Erfahrung sagte ihm das eine, Logik und Gelerntes das andere.

„Er rief nach mir." Ezers Stimme klang geradezu mickrig neben Neds schrecklicher Wut.

Neds Lippen verzogen sich zu einer erbosten Grimasse. „Dein Name ist Ezer. Er hat nicht nach dir gerufen."

„Er rief–"

„Schwanzlutscher, ich weiß", sagte Ned düster, aber seine Hand lag nun auf Ezer Oberschenkel, und er streichelte ihn liebevoll. „Aber das ist nicht dein Name. Das hast du ihm selbst gesagt, weißt du noch?"

Ezer nickte. Seine Hand wanderte zu seinem nackten Bauch und liebkoste die leichte Wölbung dort, die stündlich mehr zu schwellen schien. „Ich weiß es noch."

Neds Hand glitt von Ezers Schenkel und vereinte sich mit Ezers Hand an dessen Bauch. „Braden war gekommen, weil ich nicht in der Schule war. Die Schule darf niemandem sagen, warum ich nicht da bin. Ich kann den Stoff später nachholen, aber..."

Ned beugte sich vor und küsste Ezers Knie, dann erhob er sich ein Stück, um Ezers Bauch zu küssen. Das kitzelte, und Ezer musste an sich halten, um nicht Neds Haar zu streicheln. „Aber Braden wurde neugierig. Deshalb kam er her."

„Ich habe ihn nicht hereingelassen, Sir. Er hat an der Tür geklingelt, aber ich habe ihn weggeschickt", erklärte Earl. „Ich nahm an, weder du noch Ezer würden ihn sehen wollen."

Ned schien seinen Diener gar nicht recht zu beachten. Stattdessen behielt er seinen Blick weiterhin auf Ezers Bauch. Er beugte sich vor, um Ezers Bauch noch einmal zu küssen, dann sagte er: „Wollte ich auch nicht. Wollten *wir* nicht. Stimmt's, Ezer?"

Ezer nickte.

„Aber er ist nicht weg gegangen. Stattdessen ist er den Gartenweg entlang geschlichen und hat uns vom Tor aus ausspioniert. Als ich ihn erwischte, faselte er jede Menge hässliches Zeug. Ich drohte ihm Schläge an. Er drohte mit den Verträgen seines Vaters, worauf ich sagte, dass mich das alles nicht interessiert, und er soll von meinem Grund und Boden verschwinden. Dann erriet er die Wahrheit über dich und mich. Dass du hier bei mir bist. Und er enthüllte–" Ned runzelte die Stirn.

„Enthüllte was?"

„Earl, lass uns allein."

„Bist du sicher, Sir?"

„Geh."

„Ezer, Sir, kommen Sie jetzt wieder zurecht?"

Ezers Herz raste noch immer schneller, als gesund sein konnte, aber wenn Ned Earl nicht bei dem, was immer er zu sagen hatte, dabei haben wollte, dann war es wohl das Beste, wenn der alte Mann sie allein ließ. „Ja, es geht mir schon wieder viel besser."

Earl sah zweifelnd aus, verließ aber den Raum, so wie Ned es verlangt hatte.

Ned küsste erneut Ezers Bauch und drückte seine eigene Hand auf Ezers, dann sah er ihm in die Augen.

„Sag's mir", drängte Ezer. „Was hat Braden enthüllt?"

„Er sagte, George Fersee sei nicht dein Vater. Er dachte, das würde mich ,zur Vernunft bringen' und mir klar machen, was du mir in Wirklichkeit bieten könntest, und was nicht. Er denkt, du würdest mich bestechen, damit ich dich vor ihm und Finch beschütze. Aber… ja, jetzt weiß ich es."

Ezers Kinn bebte. Und was bedeutete es nun, dass Ned wusste, dass Ezer das Produkt einer Liebesaffäre von Amos mit einem anderen Alpha war? Was bedeutete es nun, dass Ned den wahren Grund dafür kannte, warum George Ezer los sein wollte? Gar nichts. Und doch – irgendwie war es nach allem ein Tiefschlag, der Ezer erneut den Atem raubte. Tränen stiegen ihm in die Augen und liefen ihm über die Wangen.

„Wäre mein Vater sich nicht mit deinem einig geworden, dann wäre dein Vater zu Finch gegangen, und er hätte dich bekommen. Es ist viel Geld; Finch hätte nicht gezögert. Und er wäre während der Hitze nicht gütig gewesen, und auch nicht liebevoll danach. Er ist ein Sadist, genau wie Braden, das weißt du", sagte Ned. „Und schlimmer noch, wenn er nach getaner Tat, *nachdem* du mit seinem Sohn schwanger geworden bist, herausgefunden hätte, dass du nicht der bist, der du zu sein scheinst…"

Der Satz hing in der Luft, mit all seinen Implikationen.

„Er hätte dir wehgetan. Er hätte dir das Leben zur Hölle gemacht." Ned rieb seine Nase an Ezers Hals. „Ich habe dich gerettet."

„Soll ich dir etwa dankbar sein?", stieß Ezer erstickt hervor.

„Ich will nur, dass du das alles verstehst. Ich habe dich damals beschützt. Und ich werde dich immer beschützen."

„Ich hasse dich", flüsterte Ezer. „Ich hasse dich so sehr."

Ned erhob sich aus seiner knienden Position am Boden und setzte sich aufs Sofa. Er legte Ezer seinen Arm um die Schultern und zog ihn an sich. „Das weiß ich."

Dieses Mal fickten sie nicht. Sie redeten nicht einmal.

Sie saßen einfach schweigend da. Ned hielt Ezer in seinem Arm, bis Ezer sich an seiner Seite entspannte, und dann schauten sie zu, wie draußen die Sonne auf dem Wasser des Pools glitzerte, und lauschten dem Gesang der Vögel. Sie blieben so, bis Earl zurückkam und verkündete, das Mittagessen sei fertig.

Kapitel 25

EZERS SCHENKEL WAREN glitschig-feucht und zitterten, als er sich auf das Sofa fallen ließ, mit Ned hinter ihm. Neds Ständer steckte noch immer tief in ihm. Ezer vermisste immer noch das herrliche Gefühl, von einem Knoten gefüllt zu werden. Auch verhinderte der Knoten länger das Wieder-Hereinbrechen der kalten Realität nach einem Fick.

Nun lag er da. Ned hatte ihn eng an seinen Körper gezogen. Ezer spürte, wie Neds Schwanz erschlaffte und schließlich herausglitt. Er fragte sich, ob Ned ihn nun zwingen würde, alles zu gestehen, was er von Braden gehört hatte.

Minuten vergingen, während Ned mit Ezers Loch spielte, heraustropfendes Sperma wieder hineindrückte und mit den Fingern Ezers Drüsen und seine Prostata massierte, bis Ezer sich wand und forderte, dass er aufhörte.

„Wir müssen nicht darüber reden", sagte Ned. Er zog seine Finger heraus und wischte sie an Ezers Bauch ab. Das Sperma glitt über seine Haut wie ein Zeichen des Besitzes. „Nicht mehr heute jedenfalls. Nicht einmal morgen."

„Nicht?" Der Samen versah seine Wirkung. Er besänftigte und beruhigte Ezer, und Neds Worte verliehen ihm Hoffnung.

„Nein. Aber reden müssen wir", sagte Ned. „Über uns. Über Dinge, die uns gefallen. Darüber, wer wir sind. So wie... wie es neue Freunde tun."

„Freunde", höhnte Ezer.

Ned zuckte die Achseln. „Ich weiß nicht, wie ich es sonst machen soll, Baby. Entweder wir versuchen – versuchen wirklich – eine Beziehung aufzubauen, oder wir werden uns für alle Zeiten missverstehen und Fremde bleiben, die zufällig miteinander intim sind."

Ezer rieb sich mit einer Hand übers Gesicht. *Fremde, die miteinander intim sind? War das nicht einfach nur eine andere Bezeichnung für Sklave und Besitzer?* Beinahe hätte er die bitteren Worte ausgestoßen, aber er beherrschte sich. Hatte er sich nicht kurz vorm Einschlafen geschworen, sich nicht mehr über alles und jedes mit Ned zu streiten? Er wollte seinen Sohn nicht in einem Haushalt aufziehen, wo seine Eltern nicht einmal eine zivile Unterhaltung führen konnten.

„Na gut. Was willst du über mich wissen?"

Ned lächelte, dann drehte er Ezer herum – so einfach, als wäre er eine Puppe. Er strich ihm mit einer zärtlichen Geste das Haar aus dem Gesicht und fragte: „Was ist deine Lieblings-Fernsehserie?"

„Ich schaue nicht viel fern. Ich bevorzuge Kinofilme."

„Na gut, dein Lieblingsfilm dann."

Ezer zögerte. „*Notting Hill.*"

„Den habe ich schon ein paarmal gesehen. Was gefällt dir daran am besten?"

Ezer zuckte die Achseln. Er wollte nicht zugeben, dass er schon immer die Geschichte des Omegas, der sich als berühmter Schauspieler plötzlich verloren in seiner Hitze bei einem Alpha wiederfindet, der einen Buchladen besitzt und den er kaum kennt, charmant fand. Und die unerwartete Liebesgeschichte, die sich daraus entwickelte, fand er unheimlich herzerwärmend. Stattdessen argumentierte er mit einer unwiderlegbaren Tatsache: „Der Alpha, der die Hauptrolle spielt, sieht so gut aus. Was ist dein Lieblingsfilm?"

„Ich sehe mehr fern. In letzter Zeit mag ich die Serie ‚*Wie man einen Viehdieb fängt*‘.“

Ezer blinzelte. Er versuchte, einen Funken Humor in Neds Augen zu finden, der sein Geständnis als Witz entlarven würde. „Bitte sag mir, dass es in dieser Serie nicht wirklich darum geht, Viehdiebe zu fangen.“

Ned grinste. „Die Antwort darauf behalte ich für mich, und du wirst das erst herausfinden, wenn du dir die Sendung nachher mit mir zusammen ansiehst.“

Ezer verdrehte die Augen. Er begann, sich wieder zurückzudrehen, aber Neds Hände auf seinen Hüften verhinderten das.

„Okay, was ist dein Lieblingsbuch?“

Ezer zuckte die Achseln. „Ich habe keins. Was ist deins?“

„Ich mag Superhelden-Comics.“

„Na, das passt ja.“

Ned, der nach dem Sex super-entspannt gewesen war, zuckte zusammen, als sein Handy pingte. Er erhob sich vom Sofa und griff über Ezer hinweg, um es vom Couchtisch zu nehmen. Als er einen Blick aufs Display warf, machte er ein finsteres Gesicht. Ezer fragte sich, wer ihm wohl eine Nachricht geschickt hatte. Sein Vater oder Onkel Heath? Oder vielleicht hatten Braden und Finch ihm irgendwelche Drohungen oder Gemeinheiten geschickt?

Ned ließ den Blick erneut über das Display seines Handys gleiten, dann reichte er Ezer das Telefon. „Schau.“

Ezer starrte das Telefon einen Moment lang an, wurde rot und gab es dann Ned zurück. „Was steht da?“

Ned runzelte die Stirn? „Du hast es nicht gelesen?“

„Ich kann nicht lesen.“ Bei dem Geständnis drehte sich Ezer der Magen um. Es war seine größte Schande.

Ned starrte Ezer an. „Du kannst nicht lesen?“

Ezer schüttelte den Kopf. „Nein. Und ich kann es auch nicht

lernen.“

„Ich könnte jemanden anheuern, damit er es dir beibringt“, sagte Ned, eindeutig verdattert.

„Ich sagte doch: Ich kann es nicht lernen. Die Ärzte sagen, ich habe einen Hirnschaden.“ Ezer tippte sich an die Stirn. „Er verhindert, dass ich jemals Lesen lernen kann.“

Ned schüttelte den Kopf. „Ich habe dich in der Schule gesehen, wie du die schwierigsten Mathegleichungen gelöst hast.“

„Zahlen sind etwas anderes.“

„Wie das?“

„Sie halten still, bewegen sich nicht auf dem Papier hin und her.“ Ezer wurde die Kehle eng. „Zahlen sind sozusagen freundlicher zu mir.“

Ned dachte ausgiebig darüber nach. „Warst du also deswegen auf der St. Hauers?“

Ezer nickte. „Aber mein Vater erwirkte meine Versetzung nach Doubleton, und dass ich all meine Prüfungen mündlich ablegen konnte. Also, ja… Ich kann nicht lesen. Weder die Nachricht, die du mir gezeigt hast, noch ein Buch, weder den Vertrag, den ich unterzeichnet habe, noch sonst was. Tut mir leid.“

„Schon gut“, sagte Ned, aber er klang noch immer ein wenig verunsichert. „Und darum hast du deinen Vertrag nicht gelesen? Weil du gar nicht konntest?“

„George wollte ihn mir vorlesen“, gestand Ezer. „Ich habe darauf verzichtet.“

Ned starrte ihn an. Sein Kopf arbeitete.

„Von wem ist die Nachricht?“, fragte Ezer und riss ihn zurück in die Gegenwart.

„Äh, von deinem Papa. Er wollte sich nach dir erkundigen.“ Er öffnete erneut die Nachricht und las:

„Wie geht es meinem Ezer? Richte ihm liebe Grüße von mir aus,

und dass er mich anrufen soll, wenn er kann. Bitte sag ihm, er soll mir vergeben. Er wird tun, was du sagst. Du bist sein Alpha."

Ned lachte schnaubend. „Du wirst tun, was ich sage? Ja, klar."

Ezer griff noch einmal nach dem Handy. „Hat er das wirklich so geschrieben?", fragte er und betrachtete die schwimmenden Buchstaben. „Du sollst mir liebe Grüße ausrichten?"

„Das hat er."

„Oh…" Ezer schaute noch einen Augenblick lang hilflos auf die Nachricht, dann gab er das Handy zurück. „Kannst du… wirst du ihm schreiben, dass ich schwanger bin?"

Ned setzte sich und zog Ezer zu sich. Zusammen schauten sie zu, wie Ned die Antwort tippte. „Ich schreibe ihm: *Ezer lebt sich langsam hier ein. Er ist schwanger und tut, was er kann, um dafür zu sorgen, dass das Baby gesund ist. Wir lernen einander nun besser kennen. Ich denke, es würde ihm gefallen, wenn du ihn einmal anrufen würdest. Du erreichst ihn unter der Nummer…*" Und dann gab er die Nummer ein, unter der das Telefon im Nest klingeln würde.

„Hast du das abgeschickt?"

„Noch nicht."

„Gib ihm nicht diese Nummer."

„Wieso nicht?"

„Ich will noch nicht mit ihm sprechen."

„Aber später wirst du seinen Trost wollen, oder? Wenn die Zeit näher rückt?" Ned legte den Kopf zur Seite. „In den Kursen sagten sie, Omegas wollen gern, dass ihr Omega-Elternteil bei der Geburt dabei ist."

Ezer zuckte mit den Schultern. „Ich weiß nicht, was ich dann wollen werde, aber im Moment kann ich nicht mit ihm reden."

„Warum nicht?"

„Weil ich ihm noch nicht vergeben habe. Und weil ich im

Moment noch meine ganze Vergebung für dich verbrauche, um dich nicht zu hassen."

„Fällt dir das so schwer?"

„Ja."

Ned schnaubte, dann löschte er den Satz mit der Nummer. Er las die Nachricht in der vorliegenden Fassung noch einmal laut vor und fragte: „Soll ich das so abschicken?"

„Schreib ihm, dass er sich geirrt hat. Schreib ihm, dass ich dich nicht im Geringsten mag."

Ned verzog das Gesicht, tippte aber pflichtschuldigst.

„Stopp", unterbrach ihn Ezer. „Lass das weg." Ned war nicht so schlimm, wie Ezer es darstellen wollte. Nicht jetzt und hier in ihrem Nest. Nicht, wenn er Ezer mit diesem leichten Lächeln anschaute und in seinen Augen unterdrückte Belustigung funkelte.

Auch wenn an der Situation nichts lustig war. Wirklich gar nichts.

„Also gut. Wie wäre es, wenn ich ihm schreibe, dass du im Moment keine Anrufe annimmst, um deinen Seelenfrieden zu wahren?"

„In Ordnung. Sag ihm, ich rufe ihn an, wenn ich so weit bin."

Ned tippte, dann las er alles noch einmal vor. Ezer stimmte zu, dass es so gesendet werden konnte, und das machte Ned dann auch. Schließlich legte er das Handy zur Seite, streckte sich ausgiebig und musste leise lachen, als Ezers Magen ein lautes Knurren von sich gab. Ezer hatte gar nicht gemerkt, wie hungrig er schon war, aber plötzlich war er wie ausgehungert. „Lasagne oder Spaghetti?", fragte Ned.

„Spaghetti."

„Apfelkuchen oder Erdnussbutter-Eis?"

„Oh. Erdnussbutter-Eis. Glaube ich."

„Was ist deine Lieblings-Eissorte?"

„Mint-Schokochip."

Ned griff erneut nach seinem Handy und tippte etwas. „Earl wird welches für dich kaufen." Bevor er das Telefon wieder weglegen konnte, vibrierte es in seiner Hand.

„Es ist noch einmal dein Papa. Er glaubt uns nicht, dass du deinen Seelenfrieden hast, aber er versteht, warum du nicht mit ihm reden willst, und er sagt, du wirst ihm eines Tages vergeben. Und dann sagt er noch zu mir, dass er hofft, ich kümmere mich gut um dich." Das Handy vibrierte noch drei weitere Male. „Ähm, er hat ein paar Fotos geschickt, von seiner neuen Wohnung. Und er bedankt sich bei dir für diesen Neuanfang."

Ezer streckte eine Hand aus, und Ned gab ihm das Handy. Ezer schaute sich die Fotos an. Er erkannte die Wohnung als das wunderschöne Apartment am See. Er betrachtete die schicke Einrichtung – alles tip-top in Schuss wie alle Häuser, die sein Vater besaß. Dann kam ein weiteres Bild an. Es zeigte Ezers Papa, der seinen Arm um einen anderen Mann gelegt hatte, den Ezer als Finn erkannte. Begleitet wurde das Bild von einem neuen Schwung schwimmender Worte.

„Was steht hier?", fragte Ezer und gab Ned das Handy zurück.

Ned runzelte die Stirn. „Hier steht, dass dieser Alpha, Finn, ihn in seiner neuen Wohnung besucht hat, und er plant, eine Weile zu bleiben. Ähm, er scheint anzudeuten, dass dies dein wirklicher Vater ist?"

Bitterkeit stieg auf und vertrieb die Zufriedenheit, die Ezer empfunden hatte, als er die neuen Lebensumstände seines Papas gesehen hatte. „Finn ist nicht mein wirklicher Vater. So jemanden gibt es für mich nicht. Er ist der Mensch, für den mein Papa sich entschied, alles aufs Spiel zu setzen, um eine einzige Hitze mit ihm zu erleben."

„Amos muss ihn sehr geliebt haben."

„Sieht so aus", sagte Ezer. Ich bin ihm nur einmal begegnet. Kurz, bevor sich alles verändert hatte."

„Oh…" Ned neigte den Kopf zur Seite. „Du siehst ihm ähnlich."

Ezer nickte.

„Aber du hast die Augen deines Papas." Ezer wurde die Kehle eng, als Ned hinzufügte: „Ich liebe deine Augen. Es sind die schönsten Augen, die ich je gesehen habe. Sie sind sogar irgendwie noch schöner als die deines Papas, obwohl sie auch gleich sind. Vielleicht kommt das daher, dass der Rest von deinem Gesicht so…" Er hob den Blick, sah Ezers verblüffte Miene, und errötete. „Es ist einfach nur, dass mir deine Augen die liebsten auf der ganzen Welt sind."

Ezer schwieg. Was sollte er darauf erwidern? In einer anderen Situation, hätte es zwischen ihm und seinem Alpha Liebe und Verständnis gegeben, hätte er das Kompliment erwidert. Er hätte erwähnt, dass Ned das attraktivste Gesicht und den wunderschönsten Körper besaß, den er jemals gesehen hatte, denn das war die Wahrheit. Aber so, wie es zwischen ihnen stand, wollte er diesen Gedanken nicht äußern.

„Fragst du dich, wie die Dinge in deinem alten Zuhause jetzt stehen?", fragte Ned. „Wie es deinen Brüdern geht? Deinem Vater?"

„Ja. Ich frage mich, ob Pete inzwischen das Baby bekommen hat. Ob alles gut gegangen ist. Ob beide gesund sind."

Ned hob den Kopf. „Ich kann das für dich herausfinden. Lass mich kurz eine Nachricht–"

„Nein. Ich will das nicht durch dich erfahren, oder durch das Geschwätz der Leute. Ich will, dass meine Familie mir das sagt." Ezer verdrehte die Augen. „Ganz schön kleinlich, oder?"

„Soll ich eine Nachricht an einen deiner Brüder schicken?"

„Falls ich beschließe, mit irgendwem dort zu sprechen, dann rufe ich Shan und Flo an. Sie werden ans Telefon gehen." Er wusste nicht, ob Yissan mit ihm reden würde, und Rodan war noch zu klein, um ein eigenes Handy zu haben. „Ich wollte damit warten, bis…" Ezer biss sich auf die Zunge, als ihm unerwartet Tränen in den Augen brannten. Was war nur los mit ihm?

„Warten, bis was?", fragte Ned drängend.

„Bis ich mich nicht mehr schäme für das, was hier mit mir passiert. Ich will nicht, dass mein Vater denkt, er hätte gewonnen. Und meine Brüder sollen nicht denken, dass ich klein beigegeben habe."

Ned schien mühsam zurückzuhalten, was seine spontane Antwort darauf gewesen wäre. Stattdessen fragte er: „Kann ich etwas tun, damit du dich weniger schämst?"

Ezer schüttelte den Kopf. „Es ist nur so, dass ich sie nicht anrufen möchte, solange ich mich so kleinlaut fühle, weißt du? Ich möchte stolz und keck sein und ihnen allen beweisen, dass ich trotz all dieses…" Er deutete vage auf seinen Bauch und dann auf Ned. „Dass sie mich nicht kleingekriegt haben. Dass ich immer noch ich bin."

„Das bist du."

„Nein, bin ich eben nicht. Nicht wirklich." Ezer wurde die Kehle eng. „Ich bin überhaupt nicht mehr ich selbst. Das Ganze hier verändert mich. Und ich schäme mich deswegen. Mein Vater wollte mir zeigen, wo mein Platz ist. Tja, ich schätze, das hat er."

Ned schwieg so lange, dass Ezer wieder das Wort ergriff, ohne dazu aufgefordert worden zu sein, was ihn selbst genauso überraschte wie Ned. „Mein Vater hat mich nie geliebt. Ich war immer das Problemkind, aber als er herausfand, dass ich nicht die unbeabsichtigte Folge einer unerwarteten Hitze war, sondern der geplante Nachwuchs von meines Papas erster Liebe…" Ezer versagte die Stimme.

Ezer liebte seinen Vater schon lange nicht mehr. Nicht, seit George Ezers Papa aus dem Haus geworfen hatte. Aber es hatte eine Zeit gegeben, als er den Mann geliebt hatte. Und das verloren zu haben, schmerzte immer noch.

„Es hatte ihn gedemütigt, so gehörnt worden zu sein. Zunächst hatte er seinen Hass gegen Papa gerichtet, aber dann auch auf mich. Dass ich nicht normal war, machte die Sache auch nicht besser.Ich bin weder hübsch noch gehorsam, und ich kann nicht lesen. Ich bin fehlerhafte Ware. Er wollte mich loswerden, und das hat ja nun geklappt."

Ned war ein so guter Zuhörer, dass Ezer ganz vergaß, dass er noch ein wenig Stolz bewahren und nicht alles ausspucken wollte. „Und es hat sogar richtig gut geklappt, denn hier bin ich nun, schwanger und gezähmt, ganz so, wie er es gewollt hat."

„Gezähmt? Das wüsste ich aber!", sagte Ned. „Schwanger, ja, okay. Aber du bist immer noch du. Du kannst immer noch nicht lesen, und du gehorchst einem Alpha kein verfluchtes Bisschen."

Ezer stieß ein überraschtes Lachen aus. Er wusste nicht, warum ihm das so lustig erschien, aber das Tat es. Er verdrehte die Augen. „Aber ich bin hier, oder etwa nicht? Zufrieden damit, zu ficken und zu lutschen und faul in der Sonne zu liegen. Ich bin genau wie Pete."

„Mochtest du Pete nicht?"

Ezer dachte darüber nach. „Ich mochte ihn durchaus. Er war der Mann, der meinen Papa ersetzte; das mochte ich natürlich nicht. Aber er war stets gut zu mir. Jung. Ein bisschen naiv. Aber er war nett. Ich hoffe, die Geburt verlief gut. Ich hoffe, er hat meinem Vater den Alpha-Sohn geschenkt, den er immer gewollt hat. Falls nicht... na ja, mein Vater schien echt verliebt in Pete zu sein, aber wer weiß?"

„Er ist jung und hat noch viele Hitzen vor sich."

Ezer zuckte die Achseln.

Ned schaute auf sein Handy. „Ich habe online ein wenig nachgeforscht. Da gibt es eine Geburtsanzeige im *Wellport Star*. Dort heißt es, dass George Fersee und sein Omega Pete Wilson letzte Woche ein Baby bekommen haben. Es kam zu Welt, während wir im Hitzehaus waren. Es war weder das Geschlecht noch ein Name genannt."

Ezer wurde neugierig. „Dann ist es wohl kein Alpha geworden. Sonst hätte Vater das von allen Dächern gekräht."

Er dachte zurück an Rodans Geburt und die gedämpften Feierlichkeiten danach. Wenn Petes Baby ein Alpha wäre, gäbe es riesige Partys, und es würde überall verkündet werden. Die Geburt eines standesgemäßen Fersee-Erben wäre eine Riesennachricht.

„Dann eben ein weiterer Omega oder Beta", murmelte Ezer vor sich hin. „Ich bin traurig für sie.

Sollte ich eigentlich nicht sein, aber das bin ich."

Ned zuckte mit den Schultern. „Immer dieses Getue um Alphas… Ich verstehe das nicht. Ein Kind ist ein Kind. Sie sind alle wertvoll. Ich wünschte, unsere Kultur wäre anders."

Ezer stützte die Ellenbogen auf die Rückenlehne des Sofas und legte sein Kinn in der Handfläche ab. „Dann würdest du also nicht vorziehen, wenn unser Kind ein Alpha wäre?"

Ned schüttelte den Kopf. „Mir ist es gleich, was wir bekommen, solange es dir gut geht und das Baby gesund ist."

„Und wenn es ein Omega wird?"

Ned schaute verwirrt. „Das ist okay?"

„Wie wirst du seine Zukunft behandeln?"

„Was meinst du damit?"

„Wirst du ihn selbst sein Leben bestimmen lassen, oder wirst du einen Alpha dafür bezahlen, ihn dir abzunehmen, wenn dir sein Verhalten nicht gefällt?"

Ned legte seinen Löffel beiseite. „Ah, da ist mein Ezer. Siehst du? Diese unterschwellige Feindseligkeit? Du bist nicht gezähmt. Darüber musst du dir keine Sorgen machen."

„Im Augenblick mache ich mir Sorgen um die Zukunft eines jeden Omegakindes, das ich mit dir haben werde, und die Arrangements, die du für es machen wirst."

Ned lehnte sich in seinem Sessel zurück und kreuzte die Arme vor der Brust, sodass seine Bizeps hervortraten.

Genau das waren die Fragen, die Ezer immer vor einem Fortpflanzungsvertrag hatte stellen wollen. Und aus diesem Grund hatte er auch vorgehabt, seine Hitzen zu versteigern, ohne eine Fortpflanzung darin einzuschließen, und so durchs Leben zu kommen.

Kinder zu haben war nie Teil seines Lebensplans gewesen, egal, wie sehr er sich auch danach sehnte. Einfach, weil er nur zu gut wusste, wie gemein und hässlich die Welt sein konnte, besonders für Omegas. Er wollte kein Omegakind auf diese Welt bringen, damit es zum Spielball für Alphas wurde.

Ganz ehrlich, er hoffte, einen Alpha oder Beta zu gebären. Erst dann würde er die Gewissheit haben, dass das Leben seines Sohnes bedeutend leichter sein würde, als das seine bislang gewesen war.

„Ich verspreche, niemals ein Arrangement für einen unserer Söhne zu machen, dem du nicht zuvor zugestimmt hast."

Ezer verengte die Augen. „Das ist beinahe schon eine gute Antwort, aber nicht gut genug."

Ned schnaufte. „Warum nicht? Was habe ich dieses Mal wieder vergessen?"

„Versprich, nie ein Arrangement für einen unserer Söhne zu treffen, dem *sie selbst* nicht zuvor zugestimmt haben."

Ned lächelte und drohte Ezer spielerisch mit einem Finger. „Siehst du? Du bist klug. Das gefällt mir. Und abgemacht. Ich verspreche es."

Einfach so? Ned verwies ihn nicht in die Schranken oder versuchte, ihm klarzumachen, dass Alphas die Welt besser verstanden als Omegas? Oder…

„Sagst du das jetzt nur, damit ich wieder friedlich bin?"

„Ich sage das, weil ich niemals einen Omega wollen würde, der mich nicht will", antwortete Ned in scharfem Ton. „So habe ich mir mein Leben nicht vorgestellt. Ich meine, ja, ich wollte *dich*. Ich wollte dich von Anfang an, wie ich sagte, aber nicht so. In meinen Träumen habe ich mir immer vorgestellt, du würdest mich auch wollen."

Ezer schluckte. „Das… tue ich…" Er nahm einen tiefen Atemzug. Auch wenn er sich innerlich dafür schämte, er wollte die Wahrheit sagen. „Ich will dich ja auch. Körperlich."

Ned verdrehte die Augen. „Das ist nicht dasselbe. Du würdest jeden Alpha wollen, der dir ein Kind macht. Das ist Biologie. Natur. Du kannst nichts dagegen tun. Ich wollte, dass du willst, dass *ich* derjenige bin, der das tut. Bevor wir es getan haben."

Ezer wusste nicht, was er dazu sagen sollte. Im Laufe der Tage begann er Ned… nicht unbedingt gernzuhaben, aber es war doch ziemlich nah dran. Er konnte sich nicht länger vorstellen, das, was er mit Ned zusammen machte, mit einem anderen Alpha zu machen. Er war nicht einmal sicher, ob es einen anderen Alpha gab, der die Beleidigungen hinnehmen würde, die Ezer Ned entgegen schleuderte, oder der es zulassen würde, dass Ezer sich auf seinen Ständer sinken ließ, während er gleichzeitig bekräftigte, wie sehr er ihn hasste, und das alles ohne Gewalt. Alphas waren generell nicht dafür bekannt, gegenüber vorlauten Omegas geduldig und verständnisvoll zu sein. Es gab einen Grund, warum Omegas wie Pete, der zu Unterwürfigkeit neigte, als besonders begehrenswert angesehen wurden…

„Du hast den Vertrag ebenfalls unterzeichnet", sagte Ezer. „Du hast zugestimmt."

„Wie ich schon mehrmals gesagt habe, ich dachte, du *wüsstest*, an wen du dich durch diesen Vertrag binden würdest, und ich hoffte…" Ned fuhr sich mit der Hand durch sein Haar. „Ich will nicht mehr darüber reden. Es ist, wie es ist. Zumindest willst du mich körperlich. Ich schätze, ich muss mich damit wohl zufrieden geben."

„Ja, ich will dich", sagte Ezer. Sein drängendes Bedürfnis, Ned zu versichern, dass er ein begehrenswerter Alpha war, überraschte ihn selbst. „Körperlich passen wir gut zusammen."

„Und in jeder anderen Hinsicht?"

„Ich finde, dass du immer reifer wirst, und vielleicht trifft das auch auf mich zu." Ezer berührte seinen wachsenden Bauch. „Und nicht nur hier drin, sondern auch hier drin–" Er berührte seine Brust. „Und hier." Er berührte seine Schläfen.

Neds Blich glitt über Ezers Bauch. „Ich schwöre, das Baby wächst so schnell. Dein Bauch ist jetzt schön wieder größer als beim Mittagessen."

Ezer nickte. Die Haut spannte sich bereits, und er erkannte die milden Entzugserscheinungen, während sein Körper die Nährstoffe und Komponenten von Neds Samen verarbeitete und nach mehr verlangte. „Was werde ich nur tun, wenn du wieder in die Schule gehst?"

Ned runzelte die Stirn. „Ich lasse dich nicht gern allein. Wenn ich könnte, würde ich bei dir bleiben."

„Und du kannst wirklich nicht?"

„Nein. Ich muss wieder in die Schule. So läuft das nun mal. Wenn ich einen Job hätte, wäre es das Gleiche."

Ezer machte ein finsteres Gesicht. Er dachte an seinen Vater und an Pete. „Obwohl, bei unserem jetzigen Status würdest du von Zuhause aus arbeiten."

Ned nickte. „Die Schule kommt nicht zu mir nach Haus."

„Sollte sie aber."

„Die meisten Leute tun das hier nicht schon so jung."

„Nein. Das ist wahr."

Das Gewicht dessen, was sie zusammen getan hatten, hing zwischen ihnen. Die Verantwortung für ein Kind. Die Schwierigkeit, etwas so außerhalb der kulturellen Norm zu tun.

Ned fragte: „Was soll ich den Leuten in der Schule erzählen? Was willst du, dass sie über uns wissen sollen?"

Ezer empfand innerlich brennende Scham. Fast wurde ihm übel. „Sag ihnen… sag ihnen, ich bekam unerwartet eine Hitze, und du hast mir geholfen. Sag ihnen, dass du ein Held bist. Du hast einen verzweifelten Omega gerettet."

Ned blinzelte. „Nicht die Wahrheit?"

„Nein. Auf keinen Fall. Ich will nicht, dass jemand weiß, dass du dafür bezahlt wirst, mich gefügig zu machen. Ich will nicht, dass sie erfahren, wie mein Vater beschlossen hat, mich zu brechen." Ezer schauderte

Neds Blick wurde traurig. „Fühlst du dich gebrochen, Ezer?"

„Manchmal. Nicht immer. Aber wer weiß? Ich habe noch den ganzen Rest meiner Schwangerschaft vor mir. Und die Geburt. Ich habe gehört, dass die Geburt einen Mann brechen kann."

„Du wirst nicht brechen. Du wirst immer stark und selbstbewusst sein."

Ezer schnaubte. Er hatte keine Lust, noch länger darüber zu reden. „Sag ihnen einfach, du bist der Held, der mir mit einer unerwarteten Hitze geholfen hat. Das ist die schönere Geschichte. Du kommst dabei gut weg. Du wirst gut aussehen, und ich wie jemand, den ein übles Schicksal ereilt hat, der aber Glück hatte."

„Na gut. Versprochen."

Ned zog Ezer zu sich herunter und küsste seinen Hals. Neds weiche Lippen waren erregend, was frustrierend war und gleichzeitig aufregend „Wann kommt Earl mit dem Abendessen?"

„Bald." Ned ließ seine Hand tiefer gleiten und die Finger um

Ezers Rosette kreisen. „Wir haben noch Zeit für einen schnellen Fick."

Ezer wollte ablehnen und sagen, dass er das jetzt noch nicht brauchte, aber dann warf Ned ihn auf den Bauch, und alles, woran Ezer denken konnte, war, Neds Ständer in sich zu haben, an genau den richtigen Stellen massiert zu werden, und noch einen feuchten Fleck auf der Decke unter sich zu hinterlassen.

Danach, schwer atmend und verschwitzt, murmelte Ezer: „Wann gehst du zurück?"

„Zur Schule?"

„Ja."

„Morgen."

„Oh."

Ned küsste Ezer auf die Schläfe. „Aber ich werde dir etwas Schönes mitbringen. Was willst du haben? Nenne irgendetwas."

Ezer wusste nicht, wie er zum Ausdruck bringen sollte, was er wirklich wollte, wovon er fantasiert hatte, während sie gefickt hatten – eine Möglichkeit, die Zeit zurückzudrehen und Ned auf andere Weise kennenzulernen, an einem anderen Ort, und sich frei füreinander zu entscheiden – deshalb sagte er: „Ein neues Arbeitsbuch ‚Mathematik für Fortgeschrittene'. Mr. Shein wollte für mich eins beiseite legen und kann es dir geben."

„Ich bring's dir mit. Kein Problem."

Kein Problem für Ned, aber Ezer würde so gelangweilt sein und so allein. Der Gedanke versetzte ihn geradezu in Panik, aber er beherrschte seine Gefühle und ließ Neds Finger mit seinem spermagefüllten Arsch spielen, bis sie Earls Schritte auf der Treppe hörten, die hinab zum Nest führte.

Das Abendessen wurde serviert.

Kapitel 26

NED, DER NIE zuvor einem mit im Haus lebenden Omega begegnet und ein Einzelkind gewesen war, hatte sich nie klar gemacht, welche Menge an Sex nötig war, um einen schwangeren Omega ordnungsgemäß zu betreuen.

Später, während er vom Bett aufstand, um sich für die Schule fertig zu machen, und Ezer befriedigt dalag, alle viere von sich gestreckt, machte Ned sich ernsthaft Sorgen, dass seine Eier nach den vielen letzten Tagen des Fickens und Kommens so ausgelutscht waren, dass er jetzt nicht einmal mehr in der Lage gewesen war, Ezer mit genug Samen zurückzulassen, um Ezers ständig wachsende Bedürfnisse auch während seiner Abwesenheit zu stillen.

Aber was getan war, war getan. Er musste nun gehen, oder er würde zu spät kommen. Und das würde nur noch mehr Aufmerksamkeit erregen, als ihm am ersten Tag nach seinen unerwartet langen Ferien lieb sein konnte.

In der Küche oben aß Ned ein Frühstück, das Earl zubereitet hatte. Allerdings hatte Ned einen Knoten im Magen, der es ihm schwer machte, das gebutterte Brötchen zu schlucken. Er wollte Ezer nicht allein lassen. Zwar wusste er, dass Ezer hier sicher war, und sein Omega schien seine Situation hier inzwischen akzeptiert zu haben, sodass es eigentlich keinen Grund gab, sich zu sorgen, Ezer könnte beschließen, das Nest zu verlassen und davonzulaufen. Dennoch war er in Versuchung, um eine Verlängerung seiner

Sonderferien zu bitten, zumindest so lange, bis man Ezer die Schwangerschaft deutlich ansehen konnte, denn dann würde Ezer das Nest nicht mehr allein verlassen können.

Aber jetzt noch…

Na ja, Ned glaubte nicht, dass Ezer irgendwo anders hin konnte. Er war immer noch wütend auf seinen Vater und seinen Papa, und obwohl er Interesse zeigte, mit seinen Brüdern Kontakt aufzunehmen, schien er sich gleichzeitig dafür zu schämen, dass sie ihn für schwach halten könnten. Ned wusste nichts über die Dynamik, mit der Ezer im Fersee-Haushalt aufgewachsen war, aber er hatte den Verdacht, dass Ezers ältere Omega-Brüder ihn stets gewarnt hatten, sich den Wünschen ihres Vaters zu beugen, oder andernfalls mit strengen Konsequenzen rechnen zu müssen.

Und nun, da er eindeutig mit besagten Konsequenzen schwanger war, schämte er sich eindeutig.

„Sohn! Ich bin froh, dich noch anzutreffen."

Ned zuckte zusammen, als er Lidells Stimme hörte. Er war in den vergangenen Tagen so mit Ezer beschäftigt gewesen, und sein Vater war so lange fort gewesen, dass er beinahe vergessen hatte, dass der ebenfalls in diesem Haus lebte. Es war erstaunlich, wie Neds ganze Welt geschrumpft war, bis sie nur noch aus Ezer, dem Nest, Sex und wenig mehr bestand. Dieses unerwartete Zusammentreffen war, als würde die Welt erneut aufbrechen. Genau dann, wenn er zur Schule musste.

„Du bist zurück", sagte Ned und stand auf, um Lidell kurz zu umarmen. Er hatte Probleme mit ihm, aber er liebte seinen Vater, und angesichts von Ezers komplizierter Familiensituation, schätzte er sich glücklich, dass sein eigener Vater lediglich dazu neigte, zu viel Geld auszugeben.

Allerdings war Ned über viele Entscheidungen der letzten Zeit unsicher – zum Beispiel, wie das alles mit Ezer gelaufen war – dennoch, zumindest war er sicher, dass Lidell ihn liebte.

Vielleicht nicht so sehr, wie er es liebte, Geld auszugeben, aber mehr als ein Vater, der dafür bezahlte, seinen Sohn los zu sein.

„Wie geht es deinem Omega?", sagte Lidell und setzte sich auf den freien Stuhl neben Ned an den Tisch, um sich eine Tasse Kaffee aus der Kanne einzuschenken, die Earl zubereitet hatte.

„Er ist schwanger."

„Hat der Arzt das bestätigt?"

Ned schüttelte den Kopf. „Er soll heute vorbeikommen. Ich wollte gern dabei sein, aber..." Er verzog das Gesicht, denn er hasste, Ezer auch dabei quasi im Stich zu lassen. „Ich hätte in der Schule Bescheid sagen sollen, dass ich nicht vor nächster Woche zurückkehren würde."

„Streitet dein Omega sich noch immer mit dir?"

„Nein. Eigentlich hat er sich nie wirklich gegen mich aufgelehnt, nur gegen die Umstände." Ned versuchte zumindest, sich selbst davon zu überzeugen.

Lidell lächelte. „Diese Erfahrung wird ihn etwas lehren, keine Sorge. Alle Omegas leben für ihre Hitzen. Du wirst schon sehen. Das Baby wird kommen, und in Nullkommanichts wird er den Arzt bitten, die nächsten Hitze einzuleiten, damit er das alles noch einmal machen kann."

Ned knirschte mit den Zähnen. Er wusste nicht, was er dazu sagen sollte. Er wusste nicht, ob das auf Ezer zutreffen würde, oder überhaupt auf „alle Omegas", oder ob man das einfach alle Alphas so lehrte, damit es für sie einfacher war, sich mit ihren Omegas zu vergnügen, ohne auf deren wahre Wünsche und Bedürfnisse Rücksicht zu nehmen. Wenn „alle Omegas" für ihre Hitzen lebten, dann konnten Alphas sich gut und berechtigt und geradezu selbstlos vorkommen, wenn sie Omegas endlos schwängerten, weil Omegas ja eben „so waren".

„Aber er ist nicht glücklich", sagte Ned. „Er findet sich nur schwer mit der Situation zurecht."

Lidell runzelte die Stirn. „Fickst du ihn genug?"

Ned schnaubte. Er dachte nicht, er könnte Ezer noch öfter ficken. Dann würden ihm seine Eier abfallen.

„Okay", sagte Lidell und lachte leise. „Wenn du ihn genug fickst, was stimmt dann nicht mit ihm? Was denkst du?"

Ned winkte einfach ab. „Was, wenn es nicht an *ihm* liegt? Was, wenn mit mir und meinem Samen etwas nicht stimmt?"

Lidell rümpfte die Nase. „Das ist nicht möglich."

„Wieso nicht?"

„Weil es bei Alphas keine Probleme mit diesen Dingen gibt. Dein Omega muss wohl ungewöhnlich störrisch sein, genau wie sein Vater gesagt hat."

„Vielleicht. Oder vielleicht ist es nicht wahr, dass nur reichlich Alpha-Samen nötig ist, um einen zornigen, schwangeren Omega zu beruhigen. Vielleicht braucht es mehr als nur das."

„Und was sollte das sein?"

Ned verdrehte die Augen. Sein Vater hatte keinen Schimmer. Nachdem Neds Omega-Elternteil gestorben war, hatte Lidell nie wieder die Nähe eines Omegas gesucht. Er hatte Hitzen mit ihnen geteilt, hatte gegen Geld seine sexuellen Bedürfnisse befriedigt, aber er hatte nie einen Omega als gleichwertigen Partner betrachtet oder als Person mit eigenen Bedürfnissen außerhalb von Sex und Kindern. Das wusste Ned bereits über seinen Vater. Trotzdem war es enttäuschend, jetzt dieses Wissen bestätigt zu bekommen.

„Ich gehe heute nicht zur Schule", sagte Ned und stand auf. „Ich bleibe hier wegen des Arzttermins. Ich werde für Ezer da sein."

„Wenn du deinem Omega nicht vertraust, dass er dem Arzt ehrlich sagt, wie es ihm körperlich und seelisch geht, dann musst du den Termin natürlich selbst überwachen."

Ned biss erneut die Zähne zusammen. So hatte er das überhaupt nicht gemeint, aber sein Vater würde es nie anders sehen. „Kannst du die Schule für mich anrufen?"

„Ich sage Earl Bescheid, dass er es tun soll."

„Danke."

Ned ging wieder hinunter ins Nest. Er ärgerte sich über seinen Vater und war übler Laune. Als Ned die Tür zum Schlafzimmer öffnete, fand er Ezer im Schummerlicht auf dem Bett sitzend vor, mit verwirrter Miene. In Neds Herz explodierte beinahe ein buntes Feuerwerk der Freude, als Ezer ihm spontan ein seltsames, kleines Lächeln schenkte.

Wen scherte es, was sein Vater dachte? Das Einzige, was zählte, war, was Ezer brauchte.

„Was ist mit der Schule?", fragte Ezer, während er die Arme öffnete, um Ned zu umarmen und ihn zurück in ihrem Bett willkommen zu heißen. Er rieb seine nackte Haut an Neds Schuluniform-Hemd und -Hose, und rieb seine Nase an Neds Hals.

„Ich wollte heute noch für dich da sein."

„Aber du musst ja zurück in die Schule. So läuft das nun mal…"

„Morgen. Nach dem Arzttermin."

Ezer hörte auf, seine Nase an Ned zu reiben und zog sich zurück. „Du vertraust mir nicht?"

„Ich habe auch ein paar Fragen an ihn. Über mich selbst."

„Über dich?"

Ned nickte. Er zog Ezer an sich, bis sie in der Löffelchen-Stellung lagen. Dann küsste er Ezers Nacken und Schultern. Er genoss es, dass Ezer ihn machen ließ, und er mit der Hand abwärts gleiten konnte, um Ezers hart werdenden Schwanz zu ergreifen. „Ich bin nicht perfekt, und das weiß ich auch."

Ezer ließ das Thema fallen, als die übliche Lust zwischen ihnen eskalierte.

Ned vergrub sein Gesicht in Ezers Haar und atmete seinen Duft ein, während sie fickten, und er betete darum, eines Tages einen Weg zu finden, um Ezer glücklich zu machen.

Und das nicht nur durch die Komponenten in seinem Samen.

Wahrhaftig und wirklich glücklich. Weil er zu Ned gehörte.

„DAS GEFÄLLT MIR nicht", sagte Ezer schwächlich, als sie darauf warteten, dass der Arzt in den Raum zurückkehrte, den sie für die Untersuchung vorbereitet hatten, komplett mit Untersuchungstisch. Ezer lag darauf, auf dem Rücken, mit den Beinen in den Haltebügeln. Er war zugedeckt mir der flauschigsten Decke, die sie hatten finden können. „Er wird mir seine Hand reinstecken?"

„Nur die Finger", sagte Ned. Er konnte seine eigene Empörung darüber kaum zurückhalten. Er wollte nicht, dass irgendwer, und schon gar nicht der alte Doktor Savage Finger in Ezers Körper steckte. Er muss die Öffnung deiner Gebärmutter untersuchen. Aber danach ist es vorbei, und solange es keine Probleme gibt, muss es nicht mehr gemacht werden bis kurz vor der Geburt."

Ezer machte ein finsteres Gesicht und rieb sich die Arme. Sein Bauch trat jetzt schon recht deutlich hervor, und auch dazu wollte Ned den Arzt befragen. Er wusste, dass eine Schwangerschaft nur vier Monate dauerte – und es waren gerade mal drei Wochen für sie, aber er hatte angenommen, dass das meiste Wachstum erst im späteren Stadium passierte.

Ned verschränkte seine Finger mit Ezers. Die Geste schien Ezer nicht besonders zu beruhigen, aber er zog seine Hand auch nicht weg. Ned lächelte ihn an, und Ezers Lippen verzogen sich in das Gegenteil eines Lächelns.

„Hey, es wird alles gut werden", sagte Ned beruhigend. „Es geht nur darum, mögliche Komplikationen auszuschließen."

„Und wenn es ein Problem gibt? Was dann?"

„Es wird keine Probleme geben", sagte Ned entschieden.

Das war offensichtlich nicht die richtige Antwort, denn Ezer riss sich los und wandte auch das Gesicht ab. „Das kannst du nicht wissen."

„Was, wenn mit mir etwas nicht stimmt?", sagte Ned. „Was, wenn in meinem Samen nicht die richtigen Proteine sind?"

„Wie kommst du auf so etwas?"

„Weil du viel ruhiger und zufriedener sein müsstest, als du es bist."

Ezer starrte Ned finster an. Er öffnete den Mund, um zu sprechen, aber genau in dem Moment betrat Dr. Savage erneut den Raum.

„Na, na, du siehst ja düster aus", sagte Dr. Savage und schnaubte ein kurzes Lachen. „Eigentlich solltest du in diesem Stadium auf einer Wolke von Alpha-Samenkomponenten dahin schweben, glücklich und zufrieden. Vernachlässigst du deine Pflichten, junger Mann?"

„Tut er nicht", antwortete Ezer an Neds Stelle.

Dr. Savage hob die Brauen, weil Ezer es wagte, für seinen Alpha zu sprechen, aber er tadelte ihn nicht dafür. „Nun, dann wollen wir uns mal genauer ansehen, wie es dir und dem Baby geht. Und dann können wir darüber sprechen, was wir im weiteren Verlauf erwarten können. Ihr seid beide jung, gesund–

„Um genau zu sein", unterbrach Ned den Doktor. „Ich bin nicht so sicher, dass ich gesund bin? Sie erwähnten ja selbst, dass Ezer nicht so zufrieden zu sein scheint, wie er sollte. Ich habe mich gefragt, ob das an mir liegen kann."

„Fickst du den Jungen? Dann liegt es nicht an dir."

„Mein Samen. Was, wenn die Proteine und Komponenten

nicht ausreichend sind?"

Dr. Savage wirkte amüsiert. „Ich verstehe. Tja, das wäre möglich. Höchst unwahrscheinlich… aber gut, dass du die Möglichkeit überhaupt in Erwägung ziehst. Wie oft ich mich schon mit Alphas herumärgern musste, die nicht bereit waren, auch nur die vage Möglichkeit in Betracht zu ziehen, sie selbst könnten die Ursache nicht ausreichender Befriedigung sein." Er musterte Ned von oben bis unten. „Aber du siehst gesund aus. Der Mangel an Proteinen ist für gewöhnlich ein Problem bei alten Männern. Aber falls dein Omega weiterhin unzufrieden und unruhig ist, sollten wir das durchaus ins Auge fassen."

„Ich bin nicht unzufrieden", fauchte Ezer. „Ich bin nur nicht glücklich."

Dr. Savage lachte. „Oh, ich verstehe. Er hat ein hitziges Temperament."

Er grinste Ned an. „Das gefällt dir, oder?"

„Ja, Sir."

Es war deutlich zu sehen, dass es Ezer nicht gefiel, wenn über seinen Kopf hinweg über ihn gesprochen wurde, aber er knirschte nur mit den Zähnen und warf finstere Blicke um sich.

„Ich sag' euch was", sagte Dr. Savage. „Lasst mich die Untersuchung durchführen, und falls wir das Problem nicht lokalisieren können, dann lassen wir deinen Samen testen." Er wandte seine Aufmerksamkeit wieder Ezer zu. Leg dich zurück, bitte. Ich werde deinen Bauch abtasten, sowie deine Brust und deine Nippel, um zu sehen, ob sich die Milch gut entwickelt. Dann werde ich von innen deine Gebärmutter abtasten. Möglicherweise reagiert dein Penis darauf. Kein Grund, sich zu schämen."

Ezers Augen funkelten, und er sah aus, als wollte er dem Doktor den Kopf abreißen für die Erwähnung, dass sein Penis darauf reagieren könnte, wenn der Arzt seine Finger in Ezers

Arsch steckte. Aber er sagte nichts, sondern legte sich widerstrebend zurück.

Dr. Savage fing noch einmal Neds Blick auf und lachte leise. „Du hast einen interessanten Geschmack, aber jedem das Seine." Dann berührte er behutsam Ezers Arm, bevor seine Hände über Ezers Bauch glitten und dort Druck ausübten. Er neigte den Kopf zur Seite. „Wann, sagtet ihr, war die Hitze?"

„Vor drei Wochen und zwei Tagen-"

„Hmm."

Ezer wurde blass, und Ned sah, wie sein Omega immer besorgter wurde, während Dr. Savage mit angespannter Miene tastete.

„Gibt es ein Problem?", fragte Ned.

„Nein, das denke ich nicht", antwortete Dr. Savage, klang jedoch nicht überzeugend. „Nach der internen Untersuchung werde ich mehr wissen." Er nickte Ned zu. „Halte seine Hand. Diesen Teil mögen sie nicht."

Ned biss die Zähne zusammen, als er Ezers Hand nahm. Ezers Blick glühte vor Zorn, als wiederum in der dritten Person von ihm gesprochen wurde, aber er schloss die Augen und wandte einfach den Kopf ab, als Dr. Savage ihm die Schenkel öffnete und drei dicke Finger in ihn einführte.

„Tut mir leid", sagte Dr. Savage, als er seine Hand bewegte, bis sie bis zum Handgelenk in Ezers Körper steckte. Dann drehte er den Arm, und Ezer gab einen gequälten Laut von sich.

Ned grollte.

Dr. Savage sah ihm in die Augen und sagte: „Ganz ruhig, Junge, es ist nur ein ärztliche Untersuchung. Seine Gebärmutter ist nach hinten geneigt, das macht es schwieriger… ah, da. Gut." Vorsichtig zog er seine Hand heraus.

Ezer bedeckte sein Gesicht mit einem Ellenbogen, aber nicht bevor Ned sah, wie ihm eine Träne an der Wange herunterlief.

„Nun, die gute Nachricht ist, dass sein Uterus fest verschlossen ist, sodass nicht die Gefahr einer Frühgeburt besteht. Zumindest nicht im Augenblick. Die schlechte Nachricht – nun, die *komplizierte* Nachricht ist... na ja, lasst mich zunächst einmal etwas bestätigen."

Ned drehte sich der Magen um, und Ezers Brust hob und senkte sich rasch mit kleinen, angestrengten Atemzügen. Ned streichelte Ezers Haar. „Schon gut", murmelte er. „Es wird alles gut."

Dr. Savage holte ein Stethoskop hervor und horchte an Ezers Bauch. „Normalerweise würde ich vorschlagen, dass wir ihn für einen Ultraschall in die Praxis bringen, aber das hier ist leicht genug festzustellen." Dann schloss der Arzt die Augen und lächelte, bevor er das Stethoskop wieder einpackte und noch einmal Ezers Bauch befühlte.

„Tja, wie ich schon dachte." Dr. Savage sah Ned in die Augen. „Dein Omega ist recht schmächtig mit schmalen Hüften, und das macht mir schon etwas Sorgen, aber vielleicht wird er Glück haben. Sie könnten genauso klein sein wie er."

„Sie?", fragte Ezer. Er nahm den Ellenbogen vom Gesicht. Sein schönen, blauen Augen glänzten noch immer feucht.

„Gab es in ihrer Familie schon Zwillingsgeburten?", fragte Dr. Savage.

„Ja", flüsterte Ezer. „Meine Brüder, Shan und Florentine."

„Na, also." Der Arzt nickte, als wäre damit alles geklärt. „Und nun wirst du diese Tradition fortsetzen. Du hast zwei Babys im Ofen, junger Mann. Glückwunsch."

Ned wurde schwindelig. „Zwei?"

„Ja, und das bedeutet", fuhr Dr. Savage fort, indem er seine volle Aufmerksamkeit wieder Ned widmete, „Es liegt nicht an der Menge an Samenproteinen, dass er immer noch so schlechter Laune ist. Es liegt einfach daran, dass sein Bedarf im Grunde verdoppelt ist. Ich werde dir ein paar Vitamine und Mittel zur Förderung der Samenproduktion verschreiben, aber seine Unzufriedenheit kommt nicht daher, dass du zu wenig produzierst, Sohn. Er braucht einfach mehr."

Ezer drückte Neds Hand so fest, dass es schmerzte. Dr. Savage lächelte Ned an, und dann auch Ezer. „Gut gemacht, Jungs. Ich bin sicher, das ist mehr, als ihr geplant habt, aber mit etwas Glück bringen wir dich durch bis zu einer gesunden Geburt." Dr. Savage sah Ezer in die Augen und lächelte beruhigend. „Mach dir keine Sorgen. Dein Alpha und ich werden uns gut um dich kümmern."

„Zwillinge", murmelte Ezer vor sich hin, den Blick zur Zimmerdecke gerichtet, als wäre sie voller Wolken und er könnte Orakel in ihnen lesen.

Es gelang Ned nicht, seine Finger aus Ezers Griff zu befreien, um den Doktor zur Tür zu bringen. Earl musste diese Aufgabe übernehmen, während Ned bei Ezer blieb.

Ned wusste nicht, was er sagen sollte. Er war sprachlos und schockiert. Und verdammt dankbar dafür, dass er sich noch besonnen hatte, am heutigen Tage nicht zur Schule zu gehen. Er mochte sich nicht vorstellen, wie irgendetwas davon abgelaufen wäre, ohne dass er an Ezers Seite gewesen wäre.

Waren Alphas denn nicht dazu da? Um ihren Omegas beizustehen?

„Ich habe Angst", sagte Ezer plötzlich. „Ich habe wirklich, wirklich Angst."

Ned setzte sich neben ihn auf den Tisch und zog ihn in seine Arme. Ezer wehrte sich nicht, aber er erwiderte die Umarmung auch nicht. Er ließ sich von Ned halten, starrte auf einen Punkt an der Wand und zitterte am ganzen Körper.

„Zwillinge", wiederholte er. „Zwillinge."

Ned küsste seine Locken und versuchte, seinen eigenen Herzschlag unter Kontrolle zu behalten. War sein Omega kräftig genug, um zwei Kinder zu gebären? Das würde die Zeit zeigen.

„Ja, Zwillinge", bestätigte er.

Zwillinge.

Kapitel 27

D IE SCHULE WURDE danach noch um einige weitere Tage verschoben, in denen Ezer versuchte, sich zu beruhigen, indem er rückhaltlos mit Ned fickte. Sie taten es so oft miteinander, bis sie beide benommen und dehydriert waren, und Earl sie praktisch zwingen musste, etwas zu trinken und sich in getrennten Zimmern auszuruhen. Lidell ging lieber erneut auf Reisen, anstatt sich ihrem Schauspiel am Pool und im Haupt-Wohnbereich des Hauses auszusetzen. Ezer war nun geradezu schamlos, und Ned war ihm nur allzu gern jederzeit und überall zu Willen.

Die Vitamine und Nahrungsergänzungen, die der Arzt Ned verschrieben hatte, hatten seine Spermienzahl massiv erhöht, und er sagte, jeder Orgasmus würde sich nun fast wie ein Knoten anfühlen, mit tonnenweise Samen. Ezer liebte es. Es war herrlich, sich so von Neds Sperma befriedigt zu fühlen. Er war jedes Mal im Himmel. Und schon zwei Tage nach dem Besuch des Arztes verstand er, was andere Omegas an diesem Teil des ganzen Vorgangs so liebten. Er war total high, entspannt und glücklich. Körper und Geist schwebten dahin auf Samen und Befriedigung.

Glühend, schwebend, entspannt und anspruchslos glücklich – dies waren Begriffe, die das Befinden seines Herzens und seines Körpers beschrieben.

Auch Ned schien glücklicher zu sein, und immer, wenn Ezer über irgendetwas lachte, das er sagte, dann leuchteten Neds

Augen, als hätte Ezer ihn zum besten Alpha der Welt erklärt und ihm immerwährende Liebe geschworen.

Ezer hatte dieser Ausdruck so sehr gefallen, dass er sich bei dem Wunsch ertappte, Ned immer wieder so zu sehen. Er empfand nicht einmal Scham darüber, dass dieser Wunsch ein klares Zeichen dafür war, dass er sich in sein Schicksal fügte und genau zu dem wurde, was sein Vater gewollt hatte. Es war ihm jetzt *gleichgültig*. Ihm *gefiel* es. Er wollte sich für immer so gut fühlen. Es war *viel besser*, als traurig und ängstlich zu sein.

An dem Morgen, als Ned wirklich zum ersten Mal wieder in die Schule ging, stand Ezer mit ihm zusammen früh auf, frühstückte mit ihm, lutschte ihm ein letztes Mal den Schwanz und winkte ihm zum Abschied, bevor er an den Pool ging, um sich noch ein wenig hinzulegen. Sein Bauch war nun so groß und rund wie noch nie zuvor. Er spürte kleine Bewegungen darin – leichte Stöße und Tritte – obwohl es dafür eigentlich noch zu früh war.

Er saß nackt in der Sonne und lachte leise darüber, dass er nun der runde, glückliche Omega war, der er nach Jedermanns Willen sein sollte. Na ja, vielleicht nicht glücklich, aber er war fröhlich, ruhig und viel zu gut gefickt, um sich noch aufzulehnen. Jetzt war er sogar bereit, das zu tun, was er sich am meisten wünschte und vor dem ihm am meisten graute, seit er hier angekommen war.

Er musste nur noch herausfinden, wie er das verdammte Tablet in Gang kriegte.

Er fummelte mit dem Gerät herum, das Ned ihm dagelassen hatte, damit Ezer die Möglichkeit hatte, seine Brüder oder Amos anzurufen, wann immer er das wollte. Aber um die richtigen Einstellungen dafür vorzunehmen, musste man ein wenig lesen, und damit war Ezer schon geschlagen. Darüber wäre er normalerweise wütend und frustriert gewesen, aber die Proteine aus

Neds Samen wirkten tief und zähmten Ezer so gründlich, dass es ihm zu viel Aufwand war, sauer zu werden.

Vielleicht würde er stattdessen lieber ein Nickerchen machen.

„Brauchen Sie Hilfe, Sir?", fragte Earl.

Ezer zuckte beinahe zusammen, als er die Stimme hörte. Hatte der Mann Katzenpfoten anstelle von Füßen? „Ich kann das nicht so einstellen, wie ich es brauche", sagte Ezer und reichte Earl das Tablet. „Bring es bitte zurück ins Nest. Ned kann es nachher einstellen."

„Ich könnte Ihnen helfen."

Ezer wusste nicht, was er sagen sollte. Falls er die Hilfe annahm, dann würde Earl merken, dass er nicht lesen konnte. Und falls nicht, würde er dastehen wie ein Trottel, der mit der einfachsten Technik nicht zurechtkam. „Na gut."

Earl stellte den Glaskrug mit der Limonade, den er für Ezer mitgebracht hatte, neben ein Glas, um später etwas einzuschenken. „Hier. Schauen wir mal." Er fing an, die nötigen Einstellungen vorzunehmen und warf nur zweimal einen fragenden Blick zu Ezer, bevor er ihm das Tablet zurückgab. „Mein Bruder hatte eine Leseschwäche", sagte Earl. „Schwimmende Buchstaben? Worte, die sich bewegen?"

Ezer sah zu ihm auf.

„Er war einer der klügsten Männer, die ich je gekannt habe, aber er konnte keinen ganzen Satz lesen."

Ezer wurde die Kehle eng. „Ja?"

„Ja, Sir. Nun, kann ich sonst noch irgendwie helfen?"

Ezer betrachtete das Tablet. Die Anruffunktion erschien ihm nun relativ einleuchtend. Er versuchte es, und die Zahlen waren wie immer still und unbeweglich. Lange Zeit hatte er befürchtet, sie würden ebenfalls anfangen, vor seinen Augen zu verschwimmen. Aus dem Kopf tippte er die Telefonnummer seines Bruders Shan ein.

„Nein, ich denke, jetzt kriege ich es hin."

„Sehr gut. Rufen Sie mich einfach, sollten Sie nochmals Hilfe benötigen. Ich bin für Sie da, Sir."

„Vielen Dank."

Ezer wartete, bis Earl wieder im Haus war. Nicht nur in dem offenen Wohnbereich, sondern weiter weg und hinter geschlossenen Wänden, bevor er Shan anrief. Er war überrascht, als Shan bereits nach einmaligem Klingeln antwortete.

„Hier steht, dass Ned Clearwater anruft", ertönte Shans stimme. Gleichzeitig zeigte der Monitor eine chaotische Szene: zunächst eine Zimmerdecke, dann einen Fußboden, gefolgt von einem zugestelltem Waschtisch. Ezer erkannte Shans Zimmer. „Ich glaube, es ist Ezer!"

„Ich bin es", sagte Ezer, während der Monitor weiterhin die pure freudige Erregung seines Bruders zeigte, so wie die Kamera wackelte und umher schwang. In einem Moment war sie von einer Hand bedeckt, und im nächsten zeigte sie erneut den Boden.

„Er ist es!" Flos Gesicht füllte den Monitor. „Ezer, geht es dir gut? Bist du in Sicherheit?"

„Ja", antwortete Ezer. „Ich bin in Sicherheit."

Shan entriss Flo das Telefon, und dann schauten seine goldbraunen Augen Ezer an. „Ganz sicher?"

„Ja. Ned behandelt mich gut."

„Gut", sagte Flo. „Wäre es anders, dann müsste er uns Rede und Antwort stehen."

Eine alberne Drohung, aber dennoch wärmte sie Ezers Herz.

„Pete hat das Baby bekommen", sagte Shan. „Sie haben ihn Prinz getauft."

„Prinz?", schnaubte Ezer. „Was soll das denn für ein Name sein?"

„Ein Name für einen Alpha", sagte Flo.

„Wirklich?", keuchte Ezer. „Pete hat den lang ersehnten Alpha geboren?"

Beide nickten betrübt.

„Wieso freut ihr euch nicht?", fragte Ezer. „Ist Vater nicht überglücklich?"

„Doch, ja, aber… jetzt will er Pete noch einmal schwängern, und zwar so bald wie möglich."

„Er muss mindestens für ein oder zwei Jahre damit warten", sagte Ezer. Das wusste er aus dem Gespräch mit seinem Arzt. Der hatte nach der Untersuchung noch einmal angerufen, um sich nach Ezers Befinden zu erkundigen, und dabei waren Ezer noch einige Fragen eingefallen. Er war erleichtert gewesen zu hören, dass von ihm nicht erwartet wurde, nach der Geburt der Zwillinge gleich das nächste Baby zu kriegen. Der Doktor hatte gesagt, dass wäre ein zu großes gesundheitliches Risiko.

„Ja, aber in der Zwischenzeit will Vater alle Omegas im Haus loswerden. Er sagt, wenn er aus den Bergen zurückkommt und Pete die Wochenbettdepression sicher überstanden hat, wird er für jeden von uns Verträge mit Alphas machen."

„Und dann mit Pete Alphas zeugen, um uns zu ersetzen."

„Scheiß auf ihn", sagte Ezer. „Das wird er nicht tun."

„Doch, wird er", sagte Shan. „Er kann und er wird. Yissan hat panische Angst. Du weißt, er wollte nie gegen seinen Willen an einen Alpha gebunden werden, und jetzt hat er nicht mal mehr genug Zeit, selbst einen Alpha zu finden, den er mag."

„Tja, dumm gelaufen", sagte Ezer bitter. „Wenigstens bleibt ihm noch ein *bisschen* Zeit, sich umzuschauen. Den Luxus hatte ich nicht."

„Du bist nackt", bemerkte Flo.

Ezer blickte hinab auf seine nackte Brust. Sein wachsender Bauch war auf dem Bildschirm nicht zu sehen. Aber jeder Omega wusste, was es bedeutete, Wochen nach einer Hitze nackt zu sein.

„Ja", sagte Ezer. „Es ist seltsam. Aber ich gewöhne mich daran."

„Benutzt er dich täglich?", fragte Shan, der sich ins Bild drängte. „Ist es sehr schlimm?"

Ezer runzelte die Stirn. Ihm war nicht klar gewesen, dass Shan so über Sex mit einem Alpha dachte.

„Er benutzt mich nicht", erklärte Ezer. „Wir haben Sex, und das viel häufiger als nur einmal täglich. Eher einmal pro Stunde."

Ezer fuhr fort: „Das heißt, wenn er zuhause ist. Heute ist er in der Schule, also bin ich gerade allein."

„Schule", seufzte Flo. „Ich wünschte, Vater hätte dich die Schule beenden lassen."

„Ist er immer geil, den Alpha? Will er es immerzu?", fragte Shan.

„So ist er nicht. Er ist kein schlechter Mensch.", sagte Ezer. „Er versucht, ein guter Alpha zu sein. Aber er ist noch jung. So wie ich."

„Das wissen wir", sagte Flo. „Vater hat uns alles gesagt. Natürlich erst, als es zu spät war, um dir zu helfen."

Ezer bezweifelte, dass Flo oder Shan allzu viel getan hätten, um ihm zu helfen. Sie waren immer noch viel zu abhängig von ihrem Vater, und sie hatten immer gedacht, dass Ezer sich die Schwierigkeiten selbst zuzuschreiben hätte. „Naja, jetzt kann man nichts mehr ändern."

„Bist du schwanger?"

„Mit Zwillingen."

Flo und Shan kreischten aufgeregt. Ezer war nicht überrascht. Die beiden liebten es, Zwillinge zu sein, aber sie waren ja auch nicht diejenigen, die zwei Babys austragen und gebären mussten.

„Hat es wehgetan?", fragte Shan leise.

„Welcher Teil?"

„Die Hitze. Der Knoten."

„Alles davon", sagte Flo. „Oder irgendwas davon."

„Ähm, na ja, am meisten hat es meinen Stolz verletzt. Körperlich fühlt es sich echt gut an."

Shan rümpfte die Nase, aber Flo war neugierig. „Wie gut?"

Ezer lachte. „Sagen wir mal so: Während der Hitze vergaß ich, wer ich war und worum es mir ging. So hingerissen war ich. Und jetzt ist es immer noch so gut, dass ich vollkommen vergesse, dass ich dieses Leben nie gewollt habe."

„Aber du hast es gewählt!", sagte Shan. „Vater sagte, du hättest den Vertrag freiwillig unterschrieben. Er sagte, er hätte dich nicht gezwungen."

„Hat er auch nicht", gab Ezer zu. Obwohl er auch nicht gesagt hätte, es wäre freiwillig gewesen. „Es gab jedoch gewisse Umstände. Die mit Papa zu tun hatten."

Beide verdrehten die Augen. „Wir hatten dir ja gesagt, du solltest dich von Papa fernhalten."

„Ich weiß."

„Wenn du auf uns gehört hättest, dann wärst du jetzt vielleicht immer noch hier bei uns", sagte Flo.

„Vielleicht." Ezer glaubte es nicht. Sein Vater hatte unbedingt eine Rechtfertigung gebraucht, um ihn loszuwerden – und mit ihm die Augen, die ihn stets an Amos' Fehltritt erinnert hatten.

„Rodan hat nach dir gefragt", sagte Flo. „Vater antwortete ihm, du wärest fort, so wie Papa, und er sollte aufhören, solche Fragen zu stellen."

„Seitdem hat er dich nicht mehr erwähnt", ergänzte Shan.

„Oh." Das schmerzte mehr, als es sollte. Aber vielleicht war es das Beste so. „Tja, ich weiß nicht, was die Zukunft bringen wird, aber falls Vater glaubt, dass ich fortan einfach ein stiller, schwangerer Omega bin, zufrieden weggesperrt in Neds Haus, dann irrt er sich. Ich habe nicht vor, Ned Babys zu präsentieren, als würde ich sie von den Bäumen pflücken. Ich werde diese zwei zur Welt bringen, und dann werden wir noch sehen, was ich mit meinem Leben anfange."

Die Zwillinge sahen einander an. „Ist das denn sicher? Wird dein Alpha dich nicht bestrafen?"

„Ned? Mich bestrafen?"

Sie nickten.

Ezer empfand ein seltsam warmes Gefühl in der Brust – war das Sicherheit? Vielleicht sogar so etwas wie subtile Freude? „Ned würde mich nie bestrafen."

„Niemals?"

„Niemals."

Mich anbrüllen, mit mir streiten, mir unrecht tun, mich dumm und dämlich ficken, ja, aber mich bestrafen? Nein.

Ezer wusste nicht, warum er sich dessen so sicher war. Aber er war es.

„Yissan sagt, dein Alpha ist eine bessere Verbindung als du für dich selbst je hättest arrangieren können. Er sagt, Vater hätte dir einen Gefallen getan."

Ein wunder Punkt für Ezer. Ned behauptete, er hätte Ezer schon gewollt, bevor von ihren Eltern alles arrangiert worden war. Ezer hatte Ned seinen romantischen Unsinn nicht abgekauft, aber jetzt, nachdem Ned so beharrlich an seiner Geschichte festgehalten hatte, begann Ezer zu glauben, dass es vielleicht doch die Wahrheit war. Ned hatte offensichtlich zunächst nichts mit seinen Gefühlen anzufangen gewusst und sich furchtbar verhalten, es war jedoch auch nicht so, als hätte Ezer diese Verbindung selbst herstellen können. Aber das konnte er seinen Brüdern nicht erklären; sie würden ihm nicht glauben.

„Ned ist der Neffe und ehemaliger Erbe von Heath Clearwater. Er und sein Onkel stehen sich immer noch nahe." Allerdings fragte Ezer sich, was geschehen würde, wenn Heath erfuhr, welche Entscheidungen in seiner Abwesenheit getroffen worden waren. Er hatte nicht den Eindruck, dass Heath der Typ Mann war, der es einfach so hinnahm, von großen Entscheidungen wie dieser ausgeschlossen zu werden.

„Vater will uns als Nächste verscherbeln", sagte Shan düster. „Es gibt einen Geschäftsmann, der sich für Flo interessiert. Mir gefällt er nicht."

„Dir gefällt die Situation nicht", korrigierte ihn Flo. „Du hast ihn noch nie getroffen."

„Du denn?"

Flo bekam einen roten Kopf. „Ja. Er sieht sehr gut aus."

„Wann hast du ihn getroffen?", kreischte Shan.

„Was spielt das für eine Rolle? Ich hab' ihn getroffen. Mir gefiel, wie er aussieht."

„Es reicht nicht, wenn ein Alpha nur gut aussieht, Flo. Du denkst mit deiner Arschmuschi."

„Was muss ein Alpha denn sein?", platzte Floh trotzig heraus.

„Reif –"

„Ezers Alpha ist noch in der Schule."

„Ezers Alpha ist nicht dein Alpha", sagte Shan. „Du bist etwas Besonderes."

„Wow. Na, danke schön", murmelte Ezer.

Sie ignorierten ihn. „Ein Alpha muss reif sein, attraktiv, geduldig, zärtlich, gütig, heldenhaft, und *sehr* reich. Und der Mann, den Vater für dich im Sinn hat, ist nur ein bisschen reich." Shan hob das Kinn. „Nicht gut genug für dich."

„Ich will ihn", sagte Flo. „Ich sah ihn und wollte seinen Knoten. Für mich ist das gut genug."

Shan erbleichte und sagte nichts mehr.

Ezer war jetzt ein wenig schwindelig. Er wollte nicht sehen, wie die Zwillinge miteinander stritten. „Tut mir leid, Jungs, aber ich muss jetzt ein wenig schlafen." Er war in der Tat sehr müde. Das Gespräch hatte ihn erschöpft.

„Ruf bald mal wieder an", sagte Flo. „Du hast uns gefehlt. Und ich will alles darüber wissen, wie es ist, während der Hitze mit einem Alpha zusammen zu sein. In allen Einzelheiten. Ich kann doch auf dich zählen, oder?"

Shan stand auf, verließ den Raum und knallte die Tür hinter sich zu. Flo verdrehte die Augen, „Er wird sich daran gewöhnen müssen. Für mich, für ihn selbst, für uns alle. Ich zumindest bin bereit. Ich möchte eine eigene Familie. Shan will das nicht."

„Man lässt sich damit auf etwas Großes ein", warnte Ezer.

„Du hast dich mehr oder weniger blind da hineingestürzt", sagte Flo. „Und jetzt sieh, wie gut sich das für dich entwickelt hat. Sitzt am Pool, machst mitten am Tag ein Schläfchen, wirst so gut gefickt, dass du praktisch leuchtest. Das will ich auch. Es ist nicht fair, das du es als Erster bekommen hast, obwohl du jünger bist als ich."

Ezer seufzte. Er würde Flo nicht erklären, wie unreif dessen Sicht der Dinge war, und warum. Niemand glaubte, wie die Realität von Hitze, Schwangerschaft und Vertrag mit einem Alpha wirklich aussah, bis sie es selbst erlebten. Und wenn Vater ihn vertraglich an einen Geschäftsmann binden wollte, dann würde er an diesen Geschäftsmann gebunden sein, Punkt. Dafür würde Vater schon sorgen. Ezers eigenes Leben war der Beweis dafür.

„Dann ruh dich jetzt aus", sagte Flo. „Ich muss erstmal Shan beruhigen gehen."

„Ich vermisse euch", sagte Ezer. Aber was er eigentlich meinte, war, dass er sein Zuhause vermisste, so wie es gewesen war, bevor Papa hinausgeworfen worden war. Er vermisste es, ein Kind zu sein und nicht zu wissen, was er jetzt wusste.

„Ich hab' dich auch lieb", sagte Flo. „Bis dann."

Dann war er fort. Ezer hatte nicht einmal Gelegenheit, selbst den Anruf zu beenden. Nun ja, das war typisch für seine Brüder.

Ezer rieb sich mit einer Hand den Bauch und war überrascht, dass er sich scheinbar schon wieder fester und runder anfühlte. Die Kleinen darin wuchsen unentwegt. Er rutschte auf der Liege umher, und unter seiner Haut begann es drängend zu kribbeln.

Na toll. Jetzt wurde er geil, und Ned war in der Schule.

Er würde einfach warten müssen.

„VERDAMMT!", RIEF EZER aus. Er warf den Kopf zurück und spritzte ab.

Ned leckte an Ezers Hals und hielt Ezers Hüften fest, während er noch ein letztes Mal zustieß und sich dann anspannte und zum Höhepunkt kam. Er ejakulierte so heftig, dass es ihm den Atem raubte und er am ganzen Körper zitterte, als es vorbei war.

Ezers wachsender Bauch rieb sich nun auf andere Weise zwischen ihnen als zuvor. Sie beide glänzten schweißgebadet. Ezer stöhnte in Neds Ohr.

„Das hat mir gefehlt", schnaufte er. „Danke."

Ned musste fast lachen. Er hatte nie geglaubt, Ezer würde ihm jemals für irgendetwas danken, geschweige denn für einen ordentlichen Fick, aber er schaffte es, sich das Lachen zu verkneifen. Er wusste, damit würde er eine Reaktion in Ezer hervorrufen, die den Augenblick verderben würde.

„Und jetzt", sagte Ned und hob Ezer behutsam von sich herunter und dreht ihn auf die Seite, sodass sein Samen nicht herauslief und seine Wirkung tun konnte. „Ob du's glaubst oder nicht, jetzt muss ich Hausaufgaben machen. Erinnerst du dich noch an diesen Nervkram?"

Ezer nickte mit glasigen Augen. Er schloss sie und schien selig davonzuschweben, als Neds Sperma seine Arbeit tat.

Ned ging in das Bad, das zu ihrem Schlafzimmer gehörte, um

sich zu waschen. Er betrachtete sich im Spiegel. Man sah seinem Gesicht nicht an, welche Demütigungen er in der Schule erduldet hatte. Das war gut. Er wollte nicht, dass Ezer davon erfuhr.

Als er zurückkam, hatte Ezer sich von seinem seligen Zustand erholt, auf einen Ellenbogen gestützt, hellwach, wenn auch immer noch mit verträumtem Gesichtsausdruck, und wartete auf ihn.

„Wie war es in der Schule?", fragte er, fast so, als hätte er Neds Gedanken gelesen und dann genau die Frage geäußert, die Ned am allerwenigsten beantworten wollte.

„Gut", sagte Ned. „Ich habe allerdings eine ganze Menge nachzuholen. Am meisten in Mathe." Er rümpfte die Nase. „Ach, Mann. Ich werde wohl durchfallen, denke ich. Ich komme einfach nicht dahinter, was zum Teufel ich mit all den Formeln anfangen soll. Und das war schon ein Problem für mich, bevor ich so viel vom Unterricht verpasst habe."

„Ich könnte dir helfen", sagte Ezer. Er setzte sich auf und verzog das Gesicht, als ihm eine Kombination von Schlick und Neds Sperma aus seinem Arschloch lief.

Ned eilte zu ihm und drückte ihn zurück auf die Liege. Dann benutzte er seine Finger, um etwas von der Flüssigkeit zurück in Ezer Arsch zu drücken. Dabei rieb er Ezers Arschloch mit den Fingern, bis es zitterte und Ezer es eng zusammenzog.

Ezer murmelte atemlos: „Ich bin gut in Mathe."

„Ich weiß, und, äh, Mr. Shein hat mir das Mathebuch für Fortgeschrittene mitgegeben, das du haben wolltest. Es ist in meinem Rucksack."

Ezer ließ sich auf den Bauch fallen und streckte den Hintern in die Luft. „Zuerst fingerst du mich noch, dann helfe ich dir bei deinen Mathe-Problemen."

Ned bis sich auf die Lippe, um ein Kichern zu unterdrücken. An Ezer in diesem Zustand konnte er sich gewöhnen. Hinreißend und sexy. Er liebte es.

Er schob seine Finger in Ezers feuchtes After und massierte die Drüsen und die Prostata, bis Ezer sich auf dem Bett wand und leise Flüche ins Kissen flüsterte.

Zum Klang von Ezers gekeuchtem Protest zog Ned seine Finger heraus, rieb ein paarmal seinen eigenen Schwanz, dann drang er von hinten in Ezer ein.

„Oh, verdammt", stöhnte er leise. Irgendwie fühlte Ezer sich enger an. Das war ihm zuvor schon aufgefallen, aber jetzt, da Ezer eigentlich gelöst und offen sein sollte, wurde es ihm *richtig* bewusst. Plötzlich war da etwas, das an seinem Ständer entlangglitt. Er brauchte nur einen weiteren Moment zu erkennen, dass die neue Enge durch den Druck der Babys erzeugt wurde. Und die Bewegung, die er spürte, war die eines Babys, das in Ezers Uterus seine Position änderte.

„Oh", stöhnte er. „Es hat sich bewegt. Eins von ihnen hat sich *bewegt.*"

Ezer seufzte und nickte ins Kissen, ohne sein Gesicht zu heben. „Ich hab's gefühlt."

Ned ergriff Ezers schmale Hüften und zog seine Erektion beinahe ganz heraus, dann stieß er erneut hinein. Er fühlte eine geradezu überirdische Erregung, sodass seine Beine zu zittern begannen. „Oh, verdammt. Da war es schon wieder."

„Mh-hm."

Der Druck an Neds Schwanz war vorzüglich, aber er wollte, dass Ezer als Erster kam. Er musste sicherstellen, dass sein Omega befriedigt war. Er verdrehte seine Hüften in eine Position, die ihm für gewöhnlich erlaubte, Ezer hart zu ficken, ohne ihm selbst allzu viel Reibung zu bieten. Aber jetzt war Ezer innen einfach so eng, und so voll. Und jeden Tag wurde er enger und voller.

Es waren ihre Söhne. Ihr Fleisch und Blut.

„Kannst du für mich kommen, Baby?", murmelte Ned. Lass

mich spüren, wie du kommst."

Ezer stöhnte, seine Hüften glitten auf und ab an Neds Stände. Dann griff er unter sich und fing an, sich zu wichsen.

„So ist es gut. Ich möchte fühlen, wie du kommst."

Ezer wichste sich heftig. Seine Hüften zuckten, und sein Arschloch arbeitete um Neds Ständer. Ned hielt ganz still und spürte die Spannung in Ezers Körper, sowohl von den Babys als auch von Ezers Muskeln, die nach dem nahen Orgasmus strebten. Und dann war es so weit. Das herrliche, krampfartige Anspannen, als Ezer kam.

„Scheiße, du bist so wunderbar, Baby", flüsterte Ned und massierte Ezers schlanken Rücken, während Ezer sich noch auf Neds Schwanz wand. „Das ist wunderschöne. Du bist wunderschön."

Ezer bebte und zitterte. Ned drang noch einmal tief ein. Er spürte die Bewegung der Babys, und die unfassbare Herrlichkeit davon – dessen, was sie zusammen erschaffen hatten – überwältigte seine Sinne. Er sank auf Ezers Rücken und erbebte, als er sich in Ezer ergoss.

„So ist es gut", murmelte er. „Nimm mein Sperma, nutze es. So ist es gut."

Ezer zog sich um ihn zusammen, und Ned fühlte sich, als würde er seinen Körper verlassen und in den Himmel aufsteigen. So wunderschön war es. Er fragte sich, ob Ezer es wohl genauso empfand.

Nach ein paar Minuten seufzte Ezer. „Geh nur und wasch dich. Dann geh ins Wohnzimmer und hol deine Mathe-Hausaufgaben heraus. Ich komme in wenigen Minuten nach und helfe dir. Ich muss mich nur erst ein paar Minuten ausruhen und mich waschen."

„Geht es dir gut?", fragte Ned. Er löste sich von Ezers Körper und setzte sich auf. „War ich zu grob?"

„Zu grob? Du hast mir die ganze Arbeit überlassen", kicherte Ezer. Der Klang war glockenhell und für Ned der schönste der Welt.

„Ich meine, davor, beim ersten Fick." Er hatte nicht beabsichtigt, Ezer so hart ranzunehmen, aber wie sollte er sich zurückhalten, wenn Ezer auf ihn wartete, feucht und bereit, sobald er ins Nest zur Tür hereingekommen war? Nachdem er den ganzen Tag fort gewesen war, hatte er bei diesem ersten Fick gegenüber Ezer die Kontrolle verloren, war wild über ihn hergefallen und hatte den aufgestauten Samen eines vollen Tages in ihn hineingepumpt. Aber je mehr Ezers Leib wuchs, umso vorsichtiger musste Ned sein, wenn er ihn nahm.

„Es geht mir bestens", sagte Ezer. „Ich bin nur müde. Es war ein langer Tag."

Ned war drauf und dran, ihn zu necken und zu fragen, was an einem Tag so lang war, den er wiederum dösend auf der Liege am Pool zugebracht hatte, aber er hielt sich zurück. Er war sicher, Ezer würde ihn sofort daran erinnern, dass er keine andere Wahl hatte. „Ruh dich aus", sagte er und küsste Ezers Pobacken. „Ich fange mit den Hausaufgaben an, und dann essen wir erst einmal zu Abend."

„Ich helfe dir mit Mathe", sagte Ezer, während er bereits einschlummerte. „Warte auf mich…"

Ned lächelte, als Ezer einschlief. Er würde nicht auf ihn warten; allerdings würde er sowieso nicht weit kommen mit seinen Matheaufgaben.

„Ezer hat heute mit seinen Brüdern gesprochen, Sir", sagte Earl, als Ned sich an den großen Tisch im Wohnzimmer des Nests setzte. Er hatte ihn herbringen lassen, als klar wurde, dass Ezer keine Lust hatte, in der fensterlosen Küche zu essen. Er machte seine Literatur-Hausaufgaben. Er hatte das Buch nicht einmal gelesen, aber konnte sich mit ziemlicher Leichtigkeit durch den Aufsatz mogeln, und sein Lehrer war nicht streng mit ihm.

„Wirklich?", fragte Ned und blickte auf, um Earls Meinung bezüglich dessen abzuschätzen. „Wie ist es gelaufen?"

„Nach dem Anruf schien er erschöpft zu sein. Ein wenig traurig. Aber nicht mehr als bereits früher manchmal, denke ich. Hat er es erwähnt?"

„Nein."

„Ich habe nicht gelauscht", verteidigte sich Earl.

„Natürlich nicht", beruhigte ihn Ned, obwohl er den Verdacht hegte, dass Earl den gesamten Anruf mitgehört hatte, und zwar mit Absicht.

„Der Omega seines Vaters hatte einen Alpha."

„Wirklich? Das ist gut, glaube ich. Fersee hat sich einen gewünscht."

„Und nun will er seine anderen Omega-Söhne auch noch loswerden. Als Nächstes sind die Zwillinge dran, wie es scheint. Ich weiß nicht, warum er sich mit dem Ältesten Zeit lässt, aber so sieht es aus. Ezer wirkte..."

„Er wirkte was?"

„Müde."

Das hatte Earl schon einmal gesagt.

„Er bekommt Zwillinge. Natürlich ist er müde."

„Nein, es war anders. Ich glaube, seine Familie erschöpft ihn. Aber er liebt sie dennoch. Ich glaube, sie lieben ihn nicht so, wie er geliebt werden will."

„Welche Familie tut das schon?"

Earl nickte nachdenklich. „Jedenfalls... ich dachte, Sie sollten das wissen, Sir, für den Fall, dass er heute Abend außergewöhnlich kurz angebunden sein sollte."

„Ich? Kurz angebunden?" Ezers Stimme mischte sich in das Gespräch. Er kam aus dem Schlafzimmer. Er hatte sich ein

Seidenlaken um die Schultern geschlungen, und seine Lider waren schwer und schläfrig. „Ich bin immer ein Ausbund der Fröhlichkeit, Earl. Das solltest du doch mittlerweile wissen."

„Gewiss, Sir. Immer lachend. Immer lächelnd."

Darüber musste Ezer tatsächlich lächeln, aber nicht lachen. „Es geht mir gut. Meine Brüder sind nur anstrengend, das ist alles. Und ich dachte, du wärest in deinen Zimmern, als ich den Anruf gemacht habe."

„Ich habe nicht gelauscht, Sir. Ich wollte nur nach Ihnen sehen."

Ezer seufzte. „In Zukunft wünsche ich Privatsphäre, und das meine ich ernst."

Earl verneigte sich wie ein Diener aus alten Zeiten, und Ezer schniefte hochmütig wie ein Prinz. „Vielleicht ist mir ja von meinem früheren Leben nichts geblieben, aber ein bisschen Stolz habe ich noch, und ich verdiene meine Privatsphäre. Und ich werde nicht der Gegenstand von Tratsch und Klatsch zwischen meinem Alpha und seinem Diener sein."

„Tut mir leid, Sir", sagte Earl. „Ich bin zu weit gegangen in meinem Wunsch, Sie zu beschützen, während Ned in der Schule war."

Ezers Zorn verflog. Er setzte sich an den Tisch. „Ich bin zu müde, um zornig zu bleiben. Aber tu's nicht wieder." Dann wandte er sich an Ned. „Zeig mir deine Mathe-Aufgaben. Ich werde dir helfen."

Ned schob ihm wortlos seine Mathe-Aufgaben hin, und Ezer grinste, als er sie nahm. „Oh, die machen Spaß, Ned. Sieh nur…"

Ned entließ Earl mit einer Handbewegung und beugte sich über die Schulter seines Omegas, um aufs Papier zu schauen. Die Lösungen ergaben für ihn immer noch nicht den Hauch eines Sinns, selbst nachdem Ezer damit fertig war, aber es gefiel ihm, Ezer so fröhlich zu sehen.

„Lass uns die nächste Aufgabe lösen.“

Ned stimmte zu.

Er wünschte, es könnte für immer so entspannt zwischen ihnen bleiben, aber er wusste auch, das war zu schön, um wahr zu sein. Wochenbettdepressionen waren nur allzu real, und Ezer würde unter ihnen wahrscheinlich eine ganz schön Handvoll sein.

Aber Ned würde mit ihm zurecht kommen.

Ned liebte ihn.

TEIL 4

Der Bruch

Kapitel 28

ZERS GANZER KÖRPER schmerzte, und sein Loch triefte ständig mit Schlick und Neds Sperma. Er war erschöpft und sein Leib gewaltig; und er war geil. Die meiste Zeit verbrachte er schlafend, essend oder fickend. Und, falls er nicht zu müde war, löste er Mathe-Gleichungen aus Neds Hausaufgaben und einfach zum Spaß für sich selbst.

Ezer hatte seine Brüder nicht wieder angerufen, und niemand aus seiner Familie hatte versucht, ihn zu erreichen, so weit er wusste. Er vertraute Ned, dass er es ihm sagen würde, falls Amos eine Nachricht geschickt hätte. Aber angesichts dessen, dass sich niemand aus seiner Familie um ihn zu kümmern schien, nahm Ezer an, dass er, abgesehen von Neds Hingabe, in der Welt ganz allein war. Seine Brüder hatten sich nicht die Mühe gemacht, herauszufinden, wie es ihm ging. Und sein eigener Papa, für den er dies alles getan hatte, war offenbar zu sehr damit beschäftigt, mit dem Mann Liebe zu machen, mit dem er eine verbotene und lebensverändernde Hitze-Affäre gehabt hatte, behütet in seinem hübschen Apartment am See, um sich zu fragen, ob Ezers Schwangerschaft gut verlief oder ob sein „Lieblingssohn" sicher war.

Manchmal dachte Ezer, er wäre ein Narr.

Und manchmal wusste er, dass es so war.

„Bitte", bettelte er und klammerte sich an Neds Hand. „Ich brauche es noch ein einziges Mal, bevor du gehst."

Ned lachte und küsste sein Haar. „Ich würde ja, Baby, aber ich muss jetzt wirklich gehen – jetzt sofort – weil ich schon spät dran bin."

„Na und?"

„Es ist wichtig. Ich habe in der Schule im Moment schon zu viel um die Ohren, und ich kann es mir nicht leisten, Aufmerksamkeit zu erregen", sagte Ned und wandte sich zum Gehen. „Ich komme nach Hause, so bald ich kann. Ruh dich aus."

Ezer blieb unter der kuscheligen Decke liegen. Er fühlte, wie sich die Babys in ihm bewegten. Sie drehten sich und traten, und manchmal kam es ihm vor, als würden sie miteinander ringen wie Welpen, obwohl das sicher nicht so war. Rivalität unter Geschwistern fand doch gewiss nicht schon im Vaterleib statt! Oder?

Ezer aß und döste am Pool für den Rest des Nachmittags. Earl war beim Einkaufen, und Ezer genoss es, allein im Haus zu sein. So war es seiner Meinung nach am besten, wenn er Ned nicht bei sich haben konnte. Er liebte die Stille. Und dass er sich vollkommen entspannen konnte. Und einfach nur atmen.

Erst, nachdem Ezer ein erstes Nickerchen am Pool gehabt hatte, wurde ihm richtig bewusst, was Ned gesagt hatte: *„Ich habe in der Schule im Moment schon zu viel um die Ohren, und ich kann es mir nicht leisten, Aufmerksamkeit zu erregen."*

Und wie er es gesagt hatte. Da war etwas gewesen… Er hatte nicht den Unterricht gemeint. Er hatte über die Leute geredet. Und Ezer wusste genau, welche Leute er angedeutet hatte: Braden und Finch.

Schikanierten sie jetzt Ned? Quälten ihn, so wie sie Ezer gequält hatten? Aber wie? Ned war riesig. Er konnte es leicht mit den beiden Arschlöchern aufnehmen. Aber Ned war auch ein Softie, er hatte eine sanfte Seele. Braden und Finch konnten ihn leicht mit Worten allein verletzen.

Denn im Grunde seines Herzens war Ned ein Feigling.

Sicher, er war wütend geworden, als Braden sich am Gartentor mit ihm angelegt hatte, aber das war die Reaktion eines Alphas auf die Bedrohung seines schwangeren Omegas gewesen. Ned würde jedoch nie etwas unternehmen, um *sich selbst* zu schützen. Ezer war sicher, dass Ned sich von Braden und Finch schikanieren lassen würde.

Aber was konnte Ezer tun, um ihm zu helfen? Nichts. Er war schwanger. Schmächtig und gleichzeitig gewaltig. Schwerfällig. Ganz zu schweigen davon, dass er hier in der Falle saß. Also musste Ned allein mit der Situation fertig werden. Es gab nichts, was Ezer tun konnte, um den Druck oder das Unbehagen zu mindern, dem sein Alpha sich in der Schule gegenübersehen mochte.

Letzte Woche, als Earl Einkaufen war, und Ned in der Schule, hatte Ezer die Gelegenheit genutzt, um ein wenig herumzuschnüffeln. Er hatte sich im ganzen Haus umgesehen, auch in Neds Zimmer, das noch immer mit den Dingen aus seiner Kindheit eingerichtet war, und in den Gästezimmern, sogar in Lidells Schlafzimmer…

Er musste Ned fragen, wie der Plan für seines Vaters Residenz aussah, wenn die Babys kamen. Würden sie für immer mit Lidell zusammen wohnen? Oder würde Lidell wegbleiben und sich ein neues Zuhause suchen?

Oder hatte er vor, wieder zurückzukehren und hier zu wohnen, nachdem die Kinder geboren waren?

Ezer war nicht gerade begeistert von der Idee, mit einem Mann zusammenzuwohnen, dem er noch nicht einmal begegnet war, während er versuchte, sich um zwei Babys zu kümmern. Obwohl er bei Rodan geholfen hatte, war er kein Profi in der Babypflege. Und er wusste, dass Wochenbettdepressionen schlimm sein konnten. Er bezweifelte, dass es dabei hilfreich war, einen Fremden um sich zu haben.

Aber das waren Sorgen für einen anderen Tag. Heute konnte er nur daran denken, welche Probleme Ned vor ihm geheim gehalten haben mochte. Welche Art von Schwierigkeiten er ganz allein bewältigt hatte. Sie waren nun ein Team, oder sie wurden jedenfalls zu einem. Sie sollten in allen Belangen als Team zusammenarbeiten.

Schließlich aber wurde Ezer es leid, seine eigenen Gedanken im Kreis zu jagen, und er ging zurück ins Haus und hinunter zum Nest, um sein Algebra-Buch für Fortgeschrittene zu holen.

Als er wieder an dem Tisch beim Pool saß und mit einer Aufgabe begann, die köstlich kompliziert zu sein schien, hörte er ein Geräusch aus der Richtung des Gartentors. Er warf einen Blick dorthin, sah jedoch nichts und beschloss, dass es wohl die Eichhörnchen sein mussten, die er vorhin gesehen hatte, wie sie einander jagten.

Er kniff die Augen ein wenig zusammen und konzentrierte sich auf das Buch, wobei er feststellte, dass sich die Buchstaben in der Gleichung für ihn nicht bewegten oder verschwammen. Er fragte sich, warum das so war. Es erschien ihm immer so unfair, dass die Buchstaben einfach nicht stillstehen wollten, wenn sie richtige Worte bildeten.

„Na, sieh mal einer an, Schwanzlutscher. Reif wie ein Pfirsich. Und ich wette auch, du bist noch immer gut abgefüllt mit Sperma."

Ezer gefror das Blut in den Adern. Sein Herz hämmerte so sehr, dass er schwarze Flecken im Auge sah. Er spürte die plötzlichen, unruhigen Bewegungen der Babys in sich, als das Adrenalin auch ihre kleinen Körper flutete.

Ezer hob den Kopf und betrachtete Braden, der am Gartentor lehnte, anmaßend in seiner zerzausten Schuluniform. Er musste über den Zaun geklettert sein, um in den Garten zu gelangen, und dabei nicht ganz sauber gelandet sein, denn die Knie seiner

Hose wiesen Grasflecken auf, und sein Blazer war schmutzig von Erde.

Ezer öffnete den Mund, um um Hilfe zu rufen, aber Braden sagte: „Spar dir die Mühe. Ich weiß, dass du allein hier bist. Neds Familie hat schon immer eine unangenehm kleine Anzahl an Personal gehabt, findest du nicht auch? Ich wette, gerade jetzt bereust du das."

Ezer schluckte. Sein Mund war staubtrocken.

„Ned hat uns in der Schule etwas verschwiegen", sagte Braden betont beiläufig. „Hat sich geweigert, mit uns zu reden, hat uns gar nichts erzählt. Aber niemand bleibt der Schule so lange fern, ohne Schwierigkeiten zu bekommen. Es sei denn, es hat mit einem Omega in Hitze zu tun."

Ezer wurde die Kehle eng. Er konnte kaum atmen. Er hatte angenommen, dass Ned allen in der Schule die Geschichte erzählt hatte, wie er als Heldenalpha die überraschende Hitze von Ezer bewältigt hatte. Obwohl es kaum überraschend wäre, wenn Ned einfach gar keine Erklärung oder gar Rechtfertigung angeboten hätte. Das sah ihm auch ähnlich.

Braden öffnete das Tor und kam näher. „Was ist passiert, Schwanzlutscher? Hast du bemerkt, dass er in dich verliebt war? Und da dachtest du, wenn du dich von ihm knoten und schwängern lässt, dann rettet er dich vor deinem elendigen, beschissenen Leben?"

Die Babys in Ezer Leib traten heftig.

„Oder bist du frühzeitig in Hitze gegangen, wie es so viele trashige Omegas tun, und er war einfach der erstbeste Alpha in der Nähe, als es so weit war? Glückliche Fügung und so?"

Ezer hatte das Gefühl, sein Kiefer wäre zugenagelt. Er wollte schreien, um Hilfe rufen, auch wenn niemand im Haus war. Vielleicht würde ihn ein Nachbar hören. Aber seine Kehle wollte nicht mitspielen. Er erinnerte sich an grobe Hände auf seinem

Körper, die ihn am Boden festgehalten haben, und an Neds Fuß auf seiner Brust. Er erinnerte sich daran, wie Braden an seiner Hose herumgezerrt hatte, um sie ihm auszuziehen, damit er…

Ohne Braden aus den Augen zu lassen, tastete Ezer nach dem Tablet, das Ned ihm gegeben hatte. Es war nicht da. Offenbar hatte er es unten im Nest gelassen, als er sein Arbeitsbuch geholt hatte.

Braden kam an den Tisch, beugte sich über Ezer und nahm einen langen, tiefen Atemzug. „Du riechst toll. Das war schon immer so. Ich frage mich, woher das kommt. Ich hätte nie gedacht, dass ich gern Müll ficken würde, bevor ich dir begegnet bin. Aber seitdem will ich immer herausfinden, was dich zum Kreischen bringt. Ich habe eine gute Vorstellungskraft, aber das ist natürlich kein Vergleich zur Realität."

Ezer hatte das Gefühl zu ersticken.

„Und jetzt bist du schön rund mit einem Baby und sexyer als je zuvor. Kommt schon Milch aus deinen Nippeln? Lässt du Ned kosten? Am besten, ich lutsche einfach mal an dir, und dann sehen wir ja, was ich dafür kriege, hm?"

Ezer wurde schwindelig.

„Was wird Ned wohl sagen, nachdem ich dich benutzt habe? Bestimmt macht es ihm nichts aus, wenn ich eine kleine Kostprobe von deinem Arsch nehme und eine Ladung Alphasamen hinterlasse, um dir durch den langen Tag zu helfen, wenn er nicht daheim ist. Es wäre nur ein Gefallen, richtig?" Er schmunzelte. „Das Baby wird ja den Unterschied nicht erkennen. Und dir wird es auch gefallen. Versprochen." Er ergriff Ezers Kinn.

Ezer schlug seine Hand weg. „Fass mich nicht an!"

„Oh, sieh dich nur an. Immer noch wehrhaft? Das ist ja süß. Eindeutig hat Ned seine Arbeit nicht ordentlich gemacht. Eigentlich solltest du dich inzwischen vornüber beugen und mir dein Loch anbieten." Braden verzog den Mund. „Aber ich mag

Herausforderungen.“

„Ich bring dich um!“

„Mich umbringen?“ Braden beugte sich dichter heran. Ezer konnten Bradens Atem auf seinem Gesicht fühlen. „Womit denn? Mit deinem stechenden Blick? Deinen schwachen, dünnen Armen?“

Ezer stürzte sich auf ihn, wollte Bradens Hals packen, aber er war weder schnell genug noch stark genug dafür. Irgendwie landete er mit seinem Rücken an Bradens Vorderseite. Einer seiner Arme war hinter ihm verdreht und Braden hatte eine Hand an Ezers Kehle. Er fühlte sich ausgeliefert und verwundbar. Sein runder Bauch wölbte sich nach vorn, und sein Schoß war völlig ungeschützt. Sein Herz hämmerte, sein Blick verschwamm, und sein Leib regte sich wild, während die Babys zappelten und traten.

„Ich werde dich über diesen Tisch legen“, sagte Braden in Ezers Ohr, „ und dir ein oder zwei Dinge übers Ficken beibringen. Produzier lieber etwas Schlick, Schwanzlutscher, solange du noch kannst.“

Zu Ezers Entsetzen gehorchte sein Körper. Er wusste nicht, ob das am Geruch von Bradens Alphapheromonen lag, oder an der Drohung dessen, was nun passieren würde, aber sein Körper produzierte einen wahren Strom an Schlick, obwohl seine Augen sich bereits mit Tränen füllten. Er versuchte sich zu wehren, aber Braden war stärker als er, und auch völlig skrupellos. Er grub seine Finger in Ezers Hals und drückte zu.

„Mach schon und werd ohnmächtig“, sagte Braden ermunternd. „Und dann wach mit meinem Schwanz in deinem Arsch wieder auf. Du wirst für eine ausreichende Zeit dafür bei Bewusstsein bleiben. Es wird eine gute Nachricht an Ned sein, nicht wahr? Er ist dieser Tage einfach zu selbstsüchtig. Er glaubt, er könnte mich einfach ignorieren? Mir verweigern, was ich will?

Ich bin ein verfluchter Tenmeter und kann das *nicht zulassen*."

Ezer wurde mit der Brust auf den Tisch gedrückt. Die Schwerkraft zerrte an seinem Leib, in dem sich noch immer die aufgebrachten Babys bewegtem. Er fühlte ihre Reaktion auf seine Angst, was sein Entsetzen nur noch vergrößerte. Dass er sich wehrte, brachte ihm lediglich einen Schlag auf den Hintern ein, und zwar so hart, dass ihm Tränen über die Wangen strömten.

„Mach dich bereit für einen echten Alphaschwanz. Ich habe einen großen", sagte Braden und öffnete seine Hose. Ezer spürte die heiße, feuchte Eichel an seine Arschbacken. Er versuchte sich erneut zu wehren und erntete einen weiteren brutalen Schlag auf seinem bereits brennenden Hintern.

„Bitte", wimmerte Ezer. „Tu es nicht. Stopp. Bitte." Er wollte nicht betteln. Aber die Worte purzelten einfach so aus seinem Mund. „Bitte tu mir das nicht an–" Bradens Eichel berührte sein Loch. „Oh Scheiße! Bitte, nein!"

Braden drückte nur leicht und testete Ezers Eingang. Ezer wappnete sich für das Schlimmste.

„Was zum Henker geht hier vor sich?", tönte eine unbekannte und mörderisch düstere Stimme aus dem Wohnzimmer des Hauses. „Lass die Hände von ihm. Sofort!"

Braden zuckte zusammen, dann hob er die Hände und trat von Ezer zurück.

Ezer blickte auf und sah einen großen, bärtigen Alpha mit dunklen Augen und finsterem Blick, neben einem jungen, gutaussehenden schockiert wirkendem Omega mit einem Baby in den Armen. Das Baby fing an zu schreien.

Die Babys in Ezers Leib traten heftig um sich. Er bekam weiche Knie und brach auf dem rauen Betonboden zusammen. Braden stand da, mit heraushängendem Ständer und großen Augen. Er hatte einen entsetzten Ausdruck im Gesicht.

„Was geht hier vor?", fragte der Alpha noch einmal. Er trat

vor, während sein Blick zwischen Ezer und Braden hin- und herschoss.

„Er wollte es auch!", sagte Braden hastig. „Er hat praktisch darum gebettelt, Sir."

Ezer zitterte am ganzen Körper, sagte aber nichts. Kalter Zorn jagte durch seine Adern. So wie wenn er versuchte zu lesen, und die Buchstaben einfach nicht stillstehen wollten. Nur dass es jetzt das gesprochene Wort war, das nicht zu ihm kommen wollte.

„Gehört er denn zu dir, sodass du ihn ficken darfst?"

„Ja!"

Ezer schüttelte heftig den Kopf.

Die Augen des Alphas verdunkelten sich noch mehr. „Er sagt etwas anderes."

„Nun ja, nein, aber… aber!" Braden klang verwirrt, aber dann sprach er mit mehr Selbstsicherheit. „Sir, er bettelte darum, von mir gefickt zu werden. Er sagte, er braucht es. Lebensnotwendig! Ich meine, er ist schwanger und braucht dringend Alphasamen. Sein Alpha vernachlässigt ihn, also habe ich ihm lediglich einen Gefallen tun wollen."

Der Alpha betrachte Ezer aufmerksam, dann richtete sich sein finsterer Blick wieder auf Braden. Sein Omega flüsterte etwas, und der Alpha nickte. Braden plapperte weiter, während er seinen Schwanz wieder in die Hose steckte, und klang nun völlig entspannt und nonchalant. „Jedenfalls, wie ich schon sagte, er wollte, dass ich es tue. Sie sehen ja, er hat sich schließlich über den Tisch gebeugt und sich mir angeboten. Ich bin erst neunzehn und ein Alpha. Die Hormone, Sie wissen schon. Was hätte ich denn tun sollen?"

„Du bist Tenmeters Sohn", sagte der Alpha.

„Das bin ich", antwortete Braden herrisch, als würde ihm das allein die Gewissheit geben, dass er auf jeden Fall damit durchkäme.

Ezer hätte fast gekotzt, weil er den Verdacht hatte, dass genau das passieren würde. Selbst falls Ned Ezer glauben würde. Niemand sonst würde ihm Glauben schenken, und was konnte Ned schon gegen die Tenmeter-Familie tun?

„Und wer sind Sie?", fragte Braden, fuhr sich mit der Hand durchs Haar und strich seinen Blazer glatt.

„Heath Clearwater."

Der Name hing in der Luft, und bei Braden ging ein wenig die Luft raus, aber er behielt seine Coolness und streckte die Hand aus. „Erfreut, Sie kennenzulernen, Sir. Wie ich höre, haben sie viele geschäftliche Verbindungen zu meinem Vater."

„Das hörst du also?", sagte Heath mit finsterer Stimme. „Vielleicht wird das nicht mehr lang der Fall sein."

Braden schniefte hochmütig. „Mit wem sonst wollen Sie denn Geschäfte machen, Sir, wenn nicht mit meinem Vater? Es gibt niemanden sonst auf seinem Niveau."

„Ich könnte jemanden auf sein Niveau heben", sagte Heath, aber nachdem sein Omega ihm erneut etwas zuflüsterte, wechselte er das Thema. „Was glaubst du, würde dein Vater sagen, wenn du heute Nachmittag verhaftet wirst, wegen versuchter Vergewaltigung eines schwangeren Omegas?"

Braden warf sich verächtlich in die Brust. Aber als Heaths Blick nicht wankte, und sein Omega mit dem Daumen etwas in sein Handy tippte, während er mit dem anderen Arm das Baby wiegte, wurde Braden blass. „Das müssen Sie nicht tun, Sir. Wie ich bereits sagte, er wollte es."

„Das denke ich eher nicht", sagte Heath. „Ich hörte ihn deutlich nein sagen, und du hast ihn gewaltsam festgehalten."

„Es war nur ein Spiel", sagte Braden. „Sie wissen, wie manche Omegas sind. Sie wollen weinen und kreischen, während man sie nimmt. Das macht sie an."

„Setz dich, bis die Polizei hier ist."

Bradens Gesichtsfarbe wechselte von weiß zu knallrot. „Sir, Sie werden nicht die Polizei hinzuziehen", sagte er kommandierend.

Heath ging auf Braden zu, muskulös und viel größer als er, ein ausgewachsener Alpha. Er packte Bradens Schultern und steuerte mit ihm zur Chaiselongue. Gleichzeitig kam sein Omega – namens Adrien, so weit sich Ezer erinnerte – mit dem Baby herüber und kniete dann an Ezers Seite.

„Geht es dir gut?", flüsterte er, und als Ezer nickte – obwohl er selbst bezweifelte, dass das stimmte, denn es ging ihm alles andere als gut – fragte Adrien: „Und das Baby? Geht es ihm auch gut?"

„Alles in Ordnung mit ihnen."

„Heath", sagte Adrien und nahm Ezers Arm, um ihm aufzuhelfen. Ich nehme ihn mit ins Haus. Er wird doch nicht mit der Polizei reden müssen, oder? Lidell wird sich schon genug darüber aufregen, dass du seinen schwangeren Omega gesehen hast, und höchstens noch mehr, wenn das auch noch die Polizei tut."

„Er ist nicht Lidells Omega", sagte Heath.

Adrien blinzelte verwirrt. „Wessen ist er dann? Oh!"

„Neds", antwortete Heath, ohne Braden aus den Augen zu lassen, der nun verdattert und furchtsam dasaß. So hatte Ezer Braden noch nie gesehen. Er wünschte, er könnte sich diesen Gesichtsausdruck länger ansehen, aber Adrien führte ihn weg. Das Baby in Adriens Arm zappelte und jammerte, und dabei hämmerte Ezers Herz nur noch mehr.

„Komm hinein", sagte Adrien. „Wo ist dein Nest? Unten?"

Ezer nickte, aber er wollte jetzt nicht dorthin. Nicht in diesen begrenzten Bereich, aus dem es kein Entrinnen gab, keinen Weg hinaus außer den, der hineinführte. Ezer atmete flach, und Adrien bemerkte das und schien genau zu verstehen, was los war.

„Dann eben nur zum Sofa im Wohnzimmer", murmelte er.

Er hatte eine angenehme Stimme, sehr beruhigend und gütig. Sie passte zu seinem attraktiven Gesicht. Und das Baby war auch sehr hübsch. Ezer wünschte nur, es würde aufhören zu weinen.

Ezer deckte sich mit einer weichen Sofadecke zu. Er wollte nicht nackt sein, falls die Polizei doch beschloss, ihn zu befragen. Und er bezweifelte keine Sekunde lang, dass die Polizei kommen würde. Er zitterte immer noch, und das Atmen fiel ihm schwer, aber er schaute zur Uhr an der Wand. „Ned wird bald nach Hause kommen."

„Wo ist Earl?", fragte Adrien sanft.

„Er ist Einkaufen gegangen. Manchmal trifft er sich danach noch zum Abendessen mit seinem Ehemann."

Adrien nickte, und Ezer erinnerte sich daran, dass Simon ihr Diener war, und der Pfleger ihrer Söhne, und der langjährige Gefährte von Heath. So wie Earl es für Ned war.

„Wieso erzählst du mir nicht einfach, was passiert ist?", sagte Adrien, nachdem er das Baby beruhigt hatte, indem er sein Hemd hochgehoben und dem Baby einen geschwollenen Nippel in den Mund gesteckt hatte. „Dann kann ich es Heath sagen, und er wird es die Polizei wissen lassen."

Ezer nahm einen zittrigen Atemzug. „Er – Braden Tenmeter – hat schon früher versucht, mich zu vergewaltigen."

„Wann?"

„Einmal vor dem heutigen Tag; es liegt etwa viereinhalb Monate zurück, denke ich. Es war bei der früheren Wohnung meines Papas. Er hatte mich da draußen ganz allein vorgefunden. Mein Papa kam gerade noch rechtzeitig nach Hause–"

„Mein Gott."

„Heute kam Braden, als er wusste, dass ich allein hier war, und versuchte es erneut."

Adrien verzog den Mund. „Ich will dich das nicht fragen, aber die Polizei wird das wissen wollen: Gibt es eine Vorgeschichte zwischen euch? Ist das so eine Eifersuchtssache oder ein Streit unter Verliebten?"

Ezer dröhnte der Kopf. „Nein, es gibt keine Vorgeschichte, nicht so. Ich bin auf dieselbe Schule gegangen wir er, und er hat mich gern schikaniert und mir Angst gemacht." Er leckte sich die trockenen Lippen. „Mit der Zeit wurde das immer schlimmer." Ezer sprach mit verzagter Stimme und starrte das Baby an, während es gestillt wurde. „Ich dachte, es wäre vorbei. Es hätte vorbei sein sollen. Ich habe doch alles gemacht, was sie wollten."

„Alles, was wer wollte?"

„Sie! Sie alle! Ich bin hier, oder etwa nicht? Vollgestopft mit Babys, ganz so, wie mein Vater es wollte. Und Neds Vater. Und sie hatten versprochen, dass ich im Gegenzug dafür, alles aufzugeben und das hier…" – er deutete auf seinen Bauch – „das hier zu tun, zumindest in Sicherheit leben würde. Sie sagten, ich würde in Sicherheit sein. Wieso war ich nicht in Sicherheit?" Seine Stimme brach. „Ned sagte, er würde mich beschützen."

Adrien griff nach Ezers Hand und drückte seine Finger. Das Baby trank noch ein wenig länger, und dann war das Geräusch von Autoreifen unten in der Auffahrt zu hören. Das Läuten an der Tür bedeutete, dass die Polizei eingetroffen war.

„Ich lasse sie herein", sagte Adrien. „Du wartest hier. Falls sie mit dir reden wollen, brauchen sie zunächst Neds Erlaubnis. Hoffen wir, dass wir diese Unannehmlichkeit vermeiden können, nicht wahr?"

Ezer schlug die Hände vors Gesicht.

„Aber keine Sorge. Heath und ich werden alles regeln mit der Polizei. Und dann mache ich dir einen Tee. Du musst dich ausruhen. Ich bin sicher, für die Zwillinge war es auch ein Schock."

Adrien verschwand für eine lange Zeit. Das Baby, das nun wieder schrie, nahm er zum Glück mit sich. Ezer wartete allein im Wohnzimmer. Schatten tanzten über den Boden, während eine Brise die Ziersträucher und Bäume draußen vor dem Fenster bewegte. Schließlich wehte der Wind auch Bradens Rufe und Verleugnungen vom Pool herüber. Lügen. Alles Lügen. Ezer wollte sich verteidigen, aber das konnte er nicht.

Er rührte sich nicht vom Fleck.

Dann kam Adrien endlich zurück. Er hatte Tee dabei und murmelte eine Erklärung, dass er noch ein wenig länger an Ezers statt mit der Polizei reden müsste, aber gleich zurück wäre.

Ezer trank den Tee nicht.

Die Babys wanden sich in seinem Leib. Es fühlte sich an, als wären sie ineinander verschlungen und würden versuchen, den Knoten wieder zu lösen.

Ezer konnte aus dem Augenwinkel Bewegungen erkennen. Er hörte so etwas wie einen Tumult, und dann Bradens würdelosen Schrei der Wut.

Die Uhr schlug.

Es war schon fast vier. Ned würde in Kürze zuhause sein.

Ezer drehte sich der Magen um. Er stand auf und taumelte aus dem Wohnzimmer in den Garten, um sich außerhalb der Sicht der Polizei, Neds Onkel und dessen Omega, sowie Braden in die Büsche zu übergeben.

Dann ging er wieder hinein, kuschelte sich auf dem Sofa zusammen und wartete.

Wie betäubt.

Kapitel 29

„DU HAST EINIGES zu erklären.“

Heaths Stimme kam völlig überraschend für Ned, als er die Gartentür öffnete und den Poolbereich betrat, wo er erwartet hatte, Ezer beim Sonnenbad anzutreffen.

„Onkel“, sagte Ned mit einem nervösen Lächeln. „Du hier? Ich habe dich nicht erwartet.“

Heath starrte ihn finster an.

„Ich, ähm… Hat Earl–“

„Earl ist nicht hier. Dein Omega ist hier, und er wurde angegriffen.“

Ned war schwer schockiert; er schmeckte bittere Galle in seinem Mund. „Angegriffen? Was? Wie?“ Er wartete jedoch nicht auf Heaths Antwort, sondern eilte ins Haus, wo er Ezer auf dem Sofa liegend fand, zusammengerollt unter einer weichen Decke, mit Adrien und dem neuen Baby auf dem Sessel neben ihm.

Ned nahm sich nicht die Zeit, Adrien zu begrüßen, sondern fiel stattdessen neben Ezer auf die Knie.

„Ezer? Geht es dir gut?“ Als Antwort starrte ihn ein finsteres Gesicht an. Seine Gedanken überschlugen sich, und dann wusste er es plötzlich, ohne dass es gesagt werden musste. „Ich werde Braden Tenmeter umbringen. Ich werde ihn verdammt nochmal killen.“

Er erhob sich. Sein Herz hämmerte, sein Blut kochte vor Wut. Seine Fäuste waren geballt, Mordlust beherrschte seine

Gedanken.

„Er wurde verhaftet. Dafür habe ich gesorgt.“

Ned schnaufte. „Ich werde ihn umbringen.“

„Ich weiß“, sagte Heath. Fast so als fände er, Ned sollte es wirklich tun. „Aber ich weiß auch, dass du nicht zu ihm kannst, *und* ich weiß, dass du dich um deinen Omega kümmern musst.“

Ned sah auf Ezer hinunter. Dessen blaue Augen waren geschlossen, seine Wangen bleich. Er setzte sich neben ihn und war erleichtert, als Ezer nicht vor ihm zurückzuckte. „Baby, ist alles gut? Hat er dir wehgetan? Hat er den Babys wehgetan?“

Ezer zuckte auf die erste Frage mit den Schulter, zur zweiten Frage schüttelte er den Kopf.

„Wir sollten gehen“, sagte Adrien und stand auf.

„Nein, ich brauche von Ned ein paar Antworten“, sagte Heath düster.

„Nicht heute.“

„Ich lasse sie hier nicht allein. Sie sind noch Kinder!“

„Sie sind beinahe so alt, wie ich war, als du mir Michael gegeben hast“, sagte Adrien.

„Und du warst zu jung!“, schrie Heath.„Zumindest war *ich* schon erwachsen. Sie sind *beide* noch–“ Er schwieg eine Sekunde, dann fügte er hinzu: „Sie sind zu jung!“

„Schh“, machte Adrien. „Du weckst sonst Laya. Wir können nicht hierbleiben, Heath. Dies ist sein Zuhause; er ist der Alpha hier, und es ist sein Problem und seine Pflicht, damit umzugehen. Jetzt ist nicht der Zeitpunkt, um Ned zu verhören. Denk nach.“ Adrien nahm Heaths Arm. „Ezer braucht jetzt seinen Alpha…“

Heath warf Ned noch einen finsteren Blick zu, dann sagte er: „Kümmere dich gut um ihn. Er ist deine Verantwortung. Und die Babys in seinem Leib – ebenfalls deine Verantwortung. Du hast sie heute im Stich gelassen, was dich – und ihn – beinahe *alles* gekostet hätte. Und das kann immer noch passieren.“ Er verzog das Gesicht. „Wie konntest du dich von deinem gierigen, verdorbenen Vater dazu überreden lassen, in deinem Alter einen Omega zu schwängern und–“

Adrien unterbrach ihn: „Heath, nicht jetzt!“

Es schien seinem Onkel schwerzufallen, nicht in eine Schimpftirade zu verfallen. Ned wollte aber, dass er ging. Er musste sich dringend um Ezer kümmern.

„Was um alles in der Welt–“ Earls Stimme durchschnitt die Luft im Raum. „Oh, Mr. Clearwater. Adrien. Sirs, lassen Sie mich schnell Tee machen, und was macht Ezer hier oben? Oh, was… was ist passiert?“, fragte er, als er Ezers Gesicht sah, und die Mienen der anderen ebenfalls.

Er ließ seine Einkaufstaschen fallen und eilte herbei. „Was ist passiert? Was ist los?“

Adrien seufzte.

„Ich werde hinunter ins Nest gehen“, sagte Ezer dumpf. Er stand auf und bewegte sich dabei so langsam, dass Ned Angst bekam. War Ezer vergewaltigt worden? War er verletzt? Erneut erfasste ihn kalte Wut, und er bekämpfte den Drang, die Polizeistation zu stürmen, um Braden zu finden und ihm den kümmerlichen Hals umzudrehen.

Falls Braden überhaupt noch dort war. Er war immerhin ein Tenmeter und würde entlassen werden, sobald etwas Geld die Hände gewechselt hatte. Und dann würde Ned ihn umbringen. Er würde ihn ermorden. Er würde zusehen, wie sein Gesicht sich knallrot und dann bläulich verfärbte, und dann–

„Ned“, sagte Adrien sanft. „Dein Omega braucht dich.“

Ned sah seinen Onkel an und sagte: „Ich werde dir in Kürze alles erklären.“

Heath nickte.

Adrien hatte Earl zur Seite genommen. Er war offenbar dabei, ihn über die Ereignisse des Nachmittags zu informieren. Earl

Gesicht spiegelte zunächst Furcht wider, und dann Wut.

Ezer jedoch war nicht mehr da. Er war bereits die Treppe hinunter zum Nest gegangen.

Ned folgte ihm, während seine Emotionen sich fast überschlugen.

EZER WOLLTE EIGENTLICH nicht im Nest sein, aber er hielt es auch nicht aus, mit all diesen Leuten im Wohnzimmer zu sein. Adrien war gut zu ihm gewesen, und Heath auch, auf seine Art. Aber es war alles zu viel.

Und davor hatte Braden Tenmeter ihn auf den Tisch gezwungen, und er hatte dessen Monsterständer an seinem Loch gespürt. Er war hilflos gewesen, unfähig, ihn aufzuhalten. Wäre Neds Onkel nicht eingetroffen (und wieso war er überhaupt vorbeigekommen?), dann wäre er vergewaltigt worden. Und nicht nur ihm wäre von Braden Gewalt angetan worden, sondern auch seinen ungeborenen Kindern.

Er wollte sich im Nest einschließen.

Gleichzeitig wollte er die Fenster einschlagen und hinausspringen in die Freiheit.

Er wollte fortlaufen.

Er wollte sich verstecken.

Ezer stand stocksteif mitten im Raum. Er spürte Neds Gegenwart hinter sich. Ned, der sich ihm näherte und ihn jeden Augenblick anfassen würde.

Ezer schrie.

Der Schrei hallte von den Wänden wider, von der Decke und vom Boden.

„Oh, Gott!", rief Ned und riss Ezer in seine Arme. „Du bist verletzt. Du hast Schmerzen, Baby, lass mich dir helfen!"

Ezer schrie, bis ihm die Luft ausging, dann sank er zurück in Neds starke Umarmung. Tränen liefen ihm über die Wangen. Er flüsterte: „Er hat mir den Arm umgedreht, dann hat er mich über den Tisch geworfen. Er hat seinen Schwanz an mein Loch gedrückt."

Ned knurrte vor Wut, und das Geräusch war so laut, dass es Ezers Körper schüttelte.

„Ich hatte Angst. Beinahe hätte er– beinahe–"

„Ich töte ihn", sagte Ned erneut.

Ezer wand sich aus Neds Armen und drehte sich um. Er ließ die Decke fallen, in die er eingewickelt war, seit Adrien sie ihm übergeworfen hatte. „Du hättest dich mit ihm schon vor dem heutigen Tag befassen sollen", sagte er heiser. „Du wusstest, dass er ein Problem war. Aber du hast ihn einfach weitermachen lassen. Du bist ein Feigling."

Ned riss die Augen auf. „Er ist Braden *Tenmeter*. Was hätte ich denn tun sollen?"

„ Ihn wegen versuchter Vergewaltigung anzeigen–"

„Das hat Heath bereits getan, Und ich werde es bestätigen."

„Ich meinte das erste Mal", sagte Ezer. Kälte überkam ihn. „Du sagtest mir, ich wäre in Sicherheit als dein Omega. Dein Vater versprach dasselbe auch meinem Vater, oder etwa nicht? Und dennoch hast du ein Monster davonkommen lassen, ohne dass er die Konsequenzen für das tragen musste, was er mir angetan hat, was du ihn tun gesehen hast…"

„Er war nur–"

„Er war nur was?"

„Ich dachte nicht, dass er es noch einmal versuchen würde."

„Bei mir? Oder bei irgendwelchen anderen Omegas?"

„Bei… bei dir. Ich habe nur an dich gedacht."

„Selbstsüchtig. Aber nicht einmal das war genug, oder? Er kam nämlich extra her, als er wusste, dass du weg warst, dass Earl weg war. Was war in der Schule los? Was hast du mir nicht erzählt? Warum kam er heute her, um mich zu jagen? Warum?"

Ned wurde bleich, und er schluckte schwer. „Komm, setzen wir uns. Du bist erschöpft."

„Ich will mich nicht setzen!", schrie Ezer und fing an, im Zimmer auf und ab zu gehen. „Ich hasse dieses Nest. Hier ist keine Luft zum Atmen, keine Freiheit. Ich will nicht hier sein, aber…" Er streckte die Hände zur Treppe aus. „Da oben ist mir alles zu viel. Zu viele Leute. Und er hat mich da oben überfallen. Er wollte mir seinen Schwanz reinstecken und unsere Babys seinem Sperma aussetzen. Und es gab nichts, gar nichts, was ich tun konnte, um ihn aufzuhalten! Du hättest ihn aufhalten können, Ned! Schon vor langer Zeit!"

„Wenn ich ihn damals angezeigt hätte, wegen des Brights Pulvers und weil er dich angegriffen hat, dann hätte ich mich selbst auch anzeigen müssen!" Ned warf die Hände hoch.

Ezer zeigte auf ihn. „Da! Siehst du? Du hast nicht an mich gedacht. Du hast nur an dich selbst gedacht!"

„Ich habe an uns beide gedacht!"

Ezer schüttelte den Kopf. „Nicht an jenem Tag. Nicht an dem Tag, als du mir den Fuß auf die Brust gesetzt hast. Du hast vielleicht daran gedacht, wie du mich da rauskriegen konntest, ohne dir selbst zu schaden. Das ist nicht dasselbe wie an mich zu denken. Und in der Schule… irgendwas läuft da. Du siehst beschämt aus. Was ist in der Schule passiert? Sag's mir."

„Er wollte mich nicht in Ruhe lassen. Ich habe ihn ignoriert. Aber er hörte einfach nicht auf. Jeden Tag kam er an. Wollte wissen, ob *du* der Grund bist, warum ich so lange weg war. Er ist besessen von dir. Und mir. Aber hauptsächlich von dir."

„Besessen?"

„Ja. Er kam zu mir und sagte: ‚Ich dachte, der Schw–'" Ned hüstelte, dann änderte er seine Wortwahl, aber Ezer kannte die

Wahrheit. „Er sagte: ‚Ich dachte, Ezer wäre wieder auf der St. Hauers.‘ Aber er hatte einen Freund da, der das für ihn gecheckt hat. Und so fand er heraus, dass du nicht dort warst. Von da an ging er mir jeden Tag auf die Nerven. ‚Er ist gar nicht da! Als wäre er verschwunden. Wie ein Omega nach einer Hitze, wenn die Schwangerschaft bestätigt wurde.‘ Ich ließ ihn einfach immer stehen, aber er gab keine Ruhe. Immer wieder kam er und fragte: ‚Wie war sein Arsch? War's gut? Wie war seine erste Hitze? Hat er nach deinem Schwanz geschrien?‘ Das ging ohne Ende so. Er ist besessen. Ich wollte einfach nur, dass er aufhörte.“

„Und was hast du gemacht?“

Ned errötete. „Ich habe ihn ignoriert.“

„Ned, du hast gar nichts gemacht.“ Ezer bohrte seinen Finger in Neds Brust. „Du. Hast. Gar nichts. Getan.“

„Ich werde jetzt etwas tun“, sagte Ned. Er wandte Ezer den Rücken zu und ging zur Treppe. „Ich werde ihn umbringen. Mit meinen bloßen Händen.“

Ezer hätte ihn beinahe gehen lassen. Er hätte ihn beinahe aus dem Zimmer gehen und tun lassen, was ein Alpha so tat, wenn er einen anderen Mann zerstören wollte.

Aber das konnte er nicht.

Nicht in diesem Moment.

Nicht, wenn er seit dem Morgen nicht mehr gefickt worden war.

Sein Körper rebellierte bereits. Sein Herz raste. Sein Leib fühlte sich steinhart an. Er hatte das Gefühl, nicht mehr richtig atmen zu können.

„Warte“, sagte er. Seine Stimme war so schwach, er war überrascht, dass Ned ihn überhaupt hören konnte. Aber Ned blieb stehen. „Du musst mich zuerst ficken.“

Ned drehte sich zu ihm um. Seine Augen waren dunkel, und auf seinem Gesicht lag ein Ausdruck von Furcht, den Ezer noch nie zuvor gesehen hatte. „Du würdest mich lassen?"

Ezer lächelte höhnisch. „Ich habe keine Wahl, oder?"

Sie paarten sich hastig, so wie Ezer es verlangte , es aber eigentlich nicht wollte. Danach fühlte er sich innerlich zerbrochen und war nicht sicher, je wieder zu heilen.

Er schlief auf dem Sofa ein, zusammengerollt auf der Seite, unter einer Decke, mit Neds Sperma tief in sich.

TEIL 5

Courage

Kapitel 30

NED WUSSTE NICHT, wie er alles in Ordnung bringen sollte.

Nichts war, wie es hätte sein sollen. Ned fickte Ezer immer noch und befriedigte ihn, füllte ihn mit seinem Sperma, aber das wachsende Vertrauen zwischen ihnen und die Freundschaft waren wieder gleich Null. Und er wusste einfach nicht, wie er beides zurückgewinnen konnte.

Und als die Polizei mit der Untersuchung und Verfolgung von Braden fortfuhr, wurde die Atmosphäre in der Schule unerträglich. Wäre Ned nicht sicher gewesen, dass Ezer ihn erneut der Feigheit beschuldigen würde, hätte er einfach abgebrochen und erneut die Schule gewechselt.

Stattdessen machte er lustlos weiter, besuchte den Unterricht und ertrug klaglos seinen neuen Status als Ausgestoßener. Er war berüchtigt als derjenige, der einen Omega geschwängert und Braden Tenmeter ausgeschaltet hatte, und das machte all die reichsten und privilegiertesten Alphas um ihn herum nervös. Auch Betas mieden ihn jetzt, obwohl er gar nicht wusste, wieso.

Vielleicht weil er in Kürze Vater sein würde? Er hatte keine Ahnung.

Aber es waren die ängstlichen Blicke der Omegas, die ihn am meisten verletzten. Sie starrten ihn alle an, als hätte er einen von ihnen gegen dessen Willen genommen. Als wäre er es gewesen, der Ezer vergewaltigt hätte.

Ned nahm einfach an, der bloße Gedanke, bereits als Schüler

schwanger zu sein, war für sie erschreckend. Und das sollte er auch, denn was er und Ezer getan hatten, war kein Witz. Es war enorm und beängstigend. Nichts davon war je ein Witz gewesen. Nicht mal ein bisschen, von Anfang an.

Sie waren getrieben gewesen, von ihren Eltern und von den Hormonen, und nun waren sie in einer Lage, um die niemand – kein Alpha, kein Beta und kein Omega – sie beneidete. Zumindest konnte Ezer zuhause bleiben, beschützt vor all der Scham und Erniedrigung. Vor dem Status als Ausgestoßener. Zumindest das blieb ihm erspart.

Abends kehrte Ned heim und machte seine Hausaufgaben. Er löste Gleichungen mit seinem stillen, zurückgezogenen Omega, der ihm ohne große Begeisterung die Lösungen zeigte. Ezer war nun jemand anderer. Jemand, der er nie zuvor gewesen war, und Ned hasste das. Er überließ es Ned sogar, die Babynamen auszusuchen. Ezer stritt nicht mehr mit ihm, über gar nichts.

Es war ermüdend.

„Ich weiß nicht, was ich tun soll", sagte Ned, das Gesicht in den Händen vergraben, seines Vaters Hand auf der Schulter. „Er ist so unglücklich. Und ich will doch nur, dass er glücklich ist."

„So sind Omegas", sagte Lidell. Genau das Gegenteil von dem, was er früher immer über die glücklichen, schwangeren Omegas der Welt gesagt hatte. „Sie sind nicht leicht zufrieden zu stellen."

„Du hast wirklich keinen Rat für mich?"

„Ich fürchte, nein. Aber ich werde erneut die Stadt verlassen. Dieses Mal reise ich auf die Inseln. Tropische Drinks und lauter Omegas in kleinen Tangas und sonst nichts. Ich kann es mir jetzt leisten, also warum nicht?"

Warum nicht? Weil sein Sohn sich in einem Gerichtsverfahren seinem früheren Geschäftspartner stellen musste! Denn, ja, Tenmeter hatte sämtliche Verträge gecancelt. Weil sein Sohn sich mit einem unglücklichen Omega befassen musste, der mit Zwillingen schwanger war und bereits in einem Monat niederkommen würde.

„Wann wirst du zurück sein?“

„Oh, schon recht bald. Du wirst kaum Zeit haben, mich zu vermissen.“

Ned sah Lidell in das nervöse Gesicht, und ihm wurde klar, dass sein Vater nicht der Mann sein konnte, den er jetzt eigentlich brauchte. Lidell war nicht fähig, irgendeine Bindung zu einem Omega aufzubauen, nicht einmal mit dem seines Sohnes. Aus Angst, ihn zu verlieren. Dass er Santino verloren hatte, hatte ihm das Herz gebrochen, und es fehlte ihm der Mut zu riskieren, was davon noch übrig war. Es reichte nicht einmal dazu, Ned und Ezer zu unterstützen. Es war nur ein weiteres Mal, dass sich sein Vater für Ned als nutzlos erwies, was er wahrscheinlich auch immer sein würde. Hatte er sich nicht eben noch dazu gratuliert, einen Vater zu haben, der ihn liebte? Aber wozu war Liebe gut, wenn keine Courage dahinter steckte?

„Ja, du solltest verreisen“, sagte Ned. „Hab Spaß!“

Lidell streichelte seinem Sohn liebevoll übers Haar. „Earl wird sich um euch kümmern. Und falls du irgendwelche Probleme mit dem Jungen hast, ruf Heath an. Jetzt hat er ja schon seine Finger in diesem Topf, da kann er auch darin rühren.“

Ned folgte seinem Vater in dessen Zimmer und sah ihm beim Packen zu. Bevor er sich versah, war Ned auch bereits auf der vorderen Veranda und winkte seinem Vater zum Abschied. Oder vielmehr, er stand mit verschränkten Armen da und blickte Lidell hinterher.

„Er hat schon immer zuerst an sich selbst gedacht“, sagte Earl über Neds Schulter hinweg. „Ich bin froh, dass du zu einem anderen Mann herangewachsen bist.“

Aber das war nicht das, was Ezer dachte, nicht wahr? Ezer

glaubte, dass auch Ned zuerst an sich selbst dachte, und an Ezer nur ganz entfernt. Und Ned wusste immer noch nicht, wie er ihm das Gegenteil beweisen sollte.

Vielleicht, weil er tatsächlich so war. Schließlich drehten sich seine Gedanken auch jetzt noch mehr um das, was er wollte: Ezers Vertrauen. Und weniger um das, was Ezer wollte: sich wieder sicher zu fühlen.

Er ging hinunter ins Nest und fand Ezer schlafend vor. Er schlief viel dieser Tage. Der Doktor hatte gesagt, das wäre normal. Zwei Babys auszutragen wäre anstrengende Arbeit.

Ned sah ihm beim Schlafen auf dem Sofa zu, die dunklen Locken auf dem weißen Kissen, die wunderschönen Augen verschlossen hinter seidenglatten Lidern. Selbst im Schlaf jedoch wirkte er nicht friedvoll.

Wie sollte er das in Ordnung bringen?

Wochenlang wusste er es nicht.

ES WAR AN einem verregneten Dienstag, als Ezers ältester Bruder Yissan sich bei Ned meldete und ihn um ein Treffen in einem örtlichen Park bat. Ned hatte Yissan nie zuvor gesehen oder mit ihm gesprochen, und er war überrascht davon, dass der sich traute, einen Alpha anzusprechen, aber er stimmte einem Treffen zu.

„Hast du die Schule geschwänzt, um herzukommen?", fragte Yissan und winkte Ned unter den breiten Schirm, den er unter dem unaufhörlichen Geplätscher aus dem Himmel hochhielt.

Ned wehrte sich nicht gegen das Ziehen, war aber unsicher darüber, einem anderen Omega so nahe zu sein. Yissan war zweifellos hübsch, mit lockigem, dunkeln Haar, ebenholzfarbenen Augen und vollen Lippen, von denen so mancher Alpha träumen würde. Außerdem war er groß und schlank, gut gebaut. Und er hielt sich aufrecht mit einer Selbstsicherheit, an der es Ezer mangelte, außer wenn er wütend war.

Ned versuchte, Yissans Körper nicht zu nahe zu kommen, um es nicht unanständig aussehen zu lassen. Auch war er nicht sicher, was Ezer davon halten würde, wenn er mit seinem Omega-Bruder eng zusammen unter einem Schirm stünde. Obwohl Ezer nicht der besitzergreifende Typ war, zumindest nicht Ned gegenüber, da er zur Zeit ja überhaupt wenig Wert auf ihn zu legen schien.

Ned sagte nichts und wartete einfach ab, während Yissan sich eine Zigarette anzündete und eine Rauchwolke in die Luft blies. Der graue Himmel hing tief über ihnen, und der Ententeich, an dem sie standen, spiegelte ihn in elendig glitzerndem Stahlgrau wider. Es passte zu Neds Stimmung der letzten Tage. Die Jahreszeit hatte sich geändert, und genauso wie Neds Hoffnung auf sein Leben mit Ezer.

„Wie geht es meinem Bruder?", fragte Yissan. Er zupfte etwas Tabak von seiner Zunge und schnippte ihn weg.

„Er ist…" Ned war nicht sicher, was er sagen sollte. Traurig? Ängstlich? Dick? Resigniert und geschlagen? „Er macht gerade eine Menge durch und könnte ein wenig Unterstützung von seinen Brüdern gebrauchen."

Yissan nickte. „Du denkst sicher, ich wäre gefühllos. Dass wir alle gefühllos sind."

„Ich weiß nicht, wie Brüder sich verhalten sollen. Ich bin ein Einzelkind. Aber was ich weiß, ist, dass Ezer verletzt ist, und ich allein kann das nicht in Ordnung bringen."

„Sollten Alphas das nicht können? Ist das nicht der ganze Zweck eines Nests?", fragte Yissan und runzelte die dunklen Brauen.

„Vielleicht ist das so, wenn der Omega schon älter ist, und wenn die Schwangerschaft gewollt war. Aber bei Ezer ist weder das eine noch das andere so.“

„Seine Familie hat ihn im Stich gelassen, und er ist gezwungen ein Kind auszutragen–“

„Zwillinge.“

„Oh.“

Yissans Brauen zuckten. „Das wusste ich gar nicht.“ Seine Miene verdüsterte sich noch mehr. „Ich bin der Einzige, der sich an Shans und Flos Geburt erinnert. Die anderen waren alle noch nicht auf der Welt. Ich war damals fünf.“ Seine Stimme zitterte. „Papa war in Agonie. Ich hörte seine Schreie im ganzen Haus. Er bettelte darum, getötet zu werden, um aus seinem Elend erlöst zu werden.“

Ned erschauerte. „War es so schlimm?“

„Geburten sind immer schwer. Aber für Zwillinge sind wir nicht geschaffen. Unsere Körper sind nicht gebaut, um damit klarzukommen. Und Ezer ist schmächtig, viel schmaler gebaut als Papa. Es wird für ihn gefährlich werden, das muss dir klar sein.“

Ned zitterten die Knie. Er hatte immer angenommen, dass es mit Ezer keine Schwierigkeiten geben würde. Sicher, Dr. Savage hatte erwähnt, besorgt zu sein, aber nur so nebenbei, sodass Ned nicht weiter darüber nachgedacht hatte. Aber so benahmen Leute sich in Gegenwart von Omegas, nicht wahr? Und Dr. Savage wollte wahrscheinlich auch Ned nicht bange machen. Anders als Yissan, der entschlossen schien, ihm eine Heidenangst zu machen.

„Warum hast du mich heute hergebeten?“, fragte Ned. Er verschränkte die Arme vor der Brust und widerstand dem Drang, unter dem Schirm hervorzutreten und im strömenden Regen zu stehen.

„Jetzt sollte ich wohl sagen, dass ich mich um meinen kleinen Bruder gesorgt habe, richtig?“

Ned runzelte die Stirn.

„Der Grund ist deutlich weniger tugendhaft als das. Ich brauche die Hilfe deines Onkels. Ich als Omega kann mich nicht an Heath Clearwater wenden und sein Einschreiten in mein Leben erbitten, aber du als mein Schwager und sein Neffe kannst das."

„Welche Art Hilfe brauchst du?"

„Ich muss unbedingt aus dem Vertrag raus, den mein Vater gerade für mich abschließt." Yissan schauderte. Ned wusste nicht, ob es wegen des kalten Windes war, der in diesem Moment über sie beide hinwegfegte, oder wegen des Gedankens an was auch immer für ein Hitze-, Schwangerschaft- oder Heirats-Arrangement George Fersee für seinen Ältesten ausbrütete.

„Mit wem?"

Yissans Augen wurden dunkler, als Ned es für möglich gehalten hätte. So dunkel, dass sie wie poliertes Ebenholz aussahen. „Mit dem Vater meines Geliebten."

„Deines…" Ned hielt inne, um seine Gedanken zu ordnen. „Aber solltest du nicht für deine erste Hitze noch Jungfrau sein? Das erhöht deinen Preis."

Yissan sah ihn entrüstet an. „Du bist noch sehr jung, oder? Naiv. Mein armer Bruder. Gebunden an jemand so Unschuldigen wie dich." Er schüttelte den Kopf. „Ja, ich sollte so Einiges sein. Aber Omegas sind keine Püppchen, die dazu da sind, dem Schwanz eines Alphas zu gefallen. Ich bin ein menschliches Wesen, und ich habe Ambitionen und Bedürfnisse, die nichts mit den Plänen meines Vaters für meinen Arsch und meinen Leib zu tun haben."

„Äh, ja, natürlich." Neds Gedanken kreisten wild.

„Mein Geliebter ist ein Beta", sagte Yissan leise. „John Stone."

„Von den *Trace Stone* Stones?" Trace war ein mächtiger Alpha aus Summerton, der den Sommer hier in Wellport verbrachte und seine Söhne hier zur Schule schickte.

„Ich liebe ihn schon seit Jahren. Wir haben uns hier in der

Highschool kennengelernt."

So wie ich und Ezer, dachte Ned.

„Wir versuchten, einander zu widerstehen." Yissans Lippen verzogen sich zu einem bittersüßen Lächeln. „Also, er versuchte es. Ich bestand darauf, dass wir jede freie Minute allein nutzten, die uns sein Status als Beta erlaubte. Ich wollte ihn von Anfang an."

So wie ich Ezer wollte.

„Wir wussten immer, dass das mit uns nicht von Dauer sein konnte, dass ich eines Tages einem Alpha gehören müssen würde, der mir die von mir gewünschten Kinder schenken und meinem Vater das entsprechende Geld zahlen konnte. Aber keiner von uns hatte sich vorstellen können, dass dieser Alpha Johns eigener Vater sein würde."

„Du hast dir sicher vorgestellt, es würde jemand in deinem Alter sein. Ein Sohn aus dem Adel."

„Aber wie sich jetzt herausstellt, will Trace Jones mich schon seit langer Zeit. Er hat sich bei meinem Vater für meine Hitzen und Schwangerschaften vormerken lassen, bis er bereit war, einen angemessenen Preis für mich auszuhandeln."

Ned rümpfte die Nase. „Das ist verstörend."

Yissan nickte. „Er hat schon vier Omegas durch. Hatte mit jedem zwei Söhne, und dann die Omegas rausgeschmissen. Mein Vater weigerte sich, mich ihm zu geben, außer er versprach, mich anders zu behandeln. Der Vertrag legt fünf Söhne fest, und eine Mindestlaufzeit von zwanzig Jahren mit mir als einzigem Omega."

Das pure Elend in Yissans Stimme verwandelte Neds Blut in Eis.

„Das scheint eine Gewohnheit deines Vaters zu sein", sagte Ned. „Seine Söhne in schreckliche Situationen ohne Ausweg zu bringen."

„Es *muss* einen Ausweg geben. Ich werde das nicht mitmachen.“

„Sie werden dich zwingen. Irgendwie werden sie es schaffen, dich dazu zu bringen.“

„Sie brauchen aber meine Zustimmung. So sagt es immer noch das Gesetz“, sagte Yissan. Er warf seine halb gerauchte Zigarette weg und drehte sich zu Ned um, um dessen Unterarme zu ergreifen. Er zog ihn so nahe an sich heran, dass Ned den Tabak in seinem Atem riechen konnte

„Dein Onkel muss mir helfen. *Du* musst mir helfen.“

„Wie soll ich dir helfen, wenn ich nicht einmal Ezer helfen kann?“ Wenn alles, was Ned tat, um ihm zu helfen, sein Leben nur schlimmer gemacht und dazu geführt hatte, dass er nun vollgestopft mit zwei Babys war, was laut Yissan mit seinem Tod enden konnte?

„Du musst mir einen Termin mit Heath Clearwater verschaffen.“

Yissan klang sehr sicher. Und war es nicht das fehlende Gespräch mit seinem Onkel, was dazu geführt hatte, dass die Sache mit Ezer von Anfang an schief gelaufen war?

„Na gut“, stimmte Ned zu. „Ich werde sehen, was ich tun kann, aber ich werde nichts versprechen.“

Yissan trat zufrieden zurück, sein Gesicht voller Emotion. Nicht unbedingt Erleichterung, aber so eine Art von hoffnungsloser Hoffnung? „Danke dir. Bitte, einfach… danke.“

„Es heißt nicht, dass dabei irgendwas herauskommen wird.“

Yissan nickte, dann hob er den Schirm von Neds Kopf und zur Seite. Der Regen war bitterkalt auf seiner Kopfhaut und auf seinem Gesicht. Enten trieben auf dem Wasser; der Regen schien ihnen nicht das Geringste auszumachen.

„Warte“, sagte Ned. „Ich helfe dir, aber du musst auch mir helfen.“

Yissan hielt inne und drehte sich um. Mit verkniffener Miene sagte er: „Na gut. Quid pro quo ist nur fair."

„Was wünscht sich ein Omega von einem Alpha? Was will er am allermeisten?"

Yissan musterte Ned eindringlich, dann blickte er zum Himmel und ließ den Regen einen Moment lang auf sein Gesicht tropfen, bevor er seinen Schirm erneut hochhielt. „Er will wissen, dass er in Sicherheit ist bei seinem Alpha. Er will in Sicherheit lieben und geliebt werden. Er will die Sicherheit, offen und ehrlich er selbst sein zu können."

„Ezer weiß, dass er bei mir ganz er selbst sein kann. Er musste sich nie verstellen. Er streitet mit mir und teilt so gut aus wie er einsteckt." Bis vor Kurzem jedenfalls. Bis seine Sicherheit im Nest ihm gestohlen worden war.

Yissans Mund verzog sich zu einem amüsierten Lächeln. „Das klingt ganz nach Ezer. Dann sorge einfach dafür, dass er sich weiterhin so fühlt. Das ist alles, was ein Alpha einem Omega geben kann. Liebe? Zuneigung? Das ist zu viel verlangt, außer ihr ward schon vorher ein Liebespaar. Omegas brauchen Respekt. Sie wollen etwas zu sagen haben. Sie müssen Entscheidungen treffen dürfen."

Damit war die Unterhaltung zu Ende, und Ned ließ ihn gehen. Er selbst ging zurück zur Schule, bereit sich den Konsequenzen zu stellen, die ihm für das Schwänzen des morgendlichen Unterrichts drohten. Ned dachte über das nach, worum Yissan ihn gebeten hatte, und über das, was Yissan über die Bedürfnisse von Omegas gesagt hatte.

Er musste seinen Onkel kontaktieren. Aber mehr als das musste er einen Plan machen.

Operation Ezers Sicherheit!

Wenn er nur wüsste, wie er das anfangen sollte…

Kapitel 31

EZER SAß AM Pool, eingewickelt in eine schwere Decke, und beobachtete, wie der von der See kommende Wind im blauen Wasser des Pools kleine Wellen schlug

Die Jahreszeiten hatten sich geändert, und er selbst ebenfalls. Er war ständig müde, entsetzlich müde, und sein Leib war größer, als er es je für möglich gehalten hätte. Sein Bauch wölbte sich so weit vor, dass er kaum schlafen konnte, und gefickt zu werden, wurde zu einer erschöpfenden Last, die seine Hormone ihn zwangen zu ertragen.

Im Moment forderte er sich selbst heraus. So dazusitzen an dem Ort des Verbrechens. Er setzte sich den Elementen aus und machte sich selbst verwundbar.

Nach dem Angriff von Braden fand er es äußerst schwierig, das Nest zu verlassen, aber er hasste es auch dort unten. Es gab dort keine Luft und kein Leben. Die Wände sperrten ihn ein und schützten ihn, aber es war viel zu still. Er hörte keine Musik mehr, und sah auch nicht fern. Manchmal wusste er nicht mehr, was er den ganzen Tag gedacht hatte. Da war eine Wand aus weißem Rauschen in seinem Kopf, bis Ned heimkam, ihn fickte, mit ihm zu Abend aß und dann seine Hausaufgaben herausholte.

Ezer löste nicht einmal mehr zum Spaß irgendwelche Aufgaben. Nur noch aus Pflicht für seinen Alpha. Und dessen Probleme waren sehr einfach und langweilig.

Anders als die Probleme seines Lebens. Die waren kompliziert und unlösbar. Gleichungen, die sich stapelten und sich nicht voneinander trennen ließen, verwandelten die Mathematik seines Daseins in Buchstaben, die verschwammen und keinen Sinn ergaben.

Vielleicht ergab schon dieser Gedanke keinen Sinn.

Ezer war alles egal.

Aber aus irgendeinem Grund war er heute erwacht, und ein Funken seines alten Ichs war zu spüren gewesen. „Ich werde nicht zulassen, dass sie mir alles nehmen." Also hatte er es dank Earls Hilfe mit seinem gewaltigen Bauch die Treppe hinauf geschafft, und nun saß er hier draußen, den Elementen ausgesetzt. Ein kühler Sommerregen nahte.

Die Babies bewegten sich in ihm. Er legte eine Hand auf seinen gewölbten Leib und konnte ihre Hände und Füße fühlen, die gegen seine Haut drückten. Er wusste nicht recht, was er von dem Leben in sich denken sollte. Auf viele verschiedene Weisen wusste er nicht, ob er die Babys liebte oder nicht. Auch war er nicht sicher, die Geburt zu überleben. Der Doktor machte immer mehr finstere Geräusche, wenn er kam und nach ihm sah. Murmelte immer etwas darüber, wie schmal Ezer gebaut war, und dann lächelte er Ned an und sagte ihm, es wäre alles in Ordnung.

Ezer glaubte keineswegs, dass alles in Ordnung war.

Nichts war je in Ordnung gewesen, seit sein Papa rausgeschmissen worden war, seit er den Vertrag unterschrieben hatte, ohne ihn sich zuvor laut vorlesen zu lassen. Seit er sich auf dem Altar des Glücks eines anderen geopfert hatte. Und wofür? Wo war sein Papa jetzt? War es das wert gewesen, sich an einen Mann zu verkaufen, der nicht für ihn gekämpft hatte, sondern nur eine Absprache innerhalb des Systems getroffen hatte, die jeden zufriedenstellte außer Ezer?

Ezer wusste nicht, wie er all seine Gefühle und sein Grauen für sich behalten sollte, all die Enttäuschung und Desillusionierung. Er saß hier allein mit dem Wissen, dass Ned irgendwann nach Hause kommen würde. Vielleicht freute er sich darauf, vielleicht auch nicht. Es gab nicht viel, worauf er sich noch freute. Keinesfalls freute er sich auf die bevorstehende Geburt.

Die Haut unter seiner Handfläche zuckte erneut. Ganz dicht unter der Oberfläche seines Bewusstseins verbarg sich Entzetzen.

Er konnte sich nicht einfach in das Gefühl zurückfallen lassen, aber sich davon abwenden ging auch nicht. Um nicht den Verstand zu verlieren, versuchte er trotzdem, eine gewisse Distanz dazu aufzubauen.

Dieses graue Nichts war besser als die feurige Panik. Er atmete tief ein und aus. Er versuchte einfach, nicht zu denken. Er war draußen. Er hatte sich selbst dafür entschieden. Wenigstens das hatte er gewonnen.

Der Himmel öffnete seine Schleusen.

NED TRAF SICH im Sivian mit Heath. Erneut schwänzte er die Schule, dieses Mal, um seinen Onkel wegen Yissans Situation um Hilfe zu bitten. Ned war optimistisch zu diesem Treffen gegangen, aber schon bevor die Getränke serviert wurden, hatte Heath ihn einen Kopf kürzer gemacht, für einfach *alles*.

„Du hast keine berufliche Karriere und keine Zukunftspläne", wetterte Heath. „Was hast du vor? Dich für alle Zeiten auf das Geld des Jungens Vater zu verlassen. Was für eine Sorte Alpha tut denn so etwas?"

Lidells Name hing unausgesprochen in der Luft.

„Was du diesem Jungen angetan hast, ist lebensverändernd, Leben erzeugend und Leben vernichtend gleichzeitig. Ich weiß nicht, was ich mit dir anstellen soll!"

Auch Adrien war zu dem Mittagessen gekommen. Er trug

einen Schal und stillte das neue Baby darunter. Er legte eine Hand auf Heaths Arm, um ihn zu beruhigen. „Ned ist nicht hergekommen, um sich deinem Tadel auszusetzen, er ist hier in der Hoffnung auf Hilfe."

Heath rieb sich mit der Hand über den Kopf, atmete tief durch und sagte dann: „Er braucht keine Hilfe, sondern einen ordentlichen Tritt in den Arsch."

Adrien seufzte und wandte sich an Ned: „Ich kann mir vorstellen, dass du im Augenblick überwältigt bist von allem, aber du musst verstehen, dass Ezer große Angst hat. Gib ihm Zeit. Sei einfach nur für ihn da. Irgendwann wird er dich besser verstehen." Er lächelte Heath an. „So wie es bei mir und deinem Onkel war."

„Glaub ihm kein Wort", sagte Heath und verdrehte die Augen. „Er lief mir davon. Lief davon zurück zur Hochschule und nahm Michael mit. Lass dir von ihm nichts erzählen."

Nun war es Adrien, der die Augen verdrehte. „Na ja, du hast etwas sehr Wichtiges vor mir verheimlicht, und ich hatte schwere Wochenbettdepressionen."

„Ganz genau", sagte Heath und wandte sich erneut an Ned: „Omegas sind nicht so einfach zufriedenzustellen. Ich weiß, Leute wie dein Vater glauben gern etwas anderes, aber er hat nie mit einem gelebt. Woher also will er es wissen? Omegas sind komplizierte Kreaturen."

„Menschen", korrigierte Adrien. „Und wir sind nicht kompliziert. Wir haben lediglich eigene Gedanken und Meinungen, was Alphas mehr Sorgen macht, als es sollte."

Heath ließ Ned nicht aus den Augen, als er fortfuhr: „Weshalb es dir nicht zustand, im Alter von neunzehn einen zu schwängern."

„Adrien war auch erst zwanzig, als—"

Heath hob eine dunkle Augenbraue, was reichte, um Ned

zum Schweigen zu bringen. Offenbar war es etwas anderes, wenn ein reicher, älterer Alpha einen zwanzigjährigen Omega schwängerte, als wenn ein abhängiger und lächerlich junger Alpha dasselbe mit einem Neunzehnjährigen machte.

„Falls du die Situation noch retten willst, dann überzeuge Ezer, dass du es wert bist, bei dir zu bleiben", sagte Heath und stach mit dem Zeigefinger auf die Tischplatte. „Finde heraus, wie du das hinkriegst, und dann *tu es*. Egal, was dazu nötig ist. Sonst sind die Verträge zwischen euch nichts wert, dann er wird dich verlassen. Und das sollte er dann auch!"

„Aber wie kann ich ihm das beweisen?", fragte Ned. Er hatte Heath nicht hergebeten, um über Ezer zu sprechen. Er wollte Yissans Anliegen vortragen. Aber Adrien hatte sich nach Ezer erkundigt, sobald sie am Tisch Platz genommen hatten, und Ned war zu ehrlich gewesen. Das hatte bei Heath eine Schimpftirade losgetreten, und hier waren sie nun. Und Ned wusste immer noch nicht, wie er die Dinge mit seinem Omega wieder ins Reine bringen sollte.

Heath zuckte die Achseln. „Wenn du das nicht herausfinden kannst, ist deine einzige andere Option, ihn gehen zu lassen."

„Was?", fragte Ned. Ihm wurde die Kehle eng.

„Er hat das nie gewollt – dich, die Kinder, den Vertrag, richtig?"

Ned nickte.

Heath seufzte. „Dann, wenn dir etwas an seinem Glück liegt, gib ihm die Option zu gehen."

Adrien schnaubte. „So wie du mir eine Option gegeben hast?"

„Oh, bitte! Als hättest du jemals wirklich gehen wollen."

„Ich war mit unserem Sohn ins Wohnheim gezogen. Ich denke, es war eindeutig, dass ich gehen wollte. Zu der Zeit."

„Er war in einem Karton. Du hattest unser Baby im Wohnheim in einen Karton gelegt, als wäre er ein Meerschweinchen zum Streicheln.“

„Heath...“

„Du wolltest nicht gehen, sonst wärst du nicht wieder mit mir nach Hause gekommen.“

Adrien zuckte mit den Schultern. „Du warst sehr überzeugend, mit dem ganzen Bitten und Betteln und–“

Heath warf ihm einen Blick zu, und Adrien schwieg, aber er grinste.

„Du musst aber akzeptieren, dass, wenn du ihm das Recht gibst zu gehen, er vielleicht Gebrauch davon macht.“

Ned wurde bei dem bloßen Gedanken schwindelig. Er wusste noch nicht, wie man ein guter Alpha war. Und schon gar nicht wusste er etwas übers Vater sein. Aber die Vorstellung, Ezer könnte ihn verlassen, könnte einfach gehen und ihn mit den Zwillingen zurücklassen, war überwältigend. Aber sollte es das sein, was Ezer brauchte...

Heath fuhr fort: „Und im Zweifelsfall musst du auch darauf vorbereitet sein, die Zwillinge ebenfalls zu verlieren. Omegas hängen sehr an ihrem Nachwuchs.“ Adrien schnaubte erneut, aber Heath ignorierte ihn. „Wenn du ihm sagst, dass der Vertrag aufgehoben ist, dass er gehen kann, dann wird er die Babys mitnehmen.“

Ned wurde bei diesem Gedanken noch übler. Er kannte seine Söhne noch nicht einmal, aber er liebte sie bereits, und er wollte sowohl Ezer als auch ihnen gerecht werden. Er war noch nicht erwachsen, aber er war tapfer genug, sich dem zu stellen.

Heath fuhr fort: „So hart das auch klingen mag, wenn du noch nicht bereit für die Herausforderungen der Vaterschaft bist, und falls er kein Interesse daran hat, ernsthaft als dein Omegagefährte mit dir zusammen zu sein, dann könnte es zum Besten sein, es jetzt zu beenden.“

Ned drehte sich der Magen um.

Ein Kellner näherte sich. Heath winkte ihn fort. Ned war froh, sich noch etwas länger sammeln zu können, bevor er ein Essen bestellen musste, nach dem ihm nicht mehr der Sinn stand.

„Aber wo sollte er denn hingehen? Sein Vater würde ihn nicht wieder aufnehmen", sagte Ned. „Er wäre ohne einen Penny, mit zwei Babys. Er kann ja nicht gehen, wenn er nirgends hin kann." Ihm brach der Schweiß aus, als er sich das vorstellte, aber er wusste, wenn er Ezer wirklich die Freiheit von diesem Fehler, den sie begangen hatten, anbieten wollte, dann müsste er ihm auch die Mittel anbieten, um diese Freiheit zu ergreifen.

Heath bedachte ihn mit einem eisernen, todernsten Blick. „Es gibt Wege. Die Kinder wären meine Großneffen. Ich würde sowohl sie als auch Ezer finanziell unterstützen. Er würde sogar ein kleines Haus in Felson von mir bekommen, damit er in einer anderen Stadt neu anfangen kann. Er könnte sagen, er wäre Witwer. Niemand würde Verdacht schöpfen, außer er würde jemandem Anlass geben herumzuschnüffeln."

Ned fuhr sich übers Gesicht. Sein Herz hämmerte so sehr, dass es sich anfühlte, als würde es in zwei Teile zerbersten. „Also gut", flüsterte er. „Danke."

„Du willst nicht, dass er ein solches Angebot annimmt", stellte Heath fest.

Ned schüttelte den Kopf. „Ich liebe ihn. Aber ich liebe ihn zu sehr, als dass er aus Pflichtgefühl bei mir bleibt. Ich will, dass er *glücklich* ist, auch wenn ich kaum weiß, wie das aussieht. Ich hatte das vielleicht zwei Tage lang, dann war alles wieder zerstört, nachdem Braden an unserem Nest aufgetaucht ist. Mir wäre es lieber, er ist ohne mich glücklich, als mit mir verzweifelt."

Adrien berührte seine Hand. „Das ist wunderbar, Ned."

Ned zuckte die Achseln. Es fühlte sich nicht wunderbar an. Es fühlte sich schrecklich an, beklemmend, wie das Ende der Welt, aber er würde Ezer nicht noch mehr verletzen, als er bereits getan hatte. Ezer hatte von Anfang an verdient, selbst zu entscheiden und um Zustimmung ersucht zu werden. So wie Yissan gesagt hatte: Ein Omega sollte für sich selbst entscheiden dürfen.

A propros Yissan…

„Danke, dass du all das für Ezer tun willst, Onkel. Ich werde dich wissen lassen, was er sagt und wie es mit ihm weitergeht. Aber der Hauptgrund, warum ich dich heute sehen wollte, ist ein anderes Problem. Mich hat kürzlich ein anderer Omega angesprochen…"

„Ein anderer Omega!", rief Adrien entrüstet aus.

„So ist es nicht", beeilte Ned sich hastig zu erklären. „Es war Yissan Fersee, Ezers ältester Bruder. Er steckt in Schwierigkeiten und braucht Hilfe."

„Welche Art von Schwierigkeiten?"

„Das ist vertraulich?"

Heath schnaubte gekränkt.

„Tut mir leid. Ich möchte ihn nur nicht in Gefahr bringen."

„Sprich weiter", sagte Heath. „Omegas, die sich an einen Alpha außerhalb der eigenen Familie wenden, haben große Forderungen. Zu groß, um sie zu erfüllen, aber lass hören."

Adrien nahm einen kleinen Atemzug, und Heath tätschelte seine Hand. „Nicht, dass ʲich das Problem nicht in Betracht ziehen werde. Natürlich werde ich das."

Adrien sah unter dem Stilltuch nach dem kleinen Laya. Das Baby war eingeschlafen, sodass Adrien ihn von der Brust nahm und ihn einfach nur in den Armen wiegte und vor dem grellen Licht schützte. Adrien wirkte zufrieden und glücklich, und Ned wünschte, er könnte Ezer ebenso glücklich und zufrieden mit ihren Kindern sehen.

„Yissans Problem ist kompliziert."

„Wie ich bereits sagte, dass es sein würde."

Nachdem Ned Yissans Lage erklärt hatte, setzte Heath sich vom Tisch zurück, verschränkte die Arme vor der Brust und runzelte die Stirn.

„Du sagtest doch, es wäre kompliziert. Aber das Problem ist recht einfach. Ein Omega hat sich selbst kompromittiert, fühlt sich deswegen aber nicht schuldig, und möchte seine Zukunft selbst bestimmen, ohne dass der Vater seines Alphas seine Hände darin hat."

Adrien blickte scharf auf, aber Heath schien das nicht zu bemerken. „Es ist geltendes Recht, dass der Omega aus freien Stücken zustimmen muss.", sagte Ned. „Ezer wurde dieses Recht nicht wirklich gewährt. Er wurde erpresst, und ich glaube, bei Nissan ist dasselbe der Fall."

Heath nickte. „Nun, so abscheulich ich sein Verhalten mit dem Beta auch finde, so kann ich doch nicht sagen, dass ich die Verbindung befürworte, die sein Vater herbeiführen will. Trace ist dafür bekannt, seine Omegas schlecht zu behandeln, und auch seine Omega-Söhne. Auch erlaubt er sich…" Heath fing Adriens Blick auf und wandte seine Augen ab. „…gewisse *Aktivitäten*, die für seine Partner nicht immer erfreulich sind. Es macht ihn an, wenn seine Partner es nicht genießen, so wie ich es verstehe."

Yissan befand sich in größerer Gefahr, als es Ned klar gewesen war, aber selbst wenn die Absichten von Trace Stone so rein wie Neuschnee gewesen wären – es blieb die schlichte Tatsache bestehen, dass Yissan ihn nicht wollte.

„Ich habe einige Anwälte in der Hinterhand, die schon mit Omegarechten zu tun hatten. Ich werde noch heute Abend mit einem von ihnen sprechen, und ich werde Yissans Fall finanzieren. Aber was ich nicht tun kann, ist sein Leben danach finanzieren. Ich habe tiefe Taschen, kann mich aber nicht um jeden Omega in Wellport und der ganzen Welt kümmern, nur weil er zu mir kommt und Hilfe erbittet."

„Nein, natürlich nicht", stimmte Ned zu.

„Aber dieser junge Mann gehört jetzt ebenfalls zu deiner Familie, was ihn auch zu meiner Familie macht."

„Onkel?"

„Ja?"

„Gibt es irgendwo eine Organisation, die es sich zur Aufgabe gemacht hat, Omegas in solchen Situationen zu helfen? Anwälte, die ihnen aus erzwungenen Verbindungen oder Schlimmerem heraushelfen?"

Heath wandte den Kopf und sah Ned in die Augen. „Ist das etwas, wofür du dich interessierst? Omegas zu helfen?"

„Ich liebe Ezer, und falls er bei mir bleibt, will ich alles für ihn richtig machen, aber die Art und Weise, wie wir zusammen kamen, war nicht in Ordnung. Es geschah nicht aus freien Stücken. Ich finde es nicht richtig, das andere Omegas dasselbe durchmachen müssen. Ich würde gern etwas dagegen tun."

„Ich kenne einige Anwälte, ja, die sich für Omegarechte einsetzen. Ich kann sie dir vorstellen. Sobald sich die Dinge in deinem Leben geklärt und beruhigt haben, könntest du vielleicht ehrenamtlich oder als Praktikant in ihrer Kanzlei arbeiten."

Ned lächelte, erleichtert wegen der Aussicht auf einen konkreten Weg, etwas in dieser Hinsicht tun zu können. „Danke, Onkel, für alles. Du hast ja keine Ahnung, wie erleichtert ich bin zu hören, dass du Yissan helfen kannst." Es hatte Ned davor gegraut, Ezer sagen zu müssen, dass dessen älterer Bruder in eine Situation gezwungen wurde, die genauso übel oder sogar schlimmer war als die, in die Ezer gezwungen worden war.

„Ich kann nicht versprechen, dass dem Jungen sein Schicksal erspart bleibt, aber Jeger Forest – einer der Anwälte, dich erwähnt habe – wird wissen, wie da vorzugehen ist."

Heath winkte den Kellner heran, und sie bestellten ihr Essen. Laya schlief selig in Adriens Armen. Nach dem Essen, auf ihrem

Weg zur Tür hinaus gab Heath Ned eine große Umarmung.

„Ich bin so streng mit dir, weil ich es gut mit dir meine.“

„Das weiß ich, und es tut mir auch gut.“

„Lass Yissan bitte wissen, dass er einen Anruf von meinen Anwälten erwarten soll.“

„Ja.“

„Und du sagst mir Bescheid, was mit deinem Omega ist. Gib nicht so schnell auf und lass ihn gehen, Ned. Wenn du ihn liebst, dann lohnt es sich, Opfer zu bringen, um ihn dazu zu bringen, dass er bei dir bleibt.“

Ned wurde die Kehle eng. „Ich werde es irgendwie schaffen, ihm zu zeigen, wie viel er mir bedeutet und wie sehr ich ihn respektiere“, sagte Ned.

„Irgendwie“, schnaubte Heath und wandte sich Adrien zu, um ihm das Baby abzunehmen, damit auch Adrien sich mit einer Umarmung von Ned verabschieden konnte. „Irgendwie, sagt er.“

Adrien tadelte Heath erneut, aber als Ned das Restaurant verließ, musste er unwillkürlich an all die Diskussionen denken, die zwischen ihm und Ezer stattgefunden hatten, all die Male, da Ezer ihn einen Feigling genannt oder seine Motive hinterfragt hatte. Und dann dachte er an seinen Vater, der einfach seine Sachen gepackt hatte und fortgegangen war.

Ned wusste, welche Zukunft er sich wünschte, aber er akzeptierte auch, dass er sie vielleicht nicht bekommen würde. Wie diese Zukunft aussehen würde, lag zur Hälfte an Ezer, und der war nunmal keine Puppe, sondern ein Mensch mit einem eigenen Willen. Daran hatte Ezer von Anfang an keinen Zweifel gelassen.

Langsam, aber sicher kamen Ned Ideen, und er machte zusätzliche Pläne. Es gab nicht viel, was er sofort tun konnte. Bei allem hieß es zunächst abzuwarten, wie sich die Dinge entwickelten. Das galt sogar für das Gerichtsverfahren gegen Braden Tenmeter, aber wenn es so weit war, sollte Ned bereits einen Plan haben.

Anstatt sogleich nach Hause zu gehen, setzte Ned sich in einem nahe gelegenem Park in die Sonne und überlegte sich seine nächsten Schritte. Er wünschte, Ezer wäre bei ihm. Die leuchtenden Farben der Blumen hier würden ihm gefallen.

Es war Sommer geworden. Alles veränderte sich.

Kapitel 32

„DU MUSST IHNEN helfen!" Rodans Stimme klang schwach, und seine Augen waren rotgeweint, als er Ezer aus dem Bildschirm anstarrte. „Sie haben alle Angst, Ezer, und Vater ist *so furchtbar wütend*. Pete hat auch Angst. Er versteckt sich mit dem Baby vor Vater."

Das war nicht die Begrüßung, die Ezer erwartet hatte, als er das Tablet in die Hand genommen hatte, um einen Videocall aus dem Fersee-Haus anzunehmen. Er hatte mit Shan oder Flo gerechnet, vielleicht auch mit Yissan, falls der vertraglich an einen Alpha gebunden worden war. Er hatte erwartet, seine Brüder würden sich vielleicht um seine Schwangerschaft sorgen, oder dass sie Fragen hätten bezüglich dessen, was sie bei ihrer ersten Hitze erwartete. Oder das die Zwillinge Fragen nach dem Aufenthaltsort ihres Papas hatten.

Aber Rodan? Niemals.

„Rodie, was ist denn los?", fragte Ezer. Er rutschte umher, um eine bequemere Lage zu finden. Die Babys drückten inzwischen überall. Und Ezer hatte immerzu Hunger, weil die Kleinen zu viel Platz brauchten, sodass für seinen Magen weniger übrig blieb.

Ihm taten sämtliche Knochen weh. Schmerzen waren das Einzige, was verhinderte, dass er den ganzen Tag verschlief.

„Ezer, es ist ganz schlimm."

„Fang bitte ganz von vorn an."

Ezers Herz pochte, als er seinem Bruder zuhörte, während der die Dramen beschrieb, die sich in den letzten Wochen im Fersee-Haus abgespielt hatten. Die Zwillinge hatten rebelliert. Oder vielmehr, Shan hatte rebelliert. Der Alpha, an dem Flo interessiert gewesen war, hatte seine Meinung geändert, nachdem er Shan begegnet war, und hatte darauf bestanden, statt dessen seine erste Hitze zu bekommen und ihn zu schwängern.

Shan hatte sich geweigert.

Flo hatte Shans Weigerung unterstützt.

Vater war durchgedreht und hatte versucht, Shan zur Unterzeichnung des Vertrages zu zwingen, indem er drohte, Flos erste Hitze an einen ältlichen Alpha zu verkaufen, der nicht mehr die Kraft haben würde, ihn zu befriedigen. Shan hatte sich dennoch weiterhin geweigert. Ebenso wie Flo.

Vater hatte vor Wut getobt.

Dann war Yissan an der Reihe gewesen. Er hatte alles immer wieder hinausgezögert und neue Ausreden gefunden, bis Vater ihn mit dem ausgewählten Alpha zusammen in einen Raum gesperrt hatte, wo Yissan sich dann gegen die Avancen des Mannes zur Wehr setzen musste.

„Vater sagt, Yissan hätte damit Schande über ihn gebracht. Es hat viel Streit gegeben. Es wurde geschrien. Möbel wurden umgestoßen. Yissan hat ein blaues Auge bekommen. Und morgen soll Shan uns verlassen, mit einem anderen Alpha, den Vater ihm aufgezwungen hat."

„Wie?"

„Er hat damit gedroht, sowohl ihn als auch Flo zu bestrafen. Er sagte, er würde ihre Hitzen triggern und ihnen dabei überhaupt keinen Alpha erlauben. Er sagte, dann würden sie schon sehen!"

Ezer sog entsetzt den Atem ein.

„Shan will aber nicht gehen. Flo wurde in seinem Zimmer eingeschlossen. Er hämmert unentwegt von innen an die Tür und schreit, dass er herausgelassen werden will. Pete versteckt sich irgendwo mit Prince. Ich habe mich in Vaters Bibliothek geschlichen und deine Nummer gefunden, sodass ich dich anrufen kann. Aber ich weiß nicht, was ich tun soll. Hast du eine Idee, Ezer? Weißt du etwas?"

Ezer nagte an seiner Unterlippe und lauschte der unsicheren Stimme seines kleinen Bruders. Er versuchte, sich eine Lösung auszudenken. Irgendeine.

„Ist Vater jetzt gerade da?"

„Er ist in Petes altem Nest, trinkt und schimpft über seine undankbaren Söhne."

Es war Wahnsinn zu glauben, irgendetwas ändern zu können, aber wenn Ezer gar nichts unternahm, dann verdammte er seine Brüder zu einem Leben, das wie sein eigenes sein würde, und sein Vater verdiente es zumindest, mit den hässlichen Konsequenzen seines Verhaltens gegenüber Ezer konfrontiert zu werden.

„Na gut. Es kann ein wenig dauern, aber ich mache mich sofort auf den Weg."

„Das kannst du nicht", sagte Rodan mit weit aufgerissenen Augen. „Du bist hochschwanger!"

Ezer nickte, während er schon überlegte, wo er etwas zum Anziehen finden konnte, das über seinen gewölbten Leib passen würde. Er hatte einen Bademantel fürs Haus, falls er sich nackt zu unwohl fühlte, aber damit konnte er natürlich nicht auf die Straße.

Er würde Earls Hilfe brauchen. Oder doch nicht? Ezer befühlte die weiche Sofadecke.

„Ich habe einen Plan." Es war kein guter Plan, aber er war so gut, wie es Ezer im Moment möglich war, und es war seit Wochen das Erste, was ihn anspornte. „ Du suchst dir jetzt einen Ort im Haus, wo du sicher bist, und verhältst dich still. Es wird alles gut."

Er hatte keine Ahnung, ob das stimmte, aber jeder sagte das dieser Tage zu *ihm*, eingeschlossen sein Arzt und sein Alpha, also entschied er, dass es nicht schaden konnte, diese Lüge weiter zu verbreiten.

Zuerst gürtete er den leichtesten Hausmantel, den er besaß, um den Leib, dann nahm er die weicheste Decke, die vom Sofa, und schnitt ein Loch in die Mitte. Da steckte er seinen Kopf hindurch. Die Seiten der Decke schlang um seinen Körper und hielt sie mit einem Band zusammen, das er von einem der eingepackten Geschenke nahm, die Ned in einer Ecke des Zimmers gestapelt hatte. Er hatte sie nach und nach ins Nest gebracht in der Hoffnung, Ezer würde sich dann vielleicht mehr auf die Ankunft der Babys freuen. Babykleidung, Babysitze, Spielsachen und Bücher. In der Hoffnung, Ezer würde sich über *irgendetwas* freuen, um ehrlich zu sein.

Und dann musste Ezer sich erstmal wieder hinsetzen und sich ausruhen.

Seine Füße taten weh, und er konnte regelrecht fühlen, wie seine Knöchel anschwollen. Aber schon nach ein paar Minuten kam er wieder zu Atem und stand auf.

Nachdem er seine Schuhe gefunden hatte, die er seit Monaten schon nicht mehr trug, schlüpfte er mühsam hinein. Die Treppe erwies sich als schwierig. Für gewöhnlich, wenn er hinaufging, um zum Pool zu gelangen, hatte er Ned oder Earl bei sich, die ihm halfen, und selbst dann musste er auf halbem Weg nach oben einmal pausieren und sich ausruhen.

Ganz allein und mit seinem enormen Bauch konnte er schon nach einem Drittel der Stufen nicht mehr weiter. Er blieb stehen und atmete tief durch. Dann, mit reiner Willenskraft, schaffte er den Rest.

Das Haupthaus war still. Ned war unterwegs zu einem Treffen mit seinem Onkel, und Earl war Einkaufen. Seit Bradens

Überfall verbrachte Ezer Zeiten wie diese zurückgezogen im Nest, vorzugsweise hinter verschlossenen Türen. Aber er befahl seinen Füßen, weiterzugehen; in seinem Herzen schwelte die Glut des Zorns. Er fühlte sich lebendig. Es war das erste Mal, dass er seit dem Angriff und der danach folgenden Konfrontation mit Ned wieder etwas in seiner toten Seele fühlte.

Die Babys in seinem Leib verhielten sich ruhig, was er als Erleichterung empfand. Er hatte einfach nicht die Kraft, um sich mit ihren energetischen Kapriolen zu befassen. Nicht jetzt, da er sich darauf konzentrieren musste, aus dem Haus zu gelangen, hinunter zur Bushaltestelle und hinein in das große, schaukelnde Vehikel, ohne dass ihn jemand aufzuhalten versuchte oder mehr tat als ihn nur seltsam anzustarren.

Was viele Leute taten.

Er hatte sich bekleidet, aber es war deutlich zu sehen, dass er schwanger war.

Die Leute im Bus machten ihm Platz. Omegas beobachteten ihn mit leichtem Entsetzen in ihren Blicken, während er versuchte, seinen gigantischen Bauch auf einen Sitzplatz zu befördern, in den er kaum passte. Alphas verzogen ihre Gesichter, mache zornig, manche besorgt. Ein selbsternannter Held versuchte sich zu nähern, aber ein Omega stellte sich ihm in den Weg und sagte: „Er ist schwanger. Seinem Alpha wird es nicht gefallen, wenn du mit ihm sprichst."

„Er ist in der Öffentlichkeit!"

„Ich bin sicher, er hat seine Gründe dafür."

Die Konfrontation dauerte länger, als Ezer lieb war, aber der Alpha trat zurück, und der Omega setzte sich hinter Ezer, wo er als eine Art Wächter gegen jeden anderen Alpha oder auch nur Beta fungierte, der auf den Gedanken kommen sollte, sich zu nähern.

„Wohin gehst du?", fragte er.

„Zum Haus meines Vaters", antwortete Ezer, wissend, dass das beinahe nachvollziehbar klang. Einer der einzigen halbwegs verständlichen Gründe, die ein schwangerer Omega dafür nennen konnte, in diesem späten Stadium der Schwangerschaft in der Öffentlichkeit unterwegs zu sein.

„Dein Alpha wird dich da wegholen, das weißt du, oder? Du kannst ihm nicht entkommen." Die Stimme des Omegas zitterte, als wäre er selbst einst in hochschwangerem Zustand zurück zum Haus seines Vaters gelaufen vielleicht auf der Flucht vor einem Alpha, den er abstoßend fand.

„Ich weiß."

Ezer zählte darauf, dass Ned ihn finden würde. Auf keinen Fall würde er die Kraft haben, allein nach Hause zurückzukehren, falls die Dinge mit seinem Vater sich nicht drastisch verschlimmern würden. Das sichere Gefühl, dass er mitten hinein in einen Sturm lief, überkam ihn. War er stark genug, den Sturm zu überleben? Er strich sich über den Bauch. Würde sein Vater ihn schlagen? So schwanger, wie er war? Das konnte er nicht wissen.

„Wird es dir gut gehen?

„Das hoffe ich."

„Du siehst aus, als würdest du jeden Augenblick niederkommen."

„Zwillinge."

„Oh", flüsterte der Omega erleichtert. „Du solltest dich selbst mal sehen. Ich dachte wirklich, du würdest gleich hier im Bus gebären."

„Mir bleibt noch etwas Zeit."

Der Omega lächelte ermutigend. „Du wirst es großartig machen. Keine Sorge." Dann aber ließ er den Blick über Ezers Körper wandern, und Ezer wusste genau, was der Omega dachte. Wenn tatsächlich noch Zeit blieb, wie viel Platz hatten die Babys überhaupt noch zum Wachsen? Ezers Körper war nicht für viel mehr geschaffen.

Kurz hinter der Adresse des Fersee-Anwesens hielt der Bus am Fuße eines Hügels. Der Fußweg war unmöglich zu schaffen. Ezer setzte sich an der Bushaltestelle auf die Bank und schaute die Straße hinauf zum Haus. Er konnte gerade so die scharfe Kante des Daches über den grünen Bäumen sehen. Bei der sommerlichen Hitze und in seinem Hausmantel plus der Decke und mit der Schwangerschaft kam er viel zu schnell ins Schwitzen und Schnaufen

Der Stoff klebte immer schlimmer am Körper, je länger er ihn trug. Seine Haut war überempfindlich, und das Gewicht des Stoffes fühlte sich klaustrophobisch an, und er war kratzig.

Ezer versuchte die Unannehmlichkeiten zu ignorieren und wartete stattdessen darauf, dass sein innerer Zorn zurückkehren möge, um ihm gerade genug Energie zu verschaffen, den Aufstieg zu wagen. Der Zorn ließ sich Zeit.

„Ezer?“

Die Stimme war vertraut, aber einen Moment lang wusste er sie nicht einzuordnen. Ezer drehte den Kopf zu dem Auto, das neben ihm angehalten hatte, und er erkannte Pete auf dem Rücksitz, der ihn anschaute. Er sah gut aus, und jung, fast so jung wie Ezer selbst, wenn man es sich recht überlegte. Hatte er Pete wirklich nicht gemocht? Warum nicht? Weil er war, was die Welt von ihm verlangte zu sein?

„Pete.“

„Was tust du hier?“

„Ich bin auf dem Weg zu Vaters Haus.“

Pete atmete tief aus, dann flackerten seine Augen nervös. „Ezer, die Lage im Haus ist sehr angespannt. Lass mich dich nach Hause bringen.“ Er stieg aus dem Wagen, und es war seltsam, ihn ohne den großen Babybauch zu sehen. Er war schlank und kam Ezer größer vor, als er in Erinnerung hatte. Aber er hatte noch immer sein jungenhaftes Gesicht. „So ist es gut. Lass mich dir helfen."

Als Ezer in den Wagen stieg, sagte er beharrlich: „Ich will nicht nach Hause. Ich muss mit Vater sprechen."

Pete sah ihn verdattert an. Nachdem er ebenfalls neben Ezer in den Wagen gestiegen war, musterte er ihn noch einen Augenblick länger. „Ich sehe schon, du bist so stur wie immer. Es ist deinem Alpha nicht gelungen, dich zu zähmen."

„Noch nicht."

„Ich nehme aber an, dass er es durchaus versucht hat?"

Ezer zuckte die Achseln, hielt seinen Bauch und war erleichtert, dass sich die Babys noch immer benahmen.

Nach einigen weiteren Momenten nickte Pete und sagte dem Fahrer, er möge weiter zum Haus fahren.

„Wo ist Prince?"

Pete errötete. „ Ich habe ihn für die Nacht bei meinen Eltern gelassen. Es geht zuhause drunter und drüber, Ezer. Ich fand es sicherer, wenn Prince für ein paar Tage fort ist."

„Vater würde doch nie seinem kostbaren Alpha-Sohn schaden." Ezer wollte nicht so zynisch klingen, aber nun war es heraus.

„Er ist außer Kontrolle", flüsterte Pete zitternd.

„Aber du gehst zu ihm zurück?"

„Er ist mein Alpha. Mein Vater sagt, ich gehöre an seine Seite."

„Zweifellos wird mein Vater mir dasselbe sagen. Aber ich werde nicht mehr auf ihn hören."

„Ist er sehr grausam zu dir?", fragte Pete leise, nahm Ezers Hand und drückte seine Finger. „Schlägt er dich? Oder missbraucht er dich auf andere Weise?"

„Wer?"

„Dein Alpha. Der Junge, dem dein Vater dich gegeben hat."

„Oh, Ned." Ezer dachte an Neds braune Augen und seine aufrichtigen Bemühungen, ihn glücklich zu machen. „Nein. Er würde mir nie wehtun."

„Warum versuchst du dann, nach Hause zu kommen? Bist du verrückt geworden?" Pete musterte Ezers Gesicht. „Geht es dir nicht gut?"

„Ich bin in eine Decke gekleidet", sagte Ezer. „Und ich habe mein Nest verlassen. Es geht mir eindeutig nicht gut."

Pete runzelte die Stirn. „Was heißt das jetzt? Bist du krank, oder bist du verrückt?" Er stellte die Frage so liebevoll, dass sie nicht wie eine Beleidigung klang, sondern wie aufrichtige Sorge.

„Wütend", sagte Ezer. „Ich bin nur wütend."

Sie fuhren schweigend den Rest des Hügels hinauf. Bei ihrer Ankunft half Pete ihm ins Haus und sprach dabei nur ganz leise, als hätte er Angst davor, Aufmerksamkeit zu erregen. „Lass mich deine Brüder finden. Yissan wir dir Vernunft beibringen. Er wir dich nach Hause begleiten."

„Ist Vater noch im Nest?"

„In der Bibliothek, Sir", sagte ein Diener und starrte Ezer erstaunt an.

„Danke", sagte Ezer und löste sich aus Petes helfenden Händen. „Ich werde gehen und mit ihm reden."

„Bitte tu das nicht", sagte Pete. „Er ist zur Zeit in keiner guten Verfassung. Er hat deinen Bruder Shan mit einem Alpha fortgeschickt. Das ging nicht ohne Gewalt vonstatten."

„Von Flo?"

„Von Shan."

„Und wo ist Flo jetzt?"

„In seinem Zimmer eingesperrt."

„Ist es zu spät, um das mit Shan noch zu ändern?"

„Dein Vater hat Shans Hitze vorzeitig getriggert, so wie er es bei dir getan hat. Aber er ist noch nicht im vollen Stadium. Sein

Alpha hat noch etwas Zeit, ihn an einen sicheren Ort zu bringen, aber Shan hat sich gewehrt. Er hat deinen Vater angespuckt." Pete klang so empört, als wäre er kurz davor, sich in Luft aufzulösen. „Er hat um sich geschlagen und gebissen."

Ezer pochte das Herz. Er erinnerte sich daran, wie sein Papa dagegen gekämpft hatte, aus dem Haus geworfen zu werden. Wie er sich an den Wänden festgehalten hatte. Wie er Vater gebissen hatte, und die Männer, die ihn zwingen wollten. An das Blut.

Shan hatte das nicht gewollt. Shan graute es vor allem, was mit Hitze zu tun hatte, mit Fortpflanzung und mit Alphas.

„Wo ist Yissan?"

Pete wandte den Blick ab. „Dein Vater plant, bei ihm als Nächstem die Hitze einzuleiten. Er hat bereits einen Alpha für ihn ausgesucht. Bis zum Ende der Woche wird Yissan fort sein." Pete wand sich unbehaglich. Dann werden nur noch ich, Flo, Rodan und Prince hier sein. Ich mache mir Sorgen um Flo. Er hat sich während der ganzen Sache nicht gerade bei deinem Vater beliebt gemacht."

Ezer schluckte schwer. Als er einen weiteren Schritt nach vorn machte, schien der ganze Raum um ihn herum zu schwanken. Er war zu schwanger für das Ganze. Es lag schon zu viele Stunden zurück, seit er zum letzten Mal Neds Samen bekommen hatte. Und seine Gestalt war zu schmächtig, um das Gewicht der Babys in seinem Leib zu tragen.

Er kämpfte gegen die Erschöpfung an. Er schüttelte Petes Hände ab und machte sich auf den Weg in die Bibliothek, einen Fuß nach dem anderen, in der Hoffnung, seinen Vater zu erreichen, bevor er das Bewusstsein verlieren würde.

Ezer hatte keine Ahnung, was er eigentlich sagen wollte oder was sein Plan war. Er musste zunächst einfach nur die Tür zur Bibliothek erreichen, sie aufreißen und seinem Vater gegenübertreten. Die Worte würden ihm dann schon kommen. Dessen war er sicher.

George saß an seinem Schreibtisch, den Kopf in die Hände gestützt und eine Flasche Whisky neben sich. Bei Geräusch der sich öffnenden Tür murmelte er: „Pete, Schatz? Du bist zurück?"

„Ja, er ist zurück", sagte Ezer. Er watschelte weiter voran, die Hände um seinen prallen Bauch gelegt. Die Decken-Tunika brannte auf seiner Haut. „Und ich ebenfalls."

George hob den Kopf und sah Ezer aus glasigen Augen für einen langen Moment schweigend an. „Du. Mit *dir* hat das alles angefangen."

„Es ist zu spät für Shan, oder? Er ist schon verloren in seiner Hitze."

George setzte sich aufrechter hin. „Ihr Jungs seid alle nicht richtig im Kopf. Einen bedeutenden, reichen Alpha abzukriegen ist alles, wovon ein Omega nur träumen könnte."

„Manche von uns haben Träume, die darüber hinaus gehen, als Gebärmaschine und Sexspielzeug für unsere Alphas zu dienen."

„Da haben wir es! Du bist an allem schuld. Du hast ihnen das eingeredet, nicht wahr? Du hast sie davon überzeugt, sie bräuchten mehr als ein normales und glückliches Leben als Omega. Shan will jetzt Musiker werden, und Flo will seine Hitzen verkaufen. Und Yissan sagt, er sei in einen Beta verliebt, um Gottes willen. In einen Beta!"

Ezer neigte den Kopf zur Seite. Das hatte Rodan ihm nicht erzählt. Er hatte keine Ahnung, wie das mit Yissans Hitzen funktionieren sollte, aber es gab sicher eine kreative Möglichkeit, damit umzugehen. Sein Bruder war klug; er würde einen Weg finden. „Du kannst mich so viel beschuldigen, wie du willst, aber Tatsache ist, ich bin der Einzige von deinen Söhnen, der willentlich gehorcht hat."

„Von wegen willentlich!", fauchte George zähneknirschend.

„Hätte ich nicht Amos als Druckmittel gehabt, würdest du mir immer noch auf der Tasche liegen."

Eines der Babys dreht sich und zappelte, als wäre es gerade erwacht. Ezer atmete scharf ein, als er einen Tritt in die Rippen fühlte. Er schloss die Augen und schürzte die Lippen, um mit dem nächsten Ausatmen den Schmerz hinauszulassen, so wie es die Geburtshelfer in den Videos lehrten, die Ned ihn anschauen ließ.

Etwas gefestigter fuhr Ezer fort: „Du wusstest, dass ich dieses Leben nicht wollte."

„Das sagen viele Omegas, aber am Ende fügen sie sich alle hinein."

„Wollte Pete dieses Leben?"

„Natürlich. Er war von Beginn an unterwürfig. Nach Amos hatte ich allerdings auch meine Lektion gelernt. Man sollte nie einen Omega wählen, der eine eigene Meinungen hat."

Ezer nickte. Er zupfte an seiner Decken-Kleidung, die er sich am liebsten vom Leib gerissen hätte, bevor der Stoff seine Haut noch völlig zerkratzte. „Und du wusstest, dass ich meine Hitze nicht so jung mit einem Alpha teilen oder gar schon mit neunzehn schwanger werden wollte."

„Natürlich wusste ich das. Das ändert aber nichts. Du solltest inzwischen glücklich und zufrieden sein. Sieh dich nur an. Dick und rund mit gleich zwei seiner Welpen." George zögerte, und eine Sekunde lang sah er besorgt aus. „Du bist kräftig genug dafür", beeilte er sich, Ezer zu beruhigen. „Bist du deshalb hergekommen? Weil du Angst hast, es nicht zu schaffen? Willst du sichergehen, mich bis zum Ende wissen zu lassen, dass du mich verantwortlich machst?"

Ezer schluckte schwer. Daran hatte er überhaupt nicht gedacht. Um ehrlich zu sein, versuchte er gar nicht über die Wahrscheinlichkeit nachzudenken, dass sein Körper die Geburt vielleicht nicht überstehen könnte. Aber wenn sein Vater Schuldgefühle bekam angesichts dessen, Ezers mögliches Ende vor sich zu sehen, mit dem geschwollenen Leib und allem, dann war ihm das nur recht.

„Du hast mir das angetan. Du hast mir meine Jugend genommen, meine Entscheidungen. Und alles nur, weil du mir nicht in die Augen sehen wolltest. In die Augen meines Papas."

George nahm sein Whiskyglas und trank einen Schluck. „Du siehst auch deinem leiblichen Vater ähnlich, abgesehen von deinen Augen. Du bist genauso schmächtig und hässlich wie er. Jahrelang war ich diesem Mann dankbar, weil ich dachte, er hätte meinem Amos viel Leid erspart, hätte ihn davor bewahrt, vergewaltigt zu werden. Aber es war alles nur Betrug. Du warst nur Betrug."

„Ich war ein Baby."

„Und ein sehr ungehorsamer Omega." George nahm einen weiteren Schluck Whisky, dann deutete er mit der Flasche auf Ezer. „Sie dich nur an. Wieso bist du nicht in deinem Nest? Du bist *schwanger*! Es ist eine Schmach. Dein Alpha wird dich bestrafen, nachdem er jedem anderen Alpha den Kopf abgerissen hat, der in deiner Nähe war." George starrte ihn an. „Ist es das? Willst du, dass dieser Alpha ich bin?"

„Ich will, dass du gestehst, mich in eine Lage gebracht zu haben, in der ich keine wirkliche Zustimmung geben konnte."

„Wieso? Welchen Unterschied soll das jetzt noch machen?"

„Weil du mit Shan genau dasselbe gemacht hast, und du bist dabei, es auch mit Yissan zu machen."

„Omegas sollten Alphas gehören. Sie sollten schwanger und glücklich sein."

„Sehe ich für dich glücklich aus?"

„Du könntest es sein, wenn du nicht so hässliche Gedanken hättest."

„Du wusstest, dass ich den Vertrag gar nicht lesen konnte, als ich ihn unterschrieb."

„Ich hatte angeboten, ihn dir vorzulesen. Du hast abgelehnt."

„Du wusstest, dass ich keine Ahnung hatte, was ich unterschrieb."

„In der Tat. Ich wusste viele Dinge. Ich wusste, dass der Clearwater-Junge scharf auf dich war. Ich wusste, ich musste dich aus dem Haus schaffen. Und ich wusste, je weniger du verstandest, umso besser. Aber falls es einen Unterschied macht", George deutete auf Ezers Bauch. „Ich wusste nicht, dass du zwei haben würdest." Georges Gesicht wurde blass, seine Augen noch glasiger. „Dein Papa – Amos – hatte eine schwere Geburt mit den Zwillingen."

Ezer rieb sich den Bauch. Seine Füße schmerzten, und seine Knie fühlten sich an, als wollten sie unter ihm einknicken. „Ich bin schmaler gebaut als er."

„Bist du nur hier, um mir Angst zu machen?"

„Macht es dir Angst? Einen deiner Söhne in einer Situation zu sehen, die ihn das Leben kosten könnte?

„Du bist nicht mein Sohn."

„Doch. Bin ich. In den Augen des Gesetzes und nach meiner Geburtsurkunde bin ich sehr wohl dein Sohn. Einst hast du mich als solchen betrachtet."

„Was willst du von mir, Ezer?", fragte George. „Mehr Geld? Ich kann deinem Alpha mehr Geld schicken, falls er bereits alles ausgegeben haben sollte. Willst du irgendetwas Teures? Ein Geschenk zur Geburt? Schmuck vielleicht?"

„Ich will, dass du Yissan aus dem Vertrag lässt, denn du für ihn ausgehandelt hast. Ich will, dass du ihn seine eigenen Entscheidungen treffen lässt."

„Yissan? Meinen Erstgeborenen? Der, für den ich von Kindesbeinen an die bestmögliche Verbindung gewollt habe? Wieso in aller Welt sollte ich ihn eigene Entscheidungen treffen lassen? Er hat sich in einen Beta verliebt. Er ist ein Idiot!"

„Und Flo ebenfalls. Du sollst mir versprechen, dass sie beide frei wählen dürfen."

„Oder was?"

Ezer zuckte die Achseln. „Oder ich werde dich wegen mangelnder Einwilligung verklagen, und mein Alpha wird dich wegen Vertragsbruch verklagen, und wir werden diese schmutzige Wäsche in der Öffentlichkeit waschen. Vorausgesetzt, dass ich dann noch lebe, um es zu tun. Falls nicht, dann wirst du wohl doch noch gewinnen, oder?"

George musterte ihn, dann schnaubte er und rieb sich mit einer Hand übers Gesicht. „Du bluffst nicht, oder? Du wirst mich tatsächlich verklagen?"

„Ja, werde ich."

„Und wenn ich erstmal nachgebe? Yissan ein Jahr Zeit gebe, sich mit dem Gedanken an diesen Vertrag abzufinden, sodass er ihn ohne sogenannten Zwang unterschreiben kann?"

Der Weg und die Anstrengung forderten ihren Tribut. Ezer tat alles weh, und als eines der Babys einen besonders heftigen Tritt vollführte, verkrampfte sich Ezers Rücken. Er keuchte und versuchte, sich bequemer hinzustellen, aber es gelang ihm nicht. Der Schmerz ließ nicht nach.

George verengte die Augen. „Ich rufe deinen Alpha an."

„Mach nur", sagte Ezer, als George nach dem Telefon griff. „Ich habe keine Angst vor ihm." Endlich lockerte sich der Krampf, und Ezer sagte: „Vater, bitte schwöre es. Schwöre mir, dass den Anderen erspart bleibt, was ich erlebte habe."

Was Shan gerade jetzt erlebte.

Plötzlich zerriss Ezers Körper ein Schmerz wie kein anderer, den er je gefühlt hatte, und ein ploppendes Geräusch kam aus seinem Inneren. Die Babys regten sich in ihm. Ezer sank zusammen und hielt sich den Kopf. Bittere Galle kam ihm hoch. Das Zimmer drehte sich. „Schwöre es", forderte er erneut, entschlossen, sich durchzusetzen und seine Brüder zu retten, auch wenn er selbst seines Vaters Herz nicht rühren konnte. „Versprich es."

„Scheiß auf den Anruf bei deinem Alpha. Ich rufe einen Krankenwagen."

Ezer hörte Georges Stimme, und dann dessen Rufe nach Pete. Der Raum drehte sich weiter; Ezer sah schwarze Punkte und er musste sich übergeben.

„Werd nicht ohnmächtig", sagte Georges Stimme von ganz nah.

Ezer wurde klar, dass er in seines Vaters Armen lag, ausgebreitet auf dem Boden, zitternd am ganzen Körper.

„Ezer, Sohn? Bleib bei mir. Mach deine Augen auf. Lass mich Amos' Augen sehen."

Ezer hörte ihn nicht mehr.

Kapitel 33

„ER HÄTTE SEIN Nest nicht verlassen dürfen", sagte der Arzt im Hospital, ein großer, düsterer Mann namens Urston, ärgerlich.

Ned nickte, grimmig und leidvoll. Er hielt Ezers Hand und sah zu, wie Flüssigkeit durch den Infusionsschlauch in Ezers Arm tröpfelte. Auch behielt er aufmerksam den Monitor im Auge, der sowohl mit Ezers Brust als auch mit seinem Bauch verbunden war.

„Es war dumm von ihm, das Haus zu verlassen. Hatte er in letzter Zeit psychotische Anfälle?", fragte Dr. Urston. „Manche Omegas warten nicht bis zur Phase der Wochenbettdepressionen, manche erleben bereits während der Schwangerschaft ernsthafte Psychosen."

„Er war deprimiert", murmelte Ned. „Er hat sich nicht sicher gefühlt."

Dr. Urston blickte sich im Raum um, betrachtete die besorgten Gesichter von Heath, Adrien, George Fersee und Pete. „Ihr seid beide noch jung. Es ist schwer für einen Alpha deines Alters die Sicherheitsbedürfnisse eines Omegas voll zu erfüllen. Es ist an der Zeit, erwachsen zu werden, junger Mann. Du musst ihn an erste Stelle setzen. Diese Schwangerschaft ist ohnehin riskant. Ohne Zweifel wird er einen Kaiserschnitt benötigen, wenn er auch nur hoffen will, das hier zu überleben."

Ned drehte sich der Magen um. Das Essen, welches Adrien

ihn überredet hatte zu kauen und zu schlucken, nachdem festgestellt worden war, dass Ezer und die Babys in Ordnung waren, drohte wieder hochzukommen.

„Verstehen Sie mich, junger Mann? Das hier ist mehr als ernst. Es geht um Leben und Tod."

„Ich verstehe", flüsterte Ned. „Ich tue mein Bestes, aber ich werde es noch besser machen." Er küsste Ezers Finger und betete stumm. „Ich werde alles tun, damit er sich sicher fühlt."

„Gut, denn er wird nicht bereit sein, diese Babys sicher zur Welt zu bringen, bevor er Ihnen vertraut", sagte der Arzt tadelnd, dann wandte er sich an George Fersee. „Es ist eine Schande, wenn junge Omegas und Alphas schlechte Entscheidungen treffen, eine Hitze genießen und dann in einer Situation wie dieser enden."

Ned entging nicht, dass der Doktor annahm, es wäre alles seine und Ezers Schuld, dass niemand der Erwachsenen in diesem Raum irgendetwas damit zu tun hätte.

„Mit einem so engen Becken wie Ezers hätte ich ohnehin empfohlen, noch ein paar Jahre bis zur ersten Schwangerschaft zu warten, und dass es Zwillinge sind, macht die Dinge nur komplizierter. Wurde seine Hitzebereitschaft untersucht?"

„Ja", antwortete George. „Sie sagten, er wäre so weit."

Dr. Urston schüttelte den Kopf und notierte etwas. „Unfassbar. Ich bin vollkommen anderer Meinung. Aber was geschehen ist, ist geschehen." Er wandte sich wieder an Ned. „Falls dir dieser Junge auch nur das Geringste bedeutet – und ich kann sehen, dass es so ist – dann erfüllst du ihm jeden Wunsch, bis die Geburt vorüber ist. Nichts sollte dich davon abhalten, bei ihm zu sein. Ich werde eine Entschuldigung für deine Schule schreiben."

„Danke", sagte Ned und schloss die Augen.

Er wusste noch immer nicht genau, was eigentlich passiert war. Er wusste nur, dass Ezer ganz allein das Haus verlassen hatte, gekleidet in eine Decke und einen Morgenmantel, und es irgendwie bis zum Haus seines Vaters geschafft hatte. Dort war er ohnmächtig geworden, nachdem er Anzeichen von Schmerzen gezeigt und eine Art Anfall erlitten hatte.

Aber wieso Ezer sich überhaupt auf den Weg gemacht und was er in Fersees Haus gewollt hatte, wusste Ned nicht.

„Wieso war er überhaupt dort?", fragte Ned, nachdem der Doktor das Zimmer verlassen hatte und nur noch seine sogenannte Familie zurückgeblieben war.

Heath kam herüber und legte Ned seine Hände auf die Schultern, um sie beruhigend zu drücken. „Ja, George, was hat der Junge in Ihrem Haus gemacht, anstatt sich sicher in seinem Nest aufzuhalten?"

„Das ist wohl eher eine Frage für Ihren Neffen", entgegnete George und verschränkte die Arme vor der Brust. Er stank nach Whisky und wirkte erschöpft. „Er ist derjenige, der sagt, dass mein Junge sich bei ihm nicht sicher genug fühlt."

„Ezer ist sicher bei Ned", sagte Heath.

„Ich kann das nicht sehen, nachdem er erst vor Kurzem in seinem eigenen Nest angegriffen wurde." George hatte während des Arztgesprächs davon gehört, als Ned gefragt wurde, ob Ezer in letzter Zeit irgendwelche Schocks erlitten hatte. „Und er konnte das Haus auf eigene Faust verlassen, ohne dass es jemand bemerkt hatte. Nicht einmal ein Diener."

„Er kam, um mit George über seine Brüder zu reden", sagte Pete leise, die Arme schützend vor der Brust gekreuzt. „Er wollte George davon abhalten, mit ihnen dasselbe zu tun, was er mit Ezer getan hatte."

George schnaubte. „Was ich *für* Ezer getan hatte, meinst du?"

„Was du für dich selbst getan hattest", sagte Pete mit fester Stimme. „Bitte sei nicht sauer, George. Ich bin stolz darauf, dein Omega zu sein, und ich liebe dich. Aber wenn ich sehe, wie du mit deinen Omega-Söhnen umgehst, bekomme ich Angst. Was, wenn unser nächster Sohn ein Omega wird? Wirst du ihm dasselbe antun? Ich wählte dich, nicht wahr? Ich entschied mich aus freiem Willen dafür, dir zu gehören. Aber Ezer hier–" Pete schüttelte Kopf. „Ich war im Auto. Er war bereits halb wahnsinnig vor Hitze, da hatte er den Jungen noch nicht einmal kennengelernt."

„Pete", sagte George warnend. „Liebes, halt die Klappe."

„Nein, es interessiert mich sehr, was er zu sagen hat", sagte Heath. „Red weiter. Ich würde gern mehr wissen."

Petes Augen verweilten auf Georges zornigem Gesicht, während er offenbar erwog, mehr zu sagen, aber dann blickte er zu Ezer, der im Bett lag, hochschwanger mit Zwillingen, krank und bewusstlos. „Er ist so jung."

„Meine übrigen Jungen sind älter. Sie haben lange genug gewartet. Omegas sind dazu da, geschwängert zu werden", sagte George. „Dagegen ist nichts einzuwenden."

Pete und Adrien schauten einander an, und Ned bemerkte den komplizierten Blick, den sie wechselten.

„Ich wählte dich", flüsterte Pete.

„Ich wählte Heath", sagte Adrien.

„Nein, so war es nicht", korrigierte Heath. „Ich kaufte deine Hitze mit dem Recht, dich zu schwängern, auf einer Auktion."

„Aber es war *meine Entscheidung*, an dich zu verkaufen. Ich hätte mich auch anders entscheiden können."

„Du warst pleite", widersprach Heath. „Du–"

„Heath, ich *entschied* mich für dich!", unterbrach ihn Adrien mit einer Art geflüstertem Schrei und riss die Hände hoch. „Wäre es dir lieber, ich hätte es nicht getan?"

Danach sagte Heath nichts mehr. Er wandte sich wieder Pete zu und hob seine dichten Brauen, um ihn aufzufordern weiterzusprechen.

„Ezer hatte keine Chance, sich zu entscheiden, George. Ich

hörte dich sagen, du wärest dir voll bewusst gewesen, dass er nicht einmal wusste, mit wem er einen Vertrag schloss, als er unterzeichnete. Dass er den Vertrag nicht lesen konnte und du nicht darauf bestanden hast, ihn ihm vorzulesen. Du wusstest, dass er sich gezwungen fühlte. Ich hörte es dich eingestehen."

Georges Kiefer zuckte, aber er nickte einmal.

„Ezer will das nicht für seine Brüder", sagte Pete und deutete auf das Krankenbett. „Er will, dass sie eine Wahl haben. Shan war heute völlig außer sich. Er hat sich selbst verletzt bei dem Versuch davonzukommen. Du hast ihn gezwungen, mit diesem Mann zu gehen." Pete zitterte nun am ganzen Körper, und Georges Gesicht wurde knallrot vor Wut. „Er bettelte. Er bettelte *mich* um Hilfe an. Mich. Und ich ließ dich ihm das antun."

„Pete", sagte George mit finsterem Gesicht. „Du hast ein zu weiches Herz. Shan musste lernen, dass er und Flo nicht für immer zusammenbleiben können. Harrison wird sich um ihn kümmern. Er ist ein starker, bodenständiger Alpha. Er wird ihn in Nullkommanichts zähmen."

„Nicht alle Omegas lassen sich zähmen", sagte Ned. Ezers Augenlider wirkten bläulich verfärbt im Neonlicht des Hospitals. „Manche haben einen eigenen Kopf."

„Das haben sie alle", korrigierte Adrien.

„Ja, sie alle", stimmte Ned abwesend zu. Er konnte den Blick nicht von Ezers bleichem Gesicht lassen. Es schien von Minute zu Minute blasser zu werden. „Er ist ein Kämpfer. Er kann es schaffen. Er wird es schaffen."

„Ich sage, holt die Babys jetzt", sagte George nach einem Moment allgemeinen Schweigens. „Ich habe es bei Amos und den Zwillingen erlebt, und Amos war größer und kräftiger als Ezer. Holt die Babys. Sollten sie überleben, dann ist es so. Falls nicht, dann sollte es einfach nicht sein."

Die Stille im Raum war erstickend. Georges Worte hingen in

der Luft, und niemand machte die kleinste Bewegung.

Ned ließ den Kopf sinken, presste seine Schläfe an Ezers Hand und atmete schütter. Er versuchte, seinen Mut zu sammeln, um zuzustimmen, um dem Doktor zu sagen, er möge seinen Ezer aufschneiden und die Babys herausholen, die sie zusammen gemacht hatten.

Es würde Ezers Leben retten, und das wäre es wert. Sie hatten Leben erschaffen, bevor sie die nötige Reife besaßen. Bevor sie überhaupt wussten, was sie taten.

„Okay", sagte Ned schließlich. „Wir sollten es tun."

„Nein." Ezer klang schwach, aber seine Augen öffneten sich ein wenig. „Ned, du bist ein *solcher* Feigling. Du wirst mir nicht die Babys nehmen, nur weil du Angst hast, ich könnte sterben."

Ned stand auf. Adrenalin pumpte durch seine Adern. „Ezer? Du bist wach!"

„Ja." Seine schönen Augen wurden von seinen Wimpern überschattet, aber er leckte sich über die Lippen und sagte erneut: „Sei kein Feigling, Ned. Sei tapfer!"

„TAPFER ZU SEIN, heißt nicht, ihn sein Leben aufs Spiel setzen zu lassen", sagte Heath eine halbe Stunde später auf dem Korridor, nachdem Ezer wieder eingeschlafen war. „Du bist sein Alpha. Du kannst bestimmen, was als Nächstes passiert."

„Gegen seinen Willen?", fragte Ned.

„Wenn du willst, dass er lebt."

Ned rieb sich das Gesicht. Es musste doch auch einen Mittelweg geben, so wie die Geburt einzuleiten oder die Babys per Kaiserschnitt zu holen, bevor sie Ezers Leben in Gefahr brachten, aber nachdem sie zuerst noch ein wenig wachsen durften. Zu warten, bis ihre Lungen voll ausgebildet und ihre Herzen kräftiger waren.

„Er hat eine akute Bauchspeicheldrüsenentzündung erlitten. In seinem Körper ist einfach nicht genug Platz. Seine anderen Organe werden erdrückt." Heath umriss das Problem mit einer gewissen Brutalität.

„Aber er will die Babys noch nicht aufgeben."

„Ned, er hat Wahnvorstellungen, bekommt starke Schmerzmittel. Er weiß nicht, wovon er redet. Schau mal, ich weiß, du willst in eurer Beziehung nicht noch mehr ohne sein Einverständnis handeln. Er hat schon genug durchgemacht. Aber zum Tapfersein und einen sicheren Raum für deinen Omega zu schaffen, gehört es auch zu wissen, wann du ihn gegen seinen Willen sicher machen musst."

„Das kann ich nicht", sagte Ned. „Und das werde ich nicht."

Heath starrte ihn einfach einen Moment lang an, dann sagte er: „Wenn du deinen Omega *und* deine Babys verlierst, wirst du sehen, dass ich Recht hatte."

„Wie kannst du so etwas Entsetzliches sagen?", sagte Adrien. „Entschuldige dich!"

„Nein. Er benimmt sich wie ein Idiot."

George Fersee und Pete standen an der Seite und flüsterten miteinander. Für Ned war es ganz deutlich, dass Pete in der Unterhaltung die Oberhand hatte, und trotz seinem Zorn und seiner Feindseligkeit gegen George, tat ihm der Mann auch leid. Er liebte seinen jungen Omega offensichtlich sehr und musste plötzlich erschrocken feststellen, dass Pete deutlich mehr einen eigenen Kopf hatte, als er gedacht hätte.

„Fersee", rief Heath, der sich von Ned abgewandt hatte und nun auf George zuging. „Ich habe bereits dafür gesorgt, dass sich Anwälte mit Ihrem Sohn Yissan in Verbindung setzen. Wenn Sie Ihr Gesicht wahren wollen, schlage ich vor, Sie tun, was immer Ihr Omega hier vorschlägt, weil sich das Ganze ansonsten zu einem Desaster für Sie entwickeln wird."

George fing Heaths Blick auf. „Sie haben sich schon immer gern übernommen, Clearwater. Sie sollten sich aus den Angelegenheiten anderer Alphas heraushalten."

„Auch wenn sie ihre Söhne missbrauchen und das Gesetz brechen? Das sehe ich anders. Ich habe geradezu die Verpflichtung, mich einzumischen. Und so wie es sich anhört, können Sie froh sein, wenn nicht nur einer, sondern zwei Ihrer Söhne *nicht* noch nachträglich Klage gegen Sie einreichen."

„Meine Söhne missbrauchen?"

„Ja. Trace Stone ist dafür bekannt, seinen Omegas Gewalt anzutun. Das erregt ihn. Alle Männer meines Alters wissen von seinen Vorlieben."

George erbleichte.

„Sie wussten nicht davon?"

Ned sah den Moment, als George wusste, dass er verloren hatte, ob durch das neue Wissen, durch Heath Clearwater oder die Omegas in seinem Leben, es spielte keine Rolle. Er hatte diese Runde verloren, und er wusste es.

„Yissan wird die Freiheit haben, seine eigene Zerstörung zu wählen. Aber sicherlich wird man nicht von mir erwarten, dass ich das finanziere."

„Männer haben ihre Söhne bereits für weniger verstoßen", stimmte Heath zu. „Aber nach dem, wie Sie Amos behandelt haben, wollen Sie wirklich Ihren Ruf als unvernünftiger, selbstsüchtiger und grausamer Alpha verfestigen? Das steht Ihnen selbstverständlich frei."

George verzog höhnisch den Mund. „Ich hoffe, sie werden mit einem Dutzend Omega-Söhnen verflucht. Dann sehen Sie mal, wie das ist."

„Bisher haben wir nur einen Alpha und einen Beta. Ich freue mich schon auf einen Omega. Es sollte interessant sein zu sehen, wenn man die Omegas in meinem Leben – und in Ihrem – betrachtet.

„Unsere Söhne sind beide interessant“, verteidigte sie Adrien. „Michael ist schon ein richtiger, kleiner Philosoph. Neulich hat er mir erklärt, dass Gott in uns allen lebt.“

„Und dann hat er vorgeschlagen, dich aufzuschneiden, um nach dem Gott in dir zu suchen. Ich war dabei.“

„Apropos aufschneiden“, flüsterte Pete und rückte näher zu Ned. „Er wird dir nicht vergeben, das ist dir doch klar, oder? Selbst wenn deine Entscheidung sicherstellt, dass er lebt. Er wird dich verlassen, wenn du ihm jetzt seine Söhne nimmst.“

„Warum? Er wollte sie nicht“, sagte George. „Er wird doch sicher seinem eigenen Leben den Vorzug geben.“

„Da hast nie ein Kind in dir getragen“, entgegnete Pete. „So viel steht fest.“

Aber alle Diskussionen im Raum waren bedeutungslos. Ned hatte sich entschieden.

„Er hat nein gesagt. Das ist für mich alles, was zählt.“

ALS EZER ERWACHTE, war sein Mund so trocken, dass er nicht schlucken konnte. Er versuchte, sich aufzusetzen, schaffte es aber nicht mit seinem großen Bauch. Zunächst verwirrte ihn dieser Umstand, dann aber spürte er Bewegungen in sich.

Richtig.

Er war schwanger.

Mühsam öffnete er seine Augen und erblickte das graue Licht des Morgens, welches durch das Fenster neben dem Krankenhausbett hereinschien. Ned saß in einem Stuhl neben ihm. Er hatte einen Arm über seine Brust gelegt und sein Kinn in die Hand des anderen Arms gestützt.

Die Bewegungen in Ezers Leib nahmen dessen Aufmerksamkeit erneut gefangen.

Er legte seine Hände auf die gespannte Haut.

Bilder tauchten kurz in seinen Gedanken auf. Der Bus. Ein Omega, der in fragte, wohin er wollte. Das Haus seines Vaters. George mit einer Whiskyflasche. Petes besorgter Blick.

Was war geschehen?

Mit etwas Anstrengung gelang es ihm, sich ein wenig aufzurichten. Er suchte und fand die Fernbedienung des Bettes, und weckte dabei Ned.

„Ezer!" Ned richtete sich auf, die dunklen Augen weit aufgerissen, das Haar wild zerzaust. „Du bist wieder wach!"

Ezer erinnerte sich nicht daran, schon zuvor wach gewesen zu sein, aber er nickte. „Wasser", gelang es ihm zu keuchen, und Ned sprang sofort auf. Innerhalb von Sekunden wurden Ezers Mund und Kehle durch das kühle Nass beruhigt, das sich in seinem Bauch sammelte. Die Zwillinge regten sich erneut.

„Was ist passiert?"

„Du bist im Haus deines Vaters gewesen", sagte Ned mit gerunzelter Stirn. „Die Babys gefährden dich, Ezer. Sie werden zu schnell zu groß, und drücken deine Organe zusammen."

Ezer Gehirn holte auf. Er erinnerte sich vage daran, dass jemand gesagt hatte, die Babys sollten jetzt geholt werden. Er hielt sich erneut den Bauch. Plötzlich ergriff ihn eine Furcht, er hätte sich seinen großen Bauch und die Kindesbewegungen nur eingebildet.

Aber ja, da war ein kleiner Fuß, der nach oben trat, und jemand in seinem Inneren hatte einen Schluckauf.

„Ich glaube nicht, dass du sie sicher zur Welt bringen kannst", fuhr Ned fort. „Das Beste, worauf wir hoffen können, ist, dass sie in der kommenden Woche noch gut wachsen und kräftiger werden, sodass wir sie dann hier im Krankenhaus per

Kaiserschnitt holen können."

Ezer runzelte die Stirn. „Aber was ist mit dem Nest? Ich will nach Hause."

Ned hob die Brauen. „Ist das Nest dein Zuhause?"

„Natürlich. Warum sollte es das nicht sein?"

„Ich dachte, du wärst zum Haus deines Vaters gegangen, wenigstens zum Teil, weil es dir im Nest nicht länger behaglich war. Dass du dein ‚echtes' Zuhause aufgesucht hättest, um dort die Babys zu bekommen."

Ezer schnaubte. „Das Haus meines Vaters als mein Zuhause? Nein." Er rieb sich die Stirn. „Aber was habe ich dort gewollt? Warum habe ich das Nest verlassen?"

„Pete sagte, du wolltest deinen Brüdern helfen."

„Er versucht sie loszuwerden, indem er sie an irgendwelche Alphas verkauft. Das werde ich nicht zulassen. Das darf er nicht tun."

„Das wird er auch nicht. Du, Pete, Heath und die zu erwartenden Gerüchte haben ihn fürs Erste davon abgehalten. Ich kann nicht sagen, wie lange das anhalten wird, aber Pete ist nicht so leicht beeinflussbar, wie George geglaubt hat. Ihm gefällt ganz und gar nicht, dass bei seinen anderen Omega-Söhnen chemische und andere Zwangsmaßnahmen eingesetzt werden."

Ezer ließ sich von diesen Worten beruhigen, auch wenn er nicht sicher war, wie lange sein Vater seinen Söhnen und seinem neuen Omega erlauben würde, sich gegen ihn aufzulehnen. Aber solange es Yissan und Flo vor einem sofortigem Vertrag rettete, war er erleichtert. Und das schien auch für die Babys der Fall zu sein, denn sie schienen ihn von innen zu streicheln. Ein seltsames Gefühl.

„Ezer?"

„Ja?"

„Wir müssen reden."

Ezer hätte beinahe gelacht. „Reden oder streiten?"

„Reden." Ned hob die Hände. „Ich will von jetzt an das Richtige tun. Das ist mir wichtig."

Ezer neigte den Kopf zur Seite. „Sprich weiter."

„Diese Babys. Ich liebe sie bereits, aber nicht so sehr, wie ich dich liebe. Wenn ich ihre Leben für deins eintauschen müsste, würde ich immer dich wählen."

„Wir müssen nicht wählen, oder?", fragte Ezer mit zitternder Stimme.

„Die Ärzte sind besorgt." Er nahm Ezers Hand. „Ich möchte das nicht, aber, sollte die Zeit kommen, musst du wissen, dass ich dich wähle." Er blickte nach unten. „Du kannst mich selbstsüchtig und feige nennen, aber es geht nicht um das. Es geht nicht darum, mein Leben einfacher zu machen. Es geht darum, deines zu retten."

„Ned, steht es wirklich so schlimm?"

„Die Ärzte sagen, im Moment bist du stabil, aber sie sind nicht sicher, wie lange es so bleiben wird. Du bist ein kleiner Omega, und die Zwillinge sind groß."

„Sie sind gebaut wie ihr Vater", sagte Ezer mit einem trockenen Lachen auf den Lippen.

Das schien Ned weder zu beruhigen oder auch nur im Geringsten zu amüsieren.

„Ezer, das hier ist nicht das Leben, das du für dich gewollt hast. Du hast diese Babys nie gewollt. Wieso solltest du für sie sterben?"

„Werde ich denn sterben?" Ezers Stimme zitterte.

„Was ich sagen will, ist, sollte es so weit kommen, dass dein Leben auf dem Spiel steht, dann werde ich mich für dich entscheiden."

Ezer spürte einen entschiedenen Tritt in seinem Bauch. Es war die Wahrheit, dass er sich dies nie gewünscht hatte, dass er vieles davon gegen seinen Willen getan hatte, aber jetzt trug er diese Leben in sich, und es war sein Instinkt, sie zu beschützen. Aber um welchen Preis? Sein eigenes Leben?

„Du würdest mich wählen?"

„Ich weiß nicht, ob du dir darüber im Klaren bist, aber ich habe dich von Anfang an gewählt. Ich wurde in die Irre geführt, aber ich wurde zu keinem Zeitpunkt zu etwas gezwungen, so wie es bei dir war. Ich wollte dich als meinen Omega von dem Moment an, da ich dich sah. Ich wollte dich, aber nicht auf die Art und Weise, wie ich dich bekam. Ich wollte, dass auch du dich für mich entscheidest. Ich wollte, dass du sicher und glücklich bist."

„Ich weiß."

„Aber das hat man uns beiden nicht erlaubt zu haben."

Ned legte seine Hände auf Ezers Bauch. „Diese Leben sind nicht kostbarer als deins. Verstehst du? Nicht für mich. Und das sollten sie auch nicht für dich sein. Du kennst sie nicht einmal."

„Ich fühle sie", murmelte Ezer. „Ich fühle, was aus ihnen werden kann."

„Ich muss es jetzt von dir hören: Falls die Situation gefährlicher wird, und ich mich für dich entscheide, wie schlimm wird das sein? Mir wäre es lieber, du lebst und verlässt mich wegen meiner Entscheidung, als dass du stirbst. Du verdienst eine Chance, einige deiner Träume zu leben. Diejenigen, die du hattest, bevor dir all die Entscheidungen abgenommen wurden, sodass es zu der jetzigen Situation kam."

„Schh, hör auf."

„Was? Ich sage dir das jetzt, damit du verstehst, warum ich plane, dich zu hintergehen, falls nötig, um dein Leben zu retten."

„Es ist kein Hintergehen, wenn du mir sagst, dass es dazu kommen wird." Ezer nahm Neds Hand und drückte sie. Ihm war die Kehle eng, und Tränen traten in seine Augen. „Ich habe

Angst.“

„Ich auch.“

„Ich kann mir nicht vorstellen, das alles durchzumachen und am Ende nicht mit beiden Babys herauszukommen, beide am Leben und gesund.“

„Ich weiß. Mir geht es genauso.“

Ezer schluckte schwer gegen den schmerzhaften Kloß in seiner Kehle. „Aber wir sind zu jung, um Eltern zu sein, oder nicht?“

Ned nickte. „Das kann gut sein.“

Schweigen hing zwischen ihnen. Sie atmeten ein und aus und versuchten, Ruhe zu finden in dem Chaos, in dem sie steckten.

„Ned?“

„Ja, Baby?“

„Falls wir das hier schaffen – ich und die Zwillinge, meine ich – dann werden wir Hilfe brauchen. Es reicht nicht, wenn es nur du und ich und Earl sind. Wir brauchen Menschen in unserem Leben, auf die wir uns verlassen und denen wir vertrauen können.“

„Flo? Yissan?“

„Nein. Sie müssen sich auf ihre eigenen Leben konzentrieren. Wir brauchen Menschen, die älter sind als wir. Erfahrener. Sodass sie uns anleiten können. Wie Eltern.“

Unglücklicherweise konnten sie sich nicht im Geringsten auf ihre eigenen Eltern verlassen. Sie alle drei würden sie im Stich lassen und gleichzeitig behaupten, doch nur das Beste für alle Beteiligten zu wollen.

Ned runzelte nachdenklich die Stirn. „Heath und Adrien?“

„Wenn sie uns helfen wollen? Sie haben ebenfalls ihre eigene Familie und ein eigenes Leben.“

„Sie werden es wollen. Das weiß ich.“

Ezer hoffte es. Sie saßen einen weiteren langen Moment schweigend beieinander. Ezers gewaltiger Bauch bewegte sich mit den Babys darin.

„Ned?"

„Ja?"

„Es tut mir leid."

„Was denn?"

„Ich meine, ich vergebe dir."

„Na gut, aber was genau? Es gibt eine Menge Dinge, die du mir vergeben könntest", sagte Ned verlegen.

„Ich vergebe dir, dass du früher ein solcher Feigling gewesen bist."

Ezer berührte seinen Bauch. „Und ich vergebe dir, das du jetzt so viel tapferer bist als ich." Tränen rannen ihm übers Gesicht. „Ich glaube nicht, dass ich das Richtige tun könnte, wenn es heißt, ich oder die Babys. Aber du kannst es. Ich vertraue dir."

„Wirklich?"

„Ja."

„Aber warum? Nach allem, was gewesen ist?"

„Weil ich weiß, dass du mich liebst. Es gibt sonst niemanden auf der Welt, von dem ich das mit wahrhaftiger Sicherheit sagen könnte. Du liebst mich so wie ich bin, mein *wahres* Ich, nicht irgendein Bild von mir, das du einst im Kopf hattest. Du liebst mein vorlautes, zorniges Ich, nicht nur, wenn ich mich von meiner besten Seite zeige. Ich bin mir nicht einmal sicher, ob du meine beste Seite überhaupt schon gesehen hast. Deshalb weiß ich, du wirst mich auch dann noch lieben, falls wir sie verlieren." Ezer berührte er seinen Babybauch.

„Aber wirst *du* auch mich lieben?"

Ezer berührte Neds Wange und fuhr mit seinem Finger über die Tage alten Stoppeln. „Ich arbeite daran. Ich *will* dich lieben. Das ist ein Anfang."

„Mich lieben zu wollen, ist gut." Ned zögerte, dann fragte er:

„Wie kann ich es anstellen, dass du mich noch mehr lieben willst?“

„Sei einfach weiterhin so tapfer.“

Ned küsste Ezers Wangen, seine Augenlider und seine Nase. „Ich werde dir zeigen, dass ich tapfer genug für dich sein kann.“

„Ich weiß, dass du das kannst“, hauchte Ezer. Erschöpfung überkam ihn, aber mit Ned an seiner Seite, der entschlossen war, das Kommando zu übernehmen, falls es zum Schlimmsten kommen sollte, hatte er endlich das Gefühl, sich wahrhaftig ausruhen zu können.“

TEIL 6

Geburt

Kapitel 34

ÜBERRASCHENDERWEISE ERHOLTE EZER sich besser, als irgendwer erwarten konnte.

Zu Neds Missfallen sah das Hospital keine Veranlassung, ihn dazubehalten, trotz des Umstandes, dass Ezers Organe immer noch von den Babys zusammengedrückt wurden, außer für den Fall, dass sie genau jetzt einen Kaiserschnitt durchführen wollten. Da sie jedoch beide übereingestimmt hatten, den Babys noch mehr Gelegenheit zum Wachsen zu geben, solange Ezer nicht in unmittelbarer Gefahr war, schickte man sie nach Hause.

Ned war in emotionaler Hinsicht außer sich darüber, aber er konnte nichts dagegen tun. Er würde sich darum kümmern, dass Ezer strikte Bettruhe einhielt und jeglicher Stress von ihm ferngehalten wurde. Er erklärte sich bereit, einen Krankenwagen zu rufen, sollte das geringste Problem auftauchen.

Ned war aber erleichtert darüber, dass George Fersee nach der Konfrontation mit Ezer, Pete und Heath in der Tat von seinen Plänen für seine anderen Söhne abgesehen hatte. Stattdessen hatte er seinen Omega, sein Alpha-Baby und Rodan aus der Stadt gebracht und zu einem Erholungsurlaub mit aufs Land genommen, um, wie er sagte, *wieder Ruhe und Gleichgewicht in den Haushalt zu bringen.*

Das wurde Ezer und Ned von Yissan berichtet, der für eine Weile bei ihnen wohnte, angeblich um Ezer während dieser schwierigen Zeit zu helfen. Aber er verbrachte die meiste Zeit am

Pool, rauchte seine geliebten Zigaretten und träumte versonnen davon, mit seinem Beta-Geliebten John Stone durchzubrennen.

John für seinen Teil hielt sich in dieser Zeit versteckt und wartete darauf, dass sein Vater es verwand, Yissan nicht bekommen zu haben. Sobald es so weit war, wollten die beiden die Stadt verlassen. Wozu? Ned hatte keine Ahnung. Aber angesichts Yissans allgemeiner Nutzlosigkeit, war es auch egal, solange Yissan seinem Bruder nicht mit irgendwelchen Details davon auf die Nerven ging.

Flo blieb im Haus ihres Vaters, besuchte Ezer aber von Zeit zu Zeit während der letzten Wochen der Schwangerschaft. Er war jedoch immer noch sehr deprimiert und erschüttert über die Situation mit Shan, dass Ned ihn meist schon nach wenigen Stunden wieder nach Hause schickte. Ezers Gesundheitszustand war zu zerbrechlich, um die düsteren Geschichten über Shans Anrufe und die Unzufriedenheit mit seinem Alpha, die Shan zum Ausdruck brachte, zu verarbeiten.

Ned beauftragte Heaths Anwälte um Shans willen mit der Angelegenheit, aber nach fünf Tagen kamen sie zurück und sagten, die Verträge wären wasserdicht, und außerdem wäre Shan mit großer Wahrscheinlichkeit schwanger. Falls Shan nicht beschloss, Klage zu erheben, war es so wie mit Ezer. Es gab jetzt nichts mehr, was er tun konnte.

Rodan als Beta schien bei seinem Vater sicher zu sein, aber alle waren übereinstimmend der Ansicht, dass es sich trotzdem lohnte, ihn im Auge zu behalten. Zumindest hatte Pete den Jungen unter seine Fittiche genommen und entwickelte eine Bindung zu ihm. Also schien sich die Situation im Fersee-Haus erst einmal zu beruhigen. Auch wenn Shan nicht geholfen werden konnte.

So weit Ned sagen konnte, war die einzige Person, deren Präsenz jetzt noch in Ezers Leben fehlte, sein Papa. Amos hatte klar gemacht, dass er darauf warten würde, dass sein Sohn sich bei ihm meldete. Amos wusste, dass er Ezer verraten hatte, und solange Ezer nicht seinen Frieden mit der Situation und mit ihm gemacht hatte, würde er abwarten.

Das kam Ned furchtbar egoistisch vor, aber er lernte, dass nur wenige Menschen wussten, wie man selbstlos liebte. Das war etwas, was er selbst verzweifelt versuchte zu lernen.

„Wirst du zurecht kommen?", fragte Ned, neben Ezer kniend, der sich bemühte, es auf dem Sofa bequem zu haben mit seinem gigantischen Bauch. „Ich will dich nicht allein lassen."

„Du hast nicht wirklich eine Wahl. Du bist vorgeladen und musst eine Aussage machen, da ich es nicht kann."

Braden Tenmeters Verhandlung war dank seines Vaters Geldes und seinem Einfluss zeitlich vorgezogen worden, und Gerüchte besagten, dass, außer es gab wasserdichte Zeugen zu seinen Ungunsten, er davonkommen würde. Das Anwälte-Team der Tenmeters zählte darauf, dass es Ned zu peinlich wäre, vor Gericht auszusagen, sowohl weil er darin versagt hatte, seinen Omega zu schützen, als auch wegen seines früheren Verhaltens mit Braden und Finch. Damit bliebe nur Heaths Zeugenaussage, die als nicht ausreichend galt, da er den Anfang des Zwischenfalls nicht beobachtet hatte. Braden behauptete immer noch, Ezer hätte seine Avancen gewollt, sowohl in der Schule als auch an jenem Tag, und er hatte Finchs Aussage, die ihn bestätigte.

Auf keinen Fall würde Ned sich weigern auszusagen. Sein Wort und Heaths standen gegen Bradens und Finchs. Da Omegas vor Gericht nicht aussagen durften, außer sie hatten Klage gegen ihren eigenen Alpha oder ihren Vater wegen Missachtung der Zustimmungsgesetze eingereicht, hatte das Anwaltsteam ihrer Seite den Antrag gestellt, eine schriftliche, beglaubigte Aussage von Ezer zu gestatten, aber es gab keine Garantie, dass sich der Richter darauf einlassen würde.

„Ich hätte Earl nicht erlauben sollen, Simon zu besuchen. Oder ich hätte darauf bestehen sollen, dass sie beide herkommen", ärgerte sich Ned.

„Er wird in wenigen Stunden zurück sein. Earl verdient es, Zeit allein mit seinem Ehemann zu verbringen. Sie sehen einander kaum mehr, weil sie dir beziehungsweise Heath so hingebungsvoll dienen."

„Und unseren Omegas und Kindern."

„Ja, wir haben praktisch ihr ganzes Leben übernommen. Lass ihnen einen romantischen Tag am Strand. Außerdem ist Yissan hier."

Ned versuchte, nicht das Gesicht zu verziehen, aber es gelang ihm wohl nicht.

„Er wird auf mich aufpassen."

„Er verbringt keine Zeit bei dir im Nest. Wie sollte er es überhaupt mitbekommen, falls du seine Hilfe brauchst?"

„Ich würde mein Tablet benutzen, um ihn anzurufen. Er hat sein Handy immer in der Hand, weil er mit John redet."

„Er ist von ihm besessen."

„Bist du nicht auch besessen von mir?"

Ned zuckte die Achseln. „Ja, aber das ist etwas anderes. Wir sind Alpha und Omega, und sie sind…" Er wollte nicht sagen „ein Gräuel", das war eine zu heftige Bezeichnung. Aber es gab keine Hoffnung für sie, oder? John würde Yissan nie geben können, was der brauchte.

„Sei nicht geschlechterfeindlich. Das ist abstoßend."

„Aber was ist mit seiner Hitze?"

„Das sollten sie selbst regeln."

„Er kann nicht ewig seiner Hitze davonlaufen. Die unterdrückenden Medikamente werden irgendwann nicht mehr wirken, und dann–"

„Das geht uns nichts an."

„Ich weiß, aber…" Ned versuchte, sich nicht darum zu sorgen, in welchen Schlamassel Ezers Bruder – Ezers Brüder, um genau zu sein – mit ihrer Fersee-Sturheit geraten würden, und wandte sich statt dessen der augenblicklichen Sorge zu. „Ich sollte dich nicht allein lassen. Ich wünschte, Adrien wäre mit Onkel Heath in der Stadt. Er könnte dann bei dir bleiben."

„Mit den Kindern und allem. Ich meine, sie sind ja niedlich, aber sie sind laut, und ich bin müde. Sie lassen mich nur noch mehr an meinen Lebensentscheidungen zweifeln, wenn sie hier herumrennen und kreischen. Als sie das letzte Mal hier waren, hat Michael an die Wand gemalt, und jetzt kann ich einfach nicht aufhören, dort hinzusehen und in dem Gekritzel Clownsgesichter zu entdecken." Ezer rieb sich die Augen. „Wir müssen die Wand überstreichen."

„Earl soll das machen. Du hättest es mir schon früher sagen sollen."

„Eines der Gesichter hat Zähne."

„Baby"

„Du wirst zu spät kommen. Geh. Yissan ist hier. Ich habe mein Tablet." Ezer hielt es hoch. „Ich werde ein wenig schlafen und die Babys weiter wachsen lassen. Wahrscheinlich werde ich genau dann aufwachen, wenn du zurück kommst." Ezer leckte sich die Lippen und flatterte mit den Wimpern über seinen wunderschönen Augen. „Gerade rechtzeitig, damit du mir eine neue Ladung in den Hals spritzen kannst."

Ned strich Ezer das Haar aus dem Gesicht. „Na gut."

Ezer schürzte die Lippen, und Ned gab ihm einen feuchten Kuss.

Die Fahrt in die Stadt war nicht schlimm, da Ned die U-Bahn nahm. Er wollte den Führerschein machen, um von jetzt an fahren zu können, aber er hatte noch keine Zeit gefunden. Als er sich dem Gerichtsgebäude näherte, sah er seinen Onkel auf der

Treppe warten, der auf seine Uhr blickte und ungeduldig zu sein schien. Typisch.

„Du kommst fast zu spät.“

„Wir haben noch eine halbe Stunde“, protestierte Ned.

„Meine Anwälte wollen vorher noch ein Wort mit dir reden, über die Verträge, die du aufgesetzt haben willst.“

„Ja?“

Heath sah ihn an. „Bist du dir darüber ganz sicher?“

„Dass ich aussagen will? Ja. Natürlich.“

„Nein, ich meine die Papiere, mit denen du deine Verträge mit Ezer wirkungslos machen willst. Vielleicht wird er ja gar keinen neuen Vertrag mit dir schließen, das muss dir klar sein. Vielleicht wird er entscheiden, dich zu verlassen.“

Ned wurde die Kehle eng. „Ja, ich weiß. Und wenn er gehen will, dann sollte es ihm erlaubt sein, das zu tun. Hast du mir das nicht selbst gesagt? Ein Omega muss die Wahl haben.“

„Ich glaube, es war Ezers idiotischer Bruder Yissan, der das sagte. Aber ja, ein Omega muss zumindest denken, dass er eine Wahl hat.“

„Lass bloß nicht Adrien hören, wie du daherredest.“

„Er wird bald wieder in Hitze sein. Und dabei wird er alles Schlechte über mich vergessen, und dann, wenn er aus dem Nebel der Schwangerschaft auftaucht, wird er sich wieder erinnern, und er wird ein paar Wochen sauer auf mich sein. Das geht aber vorbei. Er ist so vorhersehbar wie ein Uhrwerk.“

„Ist dir das nicht langweilig?“

„Adrien? Nein“, sagte Heath. „Er könnte mir nie langweilig sein. Wenn du ihn jemals während einer Hitze gesehen hättest, dann wüsstest du das.“

Ned lachte. „Aber ist das wirklich alles?“

„Nein, natürlich nicht. Ich bete ihn an. Sein Lächeln ist die Welt für mich.“ Heaths Augen glänzten verträumt. „Es ist furchtbar, wie diese Omegas uns bei den Eiern haben." Er seufzte, dann nahm er Neds Ärmel und sagte: „Bringen wir's hinter uns. Komm."

EZER ERWACHTE AUF dem Sofa mit dem dringenden Bedürfnis, zur Toilette zu gehen. Es fühlte sich an, als wollten sich seine Eingeweide von innen nach außen stülpen, und er wusste nicht, an welchem Ende sie herausplatzen würden.

Er bewegte sich so schnell, wie er konnte mit seinem unnachgiebigen Körper, und drohte bei jedem Schritt zu stolpern. Er schaffte es bis zum Badezimmer, wo er feststellte, dass sein Frühstück vorhatte, an beiden Enden wieder herauszukommen. Er machte sauber, so gut es ging, nahm eine Dusche und wusch sich selbst ebenfalls. Dann, als er sich abtrocknete, spürte er den ersten, wirklich schlimmen Schmerz.

„Heilige Scheiße!" Ezers Körper verspannte sich, und er bückte sich, stöhnte und biss sich auf die Zähne. Die starke Wehe raubte ihm den Atem. Seit einer Woche hatte er immer mal wieder harmlosere und viel kleinere Vorwehen erduldet, aber Dr. Savage hatte bei seinem letzten Besuch gesagt, dass das bei allen Schwangerschaften ganz normal wäre, aber besonders bei Zwillingen.

„Dein Körper übt nur für den großen Tag", hatte er Ezer versichert, nachdem er ihm seine ganze Hand reingesteckt hatte, um nochmals seinen Uterus zu untersuchen. Er war zu diesem Zeitpunkt immer noch geschlossen und lag hoch im Körper. „Aber mach dir keine Sorgen. Du musst nicht wirklich wissen, wie sich eine echte Wehe anfühlt. Wir werden die Babys holen, bevor es dazu kommt."

Und Ezer hatte ihm geglaubt.

Aber das hier fühlte sich anders an.

Diese Qual fühlte sich an, als würde sein ganzes Dasein gezwungen, sich in einen harten, heißen Knoten zusammenzuziehen. Die starke Kontraktion ließ ihn nicht aus ihrem Griff. Er tastete sich an den Wänden des Badezimmers entlang bei dem Versuch, hinaus ins große Zimmer des Haupthauses zu gelangen, dann sank er auf die Knie und atmete hechelnd, bis der Schmerz nachließ.

Zunächst kroch Ezer ein Stück, dann nutzte er die Wand, um sich in den Stand zu bringen. „Yissan!", rief er, aber seine Stimme war schwächer, als ihm lieb war. Er nahm einen tiefen Atemzug und schrie: „Yissan!"

Es kam keine Antwort. Er wusste, dass sein Bruder höchstwahrscheinlich am Pool war und er wusste auch, dass er es auf keinen Fall schaffen würde, die Treppe dorthin zu überwinden.

Aber er hatte das Tablet. Er konnten Yissan anrufen. Oder einen Krankenwagen. Er konnte Hilfe rufen.

Sehnsucht nach Neds verlässlicher Präsenz überkam ihn und lies ihn in milder Panik zurück. Er wollte Ned hier, hier und jetzt. Er *brauchte* ihn. Er hatte Angst, richtig schlimme Angst, und das Einzige, das er sich vorstellen konnte, was das in Ordnung bringen würde, war Neds Anwesenheit. Sein Duft, seine Stimme, seine Hände auf Ezers Haut.

Aber Ned war auf dem Gericht und machte seine Aussage gegen Braden. Und sein Telefon war im Gerichtssaal nicht erlaubt.

Vorsichtig richtete Ezer seine Füße in Richtung des Sofas aus, wo sein Tablet lag, aber eine neue Welle der Übelkeit erfasste ihn und schickte ihn zurück ins Badezimmer, wo er sich ins Waschbecken erbrach. Nachdem er sich das Gesicht gewaschen hatte, atmete er tief durch und machte einen neuen Versuch, ins Wohnzimmer zu kommen.

Er musste Hilfe rufen.

Ezer schaffte es fast bis zum Sofa, bevor ihn die nächste schmerzvolle Wehe überwältigte. Sie ließ ihn schwitzend und schluchzend zurück. Seine Knie waren unter ihm weich geworden, und er blieb einen Moment lang auf dem Boden liegen, auf der Seite zusammengerollt, und hielt sich den Bauch. Die Zwillinge waren seltsam still. Er schloss die Augen und horchte in sich hinein, horchte auf ein Zeichen, dass es ihnen gut ging, aber eine neue Wehe ließ in aufschreien. Dunkle Punkte tanzten vor seinen Augen.

Qual. Druck. Schmerz.

Als er wieder atmen konnte, sog er die Luft ein, solange die Pause andauerte. Aber dann…

Eine neue Wehe.

„Yissan", rief Ezer schwach. „Yissan?"

Keine Antwort. Ezer konnte sich seinen Bruder vorstellen, eine Zigarette zwischen den eleganten Lippen, wie er sich über die Reling beugte und auf das Meer hinaus blickte. Sein Rücken gebräunt und glänzend, und der Pool schimmernd hinter ihm.

Ezer kroch um das Sofa, fand das Tablet und rief den Anruf-Screen auf. Er würde einen Krankenwagen rufen. Er wusste, dass er das tun sollte, aber plötzlich wollte er nur noch die Stimme seines Papas hören. Was, wenn er sie niemals wieder hören würde? Was, wenn er das hier nicht überlebte? Das konnte passieren. Das wusste er. Ned wusste es.

Ezer wusste, er hätte Amos schon längst einmal anrufen sollen. Er hätte sich mit seinem Papa versöhnen müssen. Ezer wählte eine Nummer, die er sich bereits als ganz kleines Kind eingeprägt hatte. Das Klingelzeichen ertönte.

„Einen Moment nur. Ich glaube, das ist Ezer", sagte die Stimme seines Papas, warm und vertraut, und Ezers Herz schmolz vor Erleichterung. Gott sei Dank.

Amos' geliebtes, hübsches Gesicht erschien auf dem Bildschirm, gebräunt und sehr viel gesünder als beim letzten Mal, als Ezer ihn gesehen hatte. „Bist du es wirklich? Ich fing schon an zu denken, du würdest mir nie mehr vergeben. Ich habe mich nach deinem Anruf gesehnt." Nachdem er sich Ezer genau angesehen hatte, wandelte sich Papas Miene innerhalb eines Herzschlags von Freude zu Besorgnis. „Ist es so weit?" Ein kurzer Moment. „Hast du Wehen?"

„Papa, ich habe Angst", keuchte Ezer. „Es ist schlimm. Es ist so furchtbar schlimm."

„Wo ist Ned?"

„Nicht zuhause." Es war zu kompliziert zu erklären. „Ich brauche Hilfe."

„Kannst du einen Krankenwagen rufen? Nein? Na gut–" Er wandte das Gesicht ab und sagte: „Ruf einen Krankenwagen zu Lidell Clearwaters Wohnsitz. Es ist dringend." Dann war Amos' Gesicht wieder zu sehen. „Schatz, es wird alles gut gehen. Halt durch, ich komme. *Ich werde gleich bei dir sein.*" Ezer konnte die Wohnung seines Papas verschwommen über Amos' Schultern hinwegstreichen sehen, und er hörte eine besorgte Stimme, die dem Liebhaber seines Papas gehören musste, Finn. Ezers leiblichem Vater.

„Du hast es mir nicht gesagt", flüsterte Ezer tränenerstickt. „Du hast mir nie gesagt, dass es so wehtun würde."

„Es ist die reine Hölle. Aber das vergisst du ganz schnell wieder, und dann willst du noch mehr."

Ezer schüttelte den Kopf. „Versuch bloß nicht, mich zu handhaben."

„Nein, natürlich nicht. Es ist nur–"

„Hör auf. Ich werde nie mehr wollen. Diese beiden reichen mir völlig."

Sein Papa erstarrte. „Zwei? Zwillinge?" Seine Stimme war

plötzlich sehr leise.

„Hat dir das niemand gesagt?"

„Nein, ich habe gar keinen Kontakt zu meinen Söhnen."

Ezer schwitze und stöhnte, als eine neue Wehe begann. Und dann war er auch schon auf Händen und Füßen auf dem Boden, über das Tablet gebeugt, blind vor Schmerzen, und schrie.

„Ezer, ich bin auf dem Weg!"

„Ich brauche Ned", sagte Ezer. „Er sollte hier sein. Hol mir Ned. Ich brauche ihn." Er schrie vor Schmerz, hielt sich den Bauch und beugte sich vornüber. Falls der Schmerz noch stärker wurde als jetzt, würde er sterben. Er würde sterben, und Ned würde nie erfahren, dass er ihn fast geliebt hatte. Dass er es höchstwahrscheinlich getan hätte. Dass er es wahrscheinlich schon tat.

Als er wieder auftauchte aus dem schlimmsten Schmerz, den er je gefühlt hatte, war Yissan bei ihm, errötet und erhitzt, mit weit aufgerissenen Augen. Er hielt Ezer in den Armen und wiegte ihn tröstend.

„Wir haben keine Zeit", sagte er. „Wir müssen uns vorbereiten für den Fall, dass der Krankenwagen nicht rechtzeitig eintrifft. Wo willst du sein, Ezer? Sag's mir."

Ezer deutete auf eine Ecke des Zimmers, nahe der Rückwand, hinter dem Tisch. Er wusste nicht, warum, aber er hatte das Gefühl, dort am sichersten zu sein. Yissan türmte dort einen Haufen Decken auf und half dann Ezer, sich dort hinzubegeben.

Ezer setzte sich auf all den Decken in die Hocke, denn er wusste nicht, wie er in einer anderen Position zurechtkommen sollte, und schaukelte während der Wehen vor und zurück.

Anfangs waren die Pausen zwischen den Kontraktionen länger als die Dauer der Schmerzen, aber sehr bald schon wurden sie kürzer, und der Schmerz kam schneller und schneller.

Yissan saß neben ihm und hielt seine Hand, aber er hatte

nicht die nötige Erfahrung, um Ezer die Angst zu nehmen oder ihn zu beruhigen, außer zu sagen: „Du musst nur durchhalten, Ezer. Sie werden bald hier sein."

Ezer wusste nicht, wer „sie" waren – die Sanitäter, sein Papa, sein Ned. Jedenfalls tauchte niemand schnell genug für ihn auf.

Ezer war nackt und hockte immer noch mit geschlossenen Augen da, als der Krankenwagen eintraf. Seine Nacktheit war ihm schon längst nicht mehr peinlich und es machte Ezer nichts aus, dass diese Männer ihn untersuchten und überlegten, was zu tun sei. Ezer hörte Fetzen ihres Gesprächs:

„Sein Alpha muss hier sein."

„Wir brauchen die Erlaubnis, ihn mitzunehmen."

„Keine Zeit. Er ist schon offen und muss bald pressen."

„Wir könnten ihn narkotisieren und einen Kaiserschnitt machen – ja – aber es gibt keine Garantie, dass er überlebt."

„Nein, du hast recht, dafür gibt es so oder so keine Garantie."

Die Lage musste schon sehr schlimm sein, wenn sie ein solch schlechtes, potenzielles Ende in seinem Beisein besprachen.

Yissan war der Einzige, der ihn berührte. Die Sanitäter hielten sich zurück und warteten auf die Erlaubnis des Alphas, die sie benötigten.

„Falls irgendetwas schief geht, kann er uns drankriegen. Wir brauchen seine Erlaubnis, sonst können wir nicht weitermachen."

Ezer keuchte und hechelte. Seine Gedanken trieben davon. Er erinnerte sich an das Hitze-Haus, an die Muscheln, die Ned für ihn am Strand gesammelt hatte. Er wünschte, er könnte sie jetzt in der Hand halten. Talismane der Liebe und der Hoffnungen seines Alphas.

Damals hatte er sowohl Ned als auch dessen Geschenke als nutzlos erachtet, aber jetzt war alles, was er wollte, sie bei sich zu haben. Ezers Augen füllten sich mit Tränen. Er würde es nicht überleben. Er konnte es nicht ertragen. Niemand konnte das.

Sein Bruder flüsterte ihm zu, er möge stark bleiben.

„Ned kommt bald", sagte Yissan. „Ned und Papa sind auf dem Weg hierher."

Der Schmerz überwältigte Ezer erneut, dieses Mal begleitet von einem intensiven Drang zu pressen. Er wehrte sich nicht dagegen. Die Männer im Raum erstarrten.

Yissan hielt Ezer aufrecht, aber der Schmerz, das Elend, es war alles zu viel.

Erneut tanzten Punkte vor seinen Augen. Dunkelheit kam und ging.

Ezer brauchte Ned. Er brauchte seinen Papa. Er brauchte Hilfe.

Er verlor das Bewusstsein.

Kapitel 35

„DAS TAT ICH, Sir“, sagte Ned, ohne den Anwalt, der ihn befragte, auf den Augen zu lassen. „Ich stellte meinen Fuß auf die Schulter, wie Braden es von mir verlangte.“

„Dann waren Sie also beteiligt an dem gewalttätigen Übergriff auf Ihren zukünftigen Omega?“

„So sehr mich meine Feigheit in der Vergangenheit auch beschämt, ja, das war ich.“

„Ist es möglich, dass Ihre daraus resultierenden Schuldgefühle sowie die Eifersucht darauf, dass Ihr Omega Braden Tenmeter als Alpha vorzieht, sie dazu getrieben haben, heute gegen ihn auszusagen?

„Nein.“

„Mehr haben Sie dazu nicht zu sagen? Einfach nur nein?“

„Einfach nur nein, Sir.“

„Keine weiteren Fragen. Vorerst“, sagte Bradens Anwalt. Sie hatten bereits alle Anschuldigungen rund um den letzten Angriff erörtert, mit Heath als Hauptzeugen. Und das Gericht hatte es als angemessen erachtet, die beglaubigten, schriftlichen Aussagen von Adrien und Ezer zuzulassen und dem Richter vorzulegen.

Ned verließ den Zeugenstand. Er fühlte sich nervös und unsicher, wie ausgehöhlt. Die Sünden seiner Vergangenheit zuzugeben, war beschämend gewesen, aber, wichtiger noch, es hatte ihm gezeigt, wie sehr er noch wachsen musste. Seine Demütigung war nichts im Vergleich zu dem, was Ezer hatte erleiden müssen. Ezer war das Opfer, und seine Worte hätten mindestens genau so viel zählen müssen wie Neds und Heaths, aber so arbeitete das System eben nicht.

Er saß nun neben seinem Onkel im Gerichtssaal und beobachtete, wie der Richter ein Papier nach dem anderen hob, jedes einzelne erwog und sich dann Notizen machte. Ned fragte sich, ob noch heute ein Urteil ergehen würde – unwahrscheinlich – und hoffte, dass, was auch immer die Tenmeter-Familie geboten hatte, nicht genug war, um den Richter zum Justizmissbrauch zu verleiten. Immerhin war der Mann selbst ein Alpha. Er durfte nicht vergessen, welche Auswirkungen es für seinen eigenen Omega haben würde, sollte jemand ihn auf die gleiche Weise attackieren wie Braden Ezer.

Die Minuten krochen dahin, und Braden rutschte unbehaglich auf seinem Stuhl neben seinem Anwalt hin und her. Heath beugte sich nach vorn und flüsterte: „Das sieht gut aus. Der Richter denkt lange nach. Was auch immer Tenmeter ihm als Bestechung geboten hat, wird hoffentlich nicht reichen."

Die Hintertür zum Gerichtssaal öffnete sich, und ein Gerichtsdiener trat ein. Der Richter hob überrascht die Brauen, aber er wartete geduldig darauf, dass der junge Mann an seinen Tisch trat. Der Mann beugte sich nach vorn und flüsterte etwas. Der Richter nickte, dann bedeutete er dem Gerichtsdiener zu gehen.

Der junge Mann bedachte Ned beim Hinausgehen mit einem angespannten Blick. Ned drehte sich nervös der Magen um. Er ballte die Fäuste. Irgendetwas stimmte nicht. Er war nicht sicher, was. Aber der Blick des Gerichtsdieners verhieß eindeutig nichts Gutes. Ned überdachte alles, was mit dem Fall zusammenhing, konnte aber keine Bombe entdecken, die der Gerichtsdiener dem Richter überbracht haben könnte, die das Ergebnis auf die eine oder andere Weise beeinflussen konnte.

„Mr. Clearwater – der jüngere Mr. Clearwater", klärte der

Richter, der von seinen Akten aufblickte. „Sie werden jetzt nach Hause gehen wollen. Ihr Omega liegt in den Wehen und kann nicht im Krankenwagen transportiert werden wie geplant." Die emotionslos vorgetragene Rede traf Ned wie ein Schlag in den Magen. Er stand auf, und kalter Schweiß brach ihm aus.

Auch Heath erhob sich. Der Richter ignorierte das unangemessene Verhalten und widmete sich wieder seinen Papieren. Ned schob sich an den Anwälten vorbei und rannte durch den Mittelgang zur Tür.

Draußen vor dem Gerichtssaal packte Heath ihn am Arm. „Lass mich dich fahren."

Ned nickte. Für einen Bus blieb keine Zeit. Zum Glück war sein Onkel da.

„Wieso kann der Krankenwagen ihn nicht holen?", fragte Ned, während er fahrig sein Telefon und übrigen Sachen von einem anderen Gerichtsdiener entgegennahm. Er checkte seine Nachrichten. Es gab einige von Yissan, aber keine von Ezer.

Heath drängte ihn aus dem Gerichtsgebäude auf die Straße. Die Sonne schien um sie herum wie Gold, als wäre nichts Erschreckendes oder Dringendes im Gange. Als wäre es einfach nur ein Frühlingstag wie jeder andere. Ned versuchte zuerst, Ezer anzurufen – keine Antwort – dann versuchte er es bei Nissan.

„Kommst du?, fragte Yissan atemlos. „Er fragt nach dir."

„Bin unterwegs. Warum konnte er nicht ins Krankenhaus gebracht werden?"

„Die Sanitäter haben sich geweigert. Angeblich konnten sie nichts ohne die Erlaubnis des Alphas tun."

„Ich habe schon vor Wochen eine schriftliche Erlaubnis verfasst."

„Ich weiß nicht mehr, wo du sie hinterlegt hast! Ich habe das ganze Nest abgesucht!"

„Sie liegt oben auf dem Schreibtisch meines Vaters. Das habe ich dir und Earl gesagt an dem Tag, als ich sie verfasst habe."

„Earl ist nicht hier, und ich bin in Panik geraten und konnte mich nicht erinnern. Es tut mir so leid. *Scheiße!*"

„Scheiße", sagte Ned wie ein Echo.

Die Fahrt schien ewig zu dauern, und die ganze Zeit saß Ned zitternd da, und ihm war übel und elendig. War Ezer bereits tot? Hatten die Kinder überlebt? Was würde er bei seinem Eintreffen zuhause vorfinden? In ihrem Nest? Warum musste alles, was damit zu tun hatte, so schwer sein, so schmerzhaft, so bitter?

„Du drehst gerade durch", sagte Heath. „Das ist verständlich. Aber nur bis zu dem Moment, wenn du durch die Tür gehst. Er braucht dich voll und ganz, und er braucht deine Ruhe. Verstehst du das?"

„Ja."

„Du musst tapfer sein für ihn. Das wird–" Heath schluckte. „Unglaublich schwer sein."

Die Untertreibung des Jahres.

„Hattest du Angst, dass du Adrien verlieren könntest?"

„Jeder Alpha hat davor Angst, aber ich gebe zu, dass Adriens Zustand zu keinem Zeitpunkt so riskant war wie Ezers." Heath legte Ned die Hand auf die Schulter und drückte sie beruhigend. Du kannst jetzt nichts weiter tun als zu hoffen und ihm zu sagen, dass alles gut wird. Du musst das vortäuschen, so gut du kannst."

Als Ned beim Haus ankam, raste er durch den Wohnbereich und hinunter zum Nest. Der Raum war voller Menschen. Yissan natürlich, und mehrere Sanitäter. Jemand hatte Dr. Savage angerufen, denn er kniete neben Ezer mit den Händen hinter Ezers Rücken, wo er irgendetwas an der Stelle machte, wo die Babys herauskommen würden.

Amos Elson war ebenfalls da. Er hielt seinen Sohn und sprach beruhigend auf ihn ein. Da war noch ein anderer Alpha im Raum, ein kleiner Mann, der an der Seite stand und instinktiv die

Hände hob, als Ned hereinkam und ihn sah. Er war sich eindeutig bewusst, dass fremde Alphas in der Gegenwart eines schwangeren Omegas nicht willkommen waren, ganz zu schweigen von einem, der in den Wehen lag. Furcht glänzte in seinen Augen – aber dann bemerkte Ned die klaren Konturen seines Gesichts, und wie sehr er Ezer ähnelte...

Ned wandte sich von Finn ab und richtete seine Aufmerksamkeit auf Ezer. Er riss den Kragen seines Hemds auf und krempelte die Ärmel auf. Ezers hockte in einer Ecke und zitterte am ganzen Körper. Sein Kopf fiel nach hinten, und ein Schrei löste sich aus seiner Kehle.

In Neds Augen schwammen dunkle Flecken, aber dies war es nun. Dies war seine Zeit, um tapfer zu sein. Jetzt gab es kein Zurück mehr. Es war zu spät für den Krankenwagen; selbst Ned konnte das sehen. Es war zu spät für einen Kaiserschnitt. Sie mussten da jetzt durch.

Ezer musste da durch.

Ned musste ihn unterstützen. Er schob alle Anwesenden zur Seite, um zu seiner großen Liebe zu gelangen. Er war von Entsetzen ergriffen, aber er brachte seinen Gesichtsausdruck unter Kontrolle. „Ich bin hier", sagte er, sobald Ezers Schrei verhallte. „Es wird alles gut. Ich bin bei dir."

DURCH SEINE VERSCHWOMMENE Sicht konnte Ezer sehen, dass Ned in Panik war und schwitzte. Und er konnte auch sehen, dass Ned nur vorgab, stark zu sein. Beinahe hätte Ezer gelacht, aber dafür fehlte ihm die Energie.

Auch wenn er wusste, dass Ned mehr Angst hatte, als er zugeben mochte, war seine Stimme wie ein Balsam für Ezers Schmerzen, und noch mehr war es Neds Berührung. Ezer konnte kaum die Augen offenhalten, um Neds makellose Haut zu sehen und zu berühren, aber Ned trug ein edles Hemd zusammen mit einer Hose, die wunderbar an ihm saß. Das war nicht gut, kein bisschen. Ezer wollte ihn nackt.

„Zieh das aus. Das alles. Ich brauche deine Haut", keuchte er, und dann stöhnte er wie ein krankes Tier und schaukelte auf seinen Fersen vor und zurück. Eine neue Wehe. Als sie nachließ, war Ned neben ihm, nackt bis auf seine Unterhose, und hielt ihn aufrecht. Er rieb Ezers Rücken und ermutigte ihn mit starker, tröstender Stimme. Ezer griff nach ihm und schwelgte in Neds Duft.

„So ist es gut", sagte Ned. „Du machst das sehr gut. Nicht wahr, Dr. Savage? Er macht das toll."

Dr. Savage schnaubte. Er stimmte nicht zu, sondern beugte sich tief hinab, um nach Ezers Hinterteil zu sehen.

„Er macht das toll", bestätigte Amos und schaute Ned an. Ezer sah auch das Entsetzen in den Augen seines Papas. Sie alle hatten viel Angst. Es war witzig, aber nun, da sie alle hier waren, in diesem Augenblick, fühlte Ezer sich ganz ruhig.

„Mein Alpha und mein Papa", flüsterte Ezer. „Ihr seid beide für mich da."

„Natürlich, Schatz", sagte Amos. „Ich war immer für dich da. Und ich werde es immer sein."

Ezers Augen fielen zu, aber er fühlte Neds Gesicht in seinem Nacken. Er rieb sich an ihm und atmete seinen Duft ein. Es war beruhigend. Einen Moment lang.

Erneut warf Ezer den Kopf zurück und schrie. Der Schmerz war schneidend. Nicht wie zuvor. Die Babys wollten heraus, und er war ihnen dabei im Weg.

Als die Wehe nachließ, ging sie beinahe nahtlos in eine weitere Kontraktion über. Ezer ließ sich gegen Neds Stärke sinken. „Sie werden mich in Stücke reißen", flüsterte er und dachte, dass er wirklich mehr Angst davor haben sollte, aber er war einfach zu verdammt müde. „Ich kann das nicht. Ich kann nicht, Ned. Ich kann einfach nicht."

Ned bewegte sich um ihn herum, bis er vor ihm war. Er hob Ezers Kinn und schaute ihm fest in die Augen. Mit ruhiger, sicherer Stimme versicherte Ned ihm: „Du wirst es schaffen, Ezer, und es wird alles gut werden. Du wirst stark sein, und gesund, und auch die Babys werden gesund sein. Wir kommen da durch. Du und ich. Ich bin bei dir. Vertraust du mir?"

Ezer nickte. Ned klang so sicher, als würde er ganz genau wissen, wovon er sprach. Er konnte das so gut vortäuschen. Ezer beschloss vorzugeben, dass er ihm glaubte.

Bis die nächste Wehe kam.

Dann wusste er wieder tief in seinem Herzen, dass Ned ein verdammter Idiot war.

Kapitel 36

N ED HATTE NIE solches Leiden gesehen. Sein geliebter Omega, sein Ezer mit den Himmelsaugen, erduldete unfassbare Schmerzen, um ihre Zwillinge zu entbinden. Die Schmerzen schienen unwirklich zu sein, und Ned konnte nichts dagegen tun, dass seine Gedanken erneut darum kreisten, dass Ezer sterben könnte. Konnte seine schmächtige Gestalt dies überstehen? Würde er leben?

Aber jedes Mal, wenn die Zweifel kamen, erinnerte er sich daran, wie sein Onkel mit dem Finger auf den Tisch klopfte und ihm mit strenger Stimme sagte, er müsse der Alpha sein, den Ezer brauchte. Und er erinnerte sich an Heath im Auto, der ihm sagte, er müsse es so gut vorgeben, wie er konnte.

Er benutzte diese Gedanken wie ein Mantra, um sich zu beruhigen. Und wenn er mit Ezer sprach, dann mit Autorität, und er versicherte ihm, dass die Geburt gut verlief, dass Ezer stark genug war, um es zu schaffen, dass sie alle am Ende froh und glücklich sein würden.

Die Sanitäter standen herum und sahen zu, bereit, wie Ned klar wurde, an Ezer oder den Babys, nachdem sie geboren waren, Wiederbelebungsmaßnahmen durchzuführen, Im Augenblick war Dr. Savage der Einzige, der seinen Omega behandelte.

Bei jedem beruhigenden Wort spürte Ned bis ins Mark, dass er log, aber Ezer schien ihm zu glauben. Er starrte mit suchendem Blick in Neds Augen und fand dort irgendetwas, das er brauchte.

Ezer hörte ihm zu, nickte und entspannte sich, bis die nächste Wehe kam.

Auch Amos redete ermutigend mit seinem Sohn, aber es schien, dass Ezer sich am meisten an Neds Worte klammerte. Der Grund dafür wurde offenbar, als Ezer Ned während einer der kürzer und kürzer werdenden Pausen zwischen den Kontraktionen in die Augen schaute und sagte: „Du magst ja ein Feigling sein, aber du hast mich nie angelogen."

„Nein", stimmte Ned zu.

„Dann sag mir jetzt die Wahrheit. Werde ich heute sterben?"

Die Wahrheit? Ned strengte sich so sehr an, tapfer zu sein, aber er wusste nicht, ob er derart tapfer sein konnte. Ezers Augen forderten ihn heraus, der rebellische Omega, der er immer war, drängend, nicht sein Vertrauen zu missbrauchen.

„Ich hoffe nicht."

Ezer Lippen zuckten. „Keine Lüge. Danke."

„Ich liebe dich."

„Ich weiß." Ezer atmete langsam und tief ein und schaute Ned mit Entschlossenheit an. „Also gut. Tun wir es." Dann zog er sich in den mentalen Bereich zurück, in welchem er zwischen den Schmerzattacken verharrte.

Ned fing Amos' Blick auf, und sie teilten einen Augenblick lähmender Angst um Ezer.

Dr. Savage war schwer beschäftigt, behielt aber die Ruhe. Er hielt mehrere glänzende Instrumente bereit, von denen er sagte, er könnte sie vielleicht später noch benötigen. Wofür, wusste Ned nicht. Und er traute sich nicht, danach zu fragen. Dr Savage kniete neben Ezer und warf einen Blick auf dessen Arschloch. Ned tat es ihm gleich und sah, dass Ezers Loch gedehnt war und sich nach außen stülpte, um den ersten Zwilling herauszupressen.

Amos' Augen wurden immer wieder fast schwarz vor Entsetzen, zum Beispiel, wenn Ezers Schrei so laut war, dass es schien, als würde er ein Loch ins Dach schlagen und den Himmel darüber entblößen. Oder zu anderen Zeiten, wenn Amos mit seinem Trost zögerte. Dann wechselte sein Ausdruck zwischen so vielen Emotionen hin und her, dass Ned nicht alle benennen konnte. Aber er selbst richtete sich jedes Mal wieder auf, hob das Kinn und sagt: „Ezer. Ich bin bei dir. Dein Papa ist bei dir. Du machst das großartig."

„Ich weiß, es ist das Schwerste, das du je getan hast, aber ich verspreche dir, Ezer, dass du es schaffst", murmelte Ned und küsste Ezers Stirn, nachdem Ezer sich krümmte und sich durch eine weitere Wehe schrie.

„Ich glaube nicht, dass ich das kann", jammerte Ezer schrill und hoch.

„Du kannst das", ermutigte ihn Amos. Er sah Ned an. „Komm, und lehne dich an deinen Alpha. So ist es gut." Amos legte Ezers Gewicht voll in Neds Arme. Dann saß er an Ezers Seite und hielt zitternd seine Hand. „Ich bin bei, wir sind beide bei dir und für dich da. Dein Papa und dein Alpha. Es wird alles gut werden."

Dr. Savage untersuchte Ezer nochmals, dann erhob er sich auf seine Knie und nickte. „Das Erste ist jetzt vollends in der Passage." Er wandte sich an Ezer. „Die nächsten paar Kontraktionen werden intensiv sein, aber danach sollte es nicht mehr lange dauern, bevor ihr euren Erstgeborenen willkommen heißen könnt." Er klopfte Ned auf die Schulter. „Bereit, junger Vater?"

Ned nahm all seinen Mut zusammen und nickte. „Bin ich."

Dr. Savage wandte sich erneut an Ezer. „Es ist so weit. Das erste Baby kommt nun."

Das musste Ezer nicht gesagt werden. Das konnte Ned sehen, weil Ezer von einer weiteren Welle intensivsten Schmerzes erfasst wurde. Er schrie und presste, sein Körper verkrümmte sich vor Anstrengung; seine Beine und Arme und jeder einzelne Muskel verspannte sich und arbeitete daran, das Baby herauszupressen. Sogar seine Augen traten hervor.

„Noch ein bisschen mehr", sagte der Arzt, der mittlerweile auf dem Boden unter Ezers Hinterteil lag und wartete. „Ich kann schon das Köpfchen sehen."

Bei der folgenden Wehe verfärbte sich Ezers Gesicht rot. Im Raum herrschte Schweigen, weil Ezer zu stark presste, um schreien zu können.

„Na bitte", sagte Dr. Savage. „Da haben wir es." Er richtete sich hinter Ezer auf den Knien auf und ließ seine Hände sinken, als wollte er das Baby fangen.

„Ich mache das", sagte Ned, der sich plötzlich sicher war, dass er damit das Richtige tat. Die ersten Hände, die seinen Sohn berührten, sollten seine eigenen sein.

„Dann beeilen Sie sich", sagte Dr. Savage. „Er wird ganz schlüpfrig sein, wenn er herauskommt. Da müssen Sie ihn schnell ergreifen."

„Ned?", sagte Ezer mit zitternder Stimme.

„Ich bin hier." Ned küsste Ezers Schulter und seinen Hals. „Ich bin genau hier und bereit, unseren Sohn aufzufangen."

Ezer griff hinter sich, berührte Neds Oberschenkel, dann ergriff ihn die nächste Wehe. Sein schmächtiger Körper bebte und verkrampfte sich, und dann kam ihr Sohn heraus wie eine Kanonenkugel und glitt direkt in Neds Hände.

„Er ist da", sagte Ned atemlos und hielt das Baby so, dass es nicht wegrutschte. „Er ist da!"

Dr. Savage beugte sich heran und machte etwas mit dem Mund und der Nase des Babys. Dann durchbohrte ein Schrei den Raum. Es war nicht Ezers. Er gehörte zu dem neuen Baby.

„Ist er das?", fragte Ezer. Er klang leicht panisch. „Lasst mich ihn sehen. Ich muss ihn sehen." Ezer keuchte und zitterte, während Dr. Savage Ned half, das Baby in eine Decke zu wickeln und Ned dann um Ezer herum führte, um ihm die Frucht seiner

Anstrengungen zu zeigen. „Dies ist unser Sohn", sagte Ned mit pochendem Herzen und enger Kehle. Ezer streckte seine Hände nach dem Bündel in Neds Armen aus.

„Lassen Sie ihn das Baby halten", sagte Dr. Savage. „Es wird ihn ablenken, wie wunderbar das Baby ist, sodass die nächste Kontraktion ihn nicht so–"

Ezer schrie und schob das Baby zurück zu Ned, der es eilig ergriff, als Ezer stöhnte, knallrot wurde, verkrampfte und kämpfte und *hart* presste. Ein zweites Kind wurde geboren, und dieses Mal fing Amos es auf, der nach der Geburt des ersten Kindes Neds Position eingenommen hatte.

Ein weiterer Schrei.

„Oh, er ist wunderschön", murmelte Amos, wickelte das Baby ein und wandte sich zu Ezer und Ned, um ihnen das Kind zu zeigen. „Er ist perfekt."

Ezer griff nach beiden Babys, um sie nah bei sich zu haben. Tränen liefen ihm über das Gesicht, und sein Atem ging schwer und klang scharf. Sein ganzer Körper bebte. Er drohte zu kollabieren, nachdem er fast während der ganzen Geburt gekniet oder gehockt hatte.

Auch über Neds Gesicht liefen Tränen, als er und Ezer ihre Söhne in den Armen hielten. Ezer war schweißüberströmt, und Blut lief aus seinem Arsch. Er wollte sich hinlegen, aber Dr. Savage ermutigte ihn, noch einen Moment zu warten.

Während die Babys schrien, verwirrt und verängstigt von dieser neuen Welt, in die sie gerutscht waren, ließ Dr. Savage sich erneut auf den Boden nieder, dieses Mal mit ein paar seiner Instrumenten. Er überwachte den Ausstoß der Plazentas und zeigte sie, damit alle sahen, dass sie gut herausgekommen waren, dick und tiefrot. Er nickte zufrieden.

„Es gibt keine Blutungen", sagte er und half dem zitternden und schmächtigem Ezer, sich auf die Decken zu legen. „Das war eine überraschend erfolgreiche und normale Geburt. Wirklich überraschend, weil er so klein ist. Ich dachte, wir würden gewiss unsere Freunde aus dem Krankenwagen benötigen. Deshalb habe ich die Sanitäter gebeten zu bleiben."

Dr. Savage half dabei, Ezer mit weichen Decken zuzudecken, dann bedeutete er Yissan, das Wasser herzubringen, das er noch hielt, nachdem er mehrmals versucht hatte, es Ezer in den kurzen Pausen zwischen den Wehen zu trinken zu geben. „Er hat ganz schön Glück gehabt. Hatten Sie beide."

Als Ezer endlich ruhig da lag, angelehnt an die vielen Kissen in seinem Rücken, und nicht mehr ohnmächtig zu werden drohte, reichte ihm Amos das eingewickelte, zweite Baby, und Ned tat dasselbe mit dem ersten. Sie kuschelten sich aneinander mit den Kleinen, und der Raum leerte sich nach und nach – zuerst gingen die Sanitäter, dann Heath. Schließlich gingen Yissan und Amos die Treppe hoch. Der Letzte war Dr. Savage, der seinen Job ernst nahm und sicher stellte, dass es Ezer und den Babys wirklich gut ging, bevor er sagte: „Ich bin oben im Haus. Ich werde vor morgen früh nicht weggehen. Es ist wahrhaftig ein Wunder, wie alles gelaufen ist, und ich werde nicht gehen, bevor ich sicher bin, dass es keine Rückfälle gibt."

Ned war das gleich. Seinetwegen konnte der Mann ein Jahr bleiben. Solange nur Ezer und die schreienden, rotgesichtigen Babys leben würden.

Ezer hielt seine Babys fest, dann begann er zitternd selbst zu weinen. Ned wischte die Wangen seines Omegas, tröstete ihn und sagte ihm, dass jetzt alles gut werden würde. Sie waren eine Familie. Sie würden glücklich sein. Es würde alles gut werden.

Ezer blickte auf, Schock und Erleichterung in seinen glänzenden Augen, und plötzlich fing er an zu lachen.

„Was?"

„Du versuchst mich zu trösten, dabei weinst du selbst."

Das stimmte.

TEIL 7

Nach der Geburt

Kapitel 37

EZER STAND AM Fenster des Nests und hielt Ollie in einem Arm und Sundy im anderen. Beide Babys waren Betas, und beide waren nach Ezers Meinung wunderschön. Beide zeigten gewisse Gesichtszüge von ihren Eltern, und Ezer konnte sich nicht entscheiden, wer perfekter war. Ollie mit seinem goldenen Haar, aber Ezers betörenden Augen, oder Sundy mit seinen dunklen Locken und Neds dunklen Augen.

Die Namen für die Babys hatten sie gemeinsam ausgesucht. Wochenlang hatten sie hin- und her überlegt, bis sie sich schließlich auf zwei Namen geeinigt hatten, die ihnen richtig für die Babys zu sein schienen und wohltuend klangen.

Seit der Geburt war ein Monat vergangen. Ezer ging es jeden Tag besser, und seine Kraft kehrte zurück. Und die Babys wuchsen schnell. Sowohl Ned als auch Ezer warteten immer noch darauf, dass sich die gefürchteten Wochenbettdepressionen einstellen würden. Jedermann hatte sie davor gewarnt und sie als tiefe Verzweiflung beschrieben, die in vielen Omegas Paranoia und Wutanfälle auslöste. Bis jetzt waren sie ausgeblieben

Vielmehr fühlte Ezer sich mit jedem Tag selbstbewusster und sicherer.

Anfangs hatten Ezer und Ned keine Ahnung gehabt, wie sie sich um ihre Söhne kümmern sollten, aber Amos war ein paar Tage geblieben und hatte Ezer gezeigt, wie er die Babys stillen sollte, und Ned, wie man die Babys wickelte. Auch hatte er Ezer ermutigt, von Ned mehr Hilfe anzunehmen und zu fordern, als er zuvor von Ned erwartet hatte.

Ned für seinen Teil war absolut hingebungsvoll.

Er ließ sich noch länger von der Schule befreien und sprach sogar davon, nie mehr hinzugehen. Er erzählte Ezer, dass er einen Plan hatte. Einen großen. Immer wenn Ezer nach Einzelheiten fragte, bekam er als Antwort nur: „Ich bin der richtige Alpha für dich, und ich werde es beweisen."

Was hinreißend war, aber auch lächerlich, denn ob Ned nun der richtige Alpha war oder nicht, er war in der Tat Ezers Mann und der Vater seiner Kinder. Und Ezer hatte nicht vor, sich von ihm zu trennen. Ned jedoch sagte, dass er immer noch etwas zu beweisen hätte. Immer noch Wiedergutmachung zu leisten.

Und wenn Ned vorhatte, Ezer zu beeindrucken? Nun ja, Ezer war dabei.

Ihm gefiel, wie Ned jede Gelegenheit nutzte, für ihn stark zu sein – gefühlsmäßig oder körperlich – und er liebte es, dass Ned jeden Tag mehr Courage zeigte. Er war sogar so weit gegangen, Lidell zu informieren, dass dieses Haus jetzt *sein* Haus war, gekauft mit dem Geld aus Neds Treuhandfond, und von Lidell verlangt hatte, nicht wieder einzuziehen, ohne Ned um Erlaubnis zu bitten.

Lidell hatte das relativ gut hingenommen, da sein Plan ohnehin zu sein schien, endlos zu reisen mit dem Geld, das Ezers Vater bei Abschluss des Vertrages zur Verfügung gestellt hatte. Ned warnte, dass Lidell irgendwann alles aufgebraucht haben und mehr verlangen würde. Aber wie auch immer, es war eine Erleichterung zu wissen, dass der erstmal nicht mehr in ihrem Leben auftauchen würde.

Außerdem würde Ezer in Kürze mit den Babys das Nest verlassen und in den Hauptteil des Hauses umziehen. Earls Aussage nach hatte Ned in fast allen Räumen eine Menge Veränderungen vorbereitet. Ein Zimmer war nun ein Kinderzimmer, und ein anderes hatte er in ein Schlafzimmer für Ezer verwandelt. „Ob es mir wirklich gefallen wird?", fragte Ezer die Babys, die ausnahmsweise einmal ruhig schlummerten. „Was, wenn nicht?"

Aber anstatt darüber wütend zu sein, dass Ned Entscheidungen traf, ohne Ezers Input, brachte ihn dieser Gedanke zum Lachen. Ezer war sich sicher, sollte er die Einrichtung hassen, dass Ned sie einfach ändern lassen würde. So war Ned dieser Tage; er würde alles tun, um den Papa seiner Kinder froh zu machen.

Was etwas war, das sich früher oder später ändern musste.

Ezer konnte nicht für den Rest seines Lebens mit einem langweiligen Jasager zusammen sein, aber für den Moment und während er immer noch dabei war, sich zu erholen, war es ganz schön.

Amos würde heute abreisen, und er war oben im Haupthaus und packte seine Sachen. Es war an der Zeit für ihn, zum Haus am See zurückzukehren und sein Konto darauf zu überprüfen, ob das vereinbarte Geld von Ezers Vater eingegangen war.

Zwei Söhne bedeuteten doppelt so viel Geld. Amos sagte, das war alles, was er für den Rest seines Lebens brauchte.

Manchmal fragte Ezer sich, wie viel Geld Ned für die Zwillinge erhalten hatte. Sicher hatte sein Vater für das zusätzliche Kind einen Bonus gezahlt? Vielleicht stand aber auch im Vertrag, dass pro Schwangerschaft gezahlt wurde, nicht pro Kind. Wie auch immer, der Gedanke, dass der Vater seiner Kinder für ihre Geburt Geld annahm, machte ihm zu schaffen. Aber wie Amos ihm gesagt hatte, „George schuldet dir und den Kindern etwas. Ned mag ja der Empfänger des Geldes sein, aber es wird nur dazu verwendet werden, deinen gewohnten Lebensstandard zu erhalten."

Während ihn langsam die nebelartige Glückseligkeit der Schwangerschaft verließ und er sich darauf vorbereitete, das Nest zu verlassen, versuchte Ezer noch immer zu verstehen, welcher Standard genau es sein sollte, den er angeblich gewohnt war, und ob er den tatsächlich erhalten wollte.

Er und Ned mussten reden. Erneut. Witzig, wie es immer wieder darauf hinauslief. Vielleicht würde es dieses Mal produktiver enden.

Ezer hörte Schritte auf der Treppe, und sein Herz pochte. Er hoffte, dass es Ned war, erkannte die Schritte jedoch schon bald. Er wandte sich vom Fenster ab und sah seinen Papa das Zimmer betreten.

„Wo ist Ned?", fragte Amos, während er mit ausgestreckten Armen zu Ezer kam, um ihm eines der Babys abzunehmen. Ezer gab ihm Ollie. „Ich würde mich gern verabschieden, bevor ich gehe."

„Ich weiß nicht genau." Sundy fing an zu zappeln und Ezer führte sie alle zu dem großen, U-förmigen Sofa, das er anfangs so gehasst hatte. Er setzte sich und hob sein Hemd – er genoss es wieder, Kleidung zu tragen – und begann, seinen hungrigen Sohn zu stillen. „Ned sagte, er hätte etwas Wichtiges zu erledigen, und dass er möglicherweise für den Rest des Tages fort sein würde."

„Du hast nicht nach weiteren Infos gefragt?"

„Ich habe Ollie gestillt und war halb am Schlafen."

„Ah, natürlich."

„Ich bin sicher, er wird bald zurück sein."

„Nun, sag ihm Danke von mir, ja? Es war großzügig von ihm, mich so lange bleiben zu lassen."

„Ich glaube, das hat ihm sogar gefallen. Sein Vater hat sich nicht die Mühe gemacht, herzukommen und zu helfen, daher denke ich, dass es ihm gefallen hat, eine Elternfigur hier zu haben."

„Du sagst das so, als wünschte er sich, dass sein Vater zurückkehren würde. Ich habe eher den Eindruck, dass er über den

Mann hinweg wäre.“

„Ja, er ist im Moment wirklich nicht glücklich über ihn.“

Schweigen hing zwischen ihnen. Es gab so viel zu sagen, über so viele Dinge. Aber keiner von Ihnen wusste, wo sie anfangen sollten. Schließlich sagte Papa: „Dein Vater würde gern die Babys sehen.“

„George kann sie sehen, wenn die Hölle zufriert“, sagte Ezer.

„Ich meinte Finn.“

Ezer zögerte. Er erinnerte sich an den kleinen Alpha, den er an jenem Tag am Strand kennengelernt hatte. Er war nett gewesen, aber Ezer war nicht sicher, ob er ihn in sein Leben oder in das seiner Kinder einladen wollte. „Was ist mit seinem Omega? Was mit seiner anderen Familie?“

Papa nagte an seiner Lippe. „Er hat Young alles gestanden. Young, das ist sein Omega. Es verlief ungefähr so gut, wie man es erwarten würde, und Young bat ihn, für einige Monate wegzugehen, damit er Zeit hat, mit der Wahrheit und der neuen Situation klarzukommen. Er hat wohl nicht gewusst, dass Finn zu mir kommen würde, aber natürlich tat er das. Ich hatte ihn wissen lassen, dass ich meine alte Wohnung am See zurück hatte, in einer besseren Lage war und ihn gern wiedersehen wollte.“

„Dann seid ihr also jetzt ein Paar? Und lebt von Georges Geld?“

Papa schnaubte. „Na ja, im Augenblick schon. Irgendwann wird Finn schließlich heimkehren. Er vermisst seine Familie. Und es ist ja so, dass er Young wirklich liebt. Was er und ich haben, ist etwas zu Leidenschaftliches, um auf Dauer zusammenzuleben. Abgesehen von der Leidenschaft gibt es keine Substanz. Er ist ein guter Mann, und ich bin noch immer verliebt in ihn. Das wird auch immer so sein. Aber er verdient die Stabilität seines Zuhauses mit seinem Omega.“

„Findest du nicht, dass diese Beziehung schon genug Leid

verursacht hat?" Ezer hatte nicht allzu viel Vertrauen, dass sein Papa das Richtige tun würde, aber er konnte es nicht ungesagt lassen. „Immer so weiterzumachen, wird nur noch mehr Menschen verletzen."

Papa seufzte. „Es ist nicht so, als hätten wir dieses Leben gewollt, Ezer. Wir machten nur das Beste, was wir konnten, aus dem, was uns aufgezwungen wurde. Deshalb wollte ich, dass du mit Ned zusammenkamst. Ich wusste, dass er besser zu dir passen würde, als George je zu mir gepasst hatte."

„Papa, deine Entscheidungen waren deine eigenen, und sie waren schlecht. Sind es immer noch."

„Ich verstehe das, und dass du immer noch wütend bist. Aber Finn und ich werden nie wirklich übereinander hinwegkommen. Er wird Zeit finden, mich zu sehen, wenn sein Omega es erlaubt. Aber ich verstehe, wenn du mir das nicht verzeihen kannst." Er räusperte sich.

„Papa, ich verzeihe dir für den wie auch immer gearteten Anteil, denn du daran hattest, mich in diese Situation zu bringen", sagte Ezer und sah zu, wie sein Papa Ollies Köpfchen küsste. „Aber nur, weil ich nicht weiß, wie ich sonst darüber hinwegkommen sollte. Du und George dachtet, ihr würdet das Beste für mich tun, auch wenn es das nicht war."

„Bist du nicht glücklich mit deinem Alpha? Ned ist so hingebungsvoll."

„Doch, bin ich. Für den Moment. Ich kann nicht garantieren, dass das auch nur in zehn Minuten noch so sein wird; er hat mich immer so wütend gemacht. Aber ja, ich mag Ned, und ich entwickele mich dahin, ihn zu lieben. Er ist ein guter Mensch, und er liebt die Babys. Und er liebt mich. Aber ich sollte das Recht haben, meinen eigenen Weg zu wählen. Jeder Omega verdient das."

Papa küsste Ollie noch einmal und senkte den Blick. „Ich

verstehe.“

„Ich will wissen, was du für meine Brüder tun wirst. Vaters Art und Weise, sie unter die Haube zu bringen, kann nicht standhalten. Jetzt hat er sie im Stich gelassen, aber es ist nur eine Frage der Zeit, bevor er es erneut mit Flo versuchen wird. Aber das ist falsch. Siehst du das nicht? Es sollte ihnen erlaubt sein, ein Beziehung zu führen, deren Basis Liebe ist.“

„Deine Brüder?“, fragte Papa. „Was kann ich schon tun, um ihnen zu helfen? Es ist ja nicht so, als könnte ich George von seinen Geschäftsmethoden abhalten. Und das ist alles, was deine Brüder für ihn darstellen, Mittel zum Zweck. Um Geschäfte zu machen.“

„Siehst du nicht, wie falsch das ist?“

„Natürlich sehe ich das. Aber eines Tages, wirst auch du es lernen, Ezer. Du musst nach ihren Regeln spielen. Und darum habe ich die Saat in den Kopf deines Vaters gepflanzt, dass Ned der Junge wäre, der dich handhaben würde. Als Ned zu mir kam, um sich für den Vorfall bei meiner alten Wohnung zu entschuldigen, konnte ich das in ihm sehen. Das Potenzial. Die Güte.“

„Ich hatte erstmal ein Leben verdient. Ich wollte zur Schule gehen. Mathematik studieren. Meine Hitzen verkaufen.“

„Ich weiß. Aber so ist es besser.“

Ezer seufzte. Das Baby an seiner Brust hatte aufgehört zu trinken und war eingeschlafen. Es nuckelte noch ein wenig, aber überwiegend sabberte es nur schlaftrunken. Ezer zog sein Hemd herunter und drückte Sundy an sich. Er duftete köstlich, wie frisch gebackenes Brot und Süße.

„Willst du, dass ich mich entschuldige?“, fragte Papa. „Weil ich das tue, wenn es hilft. Es tut mir leid, Ezer, dass ich dir einen wundervollen Alpha ausgesucht habe, um—“

„Tu das nicht.“

Papa verstummte. Dann sagte er: „Du hast Recht. Ich wollte

nicht kleinkariert sein. Du hattest einen Traum, und den habe ich dir weggenommen. Und auch wenn dein Leben im Augenblick nicht schlimm ist – selbst, wenn es dir gefällt – so hattest du immer noch ein Recht auf deinen Traum."

„Danke. Das ist alles, was ich hören wollte."

Er stand auf, und Papa tat es ihm gleich. Sie umarmten einander, und Ezer sagte: „Ich bin sicher, dass ich in meinem sehr geschäftigem Still- Stundenplan Zeit finden werde, mich nächsten Woche einmal mit Finn zu treffen, wenn ihr das wollt."

„Das würde ihm gefallen, und mir auch."

Ihr Gespräch und die gemeinsame Zeit war damit zu Ende. Ezer wollte seinem Papa nach oben folgen und ihm zum Abschied winken, aber er musste Ollies Windel wechseln und Sundy zum Schlafen sicher aufs Sofa legen, mit einem Kissen, das ihn davon abhalten würde, herunterzurollen, sollte er wie durch ein Wunder die Fähigkeit entwickeln, das zu tun. Ezer widmete sich diesen Aufgaben.

„Hey." Neds Stimme war leise und ernst, aber sie erschreckte Ezer doch so sehr, dass er beinahe Ollies schmutzige Windel fallen ließ.

„Hi." Ezer drehte sich um, nachdem er die Windel entsorgt, sich die Hände gewaschen und das nun saubere Baby hoch genommen hatte. Er winkte Ned mit der kleinen Babyhand zu. „Ollie ist blitzsauber und freut sich, dich zu sehen."

„Ich freue mich auch, ihn zu sehen", sagte Ned, aber er klang nicht froh. Tatsächlich klang er eher grimmig.

„Was ist los?"

Sundys Schreien war vom Sofa her zu hören, und Ezer beeilte sich, ihn zu holen. Er beruhigte das Baby mit leisen Versicherungen, dass Papa da war.

Ned folgte ihm mit Ollie, und dann saßen sie zu viert auf dem Sofa, eine kleine Familie, die miteinander kuschelte.

„Heraus damit", sagte Ezer. „Irgendwann musst du es mir sowieso erzählen. Also warum nicht jetzt?"

„Bradens Urteil wurde heute gesprochen. Ich war bei Gericht, um es zu hören."

Ezer erstarrte. „Oh, du hättest es mir sagen sollen, bevor du gegangen bist."

„Ich wollte nicht, dass du daran erinnert wirst und du dir dann den ganzen Tag Sorgen machst."

Das konnte Ezer nachvollziehen. Er war an diesem Morgen in guter Stimmung gewesen, und er hatte einen angenehmen Tag verbracht. Hätte Ned ihm von der Urteilsverkündung erzählt, hätte er Stunden damit zugebracht, sich darüber Gedanken zu machen. „War es– ich meine, wie lautete es?"

„Schuldig."

„Gott sei Dank."

„Ja." Aber Ned runzelte weiterhin die Stirn. „Es wird in den Nachrichten sein. Jeder wird es erfahren. Es gibt nichts, was die Tenmeters jetzt dagegen unternehmen können. Aber die gute Nachricht ist, dein Name wird dabei nicht erwähnt werden. Da Bradens Vater darauf bestanden hat, dass die Verhandlung nicht öffentlich ist, wird deine Identität verhüllt bleiben."

Erleichterung überkam Ezer erneut. Er hatte das schon gewusst, aber es war beruhigend, es noch einmal bestätigt zu bekommen. „Also, was stimmt nicht?"

„Braden kommt nicht davon. Gegen ihn stehen meine und Onkel Heaths Aussagen. Das allein reicht für den Schuldspruch. Eine Gefängnisstrafe steht an, aber es wird nicht ein so langes Urteil werden, wie wir gehofft haben. So viel haben die Schmiergelder der Tenmeters zumindest erreicht."

„Trotzdem ist es besser gelaufen, als ich erwartet hatte."

„Wirklich?" Ned biss sich auf die Unterlippe. „Du verdienst aber viel mehr."

Ezer lachte. „Warum bist du so trübsinnig? Rede mit mir."

Ned seufzte. „Na gut. Ich muss dir noch etwas erzählen – also, eigentlich mehrere andere Dinge – und vielleicht wirst du sehr wütend auf mich sein."

„Dann bring es hinter dich."

„Ich habe mit deinem Vater gesprochen."

„Warum?"

„Weil ich ihm das Geld zurückgegeben habe, das er mir als Bezahlung für Ollie und Sundy überwiesen hat." Er schaute Ezer in die Augen. „Ich bin nicht zu verkaufen, und mein Herz ebenfalls nicht. Ich liebe dich, und ich will, dass ich dir eines Tages etwas bedeute. Ich glaube nicht, dass du das je tun wirst, wenn ich dafür bezahlt werde, deine Hitzen zu handhaben und mit dir Babys zu machen. Also habe ich damit abgeschlossen."

Ezers Herz öffnete sich weit und ließ etwas Licht hineinscheinen. Er fühlte sich frei, als wäre er ein Luftballon, bei dem jemand gerade den Faden durchgeschnitten hatte. Er schwebte davon. „Aber was ist mit dem Geld? Wovon werden wir leben?"

„Die Frage ist doch eher, wovon wird mein Vater leben? *Wir* haben jede Menge Geld. Onkel Heath hat für mich einen Treuhandfond eingerichtet und darin eingezahlt. Darüber hinaus werde ich ihn eines Tages beerben. In der Zwischenzeit, wenn es so weitergeht wie bisher, werden wir ein sparsames Auskommen haben."

„Das kriegen wir hin", sagte Ezer. „ Es ist ja nicht so, als würde ich jede Woche Partys schmeißen und unseren Pool mit Champagner füllen wollen."

„Mein Vater wird sauer sein." Ned verzog die Lippen. „Nein, er wird verletzt sein."

„Du bist so sanftmütig", sagte Ezer und berührte Ned an der Brust, um dessen Herzschlag zu spüren. „So weichherzig."

Ned nahm Ezers Hand und hielt seine Finger fest. „Ich will

nicht, dass er denkt, er wäre mir egal, aber…" Ned schüttelte den Kopf. „Ich kann nicht zulassen, dass seine Verantwortungslosigkeit unsere Familie in Gefahr bringt, und ich will kein Geld von George Fersee, also gibt es keinen anderen Weg. Ich muss ihn aus unserem Leben heraushalten, um dich zu schützen."

„Was bedeutet das für ihn?"

„Ich bin nicht sicher. Aber es macht mich traurig, daran zu denken."

Ezer legte seinen Arm um Neds Schultern und zog ihn an sich. Die Babys schliefen, und sie waren alle vier zusammen wie ein Häufchen Seelen, die sich zum Trost aneinander schmiegten.

„Ich liebe dich", sagte Ned. „Sag mir nicht dasselbe. Ich weiß, dass es nicht stimmt. Noch nicht. Aber ich will auch, dass du stolz auf mich sein kannst."

„Das bin ich bereits."

Ned schloss seine Augen, als wollte er all seinen Mut zusammennehmen. Als er sie wieder öffnete, flüsterte er: „Ezer?"

„Ja?"

„Ich habe auch Verträge, von denen ich mir wünsche, dass du sie unterzeichnest."

Ezer neigte den Kopf. „Was für Verträge?"

„Der erste löst und beendet unsere ursprünglichen Verträge, die unter Druck abgeschlossen wurden. Er benennt mich als finanziell verantwortlich sowohl für Ollie und Sundy, als auch für dich. Er legt fest, dass mein Onkel und ich sicherstellen, dass es euch niemals an etwas fehlen wird. Heath hat bereits unterschrieben.

Ich will, dass du die Sicherheit hast, dass selbst, sollte ich mich in einen Schurken verwandeln, den du verabscheust, du immer noch frei und sicher sein wirst." Ned schluckte schwer. „Nachdem du unterschrieben hast, und ich auch, wirst du frei sein."

Ezer pochte das Herz. „Was?“

„Du könntest gehen. Du könntest ohne mich neu anfangen. Du könntest die Kinder mit dir nehmen oder sie hierlassen. Das liegt ganz bei dir. Deine Entscheidung.“

Ezer setzte sich aufrecht hin. Heißer Zorn wuchs in seinem Herzen. „Was willst du damit sagen?“

„Ich will damit sagen, dass ich deine Unterschrift auf diesen Verträgen will, damit du frei bist in deinen Entscheidungen. Das hattest du von Anfang an verdient.“

„Ich dachte, du liebst mich, dass ich dir etwas bedeute, und die–“

„Halt!“, sagte Ned und legte Ezer einen Finger auf die Lippen. „Ich habe noch ein zweites Set von Verträgen, die du unterschreiben sollst, sobald du dazu bereit bist. Ich habe sie bereits unterzeichnet, weil ich mir immer sicher war. Diese Verträge benennen mich als deinen Alpha, den Vater deiner Kinder, den Vater deiner zukünftigen Kinder, den Betreuer deiner Hitzen und als deinen Ehemann. Du kannst sie unterschreiben, wann immer du magst.“

Ezer starrte Ned an. „Aber–“

„Ich habe dich immer nur dann gewollt, wenn du mich ebenfalls wolltest. So war das für mich von Anfang an. Wir sind jung. Wir haben noch ein langes Leben vor uns. Vielleicht wirst du mich nie lieben. Vielleicht wirst du diese Verträge nie unterschreiben wollen. Aber du wirst immer Sicherheit haben, und ich werde dich immer beschützen. Ich werde dich immer lieben. Selbst, wenn du mich verlässt.“

Ezer wurde die Kehle so eng, dass er kein vernünftiges Wort herausbrachte. Nur: „Im Ernst?“

„Im Ernst.“

„Du willst unseren Vertrag beenden.“

„Und eine neue Art des Lebens beginnen, ja.“

Ezer senkte den Blick und betrachtete die schlafenden Kinder. Er liebte sie so sehr, dass ihm das Herz wehtat. Er wusste, dass es Ned ebenso ging.

Er hob den Blick und versuchte, sich ein Leben ohne Ned an seiner Seite vorzustellen. Er malte sich aus, wie eine Zukunft aussehen mochte, in der er sich frei durch die Welt bewegte, ohne einen Alpha, der ihm Halt gab, ganz auf sich gestellt.

Ein Ballon am Himmel.

„Ich weiß nicht."

„Zu unterschreiben verändert erstmal gar nichts, außer dass du die freie Wahl hast. Ich werde nirgends hingehen, bevor du es nicht von mir verlangst."

Zweifel plagten Ezer. „Ist es, weil du deine Freiheit haben willst? Einen anderen Weg gehen willst?" *Mit einem anderen Omega?*, flüsterte seine innere Stimme.

„Ich sagte dir schon, ich werde auf dich warten. Immer. Ich sah dich an jenem ersten Tag in der Schule, und ich wusste, du warst der einzige Omega für mich. Aber es ist okay, dass du nicht ebenso empfindest. Vielleicht wirst du es eines Tages tun, vielleicht auch nicht. Ich lasse dich das selbst herausfinden, in deinem eigenen Tempo."

„Ich habe dich gerade gefunden", flüsterte Ezer.

„Dann sei zusammen mit mir tapfer. Unterzeichne die Verträge. Sei frei. Entscheide dich erneut für mich, wenn du dir ganz sicher bist."

Ezer leckte sich über die Lippen. Tränen traten ihm in die Augen. „ Ich habe Angst."

Ned küsste seine Stirn. „Wir werden gemeinsam Angst haben."

Die Verträge waren auf einem Tablet. Ned las sie Ezer laut vor, während der erst Ollie stillte, und dann Sundy. Dann sah er seinen Söhnen zu, als sie rücklings auf dem Teppich lagen und mit ihren kleinen Beinen traten.

„Bereit?“, sagte Ned, als die Verträge zur Gänze verlesen worden waren. „Oder hast du noch Fragen?“

„Wirst du mich immer noch lieben?“

„Immer.“

Ezer nagte an seiner Unterlippe und versuchte zu entscheiden, was er tun sollte. „Was, wenn ich nicht unterschreibe?“

„Ich will, dass du unterschreibst, Ezer. Ich will erwählt sein, so wie ich dich erwählt habe. Ich verdiene das, findest du nicht?“

Ezers Kehle tat weh, als er Ned das Tablet aus der Hand nahm und seine Unterschrift in den freien Platz einsetzte, der durch eine rote Markierung gekennzeichnet war. Zweimal mehr musste noch unterschreiben, dann war es getan.

Dem Gesetz nach waren sie nicht länger aneinander gebunden. Sie hatten das Netz gelöst, das von ihren Eltern geknüpft worden war. Ezer war frei. Es sollte sich gut anfühlen. Es sollte sich richtig anfühlen.

Aber Ezer brach in Tränen aus und ließ sich an Ned fallen und sich von ihm halten.

Epilog: Freiheit

OLLIE UND SUNDYS zweiter Geburtstag wurde in Heaths und Adriens Haus am Meer gefeiert. Die Zwillinge liebten es, mit ihren älteren Cousins Michael und Laya zu spielen, und Ezer und Ned genossen es, in der Gesellschaft eines Paares zu sein, dass wahrhaftig verliebt war.

Nicht lang, nachdem Ezer die Papiere zur Beendigung seines Vertrages mit Ned unterschrieben hatte, hatte Heath sein Versprechen erfüllt, Ned mit den Anwälten bekannt zu machen, die sich einzig und allein auf Fälle zu Omegarechten spezialisiert hatten. Diese Männer hatten Ned unter ihre Fittiche genommen und ihn ermutigt, die Schule zu wechseln, um mehr in der Nähe ihrer Kanzlei zu sein, sodass er ein Praktikum bei ihnen absolvieren konnte. Eine Entscheidung, die ihm nicht schwergefallen war. Nichts hielt sie in dem Haus, das Lidell ausgesucht hatte.

Gleichzeitig hatte Heath angeboten, Ned konkreter zur Mannhaftigkeit anzuleiten und sie gebeten, in ein Cottage auf Heaths Grundstück am Meer zu ziehen. Es war ein bescheidenerer Lebensstil, aber es gefiel ihnen beiden. Earl und Simon waren ebenfalls hocherfreut, zum ersten Mal seit Jahren endlich nah beieinander zu leben. Auch erlaubte es Ezer und Adrien, Freunde zu werden, und den Kindern, einander lieben zu lernen. Alles in allem war es die perfekte Lösung für ein großes Problem.

Die Fersee-Familie blieb ein einziges Chaos, aber einer der Anwälte, mit denen Ned arbeitete, ein Mann mit fünf Brüdern, hatte ihm gesagt, dass es in großen Familien oftmals so zuging. Dennoch gab es einige Lösungen und Veränderungen, welche die Lage Neds Meinung nach besser gemacht hatten.

Flo war bei Amos eingezogen, um jeden weiteren Versuch ihres Vaters zu vermeiden, über sein Leben zu bestimmen. Die beiden lernten, einander für die Zerstörung der Familie zu vergeben, die Amos' Entscheidungen mit Finn verursacht hatten.

Yissan war mit John zusammen fortgegangen. Sie hatten sich einer Gruppe nahe der Wüste angeschlossen. Einer Gemeinschaft von Beta-und-Omega-Paaren, die mehrere Alpha-„Bullen" benutzten, um Hitzen zu betreuen. Das klang sowohl erregend als auch verkommen, und Ezer wollte immer mehr darüber wissen, als Yissan gewillt war, preiszugeben. Ned wusste nicht, was er von Ezer Neugier diesbezüglich halten sollte. Er hoffte nur, dass Ezer nicht in Versuchung geriet, wild zu werden und sich ihnen anzuschließen.

Rodan ging es gut, und Pete war erneut schwanger. Ezer hatte sich mit Finn getroffen, und fand ihn immer noch gänzlich unbeeindruckend. Oft erzählte er Ned, dass er einfach nicht verstand, was sein Papa an diesem Mann so unwiderstehlich gefunden hatte, dass er alles für ihn riskiert hatte. Aber Ned dachte, dass Liebe eben so war – unkontrollierbar und unvorhersehbar.

Was Shan anging, gab es nur wenig Neuigkeiten über dessen Schicksal. Er war einem Alpha gegeben worden, der in einer entfernten Bergregion lebte und sein Vermögen im Bergbau gemacht hatte. Die Gegend lag isoliert; es mangelte dort an einer stabilen Internet- oder Telefonverbindung, sodass nur selten Nachricht von Shan kam. Flo machte sich oft Sorgen um ihn. Dass er geschwängert worden wäre, oder gezwungen sein würde, ganz allein das Kind zu gebären. Wann immer er und Ezer mit einander redeten, sprach er über kaum etwas anderes. Und Ned wünschte, er könnte mehr tun. Aber ohne rechtliche Grundlage waren sie hilflos. Genau wie Shan.

In dieser Hinsicht also war die Fersee-Familie zerrissen, aber in anderer Weise war sie gesünder als je zuvor. Jeder kannte die Grenzen, und alle hielten sich daran. Die Unsicherheit über Shans Wohlergehen war das einzig Negative an ihrer gegenwärtigen Situation, so weit Ned das beurteilen konnte.

Was seine kleine Familie betraf, so war Ned stolz, sagen zu können, dass alle glücklich waren. Ned hatte Mentoren in den Anwälten, für die er arbeitete, und in Heath. Heath hatte ein Protegé. Adrien und Ezer hatten Unterstützung, halfen sich gegenseitig mit den Kindern und pflegten ihre Freundschaft. Und sie planten, zusammen eine Omegaschule zu eröffnen. Sie wollten Omega-Eltern im Teenager-Alter unterstützen, die mit ihrer Schulbildung weitermachen wollten, und auch Hilfe bei der Kindererziehung anbieten, um das möglich zu machen.

Beide Männer waren sehr leidenschaftlich über diese Idee, so jung, wie sie selbst waren, und mit Alphas, die sie sehr dabei unterstützten. Heath tat das natürlich in eher herablassender Weise und nannte das Ganze „ihr kleines Projekt", während Ned das Vorhaben von ganzem Herzen unterstützte, schon allein, um die Freude in Ezers Augen zu sehen, wenn der darüber sprach, Mathe zu lehren. Adrien tadelte Heath jedoch nicht für sein leicht abschätziges Verhalten, da er dennoch das Geld zur Verfügung stellte.

Und dann waren da noch die Kinder. Ezer und Ned stellten sich als gutes Elternpaar heraus, das großartig zusammenarbeitete. Sie beide nahmen sich die Meinung des jeweils anderen zu Herzen, und sie beide waren sich des anderen Hingabe zu den Zwillingen sicher. Sie freuten sich, Sundy und Ollie wachsen und ihre kleinen Persönlichkeiten sich entwickeln zu sehen. Eine gemeinsame Freude, welche sie näher und näher zueinander brachte.

Eine Zeitlang nach der traumatischen Geburt hatten sie nichts weiter getan, als gelegentlich Händchen zu halten. Ezers Körper, Geist und Seele hatten Zeit benötigt, um zu heilen. Aber nachdem sie in das Cottage auf Heaths Grundstück gezogen waren, hatten sie erneut den Weg in des anderen Arme gefunden, und zu Neds Überraschung – er hatte schon angefangen, die Hoffnung aufzugeben, dass Ezer je aus freien Stücken zu ihm kommen würde – hatten sie auch wieder angefangen, das Bett zu teilen.

Neds Meinung nach war das Leben gut. Alle, die er liebte, waren glücklich. Alles, was sie zusammen taten, taten sie aus freiem Willen.

Ned hatte keinerlei Bedürfnis, irgendetwas zu ändern.

Weshalb es ihn überraschte, eines Abends Ezer im Vorgarten ihres Cottages zu finden, als der dabei war, nachdenklich eine weiße Rose zu zerpflücken.

„Was ist los?", fragte Ned und setzte sich neben seinen Geliebten, dessen gerunzelte Stirn ihm Sorgen bereitete. „Ist irgendwas mit deiner Familie? Shan?"

Ezer schüttelte den Kopf. Sie saßen schweigend da, während Ezer eine weitere Blüte vernichtete.

„Ist es meine Familie? Mein Vater?"

„Nein."

Eine weitere, lange Minute ging vorüber.

Ned nagte an seiner Unterlippe, dann sagte er: „Rede mit mir. Ich werde hier paranoid. Hat es irgendwas mit mir zu tun? Habe ich... bist du... ist es jetzt...?"

„Nein."

Die Spannung war unerträglich.

Mehre Minuten gingen dahin. „Das ist wie Folter. Ich spüre, dass irgendetwas schrecklich in der Schieflage ist, und du willst es mir nicht sagen", flüsterte Ned. „Willst du mich verlassen?"

Ezer hob den Blick vor der dritten Rose, die er ruinierte. Dann schnaubte er und warf die Blume auf Ned. „Nein. Ollie hat ebenfalls aufgehört an der Brust zu trinken."

Das machte Sinn. Sundy hatte wenige Wochen zuvor aufgehört. Es war nur eine Frage der Zeit gewesen, bis Ollie dasselbe tun würde.

„Sie können nicht für immer Säuglinge bleiben."

„Ich schwöre, Ned, du bist wirklich hinreißend, aber manchmal bist einfach nur dumm."

Ned schnaubte, sagte aber nichts. Was sollte er auch dazu sagen?

Ezer fuhr fort: „Wenn Ollie und Sundy beide nicht mehr an der Brust trinken, bedeutet das, wir haben nur noch ein paar Monate, bevor wir eine große Entscheidung treffen müssen."

Ned dachte rasend schnell nach. Was könnte damit gemeint sein? Die Vorschule? Dafür schien es ihm noch ein wenig zu früh zu sein. Und dann dämmerte es ihm. „Oh..."

„Ja, oh."

„Nun ja." Ned schluckte. „Das liegt bei dir. Du bist frei und kannst entscheiden, mit wem auch immer du einen Vertrag schließen willst, um deine Hitze zu betreuen." Er wusste von einem attraktiven und ungebundenem Alpha, der Adrien und Ezer bei den Lehrplänen ihrer Omegaschule beraten hatte. Was, wenn die Stimmung heute Abend so war, weil Ezer seine nächste Hitze mit diesem Mann teilen wollte anstatt mit Ned?

„Ich schwöre zu Gott, eines Tages werde ich dich noch erwürgen", sagte Ezer, aber eher liebenswürdig, ohne echten Zorn dahinter.

Ned saß schweigend da und wartete darauf, dass Ezer die Bombe platzen ließ. Ezer hatte etwas Wichtiges zu sagen, und es würde sein Leben verändern. Es konnte keinen anderen Grund für sein Gegrübel geben. Wahrscheinlich war es tatsächlich dieser Alpha in der Schule. Er war klug, sprach drei Sprachen und liebte Mathe. Er liebte *wirklich* Mathe.

„Ich bin bereit, den Vertrag zu unterschreiben", sagte Ezer. „Der, den du zurückgehalten hast. Ich bin jetzt bereit."

Ned blinzelte. „Den Vertrag?"

„Ja, den, der besagt, dass du mein Alpha bist und dass wir verheiratet sind." Ezer sah ihn an, als wäre er ein Idiot. Es war wahrhaftig ein gewohnter Ausdruck, aber dieses Mal kam es ihm unfair vor. Er hatte in all der Zeit seit der Auflösung ihrer ursprünglichen Verpflichtungen nicht ein einziges Mal erwähnt, den Vertrag unterschreiben zu wollen.

„Aber was ist mit dem Alpha in der Schule?"

„Mit wem?"

„Dieser Kerl. Der drei Sprachen spricht und–"

Ezer boxte ihn auf den Arm. „Ich schwöre zu Gott, Ned. Ich meine es echt ernst jetzt. Ich werde dich umbringen, wenn du nicht…"

Ned kaute auf seiner Unterlippe und dachte nach. Wenn da wirklich nichts war mit dem Alpha in der Omegaschule, wenn es wahr war, dass Ezer jetzt mit ihm den Vertrag abschließen wollte, dann hatte er nur eine einzige Frage. „Warum?"

„Warum?" Ezer schnaubte. „Weil du mein – mein – Mann! Du bist Ned. Du bist *mein* Ned!"

„Das wird sich auch niemals ändern. Auch dann nicht, wenn du mit dem Alpha aus der Schule deine Hitze haben willst. Wie heißt er noch? Reynold?"

Ezer starrte ihn an. „Egal jetzt. Vergiss es. Du bist zu dumm für mich, um dich zu lieben." Er erhob sich und wischte sich den Staub von den Hosenbeinen. „Essen wir zu Abend. Komm."

Ned stand verwirrt auf, mit verwundetem Herzen. „Wirklich?"

„Nein! Nicht wirklich“, sagte Ezer und schubste ihn. „Ich liebe dich, du absoluter Trottel. Ich will dich, *nur* dich! Und wir werden wieder eine Hitze miteinander teilen. Oder willst du das nicht? Freust du dich nicht darauf?“

„Du denn?“, fragte Ned, schockiert und verwirrt.

„Ja! Ich freue mich darauf. Ich will deinen Knoten. Verdammt nochmal, Ned.“

„Oh, äh… warte, nochmal zurück.“

Ezer verdrehte die Augen. „Okay.“

„Du liebst mich?“

„Ja?“

„Seit wann?“

Ezers Gesichtsausdruck wurde sanfter. Er trat vor, drückte sich an Ned und blickte ihm so liebevoll in die Augen, dass Ned ganz weiche Knie bekam. „Schon lange eigentlich. Ich glaube, ich habe dich schon geliebt, bevor die Zwillinge da waren. Aber auf jeden Fall kurz danach. Und ich habe dich am meisten geliebt, als du mich dazu gebracht hast, den Vertrag zwischen uns aufzulösen. Seitdem habe ich dich an jedem einzelnen Tag geliebt.“

„Aber…“ Ned schluckte. „Du hast mich dich so lange nicht berühren lassen.“

„Ich hatte Angst.“

„Warum? Ich hätte dir nie wehgetan.“

„Ich hatte Angst, zu viel zu empfinden, und dass mich das zerbrechen würde.“ Ezer schlang die Arme um Neds Hals und zog ihn an sich, wie um ihn zu küssen. „Aber jetzt weiß ich, du würdest nie zulassen, dass ich zerbreche.“

„Nein. Ich werde mich immer um dich kümmern.“

Ezer flüsterte: „Und *ich* werde mich immer um *dich* kümmern.“

Seine Lippen pressten sich zärtlich auf Neds, und dann wuchs das Feuer zwischen ihnen schnell. „Wo sind die Kinder?“, fragte

Ned, während er Ezers Hinterteil hoch hob und Ezer seine Beine um ihn schlang.

„Bei Adrien."

Hast du das hier geplant?"

„Nicht das hier, aber eine ungestörte Unterhaltung. Ja."

„Du willst den Vertrag unterschreiben?"

„Das will ich."

„Wann?"

Ezer biss in Neds Kinn, dann zappelte er herum, bis er wieder von Ned heruntergelassen wurde. „Jetzt."

„Also gut."

Ezer zog Ned zur Tür ihres Cottages. Sein Lächeln wurde strahlender. „Los, tun wir 's!"

„Warte", sagte Ned und hielt Ezer fest. „Warum warst du gerade so wütend? Als ich nach Hause kam? Warum hast du die ganzen Rosen zerfleddert?"

Ezers Augen wandten sich zum Garten, dann blickte er erneut auf. „Ich möchte erneut versuchen, schwanger zu werden."

Ned schüttelte ablehnend den Kopf, bevor er die Bedeutung des Wortes richtig erfasst hatte.

„Die Wahrscheinlichkeit, noch einmal Zwillinge zu bekommen, ist–"

„Ich kann dich nicht verlieren."

Ezer lächelte liebevoll, und er berührte Neds Kinn mit den Fingerspitzen. „Ich weiß, es macht einem Angst. Es ist ein Risiko."

„Wir haben zwei Söhne. Wir brauchen keine weiteren."

„Sie sind Betas. Sie können nicht erben."

„Das ist mir egal. Ich werde Ihnen sowieso alles überlassen."

„So funktioniert das Gesetz nicht, und das weißt du."

„Lass uns jetzt nicht streiten. Du wolltest unterschreiben, und wenn wir jetzt streiten, dann änderst du nur deine Meinung."

Ezer musste lachen. Die Blumen im Garten schienen im Wind mit ihren Köpfen zu nicken. „So wankelmütig bin ich nicht, Ned."

„Okay, aber ich kann nicht. Dieses Mal nicht", sagte Ned. „Keine Schwangerschaft dieses Mal."

Ezer neigte den Kopf.

„Du hast noch weitere Hitzen vor dir. Wir nehmen sie so, wie sie kommen. Aber bitte, Ezer, nicht dieses Mal."

„Na gut. Dann warten wir. Ist ja nicht so, als würden die Hitzen nicht auch ohne das Spaß machen."

„Vielleicht sogar mehr Spaß", sagte Ned. „Wir können uns einfach vergnügen, ohne uns Sorgen über die Folgen zu machen."

Ezer nickte. „Vergnügen. Das klingt gut."

Im Cottage setzten sie sich an den Küchentisch und legten das Tablet zwischen sich in die Mitte. Gemeinsam hörten sie zu, wie der Inhalt des Ehevertrages laut vorgelesen wurde. Nachdem das erledigt war und Ezer keine Fragen hatte, sah er Ned an und sagte: „Ich wähle dich."

Ned antwortete: „Und ich wähle dich, Ezer."

Dann nahm Ezer das Tablet und setzte seine Unterschrift neben Neds von vor zwei Jahren.

Er hat mich gewählt.

Neds Herz wollte beinahe bersten vor Glück, als Ezer ihn küsste.

DIE STRAßE ZUM Hitze-Haus am Strand war vertraut und gleichzeitig irgendwie verwaschen. Ezer fragte sich, ob es vielleicht besser gewesen wäre, das Angebot von Heath anzunehmen und zu dessen Berghütte zu fahren. Würden die Erinnerungen an ihre erste Hitze hier sie verfolgen? Würden Angst und Schrecken und die Wut von damals zurückkommen wie die Flut?

Aber es zeigte sich, dass Ezers Befürchtungen grundlos waren.

Während die Tage dahingingen und die Hitze näher kam, ging Ezer am Strand spazieren. Er vermisste seine Söhne. Er lauschte den Wellen und dem Geschrei der Meeresvögel. Früher, am Morgen dieses Tages hatte er gespürt, wie sich die erste Welle der Hitze anfing aufzubauen. Er hatte beinahe vergessen, wie sich die wunderbare Intensität davon anfühlte. Mit geschlossenen Augen ließ er die Empfindung wachsen, die Anspannung, und erinnerte sich daran, dass es genau das war, wogegen er sich damals gewehrt hatte.

Aber dieses Mal gab es dazu keinen Grund.

Dieses Mal konnte er darauf vertrauen, dass sein Alpha ihn finden würde, mit ihm ins Bett gehen und ihn knoten würde, bis er nicht mehr geradeaus sehen konnte.

Ezer wartete, während er die kühle Seebrise auf seiner warmen Haut spürte. „Ich liebe dich", sagte er, ohne sich umzudrehen. Er erkannte die beruhigend vertrauten Schritte, als Ned hinter ihn trat. „Es ist nicht nur die Hitze, die aus mir spricht. Du glaubst mir doch, dass ich dich liebe, nicht wahr?"

Ned drehte ihn zu sich um, hob sein Kinn und blickte ihm tief in die Augen. „Ich glaube dir. Aber warum hast du so lange gezögert, es mir zu sagen?"

„Das war egoistisch von mir." Ezer schämte sich ein wenig für die Wahrheit. „Es war ein grausamer Test. Ich hatte Angst, du würdest aufhören, dich um mich zu bemühen."

Neds Mundwinkel zuckten. „Ich werde mich dir gegenüber beweisen, bis wir sterben."

Ezer wurde feucht von Schlick bei Neds Geständnis. Die Hitze stand jetzt ganz kurz bevor.

„Ich kann riechen, wie bereit du bist."

„Nur noch wenige Minuten. Nur wir beide am Meer."

Ned legte seine Arme um Ezer und sie drehten sich um, um gemeinsam die Wellen zu beobachten, die ewige Brandung, die unbekannte Tiefe. Die Zukunft enthielt für sie keine Versprechungen. Das hatte die Vergangenheit sie bereits gelehrt.

Aus Feinden waren Liebende geworden. Aus Zwang freie Entscheidungen.

Das Einzige, was sie verdient hatten und das mehr als alles andere bedeutete, war Vertrauen. Zwischen den Kindern, dem Sex, ihrem Heim, den Streitereien und dem Lachen war ihr schwer verdientes Vertrauen die wundervollste Sache, die sie miteinander teilten. Es umfasste alles.

„Die Hitze kommt jetzt. Sie wird immer stärker."

„Ich kann mich um dich kümmern."

„Ja. Das kannst du." Ezer nahm einen tiefen Atemzug. Die beginnende Hitze prickelte unter seiner Haut. „Ich bin bereit."

„Endlich."

ENDE

Falls Sie mehr aus dem „Heat for Sal e"-Universum lesen möchten, empfehle ich das Buch „Heat for Sale – Heath und Adrien".

Ein Brief von Leta Blake

Liebe/r Leser/In,

danke, dass Sie *Alpha for Sale – Ned und Ezer* gelesen haben!

Wenn Ihnen das Buch gefallen hat, dann nehmen Sie sich bitte einen Moment Zeit, um ein Review zu hinterlassen. Reviews helfen nicht nur anderen Leser/Innen zu entscheiden, ob das Buch etwas für sie ist, sondern helfen auch, das Buch in Online-Suchen sichtbar zu machen.

Die absolut beste Möglichkeit, bei mir auf dem Laufenden zu bleiben, ist es, meinen Newsletter zu abonnieren.

Ich gebe ihn im Allgemeinen einmal pro Woche heraus (in englischer Sprache). Darin finden Sie alle Neuigkeiten und Informationen über meine Bücher, z.B. aktuelle Veröffent-lichungstermine.

Es würde mich ebenfalls freuen, wenn Sie mir auf BookBub oder Goodreads folgen würden, um über neue Bücher und spezielle Angebote informiert zu werden. Falls es sie interessiert, woher einige meiner Inspirationen stammen, können Sie meinen Pinterest-Boards folgen.

Halten Sie auch auf Facebook oder Instagram Ausschau nach Schnippseln aus meinem täglichen Autorenleben, oder treten Sie meiner Facebook-Gruppe bei, für Ankündigungen, Neuigkeiten und spezielle Giveaways.

Für Liebhaber von Hörbüchern: Mehrere meiner (englischen) Leta Blake-Bücher sind bei den meisten Hörbuch-Verkäufern (z.B. Audible) erhältlich, performt von erfahrenen und begabten Erzählern.

Danke fürs Lesen!!
Leta Blake

Kann Heath seine neue Liebe halten, sobald Adrien seine Geheimnisse entdeckt?

Hitze zu verkaufen ist ein abgeschlossener, erotischer M/M-Liebesroman von Leta Blake. Er enthält ein Geheimnis im Stil von du Mauriers *Rebecca*, ein wohl durchdachtes, fiktives Universum, einen Altersunterschied und erotische Szenen.

Dies ist ein schwuler Liebesroman mit einem starken Happy End, sowie einem gut durchdachten **Omegaversum** mit Alphas, Betas, Omegas und männlicher Schwangerschaft, Hitze und Knoten, ohne Gestaltwandler.

Warnung: Die Geschichte behandelt auch Themen wie Fehlgeburt und deren Folgen.

*Buch 2 in der **Hitze der Liebe**-Reihe*

ALPHA-HITZE

von Leta Blake

Ein verzweifelter, junger Alpha. Ein älterer Alpha mit einem Helferkomplex. Eine verbotene Liebe, die sich nicht verhindern lässt.

Der junge Xan Heelies weiß, dass er nie haben kann, was er wirklich will: leidenschaftliche Liebe und ein wahrhaftiges Happy End mit einem anderen Alpha. Nicht nur verbietet die vorherrschende Religion des Landes so etwas, sondern auch vor dem geltenden Gesetz ist es illegal.

Urho Chase ist ein Alpha in mittleren Jahren mit tragischer Vergangenheit. Er ist stets so umsichtig, beherrscht und unerschütterlich in seinen Ansichten, dass seine Freunde ihn als altmodisch und spießig bezeichnen. Als er das gefährliche Geheimnis entdeckt, das Xan mit sich herumträgt und das Urho sich niemals hätte vorstellen können, gerät Urhos Welt aus den Fugen, und er wird überwältigt von sehnsüchtigem Verlangen. Die sorgsam geflickten Nähte, die sein Leben nach dem Tod seines Omegas und seines Kindes zusammenhielten, geben nach – und er selbst ebenfalls.

Aber um einander zu lieben und sich eine gemeinsame Zukunft aufzubauen, müssen Xan und Urho ihr Leben aufs Spiel setzen. Mit der Hilfe des asexuellen und aromantischen Omegas Caleb –

Xans treuem Freund – versuchen sie, die Kraft und den Mut aufzubringen, der Gefahr zu trotzen und die Familie aufzubauen, die sie verdienen.

Dieser schwule Liebesroman von Leta Blake ist das zweite Buch im Universum der Reihe „In der Hitze der Liebe". Mit einem starken Happy End und einem wohl durchdachten, einzigartigen Omegaversum ohne Gestaltwandler, aber mit Alphas, Betas und Omegas, männlicher Schwangerschaft, Hitze und Knoten. Kein Fremdgehen.

Warnung: Enthält eine kurze Darstellung sexueller Gewalt.

*Buch 3 in der **Hitze der Liebe**-Reihe*

BITTERE HITZE
von Leta Blake

Ein schwangerer Omega, gefangen in einer verzweifelten Lage. Ein ungebundener Alpha, der viel Wiedergutmachung leisten muss. Und eine unerwartete Liebe, die sie beide retten könnte.

Kerry Monkburn ist vertraglich an einen gewalttätigen Alpha gebunden, der wegen brutaler Verbrechen im Gefängnis sitzt. Nun ist er mit dem Kind dieses Mannes schwanger und hat sich in die Berge zurückgezogen, weit weg von der Stadt, die ihn einst mit dem Versprechen auf ein besseres Leben angezogen hatte. Verbittert und verängstigt spielt Kerry mit dem Gedanken, diesem Dasein voller Dunkelheit ein Ende zu setzen, aber dann schreitet das Schicksal ein.

Janus Heelies hat in der Vergangenheit viele Fehler begangen. In seinem Bemühen, sich davon reinzuwaschen, wurde der Begriff der Integrität zum wichtigsten in seiner Zukunft. Während er eine Ausbildung zum Krankenpfleger macht — unter dem einzigen Arzt, der bereit war, ihn anzunehmen — hält Janus sich streng an seine Vorsätze: Er wird ein einfaches und anständiges Leben in den Bergen führen und allen unangemessenen Affären aus dem Weg gehen. Womit er jedoch nicht gerechnet hat, ist die unwiderstehlichen Anziehung, die Kerry auf sein Herz und seinen Verstand ausübt.

Als die Fragen nach Kerrys zukünftiger Gesundheit und Sicherheit schließlich in einem explosiven Höhepunkt kumulieren, kann nur noch das Eingreifen des Schicksals den verzweifelten Männern zu einem Happy End verhelfen.

Dieser schwule Liebesroman von Leta Blake ist der dritte Band im Universum der „In der Hitze der Liebe"-Reihe, die mit „Langsame Hitze" ihren Anfang genommen hat. Angelegt in einem von der Kritik gelobten, einzigartigem Omegaversum ohne Gestaltwandler, aber mit Alphas, Betas, Omegas, männlicher Schwangerschaft, Hitze und Knoten.

Warnung: Es wird eine Gesellschaft beschrieben, die gewalttätig und unterdrückerisch mit Fortpflanzungsrechten und -Verfahren umgeht.

Über die Autorin

Die Autorin des Bestsellers *Smoky Mountain Dreams* und des unter den Fans besonders beliebten Buchs *Training Season* kann auf eine Ausbildung und berufliche Erfahrung sowohl in Psychologie als auch im Finanzwesen zurückblicken. Aber ihre Leidenschaft gehörte schon immer dem Schreiben. Sie genießt es, Liebesgeschichten zu kreieren und dabei die Psyche von erfundenen Figuren zu erforschen. Zuhause im Süden der USA, arbeitet Leta hart daran, die Balance zwischen ihrem bürgerlichen Beruf, der Schriftstellerei und der Familie zu halten.